诺贝尔文学奖作家作品

巴比特

BABBITT

[美]辛克莱·刘易斯 著

王志刚 译

北京出版集团
北京出版社

图书在版编目（CIP）数据

巴比特 /（美）辛克莱·刘易斯著；王志刚译. —北京：北京出版社，2021.6
（诺贝尔文学奖作家作品）
ISBN 978-7-200-15384-2

Ⅰ. ①巴… Ⅱ. ①辛… ②王… Ⅲ. ①长篇小说—美国—现代 Ⅳ. ① I712.45

中国版本图书馆 CIP 数据核字（2020）第 045705 号

诺贝尔文学奖作家作品

巴比特

BABITE

［美］辛克莱·刘易斯　著
王志刚　译

*

北 京 出 版 集 团 出版
北 京 出 版 社
（北京北三环中路6号）
邮政编码：100120

网　址：www.bph.com.cn
北 京 出 版 集 团 总 发 行
新 华 书 店 经 销
北京华联印刷有限公司印刷

*

140毫米×202毫米　32开本　17.75印张　412千字
2021年6月第1版　2021年6月第1次印刷
ISBN 978-7-200-15384-2
定价：79.80元
如有印装质量问题，由本社负责调换
质量监督电话：010-58572393
责任编辑电话：010-58572757

作家小传

1885年2月7日,辛克莱·刘易斯(Sinclair Lewis,1885—1951)出生在美国明尼苏达州苏克萨特镇一个乡村医生家庭。童年时期,刘易斯被认为性格古怪,所以小朋友们都疏远他,嘲笑他,这使他生活得十分孤独。这段经历也给他留下了深刻的印象,让他十分讨厌小镇庸俗的生活。1902年,刘易斯进入俄亥俄州奥伯林学院读大学预科,并于次年考入耶鲁大学文学院。可是他发现,自己在耶鲁也是个局外人,于是进校三年之后,他放弃了学业,去了厄普顿·辛克莱创办的社会主义居民试验区,后来又去了纽约和罗马。在离开校园一年之后,他选择重新回到学校。1908年,刘易斯大学毕业,获得了文学学士学位,在一家出版公司当编辑,并开始了创作。1910年,他到了纽约,继续以编辑为职业,同时坚持文学创作。1912年,他创作完成了名为《步行与飞机》的儿童历险小说。1914年,他发表了首部长篇小说《我们的雷恩先生》。1916年,他辞去工作,成了一名职业作家。这期间他先后创作了《鹰的足迹》(1915)、《工作》(1917)、《无辜的人们》(1917)和《自由的空气》(1919)等反映纽约社会生活的长篇小说。

刘易斯开始创作的年代正值第一次世界大战期间，当时社会动荡不安。在他前期作品中他深刻地描绘出了美国中西部的中产阶级精神上的空虚，并因此赢得了评论家的关注。

1920年，刘易斯发表了长篇小说《大街》，这是一部描写美国中产阶级，表现中西部美国乡镇风土人情的小说。之后，他又于1922年出版了长篇小说《巴比特》，在这部长篇小说中也深刻揭露了中产阶级的精神实质。此后，刘易斯佳作不断，于1925年出版了长篇小说《阿罗史密斯》，其主题是展现科学工作者马丁·阿罗史密斯遭受挫折时所表现出的勇气。《大街》《巴比特》《阿罗史密斯》这三部作品被公认为他最优秀的作品，《巴比特》更是被称为他的代表作。1926年，刘易斯凭借《阿罗史密斯》获得了普利策文学奖，但他拒绝接受。

此后，刘易斯又创作了多部长篇小说。1927年，刘易斯出版了长篇小说《艾尔麦·甘特利》，对教会的贪婪和虚伪进行了抨击。1929年，他出版了《多兹沃思》，描绘了一群退伍军人是如何在欧洲寻求生活出路的。

1930年，刘易斯获得诺贝尔文学奖，由此成为美国第一位荣膺诺贝尔文学奖的作家。

进入30年代后，刘易斯的文学创作走上了下坡路。1951年1月10日，刘易斯在他的罗马寓所病逝。

在刘易斯三十多年的创作生涯中，他不但创作了20多部长篇小说，还出版了书信集《从大街到斯德哥尔摩》（1952）以及3个剧本和若干短篇小说等，一生可谓创作颇丰。

授奖词

瑞典学院常务秘书　埃·阿·卡尔费尔德

本年度的诺贝尔文学奖获得者为一个美国人，一直以来，美国和瑞典都保持着友好的关系。这位获奖者是在著名的玉米产地明尼苏达州的苏克萨特镇出生。他出生的这个镇规模不大，人口大概只有两三千人。在他1920年创作的小说《大街》中，他用"戈镇"称呼这里。那是一片一望无际的原野，整个连绵起伏的大地上处处是湖泊和橡树丛，这个镇和其他像这样的小镇都是如此。一开始踏上这片土地的拓荒者需要地点兜售谷物、需要商店购买物品、需要银行抵押贷款、需要医院看病，还需要牧师对他们的灵魂进行安慰。于是，城镇之间的合作关系就这样产生了，同时各类纠纷也随之上演。城镇因乡村而出现，还是乡村因城镇而存在？

在那里大草原带给我们的冲击是非常强烈的，就如同我们国家严酷的冬天一样：鹅毛大雪在狂风的裹挟下，在宽敞的街道和低矮的房屋间洒落，炎热的夏天使得水流不通、杂乱的小镇发出难闻的气味。哪怕环境如此恶劣，小镇依然优越感十足，它是大草原上的一枝花，支撑着这里的经济，而且还是当地的文化核心——一个文化聚集的地方。让人称道的美国文化和受制于日耳曼人和斯堪的纳维亚人的传统文化在这里相融合。

所以，镇上的人们坚守着他们既独立又民主的政治理念，在这里过着幸福的生活。当然，人们也是会被合宜地划分出等级的。他们遵守商业道德，福特汽车在大街上来来往往，他们因此深刻地体会到自动化的好处。过去，有一位离经叛道的年轻女子来到这里，想要实行一次彻底的变革，可是不管她怎么努力，最后都失败了。

《大街》在描绘小镇生活方面，确实非常优秀。书中所描述的小镇是个非常地道的美国小镇，可是从精神层面来说，却会给人产生欧洲小镇的感觉。我们很多人就像刘易斯一样，都曾经苦恼于丑陋和执拗。当地居民强烈地抗议讥讽，可是我们却不能要求太高，因为刘易斯在对故乡的小镇和人民进行描绘时，采用了非常大度的笔触。

"戈镇"骄傲自满的背后隐藏的却是妒忌。像圣保罗和明尼阿波利斯这种在平原边缘屹立的城市，就称得上是个小都市中心，炽烈的阳光和璀璨的霓虹灯时常闪耀在它们那高楼大厦的窗户上。"戈镇"也想效仿它们，于是打着战时小麦价格攀升的旗号，找到了合适的机会进行扩张。

这时，一位煽动人心的政治演说家来了，口若悬河地发表着演讲，他的目的是让人们对他的政治观点笃信不疑。在他看来，让"戈镇"名列前茅，并成为一个二十万人口的大城市再容易不过了。

巴比特先生——乔治·福伦斯比·巴比特——就在这个小城中居住（《巴比特》，1922），他们把这个地方叫作"天顶市"，如果你按照这个名字查找,也许你在地图上根本找不到它。而刘易斯朝美国精神领域进发的起始点就是这个城市以及它持续扩充的领土。相比"戈镇",这个城市要大得多,所以,这个小镇的美国精神特别强烈,自豪感十足。它的创新精神以及乐观主义的风采在乔治·福伦斯比·巴比特身上体现得淋漓尽致。

事实上,巴比特和美国中产阶级理想的代表很像。他相信商业道德和私人行为准则理应互相呼应,他觉得上帝想要人们劳动,提高收入,沉浸在现代的果实中,他认为自己完美地遵守了这个戒律,所以他自己和社会和谐相处着。

他在目前最火热的行业里任职——一名房地产商人。他的家位于郊区,芳草萋萋、树影婆娑,处处都透着高规格;他的车和他的身份很相符,他时常开着这辆车在大街上疾驰,那一副昂然的神色仿佛他是一位天不怕、地不怕的英雄。他的家庭生活也类似于一般中产阶级,他在家中具有十足的大男子主义做派,而妻子也早已习惯了他这一套,孩子们由此变得十分粗俗和鲁莽无礼。

他体格健壮、反应灵敏、脾气温良。他的一日三餐都是在俱乐部解决的,在遇到有益的业务交谈和耸人听闻的好玩有趣的事时,他总是拍手称快。巴比特为人处世很有一套,这给他赢得了好人缘,此外,他的口才也非常好。不管哪个国家的口号,他都烂熟于心,在俱乐部和公众集会的交谈中,他总可以熟练地将它们派上用场,即便那些关系到精神领域内的高层次话题,他也可以插上几句。举世闻名的诗人乔蒙得利·弗林克曾深深地影响了他,在给各类商店撰写广告韵文上,这位诗人将自己的智慧发挥到了极致,所以每年都能得到比较丰厚的年俸。

巴比特的生活可以说是完美无缺的。人们对他的敬仰,他当然不会感觉不到。在他看来，别人都越来越幸福，自己却感到愁苦不已、愤愤不平。像巴比特先生那样的人，也只能拥有那样的幸福，因为他原本就是那样的人。当巴比特快要五十岁时，他猛然发现自己身上存在一些之前都没有关注过的陋习，于是他开始对过去的失误进行弥补。他和一帮居心叵测的人，即一个浮躁的青年团体认识了，他充当的是一个大度的阔老爷的角色。可是，他这样做相当于葬送自己的前途。他在俱乐部的午餐会上变得越来越沉默，而朋友也在一步步远离他。他们不止一次提醒他，他正在铤而走险，因为以他的资质，成为进步社团的成员是没有问题的。似乎到了纽约、芝加哥后，他就愈加接近那光辉的前程了，幸运的是，他及时迷途知返了。他在牧师的书房跪下追悔，得到了原谅。从这以后，巴比特又回到了从前的生活，一心扑到主日学校和社会公益活动中去。他的生活的终点就像它的起点一样。

对于那些错误思想的制度，刘易斯用嘲讽的手法进行了批判，可是它的矛头指向的并不是哪个人。在我们这个世俗环境里被迫生活的他，不仅是个骄傲自负的个人利益当先的人，也是一个可爱的个人利益当先的人。巴比特为人质朴，因为他具有出众的口才，所以身为信徒的他常会以此坚持自己的信仰。归根结底，他是个很优秀的人，充满朝气，所以几乎可以代表美国精神和生命力。在很多国家里，处处可见世俗庸人、平民百姓，他们中的一半可以和巴比特的一半相比就已经很不错了。

刘易斯在这部作品中展现出了他的天赋异禀。下面摘录几个推销员在朝纽约开去的快车的包厢里进行的对话，对话的主题当然是他们的产品销售行业。"对于他们来说，只有无所不能的销售经理才是浪漫英雄，什么骑士、行吟诗人、西部牛仔、飞行员或大无畏的地方律师都不是。他的案头常年放着一份市场问题分析表，人们敬仰他是'积极争取者'。他带领着他的麾下，在一望无尽的销售行业投入了自己的全部身心，这种业务并不是为了把某种产品推销出去，也不是把某个人推销出去，而只是推销而已。"

《阿罗史密斯》（1925）这部作品的风格是严肃的，在书中，刘易斯想把医学技术和科学的整体场景呈现在读者面前。大家都知道，现如今的美国，不管是在自然科学、物理学，还是在化学和医学界，研究水平都是首屈一指的，大家也都看到了前几次这个国家在诺贝尔领奖台得到的荣耀。美国财力丰厚，这就使得它的科技发展可以得到强大的经济支撑。

我们不可否认的一点是：一些投机分子也想对他们的研究成果加以运用。对于这些科学发现，私人工业具有敏锐的嗅觉，想在这些发现被确定以前就从中获利。比如说，细菌学家在疫苗的研究方面投入了大量的心血，目的就是阻止细菌的传播，而药商想的却只是更早地得到他们手中的专利，马上进行大批量生产。

马丁·阿罗史密斯在一个既有才情又有良心的教师的指导下，变成了一个科学的理想主义者。他有了一个重大的发现，可是因为需要再次确认实验结果，他对外公布的日期只能推迟，而巴斯特研究中心的一个法国人在他之前拿到了这个专利。对于他这个科学工作者来说，这无异于晴天霹雳，并成为他一生挥之不去的阴影。

本书把各类医学学者的形象都搜罗进来了，就像一幅千奇百怪的浮世绘，看到那些医学院教授明争暗斗，我们也只能投去鄙视的目光，同时我们不由联想到《大街》里那个谦卑的乡村医生。在那位乡村医生看来，充分地融入病人这个群体中，在精神上给他们安慰就是一种荣耀。之所以有人愿意创办完善的公共卫生和社会福利机构，就是因为存在这种心甘情愿为民众的利益服务的人。而那些在极具规模的科研机构里工作的研究员们，虽然乍看上去，一个个都光鲜无比、高高在上，可事实上，为了机构的名誉，他们必须非常卖力地工作，而且时刻要将赞助人的利益放在首位。

而独具一格的只有阿罗史密斯的老师戈特利布，这位在海外逃亡的德裔犹太人给人的印象是，和蔼可亲、被人敬仰。作者的初衷是想给人们打造一个鲜活的标杆。他是一个正直、出淤泥而不染的科学家，而且还是一位愤世嫉俗的无政府主义者和一脸淡漠的远离世俗的人。对于那些赞助人的人品，他表示深刻的怀疑。在面对他们时，他就像面对实验室中的动物一样，疏离、淡漠。接着往下看，我们又看到了一个名叫古斯塔夫·桑德利司的瑞典医师。他是一位光芒四射的人，他勇气可嘉，在全世界各个地方活动，目的是让鼠疫被完全杜绝。他在宴席上把酒杯高高举起，把福音散播出去，他要传达这样一个观点，只要医学卫生工作做得尽善尽美，人类就可以远离病魔。

书中还对阿罗史密斯的个人历史进行了描述。刘易斯是个聪明人，没有把阿罗史密斯的形象打造得十全十美，无论是身为一个普通人，还是身为一个科学家，阿罗史密斯都难免苦恼于自己的鲁莽。像这样一个浮躁又没有决断力的年轻人，却有少女愿意帮助他，而这位少女就是他在医院偶然遇见的那位实习护士。当他还是一个不够出色的医科学生时，他经常在乡间活动。那位护士住在西部的一个小村庄，他时常去看望她，于是二人便顺理成章地结婚了。她天真可爱，愿意把自己献给他，她不要求丈夫为她做什么，只是安静地在那荒郊野外的地方等着他回来，尽管他一陷入工作就无法自拔。

在这之后，阿罗史密斯想在一个处处是瘟疫的岛上试验血清，她又和桑德利司一起跟去了。最后她在一间废弃的小屋里悄无声息地死去了，而此时她的丈夫正在妖妇的歌声中沉醉，这个一心自我牺牲的女性就这样完成了她那令人敬仰的一生中最后的辉煌。

这部作品蕴含着许多专门知识，连专家们都对其准确性惊叹不已。刘易斯行文流畅、信手拈来、见解深刻，他之所以具有这么强的写作功底，是因为他艺术功底深厚。当他在对作品的细节进行思考时，其认真、仔细的创作态度可以和科学家阿罗史密斯或戈特利布相提并论。可以这么说，对于他的父亲——内科大夫来说，这部作品具有里程碑式的意义。当然那些庸医和江湖骗子除外。

他另一部作品《艾尔麦·甘特利》（1927）就相当于给这个社会最细微的部分施行了一次手术。如果我们失去了六根清净的清教徒的美德时，就会在美国某个历史悠久的地方发现清教徒的遗毒。在清教徒们看来，再婚是不可饶恕的罪过，似乎可以讨好上帝的唯一方式就是让某个人变成鳏夫或寡妇，而放款生息更是不可饶恕。可是，另一方面，美国又必须避免宗教变得刻板。那里处处都是像"艾尔麦·甘特利"这种极具代表性的传道士。他的布道方式毫不严谨，每次出现在人们面前，都会摆出一副盛气凌人的、拳击家的样子。他可以在教堂内召集起所有的听众，可是这样做依然无法避免被人们发现：原来他是一条酸臭的鱼。刘易斯不想，也不能让他拥有任何动人的品行，可是从描写的角度来说，本书写作技巧让人叫绝，幽默风趣的力量和坦诚也充斥其中，那沉闷的讥讽让人顿生荒凉。对于伪善在各个角落的传播，我们不需要明确地指出来，对于那些打击虚伪的人，我们也不需要让他知道那九头怪蛇其实离我们很近。

《多兹沃思》（1929）是辛克莱·刘易斯的最新一部作品。我们可以在该书中瞥见天顶市贵族气息最浓厚的一户人家——那是巴比特未曾跻身进去的圈子。在美国,"高级贵族"几乎代表着"最富裕"的阶层的意思,而萨姆·多兹沃思可以称得上是既富有,又尊贵的人。虽然已经过去了三个世纪,可是他依然觉得自己是英国人,一心想着认祖归宗。尽管他是美国人,可是却绝对不是那种喜欢战争的人。他的妻子弗兰和他一块出游,这时他已经六十岁了,而他的妻子才四十多岁。弗兰是个高贵的冷美人,尽管她的孩子都已经长大了,可是她却依然纯洁无比,"就像冬日里的风"。她像一朵娇艳的玫瑰花,在欧洲气息浓厚的气氛中绽放,她陷在及时行乐中无法自拔,变得爱慕虚荣、一切以自我为中心,她已经偏离了正常轨道太远,而她那位沉稳、深爱着她的丈夫只能由着她任性妄为。

当多兹沃思形单影只时,他曾经对"欧洲—美国"这个问题展开过深入的思考。作为一个整日忙得晕头转向的商人,他真心想给这二者之间的纷争理个头绪。他公正地、坦诚地,对很多事情进行了思考。最后他得出来这样一个结论,欧洲这块土地保留了曾经的宁静,而美国这块不眠不休的"纪录的追求者"的土地所轻视的正是这个。可是美国是个年轻、有活力的国家。当多兹沃思回到美国时,我们终于明白了,其实辛克莱·刘易斯的心无时无刻不在它身上。

没错,刘易斯是个美国人,他是用美国语言在写作,而这种语言正是代表着一亿二千万民众的新语言。他告诉我们,这个国家还处于发展中,还没有形成一体。

焕然一新的、杰出的美国文学的起始点将是美国的自我审判,这预示着健康。辛克莱·刘易斯的天赋让人欣羡,他可以把他清除土地的工具熟练地派上用场。他不仅拥有一双有力的手,而且面带微笑,心中充满活力。在他身上体现出一种新移民的风格,他会开拓疆土,把荒地变成良田。

在今天这个聚会上，辛克莱·刘易斯先生，我用另一种语言评论你，原本我可以借此机会对你进行诋毁，可是，我并没有这样做，我觉得你是美国新文学的一位年轻的、杰出的代表，我把你推荐给瑞典人民。在美国，你在我们的同胞中诞生，你曾经在你的作品中，对他们进行过友好的描述。今天，我们很荣幸你在这里出现，更令人感到荣幸的是，我们的国家可以把这一项至高无上的荣誉赐予你。现在，就请你过来，我们的国王会把这项荣誉亲自送到你手上。

获奖致辞

说到我接受诺贝尔文学奖有什么样的感想，如果我滔滔不绝，也许会让人厌烦不已，所以我只想说"谢谢"两个字，借此表达我的心意。

我想在今天这个演说中对如今美国文学的一些走向、危机和激励人的前景进行一下陈述。我将对这个问题知无不言、言无不尽，而且极尽坦诚，虽然会有一些有失体面的地方，可是我不想用其他方式有辱各位，因为我必将冒犯那些其中关系到的、我所爱戴的国土上的某些机构和人士。

可是我想衷心地请求大家相信，我并不是一个喜欢抱怨的人，相反，我觉得我受到了上天的眷顾，上天并没有让我承受什么苦难，也没有让我生活在贫困之中。有时，我会因为书和个人的原因遭到一些批判——加利福尼亚州一位正派的教师读了我的《艾尔麦·甘特利》后，希望对我进行围攻和处罚；而另外一位缅因州的高尚人士高呼不知道能不能通过正当途径，对我绳之以法。还有，某些新闻杂志记者中老奸巨猾的人、那种在我们美国俚语中被叫作"我在俱乐部认识他"的一群人是最让人难以忍受的，他们肆无忌惮地指责我说，他们非常了解我，我顶多算是个低级人物，不可能被冠以作家的称号。可是，虽然我遭受过不少让人难以接受的羞辱，尽管我也曾尽力申辩过，可是我依然不会把希望寄托在一些公正的指责上面。

站在我个人的角度，我并不想发出愤愤不平的声音，可是综观美国文学整体的状况，还有它在这个国家所处的地位，我则觉得非常不公平。这个国家的产业主义、金融和科学都发展得欣欣向荣，而被人广泛关注、拥有极强生命力的艺术却只有建筑和电影这两样。

我们可以举这样一个例子来加以证实，它把瑞典文学和我自己也牵涉进去了。那就是几天前在我抵达瑞典以前发生的一件事。美国有一位博闻强识、深受人敬仰的老绅士，过去他曾是牧师、大学教授和外交官，如今他的身份是美国文学艺术院院士，还被很多国家授予荣誉学位。身为作家的他之所以闻名于世界，就在于他擅长描绘诸如钓鱼之乐这样令人愉悦的小随笔。在我看来，依靠捕获鳕鱼或鲱鱼生存的渔夫这种职业并没有什么意思，可是，年少时候的我却因为这些随笔获益匪浅。如果你捕鱼并不是为了生存，那么捕鱼这件事的意义就是非常有意义的。

这位学者曾经在公开场合表示，由我这样一个多番讥讽美国社会的人来领取诺贝尔文学奖，美国就已经遭到了诺贝尔委员会和瑞典学院的侮辱。身为前外交官的他是不是想以这件事为契机，从而带来国际纷争，或者要求美国政府出动海军陆战队登陆斯德哥尔摩来对美国的文学正义进行庇护，这是我所不知道的，可是我希望不是我想象的这样。

我希望做出这样的设想,对一位既是神学博士,又是文学博士,还有很多我所不知道的冠冕堂皇的头衔的人来说,也许事情会不一样。我不如设想他曾经进行过这样的推测:"虽然我个人并不喜欢这家伙的书,可是既然他得到了这个奖项,就是给美国争光了,因为他们开始觉得美国这个民族开始成熟,不再处在荒郊野外,因为只有不自信,才会害怕批评,而如今这个国家长大了,对于别人的批评,它可以淡定自如地接受,无论这种批评中有没有讥讽的意思。"

我甚至希望做这样的设想,一位国际声誉斐然的学者会相信,对斯特林堡、易卜生、彭托皮丹的作品都非常熟悉的斯堪的纳维亚各国家,不会深受一位作家的言论的影响。再加上这位作家最无政府主义式的评论也只是告诉人们,美国这个国家所拥有的财富和力量,还没有制造出可以对人类最深刻的需求进行满足的文明。

我深信,几乎没有高唱过"国歌",也几乎没有在扶轮社[①]发表过演讲的斯特林堡,并没有遭到瑞典的质疑。

我为什么要这样耐心地对这位渊博的钓鱼者的批评进行探讨,原因并不是这批评本身很重要,而是它把这样一个事实呈现在人们面前,那就是美国的大多数人——包括读者和作家在内,对于所有不是对美国事物进行赞颂的文学,依然都害怕不已,一定要像赞颂美德那样赞颂过错。如果一位美国的小说家想让自己的作品在国内知名,真正深入人心,他的描述就应该是这样的:所有的美国男人都是高大、帅气、富裕、正派、对打高尔夫球非常精通的男子汉;

[①] 扶轮社(Rorary International)是资产阶级国际性社团组织,1905年在美国芝加哥成立,在137个国家都有其分支机构,在《巴比特》一书中,刘易斯对其进行过细致的描述。

美国的城镇无一例外都是这样的邻居，整天没什么事可干，只是瞎转悠，互相问好；而美国女孩虽然粗俗一点儿，可最终会变成家庭的贤内助。而且，美国从地理形势上来说只包括这样几个部分：居民都是百万富翁的纽约；依然维持着1870年时美国人所具有的那种热闹的英雄主义的西部；每个人都在月光遍地、木兰芳香的农家乐园居住的南方。

大家二十年前在瑞典读过我们的某类小说家的作品，像德莱塞[①]和维拉·凯塞的作品，可是这类小说家在当时的美国并不怎么招人待见，而且也没有产生多大的影响，如今形势依然如此。就像我在前面拿来举例的那位杰出的钓鱼协会会员所说的，给大众化杂志写作的那类作家依然最受我们的推崇，他们激情满满地、枯燥地合唱着：一亿二千万人口的美国依然像她只有四千万人口时一样，维持着田园牧歌式的、质朴的风格；一家工厂虽然拥有万名员工，可是老板和员工的关系依然像1840年工厂只有五名员工时一样，非常单纯、友好；现在在三十层大厦公寓住着、有三辆汽车备用、有五本书在书架上摆着、下周就有可能离婚的家庭，其父子关系、夫妻关系依然和住在周围爬满蔷薇的五个房间时一样；而且，最令人叫绝的是，美国颠覆性的变革已经完成了，具有浓郁乡村风格的殖民地正朝如今的世界帝国大踏步前进，可是山姆大叔牧人式的、清教徒式的质朴则依然像过去一样。

对于那位钓鱼协会的会员，我真的充满了感激，他或多或少指出了我的特点。原因是，既然他领导着美国文学和艺术，那么他完全可以说，他是我的救命恩人，让我有权利开诚布公地对该协会进行讨论，就像他过去谈论我一样。只要是真正关系到如今美国唯理

[①]德莱塞（Theodore Dreiser，1871—1945），美国知名的现实主义小说家。

智论的研究,就必须对这个神奇的机构进行思考。

可是,请允许我先畅想一番,再对该协会进行讨论。当我几天前横渡大西洋时,在那汹涌澎湃的浪潮中,在那种百无聊赖中,我就是这样来自娱自乐的。我想大家都知道,截至现在,美国并没有因为我获得诺贝尔文学奖而欢呼雀跃,当然,大家肯定对这种现象已经见怪不怪了。我想,即便由托马斯·曼(我觉得他的《魔山》好像已将整个欧洲的智慧都包括进去了)来获得这个奖项,或者由吉卜林(他的作品所具有的社会意义非常深远,具有威信的评论说他再次创立了大英帝国)获得这个奖项,或者由萧伯纳获得这个奖项,总会有人埋怨选错了人。此外,我还畅想过,如果当选的是西奥多·德莱塞这样的除我以外的某些美国作家,人们又会议论什么呢?

我是想说,即便其他美国作家站在我如今的位置上,情况势必也和我一样。事实上,德莱塞取得了比任何其他人都大得多的成就,当他始终无法得到宽恕、多次遭人嫉恨时,他一个人昂首前行,开辟出一个全新的领域,改变了美国的小说风格,不再是过去的维多利亚式、豪威尔斯[①]式的懦弱与文雅风格,而变成了活力十足的激情和果敢风格。正是因为他的开辟,我们才能把生命、美和害怕都表现出来,除非我们愿意被关入大牢。

舍伍德·安德森是我一位杰出的伙伴,他曾经在公开场合对德莱塞的这种地位进行过赞扬,我愿意迎合他。三十年前,德莱塞勇敢地把他的首部小说《嘉莉妹妹》出版了,二十五年前,我就读过了,封闭、压抑的美国因为它的到来,似乎呼吸到了一阵新鲜空气,而且它也给我们枯燥的家庭生活带来了自马克·吐温和惠特曼

[①] 豪威尔斯(William Dean Howells, 1837—1920),美国小说家和评论家,提倡现实主义。

以来的第一丝活力。

可是，假如由德莱塞先生获得这一奖项，也许美国的怨言又会传入你们的耳畔。他们会埋怨，他的风格太复杂了——我不是特别清楚这"风格"到底是指什么，可是这个字眼我时常可以在一些二流批评家的文章里看到。所以，我假设它一定拥有某种确定的属性：他们还会指责他用词不够精致，作品太烦冗了。此外，那些高贵的学者抱怨道：所有人在德莱塞的世界里都被罪恶、悲伤和绝望包围，而不是被乐观和美德包围，后者才和真正的美国人相符。

此外，如果是尤金·奥尼尔先生当选——在过去的十年或十二年间，他完全颠覆了美国的戏剧，以往精致和充满阴谋的虚假世界已经不存在了，取而代之的是一个光明和伟大的世界——可能会有人偷偷告诉各位，他的剧作里包括了一些更甚于嘲讽的东西——他觉得人生和学者们在研究中心设置好的整齐划一的样子有很大的差别，是一种恐怖、恢宏，时而非常可怕的东西，就像飓风、地震和大火灾一样。

此外，如果是詹姆士·布兰奇·卡贝尔先生当选，你们就会听到这样的评论，他的作品太荒诞、恐怖了。一样的道理，有人会跟各位说，虽然维拉·凯塞小姐在她的小说中对内布拉斯加州农夫的纯朴品质进行了颂扬，可是在她的小说《沉沦的女子》中，她没有严格遵守美国一直存在的、也许枯燥的美德，而对一个淫荡的女人进行描绘，甚至让坚贞的人也被她的魅力所折服，在这部小说中找不到任何道德品质；一样的道理，亨利·门肯先生是最受人诟病的讽刺家；而舍伍德·安德森先生竟然觉得性就像钓鱼一样，是生命的源泉，在这件事上，我也有错，犯了荒诞的错；再比如厄普顿·辛克莱先生，身为一个社会主义者，他的罪孽就在于和美国资本主义式大量生产的十全十美唱反调；而约瑟夫·赫格希默先生不能被叫作美国人了，因为在他看来，要想容忍平常的生活，就必须忍受文雅的态度和外观上的美；此外，欧内斯特·海明威先生不仅年轻气盛，而且更糟糕的是，他用了一些不可能从绅士嘴里冒出来的语言，他相信人们要想追求幸福，一个恒久的方法就是喝酒，而且他还武断地说，相比战场上男人间的互相屠杀，士兵了解爱要有意义得多。

没错，这些和我战斗在同一战线上的人都是可恶的。如果他们当选了，那么就像我当选一样，一样会被人诟病，可是作为一位具有国家荣誉感的美国人——可是，我得先跟各位提个醒，作为20世纪30年代而不是19世纪80年代的美国人——我觉得很幸运，他们和我生在同一个国家，而且在提到他们时，我的语气是充满自豪的，就好像以下这些人之于欧洲的意义：托马斯·曼、H.G.威尔斯、高尔斯华绥、汉姆生、本涅特、福克特温格①、塞尔玛·拉格勒夫、温塞特、海登斯坦、阿努吉欧、罗曼·罗兰。

我的一生就是这样的，在乐观主义和悲观主义之间徘徊不定，可是所有写作或评论事物的美国人的命运都是这样的——在如今这个世界上，美国可以说是一个最不稳定、最充满冲突、最压抑的一个地方。

在这里，我会自豪地提到几位我觉得是如今美国文学界的名人的人物，我不可能将全部名字都一一列出来，如果有时间，我愿意真心给他们唱赞歌，可是现在，我必须回到主题，下面我就会把我的结论说出来：我们的确在商业和科学方面拥有活力十足的、多姿多彩的标杆，可是在现如今的美国文坛，甚至在所有美国的艺术范

---

①福克特温格（Lion Feuchtwanger, 1884—1958），德国小说家和剧作家。

畴内，当然除了建筑和电影，都找不到有待完善的协调方案，找不到能够追本溯源的英雄，也找不到可以被指责的坏人，找不到能够继续前行的道路，也找不到必须绕开的危险渠道。

美国的小说家、诗人、戏剧家、雕刻家或画家的工作都必须凭借一己之力完成，当他们觉得疑惑时，可以帮助到他们的只有他们自己的信仰。

毋庸置疑，很多艺术家都会面临这样的局面。流浪者兼罪犯维庸想要找到一个惬意的避难所是根本不可能的，让文雅的淑女们牵起他的手，给予他安慰。这是一个真正杰出的人物，他注定要比所有的公爵和有地位的主教的寿命都要长一些，他不愿意卑躬屈膝去抓紧他们的长袍，所以他也只能在贫民窟生活，啃着难以下咽的面包。

美国的艺术家的生活其实还不错，我们得到了体面的回报，这是事实。只是作家过得并不如意，他们没办法拥有自己专属的司膳侍者、汽车和棕榈滩上的别墅，如果有，在那里基本上可以结识银行业的大老板了。可是，一个作家不但和这些无缘，而且还要忍受一些比贫困更加恶劣的事情——他时常会感觉到自己的创作得不到社会的重视，读者对他的希望仅限于一个修饰师或小丑，或者人家出于善良，对他予以认可，把他看作一位嘲讽家，虽然狂吠不止，可是不会对人造成伤害，他可真的是个好人啊！可是无论如何，在这个经济发达、物产富饶的国家内，作家没有价值可言。他不属于任何机构，不附属于任何团体，他得不到正面激励，没办法得到值得认可的批评，也得不到极其宝贵的赞扬。

那么，我们所拥有的机构究竟有哪些呢？

组成美国文学艺术研究院的人有几位杰出的画家、建筑师和政治家，像名声在外的大学校长巴特勒、勇气可嘉的学者克罗斯，也有几位首屈一指的作家：诗人罗宾逊和弗洛斯特、奔放的评论家亚当斯，还有小说家伊迪丝·华顿、哈姆林·加兰、欧文、韦斯特、布朗、惠特洛克和布斯·塔金顿[1]。

可是，西奥多·德莱塞、亨利·门肯没有名列其中；批评家乔治·简·纳森，我们中最好动的一个，尽管年纪不大，可已经开始领导我们戏剧批评界了；尤金·奥尼尔，我们无人能比的最杰出的剧作家；还有具有名副其实的创造力的诗人文森特·米莱、卡尔·桑德伯格、罗宾逊·杰佛斯、马歇尔、林赛和李·马斯特斯，李的《斯蓬河诗集》不同于过去任何出版的诗，这些诗严谨却又不失美好，摆脱了探索和怯懦的束缚，引领了一个美国本土的新诗派。以下小说家和短篇作家也没有被包含在其中，像维拉·凯塞、约瑟夫·赫格希默、舍伍德·安德森、林·拉德纳、欧内斯特·海明威、路易斯·布罗姆菲尔德、丹尼尔·史蒂尔、范妮·赫斯特、玛丽·奥斯丁、詹姆士·布兰奇·卡贝尔、埃德那·费勃，甚至连厄普顿·辛克莱也没有名列其中，对于他那积极的社会主义思想，无论你持什么样的态度，我们依然得承认相比任何一位美国艺术家——不管是小说家、诗人、画家、雕塑家、音乐家，还是建筑师，他都要知名得多。

对于我上述提到的所有作家，我并没有指望一个研究机构可以将他们都包括进去，可是其中任何一位作家都没有出现在一个研究机构，那它便和美国文学中活泼的、顽强的和富有创造力的一面相背离了，它也就无关于我们的生活了，无法对民众起到励志作用，并不能成为今日美国文学界的代表，它只是对亨利·华兹华斯·朗

---

[1] 上述都是19世纪末至20世纪初美国文坛上颇有影响力的诗人、小说家、评论家和学者。

费罗进行代表而已。

可能有人会辩解道，不管怎样，研究院的名额是有限的，只有五十个，当然不可能把每位有价值的人都包括进去。可是，实际情况却和名额有限无关，因为当研究院没有接收我们少数几位天才的同时，却包容了三位才华平平的诗人，两位写特别枯燥的通俗闹剧的剧作家，两位只是因为身份是大学校长的绅士，一位三十年前因为机智而闻名的画家，其他几位绅士，原谅我根本没有听说过，不知道他们是谁。

请允许我再说一遍，我并不是要在这里对美国研究院进行抨击。

我应该这么来评价它，它是一个尊贵、庞大，而且拥有不容置疑的威信的机构，更何况，我们文学界很多值得一提的人物并没有名列其中，错并不在于它本身。有时要怪那些作家本身。我难以想象，当研究院那种雅典式皇家风味的晚宴邀请像灰熊一样的西奥多·德莱塞参加时，他会觉得舒适；而如果门肯受到他们的邀请，可能他会用嘲讽的语气来故意惹他们生气。不，我不是有意抨击——虽然我一百个不乐意，可是现在我还是想对该研究院进行一下讨论，只是因为它把美国的理性和真实的标准这两者之间的巨大差异显现出来了，可谓也是一个太过完美的实例。

我们的大学和学院，或者是高等学校①，基本上都存在这个问题。其中做得好一点儿的只有四所学校，分别是佛州里达州的罗林斯学院、佛蒙特州的密德贝利学院、密歇根大学和芝加哥大学——像罗伯特·赫里克那样杰出的小说家，像罗伯特·洛维德②那样拥有勇气的批评家都曾经出现在芝大的名单上，这些学校开始真正感

---

① 这里指的是大学预科（gymnasia）。
② 罗伯特·洛维德（Robert Lovett，1870—1956），芝加哥大学英文教授。

兴趣于当代拥有开拓意义的文学。可是，在美国，大学、学院、音乐学校和教授神学、修理水管、广告招牌绘画术的学校一样多得数不胜数。无论什么时候你看到一幢公共建筑，印第安混凝土牢固的墙上有着哥特式窗户，那么这就又是一所大学无疑了，学生从两百到两万名不等，一样对于躲开追求高深学问所带来的弊端非常有热情，对得到文科学士文凭所带来的社会名誉拥有热情。

噢，我们的大学在社会上和民众可是紧紧相连呢，尤其是在运动竞赛方面，一场极具规模的橄榄球赛会吸引八万名激情澎湃的观众抵达现场，门票一张五元，四面八方的汽车都朝这里拥入，二十二个男人在奇怪的场地上来回奔跑，观众们目不转睛地盯着。一位厉害的球员在橄榄球赛季中差不多等同于我们最杰出的英雄——甚至可以和亨利·福特、胡佛总统和林白上校相媲美。

对我们起到主导作用的商业巨子在科学的某个分支领域内，宁愿推崇那些对学术事业奋斗终生的人。我们这些商业贵族中的某一位先生也许极不看好诗人或画家的想象力，可是无论如何，在对待密立根、迈克尔生、班廷、西奥博尔德·史密斯那样的人物时，他却会怀着满腔的热情。

可是让人觉得疑惑的是，我们的大学在艺术方面却躲得远远的，缺乏鲜活的创造，远远比不上它们在社会、体育和科学等方面那样和我们关系亲密。对一位忠诚于美国大学的文学教授来说，文学的诞生不是缘于如今的普通人难受地坐下来。不，它是一些刻板的东西，它来源于某些厉害的、让人匪夷所思的力量的创造，假如非要将这些人称作艺术家的话，那么在拥有魔法的打字机出现以前，他们最起码已经长眠于地下一个世纪了。对于一位真正上流社会的绅士来说，只要想到文学可以源于普通人的创造，这些人竟然也在街道上穿行，穿着平淡无奇，看上去就像是一位司机或农夫，他们自然会从内心升腾起一种厌恶。我们的美国教授们的期盼是，他们的文学是明晰的、淡漠的、纯洁的，甚至是枯燥刻板的。

我觉得这种情况只会出现在美国大学内，我所了解到的情况是，对于牛津大学和剑桥大学的那些绅士来说，同威尔斯、本涅特、高尔斯华绥、乔治·摩尔等人和一位像塞缪尔·约翰森那样可靠、美丽、死气沉沉的作家相提并论，好像特别不合适，而他们却延续了这种不公平。在我看来，在瑞典、法国和德国的大学内，也存在很多不去理解，却只看重研究的教授，可是在美国这块新兴土地上，人们会渴望文学教师们更拥有人性，少一些刻板，摆脱古老欧洲传统的阴影。而他们并不是这样的。

近年来，一股让人目瞪口呆的"新人文主义"思潮在美国的大学以外出现。当然，如今"新人文主义"一词试图将很多事物都包括进去，可现实情况却是，它根本容纳不了任何东西。它想指任何事物，从相信当代农夫的俚语根本比不上希腊文和拉丁文，到相信一个刻板的希腊人远远不如一位生龙活虎的农夫。可是，这个神秘的名词倒很适合用来标志这个神秘的时尚。

按照我现在的认识水平，如今的世界充满了希望，又让人激情澎湃，这个世界因为多种多样的事物而变得多姿多彩：齐珀林式飞船、布尔什维克的农业工业化、船舰、大峡谷、儿童、大饥荒和科学家对上帝孤注一掷的研究，基于现在这种气氛，那些新人文主义者淡漠的痴迷不会得到任何一位拥有创造力的作家的关注——这个最潮流的流派重申人性二元论。文学被它困囿在人神间或灵魂与魔鬼间的纷争中。让人讶异的是，神和魔鬼都只能打扮得像希腊人一样，而不能穿现代的衣服。对于新人文主义者来说，俄狄浦斯是个悲情的角色。在这个强制性推销术充斥其中的世界里，基于一些领导人的思想的威胁，人们试着把自己看作是上帝的计划失败了，他们只能这样安慰自己，生活的宗旨就是对自我克制的发展——无论从这种自我克制中，人可以实现什么目的。这整个思想衍生了一种腐朽的理论，那就是不管是艺术还是人生，都必须是顺从的、否定的、悲观的。在这个亢奋的、革命性的世界里，竟然还被引入了这种灰暗的反动理论。

这片国土上的人们对大无畏的智慧丛生的冒险充满了渴望，奇怪的是这种刻板的理论，这种和人生离得远远的复杂，这种像隐藏在修道院一样的枯燥沉稳的理论在这个国家里，竟然会受到教授们的热捧。更恶劣的是，它让那些具有创造力的作家没有了用武之地，基本上这些影响都是从大学来的。

可是情况一直都是这样，勃兰兑斯、泰纳或克罗塞①这样的人从来没有在美国出现过。

拥有创造力的人才在美国并不是没有，可是我们的批评界的态度却是一贯的疏离，一些毫无价值的活动充斥其中，一些忌妒的老处女、退职棒球记者和尖酸刻薄的教授们一直纠结在其中。我们的伊拉斯谟从来都是乡村女教师。在这种创造力缺乏的情况下，我们还能谈标准吗？

19世纪中期，包括爱默生、朗费罗、罗威尔、霍姆斯、奥尔科特等人在内的剑桥—康科德这个举世瞩目的团体，就是在美国文学中深刻反映出了欧洲的悲伤基调，可是它并没有产生多大的影响，而且没有继续传承下去。惠特曼、梭罗和爱伦·坡，从一定意义上来说，霍桑也可以名列其中，都是些形单影只的、被抛弃的人，遭

---

①克罗塞（Benedetto Croce, 1866—1952），意大利哲学家及政治家。

到他们那一时代的新人文主义者的怒骂。直到威廉·丹·豪威尔斯出现了，我们才有了一种类似于标准一样的东西，可是这种标准却极其恶劣。

豪威尔斯先生为人亲切、和蔼、忠诚，可是对于一种和虔诚的老处女一样的道德观，他却矢志不渝地坚守着，在教区牧师的家宅喝下午茶就是他最大的乐趣。对于侮辱和淫秽、对于所有那种H.G.威尔斯所说的"欢乐粗鲁的人生"，他都憎恨不已。在他的想象中，人生美景也许有农夫、水手和工厂劳工的存在，可是，农夫却一点儿粪肥都不能沾，水手不会唱淫秽的水手歌，工厂劳工一定非常感谢他那善良的雇主，而且他们都希望到佛罗伦萨旅游一趟，他们会微笑着看乞丐的离奇荒诞。对于这样的美景，豪威尔斯先生竟然天真地相信了。

对于这种闲散阶级的、新人文主义的哲学，豪威尔斯先生竟然相信了，而且非常笃定。同时代的人们被他深深影响着，直到1914年和世界大战的骚动期间。

其实，一直到现在，他的影响都一直存在，我们当代最杰出的作家之一马克·吐温，这位粗俗的刚烈老头儿，竟然在他的影响下，开始穿上理性的礼袍，戴上高顶礼帽。哈姆林·加兰依然对他充满崇敬之情，事实上，不管从哪个方面来说，这位作家都要比他优秀得多，可是因为深受豪威尔斯的影响，他竟然从一位严苛、崇高的写实主义者，变成了一个谄媚的、没什么价值的训诲家。迄今为止，加兰先生都是美国文学界的领军人物，而且作为一位领袖，他诧异于所有年轻作家品位不足，作品中的人物在谈恋爱时，通常是以和祈祷书中所写的方式相悖的方式进行的，普通人有时所用的词也是"大街"的妇女文学俱乐部所禁忌的。而这位哈姆林·加兰年轻时在波士顿是个非常有素养的人物，而且他在受到豪威尔斯的侵蚀前，曾经写过《大路》和《荷兰人山谷里的玫瑰花》这两本非常具有启发性的、非常果敢的写实主义作品。

年少时期我曾有幸拜读过这些作品，那是在明尼苏达州一个大草原的乡镇，而加兰先生在小说中所描写的背景环境就是那里。我太激动了，这种情绪还是在我读巴尔扎克和狄更斯的作品时体会过，他们的作品让我相信，我们是有可能把法国和英国的平民描绘得像亲自站在人们面前一样。可是我从来没有想到的是，有人能把俚俗淫秽的细节摒弃掉，而把明尼苏达州苏克萨特镇的人们描写出来，让人觉得就和他们待在一起一样。大家是知道我们的小说一贯的写法的，所有在中西部乡镇生活的人们都被描绘成尊贵、幸福的人，我们之中从来没有人愿意用乡镇生活中那美好、温暖的生活去交换纽约、巴黎和斯德哥尔摩那种缺乏道德的、庸俗的生活。而我在加兰先生的《大路》里发现了一个人，他认为疑惑、卑劣和英雄主义有时也会出现在中西部的农夫生活里。我尘封已久的思想因为这种新观点而被打破了，我开始按照生活最本真的样子，来对人生进行描写。

如果这位加兰先生在知道我正是受到他的启发，才把我所观察到的美国真实地描写下来，而没有依据威廉·丹·豪威尔斯先生那种把生活看得无限美好的方法去对美国进行描写，他不但会满心不悦，也许还会非常生气。这是他的悲哀，也是一个充满启迪的美国的悲哀。在这片充满自由气息的国土上，像加兰这样的人，一早就对自由之路大加赞赏，可是最后自己却被禁锢其中，理论也走向了反面。

可是，当豪威尔斯这样的人正在满腔热情地找寻，如何才能把美国变成英国大教堂式城镇那样灰暗的模板时，依然有很多矢志不渝的人们——像惠特曼、麦尔维尔、詹姆士·赫尼克和门肯极力声称，应该有一些比茶几更文雅的东西存在于我们的国土上。

就这样在没有标准可依的情况下，我们也没有退缩，开辟出了一条道路。对于有着坚定意志的年轻人来说，没有标准可依可能还是件好事。对于我来说，虽然过去我一直对我心爱的国土好像都是充满悲情的描绘，而现在，我愿意用一首非常美妙的乐观主义之歌来代替。

对于美国文学的前景，我信心十足。我相信，我们正一步步走出安全、稳妥和难以让人相信的愚蠢的地方主义的琐碎。如今有很多美国青年正在这样做，遗憾的是我的年龄大了，没办法和他们并肩作战了。

这其中就包括欧内斯特·海明威这位犀利的青年，他是一位真正的艺术家，他的人生经历充满了动荡和起伏，他也以此来对自己进行历练，给自己制定了非常高的标准，他的港湾就是生命本身；托马斯·伍尔夫[①]，我相信他才三十岁或者年纪更小，《天使望家乡》是他仅有的一部小说，可是却能够和我们最伟大的文学作品相提并论，他是一位对生命拥有满满的热情，而且极具潜质的作家；桑顿·怀尔德在写实主义的时代生活，对曾经的美梦进行反复咀嚼，他把永恒的传奇动人地描绘出来了；约翰·道斯·帕索斯对巴比特式可靠稳定的标准讨厌不已，他取得了突破性的好成绩；史蒂芬·贝尼特通过回忆老约翰·布朗的荣誉，在美国的粗鄙中把史诗的规模重新建设起来了；迈克尔·高尔德把纽约曼哈顿东区新开发的犹太区以及威廉·福克纳打破了南方历史悠久的传统都揭示出

[①]托马斯·伍尔夫（Thomas Wolfe, 1900—1938），美国小说家。

来了。此外，还有十多位年轻的诗人和小说家，其中有不少人都在巴黎居住，他们或多或少地在詹姆斯·乔伊斯疯狂的传统下生活，可是无论他们沉迷的情况有多么严重，他们都不愿意变成闲散阶级的、古老传统的以及枯燥单调的作家。

  向这些人致敬，我很高兴我还有和他们一样的志向，他们决定向美国贡献出自己的才智。在这片美丽的国土上，有连绵起伏的高山、无边无际的草原、大都市、偏远的小屋、亿万财富和至高无上的忠诚和信仰，它的波澜壮阔和它的文学是相匹配的。年轻的美国作家们下定决心要创造出和国家的广博相一致的文学，我也非常高兴自己有这个决心，并高兴地向他们表示敬意。

目 录

第一章　1

第二章　18

第三章　31

第四章　51

第五章　67

第六章　89

第七章　119

第八章　134

第九章　158

第十章　171

第十一章　191

第十二章　201

第十三章　207

第十四章　232

第十五章　249

第十六章　269

第十七章　284

第十八章　297

第十九章　312

第二十章　332

第二十一章　341

第二十二章　350

第二十三章　358

第二十四章　372

第二十五章　390

第二十六章　403

第二十七章　415

第二十八章　427

第二十九章　441

第三十章　467

第三十一章　482

第三十二章　492

第三十三章　506

第三十四章　517

辛克莱·刘易斯作品年表　531

第一章

1

雾霭弥漫的清晨，让人感觉最清晰的就是天顶市的大厦。它们有着坚硬的钢筋混凝土和石灰石结构，看上去沉着而严肃，但又因为外观独特而稍显精致。它们高高地耸立着，一直伸到了云层的深处。

这些高楼干净明亮，总会让人以为它们是某些王公贵族的城堡，或者是信徒们虔诚礼拜的教堂，然而真相并非如此，它们只是办公大楼。且透过晨霭仔细看去，到处是一片衰败的景象。邮局的木瓦房顶已经老旧不堪；曾经华丽无比的公寓住宅在风雨的侵蚀下也变得黯然失色；那些密密麻麻排列着的房屋有着红色的尖顶，窗户又小又脏，想要透过它看一看外面的世界，简直是一件比登天还要困难的事情。

这座城市充斥着大大小小、造型奇特的建筑，但是崭新的大厦还是在一片破败中拔地而起,引领着新的建筑时尚。于是一些新的建筑如雨后春笋般在城外郊区的山坡上涌现出来,那里环境安静幽雅,仿佛住在那里的都是最幸福的人。

混凝土桥上驶过一辆豪华轿车,尽管它的速度极快,但引擎并没有发出丝毫噪声。这辆豪车是从小剧院方向开来的。车上的人身着晚礼服,显然是刚刚通宵排练完戏剧。这些戏剧的爱好者并没有因为通宵达旦地工作而抱怨连天,一整个晚上,他们一边排练一边喝着香槟酒,感到活力十足。

这座桥下,铁路交叉弯曲,足足有20多条钢轨从此经过。铁路上的信号灯发出艳丽的色彩,闪动着,让人感到迷乱。尤其当纽约特快列车从这里驶过时,钢轨发出的白色光芒极为炫目,让人简直看不到天与地之间的界限。

现在已经是清晨时分,但是美联社的通话线路才刚刚关掉。工作人员在这座摩天大厦中工作了整整一个晚上。话务员一整个晚上都在与巴黎以及北京通话,现在他已经劳累不堪,赛璐珞眼罩也被轻轻地推到了前额上。此刻,整个大楼还处于一片安静之中,只有打杂的女工打着哈欠,穿着拖鞋走来走去的声音。

雾气已经渐渐地消散开来,那座巨型工厂又开始迎接成群结队的工人们,这个队伍至少有5000人的规模。他们每天带着自己的饭盒,心情沉重地开始一天的工作。这个新的大工厂格外气派,空心瓦的屋顶,明亮的大玻璃窗,车间里的各种机器装备也都是崭新崭新的,发出亮闪闪的光芒。当然最让这个工厂引以为傲的还是它生产出来的产品。这些产品有非常高的价值,它们已经走出家乡,被远远地销售到了幼发拉底河以及南非草原。

2

在天顶市花岗住宅区中有一栋老房子，它是荷兰殖民时期建造的。住在这所房子中的人叫乔治·福·巴比特。他在事业上没有什么大的成就，既没有做面包、做皮鞋的手艺，也没有吟诗作赋的艺术天分，他每天的工作是卖那些高价的房子。

此刻，他正睡眼蒙眬地躺在回廊中，看上去一副懒洋洋的样子，脸上洋溢着一片安静祥和。他刚过完45岁的生日，白里透红的脸上长满了皱纹，褐色的头发干枯而稀少。因为经常戴眼镜的缘故，鼻梁上还有两块深深的红色印记。这些都让他看上去十分苍老，然而他睡着的时候，脸上却有着一股稚嫩的孩子气。他虽然每天吃得好，喝得好，但是并没有因此而身材臃肿，只是两个脸蛋鼓鼓的，猛地看上去还以为嘴里塞了什么东西。相对于脸来说，他手上的皮肤要好很多，胖乎乎的，光滑而细腻。他把两只手放在盖在身上的米黄色毯子上，看起来给人一种十分富足的感觉。从他的相貌中可以感觉到，这个人对婚姻一定非常忠诚，但是似乎缺少一些浪漫的天分，这一点从他把卧榻放在回廊这个行为中就可以得到印证。

此刻，院子里的那棵榆树也静静的，仿佛也在沉睡之中。除了这棵高大的榆树，院子里还有一条水泥铺成的行车道和一间波浪纹铁皮屋顶的车房，另外还有两块看上去还算是整洁平坦的草坪。

巴比特迷迷糊糊地进入了梦乡，梦中的景致绚丽而多彩，小仙女又出现在了他的面前。这些年来，巴比特的梦中总有一个小仙女。他们甜蜜地相会。在别人眼中，乔治·福·巴比特只是一个普普通通的人，但是在小仙女的眼中，他却是一个风流倜傥的好青年。因此她愿意在秘密的丛林中等待着他。而巴比特也心往神驰，迫切地想要与小仙女见面。终于他悄无声息地从那个让他不愉快的家逃离出来，欢欣地奔向了小仙女。看着他渐行渐远的背影，妻子和朋友试着去追赶他，但那只是徒劳，他已经远远地将他们甩在了后面。见到小仙女以后，他们欢快地飞奔起来，然后互相依偎着坐在一处山坡上，享受着安静而甜蜜的时光。她的身材是那样曼妙，脸色是那样白净，性格是那样温和！她对他充满了赞美和信心，等待着他前来带着自己一起奔向幸福……

就在巴比特正在享受与小仙女的美好时光时，耳畔传来了一阵嘈杂的声音，这是送牛奶的卡车来了。

受到惊扰的巴比特感到十分懊恼，在无奈地叹了口气后翻了翻身，想要再去梦境中寻找小仙女的影子。然而，他再也找不到那种清晰的感觉了，只能远远地瞭望云雾那端的她的模样。他努力去追逐，眼看着小仙女的影子越来越近，他又可以沉浸在柔情蜜意之中了。这时，院子里又传来了一阵嘈杂的声音，是烧锅炉的工人关地下室门时发出的砰砰声，邻居家的狗叫声，送报员的口哨声以及用报纸敲门的声音。巴比特被猛地惊醒了，紧张的情绪过了好一阵才缓和过来。然而这时福特车的引擎又传来了不断灭火的吧嗒声，这声音对于巴比特来说是那样熟悉，但此刻又是那么让人讨厌。

巴比特酷爱研究汽车，这样不断熄火的声音根本是他忍受不了的，于是他的神经不由得紧绷起来。虽然他跟那个驾驶员从来没有见过，但是现在他却跟他站在一条统一的战线上，一起拨弄着方向盘，一起怀着急切的心情想要把车开走，一起因为不断地熄火而感到愠怒，然后又平心静气地不断地发动着车子。就这样，他一直听着那不断熄火的吧嗒声，这声音在寂静的清晨显得更加响亮而索然无味，甚至有些让人因难以忍受而发狂。

过了一会儿之后，汽车引擎震耳欲聋的发动声传来了，巴比特知道汽车已经恢复了正常，这时他悬着的心才落了下来。他眯着眼睛看了一眼那棵高高的榆树，看到榆树的树枝已经泛黄，正好与天空的金色相映衬，接着他又回到了模糊的睡梦中，想要把最后的那一点儿睡意延续下去。曾经，他是一个对生活充满热切期望的男孩子。但随着时间的磨砺，他的好奇心一点点地退去，对那些或许发生但是又极为模糊的事情不那么感兴趣了。

闹钟在7点20分准时响起，巴比特这才睁开了蒙眬的双眼。

3

巴比特的闹钟品质非常棒，属于国内顶级品牌，制造商把广告做到了全国的各个角落。它里面装的是非常先进的配件，总会间歇性地敲响，就好像大教堂的钟声一样。它的钟面也比较特别，每当夜晚还会发出亮光来。在巴比特看来，能够每天被如此高级的闹钟叫醒，是一件无比荣耀的事情。同时自己的身份也好像随之涨高了不少，这就好像一个人去购买新款的、昂贵的汽车轮胎就一定能够看出其身份的高贵一样。

他知道自己是时候起床去面对生活了，但是此时他依然躺在那里没有动。房地产销售这份工作他极其不喜欢，另外家人也让他感到很不满意，就连自己本人他也觉得不是那么喜欢。难得的一个假日他竟以在伯吉乐·扬齐家打扑克的方式度过，直到半夜他才回到自己的家中。现在，他的心情并不是很好，这种状态一直延续到了吃早饭之前。具体的原因他也不是很清楚。或许是因为昨天晚上喝了太多高浓度的私酿啤酒，之后又抽了好多雪茄烟；或许又因为他更喜欢男人打牌时豪迈的氛围，不愿意回家听女人们的唠叨。家里的这些女人让他感到很头疼，每天他听到最多的话就是她们让他少抽烟。

就在这时，回廊旁边的卧室中传来他太太兴奋的呼叫声："老公，起床的时间到了。"这呼叫声让他感到厌烦，然而接着响起的梳头发的声音更让他浑身难受，感觉全身的鸡皮疙瘩都起来了。

他不情愿地低声嘟囔了一句，然后开始张罗着起床。他把两条粗腿从盖在身上的毯子下伸出来，露出了已经旧得褪色的蓝色睡衣。他用手将凌乱不堪的头发整理了一下，然后坐在床边开始用脚去摸索自己的拖鞋。尽管他已经准备起床了，但还是非常留恋身边的那条毯子。仿佛只有在这条毯子之下，他才能体会到真正的自由，感觉自己是一个了不起的英雄人物。他原本以为买了这条毯子可以在旅行中露营使用，但到现在为止他旅行的计划一次也没有实现。尽管如此，这条毯子仍旧有着它独特的意义。有了它，他就可以随心所欲地玩，肆无忌惮地说话，把自己打扮得更加成熟有魅力一些。

他很无奈地站了起来，心里痛苦地挣扎着。熬夜让他的眼睛一阵灼烧般的疼痛，他难以忍受地呻吟了几声。之后，他面向院子站着，等待着疼痛再次袭来，同时也看看院子的景致好驱散残存的睡意。这个院子总是让他感到满足。在他看来，这个院子的主人是天顶市一个富有的商人。他把庭院已经布置得相当完美。站在这样的院子中，他感觉自己也变成了一个十足的美男子。

然而那间有着波浪纹铁皮顶的车房让他心生不爽。他几乎每天都会想："这个铁皮顶的棚子实在是太难看了。天哪，我一定要建造一间豪华一点儿的木板车库，这样它在这个现代化的社会才不会显得那样不堪。"这个时候，他想到了自己位于黄鹂谷的新房子，那里有一个公用车库可以供他使用。

现在他的心情平静了很多。他把手搭在腰间,睡得浮肿的脸上满是深深的皱纹,严肃而凝重。看上去,他似乎像一个官员那样聪明睿智,又像是一个拥有雄韬伟略之人那样豪迈强干。

他就这样一直想着,从回廊走过干净整洁的门厅,进了浴室。在这个花岗住宅区中,所有的房子都有一间浴室,巴比特的房子也不例外。他的浴室很干净。卫生设备全部都是瓷质的,面砖也是上过釉的,此刻正闪动着银色的亮光。毛巾架的支架是用镍做成的,搭毛巾的杆子是玻璃材质的,看上去都十分通透。浴室中装着一个又宽又长的浴缸,足可以盛得下一个士兵的身体。最让人感到惊讶的是,浴室中摆放的那一组小钵,里面是各种精致的小玩意儿,有牙刷、修面刷、海绵盒、肥皂盒,还有一个小袋子,里面装着各种保健类的药材。这些东西都擦得干干净净,好像一个电子仪表板,让人目眩。尽管浴室中的一切都是那样整洁得当,但却完全不符合巴比特的心意,因为在他眼中现代化的东西才是好的。于是他抱怨着充斥在整个卫生间的牙膏味。"一定是维洛娜用了这种让人恶心的牙膏!我早告诉她,牙膏就要选用利利多牌的,她却偏不听。"

巴比特又低头看了看地板,地板已经湿了,一定是他的女儿维洛娜又来了兴致,大早上起来洗澡了。浴室的垫子不仅由此变得皱皱巴巴,而且非常滑,以至于巴比特踩上去一下子就摔倒了,且撞在了那个大浴缸上。于是他气愤地骂道:"该死!"这种愤怒的情绪无处发泄,他只好用力地将剃须膏抹在脸上,像用修面刷来化解自己的愤怒一样,使劲地拍打着它。然后他拿起安全剃刀,准备将脸上的胡子刮去,可剃刀再次惹怒了他。因为剃刀的刀口太钝了,用起来显得十分笨拙。于是他又喃喃地骂道:

7

"该死，真是太该死了！"

他打开那个装药材的小袋子，想要找一盒新的刀片给剃刀换上去，他一边找一边想："与其买这种低劣的便宜货，还不如自己磨刀片更合适呢。"然而新刀片并不在他找的袋子里，而是在一瓶苏打水的后面，他找到之后很生气，于是暗自抱怨妻子总是把东西放不到准确的位置上去。不过还好，他的情绪并没有因此而爆发，他自我感觉情绪控制得还不错。就在他准备把新刀片从盒子中拿出来的时候，郁闷压抑的情绪终于爆发了。因为他的双手沾满了肥皂沫，又湿又滑，很难抓住刀片盒的小盖子，另外包刀片的油封纸又黏又容易碎。他不由大声地咒骂起来。

很快，他又遇到了新的让他烦恼的问题，那就是如何处理替换下来的旧刀片。这个问题虽然每隔几天就会发生，但他一直没有想到一个妥善解决的办法。这一次他还是和往常一样把旧刀片扔到了高高的柜子顶上，以免放在其他地方弄伤孩子们。但是这个做法他觉得也不是很完美，他想只是暂时搁置一下罢了，等哪天有时间，一定要把扔在上面的五六十个刀片全部都清理出去，这样他才会完完全全放心。心里想着这些，他忽然感觉到了一阵眩晕的感觉，本来情绪就不好，现在肚子空空的，脾气就更加暴躁了。

他终于把胡子刮干净了，眼睛却不小心沾了泡沫水，于是他赶紧闭着眼睛摸索毛巾，结果毛巾全部都是湿的，还有一种黏糊糊的感觉，散发着让人难以忍受的怪味道。妻子的、泰德的、维洛娜的、妲卡的，挨个摸过去，没有一条毛巾是干的。就连唯一的一条浴巾也都是湿的。这时他简直生气到了极点，猛地拿起了那条客用的毛巾擦起来。巴比特的这个行为实在是让人想象不到，因为这条客用毛巾非常高级，样式漂亮，质地优良，上面还绣着三色堇花。

它摆在这里并不是真的要拿来使用，而是为了彰显巴比特家属于上流社会的身份。关于这一点，客人们也非常清楚，因此每到他家做客，也只是使用普通毛巾。

然而现在，巴比特在迫不得已的情况下，居然用了那条人人敬而远之的毛巾。他难以遏制心中的怒火，狠狠地骂道："天哪，他们简直就是一群混蛋，居然把所有的毛巾都弄湿了，难道就没有想过我还没有洗脸吗？实在是太可恶了，用完居然还不知道拧干，怪不得我一直人生不顺呢！在这个家里，每天只有我在不断地为别人着想，每次我用完浴室之后还会想到给其他人留个方便。"

他一边骂着一边把那些湿毛巾一条条地从玻璃杆上扯下来，狠狠地丢进了浴缸中。看到那些毛巾在浴缸的水中漂浮起来，他的心情才稍稍缓和了一点儿，滋生出一种报复的快感。就在他丢毛巾的时候，他的妻子已经无声无息地站在了他的身后。她看着巴比特，并没有阻止他，只是安静地看着，然后问道："亲爱的，发生什么事情了吗？你是要洗毛巾吗？这些事情完全不用你操心的！哦，亲爱的，你用了那条客用毛巾？"

他什么都不想说了，他瞪大了眼睛看着她，眼中冒着愤怒的火气，这是几个星期以来，巴比特第一次被他妻子所激怒。

4

巴比特的夫人叫米拉·巴比特。她是一个有着丰富生活经验的成熟女人。这些年来，岁月已经在她的脸上留下了深深的痕迹，皱纹一直从眼角蔓延到下巴上，丝毫也没有留情面。她的脖子很胖，肌肤已经变得松弛，无法遏制地下垂了。年轻的时候，她总是害羞地站在丈夫面前撒娇，但是现在她却不再那样做了，她自己已经衰老，不再适合做那些年轻女孩的小把戏了，然而她并没有为此而懊恼过。她很清楚自己已经衰老，体型的变化就是最好的证明。她的腰已经像水桶那样粗了，就连身上的衬裙也被撑得鼓鼓的，别人一眼就能够看到她身材臃肿，但是她对此毫不在乎。她的婚姻生活平淡而无趣，就像白开水一样没有色彩和味道，以至于她的个性渐渐消磨光了，就好像一个快要生病的修女一样无欲无求。她质朴善良，每天辛劳地操持家务，但是很少有人好好地关心她。家里唯一与她亲近并对她有兴趣的只有她10岁的女儿妲卡。

刚刚因为毛巾的事情，她与巴比特争执了很久，直到巴比特头疼欲裂得好像喝了太多酒一样难受，她的情绪才缓和了一些，不再继续纠缠那件事情。后来巴比特的头终于好一些了，他暗暗地隐忍着心中的怒火，开始在房间中寻找自己的B.V.D汗衫，一边找嘴里一边嘟囔："那件可恶的汗衫一定是被夹到了洗干净的睡衣中间，这毫无疑问。"

那套褐色的衣服总能让巴比特心情好起来。他用脚碰了碰堆放在卧室椅子上的衣服，然后问道："米拉，你看我明天穿这套衣服怎么样？"

此刻他妻子正扭来扭去打量着自己身上的衬裙，看看哪里有不合适的地方然后顺手理一理。虽然她对自己的穿衣没有什么感觉，但是巴比特却始终认为，她的体型穿什么也不好看。听到巴比特的问话，她回答道："很好，你穿这套衣服显得很有精气神儿。"

"的确是不错，但是这套衣服似乎需要熨烫一下了。"

"那就熨烫一下好了。"

"嗯，这套衣服材质挺棒的，熨烫一下应该没什么问题。"

"是的，一定没什么问题。"

"咦？好像上衣并不需要熨烫。那算了，不要熨烫就不熨烫了，总感觉整套衣服都熨烫好像傻瓜一样。"

"好吧！"

"但是，裤子是必须要熨的，你看看这些褶皱，必须马上熨平才行。"

"但是乔治，你不是有一条蓝裤子吗？你为什么不搭配这件褐色的衬衫试试呢？"

"天哪，你实在是太可笑了，我一直都穿一整套的衣服，你不知道吗？是不是在你眼中，我就是一个困顿糟糕的会计员？"

"既然如此，那你今天就穿那套铁灰色的衣服吧！从裁缝店经过的时候，你不是刚好可以把这套褐色的衣服送去熨烫一下吗？"

"那好吧，可是那套铁灰色的衣服呢？哦，找到了，找到了，它在这儿呢。"

终于穿衣服的问题解决了，这下他不安的情绪才稍显缓和，渐渐地平静下来。

他的装扮非常有特点，其特殊之处在于三个地方。首先就是身上的汗衫。他的这件B.V.D汗衫是棉质的，非常薄而宽大，穿在他这个小个子身上，就像一件松松垮垮的马甲似的，因此走在街上，他完全就像一个游行的小男孩。然而他非常喜欢这件衣服，每当穿起来，他都会觉得这是一种进步的体现。过去，他总是像他的岳父，也就是他的合伙人亨利·汤普逊那样，把很长的老式内衣裹在身上，这让他很不舒服。现在这种感觉完全没有了。其次就是他的头发。在头发打理上，巴比特总是十分用心。他非常努力地把所有头发都梳到后面去，好让他额头看起来宽阔而亮堂，前额也呈微微上拱的趋势，显得更高一些，甚至距离最前端的发际线足足有2英寸[①]。其实，最有特点的装扮还要算是他的眼镜。他的眼镜镜片是圆形的，质地非常好，镜框黄褐色，上面布满了斑点，因此形成的花纹好像龟甲一样特别。眼镜夹鼻给人一种温顺的感觉，就像那些教授知识的老师们的眼镜。虽然这副眼镜的眼镜脚是金质的，但是眼镜腿却不怎么好看，歪歪扭扭的。巴比特戴上这副眼镜，立马变成了一个现代感十足的生意人，也像是颇有些派头的老板，他每天开着豪车，威风凛凛地给员工们布置任务，然后打着高尔夫球来消遣无聊的时光。也只有在戴上这副眼镜的时候，巴比特的脸才不会显露出丝毫的稚气来。他的嘴略呈方形，鼻子很大，嘴唇厚厚的，唇角向上微微翘着，虽然下巴有些胖，但是看起来很结实。如果你仔细地审视他这副面孔，然后再去看他那一身打扮，或许你的眼光中就会多一分尊敬，认为他是一个踏实可靠的人。

巴比特的这套灰色衣服不仅样式标准，做工也非常精致，跟他的身材十分相配。他穿上这套衣服，上下浑然一体，根本看不出上身与下身的分界在哪里。坎肩的设计比较特别，上面有白色的绲边，这让巴比特看起来好像是一个研究法律的学者。他的脚上穿着一双黑色的皮靴，新颖的系带样式，皮质优良。这一身打扮显得他成熟稳重。唯一不相配的就是领带。那是一条紫色的编织领带，在他看来，完全够不上高档，为此他常常和夫人讨论这件事情，但是每每夫人都不太在意，只顾着在自己的短衫裙头间系一个安全别针，尽管在巴比特看来那样的打扮像极了杂耍的小丑。但是如今，摆在他面前的有两条领带，一条是绣着褐色棕榈树的紫色领带，另一条是绣着无弦竖琴的领带，最终他选择了那条紫色领带，并且还

---

① 1英寸约为2.54厘米。

将一个蛇头猫眼别针插在了上面。

脱去褐色的衣服，穿上灰色的衣服，衣服口袋里的东西也变得不一样了。巴比特总喜欢把一些时尚的小东西装在衣服口袋中，在他看来这是一件非常必要的事情。就好像棒球和共和党在他心目中地位是一样似的。

坎肩的右上口袋里，经常装着的是一支自来水笔和一支事实上没有笔芯的银质铅笔，这两样是他穿衣服必须要佩戴之物，如果哪天忘了装上，那他就会像没穿衣服一样浑身难受。他的表链上挂着很多东西，一头是一把金色的小刀、一把银色的雪茄烟刀，另外还有7把钥匙，甚至已经有两把记不清作用了，依旧没有摘掉。在表链的另外一头，挂着一颗麋鹿牙齿，这颗又大又黄的牙齿是"保护麋鹿慈善协会"会员的标志。在巴比特的衣兜里最让人感到新奇的是他的笔记本。这是一个迷你活页笔记本，看上去非常符合现代潮流。他在里面记录了很多东西。其中有早就已经寄到的汇票记录，一些早已不联系的人的地址，一些已经时间久远的邮票，还有一些曾经让他很受用的文字摘录，一些不想去做又不得不做的备忘录，另外还有一组看上去比较怪异的字母组合：DSSDMYPDF。这些都让人觉得非常有趣。然而巴比特的身上从来没有烟盒之类的东西，他觉得，一个男人如果总是在身上装着烟盒，会让人觉得他是个个性软弱的人。当然也没有人送过他，于是他的身上也就一直没有烟盒。

巴比特把自己装扮好以后，总忘不了把拥护者俱乐部徽章别在衣服领子上。这个徽章上面印着"拥护者，加油！"，巴比特觉得这些文字具有非常强劲的艺术力量，他为自己是这样一个协会的会员而高兴，因为有了它，巴比特就认为自己是一个拥有忠诚信仰和崇高社会地位的人。当然这个徽章也给巴比特带来了很多实实在在的好处，让他结识了商业圈中一些有地位的人。总之，这个徽章对他来说太重要了。

巴比特不仅在穿着上如此讲究，在饮食上也同样如此，所以他常常因为这些事情而感到痛苦。他对妻子说："今天早上我感觉身体有些不舒服。可能是昨天晚上吃的东西太多了。现在想想，你真的不应该给我做那个油炸香蕉饼。"

"那可是按照你交代的做的呀！"

"这我当然知道，我现在是要告诉你，人一到了40岁，消化功能就需要特别关照了。这是一个非常浅显的道理，但是很多人就是不知道。我跟你说，人到了40岁，要么就是个什么也不懂的傻瓜，要么就会成为自己的大夫。工作一天的人是该吃上一顿饱饭，好补充一下消耗的体力。但是，食物必须要清淡一些，这对我们的身体是有好处的。"

"可是，乔治，我们家的饭已经够清淡了呀。"

"那我现在胖得像猪一样，是在外面吃饭造成的吗？你是这意思吗？当然，在运动俱乐部的时候，服务员端来的美食是很难拒绝的。相信你也一样。但是今天早上，我确实感到很难受。对，就是左边这个位置。糟糕，有没有可能是盲肠炎呢？其实这种痛感早就有了，在开车去伯吉乐·扬齐家的路上就感觉到了，就好像我不幸中弹了一样。早餐也不是太适合，你应该放更多一些干梅肉的。听说每天吃一个苹果，就可以保持健康，不用劳烦大夫。我确实也这样做了，可我还是希望你不要费那心思去做什么花式甜品，多放些干梅肉就最好不过了。"

"我上次做了干梅肉，可是你根本尝都没尝。"

"或许正好那次我对干梅肉没什么食欲吧！再说，我可能只是少吃了一点而已。无论怎样，这可是一件不能掉以轻心的事情。昨天晚上在伯吉乐·扬齐家，我还跟他说，现在关心自己的饮食健康的人实在是太少了。"

"伯吉乐·扬齐一家人下周会来我们家做客吗？"

"是的，是时候请他们来了。"

"乔治，你过来看这件晚礼服怎么样，我打算让你那天就穿它呢！"

"简直是胡说！你觉得他们来我们家会穿晚礼服吗？"

"他们一定会穿晚礼服的。上次在小野家聚会，你难道忘了吗？一大群人只有你没穿晚礼服，当时多尴尬，你居然忘了？"

"尴尬？我有什么好尴尬的！什么样的无尾半正式晚礼服我穿不起？只是我偶尔不愿意穿罢了，这谁不知道？说起来，那些礼服就是摆个样式罢了，穿着并不舒服，只有那些整天闲得无聊的女人才会喜欢这种东西。男人们忙碌了一天，谁还愿意再把自己装进那又硬又紧的礼服中去呢？即使做了，也只是给那些普通人做做样子罢了，没有谁心里是真正愿意穿的。"

"你自己心里确实明白这些事情，但是当你穿着晚礼服，别人投来喜欢的目光时，你还不是一副很享受的样子吗？那天晚上你不是还说，多亏我坚持让你穿上了晚礼服，情况才好了很多吗？哦，对了，乔治，你不要总说什么'无尾半正式晚礼服'，要说成是'无尾晚礼服'才对。"

"得了吧，根本就是一样的！"

"天哪，没教养的人才会像你那样说的。你这话让露茜儿·马克贝听见可不得了了。"

"露茜儿·马克贝？她算老几？就算她的丈夫和父亲都有百万资产，她家也是普通家庭，你看看她那些穷亲戚。你之所以想要纠正我，其实是想炫耀你的身份吧？现在我告诉你吧，你以为你的老父亲非常尊贵，可惜他根本就不会用什么'无尾半正式晚礼服'，更不用说去穿它。如果哪天他确实穿上了，那一定是被某些人或迷药蒙了心智。"

"乔治，你说话不要那么难听好不好？"

"我并不是故意要说一些难听的话，只是你越来越喜欢小题大做了，就好像维洛娜一样。自从踏出大学的大门，她就一直肆意妄为，满脑子都是一些异想天开的想法，真是不懂她到底在想着什么。她那点心思我是知道的，她的理想就是找一个百万富翁，然后把自己嫁掉，再定居到欧洲，从事一些慈善工作，做一个社会活动家，或者是与之相类似的有名之人。至于泰德，也是让人难以琢磨。他一会儿渴望上大学，一会儿又讨厌上大学，不知道到底想怎样。好在妲卡还有些主见，也算是三个孩子中最省心的。虽然我算不上是詹姆士·杰·莎士比亚，算不上是洛克菲勒，但是我是知道自己的，并且也在按照自己的想法去做，每天勤劳地工作着。真不知道我怎么会有维洛娜和泰德这两个如此不争气的孩子。关于他们的近况你知道多少呢？泰德现在又有了一个让人意想不到的想法，他居然想将来以演电影为生。对此，我已经给他分析过上百遍了，如果他想要上大学，或者学习一些法律方面的知识，将来在商业上，我一定能够给他最大的帮助，然而他却好像完全没有听进去。至于维洛娜，更是一个奇怪的家伙，竟然连自己想要什么也搞不清楚，真是的。唉，算了，不想再说他们的事情了。你准备得怎么样了？3分钟之前女用人就已经摁铃催促吃早饭了。"

5

就在等待夫人收拾的间隙,巴比特站在他们房间最西边的一扇窗户跟前,望着外面的世界:这里是一个位于山坡上的居住区,环境非常好,简直可以称作是"花地高原"。虽然这是远在市中心5公里之外的地方,但是人口已经有三四十万之多了。从这扇窗户看出去,可以看见这个国家第二高的大厦顶部。这是一座印第安纳州的石灰岩建筑,足足有35层高,外墙是银色的。4月的阳光下,外墙闪动着光亮,就好像一团发着白光的火焰。整个塔楼看上去就好像一个士兵,高大威猛,活力十足,给人一种超强的力量感。

巴比特站在这里静静地看着,紧绷的神经也渐渐松弛下来,就连厚实的下巴也呈现出自然的状态,让人不由得心生敬意。外面的景致深深地触动了巴比特,于是他情不自禁地说道:"这里实在是太美好了。"此刻他已经全身心地与这个城市的节奏相融合。这座城市激起他心中无限的热爱。在他看来,眼前的这座大厦象征着自己事业的巅峰,自己是一个诚恳而卓越的人。

他的心情好多了,以至于在去吃早餐的时候竟然吹起了口哨,并唱起了高雅而伤感的曲调,像极了一首虔诚的赞美诗。

第二章

1

巴比特做事十分毛躁,这让他的妻子很不满意。而最让巴比特夫人难以忍受的是他每晚时有时无的呼噜声,虽然巴比特夫人表面上没有说什么,但是她内心却是很难接受的。就这样过了一段时间,巴比特夫人实在无法再继续忍受下去了,慢慢地让这个家里仅存的那一点儿人情味也不复存在了。

卧室的回廊是他们平时用来梳妆打扮的地方,在寒风瑟瑟的晚上,巴比特也不再逞能了,他一头钻进了床上那暖和舒适的被褥里,把脚也缩了进去,很是舒服,内心却对这一夜的寒风不屑一顾。

房间的内部是一个非常有名的设计师装修的,设计风格和大厦建造家的想法一致。卧室看起来色彩鲜明,给人一种神圣而又温馨的感觉。白色的木制门窗,天蓝色的地毯,四周包围着灰色的墙壁。卧室的中间是两张大小相同的素色单人床，床上的床垫价格昂贵，样式时髦，所以一个人睡在上面会感到既温馨又舒适。一张小茶几摆放在两张床的中间，茶几上放着一盏造型很一般的床头灯，一本从来都没有人翻看过，不知道具体内容的彩色印页床头书，还有一个用来喝水的杯子。除了这些还有一张用桃木制作的梳妆桌，这是巴比特夫人的专属品。桌子上镶着一面大镜子，桌面上放着一些几乎都是纯银制造的化妆工具。水暖散热器的摆放是这个卧室设计最为合理的地方。房间的窗户使用的是荷兰卷拉式百叶窗，特别大，却相当严实，密不透风，因为附有抓手和链锁，所以可以轻而易举地被打开和关闭，窗子的出色设计绝对可称得上是"上流社会"了。

其实这间房是怎样去设计的，家具和一些小物件应该放在哪个位置，巴比特和其他人都没有参与其中。如果有谁想要在这样的卧室居住，或者已经在这里过了夜，他们一定会觉得这里与其他的地方毫无差别，感觉都一样，他们可以在夜深人静时读一本有意思的故事书，到了星期天睡到日上三竿，这些人喜欢在这里做一些自己喜欢的事，但却并不一定会记住这里。凡是在这里居住过的人，他们都会有这样的感觉：这里就像是高级旅馆，什么都不用操心，舒适地在这里过一夜就好；什么都不用做，等着女服务员进来收拾得干净整洁，到了第二天，转身离开就好，过后，谁都不会再想到曾在这里居住过，也不会有人再留恋这里。

巴比特的住所位于花岗住宅区，整个住宅区卧室的设计和摆设都是这样，让人觉得整洁而合理。除了卧室，其他房间也安排得很完美，给人们带来一种舒适感。

这个建筑建设有5年光景，现在看上去依然宏伟壮观，里面的设备应有尽有，而且都很先进。走进建筑，第一眼看到的就是价格合理、高端大气上档次的地毯。之前，人们用昏暗的蜡烛来照亮，用脏兮兮的壁炉来取暖，而在这座建筑里，人们则用电灯照明，用电烤炉取暖，以新物取代旧物。

巴比特的房子里装着很多插座，卧室的铜门后面有三个电灯插座；起居室里有钢琴灯和供电扇使用的插座；餐厅的墙壁上也有一些插座供咖啡壶和电烘炉使用，还有一些插座安装在房间的其他位置。大厅的四面墙壁上有几个供真空吸尘器用的插头。餐厅被奶白色的水泥墙壁包裹着，墙上悬挂着一幅油画，画中呈现的是一条即将死去的鲑鱼趴在许多牡蛎上的画面。除了这幅画，房子里还有一张让人称赞的橡木餐桌和一个镶有铅色玻璃的橱柜，整个餐厅物品的摆放都很讲究。

其实巴比特的这个房子无论格局设计还是物品摆设，都无可挑剔。但即便如此完美的房子也存在着不足之处，那就是在这里找不到一点儿家的感觉。

2

往常，巴比特都带着愉悦的心情下楼吃饭，但今天却与往常完全不同。他带着严肃的表情在经过走廊的时候顺便去了一下女儿维洛娜的房间。他在房间里厉声说道："我觉得我简直就是在做无用功，我把家里装修得再高档那又有什么用？你们都没有那份感恩的心，一个个的都不知道认真工作，认真学习，更不知道自己究竟应该干什么。"

巴比特生气地朝他的孩子们走去。维洛娜，今年22岁，长着一头棕色的头发，身材微胖，刚从贝林摩勒毕业。她崇尚信仰，想要得到一份真正属于自己的爱情，还有就是当前的责任。此时，她正为自己宽松的灰色运动套服发愁。泰德·狄奥多·罗斯福·巴比特，今年虽然已经有17岁了，但脸上还会显现出娇羞。妲卡·凯瑟琳，今年10岁，长着一头红色的亮发，白而细嫩的皮肤，一看就是因为平时总是吃糖果和冰激凌苏打的缘故。

巴比特靠近孩子们的房间时，脚步声越来越重，他尽力压制心中的怒火，因为他不想让家人认为他是一个脾气暴躁的人，不想让家人认为他是一个施暴者。他会一直带着善意唠叨个不停。他平时称呼自己的妻子"亲爱的""小心肝"，称呼他的小女儿妲卡"小猫咪"，这是他除了亲切称呼自己妻子之外用的最和善的词汇了。

巴比特喝了一杯咖啡，他希望可以利用咖啡来满足自己的胃和平复自己的心情。但他的胃还是空空如也，且毫无知觉。维洛娜装模作样地对他表示关心，一举一动就像自己很有良心和责任感似的，这让巴比特恼火。但顷刻间，他又想到了清晨梦境中的那位妖娆的小仙女，思想立马陷入了困境，这种思想困境是对生命、家庭、事业和美好梦境的困境，他陷入了矛盾之中。

维洛娜在鲁昂斯勃皮革公司做文档管理员，已经有半年，现在，她只要好好把握机会，很有可能会成为鲁昂斯勃先生的秘书。巴比特很想让女儿去完成自己的意愿，迫不及待地想要她升职，于是他对维洛娜说："之前，我很用心地供你去读大学，现在是你发挥自己才能回报我的时候了，下一个问题就是解决你的婚姻大事。"

维洛娜听父亲这样说，于是有了和他不同的观点，她对父亲说:"爸爸,我有一个同学是慈善协会的工作人员,之前,我就和她谈过关于我们工作的事。我特别喜欢那些被送到牛奶场的小孩子,他们是那么单纯可爱!我觉得我适合做这样的工作,而且从事这种工作极有可能会实现我的人生价值。"

"人生价值?你指的是什么?我觉得你真正的人生价值就是不要每天晚上都趁我们不注意时出去听音乐会或与那些无聊的人闲扯,你应该利用闲暇的时间练习速记,顺利当上鲁昂斯勃先生的秘书,每个星期赚上35或40美元的工资,还是面对现实吧,孩子!"

"爸爸,你说的这些我都知道。不过,我还是想成为一名慈善者,为这个社会多做点贡献,所以,我还是坚持我的意见,想要在社会福利机构工作。我觉得,如果在一个百货公司设立一个福利部门,在里面再腾出一间漂亮的房子做办公室,房间里再摆设几张柳条椅子,在办公桌上再铺设一张印花布,这时,我就可以……"

"好了,好了,认真听我说,所有的社会公益性事业,如社会福利工作、娱乐消遣部和上帝一点儿关系也没有。所有人从一生下来就应该有自力更生的天性,绝对不可以空手套白狼,不劳而获的行为只能哄骗一下那些不懂事的小毛孩儿,每个人都应该在今后的生活中不懈地努力,一直奋斗,努力奋斗!这才是我们这个国家真正需要的东西。一个人不应该有非分之想,那样只会让人产生懒惰心理,给他们的后代带来负面影响,不知不觉中就把不劳而获的思想灌输给了下一代。告诉你,我年轻时就充满正能量,始终坚持不懈,朝着自己的初始目标一直前行,其中也遭遇了挫折,但都努力地坚持了下来,我就是因为有这种坚持不懈的精神才拥有了今天这样的成就。哎呀,米拉,怎么回事,是你让女用人把面包切成小块的吗?都没有办法拿起来了!"

在巴比特讲话的同时，泰德·巴比特总是调皮地发出咯咯咯的声音，他是故意在父亲说话时捣乱的，同时还起哄地说道："说呀，维洛娜，你倒是说话啊！"

维洛娜实在无法忍耐这个捣蛋鬼了，于是面向泰德说："泰德，安静点儿，不要总是捣乱好不好，我和爸爸正在讨论一些重要的事，严肃点儿！"

泰德本着公正的态度讲道："我觉得你说的都是些没用的话，我记得有个人在上某所大学时犯了错误，但却侥幸毕业了，什么啊都是……如今却一直在这里一本正经地讲这讲那，纯属些没用的东西，而且还摆出一副自己什么都懂的样子。哦，对了，晚上我要把车子开走。"

"哼，这个，想都不要想了，晚上我要用车子！"巴比特说。

维洛娜接着也说："泰德，实在不好意思，今晚我也要用车子！"

见此情景，妲卡轻声哭了起来，她对父亲说："爸爸，你答应过我要开车带我去玫瑰谷的！"

巴比特的夫人也开口道："小心，妲卡，你的袖子都要掉到奶油里了！"一家人都找着相互发泄的对象。

维洛娜盯着泰德训斥道："泰德，说到了用车子，你确实有些过分了！"

泰德也慢条斯理地回应道："你好吗？我觉得你更过分！"他的这种口气令人感到生气。他又接着说："我知道，你不就是想要在吃完晚饭时把车子抢走吗？其实你开车子也没什么用，无非是开去朋友家，然后故意将车子停在她家门口不让我用，你去她家干什么？无非就是讲些所谓的文学，再说说自己的心上人，然后痴痴地等着人家向你求婚。"

"真是讨厌的家伙,爸爸就不应该让你用车子。你开上车子无非就是和附近的那帮姓琼斯的家伙一起飙车罢了。你还真是……竟然在广场拐弯处以每小时40英里的速度开车!"

"怎么了?你能达到这个速度吗?不过,我相信你没有那般技术,难怪在你开车上坡时看到有个人以这样的速度迎面向你驶来,你会着急得猛踩刹车!"

"胡说八道!我才没有,倒是你,总是在别人面前炫耀说你很懂汽车,是这方面的专家,有一件事你不觉得很丢人吗?优妮斯·小野都告诉我了,你是不是认为蓄电池是用来为发电机供电的?"

"哎呀,我们的大小姐,你就更糟糕了,你都不知道发电机是从一个差动齿轮来发电的,这可是物理基本原理啊!"泰德在这方面总是轻视自己的姐姐也很正常,因为他在机械方面可真是无人能及,他喜欢维修与制造机械,可谓这方面的天才。

"好了,好了,你们两个真是!"巴比特接过孩子们的话,这时,两个人才停止了对彼此的不满。看样子,巴比特此时的心情不错。他点燃了一支雪茄,这是他今天吸的第一支烟,他正津津有味地看着《鼓动时报》的头条新闻。

泰德用和缓的语气对姐姐说:"其实,维洛娜,我根本就不想开那辆破旧的车子,只不过我已经答应了我们班上的两名女同学,我说要送她们去学校排练合唱。你是知道的,我一向都这么绅士,我想你会给我这个机会的,对吗?"

"嘿嘿,你在胡扯,我才不相信呢!你要保持你在女生面前的绅士风度,怎么可能?"

"你可不要这样说,我们学校可是能跟得上时代潮流的地方,这么和你说吧，我们学校可是整个州私立学校中最好的，有两个同学的爸爸还是百万富翁呢，他们都有一辆属于自己的汽车，说实话，我也想要和他们一样呢。"

听儿子这样说，巴比特顿时就火冒三丈，他生气地说："你想拥有一辆自己的车那你干脆说你还想要属于自己的一套别墅，或者一艘游艇，或者想要你想要拥有的一切呢！看看你的拉丁文成绩吧，一团糟，考了多少分？都没有及格，你都不知道你现在最应该做的是什么，还竟然异想天开地和我们说想要一辆车子这么大言不惭的话。不如这样吧，我再给你雇一位专人司机，哦，不如送你一架飞机吧！这样也好将此作为你和优妮斯·小野去看电影的奖励如何？哦，你就这样等着吧！"

不一会儿工夫，泰德又诱导姐姐维洛娜说出那天晚上去室内教练场看杂技的事。那天晚上，维洛娜将车子停在了教练场对面那条街的糖果店门前，后来泰德将车开走，他把回来时需要干的事情都已安排好了，他将车钥匙放在合适的位置，将油箱的油加满后他们几乎都要说出备用轮胎的那块补丁的事和丢失了千斤顶把手的事了，庆幸的是他们没有说漏嘴。

姐弟二人相互揭穿对方坏事的口角战一直持续了很久。他们不仅看不惯彼此，就连彼此的朋友都看不顺眼。泰德说维洛娜的朋友是一群只爱大喊大叫和吹牛的女人，而维洛娜则说泰德的朋友是一群假惺惺的风流少年和让人厌恶的幼稚小女孩儿。

在她眼中，弟弟也是这个样子，她说："你看看你早上穿的那件衣服，真是令人作呕，简直太过滑稽了，自己没有感觉到吗？"

听姐姐说完，泰德不自觉地朝着餐具橱的镜子审视了下自己的衣着，自我感觉还不错，于是他露出了满意的笑容。泰德穿着爱丽汤格斯老店设计的最新款方格花布套装，衣服很修身，短款裤子，这样也可以恰到好处地露出他脚上耀眼的褐色长筒靴。泰德的身材很棒，腰上系着一款当今流行的装饰腰带，脖子上围着一款蓬松的黑色丝质长披巾。

泰德有一头浅黄色的头发，油光锃亮，向后梳着。在去学校之前，他拿起了一顶长鸭舌帽戴上，这顶帽子看上去就像一把铲子头似的。再看他的贴身背心，这是他整个着装最惹人注目的部分了，这也是他自己最满意的一件衣服。泰德对这件衣服心爱有加，而且这件衣服也的确漂亮，这件背心是鹿皮色的，上面有很多暗红色的圆点，花边很长。他在背心的下摆处别上了学校徽章，还有一个班级徽章和一个兄弟会别针。

与他的智商相比，其实，外表根本就不算什么，他是个独立性很强的男孩子，反应很灵敏。他总会认为自己的眼神含着嘲讽，但这双眼睛里却充满了真诚，又是那么热情澎湃。当然了，他不是那么绅士。他面对矮小、胖胖的姐姐维洛娜挥着手，不紧不慢地说："是的，我整个人看上去的确让人讨厌，又那么滑稽，我认为我的新领带太糟糕了！"

接着，巴比特参与进了两个人的争吵中，他大喊道："对，确实如此！难道在你自我欣赏的时候就没有发现吗？你的嘴角有块蛋黄派渣儿，为了保持你的绅士风度，我建议你还是先擦掉它吧！"

维洛娜幸灾乐祸地笑了起来，由此看来，她现在在两个人的斗嘴中遥遥领先。泰德看到维洛娜扬扬得意的样子，表现出了一种无奈，他看着维洛娜，后来却转向了妲卡，他将气出在了妹妹的头上，接着他呵斥妲卡说："拜托，请不要把一罐子糖都倒在玉米粥里好不好！"

大家吃完了早饭，维洛娜和泰德出了门，妲卡上楼了，巴比特则向妻子发着牢骚："看看这一家人吧！我一直都在这中间调和彼此的关系，有时，我在吃早饭的时候心情也不好，如果他们再这样继续下去，我会觉得很烦，我会无法容忍的。说实在的，我现在特别想去一个清净的地方，在那里不被任何人打扰。我这一生这么辛苦，就是为了儿女们可以受到良好的教育，让他们在优越的环境中成长，但看看现在的结果吧！他们一点儿都不和谐，像一群鬣狗似的相互疯狂地撕咬，每天都是如此，我都快要受不了了，我都快要对他们失去信心了！正好，今天的报纸上报道的一则新闻和他们的行径一样，这群孩子一刻都不消停啊！哦，对了，你看了今天的报纸了吗？"

"还没有，亲爱的。"巴比特和他的妻子结婚23年来，他的妻子偶尔会在他之前看报纸，总数加起来也不过六七十次。

"里面的新闻有很多内容。南方有龙卷风，真是让人心惊胆战，居住在那里的人也太倒霉了。不过，看看吧，那些家伙可要倒霉了！纽约市出现了电梯工人罢工，致使很多大学生代替了他们的职位。还有让人高兴的事呢，英格兰的柏布罕进行了群众集会，目的就是想要通过这种途径将密克·兴唐·瓦勒拉这样的煽动者赶出国境，他们得到了德国人的好处，拿了他们的钱。当然了，我会始终保持中立，不去掺和爱尔兰以及其他外国政府的相关事宜。"

"对，我认同你的说法。"巴比特的妻子回应道。

"报纸上还讲到了一个人担任市长时竟然在举行仪式上打扮得像个工人，而且他还是个社会煽动家！对此，你怎么想？！"

"嗯，是件滑稽的事。"

巴比特心想：这个人究竟想要干什么？他既不像共和党人，也不像长老会教徒，更不像慈善会员和房地产经纪人，对于他个人而言，毫无规律可循，都不知道他想要干吗。巴比特百思不得其解。于是他小声嘀咕了一句继续阅读起了报纸。他的妻子对他表示同情，静静地看着巴比特，一句话也没说。过了一会儿，巴比特夫人看了看报纸上的大标题、社会论坛，还有百货商城的广告。

"你看了这则新闻了吗？就是关于查莱·乐·马克贝，他总会在社交界大肆宣扬自己。当时有位热情澎湃的女记者在报纸上也报道了昨晚的活动。相关报道称：

> 昨晚，查莱·乐·马克贝和他的夫人在他们的豪宅举办了欢迎来自于华盛顿的史妮兹小姐的宴会，很多著名人士都应邀参加了宴会，可以说，这场宴会举办得非常成功，大家都玩得很尽兴。马克贝夫妇的豪宅很大，属于皇家建筑，豪宅的草坪宽阔，景致优美。住宅中的装修精致，令所有人为之惊叹。进入客厅，给人一种豁然开朗之感，一眼看去是闪闪发亮的硬木地板，这个地方是跳舞的最佳地点。其他房间的装修也别具一格，书房里摆着高档的壁炉，人们可以坐在壁炉前交流心声；休息室里的灯光柔和，里面摆放着一张宽大舒适的扶手椅，如果坐在这里，在灯光的烘托下彼此小声地说一些心里话，也别有一番韵味；人们可以在弹子房里尽情展示身手，可以在这里进行爱神一样歌舞之神的游戏，还可以进行其他的一些活动。

"这是由社交版编辑比尔·贝特小姐在《鼓动时报》上报道的一篇文章，这位编辑在社会上很有名气，像她这种风格的文章还有很多。"这时，巴比特显得有些焦躁，他小声地埋怨着，边说边将报纸揉成一团。他反对道:"真是不敢想象,查莱·乐·马克贝会过上这么豪华的生活,要知道,他和我一同读大学的时候,我们可都是穷光蛋。而今,他经营着生意,而且做得如此成功,现在的身价为几百万美元,可以说,他的成功来之不易,也很正当,他做生意的时候,既没有坑蒙拐骗,也没有给过市议会任何好处。而今,他拥有了这么高端的房子,当然了,这所房子也算不上是'宏伟庞大',根本也不值得他花费9万美元。报纸上将查莱·乐·马克贝和他的朋友们说得如此了不起,我真是看不惯这一点!"

巴比特夫人小心翼翼地发表着自己的意见:"不过,我倒是很想去他的那所房子里参观一下,我觉得那里一定很不错,我还从来都没有去拜访过他呢。"

"哦,我倒是去过几次,呃,或许只有两次。晚上,我要去和查莱·乐·马克贝谈工作上的事,我觉得他的住宅也没什么。我打内心深处不想和这些有钱人在一起吃饭。你知道吗?我觉得我和那帮总爱自吹自擂的人相比,我要比他们赚的钱多。他们把赚来的钱都用在装扮自己、购买晚礼服上了,但却没有一件像样的内衣!嗨!你可以看看这里!"

巴比特夫人的眼睛跟随着看向《鼓动时报》的那处房地产和建筑栏上的报道,这时,她不由自主地在心里泛起了一丝好奇:

亚希大布拉街496号——杰·卡·道生

抵押给托马斯·摩拉里,4月17日,

房屋面积15.7m×112.2m,押金4000美元……(签名)

早上,巴比特的心情一直都很忐忑,他对于汽车抵押留置、房

地产抵押记录和承包契约签订栏都提不起兴趣来。他站了起来,看了看妻子,他的眉毛看上去要比以往蓬松。突然,他对妻子说:

"是的,我们应该和马克贝这样的家庭维持好关系,否则,我们的家庭会很不体面。或许我们应该挑选一个好日子邀请他们来我们家做客。哦,天哪,差点儿因为想这些事而忘记了我们的快乐时光,我们还有小聚会要参加呢!我觉得参加这样的小聚会要比和那些有钱人在一起轻松快乐多了。就拿露茜儿·马克贝来说吧,她总爱吹牛,衣着也不得体,哪里比得上我亲爱的妻子你呢?亲爱的,我觉得你才是最佳女士!"

巴比特不由自主地对妻子产生了温柔之情,但又不想在她面前表现出来,所以他极力抑制着这种感情,用埋怨的口吻对妻子说:"你看看,妲卡现在也太过分了,你应该看紧她,不能再让她吃那些核桃软糖了,你应该为她的身体着想,不要吃坏了她的肚子。我和你说,很多人都不懂得如何让自己的消化系统平衡,其实,这就是一个好习惯的问题。对了,我今天回家的时间很可能会和往常一样啊!"

临走时,巴比特在妻子的面颊上吻了一下,其实,那也并不算是吻,只是嘴巴在那张不再为此娇羞的脸上轻触了一下。完成了这些习惯性的动作,他赶忙来到了汽车房,小声嘀咕着:"天啊,瞧这一家人吧!我不和那些富翁来往,这个时候,米拉一定在屋子埋怨我呢!哦,天啊!我真的不想要再过这样的生活了,真希望离开这里。如果开车来到公司,随后就是办公室里遇到的一系列烦心事了。这里所有的一切都让我很焦躁,我本不想这样的,但不知怎么回事,我就是觉得很烦。"

第三章

1

汽车对于大部分天顶市的富翁来讲，就像是诗歌与悲剧、爱情与英雄气概，同样的，汽车对巴比特而言亦如此。如果说，办公室是他的海盗船，那汽车就是他在岸上冒险的工具。汽车的发动引擎简直太滑稽了，任何东西都不能与之相提并论。

在极度寒冷的清晨，汽车引擎的反应一点儿都不灵敏，启动马达时要响很久，发出呼呼呼的声音，着实令人烦躁。有时，他还会往汽缸栓里滴上几滴醚，以至于他在吃午饭时还要回忆究竟滴了多少滴，每一滴的价格是多少，总共需要多少钱，这确实是一件很有意思的事。

今天早上，他依然心情烦躁地做足了最终会失败的准备。令人震惊的是这次很成功，汽车混合剂燃爆使引擎发动，多么好听的声音,巴比特心想,汽车轻而易举地从车库里倒了出来。之前,门柱被车子保险杠刷蹭得不堪入目,今天,他倒车时却丝毫没有碰到门柱,他彻底愣住了,他甚至觉得自己被某种东西瞧不起。他开着车子热情地向山姆·道卜布勒高呼:"早安!"连他自己都纳闷,他今天的情绪为何如此之好。

远远望去,巴比特的房子由绿色和白色两种颜色组成,是詹丹路某条街上一排3栋房子其中的一栋。他左边的邻居是山姆·道卜布勒,山姆在一家生意火爆的浴室配件批发公司担任秘书一职。他家这栋房子的装修也很温馨,但却丝毫都看不出属于哪种建筑风格:这栋房子看上去很像一个用木头做成的大箱子,楼顶很低,门廊很宽,上面涂了一层黄色油漆,猛地看上去,像极了蛋黄。巴比特一向都瞧不起道卜布勒夫妇,还嘲讽他们是"波希米亚人"。夜深人静,街坊四邻总能听到从道卜布勒房子里传出的歌声和肆无忌惮的笑声;邻居经常会私下里谣传说他家靠走私威士忌酒谋生,其间,还有稳定的合作者。这些也成为了巴比特饭后无聊时所要讨论的事。他会严肃地说:"我并不是那种拘谨死板的人,所以也赞同一些人在一起喝酒聊天,但我实在无法容忍像道卜布勒夫妇那样在大晚上发酒疯!"

巴比特房子右面的邻居是哈伍德·小野。这位先生是个知识分子,他家房子的建筑充满了现代建筑风格:房子的上半部分是用泥砌成的墙,看上去就像被甩在上面的泥巴;下半部分是暗红色的雕刻绘画砖墙,还有一个显眼的框壁窗。小野先生很有学问,除了不熟知烹饪、婴儿和汽车方面的知识外,其他知识他都无所不知、无所不晓。他既是布鲁盖特学院的文学学士,又是耶鲁大学经济哲学博士,现在,他担任天顶市电车公司的职业经纪人和广告法律顾问。他可以将储存在大脑里的知识作为评论演讲在市议会或州议会会场讲10个小时，演讲的过程中，他会利用一串串数字，还有从波兰到新西兰的一系列例子果断地证明电车公司从始到终都本着为人民群众服务的态度办事，证明公司关心员工。一般情况下，电车公司的股票持有者都是孤儿和寡妇，公司做这些的目的就是要提高出租车的价格，为投资者获得高额利润，这时，还会降低电车的租金，以此来让那些贫穷的人得到工作。小野先生热情好客，他家经常会聚集很多客人，来这里的人都想听他说说关于拉哥沙战役发生的时间、"破坏行动"的真正含义、德国马克的将来、"hincilloelachrimoe"应该如何理解，还有煤焦油的产量等，对于这些问题，他都能对答如流。巴比特对此人佩服有加，他也很崇拜他，小野很喜欢钻研，经常看书看到很晚才休息，在这期间，他会研究政府报告里的一串串数字和附注，还会浏览最近一段时间出版的化学、考古学和鱼类学著作，他看书还有一个目的，就是寻找作者书中存在的错误之处，每找到一处，他就会觉得异常快乐。

小野先生人生的可贵之处就在于他在所有人中做出的精神榜样。他拥有渊博的知识，这点不可否认，除此之外，他还和乔治·福·巴比特一样是大公无私的长老会成员和始终如一的共和党党员。是他感染着那些商人，让他们对美好的人生坚定不移。在这之前，他们一直都认为是情感与自觉让他们有了经商理念和生活观念，当时，他们坚信自己的选择是正确的，生活是美好的，而哈伍德·小野则可以利用专业知识，应用名人名言和名人事例，从各个角度（历史、经济或拥有悔悟之心的积极分子的书中）来证明这些商人选择了正确的人生信念。

巴比特以有这样优秀的邻居为荣，令他高兴的是泰德和优妮斯·小野来往甚密,他觉得这也未尝不是一件好事。优妮斯,今年16岁,她很喜欢打听电影明星的年龄和他们的薪水,对其他关于计算的事,她一概都不过多参与,而且也毫无兴趣。不过,即使这样,就像巴比特说的那样:"她一直都是她父亲眼中的娇娇女。"

山姆·道卜布勒平时精神抖擞,面色红润,而小野先生看上去则气韵突出,他们两个人的外表明显不同。道卜布勒48岁,但看上去却很年轻:头上戴着圆顶窄边丝质礼帽,红红的脸颊,笑起来显得很憨厚。小野先生今年42岁,却略显沧桑,魁梧的身材,胖嘟嘟的,戴着一副金边眼镜,长长的脸上满是皱纹,他的头发乌黑发亮,但又略显蓬松,嘴里叼着一个老式烟斗。他总是郁郁寡欢的,像极了教堂大执事。他的为人就像一池清澈的泉水,并不像大多数房地产经纪行业人士和浴室配件销售人员那样头脑复杂。

此时,小野正蹲在自家门前,眼睛注视着屋前宽阔的人行道,还有从石头缝隙里钻出的野草。巴比特从他家门前经过时,停下了车子,脑袋伸出窗外和他打招呼:"早上好!"

这时,小野慢吞吞地走到巴比特的汽车旁,抬起一只脚搭在了汽车的踏脚板上。

巴比特继续对小野说:"真是个美好的清晨!"巴比特说着点燃了一支雪茄,这是他在一天里吸的第二支烟,而这支烟吸得要比平时提早了些。

小野回答道:"对,你说得没错,这个清晨的确美好!"

"看,这里,预示着春天即将来临。"

"嗯,没错,春天真的来了。"

"我感觉昨天晚上还很冷呢,你觉得呢?昨晚,我在休息时还盖着两条毛毯。"

小野说："对，昨晚的确不怎么暖和。"

"嗯，实话实话，希望寒冷的天气不要再来临了。"

"我想应该不可能了，就在昨天，蒙大拿州第福莱还在下雪。"这位学问高深的人又继续说："你还记得吗？三天前，西边的科罗拉还有暴风雪呢，格利雷那里还积了30英寸的雪。还记得两年前的4月25日吗？天顶市风雪交加，人们几乎无法出门。"

"哦，朋友，我能问你个问题吗？你觉得在共和党里，谁会成为总统候选人？你应该和我的想法一样，都想拥有一个可以为人民办实事儿的政府组织吧！"

"我觉得我们国家当前最需要有一个可以办实事儿的政府。我们国家首先需要做的就是调整实务作风。"

巴比特听到小野先生这样说，非常高兴，他又说道："你能这么说，你知道我有多么兴奋吗？我不是很理解你的想法，虽然你和学院的思想按常理来说有一定的关系。你知道吗？你的这种想法着实让我高兴，确实，当前我们国家需要从实际出发、做实事儿的政府组织，而并不需要知识渊博的讲师或具备外交手段的能人做总统，这样的话，我们国家才会向好的方面转变。"

"你说得没错，但这些道理又有几个人会明白呢，不过我相信你会明白，要知道，在中国，文人们往往会将有实权的位置交给那些办事效率高的人。"

"你说的是真的吗？太好了！我觉得不错！"巴比特有种释放的感觉，他长长吐出一口气。长久以来，他从未像今天这样平复下来自己的心情，他开始对世界的发展格局充满了信心。他继续对小野先生说："哦，朋友，我可以停下车子和你这样聊天简直太愉快了，多么想再继续和你聊一会儿，但时间来不及了，我还要赶着去办公室,还要和几个客户谈生意。那么,今天就到这里吧,晚上见,我的老朋友。"

2

市民们一直都勤勤恳恳地劳作。在山坡地上有个小区,名为花岗住宅区,如今这里有宽敞的屋顶,整齐而漂亮的草坪,是个适合居住的绝佳之地。

20年前,这里还是一块荒地,到处都是野生榆树、枫树和橡树。而今,沿着平整的街道前行,还可以看到未被开发的空地,还有一处地方一看便知原来是一个果园,只不过现在已被荒废。这里的一切都引人注目,苹果树枝冒出了新芽,一片碧绿,灼人眼球,这样看上去就像点燃着绿色火焰的火把。樱桃树在风中摇曳,花瓣飘零到了水中,报时鸟一直都在歌唱着,忙碌个不停。

空气中散发着泥土的气息,巴比特闻着新鲜泥土的味道,听着报时鸟的欢唱,情不自禁地笑出声来,此时,他似乎在看小猫捣乱,又或者在看一场喜剧电影。巴比特戴着一顶传统软帽和一副无框眼镜,嘴里叼着一根大雪茄,这样看上去,他就像一个公司经理上班时,开着车子走在附近郊外的林荫大道上。他一心牵挂着自己的城市、家族与邻居朋友。冬天即将结束,建筑行业也即将开始忙碌了,谁又能预想到未来究竟会怎样?巴比特经常会为自己生于此处而骄傲,他带着愉悦的心情走在路上,早上的阴霾都已消失殆尽。随后,他将车子停在了史密斯街道,将那条需要熨烫的褐色裤子送到裁缝店,接着又给车子加满油,此时,他的心情好得不得了。

终于，汽车开进了那条巴比特所熟悉的道路，每每这时，他都可以信心满满地轻松驾驶，因为太熟悉这条路了，他非常高兴。这里有一处赤褐色的汽车维修房，里面有个高大的红色铁油泵，墙上是空心瓷砖。巴比特透过屋前的窗子看到一件件汽车零配件，其中包含有乌黑发亮的外胎、单色瓷制的火花塞、火花塞保护套、金色防滑链和银色防滑链。这里有个人的修车技术很高，他就是这里的汽车修理工希勒贝斯特·蒙恩，只见他穿着一身脏兮兮的衣服朝巴比特走了过来，很有礼貌地打招呼道："巴比特先生，早上好！"顷刻间，巴比特觉得自己是那么崇高，他心想：自己的名字那么有名吗？就连普通的汽车修理工也知道自己的名字，而且还记得这么清楚，最起码现在他知道自己在众人面前是那么重要，他也明白了自己不是那种只会成天开车瞎逛、不起眼的人了。他很喜欢看自动油表一加仑一加仑准确无误地跳着，也喜欢看牌子上简短的几句话："请不要忘记将油箱加满，这一简单的举动足以让你避免陷入困境。今日汽油价格31美分/升。"巴比特为加油的咕噜声所着迷，为蒙恩转动把手有规律的声音所倾倒。

蒙恩用专业术语亲切地问道："需要为您的油箱加多少升油？"语气中凸显出自己是这方面的专家，同时也显示出了自己对客人的尊重。

"加满吧。"巴比特回答道。

蒙恩又问道："巴比特先生，您计划选哪位共和党人作为总统候选人呢？"

"现在说这个未免有些过早，我也无法估测，不是还有一个月零两个星期的时间吗？哦，不，不，是3个星期，大概还有6个星期就是共和党提名大会了。为了让所有的候选人都可以充分地展现自己的真实实力，我觉得我们应该本着一种公正的态度，坦然面对这件事，到最后那一刻再做决定也不迟。"

"对，巴比特先生，就应该这样。"

"其实，实话和你说了吧！早在4年前，哦，不，是8年前我就抱有这种态度，即使再过4年，噢！不，即使再过8年，我依然不会改变我的观念！我常会和人说这些，但似乎这些人都不明白我真正想要表达的意思，我们现在最需要什么样的政府？就是可以让国家稳定发展、办实事儿的政府！"

"真的！说得一点儿都没错！"

"你再帮我看看我的两个前轮有没有问题。"

"嗯，还行，没什么问题！您简直太爱惜您的车子了，如果每个人都像您这样保养，那往后我们的修车厂就要喝西北风了！"

"也不是像你说的那样，我只是在车子上多费点儿功夫罢了。"随后，巴比特付完账潇洒地说："就这样吧，剩下的钱不用找了。"说完，他就扬扬得意地开车离去。在路途中，他又遇到了一个正在等电车的男士，于是他热心地朝他大喊："嗨，朋友，要坐顺风车吗？"他话音刚落，这个人就坐在了他的车子里，巴比特用一种谦虚的口吻问道："你要去哪里？市中心吗？这是我的习惯，不论在什么时候，我只要看到在那里等待电车的人，都会这样问他们，但如果我看到他们像坏人，那我肯定不会让他们上我的车。"

这个人开口说道："如果开车的人都像您这么热心，那该是多么美好的事。"

"也不能这样说，讲到热心这个话题，实质上我是这么认为的，当然了，我也会这样教育我的孩子们，前几天夜里，我就告诉我的儿子，一个人想要快乐就应该和身边的人分享这个世界上美好的事物，这样，他才会幸福。但你知道让我极其恼怒的是什么吗？就是一个人稍稍做了点儿好事，就迫不及待地邀功，恨不得让身边所有的人都知道，难道每个人都应该去知道这件事吗？真搞不懂他是怎么想的。"

在车里坐着的这位男士听巴比特这样说，都不知道该如何接他的话茬儿了。接着，巴比特又继续说："看看吧，现在人们乘车一点儿也不方便，这完全是因为电车公司的线路布局，我觉得他们在这方面做得有些问题。去一趟波特兰路，都要花上7分钟。到了冬天，清晨人们站在街道等车，寒风凛冽，直接冻彻等候电车者的骨髓，人们真的会受不了。"

"您说得一点儿都没错。最终还是因为电车公司的服务不周到，他们根本就没有考虑到我们的感受。我们必须要采取行动做点儿什么，让他们对这件事上点儿心。"

巴比特被这样的话语给震惊到了，他赶忙说道："不过，我们还是要理解一下电车公司，他们也是有难处的，之所以会是这样的结局，责任也不完全在电车公司上，就像那些让市政府接管的煽动者们总和电车公司过意不去一样，一直以来，他们都煽动着员工要求电车公司加薪。那些煽动者之所以这样做，就是不理解电车公司在经营上遇到的难事，他们的行为不被众人所认可，可以说这是一种遭人唾弃的行为。想一想，如果电车公司提高了员工工资，那我们的车票最起码要涨到7分钱，所有的费用还不是要由我们这些坐电车的人来承担。凭良心说，总体而言，整个线路的服务还是令人满意的。"

"好吧。"这个人之所以这样回答，看样子他似乎不认同巴比特的观点。

随即,巴比特转移了话题,他说:"这个清晨如此美好啊!看,春天来了。"

"是啊,春天马上就要来临了。"

这位男士好像不怎么喜欢说话,从来都不主动发表自己的观点,同样也丝毫没有幽默细胞,不善开玩笑。两个人尴尬地陷入了沉默。此刻,巴比特将所有的精力都放在了开车上,他就像在玩赛车游戏一样,开着车穿梭在电车与停靠在道路两旁的车子之间,有时会跟在车子的后面,有时像是在参加赛车比赛。

巴比特在开车的同时,思绪也一刻不停地想着他所热爱的天顶市的可爱之处。他在几个星期的时间里,仅仅关心的就是他的客户和那些讨人厌的其他公司经纪人的招租广告,除此之外,他在工作上并无其他起色。今天,他情绪波动极大,性格和往常一样,容易受到环境的影响,遇到开心的事就很高兴,遇到烦心的事就恼怒无比。令他高兴的是春日如此美好,巴比特情不自禁地抬头观赏了一下此时的风景。

此刻,他的车子正开往事务所,这条路他熟悉得不能再熟悉了,但他还是不由自主地看着每个区的迷人景色。一座座高楼坐落于繁华高地,旁边是灌木丛和弯弯曲曲的车道;一间间商店在史密斯街道两旁,它们的墙壁用黄砖砌成,橱窗干净耀眼,东区妇女们经常会去洗衣房、食品店和药店,因为这里有她们的生活所需品;荷兰谷地有一个专门供应蔬菜的菜园,菜棚由一些波形铁皮和随处捡来的门窗搭建而成,看上去十分简陋;路边有替电影、烟斗烟丝和爽身粉做广告的牌子,9英尺[①]高,上面印有红衣女明星;东南第九街区两旁的公寓都已陈旧,看上去,它们就像已高龄的不务正业

---

① 1英尺约为0.3米。

的富家子弟，衣衫不整，肮脏不堪；有一个地方，原本树木茂盛，现在却变成了一座座公寓，如今这里的道路上尘土飞扬，铁围栏锈迹斑斑，四周是汽车修理厂、价格低廉的公寓和勤劳圆滑的希腊人经营的水果摊位；铁道两旁有高耸的水塔，高大烟囱的厂房，生产炼乳、纸盒、灯光装置和汽车的工厂；再往前走就是商业中心，这里属于繁华地带，车水马龙，人潮涌动，电车停下来时，乘客纷纷从上面下来，这里建筑物的门厅都是用大理石和经过精心打造的花岗岩砌成的。

巴比特看这一切都觉得宏伟壮观，他一遇到大的事物就会不由自主地为之惊叹：崇山峻岭、珍珠宝石、不断的财富，凡是与"大"有关的东西，他都热爱。此刻，巴比特在春日盎然之景的渲染下再次萌发了对天顶市的爱。这让他不由得想起了远处的工业园区，查尔露莎河，还有两岸备受侵蚀的河岸；他想到了华达山上广阔的果树林，还有一望无际的肥沃牧场，牧场里宽大的牲畜棚，所有的牲畜都显得很悠闲。受到巴比特帮助的这个人在此处下了车，稍后，他朝车里的巴比特大声说道："哦，今天早上如此美好！"

3

巴比特来到公司，在去办公室之前，停车对他而言，与启动车子相比，也算是一件大事。为了找到一个合适的停车位，他可是煞费苦心，他从奥贝林大街绕过街角再到第三街东北区就开始寻找空车位了。

巴比特刚看到一个空位置，就被其他人抢先了一步，为此，他感到异常失落。这个时候，他又发现一辆车腾出了一个空车位，稍后，他放慢车速，伸出手向后边的车打了个招呼提醒一下，突然，一位老妇人慢吞吞地走在他的车前，他及时踩了刹车，同时，他还躲开了侧面的一辆大卡车。巴比特在进入空车位时蹭了一下前面车子的保险杠，他使劲打着方向盘，车子轻而易举地停在了空车位里。巴比特把车子顺利地停在了镶边石旁，与此只剩18英尺的空间。

太棒了！有一定技巧的人才有这样的停车技术，有一定胆量的人才敢进行这样的冒险。巴比特停好了车子之后，在前轮上加了防盗钢锁，脸上一副扬扬得意的样子。一切准备妥当，巴比特穿过马路，来到了名人大厦房地产办事处。

这处办公楼牢固而安全，施工准确无误，是一座14层楼的建筑，用黄色的、结实的砖砌成，线条简单，但却让人眼前一亮，这是一座具有现代风格的建筑。名人大厦里有律师事务所、医生诊所，还有机械、砂轮、铁丝网筑墙建材和矿业代理商办公室。他们分别在自己办公室的玻璃窗上挂着自己的金字招牌。大门都采用现代风格设计而成，没有采用多么好的门柱。整座大厦看上去很朴实，干净整洁。向右的第三街道是联邦西部电信公司办事处，接着是蓝台夫特糖果店，还有萧特威尔文具店和巴比特-汤普逊房地产公司。

顾客一般都会从大门直接进入办公室，巴比特原本也应该这样的，但他却穿过大厦长廊从后门进来。他每次经过这里，大厦的员工都要和他打招呼，热切地欢迎他，这也是他想要从这里进入办公室的原因所在。

名人大厦里有很多不受关注的小人物——开电梯的、汽车调度员、管理员、水电技工，还有那个一脸惆怅、摆着香烟摊位的跛脚男人，他们的地位如此卑微，而且也不算是这个城市的人，他们仅仅关心的是彼此间的关系，还有对这座大厦的热情程度。他们只在门口的大厅以及石头砌成的地板上走来走去，观赏着大理石房顶，透过商店橱窗看着里面的货物，他们只在这些地方逛来逛去。巴比特每天来来回回要经过大厦里的理发店10多次，这里也是整座大厦最繁华的地方，但他也只会去松莱饭店就餐，只愿去装修精致的庞贝发廊理发。巴比特觉得这座大厦的理发店原本不应该在这个地方，有时，他自己也会觉得很为难，这里真是一个让人百思不得其解的地方。

巴比特在进入办公室的途中，享受着一片欢呼声，他为此感到自豪。他感觉自己就是一位身份高贵的人，大清早那种不协调的声音随之消失殆尽。

但就在这时，这种让人反感的声音再次回荡在了巴比特的耳边。

经常外出的业务员史丹莱·格雷夫正在和一位客户通电话，巴比特在旁边听着，很明显，史丹莱正用狡黠的态度强迫性地对客户说："好，就这么定了，还有就是我当初推荐给你的那套房子，我觉得很适合你啊，就是林顿区的波亚蒙屋子……哦，你已经看过那套房子了吗？太好了，你觉得如何？好……好，我知道了。"

随后，巴比特来到了他的办公室，房间很小，是用半截有磨砂玻璃的橡胶板隔出来的办公场所。他边走边喃喃自语："现在，想要找到一个对自己有信心，而又具备营销策略的业务员简直比登天还难。"

巴比特的生意合作伙伴是亨利·汤普逊，他一般很少来公司。公司除了他还有巴比特的岳父和另外9名工作人员。其中一名是史丹莱·格雷夫，他爱好抽烟和撞球游戏，是个年轻的外勤业务员；马特·柏尼曼，一位贫穷的老人，负责打扫办公室、收租和推销保险，他平时不怎么喜欢说话，一副郁郁寡欢的样子，之前，他可是房地产行业里的佼佼者，曾在繁华的纽约布鲁克林区有自己的一家公司；查斯特·格买·雷洛克，是金莺幽谷新小区的业务员，留着浓密的长胡须，待人热情，落落大方，他有很多个孩子；捷儿莎·麦克女士，是公司的速记员，聪慧而又漂亮；魏洛波达·潘尼根女士，是公司的会计和档案管理员，做事总是慢条斯理，非常认真，她的身材肥胖；其余的4名工作人员都属于兼职代理业务员。

巴比特这时从自己的小办公室看向整个大办公室，带着失望的语气说："麦克是个漂亮能干的优秀速记员，每次看到她时，就有种看到饭后甜点的感觉，很舒心。但看到史丹莱·格雷夫和其他那些不干实事儿的家伙我就来气，我对他们失望透顶。"巴比特本来还因为春日的美好而高兴，受到办公室人们消极态度的影响之后，心情一下子一落千丈。

平时，他对自己的办公场所还是非常满意的，也很喜欢这个地方，他很高兴自己可以发展出这么一片小天地。一般情况下，他很愿意待在这种舒适而又热闹的环境中，同时，这种氛围也可以激发他工作的积极性，但今天似乎与往日都不同，在巴比特的眼中，地板上铺着的瓷砖看上去就像是洗澡间的，坚实的水泥墙壁上面有明显的褪色图表，红色的金属天花板，办公室摆放着橡木椅子，没有经过任何修饰，简简单单，还有涂了淡绿褐色的钢制桌子和档案柜。所有的这一切看上去就像是由钢制品筑成的小教堂，人们在这里一点儿都不严肃，嬉笑打闹，不成体统。

在巴比特看来，一切都是那么不如意，旁边是一台崭新的冷水机，巴比特对此也很不满意，这可是现在款式最好、锥形的冷水机，内部构造合理而科学，可是公司花了高价买来的，其实这个价格本身也是一个优点。冷水机有个绝缘纤维冰桶，瓷质瓶子，这个瓶子可以起到净化的功效，还有一个防止漏水和堵塞的水龙头，就连冷水机上的图案都很醒目，引人注意。

巴比特开始盯着冷冰冰的地板砖，慢慢地又将眼神移到了这台冷水机上。这台冷水机的确是最好的，但他却对这种优势毫无兴趣。令所有人都想象不到的是，他小声嘟囔着："现在最好是远离这里，跑到一个森林里，无忧无虑地在那里溜达一整天。晚上，去扬齐家打牌，一定肆无忌惮地胡乱骂一通，再不受约束地喝上百十瓶啤酒，那该有多么痛快！"

巴比特唉声叹气地读完了信件，然后大喊"麦克小姐"，然后和她讲述着信件内容。

今天，他的第一封信是这样的：

"奥玛·格利伯，把这封信寄给他，麦克小姐。20日那天的信函已看，我会这样回复他，格利伯，现在我唯一担心的是如果我们再这样犹豫不定，那极有可能会丢掉亚伦那笔生意。前天，我查阅了亚伦的详细资料，之后还仔细地进行了分析，而且还认真地研究了一番，这样，我才敢向你保证，哦，错了，不要这样写，应该改成：据以往经验，他完全符合条件，而且也真心想要和我们共建互赢关系。再加上他的经济状况良好，没有不良记录。这里写得有点乱啊，麦克小姐。如果你觉得有问题，就可以将它分为两句来写，这句结束了，另起一段。

"亚伦非常愿意承担所有税款和保险费。我了解他的为人，他也一定会这样做。换句话说，现在，我们应该付诸实际行动，先不要这样写，把这里改成：为此，我们应该立马行动起来，办理这件事。嗯，可以了，正式起草时，你要重新整理一下句式，保证连贯,麦克小姐,最后要写上敬语等内容。"

下午,麦克小姐将新的内容做好了文件,拿给巴比特过目,信的内容如下:

  巴比特-汤普逊房地产公司
  民众服务之家
  名人大厦,奥贝林大街,第三街东北区,天顶市
  奥玛·格利伯君
  北美大厦576号
  天顶市

亲爱的格利伯先生:

  您20日的信函我已读过。其中的一点是我所担心的,所以我必须要特此说明,我们不能再这样犹豫不定了,如果再这样下去,我们将会丢失亚伦这笔生意。前天,我用心地查阅了亚伦相关资料,也了解了他们的一些情况,为此我还做了分析与研究,根据我以往的经验,我觉得他完全符合我们现在所需条件。既然他们诚心想要与我们合作,还有一点优势就是他没有不良记录,经济状况良好,关键是条件优越。

  他很愿意缴纳所有要承担的税款和保险费。而且我相信,他也一定会缴纳这笔费用。

  为此,我希望你们关注这件事,并立马着手办理!

巴比特谨启

巴比特看完了写好的信,然后以专业的商业学院书法签了名,他看着自己写下的名字,心里窃喜:"看看,写得多好,不错的一

封信，很流畅，但麦克小姐为什么要加第三段内容呢，我并没有让她写第三段啊！哦，希望她以后不要再添加我口述的内容了。但一直让我想不明白的是，史丹莱·格雷夫或者查斯特·雷洛克为什么就写不出这么好的信呢，真是让人无法理解。"

这天上午，他要口述一份重要的文件，这是必须要打印的信件，这封信打印出来之后需要油印多份然后分发给潜在顾客，以得到他们的信赖。文件内容采用了当今最流行的文章写作方式，凡事都站在消费者的立场进行分析介绍，当中内容引人注目，一个字、一句话，都经过了慎重的斟酌，广告的语句极大地提高了消费者的兴趣，醒目的标题也增强了顾客的购买欲。这是一种强制性塞给客户的广告信，但这样看上去却有点儿像校园文字竞赛。他费尽心思先写出了初稿，之后，又像一个感情丰富的诗人一样朗诵了起来：

嘿，我的老朋友：

现在，我唯一记挂的事就是我是否能帮你些什么，我想要认真地和你说，我知道你想要一套属于自己的房子。当然了，需要这个房子的目的不仅仅是有地方挂你的帽子，更重要的是为你的家人获得一个温暖的安身处。或许你也应该为你的那辆停得特别远的汽车找个好地方，它应该停在靠近土豆地的地方（麦克小姐，这里要表述得特别特别远）。哦，这个时候，你究竟是不是在想我们呢？放心，我们就是为了解决您的困扰而服务的，对于您的这种困扰，我们是专业的，如果您对此感兴趣，那么就请继续阅读以下内容：

现在，您坐在精致而漂亮的桃木写字台旁，接下来，我们要向您提问一些很简单的问题，请您回复一下，如果您方便，可以告诉我们。如果我们获得了您想要知道的信息，一定会及时告诉您；如果我们没有获得相关信息，那么抱歉，今后，我们不会给您的生活带来困扰。好了，我们不再浪费您宝贵的时间了，请您填写一些附表。为了方便您的选择，我们还将银树林区、花岗区、贝洛本、林顿区，还有东区的所有住宅区的相关情况都特此呈上。

巴比特-汤普逊房地产公司谨启

附言：只要您腾出一点点的时间，给我们一点点的提示，我们就可以心领神会地为您找到一套让您放心的住宅（而且非常实惠）。这里给您一个小小的建议，银树林区有一栋房子不错，是四居室，面积不大，但却精巧，且环境优美，外加一间车库，小别墅旁还种了一些名贵树木，每当夏日炎炎，您可以在此乘凉。另外您还可以结识一些上流社会的人，因为您的左邻右舍都是身份高贵的社会名流。您的出行也很方便，因为小别墅的外面就是公路。别墅的总价为3700美元，您可以先付首付，首付的价格是780美元，其余的钱可以在支付期限内付清，提醒您一下，支付期限内是有优惠的。请您放心，巴比特-汤普逊公司为您提供的房子，价格一定比租房便宜。

再为您提供一处住所，道查斯特片区，精品房，装修很有艺术范儿。整套住房外围使用橡木装潢而成，地板用碎花拼接而成，煤气的壁炉设计为圆形，看上去美观又大方。大门要比其他的房屋稍大，充满了新英格兰风格建筑与修饰风格。更好的是车库里有供暖设备，这一套房的价格也很合适，为11250美元，同样要比租房合适。

巴比特在口述的过程中，思绪突然停了下来，他想要安静地坐在这里认真地思考一下，他觉得自己完全没有必要为了兴师动众地干一件大事而迷失了真正的自我。巴比特坐在自己的办公椅上，来回转动，椅子发出吱吱的声响，他淡淡地微笑着。眼睛始终都盯着麦克小姐。他觉得麦克小姐的身材那么优美，她那乌黑的短发，娴静的面容，让巴比特不知所措，突然，不知所以然的欲望由他的孤寂中浮现出来，巴比特一下子像变了一个人似的，不再以一种强势的态度和她说话，随即，他开始转变自己的态度，变得温柔起来。

麦克小姐还在那里等着，她想巴比特一定还会吩咐她做些什么吧！她手中握着一支精致的铅笔，敲打着手里捧着的记录簿。顷刻间，巴比特将她看成是梦中的小仙女，他脑中浮现的也都是和小仙女在一起的情景：他和这位小仙女含情脉脉地看着对方，他们认出了彼此。稍后，巴比特略显恐慌地、谦逊地在小仙女的脸上温柔地亲吻了一下，此时，她那清澈明亮的眼里涌出了泪水。

"巴比特先生，还有需要我记录的内容吗？"

巴比特笑声喃喃道："哦，我看一下，没有了。"说完，他失望地转过了身。

巴比特的这个幻想与之前的那些幻想相比，是最亲密的一次了。他时刻提醒着自己："此生都不会忘记老杰克·典非德的警告，他说：'聪明的人从来都不会玩办公室恋情，也不会将恋情带到家里，如此麻烦的事只会让自己的家庭关系一团糟。'对，我觉得也是这样，绝对不可以，但……"

整整23年来，巴比特一直过着枯燥的生活，他觉得自己的婚姻毫无意义，他经常会不自觉地偷看让人心动的纤长而又白皙的小腿，悄悄留意着那些柔嫩的、散发着香味的美人玉肩，同时，他还幻想着自己触摸着它们，但转念一想，他的这些举动与想法都违背了自己的尊严、名誉和地位，贬低了自己的身份。他不敢将这种想法付诸实际行动，因为一旦失败，他将会失去这一生努力拼搏来的东西。

这时，巴比特正估算着样品房装修需要的资金，但此刻的他又是那么心绪不宁。为此，在他眼中，事事都不顺心，他对任何东西都持反对态度。他在现实中是如此孤寂，他是多么渴望梦境中的小仙女出现，但想到时，他又觉得羞愧无比。

第四章

1

这天早上，真是灵感无限啊！巴比特刚刚写完了一篇语言华丽的散文信，此时，他正饶有兴致地阅读和自我欣赏着。15分钟之后，门铃响了起来，原来是查斯特·格买·雷洛克，他是金莺幽谷的业务员，长着一头波浪形的棕红色头发，留着一绺小胡须，看上去像骆驼毛刷子一样。他嗓门儿大，以至当个男高音可谓绰绰有余。

他是位帅气的男士，总爱去唱诗班里唱歌，还喜欢待在家里玩游戏。他有时玩红心大战，有时玩捉乌龟，这是他比较喜欢玩的两个扑克牌的游戏。他每每看到人们家里的小孩儿照片，总会情不自禁地说上些大话……巴比特却很讨厌他的行为，一点儿都瞧不上他，觉得他就像个女人一样，总爱唠叨。雷洛克之所以在这个时间段来这里，就是要和巴比特汇报售楼情况，同时，他还要呈上一个很棒的广告创意。

雷洛克说："早上好啊，巴比特先生！近阶段，我认真思索琢磨了一番，功夫不负有心人，我终于想到了一个不错的广告创意，以便让我们的金莺幽谷得到更好的宣传。我觉得，我们应该采用诗歌的形式来推广我们的楼盘，我坚信，这个创意一定会奏效，关于诗歌，我是这么编撰的：

  无论你身在何处
  家才是你的乐谷
  一旦你找到美貌的娇妻
  我们会为您及时营造恋爱之地

"巴比特先生，就是这样，您觉得如何？有没有'家和温馨'的感觉呢？您觉得……"

"嗯，我听得很清楚，语句押韵，也很优美，但我还是觉得应该修改一下，让广告语显得更加典雅、庄重，让人值得信赖，这种效果会不会更好呢？比如可以用'我的专属就是将您带入潮流'，也可以使用'机会不等人，就等您行动'这类的标语。另外，我还要提一个小小的意见，你的这种所谓的诗歌的形式并不能顺应我们工作的真正目的，我们真正的目的是什么？促进营销，让所有人都产生购买我们住宅的冲动，否则，你的这种词汇再优美也不能达到最终的目的。要知道，我们的金莺幽谷属于高档小区，专门为那些社会上流人士打造，他们这些人都引领时代潮流，所以，我们的广告也要跟上他们思想的节奏，讲了这么多，你明白我的意思了吗？好了，就这样，雷洛克，没什么事的话，你就可以自行离开了。"

2

爱好艺术的人拥有的艺术熏陶总是会心有灵犀。为此雷洛克的诗歌引发了巴比特的感慨，巴比特的才华在他之上，所以，他会给他一些实质性的建议。之后，巴比特对史丹莱·格雷夫小声嘀咕："查斯特觉得自己不错，还在那里高声朗诵，声音难听极了，我都快要受不了了。"但最终巴比特的艺术灵感还是被唤醒了，有了灵感的他情不自禁地挥笔写下了这些：

你深爱你挚爱的亲人吗

亲人的葬礼已过，多么令人悲伤，那么，你是否肯定，你已对你的亲人尽了孝道，现在，我们唯一可以做到的就是让他安眠在

林顿区

这个风景美丽的公墓，你才算完成自己的夙愿，这里是附近唯一的现代化墓园，墓地按照庭院风格设计，它的后面遍地都是雏菊，前面是风光无限的查斯特原野。

独家经纪人

巴比特-汤普逊房地产公司

名人大厦

写完这些，巴比特觉得非常满意，说道："这下可以让张默特这块废弃了的、有些年代的超自然公寓好好感受一下现代化的营销模式了！"

3

巴比特派遣马特·柏尼曼到了登记处，让他想方设法获取那些正在为出租房屋而绞尽脑汁做广告的房主姓名；他和一个正计划租赁商铺来作为撞球厂的人谈了话；他还以最快的速度阅览了快要到期的房屋出租人的名单；他找到了公车票务员托马斯·毕瓦特，让他利用休息时间做些房地产业务，去找那些住在小胡同的潜在客户谈话，这些在史丹莱·格雷夫看来是毫无意义的商业策略。

巴比特的创新灵感会瞬间出现，但也会在瞬间消失，那些不值得史丹莱·格雷夫亲自出马的交易，也都由他去洽谈。他又找到了一种新的戒烟方式，就在此刻，他瞬间沉浸在了英雄主义的情绪中。

每个月，他都会制订一个戒烟方案，并开始实施，他的戒烟方式一点儿都不特别，和一般的市民一样：自己心里很清楚吸烟有害健康，他痛下决心，随着时间的推移要逐渐减少对香烟的依赖，于是见人便告诉他们自己戒烟是多么有意义，乐趣无穷。其实，在此过程中，他除了没有解除烟瘾，什么事都做了。

两个月之前，他制订了一个计划，还对应做了一个表格，在里面填上了自己吸烟的具体时间。到最后，他发现自己吸烟的间隔时间越来越长，他为之高兴，但到他一天只吸3支烟时，计划表却不翼而飞了。

一周之前，他又想出了一个戒烟方法：他将雪茄和烟卷盒藏在办公室外信箱柜子底层从来都不用的抽屉里。心想："我一定不会来这个地方，也不好意思来这里，否则，我的员工一定会调侃我。"坚持了一天，两天，到第三天时，他实在无法控制烟瘾了，于是，走出办公室，不受控制地来到了信箱柜前，不由自主地拿出了抽屉里的香烟，点燃了。

今天一大早，他就把自己吸烟的事都归咎于那个抽屉，他觉得那个抽屉太过容易打开了。为此，他决定在抽屉上加把锁。他是这样想的，也这样做了。巴比特毫不犹豫地来到装着雪茄和烟卷盒的那个抽屉旁，将火柴盒也一起锁在了抽屉里。他拿着钥匙返回到办公室，把它放在办公桌里。

没等一会儿工夫，可恶的烟瘾又来了，让他心痒难耐。于是，他从办公桌里找出了钥匙，大义凛然地来到了信箱柜前，迫不及待地蹲下，用钥匙打开抽屉，拿出了一支雪茄和一根火柴，还安慰自己说："就一次机会，如果这一根火柴点不着，那就证明上帝不让我吸这支烟！"巴比特用了这根火柴，但没能点燃。于是，他又取出了一根火柴，想要再试一次。11点半了，一个买主和一个卖主要来参加一个会议，为他们递上香烟是必然的。正当他这样想的时候，内心一个正义的声音响起："要知道，你现在正在戒烟阶段啊！"但另一个声音又反对道："哎呀，不要这样说，闭嘴！要知道，忙正事要紧。无关紧要的事还是放到以后再说吧……"

以后？以后就没有下文了。只是他自己觉得已经没有了这个坏毛病。而且他还觉得无比自豪，信心满满，觉得自己是多么优秀。他得意扬扬地给保罗·李尔斯林打起了电话，显示出对自己行径的满意，用热切的口吻和他说话。

巴比特对保罗·李尔斯林的好感颇深，可以说，除了他自己和他的女儿妲卡，他对保罗的好感要超这个世上所有的人。他和保罗是同学，又是舍友，他们一起在州立大学读过书。他把保罗·李尔斯林看成是自己的弟弟，对他疼爱有加。在他眼中，保罗瘦瘦的，黑黑的，似乎很爱护他的头发，总是把头发向两边梳得整整齐齐。保罗总是戴着一副夹鼻眼镜，说起话来慢吞吞的，表情忧郁，爱好音乐。

而今，保罗成了批发商和经营屋顶建材用纸的小制造商。他有这方面的优越条件，大学毕业就跟着父亲做生意。但巴比特始终相信保罗具有艺术方面的天赋，他觉得他应该是一位著名的艺术家，或者是一位小提琴家，抑或是一位知名画家，又或者是一名身份高贵的作家。不仅如此，他每次与朋友在一起时都会发表自己的观点，他说："这小子在加拿大山岩旅行的时候给我写过一封信，信中描绘那里的景象让我如痴如醉，看完了信里的内容，我迫不及待地想去那里游览一下。我觉得，他没有从事写作真是可惜，他的文采太好了，现在那些知名的作家也不及他。"

但他与保罗通电话时，话却并不多：

"南区343。不，不，不！我接南区，南区343！哎呀，话务员，怎么回事啊！为什么不能接南区343？是的，嗯，我确定有人接电话！哦，你好，343吗？我找保罗先生，麻烦您帮我找下这位先生。嗯，你好，保罗吗？我是巴比特。"

"对，我是保罗。"

"你好，我是乔治。"

"哦，你好！"

"老朋友，最近如何，一切顺利吗？"

"还好，你呢？过得好吗？"

"还不错，一切安好，保罗，有什么新闻想要和我分享吗？"

"也没什么，还是老样子。"

"我想知道你最近在忙什么。"

"闲得不得了，在附近逛逛罢了，对了，乔治，找我有事吗？"

"午饭有约吗?"

"没有,那么,我们一起吗?就在俱乐部集合吧,你看怎么样?"

"好啊!12点半,不见不散!"

"好,就这么定了,再见!"

4

上午,巴比特没有合理地去安排所有事务,以致现在所有的事都堆在了一起,忙得他焦头烂额。写信、拟定广告,还有其他相关事宜都必须要在这个时候处理。电话铃声一直响个不停,这是一些小职员打来的电话,他们不断地咨询着月租为50美元的带有5个房间,而且可以拎包入住、家具齐全和带浴室的那种房子。巴比特还要帮马特·柏尼曼想办法,因为那些租客迟迟不肯付房租,所以巴比特要想办法从他们那里要来这些钱。

巴比特是房屋中介人,为各行各业的人寻找住房,还为生意人推荐店铺,工作勤勤恳恳,自始至终都为他人着想。巴比特的品性值得人尊重,稳重,工作态度端正,凡是他做过的每一项工作都会认真地记录在工作簿上。他做人很诚恳,具有丰富的工作经验,对各种租赁业务和房产契约都可以熟练地完成,他还牢记着各种业务价格。他拥有强壮的身体,说话时嗓音低沉幽默。他在上流社会中是一名很受欢迎的人,但却因为缺乏自我认知和过于骄傲而导致个人思想无法再上升一个层面。他是一个不懂建筑学的人,但却对建筑商推出的不同的建筑造型非常熟悉;他对园林艺术一窍不通,却对弯道、草皮和6种普通的灌木有着自己独到的见解;不仅如此,他也不懂得最基本的经济学原理。即使如此,他依然坚持自己的意见，他觉得乔治·福·巴比特唯一的人生目标就是赚钱。事实本也是如此，在"拥护者俱乐部"午餐时，或在各种各样的"慈善年会"上，他的各种经历是人们谈话的最好题材。上流社会的一些人总会说大话，一直讲着为公众无私服务的理念。巴比特作为一个房地产经纪人，职责所在便是做好本职工作，尽力让客户满意，同时还要遵循"伦理道德"观念。而所谓的伦理道德特性又含混不清。一个人具备这种素质，那他才称得上是一个"高级房地产经纪人"，如果一个人没有这样的思想境界，那他就会被别人评判为不讲信誉的商人。一个人道德纯良，讲信誉，懂道理，那他终有一天会得到客户的信任，甚至会得到所有人的信任，事业也将越做越大。当然了，在此期间也不能丢掉商人最基本的利益。如果客户不在乎钱的问题，对你提出的高价毫无还价之意，那成交这笔生意也就在情理之中了。

巴比特口齿伶俐，在商业应酬中，可以轻松自如地和那些谈判者讲出自己的观点，告诉他们房地产经纪人在工作中的重要性，并为他们分析社会的未来发展，推测一些情理之中的事，以便于帮他们扫清未来发展中遇到的困境。换句话说，房地产经纪人要想将自己的事业做得风生水起，前提条件就是要预测城镇未来的走向。这就是所谓的远见。

有一次，巴比特在"拥护者俱乐部"进行了一次演讲，当时他是这样讲的："房地产经纪人必须要完成自己的职责任务，要熟知个人所在城市和周边的一切情况。这就好比是外科医生，他们想要治好自己的病人，首先要清楚人体的每条血管和每个组织；又好比是设计师，熟知不同的电路和宏伟壮观的拱桥上安装的每个螺丝钉。作为一个房地产经纪人也是一样，他们一定要了解每个地方存在的优劣势，以便更好地为客户推荐适合他们居住的房屋。"

虽然，巴比特熟悉天顶市某些地区的土地市价，但他对警察的权力却不了解，他不知道警察那边究竟会掌握多少情况，他不知道他们究竟和赌场、妓院等场所是否有联系。巴比特知道防火对于建筑是有多么重要，他也知道保险费率对防火安全所起到的作用，但他却不知道这个城市究竟有多少消防人员，不知道他们究竟经过了怎样的训练，也不知道他们的工资待遇怎样，同样，他也不知道他们的消防装备是不是齐全。他很看好出租房的地理位置，因为它的附近就是学校，但他却不知道，同样也不想知道学校教室里的供暖程度、照明情况、通风设备和教学设施的完备情况，他也不知道教师究竟符合什么条件才能上岗。但是，他还是会对天顶市予以高度赞扬："天顶市让人觉得自豪的就是教师具有的待遇优厚。"实质上，这句话是他应用了《鼓动时报》上的内容来说的。而对于他个人而言，他根本就不知道其他地方教师的工资待遇。

之前，他听人说过，县里和天顶市监狱某些地方的管理并不怎么科学。一些人对天顶市做出了负面评判，为此，他觉得很生气，他在愤怒中阅读了一篇报道，此报道是悲观主义激进派律师尼克·东尼所写，这位律师的名声很差，他在报道里是这样写的：这是一所充满了梅毒、嗜酒者与精神迷乱的监狱，将青年人关押在这里，并不能起到良好的教育作用。当巴比特看了这篇报道之后大为恼怒，他是这样批判这篇报道的："知道那些将监狱当成环境幽雅、设备齐全的松莱饭店的人有多么讨厌吗？我对他们这些人和所持的观点深恶痛绝。如果你厌恶监狱，那就要严格要求自己，这样才能远离监狱的大门。除此之外，那些主张改革的狂热者总是将个人观点说得很夸张。"我敢说，这是他第一次也是最后一次对天顶市慈善事业和诸多改良事物进行调查。还有，针对犯罪活动密集之处，他会大义凛然地给予这样的评论："一个具有绅士风度的上流人士是不会在这里捣乱的，还有，从我们个人的利益考虑，那些整天不学无术的人有这样一个让自己肆意妄为的地方也是好的，这样就可以让我们家中女眷免受其害。让这些总爱为所欲为的家伙永远都不要出现在我们居住的地方。"

针对工业方面的情况，巴比特则思虑过多，他将所有观点进行了这样的总结："好的工会总能发挥其最大的作用，因为它总能阻止那些损害社会财富的激进工会。万不可强制任何一个人参与其中。一旦有人强迫他们参加工会，那就必须要被执行绞刑。其实，对于我们而言，应从实际出发来解决问题，废除工会。但话又说回来，毕竟工会是可以与其他团体抗衡的一个组织，所有的商业人士都应该踊跃参与到一个企业家联合协会和商会。协会的执行力一定要强有力，对于所有抗拒加入学会的那些自私的人，必须要采取强制性措施让他们加入其中。"

巴比特一点儿都不了解卫生学方面的知识，他并不知道从牲畜棚里飞出来的蚊子究竟有没有携带疟疾，他也不知道饮用水还需要经过检测。虽然他能用流利的语言讲出下水管设备和水道污物的处理，但对于其中的实质性问题，他却一窍不通。他在为客户介绍房屋时，常常会大肆宣扬浴室设备的优点。他还经常会把"没有一个欧洲人认真地洗过澡"说个没完没了。

在巴比特22岁那年，曾有人对他说过，没有化粪池的地方对人的身体有利。至此之后，他就很讨厌化粪池。如果有不知者很唐突地让他为自己销售一处带化粪池的房屋，那么他在销售这所房子之前一定会针对这个问题讲一讲的。

巴比特在做金莺幽谷这个项目之前进行了规划，在这期间，他把树林和草地整理成了一片没有溪谷和金莺而只适应仙人掌生长的平地，还在里面立了很多木质小牌子，上面写着想象出来的街道名称，还想当然地加入了一个完整的下水道系统。这让他不由自主地有了一种略胜一筹之感。为此，他还在暗处对阿文河牧原其中一个地方的化粪池的马丁·露森新项目讽刺了一番。为此，他还设计了一个整版广告宣传页，大肆宣扬金莺幽谷的景色优美，居住舒适，经济实惠，安全卫生。即便如此，这个地方也存在着不足之处，就是它的排污问题，金莺幽谷的排污出口太小，污染物经常会堵在管道里，这是一件让人厌烦的事。同时，这一处的化粪池是个垃圾堆积、细菌滋生之地。

从金莺幽谷的整个规划上分析：巴比特虽很讨厌那些名声一败涂地的骗子，但他也不能说是一个老实巴交的傻瓜。投机商人和购买房屋者喜欢的是不与他们竞争和总把他们的利益放在首位的房地产经纪人。一般人都会这样想，巴比特-汤普逊公司只不过就是金莺幽谷的代理人而已，真正的操纵者是杰克·奥非德。但事实并非他们所认为的那样，巴比特和汤普逊占有62%的金莺股份，天顶市街车公司董事长兼代理人占有28%的金莺股份，而杰克·奥非德只占有金莺股权的10%。杰克这个老头总喜欢将烟草放在嘴里咀嚼，而且也很幽默，他是个帮派政客，还是个小制造商，擅长一些难登大雅之堂的政治交易、生意外交与赌场作弊。他手中所持有的金莺幽谷的那10%的股权还是巴比特和街车公司为他争取来的呢！他们是通过打通卫生安全检查、消防安全检查和州交通委员会等人员的关系才为他分出来的。

巴比特是个很不错的人，他完全认同禁酒条例，他自己也喝酒；他认同开车限速法律条款，但他从未遵守过；他欠了别人的钱一定会还；他也会经常给教堂、红十字会和基督青年会捐款；一般情况下，他会遵守一定的社会礼仪，偶尔也会犯错，但绝不会越界；更为重要的是，他觉得人在必要时还是需要玩些手段的。他做人是有底线的，从不会让自己堕落至欺骗的境地，即使他曾对保罗·李尔斯林说过此话："我的意思并不是说我所写的每个广告都符合事实，也不是说我为房产委托人推荐的业务说的话都是真实的。这个你完全明白，我们要面对现实。首先，房主将不动产委托于我之时，估计这时说的话就已与事实不完全符合了，当然了，我也有我的原则，就是看破不说破！然后，我还要说的就是很多人都不诚实，所以，在他们的眼中，对方也会欺骗他们，也经常会说谎，这样看来，即使我非常诚恳地将价码压至最低，人们也会认为我们是在耍滑头，不是真心实意。为了保护自己，我就必须要大肆宣扬，这就如同是律师为他的辩护人辩护一样，都是本身的职责所在。

"难道不是这样吗？律师就应该为那些值得同情的傻瓜陈述对他们有利的证据，否则就连法官都会责怪律师没有尽到自己应尽的责任。其实他们的心里都明白，这个家伙的确是个罪犯。即便如此，我也不会像塞索·朗得理、柴伊尔或者其他房产经纪人那样过分地夸大其词，那样的话对应地也就失去了职业道德。实话实说，如果有人为了自己的蝇头小利而说出弥天大谎，那真应该被枪决判死刑。"

巴比特在客户的心目中作用很大，这在今天上午11点半表现得最为明显，在与卡那多·里德、亚奇德·博迪之间的协议谈判中表现得淋漓尽致。

5

卡那多·里德做事小心谨慎，是位投资房地产的商人。他在每次下赌注之前都会请教银行家、律师、建筑师和承包商，除此之外，他还会听听那些愿意为他出谋划策的职员的意见。他做事还是有所顾忌的，也不属于那种有胆识的商人，他的投资原则就是在安全的前提下实施方案，虽不注重细节，但最起码要保证赚到30%~40%的利润。根据那些所谓的权威专家的看法，创业者承担的风险，这一利润是理所应当得到的。

卡那多·里德的身材矮小，头上留着短短的灰色卷发，猛一看去，就像是戴着一顶帽子似的，无论什么样的衣服，只要穿在他身上都显得那么邋遢。他眼睛下面有两处凹陷的半圆，看上去就像是被银币压过留下的印记似的。他经常会习惯性地向巴比特提问题，看上去很依赖巴比特的样子，有事总会找他商量，因为他相信巴比特遇事会深思熟虑。

6个月之前，巴比特得知，在林顿住宅区有个零售小商品的商人，他正筹备要在商店附近再开一家肉铺，这个人的名字就叫亚奇德·博迪。得知了这个消息之后，巴比特开始调查这个住宅区附近的地产所有权，经调查发现，这个小商铺的地皮是博迪自己的，但却没有附近地产所有权。他为卡那多·里德想了一个办法，让他购买这块地的地产，资金为11000美元，虽然按照市场的行情来讲，这块地皮的价格还不到9000美元。巴比特觉得现在的租金相对来说是有些低，但只要耐心等待，从长远来考虑，博迪一定会以这个价格购买的。他运用各种方法，终于让里德如愿购买了这块地。巴比特以里德代理的身份抬高了某商业建筑的租金，为此租房者非常不满，他们开始抱怨，但即使如此还是按照抬高了的价格付了租金。

如今，博迪计划着想要买回那片地，在他犹豫不决的这段时间里，土地的价格又涨了2000美元，以至于他不得不多拿出这么多钱来购买，这就是社会给予卡那多·里德的酬劳，他是那么有远见的一个人，雇用了一个有远见的房地产经纪人。卡那多·里德独具慧眼，他熟悉谈判技巧，懂得方针策略，能分析当前及未来的经济形势等，总之，他是一个全能的奇才。

里德带着愉悦的心情来参加这次合约协议。他是那么喜欢巴比特，一早上还称呼他为"老伙计"呢。卖商品的商人博迪是个冷酷的人，他长着鹰勾鼻子，并不在乎巴比特本人和他的远见。巴比特也能感觉得到，但他还是会守候在公司临街的门口等待这位瞧不上自己的人。当他到来之时，巴比特还热情地将他邀请至自己的办公室，面带微笑为他指路，还不时礼貌地说着："请往这边走，博迪兄弟！"说完之后，他还从信箱柜子里拿出一盒雪茄，邀请客户吸烟。为了让客户觉得自己来这里是多么的尊贵，他还不时地调试着客户座椅的位置，向前推两英寸，又向后拉了3英寸。随后，他也坐在了自己的办公椅上，用真诚的眼神看着对方。但对那个胆小而又犹豫不决的商人博迪说话的语气却十分坚定。

巴比特是这样说的："好了，博迪兄弟，你也知道，附近的几个肉店老板都给出了优越的价格，当然了，还有一些从事其他行业的人也盯上了这块地。但我还是会和里德兄说你具有优先选择权。我和里德说过，无论是谁，只要占用了这块地方，我们的博迪兄一定会不高兴。再者，如果有人租了这里，还在你的邻铺开了杂货店或肉铺，你觉得你的生意不会受到影响吗？而且，"说着，巴比特向前倾着身子，改变了一种音调继续说，"那会有多么不幸，如果再有那些现款交易的自运销连锁店也进来,持续打价格战,时不时地给你施加压力,到最后,你终会无法立足于此。"

听到这里,博迪将骨瘦如柴的手猛地抽出了口袋,往上提了一下裤子,又再次将手放了回去,坐在椅子上的身子往后一靠,强忍着,装作一副若无其事的样子,努力开口说道:

"我承认,他们的实力的确很强,但也不能否认地区商店也有独特魅力,那也是很吸引人的。"

无所不能的巴比特听完他说的话,微笑着回答道:"你说得很对,朋友。我们都已经给您优先选择的权利了。既然这样,那不如……"

"哦,先不急!"博迪带着哭腔说,"据我了解,一年前,这个地方附近地皮的价格不超过8500美元,但你们现在却为我开出了24000美元的高价!我想问一下,这是怎么回事,我需要抵押借款,但那也只能支付一半的价格,天啊,巴比特先生究竟怎么回事,你竟然开出了这么高的价格,如果我不用这个价格购买,你们就会让我一败涂地!"

"博迪,你怎么可以这样说?你用这样的方式说话,我真听不习惯。你怎么能想我和里德是在陷害你呢?你这样说完全是觉得我们自私,对我们而言,天顶市的每个人功成名就都有益于我们。当然了,现在讲这个和我们当前谈的问题毫无关系。我可以给你一个最低价23000美元,你可以先支付5000美元的定金,其余的可以抵押。再者,如果你想要重新建房屋,我想我可以让里德再做出让步,放松建筑抵押条件。老兄,实话实说,这已经是我们给出的最大优惠了。我相信,这对于你来说完全没有问题,因为这些条件对于那些国外的杂货连锁店来说是没问题的。我们就是看在我们是同一个国家，同一个地方的人，所以才放弃那11000美元的，为此还舍弃了其他一些利益，这未免也有些不合情理了，你觉得我说的对吗？再者，如果你站在我们的角度分析这个问题，你又会做出怎样的选择？"

巴比特完全和博迪是一条心，在这里努力说服着善良的里德先生，将价格降低至21000美元。巴比特把握的机会很好，他恰到好处地在合适的时间里从抽屉里拿出一个星期之前让麦克女士拟订好的合同，给了博迪先生。随后，他又试了一下水笔，以保证里面的墨水充足，然后交到博迪的手中。此时，他多么期盼他可以在合同上签上自己的名字。

果不其然，巴比特的努力没有白费，里德如愿赚到了9000多美元，同时，巴比特也得到了450美元的手续费，博迪获得了一间由慈善的现代财政机构提供的商铺。不久之后，居住在林顿小区幸运的人们也可以方便地吃到各种口味的肉类食品了，但价格要比市中心的高。

这次谈判是一场男人之间的较量。事情过后，巴比特立马有些无精打采了。这是他所有计划中最紧张的一次。这时，他的面前除了一堆看不完的租约合同、估价单和抵押合同外，什么都没有。

他小声嘀咕着："好难过啊，所有的一切几乎都是我做的，但获利最大的还是里德，没想到啊，这个人竟然如此小气！唉，现在应该做些什么呢？哦，对了，可以开着车去旅行，就这么定了！"

突然间巴比特站了起来，想到了还要和保罗·李尔斯林去吃午餐。他立马又重新振作起了精神，恢复了原有的那种斗志昂扬的状态！

第五章

1

巴比特得马上离开办公室,因为午餐要花费掉他一个半小时的时间,其实,他现在也很想出去放松下自己过度紧张的神经。临走时,他还要处理一下手头上要紧的工作,因为他要为接下来的工作做一些准备,这次的准备就像是在策划一次欧洲大战一样。

巴比特不耐烦地说:"麦克小姐,你打算什么时候去吃午饭?你知道的,潘妮根小姐要来这里,你要保证她来的时候,你在这里啊!如果她来了,你就和她说,魏登费希特打来电话,我已经查阅过了契约。顺便要说一下,明天一定要提醒我派柏尼曼去搞清楚一件事儿。还有,如果有人咨询便宜的房子,一定要先为他推荐曼格路的那栋。如果有些事必须要我处理的话,去运动俱乐部找我,我就在那里。呃——还有,我下午两点回来。"

这时一点烟灰落在了巴比特的背心上，巴比特立即将其弹掉了。有一封需要回答的信，现在巴比特还暂时无法处理，于是他将其放在了同样暂时无法处理的那堆文件里，他想要利用下午的时间来解决这个问题，实质上，这封信已经放在那里三个下午了，当时，他也像今天这样想，等到下午的时候处理这封信。他在一张黄色的便签上潦草地写下了几个字："查看公寓门。"他做完这件事之后顿感心情舒畅，就像是他已经看完了公寓门一样。

这时，他发现自己又点燃了一支雪茄，意识到之后他立刻将雪茄扔掉了，同时他谴责自己道："真是的，我还以为自己已经戒掉烟了呢！"随后，他麻利地将雪茄盒扔到信箱柜里，上了锁，并把钥匙扔到了一个很难找得到的地方，然后下定决心对自己说："是醒悟的时候了。奋力运动，走着去俱乐部，我应该每天中午都这样做，不能动不动就坐车去那里。"

巴比特决心已下，而且他还引以为傲。稍后，他果断地认为，今天中午走路去俱乐部肯定会迟到，所以他还是决定要开车去那里。

然后，他走出办公室，开启了汽车，穿过交通繁杂的马路。最后，他发现，以这种方式去俱乐部，比自己步行去那里需要的时间还要多。

2

巴比特开着车行驶在去俱乐部的路上，满含深情地看着两旁的建筑。

如果是一个陌生人来到天顶市商业街，再加上他完全不熟悉这里，看着这里的景象，他一定会觉得眼花缭乱，分不清楚自己的具体位置，不知道自己是在俄勒冈、佐治亚、俄亥俄、缅因、俄克拉何马，还是在曼尼托巴。但这些地方在巴比特的眼中都很熟悉，而且充满了诱惑力。与往常一样，他关注起了马路边那里稍低一点儿的三层建筑物——加利福尼亚大厦，在他的心目中，他还是认为名人大厦比较壮观美丽。他再次经过了巴特农擦鞋店，这是一间小平房，位于陈旧的加利福尼亚大厦那单调的花岗石和红墙壁旁，看上去就像是悬崖峭壁下面的一间浴池似的。见此情景，他不由得感叹道："该去擦皮鞋了，唉，总是会忘记这件事，下午闲暇的时间里，一定去擦一下。"

随后，巴比特又看到了办公室家具商店和国际牌现金收款机售卖商店，这时，他就想：应该购买一台口述录音机和打印机了，而且他迫切地想要这些办公设备，这种渴望的程度就像诗人急切地想要得到四开的本子和医生迫切地想要得到镭似的。

车子经过时尚男士用品商店时，巴比特不自觉地腾出左手，用右手操纵方向盘，随后，他抬起左手整理了下领带，心想："自己就应该佩戴这样时尚的领带。"在想这些的同时，巴比特的脸上不觉露出自豪的表情。他又看到了联合雪茄烟商店，店铺上贴着显眼的提示牌，上面是红底黑字。他又在心里想："是不是该买一盒雪茄烟了，哦，真是傻到了极点，我正在戒烟，为什么还要这样去想呢？"巴比特继续向前开着车子，随后又看到了自己开户的那家专属矿业和畜牧业国家银行，他不由自主地觉得自己是多么有远见，变得兴高采烈起来。这时，他发现自己正与另外的四辆车并排行驶，从他眼前横穿而过的有小轿车、大货车和摩托车，这阵势就像即将上战场的一群武士。

巴比特开车转至下一个路口，一个工人正站在一座新建的建筑物的鹰架上钉着气压铆钉，阳光照射在这座建筑物上，工人工作时发出隆隆的震耳之声。在噪声的渲染下，巴比特的脑海中浮现出了一个熟悉的面孔，随之是他的声音："你好，乔治！"是一个拥护者俱乐部会员，他高声向巴比特问好，巴比特也有礼貌地向他挥手示意。一时间，车子在慢慢行驶，交警打出了可以前行的手势。这时，巴比特加快车子的速度向前驶去，他觉得自己身上充满了能量，就像一根油光锃亮的钢索运行在一台巨大的机器上一样。

与过去没有什么区别，他随意穿梭在前面的两条路上。路两旁的街从未被重新修建过，还是1885年修建的老街区，看上去像是一片废墟，简直不堪入目。之后，他还经过了卖便宜商品的店铺、道客达寄宿舍、空克迪亚堂，这些地方曾是一些风水大师和按摩师的租用店铺与居住的地方。他在心里默默计算着自己的收入和纯利润，他骄傲着，同时也担忧着，来来回回计算着那些熟悉得不能再熟悉的数字：

"今天上午为里德谈成一单，获得了450美元，但还要缴税款！让我仔细地算一下，今年的纯收入为8000美元，可以存入银行1500美元。哦，不可以，我还要修建车库，如果是这样，我就还要计算一下，上个月纯收入为640美元，一年有12个月，那么一年就是7200美元。哦，我的天，不管怎么说，一年的时间里，我是可以赚到8000美元的。还不错，很知足了，一般人怎么能赚得了这么多呢？8000张崭新而坚硬如铁的纸币，我敢说，整个美国，能赚到和乔治叔叔一样多的钱的人还没几个，也许还不到5%。哦，上帝！我在这个国家也算是个人才啊！原来我一直过着上流人士的生活！但家庭的开销实在有些不成体统，一家人的汽油要消耗很多，还要穿着得体，还要与那些百万富翁进行攀比,每个月,妻子还要80美元的生活费,再加上,公司的速记员和推销员一心想着从我身上捞上一笔。"

巴比特经过一番科学的计算才得出了这样的结果,他既觉得自己是个有钱人,又觉得自己穷得叮当响。他的情绪错综复杂,心里万般焦虑。他把车子停在一家售卖书报杂货的门前,买了一个之前一心期盼的雪茄点烟器。为了掩饰自己的自我谴责,他提高嗓门对售货员说:"买了这个东西就可以节省买火柴的钱,对不对?"

这个点烟器看上去小巧精致,用镍制成,呈圆柱形,带有银质凹口,不用说,这就是他车上仪表盘处的原装设备啊!宣传页上曾这样描述过这个点烟器:"这个东西高端上档次。绅士的汽车上安装上它更显威风气派。"这个小玩意儿可称得上是一个方便实用的小装置,往常,需要停车来使用火柴,它却不用,这样算下来,两个月就能节省出10分钟的时间。

巴比特开着车,不时地看看这个小玩意儿,不由自主地赞叹道:"简直是个完美的装置,很有必要安装一个。"他满心欢喜地安慰着自己:"总体而言,吸烟的人还是要配备一个的。"

突然,他又想到,自己不是正在戒烟阶段吗?

"真是可恨至极!"他开始自责了起来:"哦,就这么定了,我偶尔还是会吸一支烟的,而且这也有利于他人嘛!这是多么吸引客户的一个点子,如果用这种方式为客户点燃雪茄,我们的关系也会更近一步啊!我觉得应该将这个小玩意儿安置在仪表盘那里,真是个不错的点子。多么精致、多么超前、多么潮流,好了,就这么着吧!再说了,这么个小东西也不会花费我多少钱,我真的不愿意让家里过得那么拮据。"

就这样,他带着这个珍贵的东西,开着车穿过了三条街道,来到了俱乐部门口。

3

天顶市的运动俱乐部在当地很有名,这里不仅仅只是运动场所,也不完全是个俱乐部,这样看来,称其为运动俱乐部并不是恰到好处,加入这里的条件也不是非常苛刻。这里有个撞球房,来到这里的人好不热闹,屋内烟雾缭绕,这个俱乐部有独立的篮球队和足球队,这里的游泳池和健身房也时常有人光顾,其中百分之十的会员会陆续来这里消遣。这个运动俱乐部里有3000多名会员,他们中的大部分人都将这里当成是咖啡厅,来这里吃吃饭,喝喝咖啡,聊聊天,见见客户,宴请乡下的亲朋好友等。

这家运动俱乐部是天顶市最大的俱乐部,在这座城市,只有一家俱乐部与之不相上下,即同盟俱乐部,那是一个相对比较保守的俱乐部。对于运动俱乐部里那些不离不弃的会员来讲,同盟俱乐部就是一个让人厌恶、无趣、高高在上而又费钱的恶心的地方,在那里并不能交到知己。无论那里的老板开出什么优惠条件,他们都不会光顾那里。但实际却并非如此,相关数据表明,同盟俱乐部只要邀请到运动俱乐部的会员加入他们,67%的人都会果断退出运动俱乐部。这些人来到同盟俱乐部没多长时间,就会大言不惭地说:"如果运动俱乐部的品位再高一些的话,那里完全可以作为我们休息的场所。"

从外观上看,运动俱乐部这座大厦,是用黄砖砌成,分为9层,最上面一层是座漂亮的屋顶花园,最下面是用巨大的圆柱砌成的长廊。前厅用多孔的卡因石厚柱建造,尖拱顶,使用的是棕褐色的瓷砖，看上去就像烤得时间过长的面包皮一样。整个大厅看上去就像大教堂的地下室，又像与众不同的地下酒店。会员来到这里买东西都很匆忙，根本不打算在这里休息，看样子，他们也没有多余的时间休息。巴比特进来时也如此，当时卖雪茄烟的柜台前聚集了一群人，他和他们打着招呼："你们好，老伙计们，最近都挺好的，对吗？"

"还好吧，今天的天气不错啊，嘿嘿！"他们面带微笑回答着巴比特的问题，像是商量好了似的，都向后移动了一两英寸。他们当中有煤炭商伯吉乐·扬齐，史坦因百货店的采购商希德尼·范克史坦因，还有莱特威商业学院的创办人卡·卜弗雷教授，他曾讲过"商业英语"、"公开演讲术"、"商业法"和"电影脚本写作"的课。他是个有学识的人，巴比特也很敬重他。巴比特还佩服在购买方面有灵活头脑，而且也很大气的希德尼·范克史坦因。在这些人中，巴比特最喜欢的是伯吉乐·扬齐。他现在担任拥护者俱乐部的主席职位。拥护者俱乐部是一个全国性质的协会，创办的宗旨最终是为了促进商业和友谊，每个星期都会邀请相关人士在这里聚餐。除此之外，扬齐还是保护麋鹿协会的管理人士。有谣言称，他即将成为最高管理者的候选人。他平时积极向上，善于演讲，迷恋艺术，当著名的演员和艺术家来到天顶市时，他都会真诚地与他们交谈，请他们抽雪茄。与他们交流时亲切地喊他们的昵称，甚至还会邀请他们去俱乐部吃饭。扬齐的身体健壮，头发短平，大脑里储藏着当代流行的笑话，打牌的时候成熟稳重。今天早上，巴比特的烦闷就来自于昨晚在扬齐家的聚会。

这时，扬齐大喊道："老布尔什维克，最近怎么样，昨晚开心吗？今天的心情如何？"

"哦，老兄，我的头有些不舒服！昨晚的聚会举办得很不错！扬齐，在这里我要声明，昨晚的最后一副牌我赢了啊！"巴比特在距离扬齐3英尺的地方大声说。

"那是自然！那么下次我要为你备些什么呢？乔治，你看了今天的报纸了吗，上面有关于纽约州议会和激进分子对抗的新闻，你知道吗？"

"知道啊！很不错啊，今天的天气也不错！"

"是的，今天的确阳光明媚，只不过晚上就又要降温了。"

"对啊，就像你说的那样，晚上睡觉一定要盖毛毯，你好啊，希德尼！"巴比特看到了采购商范克史坦因，于是和他打起了招呼："我有些事想和你说，我今天在来这里的路上买了一个车载点烟器，并且还……"

"很好啊！"范克史坦因还未等巴比特说完就直接回答了他，并予以支持。站在一旁的卜弗雷也一起跟着说："对啊，点烟器装置在车里很有必要，它可以很好地装饰仪表盘啊！"卜弗雷博学多才，胖乎乎的，身着裁剪成圆弧形的棕褐色晚礼服，说话的时候声音像是管风琴的发音。

"对啊，最终，我还是下定决心要买这个东西。售货员收了我5美元，她说了，这个东西是市面上最好的车载点烟器。我听她这么说，一冲动就买下来了。希德尼，你知道这个点烟器的市场价是多少吗？"

范克史坦因随声说道："这个价位买得太值了，不管怎么说，这都是一个能拿得出手的点烟器，镀镍，各个部分都用了上好的材质。实话实说，最好的东西，价格一般都不便宜，这是根据我丰富的市场购买经验总结得来的。而一些小气的人为了贪图便宜而买一些质量差的东西也是有可能的。这样的事在现实生活中也存在,几天前,我更换了汽车的车顶,还把里面装饰了一下,总共花掉了126美元零5美分。一些人认为我这样做有些破费了。天啊,那些一生都居住在穷得叮当响的小村庄里、保守固有观念的人怎么能理解居住在大城市的人的想法呢?他们那里的人舍不得花一分钱,如果他们知道了我希德尼花费了这么多钱,一定会当场晕过去。反过来讲,我与他们的想法完全不同,我反倒觉得自己赚到了。乔治,我并没有亏本。现在,看看我的汽车,多么漂亮,而且看上去也让人心情愉悦。我拥有它已经有3年的时间了,在这期间,我也很爱惜它,星期天开着它出来,车速都在100英里之内。我觉得你买这个点烟器一点儿都不冲动。总而言之,乔治,你要记得,最好的东西往往是不便宜的。"

"我完全认同你的说法。"伯吉乐·扬齐继续说道,"这个观点是正确的。如果有人来我们这个城市选择了这种快节奏的生活,就像拥护者俱乐部会员那样,一个个精神饱满,信心十足,将整个人投身于工作中。如果想要缓解压力,那么就可以通过消费这种方式。"

巴比特连连点头表示认同他们的说法。总而言之,巴比特还是受扬齐幽默风趣所影响,被他的这种说话风格感染了。

"不过,让我想不到的是,你竟然能买得起这样的东西,乔治,听说你悄悄把伊斯旺公园那个不大的地基卖了之后,政府就开始注意上你的生意了。"

"哎呀,伯吉乐,你可真会说笑啊!开什么玩笑,你为什么不说说你自己呢?听人说,你从邮局偷来了大理石台阶,然后把它当作上档次的煤炭卖了,有这回事吗?"巴比特说完之后轻拍着扬齐的背部,又靠了下他的胳膊。

"你怎么会知道,的确有这么一回事,只不过,我现在想要知道的是，究竟是哪位富有的人买下了这么高档的煤炭来装修自己的公寓呢？"

范克史坦因开口说道："这可不好说啊。接下来，我要为你们讲一个故事，这也是我之前从别人那里听来的。乔治夫人去商场为乔治买衣领时，她还没说出衣领大小，那位售货员直接就给她拿来了几款13号衣领。于是，她很纳闷，随后问售货员是怎么知道衣领尺码的。那位售货员微笑着对她说，一般情况下，让自己的夫人为自己买衣领的男士都是13号。故事讲完了，怎么样，是不是很滑稽？乔治，很适合你啊！"

"我……我……"巴比特用尽全力搜索着大脑中谦逊的反击词汇。突然，他看向门口那里，不再说话了。保罗·李尔斯林正从那里进来，巴比特高声对大家说："伙计们，再见！"

他与这些人告别之后，急急忙忙地来到了大厅休息室。这时的巴比特不是睡在长廊里的那个总是会埋怨的小孩子，不是在家里早餐桌上总是生气的统领人物，更不是在办公室里和里德、博迪谈合作的精明商人，也不是运动俱乐部上流圈子里肆意说笑的假惺惺的好先生。这时的他就像是保罗·李尔斯林的大哥似的，无时无刻不在保护着这个弟弟，他为保罗而自豪，他是那么相信保罗，他对他的友谊胜于对异性朋友的爱慕之情。两个人见面之后郑重其事地握了手，相视而笑，两个人已经3天未见面了，但看上去像是3年未见面一样，他们开始相互有礼貌地问道：

"最近怎么样，老盗马贼？"

"还不错啊，起码我是这么认为的。你呢？你这个可怜的小家伙。"

"我很好啊！你这块能随处丢弃的奶酪。"

他们两个人的确相处甚好，这时，巴比特嘀咕道："你是个不错的家伙，但你知道吗？你迟到了10分钟！"

李尔斯林呸了一下，然后说："你怎么会这么认为呢？有这么一个帅气的人和你共进午餐，你该为之感到荣幸啊！"他们两个人开着玩笑来到了"尼罗"洗手间，里面大理石的平台上镶着一排洗手池，几个人正弓着腰在那里洗手，动作就像是人们在参加宗教仪式之前弓身打扮自己一样。洗手间里还能听到人们的喧哗声，他们不断地夸赞着自己，说着严肃而具有威慑力的话，还有人用其他腔调说着一些淹没在人群说话声中的言语，整个声音回荡在大理石墙面，然后从淡紫色边的米黄色瓷砖天花板上反弹了回来。

这座城市各个阶层的领导者，还有那些保险业、肥料公司、法律界和汽车轮胎等各行各业的总裁，是他们制定了天顶市的规矩。他们宣称，天顶市的今天温暖如春，那无可厚非，今天的天顶市确实暖和得像春天一样；他们宣称员工的工资待遇太高，抵押行业的利润过低；他们宣称一位著名的篮球高手贝比·路斯是位大人物。这个星期，两个机灵的小演员在顶峰杂耍戏里进行了表演，观众一片喝彩。巴比特的声音自信而铿锵有力，但现在这个时候，他却一言不发。他要在保罗面前保持得沉稳一点儿，因为他在这个高个子、黑皮肤、喜欢沉默的保罗面前显得有些不知所措，为此，他想要在保罗面前表现得安静、坚定和老练一些。

运动俱乐部的大厅采用哥特式风格建筑而成，洗手间采用罗马式风格建筑，吸烟室采用西班牙宗教式风格建筑，阅览室采用中国式风格建筑。而这些建筑风格都不是运动俱乐部的精华所在，运动俱乐部真正的精华所在是餐厅。天顶市有位技艺超群的建筑师，他是整个天顶市最忙碌的建筑师，而运动俱乐部的餐厅正是出自这位建筑师之手。

运动俱乐部餐厅宽敞明亮，采用半木质结构装修，门式窗颇有都铎王朝的建筑风格，壁窗呈凸出形状。除此之外，这里还设计有一个现场演奏乐廊，时至今日，还没有人在这里演奏过，还有一幅壁画，描绘的是大宪章前景。梁柱上雕刻着汽车模型，出自杰克·奥非德之手，门轴制作精细，纯手工制作的铁质钮，手工木质挂钩挂满整个壁板，房间的另一头是一座壁炉，上面装饰有徽章。俱乐部的宣传栏上是这样描述的，这座壁炉要比欧洲古堡里所有的壁炉要大，通风口设计科学。因为一直以来都没有生过火的原因，整座壁炉看上去非常干净。

这里大多数桌子都对外开放，能容下20～30个人。巴比特喜欢坐在靠近门口的那张大餐桌上，还有一些人也喜欢围在那里坐下，他们是扬齐、范克史坦因、卜弗雷教授、邻居哈武德·小野、诗人兼广告代理商德·山姆曼得雷、福林克和奥维罗·琼斯这些人。琼斯在天顶市开了一家洗衣店，他的洗衣店是这座城市标准最高的。他们这些人聚集在这个俱乐部里，在这里又组建了自己的一个小型俱乐部，还开玩笑地称他们自己是"痞子"。

如今，当巴比特经过这张餐桌前时，这群"痞子"一一和他打了招呼："快进来，坐下！你和保罗的身份也太高贵了吧，是不是瞧不起我们这帮穷得叮当响的人啊？要不要一起吃午饭？或者打劫你一瓶贝波酒如何？乔治，怎么回事？不想理我们吗？你那种高高在上的态度，看上去和我们那么疏远呢！"

的确，巴比特一点儿都不给这些人留情面，他大声地对他们说："是啊，你说得没错！我的确不想让人看到我正和你们这群吝啬的人待在一起，那样会大大降低我在别人心目中的地位！"他边说边带着保罗来到了靠近乐廊的一张小桌子前。同时，他又觉得那么丢人，因为在天顶市的运动俱乐部，像他和保罗这样两个人的聚会被看作是无礼的行为，但此时，他只想单独和保罗坐在一张桌子上。

巴比特在早上的时候就说了，午饭要吃得清淡一点儿，但此时，他却点了一份英式羊排、豌豆、胡萝卜和大份苹果派，接着点了一块奶酪和一壶奶油咖啡，点完这些之后，他又潇洒地补充道："再加一份法式土豆煎饼。"平时点餐时他都会做出这样的补充。服务生端上羊排之后，巴比特不停地将胡椒粉和盐撒在上面。他在吃肉之前总喜欢先做这些事。

他们边吃午餐边聊着天，两个人谈论着近日像春天一般的天气，谈论着电子雪茄点燃器的不同功能，谈论着纽约市议会的决议。羊排太过油腻了，巴比特不得不放下刀叉对保罗说：

"上午，我从卡那多·里德那里成功地拿到了一单生意，赚了500美元。还不错，我很满足。但我却很纳闷，大概是因为春日里犯困，或许是因为在伯吉乐·扬齐家玩得太晚的缘故，也有可能是因为冬天工作劳累，一整天我都觉得我的嘴巴有些不舒服。但即使这样，我都不会和那一桌子的人去说，就是和你说说而已。你会和我有同感吗？就如同我现在这般，不过，我都已经努力了，该做的我都竭力去做了。我供养着一家人的衣食住行，拥有一套舒适的住宅，还有一辆好车，还有属于自己的事业。当然了，我没有不好的习惯，是个中规中矩的人，唯一的缺点就是有时会吸烟，但我现在正在努力地戒掉。我经常去教堂祷告，为了减肥，我还经常打高尔夫。在我的生活圈里，都是见识广的名人。就是这样，我还是对我的人生不满！"

巴比特慢吞吞地说出了这些话,其中还带着旁边桌子上传来的说话声,与女侍者开玩笑的声音,还有自己吃饱饭之后喝咖啡时发出的咕噜噜的声音,这些声音时不时会打断他和保罗的对话,他正犹豫着要不要为自己解释些什么时,保罗用尖细的嗓音揭穿了实情:

"哦,天啊!乔治,你觉得你说的这番话对我来说还算是新鲜事吗?一点儿都不新奇了,我们彼此了解对方,我们都是些满口谎言的人,自我感觉良好,都认为自己事业成功,但你不觉得我们这是在欺骗别人的基础上宽慰自己吗?你是不是想让我给予你鼓励,给予你肯定,但你又何曾了解我的生活?"

"伙计,我理解你。"

"以前,我的愿望是成为一名小提琴手,但现在却成了一名卖柏油屋面材料的小贩!吉拉吉拉,你知道的,我的妻子,哦,我一向是个不喜欢抱怨的人,但她是一个什么样的人,你也见识过,真是让人头痛啊……就拿昨天晚上来说吧,我们一起去看电影,大厅里聚集了很多人,他们都在那里排队买票,我和她站在最后面。那时开始,她就不停地往前凑,这还不够,她还在嘴里嘟囔着:'这位先生,怎么回事?'说句实话,有时,我看到她打扮得花枝招展,身上洒着浓浓的香水味道,无理地尖叫着:'和你说啊,我可是位女士,你这个家伙真是让人讨厌!'那时,我都有想要宰了她的冲动!那时,她仍不停地往前挤着,用胳膊肘戳着前面的人。我则跟在她后面,真是个丢人的家伙,我觉得颜面无存。这时,出现了一位正义的年轻人,他大义凛然地转过身来对我的妻子说:'女士,你怎么能插队呢?'说实话,我还是很钦佩这个小伙子的。再看看我的妻子是如何无理取闹的,她朝着这个小伙子大喊道:'保持一下你的绅士风度好不好？'说完，她一把将我拉了过来，嘴里还不停地说：'保罗，你看看，他欺负我！'而那位让人怜悯的小伙子，气呼呼地看着我，似乎做着随时决斗的准备。

"我装作什么也没有听到的样子，这是必须的！那种神态就像我们在锅炉厂听不到其他声音一样！我尽量尝试让自己转移视线，我看向大厅的天花板，我甚至都可以告诉你每块天花板的式样：有块带斑点的棕色瓷砖，像魔鬼的脸似的……所有的人就像沙丁鱼罐头似的在那里挤来挤去，他们开始放低声音议论起了我们，同时，吉拉吉拉还在不停地斥责着那个年轻人，她扯着嗓子高声说：'这里是女士和绅士待的场所，像你这样的人，根本不配来这里！'她接着又对我说：'保罗，你去喊这里的管理员来，我要投诉这个让人讨厌的家伙！'唉，如果这个时候，让我躲在放映厅里看到一切场景，我都觉得不好意思，更何况是在现场！

"24年来，我都在经历着这样的生活，现在你竟然暗示我说这种甜蜜、幸福、纯真的生活并非想象的那样，你总不至于让我气得瘫倒在地上吧，是不是？说心里话，我根本就不想提及这样的生活，只有对你一个人说过，因为其他人如果知道了，一定会认为我软弱无能。也许我确实就是这样的人吧！现在我也不会太过在乎这些了……哦，天哪，很抱歉让你听了我这么长时间的抱怨，对不起，乔治。"

"不必这么说，保罗，其实你也没有向我抱怨过什么啊！只是你多想了。有时，我会经常对米拉和我的孩子们说大话，我会说我是个很了不起的房地产经纪人。其实，有的时候，我也会在心里默默地承认，自己能力根本就不及耳帕特·摩尔根。如果我说的这些可以对你的负面情绪起到一定的作用，那么，保罗，我觉得圣人彼得也许会打开天堂的门欢迎我的！"

"哎呀，你这个总爱说大话的家伙，你就是个让人欢喜的痞子，但说实话，你的话的确激励了我。"

"我想问一句，既然你无法容忍吉拉吉拉，那为什么不和她离婚呢？"

"我倒是想这样做，前提是要有这个条件！但她似乎并没有这个打算，对应地，我也就没有了这个机会。假使现在有人要给她一笔巨款让她和我离婚她也不会同意，她自始至终都说不想离开我。她一日三餐都为我做美味的食物，食物中间还夹着果仁巧克力，说实话，我很知足。她对我始终如一，如果真像是别人说的那样背叛我就好了！乔治，我不愿意去做一个品行恶劣之人。读大学时，我就认为男人不能乱说话，如果胡言乱语，就应该立马被枪决。我真的很希望她能够和哪个人厮混，那样的话我会有多么高兴。但不要想了，想要这样的事发生绝无可能！她会对任何人搔首弄姿，你也知道她是如何与人撒娇的，她轻浮的笑容让人浑身直冒冷汗，她会用刺耳的声音对那个男人说：'你这个讨厌的家伙，你最好小心一点儿，要不然我的丈夫一定会修理你的！'她说完，那个男人会将眼神转移至我的身上，心里还会犯嘀咕。这时，吉拉吉拉又会继续说：'嗨，你这个顽皮的家伙，我奉劝你还是识相一点儿，离开这里，要不然你就要挨揍了！'她与那个男人调情也未免有些过分了，自己得到了快乐，然后又假装自己是无辜的可怜人，哭着喊着说：'你怎么是这样的人！'像这类假装很正经的女人在小说里经常可以看到。"

"这类？怎么说？"

"但像吉拉吉拉一样机灵、惹事、体胖的已婚女人可是狠角啊！她比那些离开家在社会上吃尽苦头的齐肩短发的女孩子都要坏，起码这些女孩会有所保留！这么说未免也有些夸大其词了，你知道吉拉吉拉是怎样的吗？她是如何在你面前抱怨的？无论我是否能支付得起这个东西，她都会毫无顾忌地去买，真是让人无可奈何。当我不能再容忍下去的时候，我就会和她绝交。这时，她总会用甜言蜜语来哄我，在我面前装出一副温柔的样子，嘴里还不停地说：'你在说什么啊？我知道你不是这样想的对不对，你在吓唬我。'之后，我就不会再和她计较了。乔治，我想和你说的就是，我是个很容易知足的人，最起码在饮食方面是这样的。就像你经常说的那样，当然了，我还是喜欢抽价格相对高的雪茄，不是你抽的那种牌子。"

"哦，这个我可要说一下，我正在抽的这个雪茄的牌子不错！可称得上是物美价廉。还有啊，保罗，我和你说过的，我要戒烟，而且现在正在戒烟阶段。"

"嗯，说过，但话又说回来，我得不到自己喜欢的东西，自然会放弃。我不在乎牛排是否煎煳了，我也可以忍受饭后甜点是罐装的桃子和店里买来的蛋糕，但我却不能忍受吉拉吉拉这个人，她的脾气简直坏到了极点，甚至连厨师都被她气走了。发生了这么多事，她却不以为然，依然按照自己的方式生活。下午，她会穿着很长时间都没有清洗过的睡衣，长时间坐在一个地方看着西部英雄的书籍，她看书很入迷，家务活都堆在那里没有人去做。你经常说的那些'道德'观念，就是一夫一妻制吗？我是这样理解的。你总在我面前摆出一副老者的姿态，但你却从未感觉到，你就是个傻瓜。你……"

"保罗，你究竟在说什么？你说说我为什么会是傻瓜？伙计，我想要和你说……"

"好，那现在我就告诉你，你总爱装出一副热情满满的样子，告诉全世界：'恪守伦理道德，做一个社会的榜样人物，这样才能成为一个责任感极强的商界大咖。'我觉得你对道德未免也太认真了吧，乔治！你越是这样说就证明你的内心深处是多么不道德，这种行为让我无比痛恨，当然了，你可以……"

"哦，稍等一下，保罗，你先不要说，我想问一下……"

"老伙计，你可以随意去谈论道德。但说实在的，如果没有你，如果我晚上不在闲暇时间拉一会儿小提琴，如果不和德利儿·奥菲罗的大提琴来个二重奏，如果不和那几个漂亮的女孩在一起，让我丢弃所谓的'自尊'的惹人厌的玩笑，那我在几年以前就因想不开而自杀了。

"还有那些生意上的事！屋顶材料方面的生意！修建牛棚顶！哎呀，不要误会，我并不是说我没有从这些买卖中获得快乐。当我戏耍工会，看着一笔巨款进账、事业飞黄腾达时，我还是无比兴奋的。但这一切又有什么可炫耀的？你明白，我的真实目的并不是去销售屋顶材料，恰恰相反的是，阻止我的竞争对手畅销这些材料。你不也是这种生意模式吗？看看我们现在究竟在做什么？整日里钩心斗角，最终受伤害的人是谁——大众，这些钱还会由他们来支付。"

"哎呀，保罗，说话小心一点儿吧，你的话越来越像是在宣扬社会主义精神了！"

"这个你是知道的，我并不是那个意思。在竞争的过程中就是这样，胜者为王，败者为寇，适应社会的人就会存活下来。我最终想要表达的意思就是：就拿我们熟悉的这些人来举例说明，现在在俱乐部里的这些人，表面看，他们似乎对自己的家庭生活很知足，对自己的生意很满意，他们很喜欢待在天顶市运动俱乐部和商务办公室宣称要将天顶市发展成百万人口的大城市。我敢保证，如果你认真地去了解他们的内心，你就会发现，他们中三分之一的人的确是这样想的；三分之一的人内心躁动不安，但却始终不敢保证这一点；还有三分之一的人自己也知道自己对此很不满。他们厌恶这种劳累的、快节奏的生活方式，同时，他们也很反感自己的妻子，觉得自己的家人都是一群不知好歹的家伙。最起码，他们到了40或45岁时就开始对此厌烦了，这个时候，他们同样痛恨还要继续维持下去的生意。你知道为什么会有这么多的'神秘'自杀案吗？你知道为什么会有这么多的正义之士果断地参与到战争中吗？难道你认为他们是出于爱国吗？"

巴比特一副满不在乎的样子："这么说，你在期盼着什么？难道你认为我们一降临到这个世上就应该享受无忧无虑的生活吗？你觉得我们男人生下来就应该得到幸福的生活吗？"

"难道不应该这么认为吗？我不敢保证其他人会理解我的这种想法。我想问的就是，男人来到这个世上究竟是干什么的？"

"是的，我们都明白，《圣经》里也是这么说的，这本来就是合乎情理之事：作为一个男人，如果不尽自己的责任去认真地做事，那么他就是个无用之人。事实上，你究竟想要表达的中心思想是什么呢？言归正传！如果一个男人真的对他的妻子产生了厌烦感，你真的认为他应该舍弃她，然后逃走、躲藏起来，或者通过自杀来了结自己的生命吗？"

"哦，天啊！我真的不明白一个男人究竟有什么权利！同时，我也没有解除这种烦恼的办法。如果我可以处理这样的事，那我自然是解决生活困境的哲学家。我知道，我能深刻地体会到男人在生活中存在的烦恼，如果他们能大声地讲出自己的心声，反而就解除了自己的疲惫，不会整日里郁郁寡欢了。其实，我们还可以让自己的生活充满乐趣，变得更加愉悦，那就要在我们承认了生活无趣的同时还要偶尔不过分地发泄一下，不能一味地恪尽职守，这样，我们生活了60年才会更有意义。"

两个人陷入了沉思，巴比特的内心惴惴不安了起来。这时的保罗却异常兴奋，虽然他自己也不知道出现这种情绪的原因所在。有的时候，巴比特也会和保罗保持统一意见，他与保罗一致的看法和自己是一名基督教徒的意愿完全相反。但每一次，他不但不沮丧，反而有一种难以言喻的欣喜之情。之后，他说道：

"哦，保罗，你都已经讲了这么多不合情理之事了，怎么就不能逾越自己的那层枷锁？"

"相信谁都不会这么干的。习惯的力量很难逾越。不过，乔治，很早以前，我就有了一个很好的想法了。你现在就不用担心这个一夫一妻制的卫道士了，我的想法合情合理。现在确定其可行性高才说出来的。知道吗，很早以前，吉拉吉拉就希望进行一次纽约和大西洋的豪华之旅，那里的风景秀丽、阳光明媚，有帅气的、会跳舞的年轻绅士，但巴比特一家人和李尔斯林一家人却要去萨斯歇湖，是不是啊？我们可以这样啊，找个理由说要去纽约谈生意。提前四五天去缅因州，先过一段自由自在、潇洒独立的生活，你看怎么样？"

"太好了！我觉得你的这个想法不错！"巴比特表示认同。

巴比特已整整14年一天都没有离开过妻子独自度假。两个人都无法相信自己竟然有这个胆量来做这件事。运动俱乐部里的很多会员都和自己家人谎称要出去钓鱼或狩猎，以此为借口而外出野营。

而巴比特和保罗·李尔斯林始终都坚持想要外出打高尔夫、飙车、玩桥牌。对于那些爱好钓鱼或打高尔夫的人来讲，让他们戒除这些娱乐就相当于改变他们的习惯，这一举动会让那些思想正直、习惯了当前生活的人觉得不可思议。

巴比特生气了，他大声说："我们为什么就不能有个坚定的态度呢？我们就应该做出这样的决定：'我们决定了，要在你们之前到达目的地！'也不是犯法的事，对，就这么对米拉说！"

"那我应该怎么对吉拉吉拉说呢？这对你来说已经不重要了，是吗？如果我也以同样的方式对她这么说是不可行的。你知道吗，乔治，吉拉吉拉和你一样是个道德家，如果把实情告诉了她，她一定会认为我们是去纽约和哪个女人约会。我不相信米拉没有这样的担忧，只不过她不会像吉拉吉拉那样罢了。到时候，她肯定会这样无理取闹：'你不让我和你一起去缅因州，对不对？如果你不希望我和你一起去，那我肯定是不会去的，这个你可以放心。'她既然这样说了，那你肯定会顾及她的感受，心一软就妥协了，进而带着她一起去。唉，真是让人烦恼得不得了，好了，不去想了，我们去玩玩10柱球吧！"

这种游戏属于初级保龄球游戏，在玩的过程中，保罗一句话都不说。随后，两个人就走出了运动俱乐部，在下台阶的时候，还有不到半个小时的时间到两点，巴比特和麦克小姐说好了要在下午两点返回公司的。这时保罗叹气说道："伙计，我真不应该和你说关于吉拉吉拉的事，让你跟着我一起烦心。"

"不要这么说，老兄，说出来也可以发泄下自己不好的情绪啊！"

"嗯，我知道！我利用一个中午的时间都在贬低那些恪守旧思想的人们，但却没有发现自己也存在这样的缺点，我觉得我很幼稚，我觉得我这样做非常滑稽，我觉得我都没脸见人了。"

"保罗，是你太过于紧张了，是不是神经出了问题。我要带你去发泄下自己的烦心事，不要担心，一切都由我来安排。我因工作原因必须要去纽约出差，已经确定了，只不过，我还需要你的帮助，我想让你帮我为建筑物屋顶的事做出规划！但这个生意注定是谈不成的，我们这次外出最主要的目的是什么？就是去缅因州散心。保罗，到那时，你就可以自由自在地消遣了。当然了，我自然喜欢自己得到他们尊重，做一位上流社会的人，但只要你需要我，我就会义不容辞，和你随心所欲，任由你的差遣！哦，请不要误会我的用意，我并不是说你会做出有损身份的事，我相信你明白我的真正用意。其实，我是一个粗人，我需要你的艺术气质来熏陶。哎呀，真是的，我可不能再继续站在这里胡扯一通了，我还有工作要做，今天就到这里吧！再见了！记住我的话，保罗！果断一点，向前迈进！加油！"

第六章

1

下午，巴比特回到办公室就开始沉浸在了工作中，忙得焦头烂额，随之也就忘记了保罗·李尔斯林。在他去运动俱乐部的这段时间里，办公室的工作也没有被耽搁。巴比特忙完了手头上要紧的琐事之后，随后又带一位客户去了林顿区看房子，那是一幢拥有4套房子的公寓。他在车上为这位客户展示了自己的点烟器，看得出来，这位客户对此很满意，为此，巴比特觉得很高兴。为了给客人展示点烟器，他点了3次雪茄，每次都是抽到一半时将雪茄从窗子扔了出去，同时还埋怨道："真是的，烟瘾又犯了，我应该控制好自己的！"

巴比特和客户谈论着点烟器的每个细节，为此，他们还谈到了电熨斗和取暖装置。直至现在，巴比特用的还是陈旧的热水瓶，为此他觉得这是一件很丢人的事。他当即宣称要尽快将睡觉的回廊换上电插座。他并不了解机械方面的知识，但还是会热情满满地对其予以赞美。在他眼中，机械是如此完美，是真理的象征。为此，他只要遇到一种新型、复杂的机械，如双排气管、金属车床、引擎化油器、氧炔熔焊机、机关枪这些，都会到处宣扬，自认为自己知道这些，并引以为傲。每每这时，他总会将自己看作是一位专业人士，装出一副什么都懂的样子。

这时，客户也会顺着他的意思，和他一起赞美这些机械。两个人一路上聊得非常愉快，不知不觉中，他们就来到了林顿区的这处住宅，他们一起来到公寓认真查看这房屋的建筑材料、门窗和八分之七的地板。随后，按照惯有的方式交涉了一番，过程中，他们假装不愉快，又装作很高兴的样子，最终还是按照原本制订的那套方案实施了下去，为之后的交易打好了基础。

返回的路上，巴比特顺便让自己的合作伙伴坐上了自己的车，即他的岳父亨利·德·汤普逊，这位合作伙伴经常为他们的生意给出一些好的建议。巴比特开车经过了天顶市南部一个热闹的街区，这里呈现出一片喧嚣的景象：远远望去，是修建不久的嵌铁丝大玻璃厂和空心瓦盖屋顶的工厂，还有沾有柏油污迹而陈旧的红砖厂房，高耸入云的水塔，像红色火车头一样的大卡车，几条铁轨向周围散去，有从纽约市中心开过来的火车；有从苹果园驶来的火车；有从大北方小麦平原驶来的火车；有从南太平洋驶来的火车；有从橘子林驶来的火车。这里呈现出一片车水马龙的景象，好不热闹。

巴比特和他的岳父一起来到了天顶市铸造公司，他们找到了这个公司的秘书，与他讨论了一个很有意思的艺术规划——在林顿区的墓园围一个铁栅栏。随后，他们又开车去了集克汽车公司，他们拜访了这个公司的销售经理尼罗·李兰，商量了关于汤普逊买车给出的优惠条件。很早之前，巴比特和李兰就是拥护者俱乐部的会员，仅凭这样的关系，如果李兰不给出优惠，那怎么能交代得过去呢！但亨利·汤普逊却不领情，他生气地说："我才不要那样去做，为什么要弯下腰去请求别人给出折扣价呢，想让我这样做，怎么可能呢？"他们两个人有太大的区别。汤普逊是个老顽固，身体瘦弱，是个粗人，要求苛刻，喜欢守旧，是个典型的美国生意人。

巴比特，长着圆润的身材，穿着时尚，处事圆滑，做事总爱关注效率问题。由此看来，他是个典型的、十全十美的当代人。每次，汤普逊带着鼻音说"把自己的名字写在这张字据上时"，巴比特都觉得他的做法未免有些过时了。为此，他总想大笑一番，心想："真是落伍。"这种感觉就像是英国人觉得美国人可笑至极似的。他与汤普逊的受教育程度不同，所以巴比特认为自己的素质要比汤普逊高，自己的言行举止要比他更完美，要比他更懂得人情世故。汤普逊大学毕业就没有再继续深造，喜欢玩高尔夫球，喜欢抽香烟，从来都不抽雪茄，每次去芝加哥都会预订一间有独立浴室的房间。巴比特曾向保罗说过："实质性的问题就是因为这些老顽固从来都不想着改变自己的守旧观念，连一点点现代社会的敏感都不具备。"

有时巴比特也会这样想，或许是文明进步太快了，为此，他们才跟不上时代的步伐。李兰毕业于普林斯顿大学，为人轻浮，也很无知；巴比特则毕业于州立大学，是这个大学学校铸造的人才。李兰脚穿鞋罩，总喜欢发表些关于城市规划和社会思想的长篇大论，虽然他是俱乐部会员，但也经常将外文诗歌的小册子放在衣服的口袋里。旁人都知道，这种做法的确有些过了。汤普逊和李兰就是这样,如果说汤普逊是超级守旧的人,那尼罗·李兰可谓轻浮者的典型,而巴比特和他的那些朋友就属于中间派,他们既是支持政府政策顺利执行的人,也是拥护教会的人,是维护家庭幸福美满和保证商业正常运转的支柱。

巴比特带着对自己中肯的评价态度,还有为岳父争取来的购买汽车获得优惠的消息,愉悦地回到了自己的工作场所。

但就在巴比特走在名人大厦的走廊时,却不由自主地自言自语道:"我那可怜的保罗!让人讨厌的尼罗·李兰!可恨的查莱·马克贝!不就是这次比我赚的钱多一点吗?为什么要如此地趾高气扬!我才不会生气呢!我才不会让他们看我的笑话呢!哦,看来我今天无法工作了,我就不应该回来!哦,好吧,既然已经这样了!"

2

巴比特回到办公室之后回了之前人们打来的电话,查看了4点整寄来的电子信件。上午的时候,他口述了一份文件,现在速记员已整理好,他在上面签了字。之后,他还与一位客户协商了关于房屋修理的事。这期间,他还与史丹莱·格雷夫因为工作上的事发表了各自不同的看法,并争论了很长时间。

格雷夫是负责外勤的销售人员,很年轻,曾很多次提醒巴比特提高他的薪资问题。今天他就是这样抱怨的:"假如我把黑格区的订单拿下,您应该考虑给我奖励啊!我每天忙碌着,对工作上的事应接不暇,您知道吗?我每天晚上也忙于此事,几乎都快没有睡觉的时间了。"

巴比特对管理这方面是很用心的,他经常对自己的妻子说:

"在公司，要适时地去抚慰自己的员工，让他们开开心心地为公司效劳，切不可以老板的身份去呵斥他们，这样会令他们的心情不爽，员工一旦处于郁闷阶段，就会影响工作进程，降低工作效率。"但这次，面对格雷夫从未有过的失态表现，巴比特实在忍无可忍了，于是他反击道："哦，那么这样吧，史丹莱，我们将所有的话都放在明面上来说，你为什么要这么自大，难道你觉得仅凭你一个人的力量就可以拿下这笔生意吗？我不知道你是怎么想的。我要让你知道，有我们强大的资金做后盾，你才有资本去做你应该去做的事。如果我们不为你提供房地产清单，不为你提供潜在客户的相关信息，试问一下，你能做好下一步工作吗？你知道你现在做的是什么工作吗？是我们为你安排好的工作。现在，我只要随便安排个人来做这件事，他们都会完成，因为这是我们公司已经拟定好了的业务规划。你不是和我说过，你和一个姑娘已经订了婚，而你却把晚上的时间都用来和客户沟通上。我想问的就是，有什么不妥之处吗？你究竟想要干什么呢？是要晚上拉着你的未婚妻的手安静地坐在那里吗？史丹莱，我真心想要和你说一下啊，如果这个女孩是个好姑娘的话，她一定会因为你忙于工作而高兴，她也知道，你是在为你们幸福的家而奋斗。告诉你，那些整日里只想着谈恋爱，利用晚上闲暇时间来看小说，时不时还想浪漫一番，逗女孩儿开心的人并不让人看好。要知道，我们公司需要的是年轻的、有上进心的、奋发图强的人才！我们也欣赏那些潜力无穷、有远见的好员工。你认为我说得对吗？好吧，那我换种说法，我想问一下，你的梦想是什么？你究竟想不想赚到钱？你希望自己成为一个全能人才还是一个无所事事、不会独立思考问题、毫无奋进之心的人？"

巴比特说了这么多，格雷夫似乎并不为所动，以前，他还会被巴比特的"前程"、"梦想"和"远见"所感染，但现在他只会这样回应："对啊，我真的想要赚到钱！同时，这也是我想要得到奖金的原因。实话实说，巴比特先生，相信您也知道，黑格区这栋房子有谁愿意去销售呢，我说那些话也并非完全不在理，难道您没有看出来所有的人都不愿意来这里买房子吗？又有谁会看上这里？墙壁上都有裂缝了，地板也因时间久远而陈旧不堪，试问，有谁会花钱买一处这样的房子？"

"既然你讲到了这个问题，那我就要和你好好谈一谈了，我觉得这份工作恰好能考验一个深爱着自己工作的业务员，同时还可以激发他之前不具备的能力。而且我和汤普逊已达成一致，我们都认为奖金制不可行，我们也必须要遵守这个原则性问题。还有就是，我们会在你的婚姻大事上给予帮助，但前提是善待每位员工，对每个人都要本着公平、公正的原则。如果我给你发了奖金，正常来讲，尼曼和雷洛克一定会觉我不是个公正的人，你觉得我会那样做吗？准确地说，对每个人不是一视同仁，那么就意味着不公平，我不会让这样的事发生在我的公司！在这里，我要奉劝你不要有这种想法。史丹莱，你是知道的，战争期间，员工很难就业，有很多人都处于待业状态，很多青年积极者都等待着你赶快放弃这份工作，这样他们就可以代替你的位置。等到你失业的那一刻，他们就会兴高采烈地顶替你的工作。放心，他们不会把我和汤普逊当成他们的仇人，更不会让我们给他们加工资或奖金，而且他们还会安心工作。你认真地思考一下我说的话，在理吗？"

格雷夫失落地回答道："哦，在理，我想也是这样的，嗯，确实如此……"

一般情况下，巴比特并不会和员工斤斤计较，他喜欢善待周围的每个人，但如果对方不识抬举，他就会不由自主地产生恐慌感，如果他们变本加厉，打他钱的主意，那他就会化恐慌为愤怒，进而情绪爆发。每当这时，他都会讲出头头是道的长篇大论，他会以各种论据来证明自己是个讲原则的人，讲了这么多，他也会被自己的道理所感动，被自己的美德所折服。今天，也一样，他满怀热情地讲了自己是多么多么的好，大肆地赞扬了自己一番，到最后，他都不敢保证自己是否公平地对待每位员工了。

其中的一名员工埋怨道："话又说回来，史丹莱已经是个成年人了，大道理也懂得不少，他真不应该驳巴比特的面子，毕竟还要树立上司在公司的威严。巴比特对他要求严格，完全是为他的未来着想！他的付出也属于是一种惹人厌的做法吧！那个时候史丹莱会不会也很生气呢？这个我不得而知。他去外面和麦克谈论什么呢？具体内容我并没有听到。"

办公室外的员工开始不高兴了，而且议论纷纷，巴比特也感觉到了一种不祥和的氛围。本来下班可以高高兴兴地回家，但现在看来是不可能了，一阵忧郁感再次涌上巴比特的心头。他很沮丧，因为自己的员工不再像从前一样钦佩自己了，他们也不再像从前一样称赞自己，为此，巴比特觉得很伤心，他的整个情感都被这种情绪操控着。

往常，在即将要走出办公室时，他总会趾高气扬地下达很多有难度的任务。对应地，这些任务也是第二天工作中需要的，而且非常重要。任务大概是这样的，他让麦克小姐和潘妮根小姐早一点儿来办公室，等到自己到来时，他让她们提醒自己给卡那多·里德打电话。今晚他比往常要放松地下班了，但同时又带着惭愧的心情离开了办公室。他看到了他的员工都一脸的不高兴，他们用异样的目光注视着自己,麦克小姐正在打印机旁打印资料,巴比特注意到了她的眼神由打印机移到自己的身上,潘妮根小姐正计算着账本,这时也将目光移向了自己,马特·柏尼曼坐在黑暗的屋子里的写字台的后面,他也将头伸了出来看向自己,史丹莱·格雷夫绷着脸,看不出任何表情。巴比特发自内心地不希望自己的员工在背后议论自己,他经过他们身边时,尽量显出若无其事的样子,他开口说话时很不自然,断断续续的,最后,他灰溜溜地溜出了办公室。

当他穿过史密斯街时,不由得向远处望去,巴比特一眼便看到了花岗小区的红砖屋顶和翠绿的瓦板,阳台上闪闪发亮,墙壁打扫得干干净净。看到这样的美景,巴比特的注意力一下子被这五颜六色的景致吸引了,坏情绪顿时消失得无影无踪。

3

巴比特将车开至满腹经纶的哈伍德·小野家门口,他在那里停下了车子便和小野又搭讪了起来,他告诉小野说虽然白天和春天没有什么区别,但晚上还是会冻得人瑟瑟发抖。随后,他就回到家里,他一进屋就对自己的妻子大喊道:"你在哪里?"其实,他哪里关心自己的妻子到底在什么地方。之后,他又检查了下草坪,以确定锅炉工在他上班期间到底修了草坪没有。

巴比特按照自己的心意将妻子、泰德,还有哈伍德·小野聚在一起商量了起来,最后,遂着他的意愿,所有的人都认同说锅炉工修理草坪时并不认真。他们这样说也是有据可循的,当时巴比特拿来了妻子使用的最大的裁剪刀,他在草坪里剪下了两把野菜,然后对泰德说:"真是没有必要浪费钱来雇用锅炉工干这样的活,你已经是个大小伙子了,应该帮家里减轻这些负担了,知道吗?"不过,他又暗自想:"周围邻居都知道他是个富有之人,自己的孩子不需要干那些杂七杂八的活儿,那是一件令人心情愉悦的事。"

巴比特站在睡廊上做起了运动操。他把胳膊齐肩平举,一直坚持了两分钟,再缓缓伸向头顶保持这个动作两分钟,他边做边喃喃自语:"要多活动活动了,否则身材会慢慢变胖。"做完了运动操,巴比特来到镜子前照了照自己,他想知道自己现在的衬衣领子是否和身上穿的这身衣服搭配,如果不搭,就果断地换一个衬衣领子。之前,他都没有重新换过,这次也一样。

这时,身体强壮的女用人克罗埃西亚摇起了晚饭铃。

晚餐已经摆在了餐桌上,有烤牛排、烤土豆、豆荚,看上去还不错,味道一定很好吃。巴比特简明扼要地叙述了下今天天气的变化情况,有450美元进账,他还说自己和保罗·李尔斯林一起吃了午餐,他说他很喜欢自己今天买的点烟器,并夸赞了点烟器的性能,稍后,他和善地说:"我想着该买一辆新车了。明年或许还不可以,但如果条件允许,这个愿望还是可以实现的。"

他的大女儿这时大声说:"爸爸,你要买新车,还是买一辆轿车吧!很有面子的!不要再买敞篷车了,我觉得坐在轿车里是很酷的!"

"真的吗?不过现在还不确定呢。我还是比较喜欢敞篷车,那样可以呼吸到外面的新鲜空气,也非常爽啊!"

"得了吧,您之所以这么想就是因为你从来都没有享受过高级轿车的感觉。那要不然我们就买一辆怎么样,我觉得还是轿车上档次啊!"泰德也忍不住说道。

巴比特夫人也发表了自己的意见,她说:"坐在轿车里可以使自己的衣服干净整洁。"

维洛娜也附和道:"还不会吹乱头发呢。"

泰德补充道:"坐在里面很酷!也很时髦!"

巴比特的小女儿也无法再沉默下去了,她说:"对啊,我们就买轿车!我们学校玛丽·爱伦的爸爸就开着轿车。"

最后,泰德对大家的想法做出了总结,他说:"是的,现在就我们家没有小轿车,其他家都有呢!"

巴比特对家人的话做出了回应:"我觉得你们不该为此抱怨!无论如何,我都不会让你们出去显摆自己是多么的富有,而且还是开着轿车出去耍威风!更何况我比较喜欢敞篷车,夏天的时候,我可以把车篷放下来,开着它兜兜风,呼吸一下新鲜空气。再者,轿车的价格太昂贵。"

泰德又开始怂恿道:"您看看,道卜布勒都有一辆轿车,我们怎么就不能有呢?"

"喂,小子,知道吗?我一年赚8000美元,他呢,只赚到7000美元!他可是个不懂得节俭的人,整日里大手大脚,都不知道节省!赚钱很辛苦的,你们要懂得这个道理,不要想着让自己过上挥霍、奢侈的生活,再说了……"

家人一个个异常激动,他们又认真地讨论着流线型车身、爬坡动力、辐条轮胎、铬钢、点火系统和车的颜色等。他们讨论的这些可以说超越了研究交通工具的范畴,将问题提升到了社会等级上。

当然了,在天顶市,在庸俗的20世纪,一个家庭拥有什么样的交通工具就意味着这个家庭在哪个社会等级,这样的情况就像是英国家庭以爵位来划分社会地位似的。巴比特小时候的愿望是当上总统,而他的儿子泰德的愿望是拥有一辆帕卡德牌十二汽缸的汽车,他还希望自己在上流社会拥有固定的位置。

巴比特谈到了新汽车获得了家人的许可，全家人都希望买一辆新车，但当他们意识到他今天并不打算买这辆新车时，他们又开始失望起来。泰德失落地说："哎呀，太没意思了！那辆旧车像是长了跳蚤似的，车身像被抓了一样，油漆都快要被蹭没了。"

巴比特夫人也失落地说："我觉得你就是过过嘴瘾罢了，说了这么多也没有看到你的实际行动。"

众人都在抱怨，巴比特生气地说："如果你们都觉得自己是高贵的人，如果你们觉得我的这辆破车配不上你们，那晚上你们也不用坐我的车出去了。"

泰德听到父亲说了这种狠话，立马纠正道："爸爸，你误会我了，我并没有那么想。"

一家人坐在晚餐桌上的时间太长了，于是，巴比特用普通家庭惯用的口吻说："大家听我说，我们不能一直坐在这里，难道要以这种方式谈论一晚上吗？来，都站起来，让用人把餐桌收拾干净。"

他开始不耐烦起来，接着说："瞧这一大家子人！我不懂，我们为什么要在这里一直议论这个问题呢？我迫切地想要离开这里，去一个没有人打扰我的地方，到了那里，我可以想说什么就说什么，想去哪里就去哪里，没有人干预，没有人反驳。"他小心翼翼地和妻子说："我已经和一个纽约的人联系好了，他邀请我去那里商量关于房地产的相关事宜，希望不要赶在夏季来临之前！我还想要让我们一家和李尔斯林一家去缅因旅行呢！希望这次谈判不要和我们的旅行是同一时间，即使时间凑巧在一起，那也是没办法的事，唉，不要再想没有用的事了。"

晚饭过后，维洛娜趁大家不注意便溜出去了，她的这一举动被巴比特看到了，于是他问了句："为什么不待在家里呢？"其他人则对她的举动没有发表自己的看法。

泰德坐在起居室沙发的一边做起了作业：平面几何、古罗马西塞罗的演讲，还有让人百思不得其解的卡慕。

"我不懂，他们究竟在想什么呢？为什么要让我们学习这些陈旧的东西。什么弥尔顿、莎士比亚，还有华兹华斯以及那些古董的东西。"泰德继续抱怨着，"如果我在看莎士比亚的戏剧时，剧情展现的是一场豪华的场面，再摆上些活灵活现的道具，那我倒是可以将就看上一会儿，但要让我中规中矩地坐在那里看这些无聊至极的书，我想问，这些老师这样做的目的是什么？又会有什么用呢？"

这时，巴比特夫人正缝补着袜子，她凭着知觉也跟着儿子说："是啊，我对此也会产生疑惑。但不要误会啊，我可不是想要说那些专家学者，我是觉得莎士比亚写出来的一些文字——其实，我也没有看过他太多的作品，只是一点点儿，还是我年轻的时候，和伙伴们一起看的呢——说句实话，他的作品的确不怎么吸引人。"

巴比特在一边看着《鼓动晚报》上的漫画，听到妻子和儿子这样说时，便不由得凶神恶煞地盯着他们。这些带着文学和艺术的漫画深受巴比特的喜爱，他在阅览这些文字和漫画的过程中，极其不想有人在旁边打扰。他的表情严肃，张着嘴巴喘着粗气，每天晚上，他都会仔细地将这些画一张一张地阅览。还有就是关于莎士比亚的问题，他不是很了解。而且《鼓动时报》《鼓动晚报》，还有《天顶市商都会公报》都未曾针对这一问题进行过深究。所以，在报刊还未对此做出明确的答复时，他很难对此总结出自己的观点。

但如果是在未知的地方做错了事导致陷入危险境地，巴比特绝不会做个袖手旁观之人。

"我现在可以明确地告诉你们，为什么要让你们研究莎士比亚等人的相关知识，因为这是大学招生必考的内容，就这么简单！就我而言，我也不知道我们这个州现代化的文学课本中为什么要加入这些内容，到现在，这还是个未知数。在此基础上，如果你还学习了关于商务方面的语言，能够撰写广告，抑或是些吸引客户的书信，对你来说也会是一件好事。对你而言，泰德，你知道你现在存在的问题是什么吗？就是总想要和他人不一样！如果你能进入法学院，当然了，我是没有这样的深造机会了，但我还是希望你能去这样的学校，而且我也相信你一定可以做到。到了那里，你一定要努力学习英语和拉丁语，将来你一定可以用得上这些。"

"我才不会这样认为，我倒觉得上法学院没什么用处，我觉得上高中也是一种浪费时间的表现，更别说要去这所大学读书了。有时候，从大学毕业的人还不如那些早早就辍学的人赚的钱多呢！您知道我们的高中拉丁文老师吗？西米·彼得斯，毕业于哥伦比亚大学，是个十足的大傻瓜，他每天都秉烛而坐，看着那些没有什么用处的书，整日里说掌握一门语言是很有必要的。但看看这个让人同情的家伙一年的收入还不到1800美元呢，任何一个旅行推销员都不看好他从事的工作。我知道我自己的梦想是什么。我想当一名飞行员，或者我想拥有属于自己的一个汽修厂，或者是——啊，对了，昨天还有人和我说去标准石油公司呢！他们会派遣员工去中国，什么都不用做，只是坐在一个大宅院里，到时候也能开阔自己的视野，游历世界，观赏宝塔，瞭望大海，再看看其他美好景致。那时，我还可以听听函授课。这才是我真正想要的呢！相应地，我也可以摆脱那些带着严肃表情的老顽固，不用费劲去记忆他们要求背诵的诗文，也不用听他们高昂的声音，他们总是在学生的面前显示他们讲的东西好像有多么重要一样。学习你自己感兴趣的知识吧！您看一下，这是我从绝妙招生广告上剪下来的文字，不错吧！"

接着，泰德又从几何课本的后面拿出了50多张关于函授课的广告宣传页。这是美国商业的远见和活力，他们一直都在为教育科学做着贡献。展开第一章广告，上面画着一个大额头的青年男士，长着黑油油的头发，坚实的下巴。他穿着真丝短袜，一只手伸进裤子的口袋里，另一只手伸向前方，食指以咄咄逼人的形态指着前面某处，他正讲着什么。听众里有这样的一个人，他留着灰白的胡子，长着圆鼓鼓的肚子，秃头顶，从他的形象不难看出他一定是位有身份、有地位的人，旁边的人则听得津津有味。这张广告的顶端有些激励人的符号，这些符号不是那些过时的火炬、灯盏和智慧之神猫头鹰头像，而是排列着几个美元符号，内容是这样的：

演讲术吸引人之处与成果
俱乐部里的故事

你可以猜一猜，那天晚上我在豪华酒店里遇到了谁？对，就是老弗里简·道奇。之前，我工作的单位有个老实巴交的送货员，我们都开玩笑地喊他"耗子先生"。为什么要这么叫他，是因为他的胆子很小，就连老板说话他都觉得很害怕，他从未被评选过优秀员工。但为什么他现在会在豪华的酒店呢？而且还点了昂贵的套餐，从芹菜到坚果，所有的菜式应有尽有。说来也奇怪，这次，他显得落落大方，不像之前我们在一家小饭店吃饭时显得那么不知所措了。他就像一个身价过百万的富豪似的，对着酒店侍者吆五喝六，气派得不得了！

我很小心地来到了他的身旁，问他究竟发生了什么事，他笑着对我说："嗨，伙计，我知道你一定很想知道我的情况。我可以告诉你，我现在已是一家著名商店的副经理。听到这儿，你的内心一定无比激动吧！如今，我的事业蒸蒸日上，我敢保证，只要我努力，用不了多长时间，我就可以买到一辆十二汽缸的汽车了。我的妻子也会在上流社会忙碌个不停，慢慢地，她也会在这个圈子里小有名气，我的孩子也会得到良好的教育。"

我们保证，你一定学得会
怎样与人沟通交流
怎样在宴会发言
怎样巧用成语故事
怎样和一位漂亮的姑娘求婚
怎样在酒宴上让宾客满意
怎样谈成业务
怎样合成丰富的词汇
怎样让自己变得迷人
怎样让自己头脑灵活，拥有强大的思维，具有创新精神
怎样让自己变得有权威

"事情就是如此：偶然的机会，我阅览了函授课程的广告，上面写着他们可以教会人们如何在公众当中发表言论，如何去回答人们提出的问题，如何和老板流畅地表达自己的意见及建议，如何和银行工作人员谈判以拿下贷款合同，如何利用自己的智商，幽默诙谐地举例说明以深入人心。这个课程是由著名的演讲者菲·彼德所写。一开始，我是不相信的，后来又抱有侥幸心理将一份课程简章寄给了出版社，里面只记录了姓名和地址，如果你觉得这个内容不符合你的心意，那么可以退钱。里面包含8门课程，都很容易理解，学员只要看了就会明白。我每天晚上只利用几个小时的时间来学习，接着，我让自己的妻子也参与了进来，让她也尝试一下。没过多久，我的谈话就令老板非常满意了，工作也开始得到所有人的认同了，他们还不时地夸赞我，这样，我就有了进一步深造的机会。朋友，你知道我现在的年薪是多少吗？6500美元！还有就是我只要在公共场所随便找个话题来说，很多人都会被我的话题吸引。作为好朋友，老兄，我建议你也写信索要一份课程简章吧！如果你申请成功，他们还会另外送你一份精致的艺术宣传画，你就写信给圣彼得·爱荷华即可。地址是快捷方式教育公司。"

你是个十全十美的人还是个行为恶劣的人？

巴比特再次无所适从了，他也不能做出权威性的决断。在汽车和房地产行业里并未明确规定诚实守信的公民和处于上流社会的好人应如何去面对函授教育。对此，巴比特也无法给出肯定答案，于是，他只能这样说："的确如此，这样听上去还不错。巧舌如簧自然是好。有时，我自认为自己在这方面悟性还不错，同时我也明白一个道理，我知道像马特那样总爱吹牛的人可以在房地产行业混得风生水起，原因之一就是他可以随时找到话题引起人们的兴趣，听者也会如痴如醉！如今，他们采取这样的授课方式确实属于开明之举。但最终我还是要奉劝你，不要在这上面浪费你的金钱和精力，因为现在的学校就可以轻而易举地学到好的英语和修辞课程，再说了，你所在的这所学校可是我们国家一流的好学校啊！"

"的确如此。"巴比特夫人完全认同他的说法，她不紧不慢地跟着回答道。

泰德却一脸的不服气，他对巴比特说："哦，但是，爸爸，在学校老师除了教我们打字、肢体训练、舞蹈和篮球，他们还会传授我们一些老掉牙的知识，我觉得那些东西已经过时了。在函授课程中，我们就可以学到任何当前使用的知识。哦，对了，这里有，我给你读一下：

你是一个有担当的男人吗？

如果你正在和你的母亲、姐妹或热恋中的情人一起散步，此刻，有人突然说了一些难听的话，对她调侃一番，但你又没有能力保护她，这个时候，你会不会觉得很尴尬？哦，你会不会拿出男子汉气概去保护她呢？

恰巧，我们这里可以帮你，函授教你拳击和防身术。有些小学生也在我们这里学习过这项课程，他们来信反馈说，自己在学了几节课之后，都可以打败那些大孩子了。课程开始仅会教授一些简单的动作，只要对着镜子练习就可以了，这些简单的动作包括空中快速抓硬币，蛙式游泳挥臂练习以及其他。在敌人还未出击之前，你就能快速地做出对应的闪躲、出拳、反抗、虚晃等，学员做出的一系列动作就像是真的在和对手过招一样。

泰德读完之后，对此赞不绝口："真是太棒了，说实话，我喜欢得不得了。在这里，我要宣布一件事，就是我们学校里有个爱说大话的家伙，等我学会了这项本领，一定会揍他一顿。"

"胡言乱语！真不知道你在想什么。简直无聊至极！难道你不觉得一点儿意思也没有吗？"巴比特实在忍无可忍了，他朝泰德喊道。

"哦，那如果是我和妈妈，或者维洛娜一起外出散步，在路上有人对我们进行调侃，笑话我们，我要怎么样呢？"

"哦，或许你会灰溜溜地逃走！我是这么认为的。"

"我才不会，我会拿出男子汉气概，把那个不讲道理、胡言乱语的人狂揍一顿，谁让他欺负我的家人呢。"

"你这个家伙！你给我听着，我是绝对不允许你去和别人打架的，如果让我知道，我一定会狠狠地揍你，不信，走着瞧！当然，在揍你之前，我是不用练习空手抓硬币的！"

巴比特夫人和善地说："哦，我的孩子，不要那样去做，我也不希望你以这样的方式去打架！"

"哦，你们怎么就都不理解我呢？这样说吧，妈妈，如果我和你在一起散步，有人对我们说了一些难听的话，那……"

"谁会那么无聊，在路上随随便便地说些胡话？"巴比特无情地打断了泰德的话，他又继续说，"这样的事也不会发生，放心吧！如果你一门心思待在家里学习几何，好好做自己分内之事，不要去那些秩序很乱的公共场所闲逛，不要去弹子房、冷饮店，相信一定不会有那样的事发生。"

"哦，爸爸，我说的是假如，假如遇到了这样的事该怎么办？"

巴比特夫人回应道："如果他们对我说些难听的话，那我一定会保持沉默，不会去搭理这些无赖！但我还始终相信，不会有这样的事发生。有些女人经常说自己被人盯上了，有人非礼她们，我才不信呢。不过话又说回来了，一些女人之所以会遇到这样的事，原因就在自己身上,你都不知道他们看那些男人的眼神,至少我敢肯定,觉得不会有人对我做出无礼之事。"

"哎呀,我亲爱的妈妈,我都已经说了,是如果,如果遇到了这样的事,我们就不能假设有那种情况吗?"

"是,可以假设有那种情况!但你的这种假设未免太不合实际了吧!"

接着巴比特懊恼地对泰德说:"是,你的妈妈当然会想象。孩子,不要那么狂妄,难道你觉得这个家里只有你会想象一些事情吗?再说了,这些假设根本就没有什么实际意义啊!你觉得这种无用的想象对你的未来有什么帮助吗?考虑一下你当前的实际情况就已经足够了。"

"哦,对了,我这么说,如果——我说的是如果啊!如果你的办公室里的一个房地产经纪人和你是对立关系……"

"房地产经纪人!"

"有个房地产经纪人来到了你的办公室,而且这个人很讨厌。"

"说实话,我没有讨厌过哪个房地产经纪人。"

"我就是假设一下,假设有这么一个人!"

"我从来都没有想过有这样的事发生,也不愿意去假设!当然了,我不否认在我们这个行业有很多人都是永远都不可相交的两条平行线。但如果你上了年纪,积累了工作经验,利用自己的闲暇时间去了解一些专业技巧。在我们了解这些的过程中,看看有些人在干什么,他们成天浪费时间去看电影,要不就是和那些打扮得花枝招展、穿着夸张的坏女孩在一起,这些女孩看上去就像那些歌舞团的女演员似的,而在这个时候,他们还觉得自己不错。当然了,你也可以做出这样的假设,如果你在天顶市房地产计划去做某一件事时，就要很有礼貌地对待其他人，尽力让周围形成一种团结的氛围。所以，我也不会去假设在我周围有让我讨厌的人，即使是那个总爱吹牛、偷偷摸摸、做人毫无原则的希西儿·朗诺理，我也不会恨他。"

"但……"

"我想要对你说的就是，在这件事情上，没有什么'如果''假设'！话又说回来，如果我真的想要揍谁，那我也觉得不会提前站在镜子前练习那些空招式，知道吗？根本就没有那个必要！如果你走在路上，旁边有人向你挑衅，你会先摆好像跳舞那样的姿势去等着他出招吗？我想是不会的，你只要果断出击，将他击倒在地就可以，下手要稳、准、狠！最起码，我希望我的儿子要拿出男子汉风范。教训完了这个无赖之后，你可以潇洒地拂去手上的灰尘，转身离开，该干什么就干什么，这样的话，你觉得你还有必要去学那些不切实际的函授课程吗？"

"哎呀，我想要说的是什么呢？就是告诉你们函授课程的种类丰富，比中学学习的东西要灵活，我们的中学课程太过乏味。"

"根据我的了解，你们上体育课也能学到拳击。"

"是的，但和函授课程的教学内容完全不同，学校里的拳击课是这样的，老师会让你站在那里，让一个魁梧的人狂揍你一顿，到最后还不知道怎么回事呢，一节课就结束了！唉，不说了吧，听下一条广告。"

这些广告的确很亲民啊！还有一个吸引人的标题："钱！钱！钱！！"下一条广告有这样一则案例："一位先生以前是理发师，每个星期只能赚到18美元，来信反馈说自从学了我们的课程，成为了骨科按摩师，收入达到5000美元了呢。"第三条广告是这样写的：“一位女士以前是商店的礼品包装师，后来学习了印度气功和精神控制法，每日收入10美元。”

泰德的手中还有五六十份类似的广告，这些广告都是他从每年出版的参考书、校园期刊、小说和评论杂志中收集来的。有个善良的人是这样说的："不要再做个旁观者了，想尽办法成为众人崇拜的人，要多赚钱，拥有灵活的头脑，你可以边弹琴边唱歌，然后进入上流社会圈！根据这项刚被创立出来的音乐教程快速学习，无论是男人、女人，还是孩子，都不必去浪费过多的时间、精力和金钱，可以说，很轻松地就能学到演出的技巧——认识曲谱，通过看五线谱来演奏钢琴、班卓琴、短号、竖笛、萨克斯、小提琴或击鼓，同时还能学会跟着音乐演唱。"

还有一张广告单上的题目引人注目：《聘请指纹侦探——工资待遇丰厚》，标题下面写着这样的内容："想要事业有成的青年男女，你们是不是都崇拜这个职业？掌握这门技术，你就可以明确自己的方向。在这个职位上，你们可以赚到很多钱，可以不停地更换工作地点，这个职业充满诱惑力，工作中可以侦破神秘的案件，这给你的生活带来无穷的乐趣，恰好也能锻炼你活跃的思维和勇于冒险的精神。我们不妨想一想，在那些变化无常让人匪夷所思的疑案中，你可以作为案件中的主导者侦破案件是一件多么威风的事。在侦破案件的过程中你也还可以结识一些社会上有头有脸的人物，还会被世界各地的人邀请作访谈。如果有人邀请你去其他的国家，那么你就幸运了，可以进行一次免费的旅行，何乐而不为呢？关键是，这项培训招人门槛低，不受所受教育程度高低的影响。"

泰德激动地大喊道："哎呀，简直太棒了！可以免费外出旅行，再抓一个大坏蛋，那就太好了！"

"好了，想都不要想了，干这个职业很危险的。与之相比，我觉得还是那项学习音乐的广告比较靠谱儿，但却一点儿都不科学。可以这么说，如果一门心思研究效率的专家在工作单位多花费点心思来设计产品，不去写这些糊弄人的文字，那些人也不会一味地想着去学习音乐、乐器之类无聊的东西了。"巴比特的印象颇深，他以自己作为一个父亲而高兴，他和泰德作为家里仅有的两个男子汉已经可以相互理解对方了。

接下来，巴比特又听了其他函授大学广告，其中包含短篇小说写作和提高记忆力的课程，还有电影表演、修身养性的方法、银行业务、西班牙语、手足疾病治疗、摄影艺术、电气工程和家庭装修，以及化学等方面的广告介绍。

"哦，简直太好了！"巴比特在脑海里搜索着准确的词汇以表达自己的赞美之情，并接着说，"现在我才觉得我是多么无知！原来函授教育这个行业如此火爆，当今的郊区房地产业简直无法与之相比啊！我也太落后了，竟然不知道函授教育如此深得人心，它的实力相当于食品业和娱乐业，不容小觑。一直以来，我都在思考一个问题，就是让那些拥有智慧的人改革教育，不能让那些满脑子知识理论的人和跟不上时代步伐的教育理论家拖后腿。我迫切地想要从运动俱乐部人们的口中得知，他们是否已经关注了这些。还有啊，泰德，你必须要熟知这些广告，知道吗？某些广告人做出的广告与事实不符。难道你真的可以像广告里介绍的那样在短时间内就学会你所喜欢的那门功课吗？"

"是的，爸爸，这个你一定要相信。"一个家庭的长辈一旦正儿八经地和孩子讲话，这个孩子就会表现出一副略显成熟而又欣喜的表情。巴比特则集中精力，满怀欣喜地说："函授课程对整个教育系统起着重要的作用，这个我完全理解。但我从不会在人多的地方肯定这件事，起码我要考虑到我的学校——州立大学啊！而且我也要考虑一下我现在的身份地位，无论怎样，我首先想到的就是我的母校。如果从实际出发，在我们的大学里也有很多的时间被浪费了，我们在那里学习诗歌、法语，还有丝毫作用都起不到的其他学科。直至现在，我还是会对函授教育表示疑问，它究竟能不能成为美国最重要的发明之一呢？"

"不得不承认，如今很多人都崇尚物质文明生活，进而忽略了美国的精神文明生活。这些人总觉得电话、飞机，还有无线电之类的东西——哦，不对，无线电是意大利人的创作，但总而言之，他们都认为这些机械方面的进步就是我们的象征，但对于一个真正拥有思想的人来说，形成我们最为深刻而又有意义的财富就是效率、扶轮社精神、自由民主，还有禁酒条例等。除此之外，或许这种自主学习的原则会成为一个新的因素。我想要和你说的就是，泰德，把眼光放得远一点儿，不要拘泥于当前利益。"

"真不愿意再接触函授课程了！"

两位"哲学家"长嘘了一口气。正当两个人交流之时，巴比特夫人插入了话题从而打断了父子两人的谈话。巴比特夫人是传统的贤妻良母，很尊重这个家里的男主人，她从来都不轻易打断家里男人之间的谈话。有时，她也会变得脾气暴躁，那是因为家里计划要邀请客人吃饭。这个时候，她开口说道："这件事听上去有些恐怖啊！他们这完全是一种欺骗行为啊！让那些可怜的年轻人认为自己可以在最短的时间内学到理想中的东西，但实际与理想却是两码事，如果年轻人真正报名去学习，却无任何意义。是的，你们两个人学习东西都很快，我呢，我很笨的，肯定在短时间内无法学到那些东西。不过，最终结果都是一个样！"

巴比特听不下去了，他对妻子说："不是这样的！我们在家里也能学到东西的。一个人拿着家里辛辛苦苦赚来的钱上了哈佛大学，这个人又不努力，整天坐在设备齐全的学校里等着天上掉馅饼，你觉得他用这样的方法能学到多少东西呢？我也上过大学，所以我了解。不过有一点你却忽略了，这倒是个值得反对的观点，那就是一些工厂大肆招工，让理发店职工和工厂员工都离开自己的工作岗位，进而从事一项新的工作。这些行业本就人浮于事了，如果所有的人都跑去学习自由职业具备的才能，那我们公司就没有人工作了，我们又要去哪里招工呢？"

泰德坐在椅子上，身子后倾，嘴里叼着雪茄。他用欣赏的目光看着父亲。对，他看到保罗·李尔斯林和哈伍德·小野博士时就是这样的眼神，大脑想着父亲美好的思想，他试探性地开口说道："哦，那如果是这样，您有最佳方案吗？如果我可以去中国，或者其他风光秀丽的国家，在此期间，还能学到函授课程，那就太好了！"

"哦，不，泰德，这么和你说吧，如果你能告诉别人你是文学学士，岂不是更受人欢迎吗？有些客户会认为你只是个一般的商人，觉得你的文凭低，所以，他们在与你谈判的时候就信口雌黄，随口说说经济学、文学和外贸之类的东西。如果这个时候，你不以为然地说上一句'我上大学时，获得了文学学士，但有什么用呢'。这时，他们一定会摆出一副惊愕的表情，被你的话语震慑，但如果你要说'我在某函授大学通过邮局获得了学位证书'，这样的话说出来就太糟糕了。我的父亲是个本分之人，但却从未享受过优越的生活条件，我边工作边上大学。虽很辛苦，但还是觉得值得一拼,这样一来,我既可以在天顶市最上层的圈子里结交一些朋友,又可以参加俱乐部活动,因此,我不想让你再走下坡路,你在上流社会,就意味着你有至高无上的权力,证明你很有面子。放心吧,这个圈子里的人和普通民众一样拥有满腔热血,如果你真的按照你的想法行事,那真会令我失望,知道吗,小家伙!"

"好吧,爸爸,我知道了!不过,请您放心,我会一直坚持下去。哎呀,聊了这么多,把正事给忘了,我答应了那些女孩子要带她们去排练合唱的!我得赶紧走了!"

"喂,你还没有做完老师布置的作业呢!"

"明天早上我会早一点儿起床,然后做完它。"

"记得啊——"

在过去的两个月里,巴比特曾发过6次火,他总会对泰德生气地大喊:"相信你才怪,明天早上你肯定不会做作业的,快点吧!先完成作业!"但今天晚上他却完全改变了自己教训孩子的风格,只见他说道:"我相信你,但外出不要耽误的时间太长。"他是那么温柔,这种表情只有保罗·李尔斯林偶尔才会从他身上看到。

4

巴比特对妻子说:"泰德是个好孩子。"

"你说得没错儿,的确如此。"

"他要去接的那几个女孩儿不是那种会干出格事儿的人吧?"

"哦,亲爱的,这个我还真不清楚,泰德怎么会告诉我这些呢?不知道现在的孩子是怎么想的,我以前会把我的事都告诉父母,并不像他们这样顽皮。"

"希望都是些懂事的孩子吧！泰德也不是小孩儿了，我希望他对这件事有清晰的认识。"

巴比特夫人一脸娇羞地和他说："乔治，我觉得你应该单独和儿子谈一谈了，以免他误入歧途。"她在说话的时候始终不敢抬起自己的眼皮。

"哦，米拉，这件事不好办啊！你觉得这么小的孩子适合让他知道得太多吗？如果他胡思乱想了怎么办？不要再给孩子施加压力了吧。但话又说回来，是不是应该和他谈一谈，我也拿不准主意，我的岳父如何看待这件事？"

"爸爸当然会和你站在同一条战线上了。所有类似这种对孩子的教育，你觉得应该光明正大地和他们谈吗？显然是不可以的。"

"哦。我的岳父也是这么想的吗？我可以确切地告诉你，亨利·德·汤普逊到底在想什么，在道德方面，你是骗不了这个老家伙的！"

"不，乔治，你不能这么说我爸爸。"

"他很清楚每一笔生意的流程，其中发生的任何事都瞒不过他那独到的眼光。我想和你说的就是，在上层建筑和道德教育方面，他的想法总会与我背道而驰。他肯定觉得我不属于那种头脑灵活、思维敏捷的人，但无论如何请你相信，我可具备房地产方面的专业知识。如果是我，我会把泰德带到一个没有人的地方，告诉他我为什么要遵守道德。"

"哦，你会这么做？那什么时候去找他谈呢？"

"什么时候？真是，为什么要给我规定时间，怎么做，在哪里，为了什么，什么时候？女人就是这么麻烦，为此，你知道她们为什么不会成为高级经理了吧！因为她们根本就没有商务判断能力。找时间吧，不能刻意地去找他谈，要找个适当的时机找他好好说一说，还有就是——哎呀，是楼上姐卡的声音吗？这个时候，她应该睡下了呀！"

巴比特悄无声息地经过起居室，走到阳台旁，安静地站在那里。这是一间落地玻璃窗的房间，里面摆放着藤条椅和躺椅。每到星期天，全家人都会聚集在这里打发时间。巴比特透过玻璃窗看到了他喜爱的那棵榆树，一阵风吹过，榆树叶发出沙沙的响声，声音回荡在这4月寂静的夜里。此时此刻，只有道卜布勒家的灯亮了起来。

"和孩子聊聊天也挺好的。今天早上，不愉快的心情就已经烟消云散了，但为什么心里还有所记挂呢？为什么还是这么不安呢？不过没事，我还要和保罗一起去缅因州旅行呢……不知道他那令人憎恶的妻子吉拉吉拉……不过……也不用担心泰德了。我也不用担心我的家人，生意蛮好的。相信不会有很多人像我今天一样不费吹灰之力就赚到450美元吧，马上就要到500美元了！大家都在高声理论的时候，我承认，我也有错，但也不能证明他们没有错啊！我本不应该在那种情况下泄愤。我也希望我可以像我的爷爷那样做个开明的人。但那个时候也没有像现在这样的房子啊。我，唉，天啊！我现在也不知道如何是好了！"

巴比特摆出一副严肃的表情，此时他想到了保罗·李尔斯林，想起他们少年时期的往事，想到他们所认识的女孩儿。

24年前，巴比特毕业于州立大学。之前，他的理想是成为一名律师。大学里，他善于辩论，他认为自己有演讲方面的天赋，幻想着自己终有一天会成为州长。他在学习法律的时候还兼职做房地产经纪人。他把赚到的钱都存了起来，过着艰苦朴素的生活，他住在廉价公寓，吃着荷包蛋和肉末土豆泥。那时，性格开朗的保罗·李尔斯林就是他的倾诉者（那时的保罗很有可能随时会去欧洲学习小提琴，也许下个月就离开了，也许明天会走），后来，保罗被吉拉吉拉·卡尔贝克拐走了。这个女人整天嬉笑着，喜欢跳舞，用她那胖嘟嘟的手指勾引着身边的男士。

那时，巴比特在夜晚的时候无所事事，他经常会找保罗的表妹米拉·汤普逊谈心。米拉很漂亮，皮肤细腻，身材窈窕，人也很好，她始终都相信终有一天，巴比特会成为州长。这也正是巴比特喜欢她的地方，如果吉拉吉拉讽刺巴比特是个没见过世面的乡巴佬，米拉就会维护巴比特，她会这样说，他可比天顶市的那些纨绔子弟踏实多了。1897年，天顶市已有105年的历史了，现在，天顶市的人口已达2万人，属于我们这个州最繁华的城市。而乔治·巴比特，这个来自于东部红葡萄产地的小伙子，是多么想要在这里大干一番，实现自己的愿望，他在这里结识了身份高贵的女孩儿，对他而言，这也是件好事。

他们两个人并非恋人关系。巴比特很清楚，在他学习法律的这段时间，是不应该考虑家庭问题的。再说了，米拉可是个好姑娘，是不可以玩弄她的感情的，除非自己下定决心想要娶她。巴比特觉得，米拉可以成为自己的一个可靠的朋友，因为她可以在他无助的时候陪他聊天，和他外出散步、滑冰，她会安静地坐在那里听他讲自己的烦心事，讲他的理想——他想要拯救历经苦难的人们，反对那些不为善良人群考虑的有钱人，他想要在慈善会上发表言论，纠正错误的思想。

有一天晚上，巴比特觉得很累，他看到米拉正一个人在那里偷偷地抹眼泪。原来吉拉吉拉举办了一场舞会，没有邀请她。她很伤心，慢慢地将头靠在巴比特的肩膀上。他很心疼这个姑娘，她的脸上流着泪水，他不自觉地吻着她的面颊。米拉抬起了头，自信地说："这样一来，我们是不是就订婚了呢？我们马上结婚吗？是不是还需要再等一段时间？"

结婚？巴比特第一次有了这种想法，之前，他从未考虑过这件事。他立马疏远了这个浅棕色皮肤的善良女孩儿，他有点害怕了，但又不愿意伤害她，她是那么相信自己。最终他说出了还要再等一等的推托之词，找了个理由离开了。他独自在外面待了一个小时，想着该如何和这个善良的姑娘解释一下，说她完全误解了自己的意思。其实在接下来的一个多月的时间里，他有很多次机会找她说明白这件事，但又觉得有个女孩挽着自己的胳膊也是一件不错的事儿，后来，这件事也就不了了之了，他再也想不出拒绝她的办法了。巴比特可以明确地肯定，他并不喜欢这个女孩儿，但这件事也只有他一个人知道。两个人结婚前的那个晚上，他变得焦躁不安，在举行婚礼的那个早上，他差点儿就逃走了。

米拉在众人眼中是个顾家的女人。她对丈夫忠诚，无怨无悔地做着家务，从来都不会抱怨，有的时候反而觉得很快乐。对于他们两个人之间的进一步的亲密关系，她觉得有些厌恶了，但她还是安慰自己热情一点儿，但所有的努力似乎毫无作用，两个人都机械地做着各自应该做的事。米拉一开始的生活总围绕着巴比特，有了孩子们之后，她几乎将所有的精力都放在孩子们的身上，而当丈夫放弃法律，一路披荆斩棘又做起了房地产生意时，她的心情与他一样，伤心而难过。

"好心疼这个女孩儿啊！她的生活也并非那么快活。"巴比特待在阴暗的浴室里思考着这个问题，"但我始终都不会改变我的理想，成为律师或政界的工作人员。到时候，我肯定会有所作为，但——我想，还是我现在从事的这个行业能赚到更多的钱！"

巴比特又来到了起居室，当他还未彻底平复自己心情之时，他抬起手温柔地拂着米拉的头发，米拉抬起头看着他，露出了幸福而又愉悦的笑容。

第七章

1

巴比特很认真地看完了最近一期的美国杂志，妻子拿着手中的织布活儿叹着气，随后，她将活儿放在了一边，用羡慕的眼神看着女性杂志的内衣图片，屋子里一片寂静。

他们的房子完全是按照花岗小区最高档的房间标准设计的，装修风格极具代表性。墙壁呈灰色格调，上面有一条一条刷有白漆的松木条装饰。房间里摆设有雕刻精细的摇椅，那是巴比特从以前的住房搬来的。其余的座椅都是新添置进来的，坐上去轻松而舒适，座椅统一采用蓝色金条纹丝绒制作而成。在壁炉的对面是一张蓝色天鹅绒面料沙发，沙发的后面是樱桃木桌，与樱桃木桌一排的还有一盏钢琴灯，灯上罩着金色的丝绸灯罩。在花岗小区，每3套房屋里肯定有两套的壁炉前是一张长沙发，还有一张桃花心木桌，不过，有的是高仿的。

除此之外，壁炉前还会放一台黄色或玫瑰色灯罩的钢琴灯或阅读灯。

他们屋子里有一张带有中国风格的桌子，上面铺着一条金色丝织桌布，桌子上摆放着4本刊物，一个银色的香烟盒，还有3本"礼品书"，属于豪华版童话故事集，上面画着英国著名的艺术家，这些是妲卡的专属书籍，没人动过。

前窗旁的角落摆放着一台落地留声机，花岗小区几乎每个房间都摆放着这样一台留声机。

墙壁上有一个个小小的灰镶板，每个里面对应摆放着一幅画，其中有一幅是模仿红黑两色的英国狩猎图，还有一张是仿制的闺房图，对应的还有法文解说，巴比特觉得这幅画实在不适宜摆在这里供人观赏。这些画中还有一幅是殖民地风格的——卧室地上铺着过时的地毯，还有一个纺纱姑娘。一只慵懒的猫卧在白色的壁炉旁。在花岗小区，20间房屋里，有19间里有一幅相似的狩猎图，还有一幅仕女梳妆图、新英格兰风格的家庭彩照，或者是落基山的艺术照，有的房屋里这4幅图兼备。

巴比特小时候把他的房间视为"起居室"，现在这间房的舒适程度远远超过他以前的那间房，这就好比是他现在开的这辆车要好过他父亲的那辆简易马车似的。虽然这个房间里没有什么东西引人注目，但也没有让人讨厌的东西。房间给人一种这样的感觉，宽敞干净，但却显得冷清，让人觉得这里就是用一大块人造冰制作而成的，毫无生机。壁炉里里外外都很干净，壁砖未被熏黑，黄铜火钳闪闪发亮。炉架从未被使用过，它静静地放在那里，没有一点儿用处，好不凄凉。

靠墙的地方摆着一架钢琴，它也是妲卡的专属品，除了她没有人碰过这架钢琴，旁边还有一台钢琴灯。留声机正放着让人心情愉悦的音乐，所有人都沉浸其中。他们收藏了很多爵士乐唱片，这让他们觉得自己的精神文化上升了一个档次——关于音乐创作，他们只知道如何调节竹质唱针。桌子上摆放的书籍上一点儿灰尘也没有，而且摆放得很整齐；地毯干净而整洁；没有曲棍球棒或撕坏了的图画书以及破旧的帽子，也没有一条总爱惹事捣乱的小狗。

2

巴比特在办公室里看书时，能够集中精力沉浸其中。而在家里就不一样了，他在家里看书时总是心不在焉的，总爱跷着腿，无法全神贯注。当看到书中有自己感兴趣的故事，他就会读给米拉听，但如果读到乏味的地方，他就会不停地做着小动作，不时地咳嗽一声、抓一抓痒痒的脚踝、挠一挠耳朵，把左手的大拇指放在外面穿着的衣服的口袋里，他还会玩着硬币的正反面，旋转着表链一头切雪茄烟头的小刀和钥匙，打着哈欠，搓搓鼻子，再找一些其他的事来做。之后，他又来到楼上，换上了一双深褐色的、精致的中世纪流行的拖鞋，再到地下室，打开橱柜，从里面拿出一个苹果来吃。

"每天一个苹果，疾病就会远离我们的身体。"他对自己的妻子说，这是过去的14个小时里的第一次。

"说得一点儿都没错。"

"苹果是自然界最好的调制品。"

"嗯，我认同你的说法。"

"女人，最大的问题就是不能形成一个良好的生活习惯。"

"但……"

"总会在闲暇时间肆意地吃零食。"

米拉抬起头看着巴比特说:"乔治,你午餐吃了什么,很清淡吗?你早上说的,是不是做到了?我可是听了你的话啊!"

巴比特被妻子突如其来的问话给镇住了,于是,他断断续续地说:"啊——不是很清淡,因为中午邀请保罗一起吃饭,没有很好地控制自己。哎呀,不要在那里幸灾乐祸地笑啊!如果不是我一直在提醒着你们,恐怕家里就只有我会用燕麦片做早餐了。还有……"

米拉又低下头看起了书,巴比特则按照自己的意愿将一小块苹果切了下来,放在嘴里,他边吃边说:

"说件令人愉悦的事儿,现在,我基本上已经把烟给戒掉了。

"在办公室里,我和格雷夫生气了。这个不识好歹的家伙,真是让人讨厌。你是知道的,不到万不得已,我是不会这样对待我的员工的,一味地忍让对一个老板来说一点儿权威性都没有,所以,必要时,我还是应该发泄一下。总而言之,我要让他知道,他会为自己说出的那些话负责的。

"说来也奇怪,今天的天气究竟是怎么回事,真影响人的心情,使人烦躁。

"啊……"这是世上最困的哈欠声了,带着浓浓的睡意。

随后,巴比特夫人也打起了哈欠,她被他的话深深地触动了,他满怀感激之情。接着巴比特对米拉说:"亲爱的,我们该休息了,也不知道维洛娜和泰德什么时候回来。天气也真是奇怪啊!不是很暖和对不对?可——我是多么希望有一天可以开车出去兜兜风啊!"

米拉哈欠连天地回答道:"对啊,那时,我们也会觉得轻松自在。"

巴比特的目光从妻子的身上转移开来,他从内心深处不希望和她一起外出旅行。他锁上门,关好窗户,调整了下暖气的温度,这样可以确保第二天早上醒来时空调气孔能够自动打开。巴比特在做这一系列动作的时候还不时地叹着气，此时的他觉得自己很孤独，那种孤独感让他诚惶诚恐。他表面虽进行着这些动作，但实质上却并不确定自己到底关好了窗户没有，他并不知道哪个窗户已经检查过了，他只是在黑暗中躲避着阻挡自己路的椅子，以至于返回来的时候不得不重新检查一遍。

巴比特做完了这一切之后，松了口气，他迈着沉重的脚步向楼上走去，终于，这个伟大而又惊险、隐藏着反叛的日子就这样过去了，他的脚步将楼梯压得嘎吱嘎吱响。

3

巴比特在早饭前总会先回忆一下他在偏远农村的儿时生活，这样一来，他就会不去为烦琐的城市生活而烦恼，他实在厌烦像刮胡子、洗澡、挑选衣服等这些小事。晚上只要他在家，他就会一早进行简单的梳洗，然后上床休息，对于那些琐碎的事，能躲则躲。

巴比特喜欢躺在盛满热水的浴缸里刮胡子，每每这时，他都觉得很舒服。今晚，他完全呈现出了一个身材肥胖、脸色绯红的秃顶而低矮的先生形象。他取下了象征着高贵身份的眼镜，蹲坐在和胸一样高的浴缸里，用剃须刀刮着脸上敷满肥皂的胡须，极不情愿地摸索着水里光滑乱窜的肥皂。

他觉得泡这样的热水浴很舒适，当然，这也是他能够好好休息的一个机会。水面微微荡漾，浴池里的线纹随着水面轻轻晃动，灯光照在浴缸里，浴池底部显得浅浅的，像一道绿光照射了进来。巴比特慵懒地看向浴池，他看到自己的两条腿的曲线映照在闪烁的浴缸底，他开始玩弄起了浴缸里的水，形成了一圈圈涟漪。巴比特就像个孩子似的玩耍着，他用手里的剃须刀任性地刮了一小处腿上的汗毛。

排水管在滴水，滴答滴答的声音非常悦耳。巴比特陶醉在这美妙的音乐当中，完全忘记了自我。他眼睛盯着瓷质的浴缸和精致而美丽的镍质水龙头，又看向墙壁上镶嵌的瓷砖，心中觉得骄傲无比——他为自己拥有这些高端上档次的房屋装饰而自豪。

巴比特再次振奋精神，自信满满，他面对浴器，高昂地说："嘿，老兄，你闹够了没有啊！"接着，他又拿起肥皂抱怨了一顿，然后又嘲笑起毛茸茸的指甲刷，他说："哦，对了，还有你，看来我还是太纵容你了！"他往身上打了肥皂泡，随后又冲洗干净，最后他用毛巾慢慢擦拭着身子。突然，他发现他的那条土耳其式的毛巾坏了，他用手指在那处破了的地方戳了一下，然后带着严肃的表情回到卧室。

他挑选了一件硬领衣服，这件衣服虽干净，但已经破了，穿起来有损形象。他毫不犹豫地沿着破损的地方将衣服撕碎，这种声音让人心情舒畅，巴比特有一种驾车飞驰的感觉，很美妙。

接下来就该整理自己的卧榻和睡廊了，这件事绝对不容忽视。

至于他为什么会睡在睡廊，就连他自己也说不清楚，或许是因为这里的空气新鲜，或许是因为有这间新奇的房间吧！

巴比特是麋鹿协会、商务委员会和拥护者俱乐部会员，兼具三重身份的他，每一个宗教信念都由长老会的牧师做出最终的决定，共和党的参议员在华盛顿那烟雾弥散的会议室里商议裁军、关税和德国的问题，还有国家级的广告商对他形象的包装，这也决定了他的个性特征。这些广告宣传的物品包含有袜子、牙膏、相机、轮胎和即时性热水器等，这些都是他在上流社会过着优越生活的依据：一开始，是愉悦、智慧和热情的标志，到后来成为了愉悦、智慧和热情的替代物。

这些东西虽好，它们象征着生活富裕、地位高贵，但却远远比不上可以进行日光浴的睡廊。

睡榻准备的仪式依然不变，过程极其复杂。女佣会提前将毛毯铺得整整齐齐，如果巴比特看到哪里叠得不合心意，总会对着女用人唠叨个不停。地毯的摆放也要遂他心意，最起码要保证他早上起床下地时，脚要接触到地毯，以免受凉。闹钟要上好发条，热水壶要灌满水，还要放在床尾两英尺的地方。

他努力完成这些复杂而又精细的生活，每天都如此，他已做好了告诉自己的妻子这些任务已经完成的准备。他认真地汇报完了这些情况，于是如释重负，舒展开紧锁的眉头，富有磁性地高声道"晚安"，所有的一切都已完成。准备睡觉了，问题又接踵而来，就在他处于半睡半醒，即将进入梦乡的那一时刻，道卜布勒开着车回家了。巴比特被车子的声音惊到了，他很生气，于是嘀咕道："怎么回事，都这个时候了，这些人还不睡觉，搞什么？"其实，他心里很清楚此时回来的人是谁，他是从停车的步骤中得知的，他知道道卜布勒一直都会这样停车，他警觉地听着道卜布勒完成一系列的动作。

道卜布勒这样做完全不顾及别人的感受，他肆无忌惮地开车行驶在车道上。然后停下车子，打开车门，丝毫没有想这种声音会影响到他人休息。他接着砰的一声关上车门，紧接着是车库门被打开的声音，门子发出吱嘎吱嘎的声音，非常刺耳。随后，是车门又被打开关上的声音，踩油门，车子开进车库：油门一脚踩到底，发出刺耳的爆破声。好了，一切完成，终于停下了车子。最后是打开车门再关上车门的声音。周围又恢复了寂静，充满了期待的寂静，巴比特在等待着道卜布勒关上库房门的声音。好了，一切都结束了，巴比特彻底地放松了下来。

4

在天顶市皇家高档小区，霍勒斯·奥迪克正与露茜儿·马克贝待在一起，他们刚听完了一位著名英语小说家做的演讲报告，现在，他们就在露茜儿所在小区的那间装修成淡紫色的客厅里。奥迪克是天顶市专业单身汉，46岁，身材高挑，说话很秀气，他喜欢观赏鲜花，喜欢印花棉布，喜欢拈花惹草，毫无男儿气概。马克贝夫人的性格傲慢、直率，长着一头红色的头发，皮肤白皙，拥有尊贵的身份，但却爱慕虚荣。挑逗女人是奥迪克一贯的伎俩，这次与露茜儿待在一起也是如此，他使出了自己的第一个撒手锏，用手去触碰露茜儿的手腕。

"不要胡来，奥迪克！"露茜儿警告道。

"难道你不喜欢这样吗？"

"对，不喜欢！"

奥迪克仍然不罢休，他又换了一种方式和露茜儿聊天。他的花言巧语众人皆知。他和她谈到了心理学，谈到了长岛的水球游戏，又讲到了他在温哥华看到的中国明代瓷器。她被他的话感动了，最后她许下了承诺，说要在明年夏天和他一起去都维尔，但又有些犹豫，她说："只不过——那里也没有什么意思，也没有什么好玩的地方，只会看到那些美国佬和那些不注重自己形象的英国公爵夫人。"

就在两个人谈话期间，在天顶市，一个毒贩正与一个妓女在暗街的希莱·韩森沙龙里消遣，他们正喝着鸡尾酒。现在，全国明令禁止饮酒，天顶市又是出名的守法城市，所以他们只能悄悄地喝酒，而且还是用茶杯来盛。妓女将杯子扔向毒贩的头顶，毒贩生气了，掏出左轮手枪，一枪杀死了妓女。

此刻，在天顶市的某实验室，有两个研究学者正进行着人造橡胶调查，直至现在，他们已连续奋战了37个小时。

此刻，在天顶市的某一处，有4个工会成员正商议着是否要发动城市周边百里范围内12000名煤矿工人进行罢工运动。这4个人，其中的一个看上去凶神恶煞，像是生意火爆的杂货商；另一个是个木匠，长得很像北方佬；还有一个是苏打水促销员；最后一个则是拥有俄罗斯国籍的犹太演员。这位俄罗斯籍的犹太人正引用考茨基、吉尼·戴贝斯和亚伯拉罕·林肯的言论讲话。

此刻，一个美国革命时期的军人离开了人世。内战结束之后，他就回到了农场。这片农场名义上归天顶市管理，但却和边远地区一样落后。这位老军人从未坐过汽车，也不知道浴盆长什么样，他读过的书只有《圣经》和玛尤非的读物，还有一些宗教小册子，除此之外，再没有看过其他书。他一直都相信：地球是平的；英国是流离失所的犹太部落；美国是个民主的国家。

此刻，在天顶市派拉蒙牵引机公司钢铁和水泥厂房的所有人都没有闲暇的时间，上夜班的工人正制作着波兰军队的急需物品。车间里机器的隆隆声一直响个不停，里面所有的灯都开着，透过玻璃窗可以看到厂房里光线极其耀眼。在高处的防护网上的探照灯不停地在满是炉渣的院子里晃动，灯光不停地穿过轨道和全副武装的巡夜人的身上。

此刻，麦克·曼迪刚结束了一场会谈。他是受人仰慕的福音传递者，是著名的美国基督教主教，以前，是一名职业拳击手。但撒旦像是对他有偏见似的，在做职业拳击手时，他鼻子被对手打歪了。开始他只学会了能言善辩，拥有了舞台经验，除此之外，他什么都没有得到。直到他虔诚地忠于上帝之后，才拥有了很多财富。在此期间，他赚到了很多钱，想着要退休了。事先声明，这些钱都是他通过正规渠道赚来的，他在最后的这次报告里是这样澄清的："富有能力的预言家牧师曼迪先生，他通过实际行动证明了自己是世上最优秀的拯救灵魂的业务员。他特意指出了因为自己举办了恰如其分的宗教活动，使得拯救灵魂的费用降至一个极限。他已救赎了20万个迷失了方向的灵魂，而每个人的消费还不足10美元。"

天顶市属于国内较大的城市之一，也只有它不情愿承认自己的罪恶，更不愿意将自己的罪行交由麦克·曼迪和他那经验十足的感化队去处理。但这个城市的先进分子却和它持相反的意见，他们赞同麦克·曼迪的做法，愿意引进他的思想，乔治·福·巴比特也很崇拜这位伟大的灵魂引路人，他曾在拥护者俱乐部的一次演讲中表示拥护这位福音传道者。但有一部分主教会和公理会牧师持相反的意见，他们反对巴比特的言论。这些反对者被曼迪先生巧妙地贬斥了一番，他说他们是一群借助福音搞欺诈的流氓，他说他们是只会做些无力的挣扎，实质上却干不成任何大事的人渣，他们这样做只会让自己的裤脚上惹上更多的泥土，在干瘪如柴的胸膛上长出更多的毛。后来，一位商务办公室的秘书长写了一份报告，上交给了生产者委员会，他在报告里是这样写的：无论在哪个城市，曼迪先生都具有号召力，他可以将工人们的思想集中在工资、工作时间上，他也有能力制止工人罢工。为此，反对派最终以失败告终，曼迪先生也被诚邀至天顶市。

为表诚心，人们募捐了40000美元用来修建麦克·曼迪临时礼拜堂，这座礼堂足以容纳15000人。当礼拜堂修建好之后，曼迪先生到位后，在这里做起了演讲：

"在天顶市，我知道有些人很讨厌我，他们是总爱占小便宜的教授和以酒作为消遣的小人。此时，我想对这些人说，伙计，你们说我是低俗的人，整日混吃混喝的流氓，还说我是不了解历史文化的文盲。既然这么说，那么我想问一下那些整日里学习知识文化、连胡子都顾不上修理，却总觉得自己的满腹经纶会盖过无所不能的上帝的家伙。他们把本应该研习上帝名言的时间都用在了研究德国佬的文学艺术和伪科学上。这些反对我的虚伪的家伙，有衣冠楚楚、不学无术的富家子弟，有嘴里含着棒棒糖的毛孩子，有装作一本正经的异教徒，有挺着啤酒肚的无聊人士，他们竟然说我的坏话，他们说麦克·曼迪是个低俗的人，整日里胡说八道；他们还说我是个骗子，通过传递福音骗取人们的钱财。这样，我现在给那些总在暗地里诽谤我的人一个机会，有胆量你就站出来，来一场正大光明的较量，你们可以在这里说我是丑陋的人，是个诈骗犯，低俗的人！来，这些讨厌的家伙，你们敢这样做吗？只要你们敢在毫无防备的麦克的脸上重重来一拳，在你们还未来得及出拳时，上帝就会迅速地打中你，不信你们可以试试！不过你们也不要害怕，如果你有胆量，你就可以尝试一下，没有关系！是谁？哪个人说麦克是丑陋的人，诈骗犯，低俗的人，我怎么没有看到有人站出来呢？其实，我已知道这个人在什么地方！不过，我相信这个城市人们的素质在逐渐提高中，你们肯定不会相信那些暗地里散布谣言的人的谬论，对不对？我相信你们会拿出你们的热忱和对上帝的崇敬之情，一起歌颂耶稣基督与他永恒的慈爱和恩惠！"

5

此刻，在激进派律师尼克·东尼的图书室里，他正和组织学家科特·亚威齐博士谈话。科特研究在激光射线下上皮细胞如何坏死，为此，他是天顶市著名的人物，他的美誉传至慕尼黑和布拉格，还有罗马。

东尼开口说道："天顶市这座城市拥有较强的实力，这里有高大的建筑物、最强的机器设备，还有畅通的交通运输系统。"

"我一点儿都不喜欢天顶市，知道吗？你们这个城市的建造都是统一标准化，太过乏味，毫无新意。它给人的一种感觉就像是一个巨大的火车站，所有的人需要买上车票才能找到最好的归宿，死气沉沉，让人觉得压抑。"亚威齐博士心平气和地说。

东尼听完了他说的话，激动地说："如果真是这样，那我也会为此而崩溃！你总是说我们的这个城市是'统一标准化'，我可不愿意听到这句话啊！难道别的国家就不是这样吗？要说'统一标准化'，那非英国莫属。所有的普通家庭都会在下午茶时间吃松饼，所有的离休将军都会去灰色石砌的方塔教堂进行祈祷，所有穿着粗花呢衣服的高尔夫球绅士都会对另一个傻瓜说：'你好啊！'即便这样，我还是喜欢英格兰，始终不变。至于'统一标准化'，我建议你还是去看看法国街边的咖啡馆和意大利的谈恋爱方式吧！"

"我并没有否认'统一标准化'的好处。我买了一块英格索尔手表，或者买了一辆福特汽车，我用最少的钱买了质量最好的东西，而且这一切我也心知肚明，如此一来，我就可以节省出更多的时间来发展自己的个性了，何乐而不为呢？哦。我想起来了，以前我在伦敦见过一则牙膏广告宣传片，上面画着美国城郊，用《星期六晚报》做背景，街道的两旁是笔直高耸的榆树，旁边的住宅整齐干净，部分是乔治家的建筑风格，部分屋顶低矮倾斜，不过天顶市也有这样的街道，就拿'花岗小区'来讲吧，那里的视野开阔，草木繁茂，哎呀，我竟然想到了我的故乡，我是多么想念我的家乡啊！我想在这个世上不会再有这么让人心旷神怡的住宅了吧。我根本就不在乎它们是否是统一标准化建设，起码我很喜欢这种特别棒的建筑。"

"你理解错了，我并不是反对你所说的这些，我反对的是天顶市统一标准化的思想，还有那种商业竞争的守旧观念。真正的反派是那些看上去干净、整洁、善良的顾家好男人，他们处处都为自己的妻儿着想，一心想着赚钱养家，有时还会不惜一切代价做出出格的事。而且最不能让人容忍的就是，他们拥有和善的面容，拥有聪明的智慧，拥有超强的工作能力，你想恨他，但又找不到任何理由。他们的统一标准化思想又是你所憎恶的。而对于先进思想，我发自内心地认为天顶市要比曼彻斯特、格拉斯哥、里昂和柏林的居住条件都好。人们在这里居住得也最舒适。"

"你说得也不完全对，我去过这几个城市，也在那里住过一段时间。"亚威齐博士嘀咕道。

"哦，那是个人兴趣问题。就拿我来说吧，我喜欢一个无法估测未来的城市，因为我可以对这个城市充满憧憬。而且我还很想……"

"你啊！"亚威齐博士接着说，"你就是个处于中间派的自由主义者，你连你自己究竟想要什么都不知道。我是一个革命主义者，我的头脑清晰，完全了解我究竟想要的是什么，现在，我只想喝点儿酒。"

6

此刻，在天顶市，政治学家杰克·奥非德正和亨利·德·汤普逊进行会谈。奥非德对汤普逊说："你现在最应该做的就是劝说你的女婿巴比特获得成功。他可是极具代表性的爱国主义者啊！他带领我们找到了适宜的产业，做得就像我们对亲爱的众人有很深的爱似的，当然了，我也愿意花钱来摆阔绰，以使自己有面子，但前提是这笔钱要花得值。我不敢保证我们能坚持多久，亨利，你明白我的意思吗？我们不被人误解，那些富有爱心、正派的工人如果都像巴比特一样认为我们是爱国主义者，那我们就是安全无阻碍的。亨利，你知道吗？在我们的这个城市里，一位政治家忠诚无二心，那他就可以飞黄腾达，也很亲民，整个城市的民众都会勤劳本分，他们会给我们送来雪茄、炸鸡，还有马丁尼酒，他们会听命于我们，紧紧地团结在一起等待我们发号施令！不管怎么说，如果遇到像尼克·东尼这样的告密者站在他们的面前，他们一定会很生气，满腹怨气地面对着这样的人！实话实说，亨利，我们是聪明的人，我们就不应该拒绝主动送上门来哀求我们剥削他们的那些人，他们就像牲畜一样可怜巴巴地站在我们面前，如果你不按照他们的意愿去做，会令他们伤心难过的！而且我也相信，电车公司的那帮无耻之徒也不会像从前一样肆无忌惮地掠夺公共财产了，相信他们也不敢与庄严的法律作对。亨利，你知道吗，现在的我心烦意乱。我来这里还有一个目的，就是与你商量对策，我想要把尼克·东尼这个无耻的家伙赶出天顶市，你有什么好办法吗？你也知道，他和我们水火不容。"

此刻，在天顶市，大约有35万的市民正在睡觉，他们已进入甜甜的梦乡，黑夜，如同一个巨大的、变幻莫测的暗影。一个半年无工作的年轻人，一家人都中了煤气，至此离开了人世。

此刻，诗人洛伊德·马洛蒙在他的哈费兹书店里已经写好了一篇小诗，诗的内容描述的是中世纪灼人眼球的佛罗伦萨两个对立者的生活，这里的生活和天顶市现今无聊至极的生活形成了一种鲜明的对比。

此刻，乔治·福·巴比特正带着沉重的身子在床上翻了个身，这是他醒着的时候的最后的一个翻身了。他急切地想要让自己进入梦乡，终于，他在翻完了这个身的时候睡着了。

转眼间，他来到了美好的梦境中，他身处一个不知名的地方，很多陌生人都对他指指点点，讽刺着他。他一刻都不愿意待在这里了，于是，他狂奔着逃走了，他沿着一个夜色中的花园小路奔跑着，有位小天使守候在那里。她伸出了娇嫩的小手，抚摸着他的脸庞。他潇洒、明智、备受娇宠，而她白皙的胳膊是那么温暖。在诡异的原野尽头，一望无际的大海闪烁着耀眼的亮光。

第八章

1

巴比特在这个春天做了两件让自己非常满意的大事。其中的一件事是在林顿区拓展街车线路消息公布之前，为某街车公司的一名工作人员得到了林顿区房地产特权；另一件事是他在自己的家里举办了一次宴会。他对这次宴会非常满意，为此，他骄傲地对自己的妻子说："这是一场隆重的宴会，社会上的一些优秀的知识分子和知识高深的贵妇人都应邀参加了，所以，我觉得这也是一件值得自己炫耀的事，而且我也有了炫耀的资本！"此刻，他早已经忘记了和保罗·李尔斯林约定好要去缅因州的事。

巴比特虽出生在东部的一个乡村，那里盛产红葡萄酒，但他现在已成为了上流圈子里的人物。他经常会在自己的家里接待一些尊贵的客人，如果有4个人来他家里做客，那他提前一个晚上就可以将家里布置得很到位。如果有12个人来家里做客，那可要花费些工夫了，他要从花店预订鲜花，还要将雕刻精致的玻璃器皿都拿出来使用，他的举动让妻子无所适从。

他们要在邀请名单上填写客人的名字，为此，他们绞尽脑汁，整整研究了两个星期。

巴比特惊叹地说道："我们是这个社会拥有尊贵身份的人，为什么要邀请奇姆·福林克呢？他虽是位诗人，但却什么都不懂，整天就知道写诗，看他写的那几则小广告，一年也就赚15000美元吧！"

巴比特夫人像是想到了什么，突然提醒道："哎呀，亲爱的，填上哈伍德·小野，你还不知道吧，前天晚上，优妮斯和我说她的父亲精通三国语言！"

"那不算什么，我也会啊！不就是美语、篮球语和桥牌语吗？小意思！"

"乔治，严肃一点儿好不好！你要知道人家会三种语言呢！很有面子啊！而且也很实用，但让我匪夷所思的是为什么要邀请奥维罗·琼斯一家人？"

"你还不知道吧！奥维罗可是个潜力股，不容小觑啊！"

"这个我知道，可他只开了一个洗衣店啊！经营的是小本生意。"

"是，他现在的经营模式的确没法与写诗的人和做房地产的人相提并论。但他却满腹经纶，你如果和他谈及园艺，他就可以说出每种树的名称，有时甚至还可以讲出一种树的希腊学名和拉丁学名呢！而且上次琼斯邀请了我们，我们要懂得礼尚往来，回请人家啊！还有就是我们之所以要邀请福林克和小野这样喜欢吹嘘的人，就是要增加宴会的气氛，让客人高兴！"

"哦,亲爱的,我要提醒你啊!到时候你要好好地、安安静静地、老老实实地做个听众,让我们的客人多发言,做好你的配角就可以了。"

"哦,看来是我平时的话太多了,你才会和我这样说。不过你也知道,我这样的人既没有小野那么渊博的学识,也不会写诗,放心吧,到时候,我不会多说话的。哦,对了,我想和你说,几天前,奇姆·福林克,就是你的崇拜者,他在俱乐部里询问了我对春天校舍契约的认识,难道有谁知道这件事吗?没有,只有我才能告诉他!我对此事很熟悉,可以流畅地讲给他听!而且他也很愿意听我发表自己的看法!你还不知道这件事吧!你现在和我谈论宴会主人的责任,我会不知道吗?放心,我有分寸!"

之后,奥维罗一家人也受到了邀请。

2

宴会这天到来了,早上,巴比特夫妇难以平复自己的心情。

"喂,乔治,记得晚上早点儿回来啊!你要提前换晚礼服的。"巴比特夫人说。

"哦,米拉,你听着,《鼓动时报》报道了关于长老会全国大会的决定,他们计划要退出全球性宗教运动!"

"乔治,听到我刚才说的话了吗?记得晚上提前回来换晚礼服啊!"

"晚礼服?我现在穿的衣服很好啊!难不成我要穿着现在的这套衣服去上班吗?"

"不要胡言乱语,乔治,孩子们都在这里,我说了,你晚上必须要换上晚礼服！"

"哦，你说的是宴会服啊！我可不愿意穿，我觉得这是人类制造的最没有意思的、让人厌恶的东西！"

3分钟之后，巴比特和妻子说："告诉你啊，晚上我不一定会穿这种衣服的。"

他话音刚落，妻子就明白了，她觉得他一定会换上那套衣服，然后两个人又商量起了别的事。

巴比特夫人说："乔治，我在威琴亚商店订了冰激凌，你回来的时候记得捎回来啊！他们的货车正在维修，如果等他们送，或许会耽误了我们招待客人。"

"知道了，早饭之前你就已经提醒过我了。"

"还不是怕你会忘记这件事吗？所以还是要再提醒一下。今天，我怕我会忙不过来，所以，还需要请个女用人来我们这里帮忙。"

"没有必要吧，难不成你还要专门请个女用人来做饭吗？放心，有玛蒂达一个人就够了。"

"接下来，我要去买花，用花来装饰屋子，还要安排席位，去买腌渍杏仁，我还要在烤鸡的时候给孩子们准备吃的，所以，你不要忘记你该做的事，去威琴亚商店取冰激凌。"

"好了，好了，我知道了！上帝啊，不要再唠叨了，我会去的！"

"你过去的时候，和他们这样说：'我来拿昨天巴比特夫人预订的冰激凌'，然后他们就会给你的。"

10点半，巴比特夫人再次打电话提醒巴比特取冰激凌的事。

接完了电话的巴比特觉得，一场宴会用得着这么兴师动众吗？一种无奈感涌上他的心头。但当他去买鸡尾酒的时候，便又来了兴致,并后悔起了刚刚愚蠢至极的想法。

现在是明令禁酒时期,他是通过这种方式来购买酒的。他开着车前往旧街区,这里离干净整洁的繁华商业街很远,这条小街似乎并没有清洁工打扫,小而脏乱,仓库里满是黑漆漆的煤垢,一座座楼房排列得杂乱无章,巴比特将这一切尽收眼底。他开着车继续前行,接着来到了树林区,很早以前,这里是风光秀丽的果园,而今一座座出租公寓和妓女出租屋拔地而起。此时的他开着车子,心里忐忑不安,每每看到警察,他都会装出一副大公无私的样子,显出自己是个正直之人,让看到他的人都觉得他是个中规中矩的好人。鉴于他的这种表现,警察都想要亲切地和他打个招呼。其实,他害怕得不得了,浑身都在颤抖。巴比特开着车子来到距希莱·汉森沙龙还有一条街的地方停了下来,为了给自己壮胆,他自言自语道:"这些愚蠢的人还以为我来这里谈生意呢,不必惊慌!"

随后,他来到了一家酒吧,这里和这个城市未实行禁酒法时没有什么两样,一张破旧脏乱的吧台,散落着碎木屑的地面,裂了缝的镜子,当镜子照到人的时候,整个人都变形了。除了这些之外,酒吧还有一张松木桌,上面趴着一个衣衫褴褛的老人,在他的旁边放着一个杯子,里面的酒像是威士忌。吧台旁坐着两个人,他们在那里喝着酒,举起的酒瓶里大概装的是啤酒吧,酒吧里的人还不少,显得有些拥挤。

这家酒吧的老板是瑞典人,身材魁梧,脸色苍白,系着淡紫色的领带,上面还插着一枚钻石胸针。他上下打量着巴比特,这时,巴比特凑上前去低声说道:"我是汉森的朋友介绍来的,想弄点儿琴酒。"

酒吧老板听了这话之后,瞬间就变了脸,他生气地瞥了巴比特一眼，摆出了一副这句话触犯了主教似的表情，回应道："老兄，你是不是走错地方了，我这里只有饮料，没有你刚刚说的什么琴酒。"酒吧老板说完之后，就爱理不理地用脏兮兮的抹布擦拭着吧台。他不停地擦拭着，眼神中充满了愤怒。

坐在桌旁的那位老人看着酒吧老板说："嘿，奥斯卡，听我说啊！"

奥斯卡装作没听见一样爱搭不理地继续擦拭着吧台。

老人继续说道："嘿，我说，好吧，奥斯卡，我想说……"

这个老酒鬼用慵懒的声音说着，从他的嘴里散发出浓浓的酒味，巴比特见此情景，觉得无所适从，不知道接下来该如何是好。酒吧老板谁都不理地来到了另外两个人那里。巴比特紧随其后，他走的每一步都那么小心翼翼。他显得很乖巧，他在酒吧老板的身后哀求道："奥斯卡先生，那么您让我先见一下汉森先生吧！"

"你找他有事吗？做什么呢？"

"也没什么，就是想和他说几句话，哦，对了，这是我的名片。"巴比特边说边递给了酒吧老板自己的名片。

这张名片上有红色和黑色的字，非常显眼，看上去很精致。这张名片上介绍清楚了他的身份，上面写着他是房地产业商人、保险家和租雇主。酒吧老板看完巴比特的名片，渐渐地开始重视起了他，他手捧着巴比特的名片，表情始终还是那么威严，但声音却欺骗不了他，他忐忑地说："你要找汉森先生，我先看看他在不在啊！"

不一会儿工夫，希莱·汉森跟在酒吧老板的身后从吧台后面的一间屋子出来了。从外表看，他显得很年轻，但看上却很机敏。汉森穿着褐色的丝质衬衫，低领方格子背心，棕色的裤子。他的眼神满是怀疑，他盯着巴比特哼了一声，随后，用轻蔑的眼神看了一眼巴比特花了125元买来的深灰色西服（巴比特经常和俱乐部的人说他西服的价格）。

"您好啊，汉森先生。自我介绍一下，我是巴比特-汤普逊房地产公司的乔治·巴比特，我和杰克·奥非德是很要好的朋友。"

"哦，你来这里有什么事吗？"

"哦，汉森先生，我在家里举办了一场宴会，我需要酒来招待我的那些朋友，我从杰克那里听说从您这里可以弄到点儿琴酒，所以……"

还未等巴比特说完，汉森就表现出一脸的不耐烦。

巴比特见此情景，赶快说到重点："如果您不信，可以给杰克打电话确认一下。"

汉森一声不吭地转过头，向后面那间房的方向指着，暗示着巴比特酒就在那里。随后，他直接朝房里走去。巴比特跟在了他的后面，两个人来到了汉森指的那间房里。这间屋子里有4张圆桌，11张椅子，墙上挂着印有酿酒厂广告的日历，整间屋子里散发着一股奇特的味道。巴比特一直在那里安静地等待着汉森的安排，汉森从他的面前走过来又走过去，嘴里还不停地念叨着什么，他把两只手放在裤口袋里，完全不理会巴比特。

早上，巴比特就发誓了，他买酒的价格不会超过7美元，他不会多给他们一分钱的。此刻，他改变了原有的想法，他将买酒的价格改成了最多花费10美元。当汉森再次经过他的身旁时，他用哀求的口气说道："您能给我来一夸脱的酒吗？"

汉森沉着脸，不耐烦地说："等一下啊！我的天啊！你就不能再等等吗？"

巴比特安静地看着他做着手头上的事，样子比之前还要乖巧。

一会儿的工夫，汉森终于又出现在了巴比特的面前，他手中拎着一夸脱酒，其实也没有那么多，就算是一夸脱吧。

汉森果断地说："12美元。"

"哦，好的！对了，经理先生，杰克告诉我说，您八九美元就可以搞到这一夸脱酒啊！"

"怎么会呢？是你听错了吧，这可是性价比很高的酒啊！不掺假，由加拿大走私运过来的，可比你们那些杜松汁的薄酒好多了。"这样说来，他倒是位讲信用的商人，他又一本正经地继续说道，"12美元让你拿走已经是给足你面子了，说实话，我是看在杰克的面子上才卖给你这些酒的。"

"是的，是的，我完全明白！"巴比特毕恭毕敬地递给汉森12美元。汉森连连打着哈欠直接将钱塞进了背心里，迈着潇洒的步子朝外面走去。巴比特则觉得此生能遇到这样非同一般的人物无比荣幸。

随后，他把酒瓶藏在了衣服里，来到办公室时，又把酒放在了办公桌里，但还是难以抑制自己激动的心情。整个下午，他都为可以与客人小酌两杯而沾沾自喜，他的心情无比愉悦。因为太过喜悦的缘故，他在开车回家时，在还有一条街就要到家时，突然想起了妻子交代他去拿冰激凌的事。"哦，对了，还要去威琴亚商店拿冰激凌，该死，竟然忘记了这件事。"他边嘀咕边开车朝威琴亚商店驶去。

威琴亚商店是全市很有名的商店，不同于一般的食品店。如果人们的宴会不计划在自己的家里举行，那么，他们一定会考虑去威琴亚食品店的舞厅举行。在讲究的茶会上，参加者会认真品味威琴亚商店里5种口味的三明治和7种风格的蛋糕，这是他们必须要进行的事项；在高端的宴会上，最后压轴的甜点一定是威琴亚的花式冰激凌，有的像蛋糕那样呈圆形，有的像甜瓜似的呈椭圆形，有的像砖块似的呈方形。

威琴亚商店的墙壁是用木头装修而成的，呈淡蓝色色调，上面还可以看到玫瑰花纹，女侍者都统一穿着花边围裙，柜台上摆放着精致的小点心。巴比特并不喜欢来这里，他在等待侍者为自己拿冰激凌的时候，以为女顾客在冲着他笑，他总觉得她带着一种耻笑，他的后颈不自觉地滚烫了起来。他气愤地开着车回到家里，他的妻子迫不及待地说道：

"乔治，威琴亚商店的冰激凌拿回来了吗？"

"是的，放心吧，我不会忘记的。看吧，都在这里了！"

"哎呀，我怎么能放心呢，你的记性可一点儿都不好啊，经常忘记我交代你做的事。"

"怎么会呢，一般情况下，我不会忘记该做的事。真是倒霉！哎，知道吗，威琴亚那个地方真是让人厌烦，那里的女孩儿也太不检点了，穿着暴露的衣服，脸上涂得就像个60岁的老奶奶，还有她们吃的那些东西，实在太伤身体了。"

"哦，不要在那里胡言乱语了，你是知道的，我一向都不喜欢打扮得这么夸张的女孩儿！"

巴比特把冰激凌捧在手中的时候，才发现自己的妻子已没有闲暇的时间和自己聊天了，她在那里忙得连说话都顾不上，哪里有时间听他说这道义之士的言论。他很识相地上楼去换衣服了。经过餐厅的时候，巴比特看到那里灯光闪烁，所有的装饰令他眼花缭乱，他看到了刻有花纹的玻璃、闪闪发亮的家具、烛台、玫瑰花、彩带、餐桌上的银餐具。激动人心的时刻即将到来，巴比特在换衣服之前连续4次拿起了那件便宜的衬衫，想要将它穿在自己的身上，他一次次地说服自己不要这样去做，最终，他还是穿上了那一件得体的新衬衫，打上了黑色领结，用手帕擦拭了下皮鞋。他扬扬自得地看了看银质纽扣，将自己的黑丝袜整理了一番。巴比特的小腿本来是粗壮难看的，但当他穿上了这双黑丝袜之后，他的腿立马就变成了优美的下肢，他一下子就成为了上流人士。

巴比特站在试衣镜前看着自己的装扮，他穿着整齐的晚礼服，由3种颜色拼接的裤子，觉得自己非常帅气。他不自觉地自言自语道："哦，装扮得还不错，完全不像卡特巴那种乡下人的装扮，他们看到我这样的装扮一定会惊讶无比。"

巴比特觉得现在应该下楼去调制鸡尾酒了，于是，他带着严肃的表情下了楼。他先准备好了冰块和橙汁，又从餐具室里取来要使用的瓶子、杯子和匙子。他自我感觉良好，觉得现在的自己就是希莱·汉森酒吧的老板。妻子却觉得他在这里是个多余的人，还有女用人玛蒂达和那位临时雇员在干活的时候也会碰到他的胳膊肘，有时还会高声喊着"麻烦您为我打开门好吗"。巴比特对这一切却不以为然，他继续做着自己的事。

家里除了刚买的琴酒，还有在地窖里珍藏的半瓶威士忌、四分之一瓶意大利苦艾酒，还有一点橘子酒。家里没有调酒的工具，所以只能用其他工具来代替。巴比特之所以不备调制酒的工具，就是因为这些器具经常会被人们认为是酒鬼的专属品。巴比特很喜欢喝酒，但却不愿意背上这样的骂名。他找来了一个没有手柄的水壶作为调酒器，然后从陈旧的肉汁器里舀出配料。在明亮的马士达灯的照耀下，他举起了水壶摇动着，他的脸滚烫，衬衫前被灯光打得发亮、发白，银质器皿也闪着金红色的光。就在这一刻，巴比特觉得自己圣洁而庄严了起来。

他品尝了一下自己调制的酒，不自觉地感叹道："哦，上帝，就是这个味道，久违了的老鸡尾酒的味道，是波士牌的，哎？不对，是曼哈顿的。喂，米拉，趁现在客人还没有到，你先尝尝我调制的酒，看看怎么样！"

这时，巴比特太太正忙得不可开交，她先来到餐厅，把桌角的每个杯子都摆放整齐，接着又跑了出来。她穿着银灰色的晚礼服，因为怕弄脏了，所以，又在外面围了一层厚毛巾。她瞪了巴比特一眼，带着不耐烦的情绪回答道："我才不要喝呢！"

巴比特则顽皮地说："好啊！你不喝是吗？那就让我这个老家伙先品尝一下。"

喝完了一杯酒之后，一种醉意感涌上心头，巴比特觉得无比快活，甚至还有一种背叛的想法，他想要开车出去，找那些姑娘们调情、亲吻、嬉戏。他刚刚在女用人面前实在太没有面子了，为了找回面子，他开始吩咐她做起了事。

巴比特对玛蒂达说："来，拿着这壶酒，把它放到冰箱里。小心啊，不要动它！"

"知道了，先生。"

"还有啊，顶架上不能再放东西了！"

"好的。"

"嗯，你，"体内的酒精又起作用了，他再次晕乎乎，感觉自己的声音细腻而遥远，于是，他清了清喉咙，又严肃地吩咐女用人，"哦，千万小心啊！"之后，他来到了起居室。他想要在饭后来一场狂欢活动，但又怕米拉和小野夫妇反对，他想要劝说他们，又没有把握，他不确定是否能够劝说成功。原来，他还有这般浪荡的天赋，为什么以前一直都没有发现呢？

渐渐地，客人们都来了。有对总爱迟到的夫妇还没有来，客人们都苦等着他们的到来，但却还要装出一副不急的样子。此时，巴比特也清醒了过来，顿时有了一种可怕的空虚感。他是这次宴会的举办人，他是花岗住宅的主人，所以，他要用心迎接每位客人。

宴会邀请到的有关心电子公司公益和财政的哲学博士哈伍德·小野，在麋鹿慈善会和拥护者俱乐部有一定威望的煤炭商伯吉乐·扬齐，还有自称自己是本市最忙碌的洗衣店老板奥维罗·琼斯。受邀的客人里最出名的就是德·奇姆·福林克，他可是《诗潮》的专栏作者，在本市鼎鼎大名，他每天写的诗要在67家报社发表，可以说，他是这个世界上拥有读者最多的诗人。除此之外，他还是积极向上的演说家，又是"商业广告"的编写者。他写的诗歌通俗易懂，言简意赅，幽默风趣，但却蕴含着很深的哲理，12岁的孩子也能读懂他的诗。他写出来的诗，是散文格式，深深吸引着读者。福林克的名声遍布各地，人们给予他的美誉为"好小子"。

6位女士分别和这6位先生来到了巴比特举办的宴会上，她们应该是他们的夫人。因为天色已晚，看不清太太们的模样，所有看上去几乎相同，且也看不清到底来了几位夫人。她们对宴会的评价都一样："嗯，简直完美。"女士们虽无法分辨，但男士们就很容易辨别了，他们的穿着各具风格：小野是位学者，所以他的着装看上去风度翩翩，人也高大帅气；奇姆·福林克的外表很普通，头发柔软，他戴着夹鼻眼镜，上面系着红绳，艾迪·史旺森没有头发，但却看上去非常年轻，他穿着玻璃扣的黑色晚礼服，由此看得出来，他对自己的衣着非常讲究；奥维罗·琼斯高大魁梧，一副沉稳的样子，他长着亚麻色的大胡子，惹人注目。受邀的人都衣着得体，红光满面，他们有礼貌地大声说着："晚上好啊，乔治！"这种亲切的程度就像是兄弟叔伯之间在打招呼一样。令巴比特夫妇感兴趣的是，来这里的几位太太，与她们接触的时间长了，就能够感觉出她们的与众不同；与这几位先生接触的时间长了，就能感觉到他们的言谈举止越来越像。

宴会上，大家都很重视鸡尾酒的调酒过程，这一仪式便十分隆重。客人们都已经等不及了，他们很不自然地跟着一起说天气开始变暖了，但有时还是会冷。巴比特自始至终都没有说关于鸡尾酒的事，这让所有人都没有了耐心，变得都灰心了。他们谈着其他的事一直谈到最后一对儿夫妇来到宴会为止，最后来到宴会现场的是史旺森夫妇，这时，巴比特才逐渐将话题转移到了所有人都期盼的东西上。这时，巴比特开口说道："大家都说说你们对小的违法行为的看法，没事，可以尽情地发表自己的意见！"

这时，所有人将目光都集中在了语言家奇姆·福林克的身上。只见奇姆·福林克拉了一下夹鼻眼镜的丝绳，咳嗽了两声，清了下嗓子，然后按照一贯的作风开始了演讲式的讲话：

"一直以来，我都是个遵纪守法之人，这一点，我在这里可要讲清楚，乔治，不过，话又说回来，伯吉乐·扬齐可是有名的强盗，如果是他让我做违法的事，那我就不知道该如何是好了，他太强壮了，我实在无力反抗！"

扬齐听完这话之后，显得非常气愤，于是他大声说："什么？我倒想看看他是怎么嚣张的。"

福林克摆了摆手接着说："如果伯吉乐硬要强迫我去做坏事，乔治，到时候，我一定会把车子停在非停车位，你说的是不是这个意思，是这种违法行为吗？"

在场所有人都开怀大笑了起来,接着,琼斯夫人说:"福林克先生看上去中规中矩,原来也是个爱打趣的人啊!"

巴比特高声对福林克说:"老兄,你到底是怎么想的啊?好,你们等着啊,我这就去取啊!"众人都欢呼了起来,稍后,巴比特在所有人的欢呼声中端来了一个托盘,这也是他曾经对他们许下的承诺。托盘里放着一个盛着黄色液体的玻璃瓶。所有的男士都交头接耳,相互谈论了起来:"哦,老天啊,看看!"

另一个人说:"我一辈子都不会忘记这一刻!"

奇姆·福林克实在忍不住了,于是他走上前去说:"来,让我先尝一尝。"他可是个万事通,走南闯北,见多识广,害怕被人骗,他担心这只是加了薄酒的果汁。巴比特带着激动的心情,自诩自己为救世主,他将手中的杯子递给了福林克。福林克接过杯子,抿了一小口,立马就高声尖叫着:"哎呀,老伙计,让我继续沉浸在这美梦中吧,简直让人无法相信啊!任何人都不要叫醒我,让我继续沉浸在这美妙的梦境里!"

两个小时以前,福林克刚写了一篇抒情诗,正准备在报社发表,诗的开头部分是这样的:

> 我独自一人坐着,愤恨,思索,我抓耳挠腮,我眨着眼睛,我悲叹道:"哦,还有几个无知者,想要寻回往日的酒吧,但却不知道那些难闻的酒馆已濒临罪恶的深渊,这足以让一个智者变得愚昧!"我完全可以饮用纯净之水,已经摒弃了那害人的酒精,我喜欢那喜人的泉水,它使我的头脑清醒,思路清晰!

巴比特和众人齐欢饮,所有的烦恼都烟消云散,此刻,在他眼中，所有的人都是这个世界上最好的人,他让他们尽情地喝着自己调制的鸡尾酒,嘴里还说着:"伙计,再来一杯!"

太太们都笑着拒绝了,所有的男士都非常兴奋,和巴比特开玩笑似的说:"好啊,乔治,那我们就要比试一下了。"

巴比特精心照顾着每个人,他一一对他们说:"来,再喝点儿。"每个人也都回应道:"来,乔治,干杯!"

渐渐地,酒瓶里没有酒了,所有人也都消停了下来,他们开始谈论起了禁酒的事。男人们都靠向椅背,两手插入裤兜,各抒己见,高谈阔论。

伯吉乐·扬齐说:"我认为,取缔酒馆是件好事,但也应该稍稍满足人们的需求,让他们喝一点儿啤酒或淡酒。我这样的看法也和很多的博士和行内人讲过。我之所以这样说,是有依据的,我在书中就看到过类似的观点。"

扬齐的话音刚落,哈伍德·小野接着说:"禁酒的这项条款本身就是不合理的,它束缚了人们的自由之身,提升了人们不满的情绪。我为什么会这样说呢,举个例子,巴伐利亚国王,让我想想啊,对,是巴伐利亚,1862年3月,他明令禁止人们食用家禽,但农人却忍无可忍了,之前,这些老实巴交的人连苛捐杂税都能容忍,但却反抗起了这项条款。事情大概发生在赛卡尼那。由此证明,一个人的自由受到束缚是一件多么严重的事啊!"

奥维罗·琼斯完全认同这个观点,于是他回应道:"对,一点儿都没错,任何人都无权触犯他人的自由。"

伯吉乐·扬齐说:"但从另一个方面来说,禁酒也不一定是件坏事,禁酒这项条例就可以限制工人阶级,让他们节省钱财,积极劳动。"

哈伍德·小野继续坚持自己的观点，他说："嗯，你说得没错，但禁酒这项条例执行起来太过麻烦。最终还是因为国会没有找到合适的方法来管理。如果我是这项条例的执行者，我就会这样做：让饮酒的人去相关部门领取一张许可证，这不就可以管理那些懒惰的工人了吗？限制他们喝酒，同时还可以保障那些喜欢饮酒的人，就像我们这样的人的权利，恢复我们的自由权利。"

所有人都认同这个说法，他们都投来了赞许的目光，还不由自主地发出感叹："不错，这个观点真是太好了！"

这时，艾迪·史旺森担心地说："我怕有些人会趁机吸食毒品啊！"

所有人也觉得他说得有道理，他们也认为这是个值得关注的事，也必须引起注意，他们连声回应道："对，这也是极有可能的事，一旦发生，就很危险了。"

突然间，奇姆·福林克高声宣称："大家听着啊，前几天，我知道如何去自制啤酒，我可以告诉你们这种方法，到时候你们可以试一下。"

扬齐接着说："哦，稍等一下，我可以先说一下我制酒的方法。"

小野满不在乎地说："啤酒不好，我觉得还是要制些苹果酒！"

琼斯开口说道："我这里有苹果酒的配制方法，很不错的！"

史旺森想要大家静下来听听他的意见，于是他几乎是用哀求的口吻说道："喂，你们可以静下来听我讲个故事……"

史旺森的话还没有说完，福林克就把话抢过去了，他说："用豆荚做原料，取一浦式耳豌豆，加6加仑水，煮至……"

所有人你一言、我一语地说着，巴比特夫人听得有些不耐烦了，福林克用简短的言语讲出了自制啤酒的步骤，他的话音刚落，巴比特夫人便提醒众人："大家准备入席啊！"

所有男士在最后离开时进行了友好的争论，他们在穿过起居室来到餐厅时，伯吉乐·扬齐用粗嗓门说了一句话引来了众人的捧腹大笑。他说："如果你不把我安排在米拉·巴比特的旁边，我就立马回去，因为挨着她坐可以在桌子下面拉拉她的手啊！"所有的客人都来到了餐厅，他们都无所适从地站在那里，不知自己该坐在哪个位置。巴比特夫人见此情景，慌张地说："哦，让我看看啊，我本来是想要准备一些精致的座位卡，但还是——先生们，女士们，莫要急，让我看一下，哦，福林克先生，你坐在这个位置……"

众人就位了，接下来就是上菜的时间了。宴会是按《妇女杂志》的形式安排的，每道沙拉都放在掏空的苹果里，只有炸鸡不变样，其余每道菜制作和装点都是用了心的。

往常，男人们觉得和女人交流起来是件很难的事。在花岗小区，男女之间的调情是门陌生的艺术。办公室和厨房连一点儿关系都没有，他们各自在自己独立的领域做事。但在今晚的这场宴会上，所有人都聊得非常尽兴。男人们还有很多关于禁酒的个人观点，此刻，他们有女士作为听众，这更激起了他们谈话的兴致，他们热烈地讨论着：

"我知道一个可以买到酒的地方，那里任何牌子的酒都有，而且也很便宜，只要8美元就能买到。"

"一篇报道上不是说，有人竟花了1000美元来买10箱酒，结果打开一看，里面哪里是酒，装的全部是水。"

"我听说，有大批的走私酒已被运到了底特律。"

"我说什么来着，很多地方还是无法实行禁酒令的。"

"到最后,说不定还会弄出像甲醇之类的假酒毒害人呢。"

"这些道理从原则上分析,毫无疑问是正确的,但我并不需要旁人来教我如何去做这件事,也不用他们操控我的想法。我想,没有一个美国人会纵容这件事吧。"

今晚,所有人都没有把奥维罗·琼斯作为一个幽默滑稽的人来看待。他说:"禁酒这件事的关键就在于声势浩大,但实施起来却一点儿都不严谨。"他的话音刚落,所有人都向他投来异样的目光,他们似乎不认同他的观点。

禁酒的话题是这场宴会上的必谈之事,讨论完了这个话题,他们才将谈话内容转移到了一些日常的事务上。

人们经常会这样赞叹伯吉乐·扬齐:"这个人真是太厉害了,什么事儿在他眼中都不算事,他能够让一个完全不合群的人在短时间内和大家认识,并且混得很熟,还会逗女客人开怀大笑。我可做不到这一点,如果是我,稍稍说些幽默风趣的话,最终的结果就是在众人面前丢丑。"

此时此刻,扬齐又拿出了他的撒手锏,他开始逗众人了,他提高嗓音对这里最年轻的太太洛依·史旺森说:"洛依,我可以把艾迪衣兜里的钥匙搞到手,那么,如果我拿到了钥匙,你愿意偷偷溜出来,我们一起去对面的那条街上吗?我想要和你说件很重要的事,你觉得如何?"说完,他还朝洛依抛了个媚眼。

其他的太太们都被他的话逗乐了,她们笑得前仰后合,巴比特也来了兴致,他和在场的人说:"诸位,你们相信我有胆量去道克·柏特那里借书吗?"

巴比特夫人立马提醒道:"乔治,不要胡言乱语啊!"

"我是这么认为的,这本书,说它是挑逗性之类的书还远远不够,更准确地说,它是一本人类学的调查报告,讲的是关于南洋风俗之事,书中的人物说话毫无忌讳,外面的书店可找不到这样的书啊!等到我借来之时,我先借给你好不好,伯吉乐?"

"先拿给我看吧!听你这么说,这本书还不错啊!"艾迪·史旺森抢先说道。

奥维罗·琼斯说:"前不久,我听说有本书里描述了两个瑞典人和他们的妻子,实属一本好书啊!"他用正宗的犹太话讲完了书中的故事,听起来非常有趣,他讲到结尾处语言又有些收敛了。扬齐又肆无忌惮地讲了一会儿。所有人的酒劲渐渐退去,一切又恢复了正常,所有人说话又开始小心翼翼了。

近段时间,奇姆·福林克走访了几个小镇,在这几个地方进行了演讲,他微笑着对所有的人说:"我还是愿意待在我们这个充满了文明的城市。我去了一些小镇,那里可真让人烦心,当然了,不可否认,那里的人们的确纯朴,但那地方却很落后,所以,人也会显得有些愚钝。我还是愿意和你们这些机智的人待在一起聊天,我也非常珍惜这样的美好时光!"

奥维罗·琼斯接过他的话说:"的确,那里的人真的不错,可以说他们是这个世界上最好的人,但和他们说话却是件没意思的事儿,他们只知道当天的天气好不好,还知道老福特车,除此之外,和他们再也找不到其他的话题了。而且,我觉得,和他们说话简直就是牛头不对马嘴,真让人郁闷!"

艾迪·史旺森也说道:"对啊!他们总是围绕一个话题说个没完没了。"

伯吉乐·扬齐也附和道:"嗯,就是,他们只会讲一件事,一直重复着同一个话题。"

哈伍德·小野也应声说道:"就是,就是,他们是不是没有独立思考问题的能力啊!一直都说着天气和福特汽车,真是愚蠢啊!"

"不过,话又说回来,这也不能都怪他们,因为他们在那个小镇里,也看不到什么开阔眼界的事物,如何去提高自己呢?"奇姆·福林克说。

这时,巴比特开口了:"说得没错儿,我之所以这样说,并不是想要把你们这些博学者捧得有多么高,我想要表达的意思就是,如果和一位诗人,或像哈伍德这样懂得经济学的人说话,绝对会让人受益匪浅。反之,如果和那些一点儿文化底蕴也没有的人聊天,那就相当于是对牛弹琴,毫无意义可言,更不要去深究他们的想法了。"

奥维罗·琼斯接过了话题,他说:"我们的确有优越的条件提高自己,就拿看电影来说吧,在那群愚蠢人所在的小镇,一周能换一个新的电影来看就已经很不错了,而在我们这个城市,一个人可以任意挑选自己喜欢的电影来看,这就是区别。"

"对啊,我们的社会圈子也很广,可接触到在社会上有一定知名度的大人物,还能尝到美味的食物,这也是一种提高,完全有利于自己。"艾迪·史旺森说。

巴比特接着说:"为此,我们不能任由这些愚昧的人为所欲为。他们真是连一点儿学习的精神都没有,简直和我们这样的人无法比拟,他们为自己带来这样的结果简直就是咎由自取。作为无话不谈的朋友,我还想和你们说,他们嫉妒着城里的优秀者。每次,我回卡特巴都会拜访一下我的好友,因为现在,相对而言,我属于功成名就的人,而他们却还是老样子,没有任何改变。如果我像现在一样以这种口吻和他们讲话，偶尔还玩弄一点儿小小的手段，他们就会觉得我是在炫耀。事实就是这样，我举个例子，你们就知道了，我有个同父异母的兄弟，名叫马丁，他接管了我父亲的小杂货店。为此，我却敢保证，他一定不知道燕尾服是用来干什么的。如果，现在他也在这个地方，他一定会认为我们几个站在同一战线，把他孤立了。真的，我敢保证，他什么都不知道，就知道一味地妒忌！"

奇姆·福林克说："你说得没错。但我一直都在考虑他们因为庸俗而不懂得欣赏事物的美好，你们一定要原谅我接下来想要做的高雅之事。我一定会找机会在他们那个地方进行一次演讲，我还会专门为这次演讲写几首极具感情色彩的诗，不是刊登在报纸上的那种啊，是适合刊登在杂志上的那种。但话又说回来，如果真的来到小镇，就说不出那些大道理了，因为他们是听不懂这些的，只能听懂那些老掉牙的故事，而这些故事有时我们这里任何一个人听了都会溜之大吉。"

听完这话，伯吉乐·扬齐不由自主地感叹道："那我们可真是万分庆幸了，因为我们生活在精通艺术和生意的大城市里。如果我们现在正身处只有一条街这么大的小镇里，试着说服那些愚昧的人，让他们来了解我们的思想行为，那真可谓是一件乏味的事儿。不过，小乡镇有一点还是值得肯定的，那就是现在美国小镇都逐渐重视起了人口的发展问题，同时也在慢慢地引入现代先进的思想。相信一些小镇一定会实现的。因为已经有人可以证明小乡镇的进步了，曾有人站在乡镇的十字路口发出这样的感慨，他说他在1900年，也就是他小的时候看到这里只有一条街，铺设着泥土路，人口只有900人。到了1902年再回到这里时就已经发现街道的路面砌上了砖，旁边新盖了一家小旅馆，还有卖新潮女装的商店，这就是进步，简直太完美了！你不要只关注小乡镇现在的处境，你应该展望未来，看看它们将来有何发展，它们正在悄悄崛起，终有一天会变成世界上最好的地方，就像天顶市一样。"

3

邻里之间，借来对方家里的割草机和活扳手使用是常有的事，他们邻里关系很密切。他们都知道，奇姆·福林克是位诗人，优秀的广告商，在他和善的面容背后却有一种捉摸不透的文学素养。而就在他参加这次晚宴时，在琴酒的刺激下，他怀着满腔热血说出了他的秘诀：

"最近，我被一个文学问题缠身，为此，我真是寝食难安。我正在为吉可汽车拟定一系列广告语，我想把每一篇都写得淋漓尽致，达到迷人的境界，进而让它成为拥有个性的文学作品。我要么就不写，一旦下笔就一定要做到完美无缺，这些广告真是令人烦恼，这大概也是我遇到的最恼人的事了。你们总觉得我写诗时困难重重，其实并非如此，这些事无非就是家庭、幸福、欢乐之事，对我而言，非常简单。这样的内容是绝对不会弄错的。任何正直的人在任何情形下，或在某一时刻，遇到什么样的事而应该有怎样的感受，我们都能知道，随便记下来就可以了。而关于实业主义的诗歌，这完全属于一个新型的待开发的文学领域。最终谁会成为美国真正的天才，无人知晓，我们不知道他叫什么，但可以将此人的作品保留下来，至于我们现在的思想和创新性，就让后人来做一个公正的评判吧！此人就是为亚伯王子烟草创作广告的人！来我们听下这则广告：

亚伯王子的烟斗塞满了烟丝，也充满着欢乐。您经常会听人不断地说'只要用嘴唇轻轻触碰她的肌肤'，就会拥有无比奥妙之感。你觉得这是真的吗？是的，答案是肯定的，当然了，你还需要记下你的那位相伴之人用了多久才让你精神抖擞的。请你拿起你手中的烟斗，这时，我们就可以点燃你的激情，亚伯王子。

浓郁的芬芳！一种舒坦的感觉，亚伯王子是这个世上的奇迹。这种曼妙清爽的感觉无懈可击，你会为此而觉得无比享受！

你只需要买一只烟斗！塞入足量的亚伯王子，瞬间，你就如获至宝，接下来的一切进行得都一帆风顺，你的心情也很愉悦！接下来，你懂的！"

"真是太棒了！"汽车代理商艾迪·史旺森发出了这样的赞叹，他接着说，"这正是我想要表达的男儿气概文学！那个写亚伯王子广告的人，当然了，我也相信这绝非出自他一人之手，他的背后一定有一支强大的作家团队，是他们共同的思想结晶。不管怎么说，他们绝非针对那些啰里啰唆的人，而是写给那些真正的男子汉的，也就是为像我这样的人写的，我向他致敬！但这里存在着一个问题，就是，他们这样写对推广商品有效果吗？当然了，我说这个也不是要否定这些诗人的作品，他们具有敏捷的思维，丰富的想象力，广告语言优美，但却没有点出最终的目的，那就相当于没有突出重点，这样一来，就相当于什么都没写。就拿我来说吧，我看完这几条广告，是绝对不会去买这个牌子的烟斗的，因为没有购买欲望，因为我不了解商品的特性，对商品一无所知，只知道有这么一个牌子，其他的内容都不是我所关注的。"

福林克盯着他说："你简直愚蠢至极，难道你一点儿都感受不到文章的优美性吗？不管你说什么，我都会代替他写出这样的东西。但结果却是我并没有写出来，你们再听一下我替吉可汽车写的这则广告：

  远处，那条白茫茫的公路正在召唤，它越过山岗，越过海洋，向远处驶去，召唤着充满活力、嘴里哼唱着古老海盗小曲的俊男靓女，以脱离那单调乏味的地方，过上轻松愉悦的生活。速度，辉煌的速度，不仅仅只是瞬间的狂欢，代替的只是我们生命的内涵！有这样一个伟大而新颖的真理，吉可汽车的制造商关注的是汽车的价格和式样。它如同羚羊般敏捷、燕子般轻盈、雄象般有力，就连每根线条都彰显出豪华派头。注意，兄弟！如果你想要了解旅行的最高境界，体会那种艺术性的东西，那就要先尝试一下生命中敏感度极强的乐趣——吉可汽车！"

福林克思考了一下，说道："对，我确实听出了其中的优美之处，但却丝毫找不到那些创造性理念！"

所有人对此都略表同情，但也抱以欣赏的态度。

第九章

1

巴比特的这些朋友让他今晚无比欢畅,他拿出了宴会主人的风度,照顾着每个人的饮食,嘴里不停地说着:"来,多吃点儿油炸鸡啊,这个味道不错哦!"他很钦佩奇姆·福林克的过人之处,但随着鸡尾酒酒劲儿的逐渐减弱,他觉得晚宴吃得一点儿都不尽兴。也正是这个时候,史旺森夫妇的争吵打破了宴会和谐的气氛。

花岗小区,还有天顶市一些繁华的地方,尤其是在一些已婚人士家庭,女人无所事事,所以她们不停地收拾着屋子的各个角落,在她们的住宅里没有几个用人,有的家庭甚至连一个用人也没有,但她们还会将屋子收拾得井井有条。厨房的各种设备齐全,每天收拾屋子并不会占用她们多少时间,她们的家里最多也就两个孩子,有的家庭甚至连孩子都没有。两次世界大战过后,人们的思想发生了翻天覆地的变化，她们认为上班是件光荣的事，但她们的先生却反对她们从事一些无酬劳的工作，他们认为自己妻子的这种行为纯粹是在浪费时间，从事这样的工作毫无意义。如果他们的妻子赚到了钱，他们也会觉得脸上无光，害怕被人误解成自己无能，赚不到足够的钱来养活自己的家人。

这些女人在家里仅需干两个小时的家务就可以，一天里剩余的时间就轻松了，看看电影、吃点巧克力、逛街、打牌、读杂志等，以此来打发剩下的时间，还有些人则会幻想着什么时候可以见到自己的梦中情人。她们在富裕的环境中生活着，但也会闷得发慌，以致心情烦闷，有时还要故意找碴儿，拿自己的丈夫撒气。所以，有的时候，夫妇俩拌嘴也是常有的事，这样一来，与丈夫吵架也成为了这些女人打发时间的一种方式。艾迪·史旺森夫妇就是这样。

艾迪·史旺森在晚宴时就一直和巴比特唠叨着他的妻子，他对她穿的衣服很不满意，他说："那么短，那么单薄，还那么贵，更让人不能接受的是很暴露。"

"乔治，你是如何看待洛依身上穿的那件衣服的，客观一点儿说，会不会很过分呢？"

"艾迪，不能这么想，我觉得那件衣服很棒！简直堪称完美。"

随后，巴比特太太也跟着说道："是啊，很不错的衣服，史旺森先生，真的很不错，你再仔细瞧瞧！"

洛依见众人都偏向于她，她便据理力争，反驳道："看看，你一向都看不惯我，更可恨的是，你还自称为这方面的专家，你看看你都对我说了些什么？"洛依在说这些话的同时，显示出一脸的不快。一旁的听者都没有说话，他们都将视线转移到了她裸露的肩膀上。

史旺森实在无法容忍她的话了，于是反驳道："好了，不要再说了，就因为我是这方面的专家，所以我才觉得你的穿着一点儿都不优雅，而且衣服的价格还很贵。难道你没有发现吗？你的衣柜里有那么多你自认为很好的衣服，但我想问的是，有哪一件是可以大大方方穿出去的？一想到这个，我就心烦意乱。我不知和你说了多少遍了，你有一句是听得进去的吗？真是，所有的事都要我来安排，你怎么一点儿都不上心呢？"

宴会上的人说着各自的事，嗡嗡声传遍了整个屋子，众人都各抒己见，唯独巴比特没有吭声。所有人都将目光转移到了他的身上。他的胃里火辣辣的，看周围的一切都模糊得很。他感觉自己吃得太撑了，于是暗自嘀咕道："哎呀，吃得太多了，本不应该吃这么多的。"他在嘀咕的时候还一直不停地往嘴里塞东西，他一口吞下了一小块几乎融化了的冰激凌和一块椰子蛋糕。终于，他吃撑了自己的胃，他的胃里再也容不下任何食物了，这些食物一直顶到了他的喉咙。此时，他有一种这样的感觉，如果再往自己的身体里填一点儿食物，他的身体立马就会爆炸。他的大脑也像塞了滚烫的东西一样，一团糟。但为了保持自己作为宴会主人的仪表，他要继续坚持，保持微笑，他觉得这是作为花岗住宅区主人应尽的义务。

如果现在家里没有客人，巴比特早已外出散步了，因为，他想要让自己的胃舒服一点儿，让体内的食物消化一下。客人们在房间里一直说个不停，似乎总有说不完的话题，他心想：这些人是不是不会离开这里了呢？他不由自主地又拿起了一块即将融化的冰激凌放在嘴里。他的朋友也不再是刚来时的那般潇洒了，哈伍德·小野也给大家透露了他所掌握的一些知识，他讲了如同生橡胶化学符号$C_{10}H_{16}$可以分裂成人工橡胶$2C_5H_8$这样的话，但巴比特对这样的话题却没有一点儿兴趣。他现在唯一想要做的就是躺在软绵绵的、舒适的沙发上,此刻,他多么想快点儿离开餐厅,因为这里实在让人难以忍受,他也不想再继续坐在直背椅上了。

其他人和巴比特也有同样的想法,他们都希望现在不要再相互讨论翻来覆去的话题了,不要再继续坐在餐桌上往吃撑了的肚子里填美味的食物了,他们很希望现在做点别的事,打桥牌就很好。恰好这时有人提议说要玩桥牌,所有人都放松了。

巴比特也参与了进来,他连赢了几局,刚刚出现的负面情绪在慢慢消退。他又逐渐融入到了伯吉乐·扬齐的幽默段子中。此时,他的脑海中浮现出了和保罗·李尔斯林在缅因湖边散步的情景,他是多么渴望有这种冲动,他想要和保罗去缅因湖畔就像思念家乡那般强烈。

巴比特并不熟悉缅因这个地方,但那里的景象却时常浮现在他的脑海,那里有云雾弥漫着的、起伏连绵的山峰,还有夜晚寂静的湖面。他自言自语道:"保罗要比这些有学识的先生们要更好。我不想再待在这里了,我想要离开。"

任何人无论说什么,做什么,都不能让他快乐,就连洛依·史旺森都不能让他此刻快乐起来。

史旺森太太是来到这里所有的太太中最温柔、最漂亮的一位。巴比特对女人的了解是这样的:女人只对家具齐全的出租房感兴趣。除此之外,他对女人一无所知。他认为女人分为:女汉子、淑女、老妇人、年轻女孩儿。他并不知道她们究竟有什么样的魅力,即便如此,巴比特对女人也有自己独到的见解。在他看来,所有的女人都有自己独特的个性,略有区别,且很陌生,当然了,其中并不包含自己的妻子。巴比特凭直觉认为洛依·史旺森就是个狐媚子。她的眼睛迷人,嘴唇红润却很薄,看到的人都会为之所动。洛依长着宽额头,尖下巴,眉毛之间有两条多情敏感的皱纹,这足以让她迷倒万千男子。当然，这与她的年龄也有一定的关系，她是所有太太们中最年轻的一个。她是一个本分的人，从来都不曾听说她去勾引哪位男士，但却经常会遇到某位男士挑逗她，为此，所有的女士都一味地孤立她，冷眼看她。

巴比特玩牌玩累了，于是，他坐在沙发上想要休息片刻，这时，他开始向洛依大献殷勤，这种献殷勤的方式并不属于挑逗，因为巴比特恰好也很害怕那种挑逗。

他对洛依说："洛依，今晚真是令人舒适，这里就像清香的小饮店。"

"什么？"

"艾迪刚刚是有些过分了。"

"对呀，这个人就是这么讨厌。"

"嘿嘿，如果你想要抛弃你的先生，那一定要告诉乔治叔叔一声，我带你远走高飞。"

"哦，即使我要离开，也不会和——"

"你的手为什么长得那么美，白皙纤嫩，好看极了！"

洛依赶忙把手放在了她花衣裳的后面，然后沉默不语。她的样子似乎有些不知所措了，陷入了一片迷茫。

今晚，巴比特觉得很累，他实在不能继续在宴会上展示绅士风度去照顾其他人了。随后，他又和其他人玩起了桥牌。顿时，牌桌旁传来了动听的声音，是福林克太太，她建议大家玩一下招魂术之类的游戏，同时还把一个秘密透露给了在座所有的人，她说："奇姆会招魂术，当他把灵魂招至这里时，桌子也被敲得叮当响，当时我真的害怕极了！"她带着一种恐慌的表情说着这些话，但即使这样，巴比特也不为之所动，一副毫无兴趣的样子。

整个晚上，所有的女士都异常安静，这时，讲到了她们感兴趣的事，顿时就都活跃了起来。她们开始相互谈论了起来，她们对这种事情的兴趣就像是男士们对所谓的物质世界的兴趣一样。她们吵吵嚷嚷地说："带我们一起去玩吧！"在昏暗的屋子里，所有男士看起来一脸严肃，而这些女士则很有秩序地坐在桌旁。她们表现出一脸的恐惧，但又受好奇心驱使，带着激动的心情，目不转睛地盯着桌子。站在她们身旁的男士会趁此机会悄悄抓住她们的手，她们的内心喜欢他们做出这样的举动，但却假装生气地说："有点绅士风度好不好，如果你再这样，我可要喊出声了。"

巴比特把洛依的手紧紧攥在自己的手中，就在此刻，巴比特觉得生命原来如此美好，生活对他而言，又有了一种新的感悟。

所有人的目光都朝向那个方向，集中注意力认真听着。这时，不知是谁，倒吸了一口凉气，大家都被这个声音镇住了。他们目不转睛地盯着楼道里昏暗的灯光，觉得那一切都是假象，他们感觉自己灵魂已出窍，所有的人陷入了一阵恐慌。扬齐太太身体稍稍动了一下，所有人就都故意装作很害怕的样子，面带微笑叫着跳了起来。随后，福林克做了一个让大家安静的动作，瞬间，所有人也都安静了下来。突然，不知从什么地方传来了一声敲击声，所有人的目光都转向了福林克的手上，但他们发现，他的手一直都在那里，所有声音并不是福林克发出的。他们都显出故作轻松的样子，当作什么事都没有发生，仍保持着原来的模样。

接着，福林克一脸严肃地说道："有人在那里吗？是谁？"说完，地面发出了一声敲击声。"这是不是就代表'是'呢？"接着又发出了一声敲击声。"敲击两下是不是就代表'不是'呢？"接着，地面又发出了一声敲击声。

"先生们，女士们，请注意，接下来，我就要和路过这里受人尊重的灵魂对话了，会是谁呢？"

奥维罗·琼斯太太开口说道："我想和但丁说话，以前，我们在书中读到过这位伟人。奥维罗，你了解这个人吗？"

"了解啊，他是南欧的诗人。你是不是以为我不知道这个人呢？"奥维罗为了讨回尊严，这样对他的妻子说。

这时，巴比特也说："对啊，这个人以前还进行过什么环游地狱的游戏。我几乎没有读过他的诗，对这方面不是很清楚，不过，我在上大学的时候，读过他写的文章。"

艾迪·史旺森听大家这么说，故意拉长声音说："有请——但丁先生！"接着，他又对福林克说："福林克先生，你是诗人，他也是诗人，他一定会来的！"

听完这话，伯吉乐·扬齐急着说了起来："你说什么？诗人？请不要在那里胡说八道了好不好。的确，但丁是写过很多诗，但那一点儿都不合我的口味，但事实证明，他可是个洒脱的人，不受时间的约束，所以，他不会在报社发表自己的作品，他和奇姆不同，他根本就不会从事文学类的工作。"

"嗯，分析得很有道理，这些老艺术家一向都很会消磨时间。天啊，如果让我在一年的时间里，什么都不干，光写诗，那我也能想出像但丁那种老古董诗。"

这时，福林克嘘了一声，接着说道："安静，但丁马上要来了……伟大的上帝，劳驾您将伟大的但丁先生请来，让这位伟人净化我们这些凡夫俗子的大脑。"

扬齐随后滑稽地说了一句："哎，你告诉他地址，是花岗小区，伯林斯村大街1658号，哈哈，不要忘记了，以免他找不到地点。"旁边的人都觉得他这样说完全是对但丁的一种不尊重。随后,他又说道:"奇姆一定在耍我们,难道我们真的可以和一个已经不在人世的灵魂对话吗?如果真的可以,那倒是一件有趣的事,到时候,我们也有一种穿越的感觉。"

地面再次发出了敲击的声音,这时,但丁的灵魂已经来到了乔治·福·巴比特的住宅。

但丁的灵魂表示很愿意回答在座所有人的问题,他大概是这样的意思:他很荣幸能来到这里和大家见上一面,为此,自己很高兴。

福林克把一个一个的字母拼了出来,如果念出了正确的字母,地面就会对应地敲击一下,这就表示灵魂认可了他们所理解的意思。

小野开始问问题了,他摆出一副学者的样子问道:"您在天堂过得怎么样,快乐吗?"

但丁回答说:"天堂可是个好地方,我很喜欢那里。先生,我为你们研究招魂术这一伟大真理而高兴,真的。"

周围一片安静,就连人们稍稍动一下身子,腰带和衬衣发出的摩擦声都听得很清楚。"难道这是真的吗?我简直不敢相信,一定是有人在搞鬼!"

巴比特还为另一件事而担忧,他说:"或许奇姆是个真正的通灵者!作为一位文学家,奇姆看上去总是那么正直:他是七圣路长老教堂成员,常常来拥护者俱乐部吃饭,他喜欢雪茄、汽车,还喜欢讲一些不正经的幽默小笑话。但实际上谁又能了解他呢,谁又会知道他暗地里会做些什么,这些知识分子,实在让人无法理解啊!但有一点可以肯定,会招魂术的人和那些政治狂一样,惹人厌烦。"

在这种情形下,谁又能长时间保持严肃状态呢,关键是有伯吉乐·扬齐在这里啊!他又开始讲起了笑话:"喂,你问一下但丁先生，杰克·莎士比亚和那个与我同名的老伯吉乐的关系如何？他们是否也要来我们这里回答我们的问题？"他说话的声音足以让周围的人都听到，为此，所有人都哄堂大笑。琼斯太太尖声说着话，但艾迪·史旺森还想问问但丁这样的着装会不会着凉，因为他光着身子，只在头上戴着一顶桂冠。

但丁带着喜悦之情逐一回答了他们的问题。

此时，那种令人憎恶的不满情绪又环绕着巴比特，在场所有的人当中，似乎只有他一个人陷入了恐惧，他在黑暗的房间里想着："我们不应该自作聪明，不应该如此自负。这个叫但丁的人，我倒是真的想要读一下他的作品，但却真的没有那个时间。"

就在这一瞬间，他的脑海里突然出现了这样的情景：一个孤独者正站在火山的断崖上，目不转睛地看着飘向这里的云朵。突然间，他觉得自己的这些朋友不像他从前认为的那么高雅，他的这种想法让他害怕了起来。他紧握洛依·史旺森的手，尝试着寻找一点儿慰藉。看来他的老毛病又犯了，他摇了摇头尽力让自己清醒过来，他提醒着自己："不要再胡思乱想了。"

他还握着洛依的手，但这次却很温柔，为了不让洛依产生误解，他表示自己刚刚紧握她的手并无非分之想。随后，他又对福林克说："伙计，可以让但丁先生为我们读首诗吗？还有，你要带去我们对他的祝福啊，和这位先生说：'晚安，希望您一切安好，请为我们朗读一首小诗吧！'"

2

屋子里的灯亮了起来，女士们都坐回到了自己的座位上，但却坐立难安，她们似乎在等待机会，等到说话的人停止自己的话题，到那个时候，她们就可以对丈夫说："亲爱的，天色已晚，我们该和主人说声'再见'了。"

这一次巴比特也没有招呼众人，让他们畅所欲言，更没有说一句"让宴会继续"的话。他想静下心来好好思考一下，之后，他又将话题转移到了灵魂上，此时的他多么希望客人能赶快离开啊！哈伍德·小野谈论着让人难以理解的言论："在这个世上，只有美国是社会组织国家和追求道德理想的国家。"

这句话让巴比特感到匪夷所思，但他却不想进行深入研究了，他一心只想着这群人什么时候才能离开。通常，他很喜欢从别人口中得知与汽车有关的"内部消息"，但现在，他却没有听到艾迪·史旺森告诉大家关于汽车的消息。他说："吉可汽车要比杰贝林汽车更好。几个星期前，相关部门对此做了严格的检验，他们开着一辆敞篷车，竟然爬上了万达山，为此，我还听说……"在他说话的同时，巴比特心里一直想着，吉可，这辆车不错，哎呀，这伙人什么时候走，赶快离开吧！

终于，如巴比特所愿，所有人都离开了，他们走出房间的同时，嘴里还一直不停地说着："真是个愉悦的夜晚！"

毕竟巴比特是这场宴会的主办方，他要热情地欢送客人离开，不能掉链子，但他的内心深处却一直在想："哦，终于要解脱了，在这之前，我真不敢相信我会坚持这么长时间。"这时，他又开始做着一个宴会主人的幻想了：在如此轻松的夜晚，与客人谈笑风生。当他带着笑容将所有的客人送走之后，整个人都轻松了下来，他伸了个懒腰，耸了耸肩，用异样的目光看着米拉，看得出来，那是一种讽刺的眼神。

此刻，他还沉浸在刚刚宴会的欢乐之中，他说："太好了，我觉得他们对宴会非常满意，你觉得呢？"

他没有把自己内心的真实想法告诉他的妻子，他怕说出了会影响她的美好心情，他说的这段违心话就像在哄骗一个小孩儿一样。他又继续说道："哦，这样的宴会要很长时间才能举办一次，实属不易啊！"

"是啊，晚宴举办得非常完美，尤其是炸鸡，太美味了，直到现在，我还记得它的味道！"

"对啊，真是女王级别的待遇，实在太美味了，要多长时间才能吃到这么美味的炸鸡啊！"

"我要夸奖一下玛蒂达，她的厨艺又进步了不少啊！还有，今晚的汤也不错啊！"

"嗯，的确美味，这是我这一生喝过最美味的汤了。"他虽这样说，但却能听得出来，声音如此虚假，说的不是真心话。巴比特夫妇站在门口，他们的头顶是一盏方形灯，红色的光打在两个人身上，此时，巴比特夫人看着巴比特。

她说："亲爱的，发生了什么事吗？你看起来一点儿都不高兴啊！"

"高兴啊，你是怎么看出我不高兴的？"

"不要骗我了，乔治，我敢肯定你一定有心事。"

"不要担心了，我就是有点累了。最近一段时间工作上有些烦心事。看样子，我真应该好好休息一下了。"

"哦，亲爱的，再过几个星期，我们不是就去缅因旅行了吗？"

"哦，米拉，我要和你说一声，我要提前去那里，那样会更好一点儿。"他终于对自己的妻子说出了一直憋在心里的话。

"可是,你不是说还要和纽约的一个人谈生意上的事吗?"

"嗯?纽约的一个人?哦,我想起来了,不过,那件事要先放一放,事情进行得一点儿都不顺利。我还要提前去缅因钓鱼,或许还能钓上一条大虹鳟鱼呢,为此,我觉得要提前去那里。"他忐忑不安地对妻子说出了这些话。

"好啊,我们要尽快启程,维洛娜和玛蒂达在家,这样我也会放心,如果你觉得我们已经攒够了这次旅行的钱,明天我们就可以出发了。"

"米拉,稍等一下,我觉得我还是一个人先去那里,我最近的心情很不好,我想先过去,等我把自己的心情调整好之后,你再过去吧!"

"哦,我听明白了,你的意思是不想让我和你一同去,是吗?"她万万没有想到,乔治会做出这样的决定,所以她这样回答道。她既不伤心,也不委屈,只是呆呆地站在那里,很生气,脸气得通红。

"哦,不,米拉,你误解我的意思了,我只是想要说……"为了安慰妻子,他也显示出一脸的失望,和保罗·李尔斯林猜测的结果一样,这是他没有预想到的。但他还是摆出一副男儿气概,对妻子说:"米拉,我想说的是,对于我这样一个总爱耍小性子的人,出去散散心是有益的。"说完了这些,他尽力提高声音,面带微笑,温柔地和妻子说:"如果我提前到了缅因,我们暂别后也可以享受一家人欢聚的快乐啊,是不是很美呢?亲爱的,希望你能理解我的良苦用心。"他的声音和表情完全就像一位值得众人尊重的牧师在复活节上赐福于虔诚的教徒,又像一位幽默的演讲者的妙语连珠,说实话,此时的他更像是刚刚做了坏事的男人。

她看上去还是一脸的不开心,宴会的喜悦逐渐退去,她看着自己的丈夫,对他说:"看来你是不喜欢和我们一起去旅行,你是多么讨厌我啊!"

妻子的话终于激怒了他,突然,他就像个孩子一样大声喊叫着:"你为什么要这样想呢?你觉得我讨厌你吗?我都解释到这个份上了,你还要误解我的意思,对吗?我真的很累,我的压力太大了,我就是想要放松一下。怎么了?米拉,听好了,我现在讨厌这里的一切,所有的人,所有的事物,知道吗?"

听他这么说,妻子开始体谅起了他,米拉开始安慰起了巴比特,她说:"好吧,乔治,的确,你应该先离开一段时间,但你为什么不叫上保罗呢?这样一来,你们就可以一起钓鱼,无忧无虑地休息上一段时间了。"她抬起温柔的手臂,拍了拍巴比特的胳膊。再看巴比特,摇晃着身子,一脸绝望的表情。就在这一刻,他觉得自己离不开这个女人了,这种感觉不仅是因为他与她彼此间长久地相处,准确地说,应该是她显示出的那种魅力。

"好了,我们该上楼去休息了。放心吧,乔治,所有的一切都会好起来的。你先上楼,我去关门。"她愉悦地对巴比特说。

巴比特上楼之后,终于上了床,他觉得身心疲惫,一阵凉意袭来,他觉得浑身上下都在颤抖,突然间又害怕了起来。他知道自己已获得了自由,但却是一点儿都不开心的自由,为什么会那么陌生呢?此刻,他不知所措了起来。

第十章

1

保罗·李尔斯林夫妇住的天顶市雷维史都克武器公寓，可谓是这个城市排列最紧凑的公寓了。在这里可以一室两用，把卧室里的床铺移至矮壁橱里，这间房立马就变成了起居室。厨房里隔出了几个小橱，里面分别放着冰箱、电炉灶和铜水槽，有时，他们还会将临时女用人请到这里干活。这所公寓周围，除了车库比较宽松之外，其余的地方都排列得极其紧凑。

巴比特夫妇去雷维史都克武器公寓拜访了保罗夫妇，他们都觉得那是一场无法预测的经历，很有意思，但却令人困惑。吉拉吉拉一头金发，性格开朗，说话的声音很高，长着丰满的胸部。当她兴致很高的时候，是个很有趣的人，一旦表现起来，就让人忍不住捧腹大笑。但当她拿一个人开玩笑时，就一语揭穿对方的伪善，而这种伪善又是所有人都心知肚明而又不想说破的东西。对方表面应付道："说得没错儿！"但从他的脸上却能看出一种忐忑。吉拉吉拉是个放得开的人，无论何人在场，她都能尽情地跳舞，所有人都会融入她的舞姿，跟着她一起欢快地跳起来。她的脾气却让人捉摸不定，当所有人都跳到尽兴之时，她会莫名其妙地生起气来，她的种种表现似乎就是在揭露生活中陷害她的阴谋，她不想就此安静地妥协。

不过，这晚，她倒是安静得很，说话也很客气，她和和气气地暗指奥维罗·琼斯戴着假发，奇姆·福林克唱歌的声音像是高速路上开过去的福特汽车，说了这么多，最后，她说的最真实的一件事就是在天顶市，即将竞选议员的奥蒂斯·迪布尔是个爱吹牛的傻帽儿。巴比特和李尔斯林夫妇忐忑不安地坐在铺着棉垫的硬椅子上。在小客厅里放着一个壁炉架，没有壁炉。里面放着一架崭新的钢琴，上面用一块厚实的金线棉布盖着。李尔斯林太太突然抬高嗓门喊道："来，我们一起干些有趣的事儿，你们不觉得这样坐着很无聊吗？保罗，把你的小提琴拿来弹奏一曲，乔治，等下你要准备一支舞啊！"

巴比特夫妇的注意力似乎不在这上面，他们正想着要去缅因的事，巴比特太太面带微笑，用试探性的口吻说："都已经工作了一个冬天了，保罗也很累吧，现在，乔治觉得很疲惫，你是不是也有这样的感觉？"此时，吉拉吉拉像是想起了什么事似的，心情顿时沉闷了下来，每次，她这样的时候，整个世界似乎都停顿了下来，她总要将这件事彻底地弄明白。

她说："他应该没有那么疲惫吧！我觉得不可能，他只会乱发脾气！在你们眼中，保罗是个讲情面、懂道理的人，平日里总显得那么乖巧，实质上，你们还没有见过他真实的面目，他很倔的，总是自以为是。如果你和他在一起生活，就会知道，他这个人像是戴着伪善的面具一样，在你面前显得很听话，但在背地里却做些让人生气的事。他在别人面前是怎么诽谤我的，他说我是一个泼妇，多么不中听。我在人们的眼中竟然如此狠毒，为此，我会经常找个由头发泄一下，要不然，我真会被他气死的。他是那么的慵懒，昨天晚上，家里的汽车坏了，就是因为他之前没有把车子送到修理店，才造成现在去哪里都不方便，如果之前，他勤快一点儿，把车子开到修理店检修一下，也不至于这样。还有就是坐电车去看电影的事，本来可以去的，但就是因为他懒得坐电车。所幸最后也总算是去了电影院，到了那里，我们遇到了一个故意找碴儿的售票员，他倒好，连一句讨回公道的话都不说。"

事情的经过是这样，吉拉吉拉和保罗正在站台排队上车，她的前面有很多乘客。这时，一个蛮不讲理的售票员大声地对她说："喂，那个人，你能不能动一下，往上走啊！"这样说话也太不礼貌了吧，吉拉吉拉第一次遇到这么蛮横的人，她震惊了一下，心想：一定是搞错了，不是说自己吧。稍后，她和气地对这名售票员说："您是在说我吗？"这时，售票员变得更加不可理喻了起来，朝着吉拉吉拉大喊道："对啊，我就是在说你，杵在那里干什么，动一动不可以吗？你不动，车子无法行驶！"吉拉吉拉觉得这个人也太没有素质了，他这么说话和流氓又有什么区别呢？这时，吉拉吉拉停下了脚步，生气地看着这个人，她说："抱歉，不是我不挪动位置，是我挪动不了，前面的人不动，我怎么动？还有啊，年轻人，说话要有礼貌，文明礼貌懂吗？怎么可以这样说话？我看你就不是什么好东西！我会向电车公司投诉你的，你这个不懂礼貌的二流子，看你穿着一身制服，看似衣冠楚楚，实质上就是个不识好歹的家伙，想要侮辱本太太，你还嫩了点儿。"吉拉吉拉说了这些话，但她还觉得很无助，她多么希望保罗可以帮他说上几句，哪怕是一句，维护一下自己也好啊！但堂堂一个男人，却将自己的妻子抛在那里一声不吭，更可气的是，他竟然装作没有听到吵架的样子，站在那里悠闲自得，像是一个看笑话的人，吉拉吉拉当时觉得很无奈，只能在那里唉声叹气。

"好了，好了，吉拉吉拉，不要再说下去了，你是了解我的，我就是个懦弱的人，我不敢惹人家，好了，就到这里吧！"保罗用低沉的声音制止着妻子。

"就到这里吗？"吉拉吉拉愤怒了，她气得脸都变了形，声音也变了样。她觉得自己很有理，所以就继续唠叨个不停。她为自己有这么独特的个性而骄傲。此时的她就如同是个据理力争的正义之士，继续为自己争辩着，当然了，她也绝不会放弃这么好的机会来损一下保罗。她继续说着："就到这里？如果他们还知道有其他一些事，我没有和你说什么……"

"简直不可理喻，终止你的行为吧，吉拉吉拉！"

"哼，说我不可理喻，你何尝不是这样！你这个每天只知道睡懒觉的家伙，每天很晚才懒洋洋地起床。你知道吗，你拉小提琴的样子就像是个傻子，一直拉到半夜才肯罢休是不是！保罗·李尔斯林，你打娘胎里出来就是个懒惰者、懦弱者。"吉拉吉拉的愤怒丝毫没有减弱，相反越来越生气了。

这时，巴比特夫人替保罗说了一句话，"哦，吉拉吉拉，我知道这不是你真实的想法，对不对？发泄一下就可以了，以后请不要再说这样的话了。"

"你说错了，我讲的都是真话，发自肺腑的，这个你无权干涉。"

"哦，吉拉吉拉，不可以！"米拉用慈母般的口吻对她说。虽然两个人的年龄几近相同，但从外表观察，她要比吉拉吉拉显得成熟稳重。吉拉吉拉今年45岁，但身材却很苗条，皮肤也很白嫩，表面看上去与她的实际年龄并不符，准确地来说，要比她的实际年龄年轻多了。巴比特夫人继续说道："你不能这样说你的丈夫！"

"对，保罗很穷，值得同情！但如果不是我一直刺激他，让他有上进心，那我们两个现在都不知道身处何处，大概正身处济贫院呢！"

"吉拉吉拉，你要知道，保罗也很辛苦啊！巴比特和我说了，这一年下来，保罗的工作也不轻松，他们都很累。你觉得让他们出去放松下自己，缓解下疲劳如何？我是这么认为的。我和乔治说了，让他先去缅因，等过几天，他解除了疲劳，我们再去。我想让你们和我们一起去旅行，你觉得如何？"

保罗一听自己和巴比特约定好了的计划被说了出来，顿时镇住了，他吓得一句话也不敢说，在那里一动不动。他紧张地搓着微微颤抖的手。

吉拉吉拉气急败坏地说："嗯，没错，你真走运啊！你竟然放心让乔治一个人外出旅行，都不用监督着他。大胖子老乔治可是个守规矩的人，他没胆量在外面拈花惹草。"

巴比特正要维护自己的尊严，因为吉拉吉拉的话触碰了他的道德底线，这时，保罗开口说道："你竟然说我没胆量，未免也太小瞧人了吧！"他说这些话的时候脸色很难看。保罗从椅子上腾的一下站了起来，带着绅士风度对吉拉吉拉说：

"你的意思是说我一点儿都不检点,是不是?"

"难道你觉得你是个正直的人吗?"

"哦,那好吧,亲爱的,既然你这么说,那我就和你挑明了吧!这10年的时间里,总有一些年轻漂亮的姑娘苦苦纠缠着我,如果你对我好一点儿,拥有妻子的那份娇柔,或许我不会告诉你这些,但现在,面对你这样的傻瓜,我只有坦白了。"

吉拉吉拉听到保罗说的这些,便开始吵嚷着骂了起来,同时还不断地哭闹着。她连哭带闹,嘴里不停地说着,但却听不清楚她到底在说什么,弄得旁边的人都不知所措起来。

这时,一向待人亲切的乔治·福·巴比特再也忍不住了,他无法忍耐吉拉吉拉的无理取闹了。与其说保罗的脸色难看,吉拉吉拉像个野蛮的怨妇,武器公寓一开始的文雅情调被纯粹的仇恨掩盖,倒不如说巴比特瞬间的表情让人更为害怕。他暴跳如雷,身材变得高大了起来。他抓着吉拉吉拉的肩膀,从他的表情中找不到任何关于经纪人一向的小心翼翼,他的声音变得很吓人:

"好了,不要再继续耍这些手段了,我实在忍无可忍了。吉拉吉拉,和你认识的这25年来,你一直都不停地找碴儿,折磨着保罗。你不要再无理取闹了,也不要再胡闹了。你太傻了,我和你说啊,保罗可是这个世上最好的男人。不要利用你女人的职权间接地谩骂一个人,如果你再这样继续下去,会有更多的男人讨厌你,知道吗?保罗是个本分的男人,他和我外出旅行,出去散心,你为什么不同意呢?话又说回来,你有什么资格管他?你真把自己当成维多利亚女王和克娄巴特拉了吗?你这个人就是傻傻的,有多少人在你的背后嘲笑你呢,你一点儿感觉都没有吗?"

吉拉吉拉委屈地说:"你——竟然这么说我,长这么大,还没有人这样说过我！"

"是啊，你知道为什么人们不会面对面说你吗？因为人家都在背后说你，而且说的比这话还要难听。他们都说你是个泼妇。对啊，我也觉得，你就是个恬不知耻的撒泼者！"

这种难听的话一下子击垮了吉拉吉拉，她两眼无神，不停地、委屈地哭着。面对这个柔弱的、受了委屈的女人，巴比特丝毫没有表达出同情之心。他站在客观的角度上表现出了一种严肃的表情，看上去就像一个高级官员似的，他的表情让保罗和自己的妻子投来了钦佩的目光，他竟然果断地将这件事解决了。

吉拉吉拉还是一副不相信的表情，她觉得那些人不会这样对自己，于是，她怯懦地说："不会，我不相信人们会这么对我，他们不会这么做。"

"实话实说，那是真的，我没有骗你。"

"哦，原来我在人们的心目中是这样的形象，我很难过。我真的无法宽恕我自己，既然这样，那我什么都愿意听你们的。你们说，接下来，我应该怎么做？"

她的情绪一落千丈，此刻，她觉得自己如此卑微。同时，她也从中获得了生命的意义。对于一个饱经风霜的人来说，看到一个全面性的、滑稽的、为了维护自己而妥协的场面是一件多么愉悦的事。

"你让保罗和我一同前往缅因散心。"巴比特要求道。

"我能做什么？我该做些什么？你刚刚不是还说我愚昧无知，说我没资格管他吗？"

"你当然可以做事了。你首先应该做的就是放下你的疑虑，不要再怀疑你的丈夫，你不应该时刻监督他，相信他不会在你不在场的时候去调戏其他女孩儿。实话实说,从一开始你就不相信保罗,觉得他是个不检点的人,吉拉吉拉,学着去做一个聪明的女人吧!"

"好,乔治,我听你的。抱歉,之前,我一直都做着众人讨厌的行为,我保证在今后改过自新,你们能给我改过的机会吗?"

为此,这也给她带来了快乐。

同时,巴比特也无比欢快。他终于痛快地揭露了吉拉吉拉的缺陷,之后,又发自内心地原谅了她。走出保罗家公寓的那一刻,巴比特既满足,又骄傲,他如愿以偿了,这一刻,他假惺惺地对米拉说:

"我这么说吉拉吉拉,现在还真有点儿过意不去,但话又说回来,如果没有一个人这样点醒她,她永远都发现不了自己的缺陷。哦,天啊,我这样说她,她惭愧得都几乎要给我们跪下了,可怜的吉拉吉拉!"

米拉心平气和地说:"是啊,你的言语的确有些伤人,你说她的时候还那么理直气壮,不了解实情的人还以为你是个好人呢!嘿嘿,刚刚是不是很过瘾?"

"好了,好了,现在说这些都是白费工夫!事情已经发生了,况且当时那种情形,你也看到了,我必须要那样做。我就知道你一定会向着吉拉吉拉,因为你们都是女人,是可以理解的。"

"对啊,吉拉吉拉太可怜了。看得出来,她有烦心事,所以才会拿保罗撒气。她一天没事干,整天待在自己的小房子里,就像被圈在牢笼里一样,当然会胡思乱想了。她年轻的时候,是那么漂亮,那么快乐。相信她能回到从前,你刚刚的话的确有些过分了,你,还有可恶的保罗,竟然敢在那个时候提起自己的风流韵事,难道没有一点儿羞耻之心吗?"

巴比特一声不吭,表情严肃。在回家的路上,他们经过了4个街区，一路上，他的心情都坏到了极点，他原本觉得自己的行为是一种主持公道的正义之拳，但却被米拉贬得一文不值，为此，他的自尊心受到了莫大的伤害。刚一到家门口，他就径直朝屋子里走去，将米拉一个人留在了后面。

瞬间，他的脑海中闪现出了一个念头："或许，她说的是对的，仔细分析，多多少少还有些道理呢。"巴比特觉得很累，带着疲惫的身心，他开始变得敏感起来。他觉得自己一直都站在真理的一边，几乎不会怀疑自己的判断，但这次，他却变得没有那么自信了。夏日刚刚来临，他看着夜景，呼吸着刚刚冒出嫩芽的青草的味道，宽慰着自己："不必想这些烦心的事，反正事情已经办成了，接下来就可以随心玩乐了。而且，我所做的这一切也是为了保罗，无论会承担什么样的后果，我都心甘情愿！"

2

接下来就是购买一些旅行时要用到的装备了，他们来到了杰昂斯兄弟体育器材专卖店，精心挑选着去缅因的所需物品。威利·杰昂斯也赞同他们两个人的计划，他是拥护者俱乐部的会员。巴比特异常兴奋。他大声对保罗说："太好了，这样购买东西的心情真是爽极了！嘿嘿，威利·杰昂斯竟然亲自下楼招呼我们，真是受宠若惊啊！哦，如果在售货员面前说我们置办这些东西是要去缅因州，他们一定会很羡慕。呵呵，哎！杰昂斯，伙计，快点儿过来，生意兴隆！你今天可要发财了，来赚一把傻瓜的钱吧！嘿，保罗，随便看啊，我们要把商店里所有的东西都买回去！"

他带着激动的心情四处寻觅着，眼睛却始终都没有离开过一个放着钓鱼竿和灼人眼球的橡胶靴的地方,那里还放着赛璐珞帐篷、折叠椅子、冰箱。他看到什么就想买什么。而保罗一直阻止着他不要买这个,不要买那个,平时,他一直都在维护着保罗,这时,保罗却一直在维护着他,两个人的身份像是互换了一样。

威利·杰昂斯可谓是推销界的精英,他能让人心甘情愿地去购买任何运动装置。此时,他正为巴比特推销一款鱼饵,他的言辞句句在点,就连一直劝阻巴比特的保罗也不由得为之所动。威利说:"二位都是行家,你们也肯定都知道,钓饵的最大区别就在于它的干湿。我偏向于喜欢干鱼饵,这样,钓鱼才能增加更多的乐趣。"

说实话,巴比特并不懂这个,但还是装出一副很懂的样子,假装地跟着说:"是啊,我也喜欢这么有趣的钓饵。"

"哦,还有啊,乔治,我觉得你还应该多买些夜用的小凳子,银菅茅和红蚂蚁也要买,相信我,肯定能用得到。放心吧,伙计,我敢保证,红蚂蚁是最好的钓饵!"

"嗯,对,就是你拿的那种鱼饵,它是钓鱼的最佳搭档。"威利说。

"哦,想象一下,如果把这个红蚂蚁扔到水里,鳟鱼一定会争先恐后地奔向我的鱼饵。"巴比特自信满满地说,就像他现在就在河边钓鱼一样,他边说边做着抛鱼饵的动作,看样子,很兴奋,又有些迫不及待。

"对啊,对啊,不仅仅是鳟鱼,还有那些围在栅栏里的鲑鱼,也会踊跃地奔向鱼饵。"威利附和道,其实,他从来都没有见过鲑鱼栅栏。

"呜呼,鳟鱼!鲑鱼!嘿,保罗,你看到了吗,乔治大叔在早上7点身穿卡其衣服,钓上了很多鱼呢,帅气吗?羡慕吧!"

巴比特如此激动,他高兴得几乎都快要晕过去了。

3

激动人心的时刻终于来了,巴比特和保罗坐上了纽约快车,直到现在,他们都无法相信这一切都是真的。他们正在前往缅因州的路上,而且只有他们两个人,此刻,他们是两个自由的人,他们珍惜这一刻,享受着这一刻,无忧无虑地坐在普尔门车的吸烟室里。

他们同时往窗外望去,因为列车太快,他们只能看到模糊的景象,但在此期间,他们还能看到几点金色的亮光闪烁。巴比特听着火车发出的响声,感受着火车的晃动,此时,他才真正感觉到了自己正在旅行的途中。他将身子前倾,和对面的保罗小声嘀咕道:"老兄,现在感觉到单独外出旅行是多么美好的一件事了吧!"

他们所在的吸烟室,四面都是黄色的钢皮板,里面也有其他的人,巴比特称他们是"难能可贵的好人,在交流上畅通无阻"的人。

此刻,有4个人坐在长椅上,一个很活跃,从他的外表就看得出来;一个戴着绿绒帽,眼神犀利;一个是嘴里叼着琥珀烟的年轻人;还有一个就是巴比特。在他们对面的长椅上坐着两个人,在巴比特正对面的无疑是保罗,挨着保罗坐着的人是个高个子,但却很瘦,他穿着老式服装,看上去老成,但却是个精明的智者,他的嘴边有两道很明显的长皱纹。他们都沉浸在自己的世界里,有的看报纸,有的看商业杂志(那是关于鞋子和陶器的专业杂志),周围一片沉默。这时,那个年轻人开口说话了:"哦,天顶市的确是个好地方!内行人士一定会在这里饮酒欢娱,就像在纽约那样。"他这么说,大家都猜测他一定是第一次乘坐普尔门列车。

接着，胖子回应道："嗯，看来，你是这方面的专家啊，是不是所有的东西都玩遍了。从你一上车，我就看出了你不是个本分的人。"他边笑边说。

这个年轻人装作满不在乎的样子，然后说道："哎呀，那算什么，接下来我要给你们讲一件关于凉亭区的事，你们肯定从来都没有听说过。"

"嘿，是啊，你知道你现在看上去有多么幼稚吗？就像是个淘气包正舔着麦乳精一样！"

这个小伙子勾起了众人的话题之后，所有人都交头接耳地聊了起来，没有人再理会他了。此刻，只有保罗一声不吭，他正看着手中的报纸，上面一个个的小故事是他所感兴趣的。巴比特觉得他的行为是正常的，但在其他人眼中，所有人都觉得他是个怪僻、势力，一点儿都不谦虚的人。

他们虽在谈话，却始终找不到谈话的中心意思，当然了，也没有必要去知道，他们的想法大致相同，根本没有必要去夸张地用一些修饰的语言来描述。巴比特在谈话期间并未对一件事做出定论，但他却明显显示出对谈话内容的认可。

坐在长椅上的第一个人说："讲到这一点，天顶市确实有很多卖酒的地方，可以说随处都有。那么，你们究竟对禁酒是如何看待的呢？我是这么认为的，这项条例对于那些缺乏意志力的人来说，的确有好处，但对我们而言，却是限制自由的一种表现。"

第二个人接着说："我认同这个观点，我就是想问，国会有什么权力干涉我们的个人自由呢？太不公平了！"

这时，吸烟室里又进来了一个人，但这里已经没有他的位置了，他只好站在那里吸烟。他看上去和吸烟室里的人格格不入。吸烟室里的人用一种异样的眼神盯着他，但他却装出了无所事事的样子，对着镜子摆弄着自己的下巴，过了一会儿，所有的人都没有和他搭话，于是，他很知趣地离开了。

商议会的一个成员开口说道："我刚从南方回来，我发现那里的生意也暗淡了下来。"

"是吗？这可是件好事啊！"

"不好吧，我觉得这不太正常吧！"

"哦？不正常吗？"

"对，是不正常。"

商议会的所有会员都认同这一观点，他们都说："对啊，是不太正常。"

"不仅是南方，西部的生意也不是很好，离步入正轨还有一段距离。"

"没错，就连旅馆行业都受到了牵连。不过，反过来想，这也未尝不是一件好事儿，以前，一些旅馆里的一件破烂的房间每天就要收5美元的房费，有的地方会收6美元，甚至是7美元！现在呢，只需4美元他们就会很满意，同时，还会提供一些额外服务。"

"嗯，事实就是这样。说到旅馆，我想起了我在旧金山时住宿的事，那是我第一次住在圣弗朗西斯科旅馆，那里的条件非常优越，比之前住的旅馆要好多了。"

"哦，我也知道，圣弗朗西斯科可是超级好的地方，可谓是高级旅馆啊！"

"对，我赞同，那的确是个舒适的旅馆，我觉得那是旅行中最好的旅馆呢！"

"对啊，那么，在座的各位，谁住过芝加哥的利普顿旅馆？我可不是故意要说这个，我是觉得，好的我们应该拿出来分享，坏的也应该提出严厉的批评，我想要说的就是在所有自称为最高档的旅馆的破烂地方，可以说，利普顿是最糟糕的了。如果再遇到他们，我一定会和他们反映这件事，在人们可以接受的价格范围内，多花几个钱也无所谓，关键是要舒适。那一次，我在芝加哥的时候，应该是深夜了，利普顿旅馆在离车站很近的地方，之前，我并没有去过这个地方，当时，我拦了一辆出租车，让司机带我去那个地方。一般情况下，我晚上要去一个地方的时候，都会叫出租车，需要多花些钱，但却值得我这么去做，因为第二天一大早还要工作。我当时和司机说：'师傅，送我去利普顿。'

"到了旅馆，我快速来到服务台，当我问服务员有没有带浴室的上等房间时，他用异样的眼神看着我，那种眼神似乎在说：'这个人是不是要向我们推销次品，或者要求我们在休息日加班！'他不屑地瞅了我一眼，阴阳怪气地说：'我不知道有没有您说的那种房间，容我查一查啊！'随后，他躲到了登记房间号码的文件柜后面，看不到人影儿了。我猜他一定是给信用调查联社和美国安全联盟打电话去了，他正在调查我的信息。看来他在怀疑我，认为我是嫌疑人。他在里面待了很长时间，也许他在里面睡了一觉。最后，他终于出来了，严肃地看着我，脸色很难看，他说：'先生，我查到还有一间房可以让您住下来。'当时我非常高兴，便回应道：'真是太好了，麻烦了，多少钱？'我有礼貌地和他说。他回应道：'一天7美元。'

"哦，当时因为天色已晚，再加上是公费出差，天啊，如果不是这样，而是让我从自己的腰包里往外掏钱，那我甘愿露宿街头，什么破旅馆，还一天7美元！唉，现在也只能这样了。当时，没想到的是，这名服务员还给我找来了另一名服务员，看样子应该是个不错的伙计，年龄不会超过79岁，之前参加过盖茨堡战役，或许还不知道战争已经结束了吧！从他看我的眼神中，我就可以读到，他一定觉得我是南方联盟的人。这个人把我带到了一间房里。哎呀，我一进房间就发出了这样的感慨，这也叫房间吗？简直太糟糕了，开始我还以为是他们搞错了呢？这伙人，竟敢拿一个救世军捐赠品的箱子来欺骗我，太过分了，唉，我的7美元啊！可惜了！"

"真是这样吗？之前，我倒是听说过利普顿的条件不是很好。而今，我去芝加哥，一般都会住在黑钻石旅馆或大饭店，或者是一些比较高档的旅馆。"

"那么，你在泰洛·奥得的桦谷旅社住过吗？那里的条件怎么样？"

"不错，起码我是这么认为的。"

接下来，他们利用12分钟的时间谈论了各自对旅馆的看法，他们讲到了弗林特、南湾、维其塔、艾利、戴村、维斯比、维勒拿、吐莎，还有摩斯秋和法哥。

戴绒帽的人玩弄了一会儿他胳膊上粗表链的麋鹿齿，然后接着说："谈起价格这个话题，你们知道吗，衣服要涨价了，你们看看我身上的这套衣服就知道了。"他用手触摸着自己的裤腿说："这可是我花了42.5美元做的衣服，质量没有问题，都是上乘布料，这大概是在4年前做的。现在，我回到老家，去了一家服装店，让售货员给我介绍下衣服，但这个家伙却拿来一些质量不好的烂布头来糊弄我，这些破东西，就连我的雇员也不会穿，更何况是我呢。即使这样，我还是淡定地问他衣服的价格，因为我的确非常好奇。你们猜一猜，接下来怎么样，这位销售员很不情愿我说那是'烂布头'，随后，他极力辩解说，那是一件上乘衣服，纯羊毛。而且他说那个要卖60.9美元。嘿嘿，我怎么会相信他的鬼话，我说了一句'骗子'，然后就甩袖离去。回到家里后，我还幽默地对我的夫人说，以后把我的衣服上多打几个补丁就可以了，这样也省得再浪费钱买衣服了。"

"伙计，你分析得很有道理啊！那我就再来分析分析衣服的硬领吧！"

一个胖子不乐意了，他说："稍等一下，硬领还需要特意拿出来说道说道吗？我就是做硬领生意的。你们都不知道，单单是硬领就得花费工本费270美分呢。"

听到这里，所有人都心想，如果这个人是做硬领生意的，那和他买硬领一定物美价廉啊！他们是这样想的，但实际却并非他们想象的那样，衣服太贵了。此时，他们唯一可以做到的就是妒忌。

接下来，他们讲到的是如何做生意，生意里的门道儿，他们说，无论是做犁头，还是砖头，关键还是要把这些商品销售出去。在他们眼中，成功者不再是那些饱读诗书者、勇士、牧童、飞机驾驶员和年轻有为的检察官了，而是头脑灵活的营业主管。这些人的玻璃桌面上放着堆积如山的促销方案。他们时时刻刻都想着勇敢向前，毫不退缩，他们自己和他们的精英手下都深深热爱着自己的事业，他们不仅仅是为了推销自己手中的商品而从事这个行业，实质上更是一种推销精神。

保罗被这一番关于行业的讨论迷住了，他对这一话题很感兴趣。他平时喜欢拉小提琴，经常受到妻子的压迫，但他也是一个推销高手，他推销的是油毛毡。他听那个胖子说着商业刊物和宣传品对旅行推销员的帮助。为此，他也说出了两个妙招，他说可以花一两毛钱买邮票，邮寄一些商业通函。说这些的同时，他也意识到这种行为令一个人偏离了正轨，从而变成个假清高的人。

火车即将到达一个城市。他们途经这座城市郊区的一家钢铁厂时，火光映照在灰色的烟囱上、包铁皮的墙壁上，还有阴沉的转炉上。

保罗不由得感叹道："哦，天啊，看那里，好美啊！"

"是啊，太美了，那是谢林-荷顿钢铁厂。据说，这里的老厂长在世界大战期间赚了很多钱，当时他从军工订货整整赚了300万美元。"戴丝绒帽的那个人用敬佩的语气说道。

"我不是说的这个，我说的是工厂堆放的废铜烂铁，在火光的映照下与暗处形成了鲜明的对比，多么有意思！"保罗解释道。

大家都盯着他，心想这个人真是与众不同啊！巴比特则得意地说："保罗的观察能力越发进步了，对美有了自己独到的见解，欣赏能力还是不错的，如果你没有从事销售油毛毡这个行业，你极有可能会成为一位作家！"

这时，保罗看样子非常生气，巴比特实在搞不明白，自己这样吹捧他，他到底会不会感谢自己呢？戴丝绒帽子的那个人嘀咕道："我本人觉得谢林-荷顿真是脏乱不堪。但如果你觉得那是件很有意思的事，好吧，那法律就不用制止这种行为了。"

保罗显得很不高兴，他又低头读起了报纸，将话题轻松地转移到了火车上。

"我们还有多长时间到达匹兹堡？"巴比特问道。

"匹兹堡吗？我看看啊！或许，可能……哎呀，不对啊！这是去年的时刻表，稍等一下啊，这里还有一张时刻表。"

"不知道会不会在规定的时间到达。"

"这个我敢肯定,一定会在规定的时间到达。"

"不一定啊!上一站都已经晚了7分钟。"

"是吗?这个不会骗人吧!天哪,我一直都以为我们是按照时刻表的时间到站的。"

"不是,我们晚了7分钟。"

"嗯,对,的确是晚了7分钟。"

这时,一个黑人服务员正好经过,他穿着铜扣白色夹克。

"嘿,我们的列车大概晚了多长时间?"胖子提高嗓门问道。

"先生,这个我不是很清楚,我觉得我们的列车没有拖延时间啊!"服务员边说边把手中的毛巾熟练地叠整齐,随手挂在了脸盆架上。所有人都用失望的眼神看着他,他一离开,所有人都大声说:"这个服务员怎么回事啊?太嚣张了,说话也不守规矩。"

"没错。他们怎么会变成这个样子,都不懂得尊重他人了。那些上了年纪的人还算守规矩,知道自己该干什么,但这些年轻人就不懂得守规矩了,他们不喜欢当服务员,不喜欢摘棉花。哼,竟然大言不惭地想要做律师。伙计们,我们要团结起来,给他们点教训,哦,还有那些想要做教授的人,真是痴心妄想!我和你说啊,这个问题很严重。我要申明,这么说并非是轻视他们。只要他们做好自己的事,安安稳稳地就可以,在他们获得成功的那一刻,我还是会由衷地祝福他们。这是真心话。"

"说得很好!知道吗?我们还应该做另外一件事。"戴丝绒帽的人说,这个人叫普林斯基,"就不应该让这些惹人厌的人来我们这里,不过,好的一点是现在已经开始限制移民了。这样南欧人和东欧人也应该知道我们不欢迎他们了吧。其他国家的人来到我们国家,适应了我们这里的生活习惯,到时候,我们也就可以再接受其他人来这里了。"

"对，就应该这样。"在座的所有人都认同这个观点，随后，他们的谈话变得轻松了许多。他们谈论了汽车的价格、轮胎的使用时间、石油股票、钓鱼，还有达科他州的小麦未来的收成。

胖子却并不想讨论这些，他觉得在这里讨论这些问题就是在浪费时间，他一句也听不进去，而且也不希望别人再继续说下去。他常常旅行，是这方面的行家。他对自己的评价就是"硬汉"。他身子前倾，脸上显示出一种狡猾的表情，那滑稽的语言引人注目，他用低沉的嗓音埋怨着："哎呀，小伙子们，不要再继续谈论这些话题了，我们应该说一些有趣的故事！"

这时，所有人都变得活跃了起来，他们都相互熟悉了起来。

保罗和那个年轻人躲了起来。其余的人都坐在长椅上，身子略向前倾，他们内衣的纽扣是开着的，他们还将自己的两只脚搭在前面的椅子上，那些贵重的铜质痰盂就放在他们的身旁。他们拉上了绿色的窗帘，因为他们想要遮挡外面黑暗的夜色。一阵狂笑过后，所有人都大声喊着："喂，有没有听过一个关于……的故事？"巴比特看上去充满了男儿气概，如此豪爽健谈。当列车停在一个小站的时候，4个男子下了车，走在水泥站台上，列车头喷出的浓烟弥散在他们的头顶，旁边有个木箱子，里面放着活鸭子和小牛肉，他们觉得这是个神奇的城市。

这4个人并肩而行，像是早已认识的老朋友一样，心满意足地向前走着。这时，月台上传来了一声嘟的声音，他们听到响声之后，快速地上了车，再次进入吸烟室，又讲起了离奇的故事，他们一直讲到凌晨2点。在欢笑声中，在雪茄烟雾的刺激下，他们的眼里泪汪汪的。离别时，他们依依不舍地紧握对方的手，说了声"再见！"

他们面带微笑地说道:"好了,伙计,这是一次旅途中的趣事,我不会忘记有你们这样的朋友。没时间再继续聊下去了,真是扫兴,希望下次还能遇到你们。"

此刻,巴比特躺在普尔门式卧铺包厢里,大脑很清醒,车厢里闷热无比,他有一种像是躺在密封坟墓里的感觉,无法透气。无所事事的巴比特想起了刚刚那个胖子讲的一个故事,他说有一位女士用各种方法让自己发狂,想到这里,他觉得浑身冒汗。因此,他拉开了车窗上的窗帘,把胳膊枕在头的下面,透过窗户看着不断闪过的树木影子和零星的灯火,他的心情顿时愉悦了起来。

第十一章

1

列车到达了纽约,他们需要在那里休息4个小时,然后再转坐到缅因州的列车。

在纽约,巴比特最想去参观宾夕法尼亚旅馆,因为上次来的时候还没有这个建筑。他抬起头来看着这座大厦,不禁自言自语道:"天哪,这个旅馆这么大,它凭借拥有2200个房间和2200个浴室,就可以被称为世界上最伟大的建筑了。简直无法想象,这么多房间每天的营业额真是……我们算一下,如果每个房间每天的租金是4~8美元,或许有的房间每天的租金可达10美元,那么,计算一下,4乘以2200,6乘以2200,或者……这也不是一笔小数目。除了这些,这里还有其他的收入,比如饭馆和其他设备收入,这样算下来,在夏季,旅馆每天的收入都可以达到8000~15000美元。仅仅一天我就看到了让人震惊的事物,真的是不可思议!这个建筑乃至这座城市真是太伟大了!但和这里的人相比,我觉得天顶市的人更喜欢研究新事物,具有创新精神,而这里的人喜欢张扬、炫耀,简直和他们无法相比。这样看来纽约这个地方还是有它的独到之处的。"

巴比特接着嘀咕道:"没错。这个城市的个别地方看起来和你说的一样。我们想看的东西已经看过了,保罗,接下来我们去看部电影吧,可以吗?"

保罗与他持不同意见,现在他最想做的事就是去看看客轮长什么样儿。他深深地吸了一口气,感慨道:"我多么想要在我离开这个世界前的某一天,可以乘飞机去一趟欧洲。"

"北部大河"有个装修简单的码头,看起来破旧不堪,此时,两个人就站在这里。站在这个地方,首先映入眼帘的是"亚基塔尼亚"号巨大的船尾,船上的烟囱和无线电天线杆高高耸立,尤为突出。"亚基塔尼亚"号停靠在船坞中,因为被船坞围绕着的缘故,所以难以看到船身。

"天哪!"巴比特的声音听起来感觉很轻松,但又略带困倦,他说,"如果去一个拥有悠久历史的国家也挺好,我们可以去那里看一看名胜古迹,看一看莎士比亚的出生地。如果想要喝酒,我们就可以站在酒吧的柜台前朝服务员喊一句:'来一杯鸡尾酒,就是这么痛快,警察又能把我怎么样!'保罗,你还想要去看什么呢?"

保罗什么也没有说,巴比特转过身来看了看保罗。保罗低着头站在那里,看上去很失落,他的两只手紧紧地攥着拳头,目光都集中在了客轮上,眼神中充满了惧怕。他的身材瘦弱矮小,在阳光直射的甲板的映衬下,仿佛一阵风就能把他吹倒。

"保罗,你站在那里干什么呢?"巴比特问道。

保罗生气地看着客轮,用气呼呼的声音低沉地说道:"啊,我的天哪!"巴比特回过头来充满忧虑地看着保罗,看到保罗的表情严肃,他慌忙叫道:"我们赶紧离开这里吧,一刻也不要待了。"话音刚落,他头也没回,就急匆匆地离开了码头。

巴比特心想:"这个家伙行为异常,是怎么回事?原本还觉得他会非常喜欢这里的大客轮呢。"但从他对这艘客轮的表现来看,巴比特觉得自己错了。

2

在去缅因州的路上,巴比特心情很好。在列车行驶到缅因州群山环绕的山坡时,他从高处俯瞰下面树木丛中的列车双轨,非常耀眼。此刻,他可以精准地算出列车机车的马力。列车的终点是卡达都克车站,这里是用一辆时间久远的、被遗弃的货运车厢顶替的车站。看到车站是破旧的货运车厢时,他惊讶地脱口而出:"啊,我的天哪!"他们坐在桑那斯卡湖畔的码头上等待着,看到大汽艇开过来的那一刻,巴比特便再也抑制不住自己激动的心情了。

两个人从用原木搭成的一排排栅栏和岸边的空隙间能够看到清澈透明的湖水,还可以看到水中自由自在游动的小鱼。在平静的湖面上漂着一只竹筏,上面坐着一位导游,他戴着一顶黑色的毛毡礼帽,帽子上还插着一些用来捕捉鳟鱼的诱饵,这位导游穿着一件颜色亮丽的蓝色法兰绒衬衫,正在船上安静地削着一块木头。他的旁边还睡着一只品种优良的大狗,大狗长着黑灰相间的皮毛,嘴里不停地发出哼哼声,爪子也不停地在挠痒痒,这只狗紧闭双眼,似乎正在做着美梦。清澈平静的湖面，浓密的、金绿色的凤仙花丛，还有白桦树和热带蕨类植物在阳光的照耀下，映衬得周围一切都那么和谐安静。湖对面连绵不断的山峰也被阳光照得更加鲜艳了。

他们安静地坐在小码头上，两条腿在湖面上轻轻地晃荡。这周围如诗画般的环境正是巴比特之前所向往的。他情不自禁地低声说道："这里的环境真好，如果我往后的生活可以在这里度过，那该多好啊！我就想要这么安静地坐在这里，再也不要听到维洛娜和泰德的争吵声了，再也不要听到办公室里的打字机的声音和史丹莱·格雷夫的打电话声了，就是这样，坐在这里，我就满足了，我的上帝！"

"保罗，你觉得这里怎么样啊？"他拍了拍保罗的肩膀问道。

"这里真的是太美好了。乔治，这个地方美得都让人不想回去了。"

这么长时间以来，第一次保罗和他的想法一致。

3

他们乘坐游艇前往旅馆，那里有为旅客提供的卧室，途中，游艇转了个弯，他们看到了用短粗原木搭建的小木屋，小木屋看上去就像弯月似的。这是旅馆提供给旅客的卧室，这些小木屋位于湖尽头的一个山坡的下面。过了一会儿，船靠岸了，他们上了岸之后，那些已经在这个旅馆待了整整一个星期的旅客用犀利的眼神审视着这两个人，以致让他们觉得很不自在，这些旅客有着他们的专属小木屋，随后巴比特和保罗也进入了属于自己的小木屋。

小木屋里有一个用石头砌成的壁炉，又高又大，当两个人来到小木屋，他们又急急忙忙地换上了一身巴比特认为"真正的男性服装"。没一会儿工夫，他们就换好衣服出来了。保罗穿的是一件灰色外套和一件质地柔软的衬衫；巴比特身上穿的衣服都是用崭新的卡其布材料制成的，一件衬衫和一条看起来又宽又大的裤子。他的脸没被晒黑，脸色红润，像城里人一样；耳朵上架着一副无框眼镜，城里坐在办公室里的人才会这样戴眼镜。他的这身装扮与这里的环境格格不入，但他自己却觉得非常满意。他心情愉快地拍着大腿，大声叫着："这种感觉就好像我们回到了自己的故乡，是不是？"

旅馆前面有一个码头，他们站在那里。随后，巴比特对着保罗眨了眨眼睛，然后从裤兜里拿出了一块嚼烟，这种行为在他家人看来是非常不礼貌的，所以在家里巴比特从来不会这样做。他咬了一口，边摇头边嚼着烟，笑着说道："保罗，要不先给你一块吧，我可以先让给你。"

他们彼此看了看对方，相视一笑。保罗从巴比特的手中接过了一块嚼烟，然后咬了一口。湖面上风平浪静，他们表情严肃地站在码头，同时嘴一刻不停地嚼着，然后把口中嚼剩下的烟渣都慢慢地吐到了湖水里。他们随意地伸展着自己的身体，一会儿举起胳膊，一会儿挺起肚子。一条鳟鱼被远处山那边传来的火车声惊到了，一跃而起，随后又落回到了湖中，溅起的湖水泛起一阵阵涟漪。看到此番景象，他们不禁一起发出了惊叹声。

4

一个星期之后，他们两个人的家人也会来到这里，所以，在家人到来之前，他们还能自由自在地在这里快活一个星期。每天晚上，他们都在想第二天早上在早餐铃声响起前可以先去钓鱼。可是这个想法每天早上都会破灭，因为到了早上他们总喜欢赖床，一直到早餐铃响起的时候他们才会起床。他们喜欢这般无拘无束的生活，因为在这里不会被自己的妻子指手画脚。凉飕飕的早晨，壁炉里的炉火散发着热量，他们穿衣服的时候总感觉好暖和。

巴比特比较懒，一点儿都不注重形象，胡子也很随意，愿意刮则刮，不愿意刮就不去理会。那天，他刚刚穿上的卡其布裤子上沾了鱼鳞或者油渍，就这样，他都不愿意花费一点儿时间去清理一下。保罗喜欢干净，爱整洁，他的洁癖简直让人无法接受。

早晨，他们会钓鱼或者自由自在地漫步在被露珠覆盖、阴暗湿冷的小路上，小路周围长着茂密的蕨类植物和一片片的苔藓，苔藓丛中间还开着几株猩红花盏。下午，他们则会睡觉，到了晚上，他们会和其他导游围在一起打牌，他们也是通过这种方式来消磨时间的。打扑克牌被导游们视作一件非常认真严肃的事，所以玩牌的时候他们从来不互相交谈说话。他们洗牌的熟练程度比赌徒还要专业，估计动作就连赌徒看了也会甘拜下风。如果有谁的洗牌手法不太熟练，恰巧这一动作又被导游领导人乔·派乐台斯看见，那他一定会嘲笑这位洗牌者。

打牌结束后已经是半夜了，巴比特和保罗穿过潮湿的青草地和盘根错节的松树根，摇摇晃晃地回到他们居住的小木屋。每当这个时候，巴比特都会觉得很开心，因为在这里，他的妻子不会询问他晚上出去干什么了。

回到小木屋里，两个人没怎么说话。之前在天顶市的时候，在俱乐部里他们会很随意，想说什么就说什么，各自发表着自己的意见，但是现在那种情形已经不会再有了。不过当他们在一起聊天的时候还是会不由自主地找到大学时候那种亲密无间的感觉。有一次，他们乘着独木舟划到了桑那斯卡湖边，在葱郁碧绿的绣线菊丛中间有条小溪，强烈的阳光照耀着绿树林，树荫下异常安静，让人有种想要睡觉的感觉，阳光直射湖面，上面闪闪发光。

巴比特把手放到了清澈凉爽的湖水里，情不自禁地感叹道："真没想到我们可以一起来缅因州，不过这已成事实。"

保罗说道："是啊，之前，我们始终无法遵从自己的意愿去做一件事。过去，我就很想去德国，因为在那里我可以和我爷爷一起生活，而且在那里我还可以学习拉小提琴呢。"

"没错，你还记得我之前的愿望吗？我想成为一名律师，或者从事政治方面的工作。如果当时我的愿望实现了，我想我一定会是一位成功的律师或从政者。因为我天生口才就好，而且逻辑思维能力强，反应快，再加上对所有的事都有自己独到的见解。如果从政的话，这些天赋就可以发挥得淋漓尽致。但现在看来，我是没有机会实现我的愿望了，即使这样，我也不会放弃，我认为泰德可以帮我实现！还是不要说了，希望一切都会顺利吧！米拉是一位不错的妻子，一直以来，她都做得很好。不过保罗，吉拉吉拉也是个不错的女人，是位好妻子。"

"没错，所以在这里，我已经想好了许多可以讨她欢心的法子，我希望可以改变以前的生活。现在，我觉得我们都已经休息好了，应该回去开始我们的新生活了。"

随后，巴比特说："保罗，但愿能如我们所愿吧。天啊，你知道吗？我就喜欢现在这样，与你待在一起，自由自在地做一些自己想做的事情，比如安安静静地坐着或者随处逛逛、打打牌，简直太美妙了。都怪你这个可恶的盗马贼！"

保罗说："乔治，你知道吗？我们这次的度假对我来说性命攸关，你真是救了我的命啊！"

他们彼此吐露着自己的心声，但总觉得哪里不对劲儿，这样做丝毫没有男人风范，于是他们吐了一些脏话，以此来证明他们是粗鲁且拥有豪情壮志的男子汉。之后，他们又开始享受这优雅寂静的环境了，巴比特吹着口哨，保罗哼着歌，他们一起划船回到了旅馆。

5

原本保罗心情有些糟糕，巴比特是能够开导他、关心他的好大哥。可现在保罗一副怡然自得、心情愉快的样子，而巴比特却心情异常烦躁起来。他实在无法抑制这种负面情绪了。刚开始，巴比特扮演着老好人，他想方设法让保罗从悲伤中走出来，可一星期的时间即将结束，二人的身份互换了，巴比特变成了被照顾的人，保罗却成了照顾巴比特的那个人。

他们的家人还有一天就会到达这里，那些旅馆里的女客都非常开心，她们问道："真是太高兴了，明天你们的家人就要来了，你们心情一定也不错吧？"巴比特和保罗也装出和这些旅客一样开心的样子，连连点头，强迫自己认同她们的说法，但他们内心却怎么也高兴不起来。晚上，他们很早就上床休息了，但因为心情抑郁的原因，他们始终都辗转反侧难以入眠。

米拉一来就对巴比特说："不要因为我来了你就变得拘束，你完全可以像前几天那样自由自在地生活、玩乐。"

米拉来的当天晚上，巴比特和导游们在外面玩扑克，一夜未归。米拉表现得很平静，她欢快地说："天哪！你就是个大坏蛋！"第二天晚上，米拉神情恍惚地嘟囔着："天哪！你每天晚上都是这样度过的吗?不出去不行吗？"第三天晚上，巴比特没有像之前那样彻夜不归，他选择了在旅馆度过。

现在巴比特感觉自己浑身上下每一处都疲惫不堪。他难过地说："好奇怪啊！本来度假是为了放松心情的，可现在看来旅行对我一点儿作用也没有。保罗倒是心情愉快了不少，每天像匹小马一样活蹦乱跳，而我却比来这里之前的心情还要糟糕。"

巴比特在缅因州度过了三个星期。过了两个星期以后，他感到自己的心情不像之前那样烦躁了，开始有心思体验这里的生活乐趣了。他想要去纸车水池地露营，想要去爬沙肯山。虽然现在他体力不支，但他的心情很好，仿佛体内这些不好的因素已经被他驱赶得无影无踪了。现在，他的体内重新输入了有利于身体发育的健康血液，即使再有任何不好的东西侵入，它们也都无法阻挡他想要出去玩耍的冲动。

他和泰德在史谷特水塘寂静的树荫下，信心十足地教泰德钓鱼的方法，告诉他怎么用诱饵使鱼上钩。巴比特还和泰德一起玩接球。他再也不会为泰德因为中意哪个女侍者而生气恼怒，即使这是他今年谈的第七次没有结果的恋爱。

假期很快就过完了，巴比特不禁感叹道："太快了，我才刚开始进入状态，感觉这个假期有点儿乐趣，它就结束了。不过还好，现在的我和以前相比，已经好了很多。今年的一切都会很顺利的！也许房地产协会会辞掉张默特那样脑子不灵活，又不明事理的人，之后会选我当主席。"

回家的路上，他们一家人坐在火车上，无论何时，只要巴比特去车厢吸烟,就会因自己把妻子抛弃在家独自外出逍遥快活而感到无比自责,觉得对不起自己的妻子,这种感觉让他非常闹心,但是他每次都心情愉悦地安慰自己说:"没有关系,今年,所有的一切都会顺顺利利的!"

第十二章

1

巴比特在从缅因州回来的途中想了很多,他想到这次的度假让他受益匪浅,尤其是提升了自我。而今,他看待事情非常冷静,并且不会再因为生意上的事情忧心忡忡,就在此刻,他确定,自己的秉性已发生了翻天覆地的变化。而且,他现在又有了许多"兴趣爱好",比如看一场戏剧,读一本书,处理一些公共事务。

抽完一支味道醇厚的雪茄,巴比特突然做了一个决定,他要戒烟。而且他想到了一个有助于自己戒烟的好方法,那就是想要抽烟的时候不要去买烟,而是向别人借烟来抽,时间久了,他就会因为常常向别人借烟而感到难为情。他一冲动,便把装有雪茄的烟盒从吸烟车厢的窗户丢了出去。

巴比特回到自己的包厢,说不出是什么原因,他对自己的妻子出奇地好，他很佩服自己拥有这么单纯的思想。他下定决心要一直对自己的妻子好，并鼓励自己："这只是时间的问题，只要每天坚持这么做，日子久了也并非难事嘛！"他拿起了一本杂志，仔细地阅览起了里面的一个关于科学侦探的连载作品。

列车在行驶到10英里路程时，突然，巴比特的烟瘾又犯了。他深深地低下了头，此刻的他就像一只把头缩进壳里的乌龟似的。他的心情非常烦躁，以至于漏看了书中的两页内容都不知道。

火车继续行驶，又行驶了5英里路程之后，巴比特突然从座位上一跃而起，他喊来了服务员，服务员走到他面前，耐心地问道："嘿，需要我的帮忙吗？"

"可以给我一张列车时刻表吗？"巴比特说。

巴比特已经迫不及待地想要抽上一支雪茄，于是，当列车到了下一站后，他立马就下车买了一支雪茄。这支雪茄他抽得特别不舍，直到剩下最后1英寸烟蒂，因为回到天顶市以后他就不能再抽烟了。

可回到天顶市后，他由于一直忙于事务所的工作，就把戒烟的事给忘得一干二净了。直到4天之后，他才想起了他已经决定戒烟这件事。

2

巴比特认为，一个人应该懂得享受，根本没有必要每天为了生活而埋头苦干，而且这样的生活也没有一点儿意义。他觉得，棒球是一项不错的业余爱好，可以用来消遣。为此，他每周都会去看三场比赛，他觉得作为家乡的一员也应该支持下代表家乡的棒球队。

他真的去了比赛现场，而且还参加了啦啦队，成为了一位名副其实的啦啦队队员，他在赛场上扯着嗓子呐喊："加油！这个球不错！这个球没投好！"他的脖子上围着一块棉布手绢，浑身冒着汗，汗水沾满了他的衣服，他一边张着嘴巴傻笑，一边拿着瓶子狂喝柠檬苏打水。他这个星期总共去看了3次棒球赛。

这个星期之后，巴比特想到了一个好办法，他可以通过看《鼓动时报》的告示来了解球赛的基本情况，遇到自己感兴趣的比赛再去现场观看，这样他就不用花费太多的时间去现场了。球赛现场人山人海，巴比特挤在了人群最密集、最热闹的地方，一个男孩子站在高台上记录着球赛的进展，当那个男孩记录到著名投球手比尔·鲍斯威尔的比赛成绩时，巴比特非常激动，他对着旁边陌生的观众高声叫道："这球投得真是太棒了！这技术好极了！"说完他就离开了比赛现场，又急匆匆地回到了自己的办公室。

巴比特一直深信自己非常热爱棒球这项运动。事实也是如此，在过去的25年里，虽然他没有参加过真正的棒球运动，但是平时他跟泰德玩场地外接球游戏的时候总是遵循着棒球的规则，他们玩球的动作非常平和，而且必须在10分钟以内结束游戏。巴比特把这种运动称为"爱国主义"，因为他的同胞们平时都热衷于这项运动。

距离办公室只剩一小段路程时，巴比特的脚步越来越快，边走边嘀咕："快点走回去吧。"在这个城市人们的生活节奏都很快，他们无论做什么事都争分夺秒。开车的人们在拥堵的交通中为了能够超过前面的车辆会频繁地踩油门；行人们即使知道还有不到1分钟下一辆电车就会来到，可他们还是会为了赶上当前的这辆电车而情不自禁地加快脚步，到达目的地下了车之后，他们又会急匆匆地穿过人行道，走进某座办公楼里，再着急忙慌地挤进电梯中；在理发店里理发的顾客也会着急地催促理发师："抓紧时间，给我随便刮刮就可以了，我的时间不多了，得赶紧离开呢。"坐在快餐店里吃饭的顾客也会饥不择食地吃着厨师匆匆忙忙做好的饭菜；办公室里的职员们为了不被来访者打扰，他们会把写有"今天没有闲暇时间"和"上帝用6天创造了世界，只给你6分钟的时间说完你要说的话"的字条挂在门外。努力赚钱的人们正在想办法超越自己前年5000美元和去年1万美元的收入，争取今年赚到2万美元。那些已经赚到2万美元的人们，因为工作劳累过度而病倒，不得不放下手中忙碌的工作，抓紧时间赶往火车站，因为医生嘱咐他们得通过度假让身体得到充分的休息。

巴比特也不例外，他也会急匆匆地赶回自己的办公室，其实回到办公室他除了坐在那里看职员们匆忙工作的样子，也没有什么重要的事要做。

3

工作了一个星期，巴比特觉得身心疲惫，所以在每个星期天的下午，他都会匆匆忙忙地赶往乡村俱乐部，到了那里他会迫不及待地打一场九洞高尔夫来放松心情。

作为天顶市的一位成功人士，他绝对会是某个乡村俱乐部的一员，就像他们必须要戴着一条亚麻硬领子一样，这些都是成功人士的象征。

巴比特也加入了一个乡村俱乐部，在这个俱乐部可以进行户外高尔夫运动，俱乐部建在肯尼波士湖旁边，是用灰色瓦板建造的，还专门设计了一处游廊，非常宽敞，整个建筑给人一种舒适的感觉，这里长满了雏菊，因此而举世闻名。在这里还有一个名为吐纳旺达的乡村俱乐部，查莱·马克贝、霍勒斯·奥迪克等人，还有一些不在本俱乐部而是在联合俱乐部用餐的有钱人，他们都是这里的会员。巴比特反复强调："我可以不在乎花费180美元的会费，但是你们千万不要让我成为吐纳旺达的会员。因为加入户外俱乐部的所有成员，我们都有共同的志向，这里还有一些端庄秀气的女性，她们平时也大大咧咧的，一点儿也不拘谨。而在吐纳旺达的会员却都是一些纽约打扮，非常做作，喜欢喝茶装高雅的人，除了这些，也没有什么特别之处。哼，吐纳旺达俱乐部即使免费让我去我也不会去。"

巴比特在打高尔夫的过程中，当打到四五个洞时，就会停下来休息一下，因为抽烟草会使他心脏跳动的频率加快，所以他想通过休息来让心脏得到缓和，这时他说话的声音也会像他务农的爷爷一样无精打采。

4

妲卡在巴比特夫妇的陪同下，一周至少可以看一次电影。平时，他们最喜欢去的地方是古堡戏院，这里非常宽敞，整个戏院可以坐3000位观众，还有一支由50个人组成的乐队，他们可以表演一些改编后的歌剧或者一些以"农场的一天"和"警报大火"等为主题的曲目。戏院的大厅呈圆形，用石头砌成，大厅的顶部悬挂着中古样式的壁毯，里面整齐地摆放着一些靠背椅，椅子上面有花冠形天鹅绒绣品做修饰，金色的莲式圆柱上可以看到一些长尾鹦鹉。

巴比特对古堡戏院情有独钟，所以他常常在别人面前赞赏它：

"天哪！你真应该去看一下那里的场面，一定会让你开阔眼界！"他坐在戏院黑暗的灯光下，看着许多颗脑袋就好像一望无际的灰色平原。在闻到一些衣服上面散发出来的香水味和一些人嚼口香糖散发出来的清香味时，他感觉自己好像看到一座高大雄伟、用无数散发香味的泥土和异常坚硬的岩石堆砌成的山峰，而且是第一次见到如此美妙的山峰。

巴比特平时去电影院只看三种类型的影片：刚刚洗完澡没有穿衣服的漂亮姑娘、警匪片以及一位胖男子吃意大利通心粉的搞笑全过程。有的时候屏幕上会出现一些小猫小狗或者可爱的婴儿，这个时候，他会激动得热泪盈眶；看到一位老母亲在将要离开人世的时候，生活不能自理，或者住的房子也被抵押给别人的孤苦老人时，他会同情心泛滥，哭得一塌糊涂。巴比特夫人平时在电影院最喜欢看的影片是：一些长相标致的女子，穿着华丽的衣服，她们在有钱人的家里随心所欲，每当看到这样的场景时，她都会感到心情舒畅。而妲卡认为自己最喜欢的电影应该就是父母告诉她的，在她这个年龄应该看的电影，反正她的父母是这么觉得的。

接下来的一年，巴比特认为是他一生中最忙碌的时间，所以他事先安排好了自己的娱乐项目，开车出去旅行、去运动俱乐部打棒球、打高尔夫球、去剧院看电影、找朋友玩桥牌以及在运动俱乐部或老式英国饭馆里和保罗一起促膝长谈，这些对于保罗来说都是必不可少的消遣方式。

第十三章

1

无意间的一次机会，让巴比特荣幸地联络上了S.A.R.E.B。

S.A.R.E.B其实是由房地产经纪人和商人构成的一个组织。大多数的人都喜欢自己参加的组织有一个充满神秘而且听起来强劲有力的名字，所以房地产董事会的州协分会成员把他们的组织以S.A.R.E.B命名。今年年会的举行地点是蒙那克，它是唯一一个可以和天顶市相提并论的城市。巴比特作为天顶市的正式代表出席了年会。与其同行的还有另外一位代表，计划委员会的主席希西儿·朗诸理。这个人在行业投资方面非常大胆，这点让巴比特非常佩服，但是他的社会地位又让巴比特既嫉妒又憎恨，因为他常常有机会参加皇家山区最时尚的舞会。

巴比特曾对他充满抱怨地说："那些博士、教授和牧师经常以一副'专业人员'的样子自居,真是让人讨厌,难道就没有人比他们更强吗?在我看来,一个优秀的房地产经纪人所具有的专业知识和优势是他们远不能及的。"

朗诸理建议道:"你说得很有道理!我觉得,你应该把你的这些想法好好整理一下,然后在S.A.R.E.B年会上说给大家听一听。"

"如果这样的安排对你的策划有帮助,那我当然没问题。在这件事情上,我所秉持的观点有两个:首先,我们要为自己的职业争取一个正式而专业的名称,那就是'房地产经纪人',这个要比人们称呼的'房地产掮客'强很多。其次,强调区分生意与行业、商业与专业的标准,其主要在于一个人的行为理念和技术,受到专业训练的程度。对于从事商业的人来说,赚钱是放在首位的,他不会过多地去考虑为大众服务以及曾经因受训练而掌握的技术。而对于一个专业的人来说,如果他只是为了让别人觉得自己是个内行,他们就会太过注重外在的东西,从而忽略了为公众服务的理念和曾经掌握的专业技能等。如果一个人被称作是专业人士……"

"非常棒,我觉得你现在就可以把这些整理成演讲稿了。"朗诸理说完就匆忙地走开了。

2

那天晚上,巴比特为这一篇预计在10分钟内读完的演讲稿绞尽脑汁。平时,写一封信件或者一则广告对他来说小菜一碟,但是今天他却文思枯竭,完全进入不了状态。

为了这次演讲稿,巴比特专门花15美分买了一个学生练习本,而且还在起居室摆了一张他妻子可以折叠的缝纫桌,专门供他写作。

在巴比特看来，这次发言可是一件天大的事情，所以他命令家里所有人不能发出声音，以免打扰到他的思绪。维洛娜和泰德都出去了，姐卡也因为这凝重氛围而害怕。巴比特大声地强调着："不要再发出一点儿声音，类似于叫喊着要冰水这类的事情，一次也别出现！我可不想听到你弄出来的一丁点儿动静！"巴比特的妻子也不敢出声，只是在钢琴旁静静地坐着，手里缝制着一件睡衣。然而她仍旧很关注巴比特，时不时地看向他，眼神中流露出一种敬佩之情。房间里安静极了，只能听见巴比特写作的声音及缝纫机发出的嘎吱声。

当巴比特写了一会儿站起来的时候，他已经大汗淋漓了。因为在写作时吸了太多烟，所以嗓音听起来有些沙哑，然而他心情倒是不错。他的妻子感觉不可思议，说道："太奇怪了，在这么短的时间里，你就写出了你的想法。"

"哦，那当然，这可是我从事现代商务多年总结出的经验，可都是一些建设性的想法。"

他的发言稿已经写了7页，在第一页中，他就这样强调：

> 这是一个专业性的发言
> 支撑它的并不只是一些技巧
> 这些想法具有非常光明的前景
> ……

其他6页中的内容与第一页相似，全部是巴比特内心的想法。之后的一周，巴比特表现得都很得意。在家里，每天早上起来，他一边穿衣服，一边情不自禁地把心里的想法说给妻子听："米拉，你想过没有？房地产经纪人在城市走向繁荣的过程中有着举足轻重的作用。首先房地产经纪人要先把土地销售给人们,然后才可以兴建房屋,拥有各种设施,越来越繁华。"来到体育俱乐部,他总是不经过别人的同意就把人家拖到一边询问:"喂,倘若你在一个好多人参加的大会上发言,想讲一些风趣的故事,你会放在开头讲呢,还是会放在演讲的过程中讲呢?"他请哈伍德·小野帮忙找一些和房地产销售有关且具有说服力的数据,哈伍德·小野也确实帮助了他。

巴比特希望奇姆·福林克给予他更多的建议。所以俱乐部是他每天中午必去的地方,因为福林克在那里。当他找到福林克后,便舍不得放开,然而福林克总表现出一副不太热情的样子。巴比特问道:"喂,福林克,你平时最善于写作了,你看下我写的内容,这句你会怎么写呢?奇怪,怎么找不到这句话了,哦,找到了,这儿呢。你是会说'我们不应该只想到'呢?还是会说'还有,我们应该不只想到'呢?或者说……"

一天晚上,他的妻子不在家,他觉得这下写得再好也没人赞扬他了,于是他改变了写作方法,完全不顾结构、风采之类的东西,拿起笔来,随意发挥,只是把自己的想法和相关的房地产知识写出来,突然,他发现演讲稿就这样一气呵成了。妻子回来后,他把演讲稿读给妻子听,妻子听了感到非常惊讶,忙称赞道:"亲爱的,写得太好了,我以前怎么没有发现,原来你这么厉害!文章条理清晰,内容风趣!真的非常棒!"

到了第二天,巴比特便去找了奇姆·福林克,他沾沾自喜地说:"嘿,老兄,我昨天晚上没用多长时间就把演讲稿搞定了!以前我总觉得写作是一件很费脑子的事情。现在我倒觉得没有想象的那么难,甚至太容易了。你们这些写作的人真是不费吹灰之力就能赚到钱!等到我退休的那天，我也来写一些东西，让你们瞧瞧我的厉害，你们看了绝对会赞不绝口。以前，我总是相信自己写的文章比那些出书见报的更加生动和富有感染力，此刻我更加确信了！"

巴比特用红色字体写了演讲稿的标题，用淡蓝色的纸张把演讲稿打印了4份，红蓝相衬，看起来非常显眼。之后，巴比特把其中的一份交给《鼓动时报》的总编辑老埃拉·路昂过目。他接过这份稿件后连连点头称赞，非常高兴，并且说一定会抽出时间仔细看一遍。

巴比特想让他的太太和他一同去蒙那克，可是他的太太有一个妇女俱乐部的会议需要参加，因此没有时间陪他去，他觉得很可惜。

3

出席大会的代表人数众多，除了巴比特、朗诸理、罗杰斯、艾文·沙尔和艾伯特·文因5位之外，还有50名非正式代表，他们几乎都有妻子陪同。

他们这些人需要先到联邦火车站集合，之后再坐去蒙那克的夜车。他们都是坐电车或者搭朋友车来的，没人乘坐出租车，下车后，他们走进车站候车室自觉地排成行站在那里，等待火车到来。

在这些人当中，只有希西儿·朗诸理认为自己社会地位比别人高，从来不佩戴徽章。其他所有人的胸前都戴着一枚硬币大小、写有"我们为了天顶市而奋斗"字样的赛璐珞章。另外，在正式代表们身上，还有一条银色和红紫色相间的绶带。在人群中马丁·陆逊的小儿子威利格外引人注目，因为他手中高高地举着一面写有"在充满生机的天顶市,我们努力奋斗,1935年,这里将是一个拥有百万人口的大城市"的流苏旗子。

联邦火车站的候车室刚刚建成,从外面看非常庞大,走进里面也很宽敞,抬头仰视天花板会看到一幅画,画的内容是1740年艾朱·佛兹神父到查露沙河谷探险的情形,壁柱用大理石建造,长凳采用桃花心木制成。大理石和黄铜做成的报摊,也很显眼。在威利·陆逊的旗子后面,可以看到代表们排着整齐的队伍,他们在宽敞的大厅里行走着。代表们情绪高昂,男人们挥动着手中的香烟,而穿着时尚的女士们则同男人们一样唱着城市之歌,歌曲曲调悠扬,歌词是奇姆·福林克最新的作品,其内容是:

> 繁荣的天顶市,
> 我们的亲人,
> 无论走到何处,
> 我们都会为你努力,
> 歌声传遍世界,
> 祝你兴旺发达。

经纪人瓦伦·怀特比最擅长在宴会或者生日聚会上根据场景创作诗词。大会召开在即,他借此机会发挥了下自己的长处,专门在福林克写的城市之歌上加了一段:

> 哦,我们来了,
> 我们的家乡天顶市,
> 一个生机勃勃的城市,

我们相信，
房地产这个领域，
我们最富有，
独领风骚！

听到这样激奋人心的歌，巴比特的爱国之情瞬间被激发出来了。他一下子就跳到长凳上，面向众多群众声音高昂地说道：

天顶市怎么样？
它好极了！
美国最好的城市是哪个？
天顶市！

人群中有披着披肩的意大利妇女；有流离失所的年轻人，他们身上的衣服已经变得皱巴巴的，就连最初亮丽的颜色也变得暗淡了很多；还有一些疲惫不堪的老人，脚上穿着已经烂掉的鞋子，脚趾裸露在外面。他们都在等待午夜列车的到来，对眼前这些衣着华丽的人感到非常奇怪，呆呆地盯着他们。

巴比特猛然意识到自己是大会的代表，应该严肃些，不能表现得太随意。他、文因和罗杰斯在站台上来来回回地走着。身旁的普尔曼车即将启动，因此机动行李车和那些扛行李的工人都忙碌着，在月台的人群中快速地跑来跑去，给人一种活泼愉悦的感觉。卧铺的车厢是鲜黄色的，在高处的弧光灯的照射下，更显得豪华感十足。巴比特极力地想让自己保持应有的风度，因此语速慢慢降低，尽量表现出一副落落大方的样子。"在这次大会上，我们必须要围绕房屋过户税展开讨论，让立法机关明白，怎样才能将这一税收减少。"巴比特挺着圆鼓鼓的肚子说着。他的这一说法，立刻得到了文因的赞同，这让巴比特更加得意了，似乎对这个提议的通过志在必得。

当巴比特走到卧铺车厢跟前时，一扇窗户的窗帘被拉了起来，展现在巴比特面前的是一个他从来都没有接触过的世界。坐在这个车厢中的人不是别人，正是那个拥有上百万财产的富商的妻子露茜儿·马克贝。她身边的座位上放着一束紫罗兰，还有一本包有黄色封皮的书，看起来像是一本外语书。巴比特非常兴奋地看着，猜想她可能要去的地方是欧洲。这时，露茜儿把身边的书拿起来，目光却不经意间瞥向了窗外，看上去一副百无聊赖的神情。巴比特确定她已经看到自己了，因为他们的目光已经相遇过，但遗憾的是，她好像并没有打算要承认认识他，很快就把拉起的窗帘放了下来，脸上的表情也是无动于衷。巴比特心中的兴奋顿时全消了，一种自卑感迅速笼上心头。

上车后，巴比特遇到了一些从派尼尔、史巴达及州里的小城市来的会议代表，他瞬间骄傲起来，因为这些人觉得他是从大城市来的重要人物，所以对他充满了敬佩，他们认真地听着他讲述政治和完善企业管理的重要性。接着，他们把话题锁定在房地产方面，在这方面，巴比特轻车熟路，感到非常放松和愉悦。

大家侃侃而谈，引得听众们一阵发问。一位来自史巴达的经纪人最先问道："朗诸理想要怎么把他的公寓建起来呢？他计划通过发行债券来解决资金问题吗？真不知道他要怎样操作！"

巴比特说："哦，我说下我的做法，如果是我，我想我会……"

还没等巴比特说完，艾伯特·文因就用慵懒的声音接过了话茬儿,他说:"我会租一个橱窗,时间不用太长,一个星期就行,橱窗上挂了个广告牌,广告牌上写着'儿童玩具城',里面放一些孩子们感兴趣的东西,例如玩具房子、小树木等。下面写上'儿童城是孩子们喜欢的东西,但是爸爸妈妈不满足于此,平房别墅才是他们真正想要的东西!'这样,大家必然围绕这件事情展开讨论,在这种宣传的影响下,第一个星期我们就卖了……"

火车一路前行,从工业区经过时,发出连续的咔嗒声。机车的锅炉像一个怪兽,有着吞云吐雾的本领,汽锤发出有节奏的叮当声,前方的绿灯、红灯和铁轨上反射出的白色光芒相互辉映,快速地从眼前闪过。此时此刻,巴比特感到非常自豪,内心鼓足了干劲儿,想要在不久的将来大展身手。

4

在列车上,巴比特让服务员把他的衣服拿去熨烫,在他看来,能够享受这样的服务实在是太奢侈了。就在距离蒙那克还有半个小时的车程时,服务员走到他跟前,轻声说道:"先生,我把你的衣服放到了那边的一个单间。"于是巴比特起身披了一件大衣,然后穿过两边用绿色窗帘遮挡的通道,走向那个私人卧铺单间。以前在火车上,他从来没有住过这样的房间。这位服务员非常恭敬地为巴比特服务着,表现出一副已经知道他过着养尊处优生活的样子。他用双手拎着裤子的一端,生怕已经平整的衣服沾染上污渍。接着他在洗手间放好了水,拿着毛巾耐心地伺候着巴比特。在列车上,私人洗手间只有有钱人才会不吝啬多花一些钱享用它。

普尔曼火车的吸烟室晚上非常热闹,人们在里面谈笑风生,非常有趣。但是到了早晨，巴比特却非常讨厌这里。因为这里满是穿着混纺毛衣衫的胖男人，晾衣绳上挂满了皱巴巴的棉衬衫，甚至人们还将很脏的洗漱用具放在皮椅上，以致肥皂和牙膏的刺鼻气味全部弥散在了空气中，让人闻了就想要呕吐。巴比特一直认为，一个人安安静静地待着很无聊，但此刻，他很享受自己一个人待在这里的感觉以及在火车上周到的服务，他的心情舒畅，情不自禁地哼起了曲调，并且还满心欢喜地给了这位服务员1.5美元的小费。

火车到达了蒙那克，下车时，巴比特穿着先前在火车上熨好的衣服，服务员在一旁帮他提着行李箱，对他毕恭毕敬。这个时候他希望所有人都能以他为焦点。

他在赛维旅社订了一个房间，罗杰斯和他住在一起。罗杰斯在天顶市做农田买卖的生意，外表看上去好像没见过什么世面，但实际上他很能干，头脑非常聪明。他们一起吃了一顿早餐，品尝了美味的鸡蛋酥饼和咖啡。巴比特说起话来滔滔不绝，不停地向罗杰斯说些写作方面的技巧。他给了服务员一些钱，让他帮自己到大厅买份报纸，然后他又寄了一张明信片给妲卡，明信片上的内容是："爸爸非常希望此时此刻你就陪在我的身边，我们就可以到处去饱览景色，自在玩耍了。"

5

本次大会召开的地点定在艾伦饭店的舞厅。饭店中前厅的会客室被设为执行委员会主席的办公室。执行委员会主席是此次大会中管理事情最多的人，忙到似乎没有一件事可以完完整整地做好。他坐在一张桌子前面，这张桌子做工精致，房间的地上扔着好多已经被揉皱的纸团。他的房间很热闹，不停地有人进来找他，他们都来自这个城市，有演说家、热心人和说客，他们附在他的耳边低声说着什么，虽然他脸上一副茫然的表情，嘴上却回应着说："嗯嗯，好的，可以，我觉得你说得很有道理，我们会采纳的。"其实当这些人说完，他就把这些话抛到脑后了。他点燃了一支雪茄，却忘记了抽，电话铃声一个劲儿地响着，旁边的人也不断地乞求着："喂，主席先生，主席先生！"他已经对周围的一切都没有感觉了，他们说什么他都听不进去了，已经没有力气去回应他们了。

在陈列室里摆放着一些东西，有史巴达新郊区的平面设计图、本州新首府牛革议会大厦的图纸和各种玉米穗样品，这些玉米穗都注明了产地，而且上面大多数都附有一张标签，标签上写着"产自上帝亲自挑选的乡村花园——谢比郡，堪称大自然的黄金"。

事实上，大会议事并没有人们想象的那样严肃而认真，只是一些人在旅馆的卧室中夸夸其谈，或者身上戴着徽章和绶带的人一起在大厅里窃窃私语，还有一些公开的会议，全是为了应付差事罢了。

大会开始了，首先是由蒙那克市市长致欢迎词，接着，第一基督教教会的牧师就房地产经纪人已经来到本市的事情向上帝做了汇报。之后，发表演讲的是房地产经纪人卡尔登·杜克少校，他来自明尼马干，平时人们都很敬重他，他的演讲主要对连锁商店进行了批判。在这次会议上发表演讲的还有来自欧瑞卡的威廉·亚·拉肯，他的演讲内容主要是围绕"不断进步的建筑业在未来发展的大好前景"展开的。他很看好建筑业未来的发展，而且还告诉大家厚玻璃板价格便宜了，价格与原来相比下调了两个百分点。

会议还没有结束。

此次大会中，参加大会的代表被邀请到各种宴会场合，受到了非常热情的招待。蒙那克商会举办了一场晚宴,而产业联合会举办了午后茶会,他们都以自己的方式表达着对他们的欢迎。招待会上,每一位代表都得到了一份礼物,女士们收到的是一束菊花,男士们则收到一个印有"蒙那克汽车商业中心敬赠"字样的真皮皮夹。

飞翼汽车厂老板的妻子克劳斯贝·诺顿太太邀请参会者来参加她举办的茶会,地点设在她意大利的私人花园。正值秋季,花园的小径上洒满了落叶,600名房地产经纪人和他们的妻子一起在这里散步。他们当中有一半保持沉默,静静地欣赏着美好的景致,其余的人则高兴地欢呼着:"这里真是宛若仙境!"那些刚刚开放的紫菀散发着诱人的香气,让人们情不自禁地摘下来一些,偷偷地放在衣兜中。然后他们找机会凑到诺顿太太身边,顺便握一握她那双长得极其精致的手。除了朗诸理,来自天顶市的代表们都不约而同地来到了一座大理石仙女雕像前,他们一起放声歌唱:"哦,我们来了,我们来自那个生机勃勃的天顶市。"

非常巧合的是,来参加大会的奥尼尔所有代表都是麋鹿慈善协会的会员,他们将一面很大的旗帜展示给大家看,上面写着"B.P.O.E,你们是世上最优秀的人,喔,艾迪,为了奥尼尔,你一定要努力"。这个州的首府牛革市代表团也不甘示弱,他们的领队身材魁梧,肤色中泛着一点红色,肚子微微挺起,是一名活泼、充满激情的男子。他脱掉外套,丢掉脑袋上的宽檐黑毡帽,挽起衣袖,然后站到了一座日晷上,吐了口唾沫,高声吼道:"我们要让大家及今天下午邀请我们参加盛会的热心女士们知道,牛革市是整个州中最具吸引力的城镇,男士们可以尽情地说出你们城市的优点,但是我敢说,我们这个州牛革市最大的优势在于市民们大部分都有自己的住宅,这是这个州其他城市所无法比拟的。人们只有拥有了属于自己的房子，劳工们彼此才不会产生分歧，避免各种事端的发生，他们才会有心思好好教育自己的孩子。牛革市！是所有城市人都热爱的家！因为在这里他们会感到非常舒心！哦，我要让这个美妙的名字响遍全世界！"

宴会结束以后，客人都驾车离开了，花园里又恢复了以往的宁静。诺顿太太看着眼前又脏又乱的一切，深深地叹了一口气。人们轮番坐过的大理石椅子还留有余温，椅子的底座是长着翅膀的斯芬克司雕像，竟然有人用铅笔在雕像上画了两道胡须，在椅子下方还能看到一摞打破的茶杯碎片。盛开的雏菊间到处都可以看到人们扔的揉成团的纸巾。花园中的走道上更是一片狼藉，新鲜的玫瑰花瓣被摘下来，撕扯成碎片扔在地上，好像地面上铺了一层新鲜的肉片一样。金鱼池也惨遭荼毒，男士们把烟头扔了进去，浸泡之后形成一大片污渍。

6

在坐车回旅馆的时候，巴比特情不自禁地想到了米拉："这种让人厌烦的宴会场合，估计她会很感兴趣。"巴比特不太喜欢花园宴会这种方式的聚会，相较而言，蒙那克商会举办的驾车旅游更符合他的胃口。他去游览了制革厂、郊区电车站和水库，长长的旅程并没有让他感到疲劳，反而让他充满了享受。他喜欢听别人告诉他一些统计的数据，他以此来评判一个城市的发展。最终，他得出一个结论，并且非常感叹地告诉罗杰斯："这个城市根本没有办法和天顶市任何一个地方相提并论，它所拥有的自然资源和未来的发展都不如天顶市。但是，直到今天我才知道，在过去的一年里他们木材的产量达到了7亿6300万立方英尺①，这个数字让你想到了什么？"

会议仍在继续着，并且很快就要轮到巴比特上台演讲了。他的心情越来越紧张。当他站上低矮的发言台时，情绪紧张到无以复加，他甚至感觉到浑身哆嗦，眼前一片迷茫，仿佛只见一片紫色的光亮。然而他刚一开口，会场顿时就鸦雀无声了。当演讲稿读完后，他用随和的语气探寻着大家的看法，两只手很随意地插在裤兜里，脸上架着一副眼镜，在灯光的照耀下，熠熠生辉。大家纷纷称赞说："讲得很好，我们都赞同你的观点！"在此后的谈话中，大家和他亲近了很多，对他的称呼也变成了"我们的朋友或者我们的兄弟乔治·福·巴比特先生"。虽然演讲前后仅仅相差15分钟，但是巴比特的身份却发生了翻天覆地的变化，他从一位身份卑微的会议代表摇身变成了响当当的大人物。他现在几乎和商业外交家希西儿·朗诸理一样有名了。

会议结束以后，所有参加会议的代表都前来和他打招呼，大家纷纷以兄弟相称，还有16位代表最初根本不认识巴比特，现在他们却亲热地称他为"乔治"，还有3个人非常真诚地把巴比特叫到一边，说道："你能代表整个行业上台演讲，这份勇气实在是难能可贵，你演讲的内容也非常精彩，很振奋人心。"

到了第二天早晨，巴比特装出一副很随便的样子，他从旅馆报摊女服务员那里买了一份天顶市的报纸。报纸新闻消息上居然没有关于他的只言片语。然而在《鼓动时报》的第三页上，他看到了自己的照片，这使他感到非常吃惊。照片的旁边还有介绍文字，整整占了半个版面，题目是"房地产经纪人年会的杰出人物——乔

---

①每边长度为1英尺（约0.3米）的立方体积，英语国家使用的体积单位。

治·福·巴比特，他是活力之城的优秀房地产经纪人，在年会中的演讲精彩至极。"

他充满自豪地嘀咕道："我想，花岗小区的人们以后肯定会关注我，敬重我老乔治的，因为我这次的表现太让他们吃惊了。"

7

大会已经接近尾声，只剩下最后一场会议了。好多城市的代表都在争先恐后地将自己的要求呈递上来，他们都希望下届年会能够在自己的城市举行。演讲者们一个接一个地讲说着自己的观点："牛革市是首府，克拉马学院彰显了这座城市顶级的文化，优渥次编制厂宣告了这座城市有着高水平的企业"，"汉堡，这个城市也不错，这里被人们称作'最适合建筑和居住的地方'，这里的人慷慨热情，他们随时都欢迎你们的到来"。

大家虽然在诚挚地邀请着，但是他们心中也明白，这更多的只是客套而已。就在大家喧闹地争相邀请时，舞厅的金色大门伴随着一阵嘹亮欢快的喇叭声打开了。一支由天顶市经纪人组成的马戏团游行队伍涌入了大厅中。他们的装扮丰富多彩，有的扮成了牛仔，有的扮成了骑手，还有一些人的装扮，像极了变戏法的日本人。华伦·维特比走在队伍最前面，他身材魁梧，穿着一身红色和金色相间的熊皮外套，一般乐队指挥长才会穿这样的衣服。巴比特紧跟在后面，他扮演了一个小丑，他在队列中的任务是拍打一架低音鼓，他一边拍鼓，一边不停地高声叫喊。

华伦·维特比一跃跳上主席台，他一边熟练地玩弄着手中的指挥棒，一边朝着台下的人大声说："先生们，女士们，做选择的时候到了。作为一个真正的天顶市人,我们向来给予邻居无微不至的关怀,但是这次不一样,我们已经做出了决定,要把下次大会的主办权夺到自己的手中,不能再顾及邻居了,就好像我们必须把炼乳业和纸箱制造业变成我们的产业一样!"

本次大会的主席哈利·巴希在旁边示意道:"你们能有如此高的激情,我非常感谢,但是竞争是公平的,现在你们要做的就是给别人机会,让他们参与到邀请行列中来,充分展现一下自己的能力。"

这时,一个粗鲁的声音说:"你们可以到我们欧雷卡参观最优雅的乡村景色,我们提供免费的驾车旅游。"

一个身材瘦小、头上没有头发的年轻人沿着走道跑到主席台前,拍手请大家安静,接着他说:"我来自史巴达,我刚刚收到一个电报,是我们那里的商务委员发来的,他说已经备好了8000美元,全部用来招待大家!"

一个长得像牧师的男子站起来起哄道:"有钱什么都好说!我提议大家都去史巴达参观下!"

居然没人反对。

8

执行委员会掌握着最终决定权,他们正在上交工作报告。他们在报告中写到,去年在这个州,一共有36名房地产经纪人,他们受上帝的怜爱,已被召回天国,在那里尽忠职守了,为此大家都很难过。为了表示对家属的慰问,会议决定让秘书把决议都记录下来,然后给家属寄去一份。

会议的第二项决议是由S.A.R.E.B的主席启动15000美元，用作州议院院外支出，尽量使赋租的方法更加合理化。这次会议运用了许多文字来批评现在所面临的两个问题：一是正当实业所面临的各种威胁；二是为了未来的进步，清除那些鼠目寸光且愚笨做法所造成的不良影响的重要性。

大会上做报告的还有执行委员会的委员，从报告中巴比特听到了自己被任命为土地权状委员会的委员的消息，为此他感到很意外，也很高兴。

他兴奋地想："我就说今年一切都一帆风顺，老乔治，你的前途一片光明！你不仅是个天生的演说家，还善于社交，真是棒极了！"

9

大会的最后一个晚上，举办方没有特殊安排招待他们。巴比特原计划晚上回家，但是那天下午，他接到了贾里德·沙伯格夫妇的邀请，想让他和罗杰斯去他们居住的卡塔帕旅馆喝下午茶，于是他应邀前往。

喝茶在巴比特看来是很平常的事，因为每年他都会和妻子最少去两次这样的场合，但是现在的邀请非同寻常，巴比特觉得这样的场合更能够彰显他的身份。

在旅馆中，他坐在一张玻璃桌前，静静地看着眼前的一切。旅馆的墙上画着一只兔子，挂着一张白桦树皮，树皮上面雕刻着名言警句。店里每位女服务员都戴着一顶荷兰式帽子，充满艺术气息。沙伯格太太长得很精致，有一双大大的眼睛，通情达理。巴比特一边和她聊天，一边吃着吃不饱的莴苣三明治。他们二人在前两天参加大会的时候见过，所以他们亲切地称呼彼此为"乔治"和"老沙伯格"。

沙伯格诚恳地对他们说："两位老兄，我已经在我的房间给你们准备了好酒，还专门请了全美国最优秀的调酒师蜜莉安，她可是我们意大利人公认的最出色的鸡尾酒调酒师。这是你们在离开之前的最后一次机会了，希望你们不要推辞。"

巴比特和罗杰斯很乐意接受沙伯格的安排，随后二人跟随沙伯格夫妇走进了他们的房间。只听沙伯格太太尖叫道："哦，真是太让人害羞了！"原来她在自己的床上看到了一件淡紫色的透明棉纱内衣，她连忙将它放进了一个口袋里。巴比特傻笑着说："我们什么也没看到，我俩淘气得很呢！"

沙伯格觉得调酒应该放些冰块更好，于是打电话要了一些。送冰块的服务员顺便还推销起了他的酒杯："你们需要大肚玻璃杯还是鸡尾酒杯？"蜜莉安·沙伯格什么杯子也没要，她用了旅馆看起来很不起眼的白色水罐来调鸡尾酒。当他们喝完第一次调好的鸡尾酒后，她拉长了声音说："我觉得你们这些大男人可以多喝点，我再给你们倒上！"显然她对喝鸡尾酒的规矩非常了解。

从旅店出来之后，巴比特对罗杰斯说："喂，老伙计，我忽然感觉今晚很放松，如果我们不回家，就可以在这里痛快地玩上一晚，我们可以在蒙那克举办一个聚会，你觉得这个想法怎么样呢？"

罗杰斯回应说："乔治，你说得太对了。刚好今天艾伯特·文因的太太不在，去匹兹堡了，我们可以问问他是否愿意加入我们的聚会。"

到了晚上7点半，聚会正式开始了，参加聚会的成员除了他们两个还有艾伯特·文因和另外两位从偏远城市来的代表。他们一起坐在房间里，脱下外套，解开马甲，用粗犷的声音聊着天。很快，一瓶走私的烈性威士忌就被他们喝光了。但是他们并没有尽兴，于是向服务员请求道："嘿，伙计，能不能再给我们弄一些这种酒喝啊？"他们嘴里不停地吸着大号雪茄，吸完后就随便丢掉，地毯上到处是他们扔的烟灰和烟头。他们一边喝酒一边讲故事，时不时就会发出豪放的笑声。此时的这些男人变得肆无忌惮，把男人的天性淋漓尽致地展现了出来。

巴比特感叹道："我不清楚你们这群家伙的爱好是什么，对我而言，跑去爬山或者去北极观看那瞬息万变的北极光是我喜欢的事情。这类运动最适合缓解紧张的情绪。"

那位来自史巴达的年轻小伙表情严肃地说道："嘿，我绝对是一个恪守本分的好丈夫，我认为我的妻子在我们全城最优秀，我每天晚上都按时回家，平时除了看电影也没有其他的爱好，可是，生活很枯燥。为此，我专门加入了国民警卫队的训练。你们知道我小时候有什么愿望吗？我想当一位出色的化学家。但是我的父亲不这样想，他非让我成为一个餐具推销员，于是，我尊重了父亲的意愿，现在的我只能专心从事这个行业，已经没有机会换其他工作了。唉，是谁提起这个难过的话题的？再来一杯怎么样？也不会有什么关系。"

罗杰斯心平气和地说："对啊，谁都不要再提这些伤心的话题了。大家知道吗？我还是一个乡村演唱家呢。来吧，我们一起唱首歌吧！"

老希伯来对小希伯来说

希伯来，我口渴极了。

小希伯来对老希伯来说，

我也一样，希伯来啊，我也一样。

10

他们晚饭吃饭的地点设在了赛威克旅馆的摩尔烤肉餐厅。其间，有一个粘蝇纸生产商和一个牙医也莫名其妙地加入了他们的聚会中。他们有说有笑，都用茶杯喝着威士忌。大家都热闹地谈论着，他们谁也听不清楚对方在说什么。只是，当听到罗杰斯挑逗那位餐厅服务员时，房间立刻变得安静了。罗杰斯装作一副可怜兮兮的样子说："嘿，呆鹅，给我来一份油煎象耳朵。"

服务员抱歉地说："不好意思，先生，我们餐厅没有这道菜。"

"啊？没有呀？真是没想到！"说完，他转过身朝巴比特看去，"皮得罗说这里没有大象耳朵了！"

那位从史巴达来的男子回应道："那没办法，只能换其他菜了。"他用力憋着没有笑出来。

"那好吧，卡罗，给我来一块大牛排和两份法式炸土豆，外加一些豌豆。"接着罗杰斯又说，"我想，在意大利，一年四季都艳阳高照，他们说的新鲜豌豆大概都来自罐头吧！"

服务员连忙解释道："不是的，先生，我们意大利用的都是新鲜的、品种优良的豌豆。"

"是真的吗！乔治，你听见了吗？他们意大利用的豌豆都是刚刚从菜园中摘出来的！天哪，真是活到什么时候都不能停止学习，安东尼奥，假如你身体健康，能长命百岁，你一定不要停止学习。好了,加里波第,快点给我上一份牛排和两份法国炸洋芋,做好了都给我送到客轮甲板上,听清楚了吗,米开朗芬奇·安吉洛尼?"

服务员走后,艾伯特·文因情不自禁地赞扬道:"嘿,伙计,你把那位不幸的服务员耍得晕晕乎乎。他都搞不明白你说的话!"

《蒙那克前锋报》上登着一则广告,巴比特看到后,他高声读了出来,惹得大家纷纷为他叫好,掌声不断。

  侨民大剧院演出
  欢迎各位莅临
  表演内容有脱衣舞、肚皮舞和出浴的漂亮美女
  主演是彼得曼帝的健美姑娘
  亲爱的朋友们,你千万不要以为我是在骗你,彼得曼帝的健美姑娘是第一次亲临本市。大家赶紧买一张门票,观看这美不胜收的节目吧!学生也可以一起团购来观看表演。你的钱绝对不会白花,一定会让你收获颇丰。卡罗莎姐妹十分美丽,看了她们之后一定让你兴高采烈。杰克·史伯丁滑稽风趣,一定会让你捧腹大笑。杰克逊和韦斯特的踢踏舞算是这些表演中最具特色的,他们二人再出演一两次就要离开这里了。普罗和亚当斯的搞笑短剧会使你忘掉伤心的事情。朋友们,之前来观看过的人们都会流连忘返,所以你真的应该来看一看。

巴比特接着说:"这场表演应该挺精彩的,我们一同去瞧瞧吧。"

虽然他们有心去看表演,但是没有谁马上动身离开,他们都在凳子上跷着二郎腿坐着,只有这样才会感觉安稳,因为只要一站起

来感觉就会摔倒。餐厅的地板那么长，那么远，他们谁也不知道自己能不能稳稳地走过去，要知道，那些热情服务的服务员都正瞧着他们呢，万一摔倒，那可是洋相百出了。

然而好看的表演太吸引他们了，于是他们鼓起了勇气，决定试一试。他们起身向衣帽间走去，餐厅里那些可恶的桌子总是挡着他们过去的路。来到衣帽间，他们可不想让服务员们看他们的笑话，于是故意把说话的声音加大，想以此来掩饰自己的难堪。女服务员进来把帽子递给他们，他们对着服务员微笑，努力想要保持一个绅士的形象。他们互相询问道："这是谁的帽子？""乔治，你选个好的，剩下的给我。"他们纷纷颠三倒四地和女服务员说话："姑娘，和我们一块出去吧，一定会让你玩得高兴！"他们争先恐后地给这位服务员小费："我给！等下！拿我的吧！"最后，这位女服务员从他们那里一共得到了3美元的小费。

11

随后，他们一同去了戏院的包厢，他们坐在里面，嘴里的雪茄一支接着一支地抽着，两只脚在栏杆上放着。此时在舞台上表演的并不是广告上说的20位美女，而是20位老太太，她们虽然画着很浓的妆容，但还是遮不住她们那因为岁月的沧桑而留下的皱纹。她们跳着一些简单的动作，腿不停地摇晃着，满脸无奈。接下来上台的是一位犹太喜剧演员，他话语尖锐地嘲讽着犹太人。

在中间休息的时候，又有几个孤独的代表加入了他们。现在差不多有十几个人，他们一同坐车去了艳花旅店。这家旅店屋子里横挂着一些用纸做成的花，因此而得名，然而花上面已经落了很多灰尘，屋里一股难闻的气味扑鼻而来，整个旅馆就像是用一个长时间不用的牛棚改造的。

在这里，威士忌是可以公开销售的，全部装在大肚玻璃杯子中。有两三位职员看起来很阔绰，估计是今天刚领到工资，他们紧张地和女接线员或指甲师在桌子和桌子间的狭小地带跳着舞蹈。年轻的男子都穿着时尚的晚礼服，体形标致的女孩儿身穿翠绿色的丝绸衣服，她们在那里放肆地跳着，琥珀色的头发像燃烧的火苗跟着她们的节奏跳动着，作为专业舞者，她们的舞姿都非常优雅。巴比特邀请女孩儿和自己一起跳舞。巴比特的舞步很古板，和热带丛林音乐的节奏根本不合拍，由于身体肥胖，女孩儿力气有限，根本带不动他，要不是女孩儿小心地使尽力气搀扶着他，他早跌倒了。由于喝了一些禁酒时期的劣酒，巴比特突然感觉自己眼睛看不清、耳朵听不见了，他已看不清眼前的桌子，甚至人脸也是模糊的。但是，那个女孩和她那饱满的热情却使他如痴如醉。

女孩儿使尽全身力气，终于把巴比特送回了他的座位。这时，他突然想起自己的外婆是苏格兰人，于是他闭上眼睛，让身体慢慢地在椅背上靠下去，唱起了《罗梦湖》的歌词，声音缓慢而沉稳。

让他没有想到的是，他这一天的快乐时光竟然是以这首歌终结的。那位来自史巴达的男子嫌弃他唱得不好听，巴比特听了很生气，于是两人大声地争吵了差不多10分钟。他们一直在喝酒，直到经理告诉他们要打烊了才停下来。整个夜晚，巴比特始终都没有感到特别满足，需要有一种更加疯狂、刺激的方式来释放自己。因此当罗杰斯用慵懒的声音说"我们去市中心转转吧，瞧一瞧那里的姑娘们如何"时，巴比特想都没想就着急同意了。在他们离开这里之前，有3个人曾试图邀请那个职业舞女，可不管他们说什么，舞女都会答应:"好的,一定,亲爱的。"随后,便微笑着把他们忘得一干二净。

他们在回去的路上,坐车经过蒙那克市郊区时,看到道路两边有一些褐色的小木屋,它们是给工人们居住的。这些房子的样子非常死板,与牢房的单间没什么两样。汽车在经过仓库区时,他们睁开蒙眬的双眼望向夜空,空旷的夜晚使他们感到非常害怕。当汽车开到距离灯光照耀地区不远时,他们听到嘈杂的钢琴声,还看到道路旁站着面带微笑、身材魁梧的妇女们,眼前的景象让巴比特感到有些害怕了。他很想跳出窗外,但此时在他的身体里有一团火熊熊燃烧着,他嘟囔道:"即使车子立马停下来也没时间了。"其实,他知道,自己并不想车子停下来。

他们清楚地记得,在回来的路上发生了一件有意思的事情。一位从明尼马干来的房地产经纪人说:"蒙那克和天顶市相比好玩的地方太多了,在你们天顶市根本找不到这么有趣的地方。"巴比特听了非常生气,连忙反驳道:"胡说八道!天顶市应有尽有。你要相信我说的话,私酒营业室和一切寻欢作乐的地方,在这个州只有我们天顶市最多。"

巴比特感觉其他人都在嘲讽他,他很想爽快地跟他们干上一架。但是他想起来自己打架就没赢过,大学毕业之后,从来没有和别人打过架,所以他打消了打架的念头。

第二天早晨,巴比特回到了天顶市。虽说他的心中有隐隐的羞愧,可满足感也是有的,只是他的心情仍然十分暴躁。罗杰斯埋怨道:"天哪,我的头好痛!这肯定是今天早上上帝在责罚我。哦,我知道头痛的原因是什么了!肯定是昨天晚上有人在我喝的酒里面加了酒精。"他这样的话并没有逗乐巴比特,巴比特的脸上没有一丝表情。

在巴比特的家人中，谁也不知道他在这次旅行中居然完全释放了自我，甚至在偌大的天顶市也只有罗杰斯一人知道。他自己也没有向谁坦白过自己那些出格的行为。即使这些放肆的行为会给他带来什么不好的影响，其他人也不会发现的。

第十四章

1

这年秋天,美国进行了一次选举,W.G.哈定先生被选为了美利坚合众国总统,他来自于俄亥俄州马金恩。此时,天顶市的群众却不关心当前被选举的总统是谁,他们只关心本市的市长是谁。在天顶市的选举中,参与市长竞选的人有两位,其中一位是尼克·东尼,他毕业于州立大学,是名律师,支持他的人有很多,尤其深受劳动阶层人们的拥护;另一位是路卡斯·柏拉特,他是一位床垫制造商,深受民主党和共和党人的拥护,他生平没有做过一件违法的事,乐观开朗,值得信任,所有正统报纸、商会、银行都是他的后盾力量,乔治·福·巴比特也是他的拥护者之一。

在花岗小区,所有人都听从巴比特的安排。在他所管辖的范围内,一切都是那么祥和,但巴比特却总希望来场异常激烈的纷争。

之前他在州房联大会上发表演讲后深受听众的信赖，为此，大家都称他为优秀的演说家，共和党和中央委员相信他有说服人的能力，所以让他去第七选区和天顶市，目的就是要引导那些刚刚得到了选举的权利但不知道选谁的妇女，还有一些人数较少的工人和职员做出最终决定。几个星期的时间里，他在人们心中树立了很好的形象，得到了大家的赞许。巴比特所举办的演讲聚会，有的时候新闻记者也会去现场旁听，关于他演讲的内容，他们会在报纸上做一些相关的报道，不过这些内容一般都不会放到报纸的专栏处，只能从边角不起眼的地方看到。他们在上面写道：现场的听众欣喜若狂，乔治·福·巴比特在这群人中进行了演讲，这位出色的演说家指出了东尼不适合当市长的理由。有一次，记者收集了巴比特和十几位企业家照的相片，并将其刊登在《鼓动时报》星期天的图片栏上，图片旁边还附带有文字说明，内容是"在天顶市金融和商界有说服力的人都极力拥护柏拉特"。

巴比特得到这份荣誉，是因为他有真正的实力，作为助选人他已经做得很出色了。他敢肯定，如果林肯在世，他一定会充当W.G.哈定先生的拥护者，帮助他拉选票，除非他来天顶市为路卡斯·柏拉特争取更多的选票，让他顺利当上市长。他从来都不会用不切实际的语言来欺骗群众，柏拉特代表着诚实、勤奋的商业界；尼克·东尼代表着无所事事、做事没有规矩、喜欢出风头的慵懒之人。他们二人到底谁来当市长，由人们自己决定。凭巴比特那坚实的臂膀和铿锵有力的声音，就可以断定他是一个靠谱的人，关键是他真的发自内心在为这些劳苦人民着想。甚至可以说他是发自内心地喜欢这些普通的工人，在不妨碍股东效益的前提下，他希望这些工人可以拥有高昂的工资，以便他们能够负担得起高昂的房租。他的这种博大胸怀，以及说话时高昂沉稳的声音，使人们更加相信他就是天才演说家。群众都赞同他的说法，都拥护他，在此次竞选中，他可谓是风光无限。不仅在第七选区和第八选区声名远扬，他的美名还传到了第十六选区，得到了人们的一致好评。

2

巴比特开车带着他的妻子、维洛娜、泰德，还有保罗·李尔斯林夫妇，他们一同来到了天顶市的演讲大厅。大厅的楼下是一家卖熟食的商铺，这里整条街道经常会有电车经过，偶尔会发出刺耳的噪声，空气中弥散着洋葱、汽油和炸鱼的味道。周围的人们看到巴比特，都投来了赞赏的目光，车上坐着的其他人都感觉到了人们对巴比特的那种敬佩之情，看得出来，巴比特也是一副沾沾自喜的样子。

保罗羡慕地对着巴比特说："整个晚上你连续进行了3次演讲，佩服你有这般毅力。如果我的精力也像你一样充沛，那该有多好啊！"泰德是这样评价父亲的，他朝着维洛娜说："老爸哄骗这些粗俗的人还是挺拿手的嘛！"

这时，一位男士不慌不忙地从宽敞的楼梯走向大厅，他穿着一件黑色锦缎衬衫，脸刚刚洗过，但眼角的污渍还在。巴比特一行人来到了一间白色墙壁的房间，当他们经过这位男士身旁时显得很有礼貌。在大厅的前面有一个高台，每天晚上，许多会社的会长和掌权者们都会在这里。高台上放着一个铺着红丝绒布的座位，还有一个蓝色的松木讲坛。巴比特穿过拥挤的人群走到演讲台上，这时，所有的人都对他的演讲赞叹不已，他们齐声说道："他就是巴比特！"大会主席看到巴比特，立马从通道走了过来，欢迎着巴比特,他对巴比特赞许有加,问道:"你是巴比特吗?可以开始演讲了,巴比特先生!啊,稍等,先让我想想题目是什么啊!"

接下来的时间,巴比特开始了他具有说服力的演讲:

"首先,我要对第十六选区的女士们、先生们说,今晚是个重要的时刻,但路卡斯·柏拉特先生不能和我们齐聚这里,他在政治上能力强,做事有毅力,没有人可以超越他,他最适合做天顶市的市长了!因为他未能到现场,我作为他的朋友、邻居,以及天顶市的一名好公民,当然了,作为天顶市人,我自豪,我骄傲,我希望你们能接受我的演讲。我秉着公平、诚恳的态度和大家说,作为一个普通的企业家,对此次选举所持有的态度是怎样的,虽然他们所从事的工作是坐在办公室里,但他们来自于贫苦的劳动人民家庭,曾付出过自己辛勤的劳动,也通过劳动获得过收入,相信他们不会忘记,每个清晨的5点半天刚蒙蒙亮,他们就得起床干活,手上戴着露指手套,上面全是油污,他们不会忘记自己所付出的劳动。在工厂,每天到了7点整,汽笛声会准时响起,如果你在7点之前听到了汽笛声,那么肯定是老板提前进入工厂拉响了汽笛!"巴比特话音刚落,场下便传来了听众的笑声,接着,巴比特又说,"尼克·东尼这个人目的不纯啊,他向大家宣传了一个大错特错的观点。"

巴比特讲完后,台下的人持两种态度:一种是反对他意见的人,这些人大多是劳工,他们都是些看什么都愤愤不平的青年人,其中外国人居多,有意大利人、瑞典人、爱尔兰人、犹太人,还有一些其他国家的人,他们纷纷用讽刺的口吻对这个观点进行议论;另一种是支持他观点的人,这些人多是拥有生活阅历的年长者,他们是满头华发、弯腰驼背,却充满毅力的木工和技工,他们在台下为他大声叫好。最后他讲了一些关于林肯的逸闻趣事,观众席里的一些年老工人深受触动,他们的眼中含着泪水。

巴比特演讲结束后,台下的掌声和欢呼声长时间难以平复,他谦逊地离开了大厅。今晚还不能休息,因为他要尽快赶往下一个目的地为第三拨听众演讲。"泰德,给你车钥匙,你来开车。"他说,"演讲完感觉浑身无力,哦,对了,保罗,我的演讲如何,有说服力吗?他们会相信我的演讲吗?"

"妙极了,你的演说很精彩!你都不知道,你当时的精力有多么充沛。"

巴比特的妻子也很崇拜他,她对着巴比特说:"啊,你讲得很完美!生动有趣,条理清晰,提出的观点也头头是道。听完了你的演讲,我才发现你对这件事了解得如此透彻,你的头脑灵活、词汇量丰富,这简直出乎我的意料!"

维洛娜此时却怎么也开心不起来。听了爸爸的演讲,她心有疑虑,忙问道:"爸爸,你觉得公众事业的进一步公有化,还有就是相关措施终究会以失败而告终,为什么呢?"

这时,巴比特夫人开始打抱不平了,她觉得维洛娜不应该在这个时候询问她的爸爸,因为巴比特还要为下一场演讲做准备。她指责维洛娜说:"维洛娜,你应该清楚你爸爸刚刚演讲完已经很累了,你现在还让他回答这么费脑筋的问题,你觉得合适吗?等到他休息好了,一定会愉悦地回答你这个问题。现在我们都保持安静,给爸爸留出足够的时间,让他准备下一场演讲。现在想想,那些听众都已经到达会堂了吧,他们已经准备好听你演讲了,亲爱的。"

3

最终，路卡斯·柏拉特凭借事业上的平稳发展，获得了众多群众的支持，而尼克·东尼和支持他的阶级失败了。柏拉特顺利当上了天顶市市长，天顶市又一次摆脱危机。此次选举巴比特功不可没，为此当局专门给了他几个基层的职务。他负责管理的对象都是些贫穷的劳苦人民，但他还想知道关于修建公路的讯息，于是当局为他安排了一个相关职位，最起码，这样对他是有利的。商会为庆祝竞选胜利专门举办了一场宴会，参加宴会的一共有19位演讲者，巴比特也荣幸地成为了其中的一员。

通过这次演讲，巴比特已声名远扬，所以在天顶市房地产理事会举行的年会宴会上，他专门做了年度报告。令人惊讶的是《鼓动时报》将他讲话的全部内容刊登到了报纸上。内容如下：

> 昨天晚上，在欧亨家宅的舞厅举行了天顶市房地产理事会的年会，这个舞厅是威尼斯装饰风格，非常气派。主人吉尔·欧亨觉得很自豪，因为这已经是他第二次举办这种舞会了，他为参加年会的人们提供了美酒和丰盛的食物，纽约以西的任何一个城市都比不上这里。晚餐的食物无比丰盛，客人喝的是沃·摩特农场里酿造的苹果酒，既活血又有利于身心健康，最重要的是喝到肚子里毫无醉意。沃·摩特是理事会的会长，他非常聪明，说话很有趣，是个聪明人。
>
> 会长摩特先生因为受凉而身体不适，他的喉咙疼得很厉害，所以不能发言，只能临时由乔治·福·巴比特代替。他简单地说明了多伦多房地产产权的进展，除此之外，他讲的主要内容是：

先生们，站在这里讲话，我很紧张，这不禁让我想起了一个关于爱尔兰人的故事，故事的主人翁是麦克和帕特，他们一起乘坐普尔门式列车外出旅行。哦，我想起来了，他们都是海军水兵。依稀记得麦克应该选择在下铺。没一会儿，他听到了一阵吵闹声，声音来自于上铺。于是他开始询问上面究竟发生了什么，只听帕特回答道："真是的，我在这样的床上睡不着。什么情况？我从8点就一直想办法，我想着如何钻到吊床里！"

此刻，先生们，当我站在你们面前，我感觉自己像是帕特一样，也许在我口若悬河的这段时间里，我发现原来自己是如此的微不足道，轻轻松松地就可以爬到普尔门式列车的小吊床里！

先生们，每年我们参加聚会，会在这里遇到我们的好友，遇到我们的竞争对手，但这个时候，我们会不计前嫌，在这里共同享受这份快乐，让友谊共存，每当这时，我的内心就深受触动。可以肯定地说，我们的这个城市是世界最好的，而我们又是这个城市的好公民，我们相聚在此，这时，我们就应该展望一下我们未来的生活了。

人口普查的数据显示，我们这个城市现在一共有361000名居民，更准确地说来，其实应该是362000，在美国，超过我市人口数量的城市差不多有20个。但是，先生们，我敢说，下次人口普查的结果，我市人口的数量，一定位居前十名，如果没有达到这个数量，我就为你们展示口吞衬衫，我乔治·福·巴比特一向说到做到。当然，纽约、芝加哥和费城，这三个城市的人口数量也还会不断增加，这是我们城市无法逾越的，还有它们的城市规模，我们也无法超越。一个道德高尚的人、爱家人的人、和邻里之间和睦相处的人都不愿意居住在那里，可见，那个地方并不受一些人的欢迎。

此刻，我要跟你们说，我绝对不希望用我们天顶市新开发的高级开发区，去换整个百老汇或者州立大街！这三个城市除外，我相信任何一个人都看得出来，在美国，天顶市还是个很有潜力的城市，是我们国家生活和繁荣最好的典范。

我这样说并不代表我们城市就是完美的，我们还有许多需要完善的地方，比如把我们的机动车主干道重新修整，让它变得更加宽敞。请你们信任我，我们本是可以赚到4000～10000美元的，或者每家每户都能拥有一辆汽车，每个家庭都可以拥有一套郊区的小别墅，这些不仅是我们发展的目标，也是我们前进的动力。

正是因为我们美国治理者的正确领导，我们才过上了今天这样的生活。事实上，只有全世界都朝着我们理想的方向发展，我们这个生存已久的星球才能有一个生机勃勃、和谐、平衡、前途一片光明的未来！我经常倚靠在一个地方笔直地坐下，认真地思考，那就是我们这些富裕的美国公民是否符合我们的理想类型，每当这时，我都会感到很满足。

我认为，我们的理想公民，首先，他必须是个珍惜时间的人，他是个争分夺秒的人，成天忙忙碌碌。他不会去参加时尚的茶会，也不会做一些和自己毫无关联的事，相反，他会将自己的精力全部放在有意义的事上，比如做生意、工作、进行艺术事业。夜晚疲惫时，他拿出一支名牌雪茄，点上，坐在车里，或许会对着化油器骂上一通，随后脚踩油门往家驶去。闲暇时间，他会来到草坪上除去杂草，再进行晨练，接下来就是吃早饭时间。饭后，有时候，他会把孩子们都聚集在自己的身边，给他们讲故事；有时候，他会带着家人一起去看电影；有时候，他会找朋友打一会儿桥牌；有时候，他会手捧晚报来阅读。如果他是个喜欢文学的人，或许他会带着浓厚的兴趣去阅读一两章西部小说；如果有朋友拜访，他们会坐下来聊一下当天的时事新闻。事后，他会带着愉悦的心情上床休息。他存在银行的钱越来越多，但却问心无愧，因为这都是通过自己的辛勤得来的，作为这个城市的一员，他也为城市的发展贡献出了自己的一份力量。

以上我所说的这些人，在政治和宗教信仰方面，他们是世界上最富有观察能力和辨别是非能力的人；在艺术领域，他们具有非同寻常的审美观，进而挑选出佳作。在美国人的客厅里，可以看到摆放着许多大师的原创作品和复制品，而其他国家都与这个国家存在本质上的区别。我们美国留声机的数量最多，这是其他国家所不具备的。我们国家不仅有音乐舞蹈剧和喜剧，还有最好的歌剧，比如威尔第，而且在我们这里，有的歌唱家可以获得最高的报酬。

在别国，搞艺术和文学创作的人都穿着破烂不堪的衣服，居住在阁楼，吃着意大利面，喝着酒，他们是名副其实的穷光蛋。但是在美国就截然不同，一个有能力的作家或画家，和一个成功的企业家一样拥有相同的社会地位和财富。就我而言，如果让我遇到一位能力超凡，文章内容写得生动有趣、具有可读性且思想贯穿得恰到好处的人，他的年收入高达50000美元，他的地位至关重要，就像经理和董事们那样，会拥有一处豪华的住所和一辆昂贵的轿车，我就会佩服得五体投地！此刻，你们要认真听我说接下来的话，我刚才所说的这类人，能够过上这般舒适的生活是有前提条件的，他必须具备我刚才提到的那些让人称赞的能力。我们应该为这些富裕的公民而自豪，同时也要表达我们的感激之情。

作为我们城市的标准公民，还应具备最后一个条件，这也是最重要的一点，即使没有结婚也要尊老爱幼，要时时刻刻惦记着家。

家庭和睦是整个美国良好文明的基础，无论什么时候，自始至终都不会改变。这也是我们和那些落后的欧洲国家的区别所在，同时，这也是我们的长处。

我旅游的时候去过很多地方，但却从未去过欧洲。其实，看看我们国家各个城市的绿水青山我就很满足了，因此没有什么兴致去参观其他国家了。不过我想，我们当中一定有人去过其他的国家。没错，我曾经见到过一位扶轮社成员，性格偏执，他向别人宣传苏格兰的美丽，那里优美的山川河流是怎样地振奋人心。但是，我们必须明白我们和他们不同，他们愿意被那些有权势的人、新闻记者和政客操纵思想，而作为美国的现代化商人，却知道如何争取利益，如何让理想变为现实。当他想要对于自己生活和工作不利的言论进行反击时，他就可以伶牙俐齿地进行争辩，比起那些老式商人雇用一些狂妄自大的人要更有效力。

我是一名商界人士的代表，我会注重我的言行，我要谦逊地告诉你们："我们就属于这样的人！一个标准的美国式公民！这就是思想超前的美国人，就是勇气可嘉、脸上时刻带着微笑、办公室里有电脑的人。我们并没有吹嘘，我们很高兴我们是最优秀的人。如果有谁讨厌我们，那就要留心了，在麻烦来之前一定要赶紧找个安全的地方藏起来！"

如此，我笨嘴笨舌地描绘出一个满腔热血的真正的男子汉所具备的条件。天顶市就是因为有了这样一批男子汉，才成为了美国最具影响力、发展最平稳的城市。纽约也有许多这样的男子汉，但是很不幸，那里居住了很多外国人。芝加哥和旧金山也存在同样的问题。还有好多著名的城市都是这样，比如因工厂而声名远扬的底特律和克利夫兰，制造钢铁的匹兹堡和伯明翰，种植小麦产量最高的堪萨斯城，生产大量机床和肥皂的辛辛那提，明尼阿波利斯和奥马哈，除了这些以外，还有许多像这样有名的姐妹城市。

据上次人口普查调查的数据显示，在我们国家，最少有68个城市的人口超过了10万！这些城市坚定地团结在一起，反对那些来自外国的思想，比如密尔沃基和印第安纳波利、亚特兰大和哈特福特、洛杉矶和斯克兰顿、罗切斯特和丹佛、缅因州的波特兰和俄勒冈州的波特兰。

一位从杜鲁日或巴尔的摩或西雅图来的人，和一位从瓦斯堡或奥斯卡路沙或水牛城或亚克朋来的人，他们都朝气蓬勃、充满干劲儿，看上去就像孪生兄弟。

但是，在天顶市就不一样，这里的人各有千秋：男人具有男子汉的气概，女人有女性应有的妖娆，孩子则睿智机灵。在我们这个城市大多数的公民都很富裕。老旧的耗费时间的方式已经成为过时，现在的世界已经被真实诚恳而努力奋斗的时代代替了，只有这个时候天顶市才会保持这种良好的状态，发展得才能更加长远，因而被作为文明发展的城市标本载入史册。

有的时候，我有一种强烈的欲望，那就是我为我的同胞们考虑，我真的不希望他们再沉浸在那种老土的、陈旧的欧洲观念中，而应该将天顶市的精神发扬光大，我们的同胞就应该认清方向，下定决心，让我们的城市成为世界名城，让有炼乳和纸板箱的地方都知道享誉世界的天顶市！你们要明白我所要表达的真正意思，整个世界处在落后状态的时间太久了。在那些落后不堪的国家，除了生产鞋油、酒，有风景名胜之外，再无其他稀奇的东西。那里洗澡很不方便，100个人也不会享用一间浴室，他们的见识浅薄，甚至都分不清活页账册和活络封套。好，我们天顶市就应该在这个时候抓住机会，大声说："这是我们的时代，欢迎！"

在座的每个人都应该知道，而今，天顶市正在和它的姊妹城市创造着未来，迎接着黎明的曙光。天顶市与其他的城市有很多相似的地方，为此，荣幸至极，无比高兴！这种与众不同的，持续发展的，完善的商铺、办公室、旅馆、街道、服装、报纸，在美国所管辖的区域内如此标准统一，这充分地说明了我们文明类型的先进程度如此之深。

我很喜欢奇姆·福林克专门为出版社写的一篇讲旅行的文章，为此，我也会经常引用当中的精句。或许很多人都读过他的文章，对内容也很熟悉，但我还是要情不自禁地为你们朗读一次。如此美妙的佳作，和伊拉·惠勒·卫卡斯的《有价值的人》或者吉卜林的《如果》一样。这篇剪报对我来说非常珍贵，我一直把它夹在我的笔记本里。

"作为一位诗人，当我走在路上时，就好像一位背负着众多东西的流动小贩，我经常唱起我的心中之歌，嘴里嚼着东西徒步向远方走去。"和煦的阳光使我的心情愉悦，说着亚里士多德门徒有趣的事，扶轮社和契瓦尼斯俱乐部那些人也讲着搞笑的事情，都在逗着讲演会堂的人们，我才不和那些愚昧无知的人同流合污。接着，那个一直都在等待时机的聪明家伙老少校西拉斯·撒登，随意一甩尾巴，就想出了坏点子。他搞得我很抑郁，他把我浓密的黑发抚到耳后。就像是星期天，仅剩孤零零的我，比看门狗也好不到哪里去。由此，我再也不想当一个演说家了，不喜欢乘坐高级轿车，不想再抽50美分的雪茄，也不想常年在外飘荡，此刻的我只愿待在家里，在家里吃着煎饼、火腿和回锅肉丁等，与和我秉性相同的人待在一起。

"当我孤身一人，无依无靠时，无论我身处哪个城市，如奥尔班尼、华盛顿、刘易斯威尔、托利多或者圣保罗，我都会选择一家最好的旅馆住宿。我在旅馆的时候就像是回到了家里一样。在高级的旅馆，服务员殷勤地招待着来自天南地北的推销员。旅馆对面是一家电影院，环顾四周，我始终弄不清楚这座城市的名字！周围的人穿着时尚，他们的打扮和我们家乡的人没什么两样，漂亮的女士头上戴着款式新颖的帽子。人们在窃窃私语，我敢保证他们说的都是开心的事，都是和政治、汽车、棒球明星以及饮食有关的话题，而且他们谈的都是我们家乡上流社会人士所说的话！

"我走进这家旅馆，环顾四周，不由得称赞道：'这里真是太好了！'我敢肯定，这里所有的东西都和我家乡的毫无差别，有书报亭、名牌雪茄、杂志，还有口味绝佳的糖果。这时，我看到一群穿着整洁的人，面带喜悦，踏着舞步进来吃午饭了，他们手里端着一大浅盘法式炸土豆，我的心情顿时激动了起来，情不自禁地站起来喊道：'原来我一直都在我的家乡啊，这里就是我的家乡！'然后，我高兴地坐了下来，当我看到了身边戴着棕色礼帽的人时，立马凑到他们跟前，悄悄地问道：'喂，比尔，老朋友，生意进展如何？'我们像见到了老朋友一样，坐在那里，像相互信赖的朋友，像轻狂的姑娘似的彼此谈论着廉价的小汽车、天气、家庭、妻子和联谊会的兄弟们！我挚爱的朋友，当西拉斯·撒登惹你生气时，你可以学习我的做法，因为在我们国家，不论你去向何处，你都会觉得这里就是你的家。"

对，先生们，这些城市是我们最真挚的伙伴，活力四射，生机勃勃。这时，请你们不要走入误区，理解错我的意思，我真正想要说的是天顶市最好，同时在这些城市中也是发展最快的。我认为，如果我列举出一些统计数据来证明我的这个说法，这样是情有可原的。当中的统计结果对一些人而言，他们已经熟知，而对于繁荣昌盛的消息，人们会百听不厌，他们反反复复地听这个消息就像是听《圣经》里传递出的福音似的。无论哪个人，只要他有学问，就会知道，在美国，天顶市生产的炼乳、奶油、照明器材和纸板箱的数量是最多的。但还有一件事大家是否知道呢？那就是我们盒装的黄油生产量列居世界第二位，在摩托车和汽车领域位居第六，奶酪的生产量大约位居第三，与这项差不多的还有早餐食品、油毛毡、皮革制品和工装裤等。

然而，我们城市的伟大并不仅仅局限于欣欣向荣的景象，还有先辈们创建天顶市以来，一直传承的公众精神，那种不畏艰难、勇往直前的思想和人与人之间的关爱之情。为了我们城市的欣欣向荣，我们的权利和义务就是宣传我们城市的情况：我们的学校设施齐全，拥有完善的管理体系；我们华丽的新旅馆和银行的休息厅堂里有名画和大理石雕塑；第二国家大厦，在全国内陆地区所有城市中排名第二。接下来还要再讲一下，我们城市铺设平整的公路最多，浴室最多，就连真空吸尘器也是最好的，还有其他所有文明标志的产品；我们的图书馆和艺术品展览馆的资金充足，建筑着实让人眼前一亮，使人的心情愉悦，胸襟豁达；我们的停车系统也很先进，车道两边着实耀眼，有美丽的草地灌木，还有雕像，这些只是我列举出的部分展现天顶伟大的地方，天顶市的伟大还体现在很多方面！

我相信，只要我们不断努力，我们的城市终有一天会变得更好。在这里，我要提醒各位，在我们的城市，每五又八分之七的人就拥有一辆轿车，这就意味着天顶市这个名称象征着智慧与发展。

反过来想，在通往正义的道路上也会遇到阻碍。我的演讲快要接近尾声，但我有必要强调一下，在新的一年里我们必须要面对的问题。那就是一个健全的政府所面临最严重的威胁，并非敢于公开承认身份的异见主义者，也不是那些敢于在众人面前讲明自己身份的异见主义者，而是一些隐藏自己的身份，在背地里使坏的家伙，还有一些不明身份的、留着长发的人，这些人都是胆小鬼！在这些人中，老师和教授是最坏的，他们毫无责任心。而且在今天这样的场合，我都感到羞愧，都不好意思和大家说起这些人，这些教授中有一些还是州立大学教授！我毕业于这所大学，作为那里的一名学生我感到非常自豪，但是学校里的一些教师则好像觉得我们国家的管理权应该由某些流浪汉和码头工人掌管。

对待这些名义上被称为教授的人和那些和他们一样的泛泛之辈，对于这些心肠歹毒的人就要及时地制止他们的恶劣行为。对于犯错误的人，美国的从商者可以谅解，但是需要所有的新闻记者、演说家和教师都必须做到一点：为了城市的繁荣，你们必须付诸实际行动，为我们的城市多做宣传，促进人们消费，以此来拉动经济，只有这样你们才能获得相应的报酬，支撑你们的生活！还有一部分口若悬河、愤世嫉俗、郁郁寡欢、挑剔的大学教授，来年的时间如黄金般珍贵，来年，我们要团结一切可以团结的力量，开除这些家伙，就好像我们要在明年拼命地销售我们的房子，再赚到很多的钱一样，这些都是明年的重中之重。

只有这样，我们的后代才会深悟到美国人的理想和文化。这些并非那些少得可怜的天方夜谭、整天无所事事、喜欢坐在那里谈论别人是是非非的疯狂爱好者，而是一些努力奋斗、斗志昂扬、靠自己努力获得成功、对上帝有敬畏之心的人，这样的人肯定是某个充满活力而忠于上帝的教会里的一员,或者是吉瓦尼斯俱乐部、扶轮社、后援会,或者红人会、沐斯会、麋鹿慈善会、哥伦布会等这些地方的会员。这些地方的成员都有共同的特点,他们都活泼开朗、风趣、积极乐观、勤奋上进、为人诚实、助人为乐。他们玩的时候会尽情地享受这愉悦的时光,上班的时候会全心全意地投入工作,在对待那些不怀好意、尖酸刻薄的人,还有那些时常喜欢抱怨的家伙和投机取巧的人时,他们会猛踢一脚,给那些人一个警告,让他们知道怎样尊重一位真正的男子汉。向美利坚致敬!

4

不久的将来,巴比特很可能是一位被大家认可的演说家。詹丹路长老教会男人俱乐部举办了一场聚会,聚会的氛围让人感觉非常放松,巴比特也应邀参加了,他给在场的人讲故事,一会儿用犹太语讲,一会儿用爱尔兰语讲,一会儿又换成了中国方言,大家听得不亦乐乎。

天顶市基督教青年会举办了一场关于"销售方法"的讲座,巴比特以"房地产致富实例"为题在上面进行了演讲,演讲过后,他成了大家公认的优秀市民。

巴比特演讲的全部内容又一次出现在了《鼓动时报》,伯吉乐·扬齐情不自禁地对巴比特说:"你现在是我们城市最优秀的演说家之一,在任何一张报纸上都能看到你演讲的新闻。有了这些演讲,你办公室的生意应该也不错吧。做得很好!继续坚持!祝你好运!"

巴比特小声说:"好啦,不要拿我开玩笑了。"扬齐的口才非常有名，能得到他的赞许，巴比特感到非常荣幸，心情特别好，同时他也很奇怪，在假期来临之前，作为本市的优秀市民，为什么自己却丝毫没有高兴的感觉呢？

第十五章

1

巴比特的成功之路并不像之前发展得那么顺利，在之后的人生道路上，他遇到了困难。

他和他的家人并没有因为他和妻子在这个城市的声誉，而得到相应的社会地位和应有的待遇。不仅他们没有受到吐纳旺达乡村俱乐部的关注，而且联盟俱乐部也没有邀请他们夫妇二人参加舞会。此时，巴比特心情非常失落，他很烦恼，他一直坚信自己根本看不上这种奢华且庸俗的人，更懒得与这些人交流，只有他的太太才喜欢与这些富商交往。他出于对妻子的理解，甘愿在家里耐心且焦躁不安地等着大学同学邀请他们参加聚会，这样就遂了妻子的意愿。到时候，他们一定会在那里遇到银行家马克斯·卡鲁格、身价百万的查莱·马克贝和欧文·泰特，欧文·泰特是一位靠制造工具发家致富的商人，可以说，这个人在全世界都赫赫有名，还有艾得伯特·道卜生也会参加，他是国内著名的设计师，负责室内装修，装修风格非常时尚。在这种场合，他的太太就可以和这些富贵、华丽的有钱人交流了，而他也有机会和他的老同学们叙叙旧。一般来讲，他的同学和朋友见到他时，肯定和上大学时一样，觉得非常亲切，然后热情地喊他"乔治"。这些有钱的同学都住在皇家住宅区，他们经常在家里举行宴会，那里有顶级的香槟酒，就连管家都精通料理。但是他们从来不会邀请巴比特参加他们的家庭聚会，所以巴比特几乎不会与他们碰面。

这次同学聚会的前一周，巴比特就总在想："现在，看你们还有什么理由拒绝加深我们彼此间的友谊！"

2

此次举办的是1896级的同学聚会，由同学们组织，聚会采用了传统的美国娱乐方式，他们还专门成立了聚餐委员会，就好像正派的销售公司一样，他们把聚会中所涉及的相关问题想得非常全面，做得也很完美。他们每周还会发出一份关于聚会的通知。

第三号备忘通知

兄弟们，你有参加著名州立大学校友聚会的冲动吗？1908级的同学中，有百分之六十的女同学参加，为此，我们这些坚强的男子汉会输给一群柔弱的女生吗？如果答案是否定的，那么你就来吧！让我们欢聚于此，共同享受这快乐的时光，品尝味道鲜美的食物，忘记所有的不愉快，一起回忆曾经美好的大学生活，让我们一起欢呼吧!

大学聚会晚宴的地点定在了联盟俱乐部的一个私人房间。联盟俱乐部和其他奢华的俱乐部不一样,这里的建筑是用3栋装修简单的住房拼接而成,里面一片昏暗,进门的大厅则像是一个存放马铃薯的地窖。而其他俱乐部,则显得高端、奢华。即使是这样,巴比特一来到俱乐部里也还是会感到局促不安。一名侍卫站在厅外,他是一个黑人,穿着一件钉有老式纽扣的蓝色燕尾服,表现出一副很高傲的样子。巴比特向大厅走去,在门口看到黑人侍卫,朝他点了点头,然后又昂首挺胸走了进去,他这样走路的目的是让这里的人认为他是一名老会员。

这次同学聚会一共有60个人参加,在门厅、电梯、餐厅的各个角落里都可以看到三五成群的人站在那里,他们中有的互相拥抱表示对彼此的想念;有的彼此间在亲切地打招呼;如果碰到连名字都记不起来的人站在自己的面前,他们就会说:"见到你很高兴,亲爱的朋友。你是做……哦,想起来了,你还从事原来的工作?"大家都努力表现着,希望自己在同学的眼中还是老样子,尽量找回在大学校园时那种无拘无束的感觉,他们说着不走心的话,彼此寒暄着:"你还和上学时一样,老样子,没变!"一些人中有的变成了秃顶,有的吃成了大肚子,有的长满了络腮胡子,好像这些特征都是专门为这次聚会做的滑稽装扮。

就餐时,会有人带领大家,起头唱一首大学时期流行的歌曲,但美中不足的是,只有在开头的时候大家的兴致很高,都欢呼着,唱上一会儿,还没等歌曲结束,声音就逐渐变得越来越低了,到了最后,竟然连一点儿声音都没有了。参加宴会的所有人都尽量表现得公平，但最终他们还是不自觉地分成了两队，一队的衣服看起来精美华丽，一队的衣服看起来朴素大方。巴比特穿着高贵而价格适宜的晚礼服，在他内心深处是非常愿意与人交流的，所以他一会儿来到这几个同学面前看看，一会儿去那几个同学面前走走。不过他还是先找到了保罗·李尔斯林，只见他穿着整齐的衣服，一个人静静地站在那里，一句话也不说。

看到巴比特走过来，保罗不由得感叹道："我真的不善于和人沟通，让我表现出一副亲热的样子和人握手，然后再大声说'看，这是谁来了'这种虚伪的事情我实在不会做。"

"保罗，你把心情放轻松，不要瞎想了，开心起来，学习做个擅长交际的人，你看看来到这里的人，或许，他们都是些事业蒸蒸日上的成功人士！不对，你心里一定藏着什么事。来，和乔治说说你的心里话，到底怎么回事？"

"唉，一点儿小事，我又和吉拉吉拉吵架了。"

"哦，不要再去想这件事了！现在就让我们把烦心的事儿抛诸脑后，然后让我们在这场聚会中尽情地享受吧！"

这个时候，好多人都围着马克贝，他站在人群中间，好像明星一样，他把现场的气氛调动得很好，围在他身边的人都情绪高涨。巴比特想和保罗在一起，但却又情不自禁地向查莱·马克贝那边靠拢过去。

马克贝在1896级学生中影响很大，所有学生都羡慕他的才华。马克贝身材魁梧，但这并不会影响他成为一个运动健将，他在玩足球和链球时照样身姿矫健，发挥得淋漓尽致。他的口才也不容小觑，是一位名副其实的辩论家，而且他的学习成绩一直很优异，大学时期，在州立大学所设立的奖学金颁奖典礼上，他经常站在台上领奖。马克贝在自己的事业上不断地努力着，还荣幸地得到了拓荒家族道斯沃兹的建筑公司，当时，这家建筑公司在天顶市很有名气，后来他还负责修建了火车终点站、摩天大厦和州议会厅。他说话的时候非常幽默，而且这种幽默下还隐藏着一种神圣不可侵犯的尊贵，加上他伶牙俐齿，所以从政者和新闻记者在他面前说话总是小心翼翼，就算是眼光独到的艺术家和睿智的科学家见到他也很怯懦，觉得自己没有见过什么大世面。马克贝能出色地解决许多重要的问题，比如在对议会结果起到重要作用的决议上或者雇用工业间谍方面的问题上，他都表现得既淡定又风趣，所以深受大家的爱戴和拥护。他就好像一位优秀富贵的男爵士，在美国，属于上流社会的人物，只有傲慢的古老家族地位比他高（这里说的古老家族是1840年前来到天顶市，并在这里定居的家族）。而马克贝的权势却略胜一筹，因为他没有一点儿顾忌，他的权力根本就不受传统观念的约束。

马克贝跟这些富商、有钱的外科医师和律师待在一起是那么从容。巴比特非常喜欢马克贝微笑的样子，他和这些身穿燕尾服的人待在一起，他希望可以借着和马克贝的关系，来加深自己在同学心目中的印象。巴比特对他的才华和地位羡慕极了，每当和他待在一起的时候，自己就显得特别微不足道，只有和保罗在一起的时候才能衬托出自己的优秀和从容。对于那种能够显示贵族气息的称呼，巴比特非常珍惜，也非常喜欢，而且还喜欢听带着权势的谈论。他听到了马克贝和有名的银行家马克斯·卡鲁格之间的谈话，马克贝说："你说得没错，我们有必要和杰拉得·道克爵士商量下这件事。马克斯，与你知道的一样，杰拉得·道克爵士是英国人，他平时做事非常认真，只要是他决定做的事，无论遇到什么困难都一定会坚持到底,他现在得到的财富和权势让我们为之惊讶……喂,乔治,这里!马克斯,你瞧,乔治·巴比特身材那么胖,一定超过我的体重了吧!"

聚餐委员会的主席高声说:"请大家坐在自己的位置上,晚宴正式开始!"

巴比特抱着试一试的心态邀请马克贝和自己坐到一起,他尽量使自己说话的语气平和一些,他问道:"查莱,我们一起坐到那边好吗?"

"可以呀。保罗!你坐在哪里?你的手经常拉小提琴,现在怎么样了?乔治!快点过来,我们一起去找个好座位。马克斯,你也一起来吧!乔治,你竞选时候的演讲,我听过,我认为非常好!"

马克贝既有权势又有名,能得到他的称赞,巴比特感到非常得意,此刻,无论马克贝让他做什么危险的事,他都不会说一个"不"字。整个晚上,巴比特都来来回回地忙碌着,他想开导保罗,希望他能忘掉伤心,融入这愉快的氛围中,同时还想要跑到马克贝那边凑热闹:"查莱,我听说,你要帮助布鲁克林修建防洪堤,有这回事吗?"巴比特和这些贵族交谈,在其他同学看来是不可能做到的事情,他似乎也能感觉到大家都羡慕地看着他,这时其他人也在纷纷往这边靠拢。

巴比特越想心里越觉得得意,他继续同马克贝和马克斯·卡鲁格谈论着一些关于社会上的重要的事。他们谈到了一些让他们记忆犹新的宴会,马克贝谈到了他在华盛顿参加的晚宴,在舞会上他还遇到了一位勇气可嘉的英国将军、一位有名的参议员和一位美丽的巴尔干公主,马克贝给予了这位公主一个亲切的称呼——珍妮,而且自己还和这位公主一起跳了一支舞;他们还说起了在蒙娜·道渥斯举办的"丛林舞会",舞会的地点是在一个布满了上千朵兰花的豪宅里,非常美丽。

听着马克贝的讲述,巴比特感到非常开心,他之前虽然没有机会去参加这样隆重又高贵的晚宴,但在此刻谈论时,他并没有感觉自己和他们格格不入。他还是像往常那样,和那些有地位的国会议员、有名的俱乐部富商和有钱的银行总裁,相互谈论着彼此感兴趣的话题,并且乐在其中。巴比特非常聪明,他专门回忆起了一些可以增进他和马克贝友谊的事:

"查莱!你还能记起我们大三在一起的时光吗?有一次,我们为了看布朗女士的表演,还特意租了一辆出租车,当时时间紧迫,我们开着出租车超速行驶在大马路上,还被乡下的警察抓进了监狱,他们把我们关了起来。那时,你还将那个警察痛打了一顿,当时可真是痛快!对这件事,你还有印象吗?哦,对了,还有一次,我们为了捉弄摩里逊教授,还把偷来的烫裤子的牌子,挂在了他家的大门上。哈哈,真是太有意思了,那段时光真美好!"

马克贝听了很开心,对巴比特刚才说的表示赞同:"曾经那些随心所欲的生活确实值得我们回忆。"

见马克贝和自己有相同感受,巴比特又接着说:"在上大学的那段时光里,最重要的不是我们学到了很多知识,而是我们彼此拥有了纯真深厚的友谊!"巴比特的话音刚落,坐在餐桌对面的人就猛地站了起来,提高嗓音唱起了歌曲。这丝毫没有影响到巴比特和马克贝的谈话,巴比特接着说:"唉,这些回忆终究是过去了,无法挽回,真的很遗憾。现在的我们都在各行各业奔波着,干着自己的事业,我们关系都没有以前那么亲密了,但我一直没忘记我们曾经经历过的美好往事!我提议,有时间你可以和你的夫人到我家来做客,我们可以一起共进晚餐。"

听了巴比特的一番讲述,马克贝对他谈论的话题并不怎么感兴趣,随口应付道:"确实是这样的。"

巴比特并没有停止他们的谈话,而是继续和马克贝谈论着,他说:"我们这么长时间没有见面了,我真的有好多话想和你说,你不是在格兰斯维尔有一个仓库吗,我们可以一起发表下彼此的见解,那里的房地产行业未来的发展趋势如何,除此之外,或许还有一些你不知道的事情,我也可以告诉你。"

巴比特刚才的这番话把马克贝的情绪调动了起来,他看起来很高兴,接着说道:"没错!我也觉得有时间我们应该一起聚一聚,乔治,什么时候聚餐你通知我一声,我一定会和我的夫人去你家。能和你们夫妇二人共进晚餐,我们会很开心!"

他们谈论完之后,只听见那边传来了一阵洪亮的声音,原来是聚餐委员会的主席在喊话,那气势就好像以前参加比赛,他们对那些来自俄亥俄、印第安纳或密歇根的啦啦队声嘶力竭地呐喊对战一样,"来啊,你们这些树袋熊,用你们强有力的声音,和我们一起欢呼起来吧!"巴比特和保罗·李尔斯林还有刚刚从谈话中反应过来的马克贝,他们听到这种声音,顿时觉得心潮澎湃,都加入到了欢呼的队伍当中。巴比特感觉现在的自己非常兴奋,任何使他高兴的事情都比不上现在的美好,在场的所有人都用高昂的声音齐声欢呼:

战,战,战,战,战斧
拎起你的斧头,
就是那把战斧,
崛起吧!

是谁？是谁？是州立大学！

欧——耶！

3

时间过了很久，一直到12月上旬，巴比特才邀请马克贝夫妇来家里做客。马克贝接受了巴比特的邀请，改了一两次聚餐的时间后，他和妻子在他们约定好的时间来到了巴比特的家中，这让巴比特感到非常高兴。

晚餐进行之前，巴比特和他的妻子为这次聚餐做了充分的准备，他们考虑到了每个细节，比如在大家的碟子中放几颗咸杏仁、吃饭的时候餐桌上应该摆放什么牌子的香槟酒。在准备聚餐的细节中，巴比特认为最重要的是选择谁陪客人这件事。关于这个问题，他想了很久，最后决定让老朋友保罗·李尔斯林来充当这个角色，鉴于他们之间的关系，说不准保罗还能从马克贝那里得到一些好处。巴比特把自己的想法告诉了自己的妻子："我认为老查莱、保罗还有伯吉乐·扬齐，他们是一路人，可以很好地相处，我很讨厌那些喜欢溜须拍马的人。"他的妻子却打断了他："或许是这样，我准备买一些林哈姆的牡蛎作为晚餐的一道菜。"

聚餐所需要的所有东西都准备就绪。巴比特的太太请了眼科医生安格斯博士和一位律师来参加晚宴，律师看起来郁郁寡欢，他们都带了自己的妻子一同前来，他们的妻子都穿着华丽的衣服，但看起来却很庸俗。他们两位既不是运动俱乐部的会员，也不是麋鹿慈善协会的成员，他们平时不会和巴比特称兄道弟，也不会和巴比特讨论和化油器有关的东西。巴比特的太太除了邀请这两个人之外，还邀请了小野一家人来参加晚宴，而且她还说小野一家是"最有情义的人"，但她的这种看法却让巴比特很生气。在他眼中，伯吉乐·扬齐要好过哈伍德·小野，巴比特不喜欢小野说话时乏味的语气，而且对他说话的内容也不感兴趣。伯吉乐·扬齐说话风趣，他会说："的确如此，你这个柠檬派一样的厚脸皮，说得棒极了！"巴比特非常喜欢与这样的人交流。

按照先前的安排，在聚餐那天，吃过午餐后，巴比特夫人就负责7点半宴会的准备工作，而巴比特则需要在4点整准时回到家里。巴比特回到家后却什么忙也帮不上，还遭到了妻子的嫌弃："请离开这里，不要妨碍我干活！"他无所事事，感觉很无聊，自己独自站在车房门前，此时急切地盼望着能有一个人过来陪他说会儿话，无论是谁都可以。这时，他在屋角看见了泰德，这个孩子鬼鬼祟祟的，但看不清楚他究竟在做什么。

巴比特非常惊讶，忙问道："伙计，你在干什么？"

"爸爸，是你吗？没有其他人吗？哎，刚才妈妈是真的生气了！我刚才跟她说我和维洛娜不准备参加今晚的聚会，她就很生气，对我发了好大的火。她还命令我今晚必须穿着整洁的晚礼服出现在宴会现场，还说今天晚上，作为巴比特家的男人都有必要在宴会现场闪亮登场！"

"巴比特家的男人！"听起来很有气势，巴比特对这样的称呼非常喜欢，他搂住儿子的肩膀，心想：要是保罗·李尔斯林生个女儿就好了，那样就可以撮合他的女儿做泰德的妻子了。随后，他立马把自己拉回到了现实，他对泰德说："没错，你妈妈平时就是这么刁钻刻薄！"说完后，父子俩都放声大笑了起来，但是又一起叹了口气，随后又回到自己的房间，他们都去精心准备自己晚上的服装了。

宴会在晚上7点半准时开始，可是马克贝一家人在宴会开始后15分钟才到了巴比特家。

看到马克贝先生的车子停到自己家门口时，巴比特忙出门去迎接马克贝一家人。他们乘坐的轿车非常豪华，驾驶座上还坐着一位穿着整洁制服的专职司机。这个时候，巴比特非常希望他的邻居道卜布勒一家人能看到这一幕，到时候他们肯定会投来羡慕的目光。

巴比特的妻子专门把她祖母留下的银质烛台放到了餐桌上，除此之外，餐桌上还摆放着各式各样的菜肴，散发着扑鼻的香味。晚宴之前，巴比特准备了很多笑话，计划活跃现场气氛，但是后来他却一个也没有讲，因为他想用更多的时间去倾听客人们的谈话。不过晚宴的气氛在巴比特的调动下一直都很活跃。他还专门为马克斯威尔找了一个话题："跟大家分享一下你的黄石公园之旅吧！那一定是大家都向往的旅行！"宴会期间，巴比特用了很多表达赞美的词语去夸奖到场的客人，例如：他会夸大其词地说查莱·马克贝是所有有志之士学习的榜样；他说马克贝夫人是整个天顶市，乃至华盛顿、纽约、巴黎等繁荣的大城市独一无二的女人；马克斯威尔和哈伍德·小野是很有才华的人，无人能及；安格斯博士是所有人应该感谢的对象。

晚宴上客人们聊什么的都有，但却没有头绪，而巴比特说的话题大家也不感兴趣。其实巴比特明白，晚宴的气氛这么沉闷，他们彼此谈论的话题索然无味，所有人都不想这样。

巴比特把焦点放到了露茜儿·马克贝身上，她的肩膀裸露在外面，又白又嫩，非常妩媚，奢华而精致的长袍用茶色丝带撑起，巴比特尽量控制着自己，让自己不要去看她。他在大脑里努力搜索着话题，想要改变这尴尬的气氛，他说："过不了多长时间，你应该还会去欧洲吧？"

"对啊，我非常喜欢罗马，希望可以去那里几个星期。"

"我想，那里的很多油画、音乐、古董之类的作品都很有名，到了那里你也一定可以欣赏到这些吧？"

"才不像你想的那样，我去那里干什么你肯定猜不到！在维尔黛拉莎华有一间小餐馆，那里做的通心粉吃了真的会让你回味无穷！"

"原来是这样啊，我……有时间一定也会去那里品尝一下！"

还有一刻钟就到10点了，马克贝向巴比特告别并表示抱歉，因为他的妻子头疼，实在难以忍受，需要提前离开这里。巴比特送马克贝一家人出门，并且把大衣披到了他身上。这时，马克贝干脆利索地说："我们有时间还要约着一起聚聚，坐在一起聊聊天，回忆下我们的过去。"

到了10点半，参加晚宴的其他客人也都纷纷离开。客人走后，巴比特对妻子说："查莱临走的时候说他今天在这里度过了愉快的时光，还说有时间希望我们可以再聚一聚，而且过不了多久，他还会请我们去他家用餐。"

他的妻子刚开始没有回应他，过了许久才说："是的，今晚真的是无比安静！和那些众说纷纭、吵吵闹闹的宴会比起来，今晚真是让我享受到了许久没有的安静，只有这样的宴会才能静下心来体会快乐！"

当巴比特躺在床上时，他听到了妻子的抽泣声，此时他的妻子感到既难过又无助。

4

在接下来一个月的时间里，巴比特和他的太太每天都会仔细阅读社交专栏上的内容，他们希望从上面可以看到马克贝对他们发出的邀请函。

马克贝因为接待了一位贵宾，所以在这次晚宴结束后的整整一个星期，报纸头版刊载的内容都是他。他接待的贵宾名叫杰拉得·道克爵士，他在美国从事煤炭购买生意，非常有名，天顶市所有人都知道他，报纸上经常刊登和他有关的内容，杰拉得·道克爵士给人的感觉就好像他无所不知、无所不晓，当记者问到一些关于劳工失业率、外币交换汇率、禁酒令、海军航空等的问题时，他都会滔滔不绝地做出回答，并给出自己的独到见解。马克贝一家人专门为他举办了一次宴会，宴会以锡兰风格为主，《鼓动时报》的编辑伊罗娜·比尔·贝特小姐还专门对此次宴会做了报道，她发挥出了自己的最高写作水平，把宴会内容刊登在了报纸的社会版块上，记载了整整一页。巴比特看到后，将报纸上的内容放声朗读了起来：

> 杰拉得·道克爵士来美访问，富商查莱·马克贝在天顶市为他举办了一场盛大的欢迎宴。这次宴会装修风格充满东方色彩，声名远扬的大人物齐聚一堂，宾客享受着这里的美味佳肴，男主人是这里赫赫有名的大人物，精心打扮过的女主人一出场就惊呆了在场所有的人。杰拉得·道克爵士非常感谢马克贝夫妇的盛情款待，我作为幸运者之一，也受到主人的邀请来到宴会现场，我觉得，蒙特卡罗或世界上最宏伟的外国首都大使馆也不如它气派。天顶市发展得如此之快，在这么短时间内成为了美国社交界的龙头老大，这是事实，实力绝对毋庸置疑！
>
> 道克爵士是非常谦虚的一个人，他觉得此次宴会并没有这么大的影响力。客观地说，自从著名的史丹伯林伯爵的纪念性访问过

后，此次盛宴是本地无限光荣和辉煌的又一著名标志！道克爵士不仅是英国的贵族，而且还是英国金属行业的领军人物。道克爵士本人所来自的地方诺丁汉是个现代化的大城市，而且这里是罗宾汉最喜欢藏匿的地方，据爵士说这里一共有275573人，他们获得经济来源的主要途径是生产装饰品，工业发展只是他们的辅助产业。我们大家都认为，道克爵士非常喜欢尝试新的东西，特别爱冒险，而且他为人稳重，一点儿也不浮躁，他简直就是获得新生的罗宾汉！

宴会当晚，时尚端庄的马克贝夫人穿着一套灰色网状的精致晚礼服，这将她凹凸有致的身材完美地展现出来，衣服上还配了一条红银搭配的丝带，这样显得马克贝夫人的气质更加高贵、优雅。她的腰间还专门别了一簇漂亮的亚伦乔玫瑰，这个点缀又突出了马克贝夫人调皮、可爱的性格。

此次宴会巴比特没有受到邀请，他很失望，也不知道是什么原因，或许是为了让自己的心情舒畅一些，他充满自信地说："我希望，马克贝请我们参加他准备的晚宴时，不要把道克爵士这个家伙介绍给我们，我们也不想认识这个人！我可不想装出一副虚情假意的样子去应酬这些奢侈的富豪，我希望查莱邀请我们参加的是家庭聚餐，没有其他人参加，就像和最亲密的朋友在一起一样。"

此次宴会在整个天顶市的影响很大，几乎所有的人都知道。在运动俱乐部里，所有的会员都在议论这场豪华盛大的晚宴。希德尼·范克史坦因说："我认为，我们以后可以称呼马克贝为'查莱爵士'了。"

"这样称呼，只会觉得我们是一群趋炎附势的人。"哈伍德·小野整个脑袋里装的都是统计数据，他思索着，"某些人真的是看不清楚现在的情形啊！依照当前形势来看，我们应该称'杰拉得先生'，而不是和那些看不清楚形势的人一样称呼'道克爵士'。"

巴比特对哈伍德·小野发表的这个看法感到很惊奇："这是事实吗？是的，答案是肯定的，之前你们称'杰拉得先生'，真搞笑，我现在知道了，我很开心。"

之后，他独自一人时，会对公司的销售员说："我觉得可笑极了，有些家伙总以为自己有几个臭钱就了不起了，他总是去邀请那些所谓的有名气的外国宾客，实际上，自己却根本不动脑子，他们只知道去招呼客人，却从来不会给客人想一个合适的称呼，更不会让客人在这里无拘无束，当然了，他们也不会感觉是在自己家一样。"

晚上，巴比特从俱乐部离开，回家的途中，当经过马克贝的豪华轿车旁时，他看到了坐在车里的杰拉得爵士，终于有机会看清楚他的模样了。他是一位英国绅士，身材魁梧，长着一双大眼睛，脸上泛着红润的色泽，留着稀拉的黄胡须，这使他看起来很成熟，同时还显出了一丝忧伤。巴比特一直看着马克贝的轿车，突然有一种失望感迎面袭来。他的脑海中突然跳出一个不着边际的想法，他觉得马克贝一家人肯定正在讥笑他！

回到家中，他无力掩饰自己难过的心情，他终于忍不住在他的太太面前爆发了，他向太太吐露自己这几天难过失望的心情："对于马克贝这种只知道享受、轻视他人的庸俗之人，像我这种对事业如此认真的人，根本不屑将时间浪费在应酬这些人身上。交际这种事情，只要我愿意用心去做，肯定会做出成绩的。但是我不想花时间去跟这些家伙打交道，我只想好好陪陪我的孩子们。"

在这件事情过去之后，巴比特家的任何人都没有再提到过马克贝和他的家人。

5

马克贝举办的豪华宴会一直都让巴比特感到很闹心,现在巴比特还得负责张罗奥伯布鲁克一家人的宴会,为此,他很讨厌,也很烦恼。

艾德·奥伯布鲁克和巴比特在大学时是同班同学,毕业以后也没什么成就。他在道契斯特郊区从事保险生意,收入也不高,还要支撑一大家人的生活。他的身材一向都那么瘦弱,属于人群中最普通的人,从来就不会被人立马关注,所以很容易被人遗忘,不管他参加什么活动,你都会忘记向别人介绍他,过后只能怀着歉意再向别人做一个补充介绍。他平时见到巴比特,总会称赞他,说他的人缘有多好、住的房子有多豪华、穿的衣服有多漂亮,他甚至还和巴比特说过,他对房地产行业拥有的权势地位充满了羡慕。巴比特听到这些赞美总是会得意扬扬,但鉴于自己始终坚持的原则,又会为生活中没有帮助他而感到内疚。在参加上次的同学聚会时,巴比特注意到了他,他穿着一件亮皮藏青色的便服,略显俗气,和另外三个无所事事的同学坐在一个角落里,让人看了感觉很可怜,也很孤独。巴比特走过去热情地向他打招呼:"怎么样啊?小艾德!我听说现在整个道契斯特区的保险生意都是你在做啊,真了不起!"

他们一起回忆着过去那些难忘之事,回忆总是如此美好,以前,奥伯布鲁克很喜欢写一些简短精练的诗。接下来在他们的谈话中,奥伯布鲁克情不自禁地对巴比特说:"啊!乔治,我们都不像原来那样无话不谈了,也不知道这些年我们都经历了些什么事,我特别希望有一天晚上可以邀请你和贵夫人来我家坐坐,我们可以共进晚餐,然后一起回忆下我们之间的往事。"

巴比特听了奥伯布鲁克的一番话,他感到既惊讶又烦恼。同时又觉得很难为情,不知道如何回答是好了,他低声答道:"好!当然可以,只要你邀请我,我一定会和我妻子前来赴约。"

聚会结束后,巴比特就把这件事抛之脑后了,根本没放在心上,但令他懊恼的是,艾德·奥伯布鲁克却没有忘记这件事。艾德·奥伯布鲁克在这件事上非常执着,他每隔几天就会给巴比特来一次电话,电话中他会向巴比特提出邀请。看到艾德·奥伯布鲁克这么坚持,巴比特的妻子心软了,她同情地说:"我觉得我们还是一起去一次吧,要不总这样打电话来,我们也不好意思拒绝,去吃一顿饭,这件事也就解决了。"巴比特这个时候刻薄起来了:"我就是想为难他一下,这个人怎么连最基本的礼貌都不懂呢?他就不会写一张邀请函对我发出正式的邀请吗?就知道一个劲儿地给我打电话,都怪那该死的同学聚会,让我碰到了他,这下还被他缠住不放了,真闹心!"

最后,对于奥伯布鲁克的邀请,巴比特虽然不是很乐意接受,但在两个星期前的一个晚上,他还是答应去赴约了,因为他实在受不了他那可怜巴巴的样子。这么普通的一个聚餐,在两个星期前就定下来了,在别人看来真是不可思议。两个星期后,巴比特感到无聊厌烦的日子很快就到了。他们聚餐的时间正好和马克贝的聚餐时间碰到了一起,所以他们的时间只好临时做了更改。但最终还是改变不了巴比特去奥伯布鲁克家的事实,聚餐的时间到了,巴比特感到很忧郁,他开车载着妻子来到了道契斯特区奥伯布鲁克的家中。

本来聚会定在了6点半,可是巴比特家有个习惯,他家的晚餐一直都是7点以后才开始,所以巴比特故意迟到了10分钟,在以前参加的宴会中,巴比特从来没有迟到过。在去的途中,巴比特就和他的妻子计划着："我们一定要想办法提早离开。我可以说明天早上我上班不能迟到。"

巴比特将汽车开到了奥伯布鲁克家门口，下车后，走进房子里，巴比特感觉气都出不上来。这座房子用木头建成，一共住着两户，二楼是奥伯布鲁克家，整个房间面积很小，房里还放着一辆婴儿车，显得更加拥挤了，在厅堂的墙上挂着破旧的帽子，空气中充满了甘蓝草的味道，非常浓重，桌子上放着一本家用的《圣经》。艾德·奥伯布鲁克夫妇两人，身上穿着与平时一样陈旧的衣服，他们说话时的神情和动作也和平时一样，看起来很笨拙。他们还专门邀请了其他两家人，从他们的穿着可以看出他们生活也不富裕，巴比特连他们叫什么也没有听清楚，不过，他也不屑知道。见到巴比特，奥伯布鲁克不由得称赞了起来："乔治，我的老朋友！真的非常感谢你今天能来我家，我感到很荣幸！你们一定在报纸上看到过他的演讲词，说服力极强，还有他发表的辩论词，他的反应非常快，伶牙俐齿，真是我们大家学习的榜样！你看，这小子长得也很英俊，是不是？哎，我一直在回忆我们的过去，记得那个时候，你还是非常有名的交际家呢！而且在我们班同学中，你游泳的技术也不错。"听到奥伯布鲁克的赞美，巴比特非常开心，而且也很感动，这时的他不知道说些什么好了。

聚餐刚开始，气氛就非常沉闷。奥伯布鲁克的太太戴着一副款式陈旧的眼镜，皮肤看起来很粗糙，头发全都盘在了头上，这个发型一点儿也不适合她现在的年龄，无论从装扮还是外形上看去，她都显得很苍老。整个宴会中，奥伯布鲁克都对巴比特表现出了害怕，客人们彼此谈论的话题也索然无味，奥伯布鲁克的妻子则表现得迟钝笨拙。其间，巴比特尽量让自己表现得很放松，很高兴，他想通过讲一个和爱尔兰有关的故事来调动一下气氛，可是当他讲完之后，在场的所有人都毫无反应。这些巴比特都可以接受，但最不能让他忍受和让他厌烦的就是奥伯布鲁克的妻子在吃饭的时候需要同时喂8个孩子，在忙碌的时候还要和客人插上几句话，表现出善于交谈的样子。

奥伯布鲁克太太为了使气氛不这么尴尬，努力寻找着话题，她小心地问巴比特："巴比特先生，您一定常常奔波在芝加哥和纽约之间吧？"

"嗯，我常常去芝加哥。"

"那里肯定很好玩吧？我想，那里所有的戏院您应该都去过吧！"

"嗯，不过说句心里话，奥伯布鲁克太太，我最喜欢在路伯的一家荷兰餐厅吃上一份巨无霸牛排，那种感觉真是棒极了！"

在巴比特和奥伯布鲁克太太谈论完之后，其他人就都安静下来了。这种尴尬的气氛让巴比特很失望，不过，在来这里之前，巴比特就已经想到了今天的场面，这场聚会从刚开始就注定不会成功。到了10点的时候，巴比特才从这无趣的闲聊中回过神来，他故作轻松地说："真的很抱歉，艾德，我们可能要先离开了，因为明天早上我还得去见个重要的人。"奥伯布鲁克给巴比特披上了大衣，这个时候，巴比特说："能来你家做客我真的很开心，像这样，我们坐在一起无拘无束地回忆我们过去的美好时光，真的很好，我们下次再找个机会聚一聚吧！"

巴比特开车回家，在途中，巴比特太太深吸了一口气，感叹道："这个宴会真无趣，安静得实在让人害怕，不过，能看得出来奥伯布鲁克是真的很羡慕你啊！"

"那是当然!他那么可怜,而我就是一个善良的天使,他可能以为我是天顶市最后的男人了!"

"嗯,你肯定不会那样……哎,好了,乔治,我们在短时间里应该不用邀请他们来我们家里聚餐吧?"

"呵呵,但愿不用吧!"

"乔治!你不要和奥伯布鲁克提这件事啊,你不会已经说过了吧?"

"没有,真的没说,我只是出于礼貌随便说说,说改天有时间我们再聚聚,只是装装样子罢了。"

"原来是这样啊!哎,亲爱的,我也不是故意看不起他们,只是,那样的一个夜晚我很难待下去,那真是一种煎熬。再说,要是我们请奥伯布鲁克一大家子在家里聚餐,刚好被安格斯博士这样的人来我们家拜访时碰到了,到时候我真不敢想,他们肯定会笑话我们,心里一定想我们怎么会交上这样的朋友!"

巴比特夫妇纠结了一个星期,他们不知道该不该邀请奥伯布鲁克夫妇来家里聚餐。巴比特太太总是嘀咕:"其实他们挺可怜的,我们应该邀请他们来咱们家聚聚。"自从上次聚餐之后,他们就没有奥伯布鲁克一家人的消息了,之后,他们也不再想这件事情了。大概过了一个多月,他们感觉心情特别放松,但心里似乎还有些过意不去,便安慰自己说:"这个办法不错,我们就这样不知不觉地把这件事情解决了,终于可以解脱了。即使他们来了,也会感觉这里的环境和他们格格不入,只会让他们觉得更加自卑,一点儿好处也没有。"

从此以后,巴比特家任何人的谈话中都不会涉及奥伯布鲁克一家人。

第十六章

1

巴比特清楚地知道马克贝是不可能认可自己了，他觉得很遗憾，也许是自己什么地方做得不好，不过，也感觉挺可笑。但是这些并没有打消巴比特的积极性，他比以前更加努力了，对于参加麋鹿慈善协会从没有松懈过，每次都准时到达。在一次商会的午饭时间，他充满激情地发表了一篇演讲，专门批评了罢工这种消极的做法，这次演讲过后，他觉得自己更是一位好市民了。

参加俱乐部和协会成了巴比特以后日子里不可或缺的事情，仿佛只有这些才能体现他的价值所在。

在天顶市有许多社团和小型的午餐俱乐部，这种小型的午餐一般都会在俱乐部里举行，作为一位成功人士，必须参加其中一个俱乐部或社团，能够参加两三个更好，这样会显得你社会地位更高。

你可以选择加入的组织有好多，比如扶轮社、拥护者俱乐部、红人俱乐部、怪人俱乐部、樵夫俱乐部、巨鹿俱乐部、共济会、秃鹰俱乐部、猫头鹰俱乐部、麦克比斯俱乐部、匹锡亚斯同盟会、哥伦布同盟会，还有一些以诚实激情、尊重宪法、崇高品德为特点的秘密社团。参加这些组织有4个好处：第一，加入俱乐部可以充实你的生活，让你的生活更有意义；第二，对于那些生意人，来这里可以将俱乐部的会员发展成你的顾客，增加你的客户群体，可以使你的生意越做越大；第三，对于那些没有机会成为国家栋梁之材的人，来这里可以提高他的社会地位，还能得到一个所谓名义上的称呼，例如，不经常写作又有点才华却没有什么头衔的人，来到这里会被大家称作伟大的作家，他们经常会加著名的、优秀的、德才兼备的等一些赞美的词汇，以此来表示对他们的尊重以及对他们才能的认可；第四，那些在家被妻子管教严格的男人，可以以此为由，每个星期有一天晚上不用回家，他们可以在外面逍遥快活一晚，这些组织是属于男人们的地方，他们在这里无拘无束、畅所欲言，他们可以坐在咖啡馆里喝咖啡、打球、无所顾忌地谈一些男人们喜欢的话题。

巴比特认为自己之所以参加俱乐部，正是因为有这些好处。

巴比特的生活分为两个部分：一部分时间用来去公共场合参加激情有趣的社交活动；一部分用来工作，他在办公室处理的那些事务，比如买卖契约、租赁契约、财务出租表，都是很乏味的工作，而且每天都要重复来做。巴比特只有在辩论会上侃侃而谈时，或在俱乐部、委员会或者社团参加晚宴时，才会感觉自己很放松，很开心，但每当早晨醒来想到自己又要开始这枯燥乏味的工作时，他就会心情低落，变得非常消极。时间一天天地过着，巴比特变得越来越焦虑了。现在的他会不分场合,当着许多人的面和他的外务推销员史丹莱·格雷夫争吵、辩论;当美丽的麦克小姐对他的信件有所改动时,他会毫不客气地训斥麦克小姐。

虽然现在的巴比特和以前相比,变化很大,但是,只要和保罗·李尔斯林待在一起,他就会觉得很放松,很开心。因为和保罗在一起的时候,他们可以不去想那些不开心的事情,可以无拘无束地交流,所以他们一周最少出来聚一次。某个周末,他们会相约在一起打高尔夫球来放松心情,还会时不时地互相夸奖一番:"你的高尔夫球打得还不错!"某个周末的下午,他们会开车出去散心,然后到乡下,找一个安静而极具民风的小餐厅,坐在餐厅柜台前的高凳子上,点上两杯咖啡,坐在那里一边喝咖啡,一边聊天。在安静的黄昏,保罗会用他的小提琴拉上一首曲子,巴比特会尽情地享受那优雅的音乐,这时的他心情会感到非常舒畅,那每天忙碌的大脑也可以得到暂时的休息,休息好以后还会有很多事情等着它去思考。每当这个时候就连平时话很多的吉拉吉拉也会安静下来,安静地听着美妙的音乐。

2

巴比特对主日学校的付出,使他的人格变得越来越纯洁了,因此现在好多人都知道他,他的名声传遍四方。

他加入的詹丹路长老教会堂是天顶市最宏伟、最富裕的教堂之一。这座教堂采用橡木建造,为流线型的建筑风格,整栋建筑看起来给人一种特别亲切的感觉。约翰·钱宁森是这座教堂的牧师,他是一个头脑聪明、伶牙俐齿、做事认真、富有激情的人。他从内布拉斯加州艾尔伯大学毕业的时候，获得了文学硕士和神学博士两个学位，而且在俄克拉荷马州瓦特伯里学院还荣获了法学博士学位。他还是指控公会的主席，而且在提高国内服务质量的会议上也以主席身份出席。他和人们说他的家庭很贫穷，他在小时候吃过很多苦，为了挣钱不仅送过报纸，还在外面打过工。之前，《鼓动晚报》在周末版块上还刊登过他写的两篇论文，分别是《有气魄的男人的宗教信仰》和《金钱与基督教信仰的价值观》。这两篇论文当时报社采用加粗字体印刷，而且还用波状花纹框了起来，在报纸上一眼就能看到。最让约翰·钱宁森牧师感到自豪的是，大家都知道他是一个商人，他也经常说，在精力和干劲方面绝对不会让老撒旦夺走控制权。他身材消瘦，经常戴着一副款式老旧的金边框眼镜，前额留着暗棕色的刘海，很随意地贴在额头上，让人看上去有种土里土气的感觉，当他全身心投入演讲时，就像变了一个人似的，立刻变得容光焕发，充满激情。他为人谦虚，很了解自己，认为自己诗人、学者气质太重，缺乏自信，做事没有主见，他还大胆地承认自己根本没法和福音传道家麦克·曼迪相比。有一次，他大声向所有人说："我所谓的兄弟们，你们才是那些不愿意慷慨解囊、奉献上帝的人，你们才是真正自私的人！"他的语气强硬，刚劲有力，不过值得庆幸的是，他的呼吁起到了作用，他的教友兄弟们得到了启发，给教会筹到了一笔数目可观的捐款。

约翰·钱宁森牧师教会变成了名副其实的活动中心，这都得归功于他的精心收拾和整理。在这里除了没有寻欢作乐的酒馆外，其他休闲场所应有尽有。有刚刚竣工的托儿所，每周四这里都会举办一场小型的晚餐会，吃完饭后，还会进行一场简单的布道演讲；还有健身房，每两周组织看一场电影；一间图书馆，里面摆放了好多和技术有关的理论性书籍，供这里的年轻人学习使用，这里的年轻人都是打扫卫生和修缮暖炉的工人，除了他们，没有其他的年轻人来这里；还有一个妇女慈善组织，钱宁森太太会朗读一些励志的小说，来到这里的妇女一边听着这些小说，一边义务地为这些贫苦的小孩儿缝制衣物。

牧师的神学博士学位其实是属于长老教会的，但他装修的教堂，却是圣公会主教派风格，既高端，又能显示出对上帝的尊敬。牧师也经常说："这座教堂是文化的象征，它具备了所有崇高古英国教会的特点，始终坚持文明、自信、虔诚、信仰的崇高品质，而且这种特点会永远流传下去。"

这座教堂用坚硬的斑纹红砖建造而成，采用的是哥特式建筑风格而不是传统的教堂风格，大堂内的雪花石膏球是整个建筑的亮点，这些雪花石膏球被交错的灯所笼罩，由此交错铺开的投影和石膏球看起来非常美妙。

那是12月的一个早晨，巴比特带着他的家人去参加教堂的晨礼会，当他们进入教堂的时候，看到台下聚集了很多人，他们都在认真地听着约翰·钱宁森牧师在台上绘声绘色的演讲。有10名招待员在那里，他们都精神焕发，所有的招待员都穿着白玫瑰晨礼服，他们主要负责去地下室给来参加晨会的人搬一些可以折叠的椅子，他们的服务特别周到，让人觉得很贴心。在晨会进行中，偶尔会插入一个感人的、温馨的音乐节目来缓解大家紧张的情绪，时间不会很长，由基督教青年会的教育指导员雪登·史密斯指挥，并且他也会唱上一首奉献歌。巴比特一直都不愿意看音乐节目，而且这位年轻的教育指导员之前的老师是一位思想有问题的人。这个人要求史密斯在唱歌的时候一定要始终保持微笑，但这对于巴比特而言，并没有改变史密斯在他心中不好的形象。巴比特从演说家的角度去分析牧师的演讲和传道，他觉得很不错，因为演讲和传道本身就是以传播正义、积极向上的观点为主，它指引人们如何正确地做事，让人们不要误入歧途，这些也是詹丹路长老教会和史密斯街上那些污秽教堂之间存在的差异。

牧师用嘹亮的声音赞扬："12月，象征着收获。在这一年里，我们历尽千辛万苦，我们向暴风雨顽强地抗争，彼此相互搀扶，度过了充满艰难险阻的日子。当我们每个人都行走在艰难的道路上时，我们的灵魂却不会受到束缚，我们可以让我们的灵魂自由自在地随处游荡。最后只是我们忙碌了一年的身体会感到劳累，还有会为了看到不如意的薪酬而感到失望，说到底，这只是表面现象，对我而言，我感觉我们的精神层面可以得到满足，在我们感到失落时，我们可以看到一群天使在欢快地唱着幸福的歌——看啊！抬头望向远处！看到了什么？朦胧的云雾外面，那是什么？那是连绵不断的山脉！那是刚刚升起来的太阳！"

听完牧师的演讲后，巴比特若有所思："我就喜欢这种带有文化和思想的演讲，真的触动了我！"

牧师的演讲结束，意味着晨礼会也开完了，牧师站在门口亲切地与巴比特握手，并问候他。巴比特非常高兴。牧师诚恳地问道："巴比特兄弟，你能等我一下吗？你可以点评一下我这次的演讲吗？"

"可以啊，这样一来，我们就可以彼此交流学习了，我很乐意啊，博士！"

"好的，那就到我的办公室吧！我那儿有你喜欢的雪茄，肯定符合你的口味。"巴比特平时确实爱好抽雪茄，他对牧师的办公室也很感兴趣，走进办公室他便被墙上的一张字牌吸引住了，上面写着："主所劳碌的一天。"这张字牌还隐藏着另一层意思，巴比特明白其中更深层次的意思，所以很喜欢，他觉得这间办公室设计得很有特点，独具匠心。随后，奇姆·福林克和威廉·华·俄桑两人也来到了办公室。

威廉·华·俄桑，今年70岁，现在在天顶市第一州立银行担任行长一职，他穿着一套款式老旧的衣服，那还是19世纪70年代所有银行家统一的制服式样，衣服侧面留着华丽的嵌片。巴比特嫉妒时髦、事业有成的马克贝，但是对于威廉·华·俄桑这样的人会肃然起敬，因为威廉·华·俄桑在巴比特的心里一直有很高的地位，巴比特觉得他和那些富商不一样，他的地位远远超过了那些人。1792年，创建天顶市的功臣有5个人，而威廉·华·俄桑就是其中一个人的曾孙，他是第三代银行家，他的权力很大，他可以通过信用调查、贷款等银行项目决定一个人生意上成功与否，这让巴比特很嫉妒。在他面前，巴比特感觉自己反应缓慢，呼吸都很困难，在这样的大人物面前，自己有点儿年少无知，但不得不承认，年轻就是资本。

牧师走进屋里，他一个劲儿地说个不停："我请大家留下来是有原因的，我想给大家提一个小小的建议！主日学校应该增强自信心！在天顶市的所有学校里，它排第四，要想让它得到人们的认可和赞赏，我们必须努力，争得第一！所以，我提议，在所有人都同意的情况下，在主日学校组织一个咨询兼宣传委员会，专门负责对学校的工作实施监督、促进及改进。我们要引起新闻媒体对我们的关注，我们可以把我们主日学校的优点展示给公众，杜绝那些谋杀或是离婚的消极新闻，向他们传递一些积极的、有建设性的新闻。"

银行家威廉·华·俄桑说道："这个主意真的很不错！"

听到威廉·华·俄桑表示同意，巴比特和奇姆·福林克也没有反对。

3

巴比特对他的宗教信仰很明确，如果你问他是什么，那么他一定会信心满满地告诉你："我的宗教信仰就是为人民服务，尽我所能为民众争取属于他们的权利，让他们的生活有所改善，让我的城市以我为荣。"只有拥护者俱乐部的成员才会用喊口号的形式进行表达，那里的会员经常会把自己的会旨修饰成这样。如果你觉得这样的回答不满意，要求他详细说明，巴比特便会略带厌烦地回答："我是基督教长老教会的成员，我的言行举止都要遵守它的教义，只要是对人民有利的事情我都会做。"假如你刨根问底，那么巴比特会很生气地答道："在宗教问题上，你也应该清楚，深究下去根本没有什么意义，宗教信仰是一个人思想的认可，一直这样争辩只会让人感到反感。"

其实，这才是巴比特的宗教信仰：在这个世界上，上帝是真实存在的，而且他为了人类能够十全十美，也曾付出过努力，但是却没有成功！如果一个好人，平时喜欢做慈善，人们经常用仁慈、博爱这样的词汇赞美他，那么，他最后一定会进入天堂。在巴比特心里，这个叫天堂的地方是一个豪华的旅馆，还设有私人花园，那里非常宽敞，可以住下许多好人；若是一个坏人，比如小偷、贪官、谋杀犯、吸毒者或者好色之徒，这些人，肯定会受谴责，遭报应，他们最终会被圈在地狱的牢笼。其实，巴比特也很迷惑，"地狱"这个地方是否真实存在，所以当泰德询问的时候，他是这样回答的："如何分析这个问题呢？我是一个自由主义家，喜欢自由，反对封建思想，我也不相信世界上真的存在地狱。其实我们的生活中，考验无处不在，难免会犯错，那么犯了错误之后，上帝肯定也会让你为自己的错误付出相应的代价。泰德，你能明白吗？"

事实上，巴比特平时也不会花太多时间去深究宗教哲理，他只是简单地知道，宗教值得人们去信奉，它有利于一个人的事业，而且他认为，要想在别人心中树立一个善良、诚实的形象，就要坚持去做礼拜，这样人们才会尊敬他。就算是十恶不赦的人来到教堂，他们经过洗礼，出去之后都会有所改变，像巴比特这样很少犯错误的人就更不用说了。巴比特在去教堂做礼拜或者倾听牧师讲道时，总会感觉到乏味，心情也很失落，而且有的地方根本听不懂，但是有好多像巴比特这类型的人还是乐意去教堂，因为这里有一种能净化人的心灵、让人变得比以前更加完美的魔力，这种魔力深深地吸引着他们。

主日学校顾问委员会成立后，初次的调查是巴比特做的，但整个过程中都没有让他感到骄傲的地方，和他之前想的截然不同，这样的结果让他感到很失望。

教堂还为那些工作繁忙的人成立了《圣经》班，男女皆可以参加，巴比特非常喜欢来这里。亚金斯·乔登博士是这里的主讲，他是一位经验丰富的内科医生，演讲的风格活泼风趣，但是又不缺乏内涵魅力，他和那些温文尔雅的演说家没什么区别。但是巴比特刚开始加入的是初级班，这让他感到很难过，也很尴尬。因为参加初级班的都是一些只有16岁的小男孩儿，这里的主讲是雪登·史密斯，他还在教堂唱诗班担任指挥，他长着一头卷发，做起事来充满活力，感觉自己有无穷的力量，在这些小男孩儿面前，他是位和蔼可亲的讲师，说话的时候总是面带微笑，他和他们说："伙计们，下个星期四，你们都来我家，我们一起举办一个座谈会，主题就定为'团结一致'，我们可以互相倾诉自己的不愉快，分享彼此的小秘密，任何问题我们都可以讨论，畅所欲言，我们要拿出真心来对待他人，我们就像一个大家庭一样，友好相处。如果有人不慎误入歧途，那么我们就要伸出援助之手，让他悬崖勒马，以避免他会越陷越深。在座谈会上，我还会和你们讨论关于两性问题的利与弊。"雪登·史密斯说完后有些不好意思地笑了一下，男孩们听了也表现得很害羞，巴比特则把头扭向了另一边，眼睛却不知道看向何处。

　　青年班和初级班相比遇到的问题会少一些，但是这里却乏味无趣，一些未婚的中年女性讲课，内容主要是哲学和东方文化。大部分班级上课的地方都是在主日学校的教室，房子涂着厚厚的一层油漆，里面的排水管子经常漏水，水管长时间浸在水里，以致生锈，墙壁上的水印看起来倒像一幅抽象画，从窗户里会映出一点点光线……后来，巴比特看到了由卡特巴授课的第一公理数会堂，他感觉就像回到了上学的时候，心情一下子放松了好多。他似乎闻到了空气中飘散的书香味，听见了教室里洪亮的朗读声，看见了主日学校乏味的课本，书内记载着"海蒂，谦逊的女英雄"和"约瑟斯，巴勒斯坦年轻人"，他还回忆起了用手指玩弄经文卡的画面，那些经文卡五颜六色，却没人喜欢它们，但是也不会有人扔掉它们，因为这些卡片代表着神圣的宗教文化。巴比特想起了35年前背书的经历，那段时间枯燥乏味，仿佛宽敞的教室里教师说教的声音又开始萦绕在他的耳边：

　　"好了，接下来由爱德嘉读另一篇诗句，经文上有一句是这样写的：'骆驼穿过针眼比富人进天国还容易。'这句的意思你们明白吗？这段话又象征着什么意思呢？克劳伦斯，专心听讲，不要开小差，跟着老师的思路走才不会如此烦躁。好了厄尔，你来说说耶稣会让他的门徒受到什么样惩罚和教训。我希望你们记住一句话——'上帝可以帮助你完成所有事'。我希望你们永远记住这句话，只要你们遇到困难或者悲伤难过的事，都可以用这句话激励自己，主将会给予我们信心和力量！好了，阿立克你来读下一篇，我相信，只要你专心听讲，你就应该知道如何去读！"

宽敞的洞穴里，辛勤的蜜蜂正在嗡——嗡——嗡地叫个不停。

突然，巴比特被惊醒了，他从梦境回到了现实，当他睁开眼睛时，感觉自己上学时代的一些言行举止都很可笑。他觉得老师能允许自己进来听课，是自己的荣幸，所以向授课老师表示由衷地感谢，之后便摇摇晃晃地走向下一个教室。

两个星期很快就过去了，但巴比特一条有用的建议都没有向牧师提过。

后来，巴比特发现主日学校出版过很多杂志，这让他感到很意外。杂志里面的内容非常丰富，版块很多，有服装鞋业专栏、房地产专栏等，看了这些内容之后，他的收获很多，而且对未来的发展也有了先见之明，这是值得学习和阅读的好刊物。自从他发现这些杂志后，便从一家宗教书店买了6本这种杂志，他在房间里一直看到深夜，看到写得好的地方还会赞叹不已。

在所看的杂志中，他发现了许多意义深刻的句子——"明确做事的目的性""开发新会员""关于主日学校的未来，一展宏图"。他对"一展宏图"这个词语印象很深，这些文字深深地触动了他。当中有一篇关于宗教信仰的阐述，他对此有很深的印象，里边的内容是：

"其实，小区里人们的道德源泉就来源于主日学校，主日学校主要是以发扬宗教文化为主。如果生活中存在的道德问题，你现在不注意，那么以后你肯定会误入歧途，当然你也体会不到道德给你带来的正能量……只要你愿意做一些好事，那么在道德和生活上，别人就会对你的看法有新见解，你在人们心目中也会留下好的印象，请记住！永远都不要放弃，尽力做最好的自我！"

巴比特觉得这些内容写得不错，而且也同意里面的观点："说得很有道理，以前在卡特巴主日学校学习时，只要有机会我就悄悄跑出去了，但是现在的我必须承认，卡特巴所信奉的道德理念和文化知识，它们在我的生活中起到了举足轻重的作用。从现在开始，我要找时间把以前的书都重新看一遍，我相信，通过再次阅读和理解之后，我一定会得到意想不到的收获。"

看了这些杂志，巴比特学到了很多知识，而且他对这些东西也很感兴趣。其中有一篇和主日学校有关的文章，巴比特从文章中知道主日学校也有办法可以重新组建起来，这篇文章的作者是西敏大教堂的成人《圣经》班，内容是这样的：

"第二任副会长为了此次活动的顺利进行，还专门请来一些人帮忙，这些人负责班级的招待工作，这些招待员充满了活力，对到场的每个人都和颜悦色。他们当中还会有人站在门口把路过这里的一些人请进来，活动的氛围很好，这些新进来的人都像到亲朋好友家里做客一样，一点儿也不拘束。活动结束后，他们走的时候都面带满意的笑容，非常开心。"

在主日学校，威廉·吕格威刊登了一段评论，也许这正是巴比特最喜欢的地方，内容是：

"在主日学校，假如你的班级里经常有人犯困、不按时上课或者提前离开，课堂上的气氛也不活跃，那么这只能说明你所在的班级很失败！现在，我告诉你们一个解决这种问题的方法，那就是邀请你们班所有人共进晚餐。"

主日学校主办的这些杂志，内容各式各样，而且任何和文艺有关的事情在上面都可以找到，封面也是亮点，做得既精致又美观。在《主日时报》的音乐版块刊登的是洽洛·罗登。上面的内容是这样写的："他的主打音乐成功地让他获得了荣誉和金钱！"《仰慕》是他唱的第一首歌曲，也是他的成名作，这首歌曲的作词人是哈代·克尔，这首歌曲都没人能找到合适的词语形容，就算用美妙、优雅、欢快这些词语也表达不出对这首歌曲的赞美，曾经有权威人士说过，《我听见耶稣的声音》这首家喻户晓的歌曲也会被它所取代，它将成为人们心中最优雅的圣歌！

在《主日时报》上除了音乐还有手工艺方面的内容，巴比特在上面看到了一种手工艺制作的方法，熟练的方法让他想到了基督耶稣的复活：

"这是专供学生使用的模型。材料：带盖儿的正方体盒子、大于盒子的圆形纸板、水、面粉、沙子。制作步骤：首先把盒子放到桌子上，带滑门的坟墓就和这个看起来差不多。然后将盒子边推边压，底部就会出现一个沟槽。接下来我们需要切下盒子的一面，形成一扇门，再将圆形纸板盖在门那里。最后我们把找来的水、沙子和面粉混起来，搅匀后会成为有黏性的液体，用它把圆形纸板和坟墓门粘到一起，把它晒干，等到了复活节的时候，早晨起来我们就会看到门上的圆形纸板会自动打开。重点是故事的最后，你们明白吗？"

《主日时报》不仅内容丰富，就连登在上面的广告反响也不错。巴比特在上面看到了一则关于健康药方的广告，他对此很感兴趣，他说："这个药方对于长时间需要坐在那里的人肯定有效果，因为你不用运动，但是只要你喝了这种药，你的脑部、神经系统和消化系统都可以得到调理。"巴比特从杂志上学到了很多产品知识，而且还了解到现在销售《圣经》也存在很大的竞争力。上面一则和卫生装备公司有关的广告也引起了他的注意，因为他平时自称精通卫生健康方面的知识："现在，由我向大家介绍一款改良多次的设备，包括一款精美的桃花心木盘子，这个盘子比别的盘子轻巧，所以不会发出任何刺耳的声音，取出来用或者存放的时候都非常方便，这个盘子的优点是颜色亮丽，属于百搭产品。"

4

巴比特把主日学校所有的杂志都看完了，然后整理好放到了一边。

他对这些杂志评价很高，他赞叹道："写得真是太好了！简直就是男人的知识海洋！

"以前一直没有关注过这些东西，浪费了那么多时间，我真的感觉很内疚。我们每个人都应该做一个在自己所属小区有影响力的人，作为一个男人，如果你没有加入一个代表男人气魄的宗教，那你在别人面前也太没面子了！比如基督教就是一个不错的选择……

"换个角度分析，如果你参加宗教就代表了你是一个崇高的人。

"也有一部分人不支持主日学校，他们认为主日学校是迷信的、不现实的，这也属正常现象，还有一部分人非但不支持还恶意攻击主日学校，他们整天无所事事，当然不想为主日学校贡献自己

的力量。如果再让我听到那些不知羞耻的人说主日学校的坏话,那我也会坚定地告诉他们:'主日学校是最棒的!'

"我认为只有信仰宗教的人,才是一个真正的男子汉,一个勇敢的、积极上进的男人。从此以后,我要把所有的烦恼和不愉快都赶跑,我要过积极向上、乐观、充满活力的宗教生活。我永远都不要听到维洛娜讨厌的唠叨声和数落声了!"

第十七章

1

天顶市的老房子,通常是指1880年之前修建起来的那些。这样的老房子在花岗住宅区有三四栋。其中规模最大的一栋属于威廉·华·俄桑。他是第一州立银行的总裁。

1860年至1900年之间,天顶市出现了一些风格独特的建筑。而俄桑总裁的住宅就是那个年代最典型的代表。它是那个时代的见证者:房子是红砖结构的,规模宏大,在阳光的照耀下显得格外气派。修筑大门的材料是灰色的岩石,屋顶由红、绿、暗黄的石板瓦构筑而成,与大门的色彩搭配相当完美。两旁是看起来比较显旧却又造型独特的楼塔,一座是铜片屋顶,而另一座的屋顶则是苍翠葱茏的绿色植物。悠长的走廊、被波状砖装饰得五彩缤纷的石柱、上面绘制钥匙图案的巨型彩色玻璃窗……从这里的种种事物都可以窥见当时人们的生活风采。

那些老房子，见证了岁月流逝和时光变迁，体现了维多利亚资本家们的稳重庄严以及至高无上的权力。这些资本家垄断资源，甚至形成了严苛的寡头政治。他们控制着银行、工厂、土地、铁路以及其他他们所能掌控的资源，所谓的"新人"和创业者都归他们管理。这些新人即使很努力地奋斗，想要赶上这些资本家，到头来发现依然是一场空。统治他们的依然是那些大资本家。那个年代的天顶市，有12个大家族，他们之间相互竞争，推动着这个城市的发展。不过，俄桑家族是其中的佼佼者，历经时代变迁而屹立不倒。俄桑家族的人冷酷无情，往往将自己的杀机藏在客气有礼的外表下。这些都是其他家族无法超越的地方。然而对于普通的天顶市民众来说，他们根本接触不到这些，他们看到的只是一片安定祥和。他们认为的人生，无非就是勤奋地工作、努力地生活，直到死亡……

维多利亚时期大多数封建领主的奢华城堡早已不复存在了。就在这些屋子变得破旧之后，一座座普通的住宅在这个地方拔地而起。唯有俄桑大厦依然屹立在那里，人们可以从中看到那个时代的风貌。看到这些建筑，似乎看到了那个年代下的伦敦、贝克海湾，以及黎顿郝斯广场，许许多多的人穿梭其中，角角落落打扫得都非常干净，大理石台阶每天都被刷洗得一尘不染，一些金属器皿也被很仔细地擦拭过，散发出锃亮的光芒，格子绸缎的窗帘更将威廉·华·俄桑本人的庄严高贵显露无遗。

这座威严的房子，巴比特曾经有幸去过一次。那是为了主日学校咨询委员会的事情。与巴比特同行的是奇姆·福林克。在打扮整齐的女仆的带领下，他们怀着崇敬而局促不安的心情走在这座庄严的房子里。经过走廊，会客室，最后到了俄桑总裁的书房。不出所料，从房间的布置上，巴比特马上意识到这是一间老顽固银行家的书房，甚至于连俄桑的络腮胡子，也是老顽固银行家的标配。这里有很多的藏书，都是精装版本，统一都是暗蓝色的封面，暗金色烫字的牛皮书皮，无一不在彰显着它高贵的格调。就连壁炉也比普通人家的要华丽一点，火安静地烧着，几朵小火苗随着火钳的搅动而跳跃了起来。俄桑总裁的书桌是黑色橡木材质，擦得特别干净，座椅都十分高大，给人一种傲慢的感觉。

俄桑总裁像和蔼可亲的长辈一样问起了巴比特的妻子和孩子们，但是巴比特却不知道该怎么回答才好。如果是面对那些看起来功成名就的人，比如伯吉乐·扬齐、福林克，或者是哈伍德·小野之类的人，巴比特可以不用太注意措辞，随便开开"你在搞什么鬼？"之类的玩笑，可是在俄桑面前却不适合说这些。巴比特和福林克只能客客气气地坐着，俄桑总裁一直在说话，但是嘴唇动的幅度却不是很大，就好像他说话十分困难一样，然而他的语气中却有着十足的底气："有劳你们大老远地跑一趟了，路上挺冷的吧？要不在我们谈话之前先来点儿威士忌？"

没见到俄桑之时，巴比特在脑海中勾勒了很多见面的情景，想好了如何去应对这个高级的绅士。但是现在，他所有的准备都没有了用武之地，诸如"真的可以喝吧？那个废纸篓里会不会突然跳出来一个执法的警察？"之类的话打死他都说不出口，他有自己想说的话，但是到了喉咙就好像被卡住了，最终只得咽回去。他有点儿紧张地站起来，弯腰简单地回应"是"。而奇姆·福林克同他的反应一模一样。

穿着制服的女侍听到俄桑的摇铃声走了进来。

虽然巴比特也算是社会精英，走在时代的前列，对生活品质有着很高的追求，但是这是他平生第一次见到有人在自己家里，除了吃饭时间还摇铃召唤仆人的。他只是在住旅馆的时候，摇铃叫过服务员。为了不伤害女仆玛蒂达的自尊，他向来都是跑到楼道大喊她的名字。除此之外，他还有一件事情感到十分震惊，那就是从来没有见过谁在禁酒令颁布之后，还能毫无顾忌地喝威士忌。他慢慢地一点点地喝着威士忌，没有太多的话，完全不像有些喝多的人，随便嚷嚷："真是好东西啊！呃，喝点酒，才是生活啊！哈哈！"否则，气氛倒与房间的肃穆格格不入了。巴比特觉得自己在俄桑面前，太过渺小了，他忽然间发现："俄桑这个老头，只安静地坐在那里，我的心情、行为就已经受他影响。他可以随意地成就我，或者是摧毁我。噢，上帝啊！如果他随意干点儿什么，我可能顿时就折服在他的面前。如果，他代表银行来向我催要贷款，那我可无招架之力。上帝啊，这样的人简直太恐怖了！"

胆战心惊的巴比特喝了一小口酒，不再有那些乱七八糟的想法，而是恭恭敬敬地听俄桑对于主日学校的看法和建议。他虽然表面上非常客气，但是心里却想，这些建议真是糟糕透了。

巴比特非常婉转地说了一下他的建议："我觉得我们可以把它当作一个商业问题来对待，假设学校是一件商品，那么我们通过分析得知，学校的可持续发展才是这个贸易的基础需要。我想我们谁都希望把这所詹丹路长老教会的主日学校建成全州最大的，而且是最优秀的学校。这样一来学校就可以不用从任何人身上征收物资了。如今他们已经成立了竞赛小组，并且设置了很多小奖品，以便吸引到更多的会友。问题是这些小奖品都是些诗集或者是带插图的《圣经》之类或者是不值钱的小东西而已，不能吸引真正机灵活泼的孩子。我觉得应该准备点更加有趣的东西，例如现金、能够安装到摩托车上的速度表等。当然，那些制作精美的书籍，或者是带插图的《圣经》也是不错的。可是我们必须得承认，想要壮大我们的队伍，招揽会员，我们就要付出更多有趣的'商品'代价。

"为了保证活动更加有趣地进行，我觉得应该从两个方面着手。一方面是按照年龄大小，可以把主日学校的学生们分成4个小分队，每个人按照介绍来的会员的多少而得到他所在分队的军衔，那些不出力，一个会员都拉不来的人就只能做小跟班了。这种制度一旦推行开来，就得像真正的军队里一样，按照军衔，下级见到上级，要敬礼。我们要做的就是让制度顺利地实施，让他们明白这种论功晋级不是一个小孩子的游戏。

"另一方面，我们谁都知道，主日学校的咨询委员会从来没有真正运转过。之前大家都是为了爱好而工作。现在我们必须根据事实，做点有利于学校发展的事情。我们应该给主日学校雇用一个兼职的报界宣传员，这样的工作，找个能匀出一点时间的报社员工就可以了。"

"巴比特，你说得对极了！"奇姆·福林克也同意。

"是的，我特别想看看，这个宣传员给我们带来的活力！我们将会见证多少生动的、充满趣味性的事情啊！"得到奇姆·福林克的赞同以后，巴比特得意地继续说道，"他不只为我们主日学校报道重要新闻，比如我们学校的迅速发展，或者是募捐阵容；他还可以报道一些幽默花絮让人们闲暇时打发时间，比如某个人吹牛皮说要招揽最多的会员，结果承诺没有兑现，或者是圣三位一体班里某个女孩子称赞维也纳香肠晚会特别好玩儿。另外，如果宣传干事愿意在他有时间的时候，对我们主日学校的课本做点文章，那就相当于对整个州的主日学校进行宣传了。只要我们招揽会员的人数领先于其他学校,我们完全就不用再花费别的心思了。随便这位宣传员从哪里得到资料,都可以找到其中的点来宣传。当然我并不像福林克先生那样有文学功底,但是我举个简单的例子还是可以的。如果宣传员得到的礼拜课程和雅各布有关,他就可以写一个比较有趣的标题来吸引读者——老头被雅各布耍了,或者某人劫财劫色,我说的意思明白了没?有趣的课本肯定能吸引人们的兴趣!当然啦,俄桑先生,我知道您做事稳妥,也许会觉得我的说法只是些上不得台面的小点子,但我认为它管用,一定会使我们的主日学校举办成功的。"

俄桑先生合抱双手,轻轻地放在他的小肚子上,整个人显得开心极了,只听他说道:

"巴比特先生,你对主日学校的分析相当深刻,我很满意。你说得对,我确实是一个不够前卫的人,处于我的地位,稳健保守是必须有的常态,这样才能在别人面前努力保持我的威严。不过,你也许会发现我也是很现代化的。比如说,在我们的银行里,宣传方法和广告是遥遥领先于本市其他任何一家银行的。是的,事实就是这样。也许我个人来说,还是觉得以前严肃的长老会教义比较好,但是我还是可以很开心地告诉你,你的建议很不错,就按你说的办好了。"

巴比特没想到他的想法得到了俄桑先生的赞同。

奇姆·福林克建议那个兼职宣传员由肯尼斯·史谷特担任,肯尼斯·史谷特目前就职于《鼓动晚报》,是那个报社的记者。

大家愉快地分别以后,巴比特想一个人静一静,平复一下因为结识威廉·华·俄桑总裁而带来的激动心情。于是他直接开车去了市中心。

2

夜晚在雪的装点下，白茫茫一片。街上人声鼎沸，霓虹灯不停地闪烁着。

满是积雪的街边，一辆亮着大灯的电车从前面缓缓地驶来。街边没什么人，只有小房子里透出的几缕光线。更远处，是一家闪烁着点点灯光的工厂，与天上星光相映成趣。街上还有几家通宵营业的药店，几个年轻人完成一天的工作聚在里面，开心地谈天说地。

巴比特开车途经警局，他发现门口的绿灯在白雪的映衬下显得格外绿。一个穿着制服、趾高气扬的警察开着一辆巡逻车从他眼前飞快地闪过，可以看出他开车的技术并不熟练。另外还有一个警察站在车尾厢内，守着一名囚犯。巴比特想，这是一个什么人呢？是杀人犯？抢劫犯？或者是个小偷？或许还是一个制造假币的头目？可谁又能知道呢！

之后巴比特从一座由大块灰石构成的教堂经过。教堂的大厅内散出柔和的灯光，伴着练习教堂合唱的愉快的歌声。车子继续向前走，很快就到了流光溢彩的闹市，这里有停在路边闪着红光尾灯的汽车、被白雪装点的电影院拱形门、软弱无骨的舞者、从低俗舞厅飘出的火辣辣的爵士音乐、富有特色的印有樱花和塔图案的中国式灯笼、装修简单的小饭店……在极具现代化的商业区，购物商场的橱窗在明亮的、柔和的光线下，显得更加的漂亮，像极了一幅五颜六色的画。街道的另一边，在一片黑漆漆的高楼里，还有办公室亮着点点灯光，工作的人正在勤奋地加班。他是处境不好，快破产了吗？还是一个年轻人拥有晋升的梦想？又或者是一个仍然坚持不懈的成功者？到底是什么力量在驱使着他们如此努力呢？巴比特无从知晓，也不想去关心这些无关的人。天寒地冻，寒风凛冽，这是他知道的。他想，此刻城外已经结了冰的河流到处是白茫茫一片，而现在依然挺立在山坡上的只有橡树了吧！

巴比特对这座城市充满了热爱。因为它能够让他消除生意中的烦恼和四处演讲的疲劳，并且身心放松，整个人变得生机勃勃，意气风发，就好像重新回到了年轻时代。在他看来，伯吉乐·扬齐或者是奥维罗·琼斯这样的人虽然比较和善，但是却没有商场上的人该有的手段，因而他们仍不够出色，他不想成为这样的人。他默默地告诫自己要像俄桑那样才行——行为谈吐优雅，做事奋勇直前，为人严肃却威望很高。

"嗯，做人就得像俄桑才行！在拳头上套个天鹅绒手套，给别人有力的回击，这样才能震慑住别人，同时也不至于让自己受到伤害。不过我最近说话太不注意了，俗语乱七八糟一大堆，不能这样继续了。要知道，上大学时，在语言修辞方面，我的成绩可是很好的。要不我也试试办一家银行？以后可以让泰德来接班。"

巴比特愉快地开车回家，他对妻子说，他以后要做一个像威廉·华·俄桑那样的人，然而让他很扫兴的是，他的妻子并没有当真。

3

《鼓动时报》的记者肯尼斯·史谷特经奇姆·福林克的引荐，被聘为詹丹路长老教会主日学校的兼职宣传员。他每周工作6个小时，按时计酬。他在新闻界认识许多熟人，但是他兼职主日学校宣传员的事情，从来没跟别人说过。在兼职方面，史谷特的工作方式非常灵活，每次都能想到好的主题对主日学校进行宣传。比如谈谈邻居间的和睦相处，或者是《圣经》，抑或是谈谈虔诚的祈祷对一个人事业的作用等。

詹丹路长老教会的主日学校采用了巴比特的建议——军衔制度。这种新制度振奋了人们的精神，促使学校良好而有序地发展着，有着迅猛的发展势头。虽然在人数上依然没有超过天顶市最大的主日学校中央卫理公会教堂——这所学校以"不公平、没尊严、非美国式的，没有绅士和基督作风"为宗旨，始终无人能及，但是，詹丹路主日学校已然紧随其后，超越了其他学校。上天必定会感到欣慰，至少是詹丹路长老教会主日学校的上天是愉悦的。因为取得如此好的成绩，巴比特好评如潮，收获了更多的赞美。

巴比特在学校的众多工作人员中脱颖而出，被授予上校军衔。走在街上，他特别高兴受到不认识小男孩的敬礼。听到别人叫他"上校"，他会觉得害羞，连耳朵都会发红。"上校"的荣誉始终伴随着他，即便他不去主日学校工作，也能清晰地感受到，每当这时，他的心中就充满了欢乐。

肯尼斯·史谷特宣传员的工作干得挺好，为此巴比特对他充满了好感。他曾经带着史谷特到运动俱乐部吃午饭，还请他到家里参加家庭聚餐。

和所有有理想的年轻人一样，肯尼斯·史谷特一边谈论着这个城市带给他的满足感，一边含蓄地表达着对这座城市的不满和讽刺。在巴比特家用晚餐的时候，他会表现得非常羞涩，他的脸形消瘦，是一个安安静静的男子。整个吃饭的过程中，他都微笑着，心情愉悦地说："巴比特太太，真想下次还能参加你们的聚餐！真是太美味了！"

史谷特和维洛娜两个人互相有好感，这一点是大家都没有想到的。整个晚上，他们都在交流思想。然后在探讨的过程中，他们发现，彼此都属于激进派，认为共和党是空有理论的亡命徒。他们觉得如果遭遇全球裁军的话，大英帝国和美利坚合众国应该代表被压迫的小国家，保持自己的海军规模，使其总和与世界上其他国家相加之和的海军相等。他们觉得，美国的第三党必定会拿出点厉害给民主党和共和党看看。史谷特和维洛娜的这一观点令巴比特大为恼火。

史谷特在吃过晚饭离开时，和巴比特握了3次手。而巴比特则表现出一副熟络的样子，表达着对史谷特的欣赏之情。

之后，不到一星期，有3家报纸发表了关于巴比特的文章。报纸上介绍了巴比特为教会学校的发展所做的努力，并且很隐晦地提起了威廉·华·俄桑也赞同巴比特的工作，而且他们来往密切。

巴比特的声望一下子在麋鹿慈善协会、运动俱乐部和拥护者俱乐部里抬高了不少。他知道他的朋友们在夸奖他的演讲的时候，并不是很真诚，是会带一点疑惑的。然而现在，他只要一出现在运动俱乐部，奥维罗·琼斯就会嚷嚷着："州立第一银行的新董事长！欢迎欢迎！"格鲁伯·巴特包是著名的水管批发商，他也会和巴比特握手，然后恭维道："你跟俄桑结识以后，竟然还没忘记我们这些普通朋友！"珠宝商艾米儿·威格特竟然放低自己有钱人的身段，愿意和他聊聊想在道契斯特区买一幢房子的事情。

4

主日学校的竞争活动结束以后，巴比特向肯尼斯·史谷特提议说："我们宣传一下博士吧！"

史谷特却笑了下:"巴比特先生!博士的事情就不用你操心了。他几乎每个星期都会给报社打电话,让我们派个记者去采访他。他可以给我们提供一些有趣的《圣经》小故事,比如说穿短裙的坏处,或者是《摩西五经》作者的一些事情等。你自己趁有时间好好休息一下就好了,想要采访和宣传他的人多着呢!我们报社正好就有一个,她就是多拉·吉普逊·多克,她跑的新闻是关于儿童福利和美国化大同盟的。她经常想从博士那里挖点儿猛料。"

"噢,史谷特,你这么说博士我不同意。你得明白,他作为一个牧师,关心自己的利益并没有错,他也是为了塑造自己的形象,能够招到更多的会员而已。你记得《圣经》说过的话吧?要虔诚地为主服务!这样类似的话很多的。"

"好吧!巴比特先生,既然你想让我宣传,我就写一点儿东西吧!但是我也能力有限,要等到总编辑外出的时候,我才能给本市新闻的编辑施加一点儿压力,让他为我办点儿事。"

就这样,本周末的《鼓动时报》上出现了关于博士的新闻,另外还有他的一张照片。他严肃的表情,有神的眼睛,卷曲的头发,尖尖的下巴,无论从哪一点来说,都找不到瑕疵。照片下面是一个引人注目的标题和一篇歌颂的文章:

谨献给一位声誉很高的人

詹丹路长老教会堂内的牧师是约翰·钱宁森博士,文学硕士,拥有一套拯救灵魂的奇招。在天顶市,在动员人们信奉主这一方面,没有人能超过他的纪录。在他做牧师的这段时期,平均每年100多人弃暗投明,寻到了安静的港口。

詹丹路教会堂内一切事物都朝气蓬勃,内部组织设备效率非常高。博士经常醉心于优美的集体唱诗中。礼拜或者集会时的唱诗，动听悦耳，有专业水准，所以那些音乐爱好者和专业歌唱家也会慕名前来。

博士的演讲造诣日益加深，那情真意切、优美动听的演讲深受人们喜爱。今年，他在各地做了精彩的演讲，受到了人们广泛而热烈的欢迎。

5

在这篇赞词发表以后，巴比特专门透露给博士，是他从中牵线，才促成了这篇文章的发表。于是博士心存感激，变得与巴比特熟络起来，每次见面都会使劲和他握手，并且称他为"兄弟"，显得十分亲热。

在主日学校的咨询委员会会议上，巴比特多次委婉地表示想请俄桑到他家吃饭，俄桑也隐晦地拒绝说："你对我太好了，简直是太客气了，可是，我几乎不怎么出门。"俄桑的拒绝在巴比特的意料之中，可是宗教牧师的邀请他是肯定不会拒绝的。巴比特孩子般地跟牧师说：

"博士啊，你看我们保质保量地完成了工作，你难道不该请我们3个吃个饭吗？"

"好啊，太开心了！那都不用说！"博士十分痛快地说道。听人说，他说话的神情跟已故的罗斯福总统特别像。

"嗯，我觉得俄桑先生经常待在家里，对他的身体一点儿也不好，所以我们一定得把他请出来，哪怕透透气呢！"

俄桑终于来和他们一块儿吃饭了。

晚餐的气氛很友好，这次聚餐巴比特绝对会铭记一生的。对于银行家与社会稳定性和教育性的作用，巴比特娓娓道来。他认为银行家就如同商界的牧师，这一点是毋庸置疑的。这次聚会，俄桑终于不再只是聊些主日学校的事情了，他竟然问到了巴比特的生意状况。巴比特落落大方地回答着俄桑的问题，就如同儿子般恭顺。

几个月之后，巴比特有一个机会可以参加街车公司的交易。在贷款方面他一副胸有成竹的样子。他来到自己经常保持往来的银行，提到了贷款的事情。事实上，这种贷款完全就是银行内部人员利用职权便利操作的，即使被人发现，一般的民众也并不了解事情的真相。为此，他去见了俄桑，很轻松地拿到了贷款。巴比特觉得能够受到俄桑的欢迎和信任，就是极好的事了。他们在这次的事情中，有了金钱的牵扯，在双方都得益的情况下，他们的关系有了进一步的升华。

之后，巴比特成了教堂的常客，除了天气晴朗的周末，他会开车出去亲近自然之外，通常情况下都会出现在教堂中。他陷入愉悦的氛围中，自我感觉良好。他对泰德说："儿子，我告诉你，福音教堂是可以保护你的最坚固的堡垒。教堂是你社交的好地方，在那里，你可以扩展人脉，可以借助那里的朋友获得你想要的成功！"

第十八章

1

巴比特感觉自己对孩子们的关心越来越少了，这是他在主日学校工作后最大的体会，尽管他每天都有两次见他们的机会，也会对他们的生活状况进行简单的了解。但总体上来说，他好像更关心自己，甚至连对外套整洁不整洁的关心都超过对孩子们的关心。

肯尼斯·史谷特第一次见维洛娜，就有一种似曾相识的感觉，这让他对维洛娜充满了好感，于是经常向巴比特赞美她。次数多了，巴比特也受到了影响，不由自主地注意起了维洛娜。

维洛娜在格鲁斯伯皮革公司工作，她作为格鲁斯伯先生的秘书，工作态度很认真，工作效率也很高。公司里的事情很多，那些琐碎的工作她会专门记录下来，可是却并不会花时间和精力去处理它们。维洛娜有点儿让人捉摸不透，人们觉得她将来有可能会做出一些常人无法理解的事情来。比如毫无理由就不工作了；或者是自己一个人走了，任她的丈夫怎么也找不到她；也或者是为了自身的发展会不顾一切。但是维洛娜从来都没有让这样的事情发生过，她依旧按部就班地过着她的日子。

巴比特对史谷特踌躇的热情寄予了很大的希望，想要尽量去成全他，于是他在史谷特面前将自己塑造成一个爱打趣孩子的慈父形象。他知道史谷特对维洛娜的好感，因而经常会拿他俩开玩笑。每次参加完麋鹿慈善会回来，经过客厅的时候，就会专门看下维洛娜在不在。如果她恰巧在，他就会问问她史谷特有没有来过。这时候维洛娜总会不耐烦地说："巴比特先生，别总是开玩笑好吗？不然传出来什么流言蜚语，大家连朋友都做不成了。"

巴比特很关心泰德。在孩子们中，泰德是最让人操心的。巴比特工作之外的时间基本上都在考虑他的事情。

泰德的高中生活可算是完成了。他的篮球、舞蹈和手工艺课成绩特别好，可是英文和拉丁文成绩却不尽如人意，甚至需要补考。泰德在家时，经常显得很无聊，做什么都提不起精神，但是却对帮别人修理车子比较积极。巴比特经常不厌其烦地对泰德说，希望他去读法律大学，但是泰德也说过好多次，他不喜欢读法律。巴比特觉得泰德最让他操心的不只是学习方面的问题，同时还有他跟邻居家女儿的关系。

邻居家的女儿叫优妮斯·小野，她的父亲是哈伍德·小野。哈伍德脾气暴躁，常常沉着一张脸，在巴比特家里耀武扬威。这样说起来，她女儿只能算是一点儿小顽皮了。小时候优妮斯喜欢坐在巴比特的膝盖上，撕扯或者是弄皱他的报纸，她的这个行为让巴比特很生气。对于他来说，报纸就应该像买卖契约书一样，一定要干净整洁才行。巴比特跟她讲道理，让她不要撕扯报纸，但是优妮斯不光不听他的话，反而嘲讽他这个人太麻烦。现在优妮斯·小野已经17岁了。她想拍电影，成为家喻户晓的明星，所以每一次"特制短片"的演出，她都会很积极地参加。另外，优妮斯经常会看一些电影杂志和一些刊物。这些杂志代表着时尚与活力。刊物上经常会印很多漂亮女人的照片。或许这些女人最初并没有这样美丽的容颜和娇媚的身姿，不懂得如何装扮自己，更不懂人情世故。但是在导演尽心尽力的指导下，她们学会了穿衣打扮，变得更加优雅成熟，每一个动作、表情都尽善尽美。她们很多人的目标就是在东区中央卫理公会的圣歌剧中表演，但是这个剧院对演员演技的要求特别高，尽管她们已经具有相当高的演绎水准，但也不会轻而易举就能达成愿望。这些刊物也会登一些艺术性的图片，比如加州的一些造型独特的建筑物，或者是一些马裤的新款式，也有可能会报道一些雕刻艺术家的事迹，有时还会报道一些空论国际政治的年轻人，他们拥有一副帅气的外表，但是所说的内容却平淡无奇。电影杂志上的内容除了热门的电影排行榜之外就是一些经典的电影桥段，这些桥段的内容并不固定，有时是单纯的风尘女子，有时又会是良心未泯的劫匪等。事实上，这本杂志之所以受欢迎，就是因为它能够给那些想要一夜成名的人指点迷津。

优妮斯·小野想要成名，自然也很认真地研究过这些杂志的文章。人们经常能听到优妮斯谈论那个演技不错却老是扮演一些坏人或者是牛仔的马克·哈卡。1905年11月左右，他开始演电影，在《哦，这个爱恶作剧的小姑娘》中扮演一个合唱团团员，那是他的第一个角色。听她父亲哈伍德说，她的房间里贴了好多明星的照片，至少有20位，但是她真正喜欢并且记住的是那些演技好、举止得体优雅的明星。

其实，巴比特一向对优妮斯追星的行为不太能理解。巴比特怀疑优妮斯会抽烟，因为每当优妮斯和泰德在楼上玩的时候，伴随着他们的嬉闹声传来的是浓浓的雪茄的味道，但是这件事他从来没有提起过。短发令优妮斯的脸型看上去更加清爽迷人。她常常喜欢穿很短的裙子和卷着的袜子，每当她从巴比特家楼梯上下来的时候，总会露出白嫩的膝盖。每当这时，巴比特就会有一些尴尬，因为他一直觉得在优妮斯眼中，他始终就是一个长辈。让他感到不自在的是，他梦中的小仙女竟然像极了优妮斯·小野。

泰德对汽车的痴迷程度就如同优妮斯对电影的痴迷一样。

泰德不止一次跟巴比特说过，希望能够有一辆属于自己的车，巴比特一直没有同意。如果要求他每天起床早点儿，多读读诗人弗吉尔的诗词，泰德就神情恹恹的。但只要说到汽车，他瞬间满血复活，精神振奋。泰德和他的三个小伙伴一起买了一辆二手的福特车底盘，他们用最简单的锡和松板给它做了个漂亮的流线型车身，然后车就可以在街上跑了。后来，他们把车卖了，竟然还小赚了一笔。巴比特买了一辆摩托车送给泰德，泰德很喜欢，觉得骑着特别威风。他常常在周六下午，带上几瓶可乐和几块三明治，载上优妮斯一块儿到城外去野餐。

优妮斯和泰德只能算是一对玩伴吧。通常情况下，他们很友好，只是他们一起在楼上玩的时候，偶尔也会拌嘴，可是没过一会儿就和好了。他们会放一段温馨的音乐，听的时候很安静。巴比特很担心他们，因为他有时候会觉得他们神神秘秘的。

巴比特很爱孩子们，也特别关心他们，望子成龙是每一个做父亲的期望。只是他花在孩子们身上的时间和精力也确实不多。等到孩子们犯了错以后，他就会作为一个威严的父亲出现，及时地纠正他们的错误。当然他有时候也会执着地坚持自己的观点，不留情面地教训孩子们。所以会常常听到巴比特抱怨："没办法，都是泰德他妈太宠他了，把他给惯坏了，所以，我只能做坏人了，管教他成为一个正直善良的人，能够分得清好坏，有优雅的爱好，热爱生活，懂得什么能做，什么不能做，以免误入歧途。也许孩子们会觉得我不够和蔼可亲，可是我必须得去管啊，我也是为了他们好。"

巴比特一直是这么认为的，他爱孩子们，只要孩子们需要，他一直都在。他愿意把自己所有的一切都给孩子们。他觉得一个人想要有所成就，就要经历过磨难，受得住困境。

2

泰德曾经举办过一场舞会，那是他刚刚进入高三的时候，那场舞会很是别出心裁。

巴比特很支持泰德举办舞会，并且很愿意看到他获得成功。巴比特兴致勃勃地讲他高中时舞会的一些事情，并且给泰德提供了一些他以前用过的有趣的方案，比如，猜谜语或者是驾车前往波士顿之类的。对于那些舞会上只知道打牌而不跳舞的人，他打趣说"他们真是一群可怜虫！"巴比特的家人没有一个人认真听他说话，他说的太没有新意，太无聊了，大家只是安静地听着，希望这个话题赶紧结束。

巴比特一般会在早餐时间说一些重要的大新闻，或者是当天的天气情况，可是自从泰德要举办舞会开始，他的妻子和孩子们就积极参与到讨论如何举办舞会的话题中去了。巴比特觉得自己受到了冷落，特别生气地打断了他们的话，说道："请安静！请原谅我耽误你们一会儿时间，听我说几句，行不行？"

被打断说话，巴比特太太也变得有点儿生气，她说："说话、聊天是每一个人的权利，你不能要求每一个人都迁就你，你不是一个小孩子，明白吗？"

巴比特家准备了很久的舞会，马上就要开始了。巴比特帮忙照顾孩子们，忙个不停。空下来的时候，他发现孩子们跟以前的样子天差地别，他们一个个长大了，变得成熟了，不再是8年前为维洛娜开舞会时淳朴的样子了。穿着燕尾服的男孩子们，一个个精神抖擞，礼服没有丝毫褶皱，一尘不染。他们跟巴比特打招呼的时候客客气气的，拿香烟的样子又有点趾高气扬。巴比特曾经听高端俱乐部里认识的人说过，这些舞会为"不雅舞会"。甚至还听说女孩子们会将胸衣留在更衣室，然后不知羞耻地和男孩子们做一些比较疯狂的事情。这样的说法让巴比特很反感。但最让他没有想到的是，他竟然在自己家里印证了这些传言。

这些孩子对他很不友好。在舞场的中间，女孩子们穿着纱状的衣服，带着亮片的衣服在灯光的映照下更加闪耀，如瀑的长发随着她们扭动的腰肢而不停地晃动着。巴比特悄悄地去打听了一下，并没有发现她们将胸衣落在更衣室。即使如此，他相信那小小的钢索一定是不会把她们捆绑住的。她们画着浓浓的妆，穿着带亮片的长长的袜子，看上去性感极了。她们和男孩子们离得很近，脸贴着脸，跳着热舞。这种情景让巴比特的心情变得复杂起来，厌憎中竟然生出一点点儿的嫉妒，还有一点点儿的怀疑。

在巴比特看来，玩得最疯的要数泰德和优妮斯·小野。优妮斯·小野在舞池中央，夸张地跳着热舞，夸张地扭动着腰肢，头发随着扭动的节奏飞扬。她的脸上始终挂着迷人的笑容,她在房子里穿来穿去,双臂不停地晃动着。在灯光的映衬下她的皮肤好像更加白皙了。巴比特觉得她简直就是一个小魔女,他被迷惑了,想要毫无顾忌地去和她一起跳舞。

巴比特还发现了舞会的另一个不可告人的秘密:舞会中,不时就有一对男女悄悄地溜出去。

他曾经听说过,这些青年男女常常在没人的地方饮酒作乐。透过窗户,巴比特悄悄地望向外面,发现大多数车里都有香烟的点点红光,并且伴随着男男女女的嬉闹声。巴比特很是懊恼,很想制止他们的行为,可是又不敢,他只是站在暗处里,偷窥着眼前发生的一切。

巴比特认为在对待孩子们的事情上应该宽容一点儿。于是大声地说:"喂,这里有啤酒,口渴的话可以过来拿!"

"好吧,谢谢!"他们沉浸在热闹的舞会中,完全顾不上理会巴比特,只是简单地回应着。

孩子们的行为和态度让巴比特十分震怒,于是他开始寻找妻子,想要大声地控诉。之后,他在餐具室里找到了妻子,脾气瞬间爆发了。他高声地说道:"你看到那些家伙说话的样子没?我真想把他们赶出去,气死我了,把我当服务生!我真想揍他们一顿。"

"我都明白的!我理解你!"巴比特的妻子叹息道,"可是所有人都说作为母亲得包容自己的孩子,你说我们要怎么办呢?如果我们就因为他们躲到汽车上喝点儿酒,就严厉地斥责他们,那样他们一定不会再到我们家做客了。泰德多没面子,一定会离家出走,再也不回来了,你愿意吗?"

巴比特觉得,他一定是不正常了才会做让泰德离家出走的事。

于是他赶紧调整自己的心态，用最短的时间让自己看上去像一个合格的父亲，宽容而和蔼可亲，免得泰德生气做出什么傻事来。

可是他暗自决定，如果再发现这些男孩子喝酒的话，一定要教训他们一下。然而他只是想想罢了。他尽量让自己看上去和蔼可亲一些，善解人意一些。因此当他再看到孩子们喝酒、拥抱着跳舞时，一点儿反对的话也没说。甚至两次闻到威士忌这种禁酒的味道时，也全部隐忍了下来。怒火在心中燃烧着，但是他却劝说自己，不过是两次而已，有什么关系呢！

哈伍德·小野在这时走了过来。

作为父亲，哈伍德·小野来看他的女儿优妮斯，恰巧看到优妮斯和泰德在紧贴着身子跳舞，他特别生气。他把优妮斯叫过来，小声地说了会儿话之后，转过来跟巴比特说："优妮斯母亲刚刚有点儿不舒服，她得回去照顾一下。"优妮斯哭着走了，巴比特特别生气，心想："这个小魔女，尽给泰德惹麻烦！还有那个老家伙，你自己管不了自己的女儿，弄得你女儿好像是被泰德带坏了似的。"

泰德身上传来了若隐若现的威士忌的味道。

舞会结束之后，所有的宾客都在巴比特一家的恭送下离开了。紧接着一场家庭大战爆发了，其态势猛烈，就如同火山爆发，瞬间淹没了一切！巴比特怒火中烧，他的太太一直在小声地啜泣。泰德认为自己没有错，维洛娜很无措，不知道自己该怎么办。

一连好几个月，巴比特家和邻居小野家的关系一直很别扭，没有和缓的趋势。他们各自约束自己的孩子不要和对方见面。尽管巴比特和小野一起做礼拜的时候，他们还是会聊一些不咸不淡的话题，比如汽车或者是参议院之类的，可是他们各自家里的事情和前段时间舞会的事情似乎成了一种禁忌，绝对不会被提及。优妮斯依旧经常来找泰德玩儿，每当这时，巴比特总是以父亲的口吻劝她少来，然而优妮斯从来没认真听过，照样会偷偷溜来。对此，巴比特也很无奈，他怕他说得再多了，泰德会和他离心。

3

一天，泰德和优妮斯在装修考究的皇家杂货店里吃东西，有巧克力、杏仁蜂蜜和什锦糖粘核桃。泰德一脸烦闷地说："唉！真是麻烦啊！最近的事情没有一件令人开心。我都不知道我爸爸他究竟是怎么想的。每天无精打采地坐在那里，也不说话，就跟要枯萎了似的，那么一点儿事生气到现在。见到他这样，我和维洛娜总是说：'我们找点儿什么事情做吧！'但是他总是说：'我这样挺好的，你们自己玩儿去吧。'现在，他动都不想动一下，我想他除了周六的时候打会儿高尔夫球，其他时间他甚至不知道自己该做些什么，休闲娱乐缺乏得可怜，我想上帝看到他那副样子都会绕道而走的。我觉得那天舞会之后，他脑海里估计只剩下一件事了——这群孩子都疯了吧？哦，上帝啊！"

4

懒散而叛逆的泰德固然让巴比特头疼，但是维洛娜也不是可以让他省心的孩子。他觉得她有点儿过于保守了！她常常以自我为中心，把自己困在自我构筑的小世界里。和史谷特的相处也显得很不自然。他们会特别辛苦地跑去听一些知名人物的演讲，比如一些作家，或者是印度哲学家以及一些瑞典军官的演讲，一点儿也不像别的情侣那样，相约看看浪漫的电影，或者是一块儿去游乐场痛快地玩儿一次。他们增进感情的节奏太过于缓慢而小心了，像是统计数字报表一样，一点点增进他们的感情。

巴比特和妻子刚刚在福卡第家打完牌。回家的路上，他懊恼地向妻子抱怨说："天哪！我实在是想不通，维洛娜和那个小伙子真的是太无趣了！他们把所有的时间都浪费在聊天上，只要史谷特不上班，他们就那样呆坐着闲聊，或者是讨论一点儿最近发生的事情，从来不去找一些更加好玩儿的事情去做。世界上怎么会有这么无聊的人呢？他们完全没有爱好，就连我玩玩牌，在他们眼中也是那么不可思议。他们实在是太没劲了！"

对于一个游泳者来说，如果整天面对的是一波又一波不停的海浪，他肯定会厌烦。而畅游在生活海洋中的人们，如果每天面对的都是一些琐事，那么他们也会异常烦躁。巴比特就是如此。他看似被琐事困扰，生活在风平浪静的海域，殊不知大风大浪正在向他席卷而来。

5

亨利·汤普逊夫妇把贝林区的老房子租出去以后，就搬到了哈村旅店。这是一栋出租公寓。这栋公寓外观漂亮，很让人满意，但遗憾的是这里全部是寡居的妇人。房间里多是一些红绒布家具，而且隔音不太好，因此从那些关得很严的房间里常常传来开啤酒瓶的声音。亨利·汤普逊夫妇住在这里，人生地不熟，很是冷清。作为女儿女婿，巴比特夫妇每隔一周就会来这里陪他们吃一顿晚餐。他们会吃些烤鸡、芹菜或者是冰激凌甜点，饭后他们会去旅店的休息区休息。这里有一位年轻的女小提琴手,她演奏着各种各样的曲目,而他们也只是静静地坐在那里倾听着。

巴比特的岳父岳母搬家后没多长时间,他自己的母亲就要来家里玩,大概要在他家住3个礼拜。

巴比特认为他母亲是一个和蔼可亲的人,可是有时候又有些不通情理。她希望维洛娜是一个"淑女,漂亮而又忠诚,而不像一个问题少女一样叛逆"。泰德对于机械有着疯狂的热情,他常常做出一些搞怪的事情,比如把润滑油灌进离合器,然后又把它修好。每当此时,巴比特的母亲总会说:"真是一个好小伙子啊!你们看他从来不出去鬼混,也不出去和外面那些不检点的女孩乱搞,总是待在家里,帮他爸爸干活,你看他做家务的样子多么熟练,再也找不到这么棒的小伙子了。"

巴比特很爱他的母亲,也很尊敬她。但有时他爱着她的同时,又有点儿烦她。她自己是基督信徒,所以就常常以此标准来要求他,而他是一个受不了约束的人。每次母亲讲父亲的故事时,都用一种讲神话故事的口吻,巴比特非常反感,因为这个时候,他觉得在母亲面前自己一无是处,没有丝毫存在的价值。

"你那时候太小了啊!乔治你肯定是忘记了。可是我却记得清清楚楚,你小时候总是漂漂亮亮的,穿着有花边领的衣服。一头金黄色的卷发毛茸茸的。虽然你看上去有点单薄,却很受人们的喜爱。你最喜欢那些精致的东西了,比如,小毛线鞋子上的红缨线,你老是抓来抓去地玩,真是个可爱的孩子啊!你还记不记得,有一次,我们和你父亲一起去教堂做礼拜,被一个男人拦住了,他很没礼貌地称呼你父亲为'少校'。你要知道,在打仗那会儿,你父亲虽然聪明能干,理应拥有军衔,但是他的长官嫉妒他的才能,所以他一直只是一个'大兵'而已。那个时候，从四轮马车上下来的那个男人蛮横地对你父亲说：'少校，你人脉广，号召力也强！我们希望你能够和我们一起，支持史堪那上校竞选议员，那对我们可是太重要了！'

"可是，不知道你还记不记得，那时你父亲只是瞅了他一眼，底气十足地说道：'我明确告诉你，他的政治主张，我不赞同，所以我是不会支持他的，你们还是死了这条心吧！'那个粗鲁的男人竟然获得了'上尉'的头衔，真不知道他是怎样做到的。你父亲因此被史密斯上尉威胁：'你去支持你的朋友，我们是不会同意的，你就等着瞧吧。'大家都知道你父亲的为人，他是一个真正的勇士！这一点儿史密斯上尉也承认。他知道你父亲对政治很熟悉，立场坚定，不会因为一些糖衣炮弹而放弃原则，但是他还是不死心，不断地给你父亲暗示，并且开出很多诱人的条件，想让你的父亲和他们站在同一条战线上。可是你父亲没有丝毫动摇。他义正词严地说道：'在这个地区我是有一定的威望，所有的人都知道，我除了自己的事，别人的事是不会插手的，所以史密斯上尉，你们的事情也不要找我。'史密斯上尉听完这些，呆立在街上，看着你父亲驾车离开。他觉得自己太傻了，有史以来估计从来都没有这么丢人过。"

巴比特最烦的是她的母亲老是念叨他小时候的事情，他的老底都被母亲揭出来了。据说他小时候爱吃麦芽糖，头发上总绑着一个粉红色蝴蝶结，而且还被母亲叫作"咕咕"。曾经有几次，巴比特不经意间，听到妲卡被泰德训斥："小屁孩儿，你想被咕咕骂死吗？赶紧去系上你那粉红色的蝴蝶结，然后来吃早饭。"

巴比特还有一个哥哥，名字叫马丁，他俩是同父异母的兄弟。马丁打算来巴比特家做客，他会带着他的妻子和最小的孩子来好好玩两天。他在经营着一家杂货店，还养了好多牛。马丁的性格正直而坦率，粗野而蛮横，他以此为傲。另外他觉得身为美国后裔也是一件无上荣耀的事情。他最常说的一句话就是："你买那个东西花了多少钱？"在他看来，巴比特家里桌上摆的鲜花，维洛娜的藏书还有巴比特的白金铅笔都是不实用的东西，简直是挥霍金钱。对此，巴比特很不开心，真想和他打一架，然而看在他那老实的妻子和孩子的分儿上也就算了。尽管如此，巴比特还是心有不甘，于是故意嘲讽说：

"我看这个孩子一定是一个傻子，马丁，真的是，我觉得他以后肯定是个傻子，傻子说的就是他这样的！什么也做不了，他以后只能是个傻子，你知道了吗？"

巴比特的孩子们一如往常，维洛娜和史谷特在一起时仍在研究他们的那些在巴比特看来无趣的东西，例如人生观、价值观。泰德依然个性十足，保持着自己的反叛精神。妲卡是他最小的孩子，已经11岁了，于是她已经拥有了其他女孩拥有的权利，一个星期有三次看电影的机会。

生活中的一切让巴比特烦躁、疲倦。他抱怨道："我真的好累啊！烦死我了！这三代人全是我照顾，全都指望我，还不理解我。我得承担老妈一半儿的生活费，还得听亨利夫妇的碎碎念，还得客气地对待脾气暴躁的兄弟，还得对孩子们负责。大家都依靠我，还要挑剔我，我干点儿什么还得看别人的脸色。天哪！这日子看不到希望啊！没有人帮我一下，宽慰我一下，感激更是丁点儿没有。"

巴比特在2月的时候病倒了。生病反而让他很高兴，他看到惊慌失措的家人们，竟然窃喜。他知道他是家庭的支柱，他不能倒下，一旦他倒下了，大家的生活会陷入困境的，所以大家特别怕失去他。

巴比特吃的蛤蚶有问题，以至于他浑身软弱无力，但是他却因祸得福，感受到了家人的关怀以及尊重。现在他即使嚷嚷得再大声："都走开，不要来打扰我！"抱怨得再多，大家也不会与他计较的。他在床上躺着，特别安静地看着冬日里的阳光，窗帘在它的映照下，从深红变成了浅红色。黑色拉锁的阴影，就如同一张完美作品上的瑕疵，切切实实地落在他的床上。这幅画面深深地触动了他的心，他陶醉了，看得出神，直到天空中再没了光线，暮色降临，他才回过神来，叹了口气。他开始思考，觉得自己的生活总是不尽如人意，于是内心涌起一阵凄凉。如果他的生活中没有伯吉乐·扬齐那样的人，那他就没有必要总是装出一副乐观的样子，也就必须整天机械化地生活着。他终于意识到，他有着机械的工作——销售那些建得糟糕的房屋；机械的宗教——枯燥而乏味，与真实的人生相去甚远；机械的娱乐活动——打高尔夫、聚餐和一些桌牌游戏。除了保罗·李尔斯林，其他的都是一些机械的友谊。流程化地拍拍背，再开点儿无伤大雅的小玩笑。看啊，这就是他的生活，生活一成不变，毫无波澜。

在床上躺的时间长了，巴比特一天比一天烦躁。

他好像看到了过去的那些美好而浪漫的日子——暖暖的午后，弥漫着沁人的花香，令人精神放松的绿绿的草地，然而现在却再也看不到了，只能留在他的记忆深处。取而代之的是他不得不跟别人讨论乏味的租赁条款，对待讨厌的人同样要热情相待，不能泄露丝毫的不满，也许有时候还得溜须拍马，对顾客进行业务拜访更是经常的事。生活中经常陪伴着他的是脏乱不堪的接待室，苍蝇比较喜欢的日历。

"我一点儿也不想继续过原来的生活了,上帝!"巴比特祈求道,"我一点儿也不知道该怎么办了!"

然而,第二天,巴比特继续回到了他原来的生活轨道,去做总也做不完的工作。他的脾气依旧有点儿古怪,没有发生丝毫的改变。

第十九章

1

天顶市街车公司计划建一些汽车修护站,地址选在道契斯特郊区。但是当他们准备买地时,才发现这片土地已经签订了合约,它的所有权归巴比特-汤普逊房地产公司所拥有。街车公司的买卖代理人、第一副总裁以及他们的总裁全都不同意巴比特报出的价格。他们说他们做不了主,必须得经过他们的股东同意才行,还威胁巴比特说要向法庭申诉。然而他们一直也没有行动,因为他们觉得相比较而言,协商解决比对簿公堂要好得多。双方来往信件副本全都被存档,方便日后公众委托人的查阅和调查。

就在这件事结束以后,巴比特的银行账户多了3000美元;街车公司的买卖代理人新购了一辆特别好的轿车,花费了5000美元;在迪文森林区,第一副总裁新修了一幢高档住宅;而他们的总裁直接驻外了。

获得土地优先买卖权是一件特别艰巨的事情。一块好的土地大家都虎视眈眈，为了保证自己的成功率，巴比特必须阻断其他人的买卖权。当然，这种容易惹恼别人的做法不能明目张胆地进行，只能通过一些暗地里的小手段，他整天都在想如何能实现滴水不漏的成功，为此他操碎了心。他觉得应该散播一些谣言，说一些相关计划会建汽车修护站和商铺的事情，然后假装不再承购任何买卖优先权，不会订立新的契约了，然后他会静待时机，悄悄地关注事情的进展。搞定一块地皮，就如同是打牌一样，就得耐得住性子，等待最重要的那张牌的出现。由于巴比特付出了努力，所以他特别希望这件事能够顺利进行。除此之外，他还会和做生意的秘密合伙人激烈地争论，他们只希望给巴比特和汤普逊先生作为房产经纪人的佣金，不希望他从中分成获利，巴比特没办法，只能同意了。他对汤普逊说："就这样吧！作为房产经纪人，就应该遵守这一行的职业道德：坚持规则，不直接参与任何买卖！所以，最好的房产经纪人就是我们了！"

"什么职业道德？胡说！我们看着他们从中获利，而我们却什么都没有，你甘心？"老亨利特别愤愤不平地说道。

"哦，我可不希望像他们那样，难道我们要和他们相互勾结成为诈骗犯吗？"

"不是的，你说得不对，三方勾结，倒霉的只有公众而已。算了，先不说这些，我们要做守规矩的经纪人的话，就应该想想去哪才能筹来一大笔的贷款，来应付我们悄悄地买土地的费用，之前的老办法肯定是不能用了，银行也不能去了，会走漏风声的。该怎么办呢？"

"我觉得可以去老俄桑那里看看去,他的嘴就像坟墓一样严,不会有丝毫泄露的。"

"对对,我怎么没想到呢?就这样办吧。"

俄桑告诉巴比特,他特别愿意把贷款给他,并且告诉他,这是因人而异的,他会同意完全是看在他的面子上。巴比特把贷款的事情解决了,并且让银行没有这笔贷款的记录,他觉得特别得意。之后,某某房地产的买卖优先权还是到了巴比特和汤普逊的手中,只是这些产权并没有登记在他们的名下。

这笔秘密的交易,令商界和大众对房地产业信心倍增,也促进了整个行业的发展。然而,就在此时,巴比特发现他雇的人中间,有一个不老实的人,这令他非常懊恼。

史丹莱·格雷夫就是那个不老实的人,他的职务是外销销售员。

近来,巴比特特别烦,格雷夫令他伤透了脑筋,他对客户言而无信都出名了。比如,屋主并没有承诺他有整修房屋的权利,而他却为了租出房屋,随便承诺。他还擅自修改租屋的家具清单,租客搬走时,就得赔偿房屋中根本没有的家具,而赔偿款却被他自己占为己有了。对于这些,巴比特一直没有掌握切实的证据,因此也就没有合适的理由解雇格雷夫。

然而现在,巴比特的办公室闯进一个怒气冲天的人,他因为情绪激动而满脸通红。他大声嚷嚷:"那个家伙在哪里?纯粹一个浑蛋,逗我玩儿呢?赶紧把他交出来,不然我就不客气了!"

"朋友,你先平复下心情,出什么事情了?可以和我说说,我一定替您解决。"

"什么事情?哼,就是这个事情!"

"请冷静一点儿,坐下慢慢说,小声一点儿,整幢大楼,都能听到您的叫嚷声了,别着急,有什么问题我都会替您解决的。"

"就是你们公司雇用的那个叫格雷夫的人。他简直就是一个无赖。昨天他经手租给我一间房子,租约已经签订好了,他说他找屋主签好字以后会把租约寄给我,一切都挺正常的。可是就在今天早上我下楼吃早餐的时候,我的女佣跟我说,早上邮递员来过以后,有个人来我家拿走一封信,那是一个宽大的信封,信的一角印有'巴比特-汤普逊'这几个字。女佣形容的就是格雷夫的样子,我便打电话跟他确认了一下是怎么回事。他倒是承认得挺爽快,他说在合同签完之后,又有另外一个人也想要租那幢房子,出的价钱要比我高,所以他要收回租约。你说还有没有先来后到的道理?还讲不讲理了?怎么办你说吧!"

"嗯,事情我大概知道了,您贵姓?"

"威廉·瓦尼!"

"嗯,我知道了,您租的房子在盖里森区。"说完,巴比特按铃叫来了麦克小姐,然后问道:"格雷夫是不是出去了?"

"是的,先生。"

"好的,那你去看一下他桌子上有没有一份他经办的合约,是关于瓦尼先生在盖里森区租房子的租约。"然后巴比特客客气气地对瓦尼说:"没想到会发生这样的事情,真的是很对不起了。您什么都别说了,我都明白了,格雷夫回来以后,我一定会开除他的!您放心,您的租约继续生效,不会作废的。我们还得做一件事,我们会告诉房东佣金我们就不收了,让他按佣金的数目退还您房租。这么做是我们应该的,我们很高兴!我真的没料到会发生这样的事情,我们公司一直要求员工要真诚地对待每一位顾客,做生意要堂堂正正!也许我曾经有几句话说得有点夸大其词,但是仅此而已,我向来都是真诚地对待每一位顾客，确保他们的权益，从来没想到我们事务所会发生如此恶劣的事情，这件事一定要公布于众，对于我的员工我一定会做出严厉的处罚，我们绝对不能在您身上谋利益，您一定要接受用我们的佣金抵房租。给您带来的不便，还请您谅解！真的是我们的失误！您一定要同意这么办，请接受我们公司的道歉，您能同意实在是太好了！您有什么问题，欢迎您随时过来，我们一定会尽心为您解决的！"

2

2月，天空阴沉沉的。一辆大卡车从雨后的街道快速驶过，溅起的泥污落满了车身。心事重重的巴比特回到了他的事务所。格雷夫私自扣留他人信件的行为，触犯了联邦的法律，构成了犯罪。巴比特从来都是一个遵纪守法的好公民，可是他知情不报替格雷夫隐瞒的话，也是触犯法律的。但他不想看着格雷夫进了监狱后，他的妻子跟着一起吃苦受罪。可是鉴于格雷夫的所作所为，他也确实不能在这里继续工作了。为此，他左右为难。他一直觉得自己是个和善的领导，和员工相处得也很好，实在不愿意做解雇员工的事情，但情非得已又不得不去做。

麦克小姐料到有热闹可看，有点激动，悄悄地跑过来，告诉巴比特："回来了。"

"是格雷夫吗？让他进来吧。"

他静静地坐在那里，让人看不出任何情绪，努力装作一副成熟冷静的样子。格雷夫大踏步走了进来，没有丝毫心虚。他今年35岁，留着一小撮胡子，虽然个子并不高，但看起来长得比较结实。

"你找我吗，先生？"他问道。

"对啊，坐吧！"巴比特语气淡淡的。

格雷夫没有动，抱怨地说道："我想瓦尼那个老家伙来找过你了吧？这件事我是有理由的，正打算跟你说一下呢。瓦尼太过吝啬了，他爱钱如命，不会多花一分钱，还说支付房租有点儿困难。签完了合约之后，我才发现他的谎话，正好这时另一个人也看上了那幢房子，出的租金更高，维护公司的利益那是我的义务，所以情急之下，我就去拿回了那份合同。巴比特先生，你一定要相信我，我所做的一切都是为了公司能够获得更多的佣金，我真的没干什么不好的事情。"

"行了，别说了，格雷夫，你说的也许都是对的，但是我却收到很多对你的投诉。这件事，我相信你并不是故意的。但是如果你能从这件事中充分认识到自己的错误，说不定这会成为你职业生涯中的转折点呢！很有可能业内最好的房产经纪人就是你了！不过，出了这样的事，我这里是留不得你了。"

听完巴比特的话，格雷夫完全换了一副嘴脸。他双手插兜，身体斜靠着档案柜，就如同一个痞子似的嘲笑道："说得这么动听，好像是为我好似的，真的是笑死人了！事实就是，我被你解雇了啊！你以为你自己是什么好人吗？虽然我在以往的工作中，耍了一点儿小手段，搞到一点儿小钱。可是我也有我的苦衷啊，否则生活怎样维系呢？"

"上帝啊，年轻人——"

"行了，行了，你别生气，也别在那里不停地叫嚷了，外边那么多人都看着呢，我想他们特别想听到我们的谈话，你还是不要暴露自己的真实面目了吧！亲爱的巴比特先生，你最不老实了，不要以为没人知道你背后搞的小动作。你太过小气了，如果你给我的工资能过得去，我何至于去弄一些不正当的小钱呢？我和我妻子才刚结婚5个月，我很爱她，为了不会饿着她，我只能这么干。她是那么好，可是你却只给我那么一点点工资，害得我们总是缺钱，都没办法生活了。你这吸血鬼，克扣我们的辛苦钱，却留给你的笨蛋儿子和蠢货丫头！别说话，你得听我说，不然我就把你做的那些见不得光的事情，全公布出来，让大家都知道。再不老实的话，我就向检察机关去检举去，把上次你们买地，相互勾结的事情说出来，大不了你我一块儿坐牢好了。"

"好了，史丹莱，我们打开天窗说亮话。上次的交易光明正大。做人要有宽广的胸怀，不要胡搅蛮缠，才有可能有所成就。付出了劳动，肯定会有报酬，这是很正常的。你要多向明白人学学怎么做大事，明白什么能说，什么不能说，做一个聪明人。所以你最好先把自己的尾巴藏好。"

"哦，上帝啊，别说这些没用的了，按我的理解，我是被开除了，没错吧？其实这样也不错。可是，如果你在行业内，跟别的公司说我坏话，害我找不到工作的话，你和亨利，你们两个行业内的小人物以及那些大人物之间的勾搭，我会把我所知道的所有事情都向检察机关举报的。到时候你也别想在这个城市混了。至于我，你说得对，我一向要些小聪明，不够正直，离开这里以后，我要做一个诚实的人，做一个好人，至于你这个空有理想的老板，还是留给别人吧。你这儿水太浑了，你自己接着在那里扑腾吧！我走了！"

格雷夫走了以后，巴比特就一直呆坐着，一会儿特别生气地想："我得检举他，把他抓起来！"一会儿另一个声音又出来："我不知道——不，我做的事情都是有利于社会发展的事情，正正当当的，随便他怎样。"

第二天，巴比特雇用了弗里兹·贝宁格来代替格雷夫的职位。弗里兹是之前东区房屋建设发展公司的销售员，他之前就职于巴比特的对手公司。尽管弗里兹对巴比特的行为有些不理解，但是巴比特却十分自在，他又获得了一个优秀的人才。弗里兹年轻有活力，而且聪明、性情好，他还爱打网球。顾客们喜欢和他接触，巴比特在他身上得到许多宽慰，像儿子一样对待、培养他。

3

芝加哥郊区有一个赛车场，早已废弃不用，现在正打算出售。杰克·奥非德请巴比特替他去投标，把这块地买下来，他觉得这块地是建工厂的好地方。前段时间电车公司的交易和来自史丹莱·格雷夫的威胁令巴比特心烦意乱，工作怎么也静不下心来。所以他在家人面前提出："大家都听着，就在这个周末，你们谁愿意耽误一天的功课去芝加哥玩儿？谁愿意陪著名的商业大使乔治·福·巴比特一块儿去呢？让我看看谁会抓住这次机会呢？啊，太好了，泰德·福·巴比特先生！"

"好啊！赶紧的！"兴奋的泰德大呼小叫着，"啊，像芝加哥那种大城市才是巴比特家的男人施展拳脚的地方！"

很多时候，摆脱了家庭的鸡毛蒜皮的事之后，他们的关系还是挺融洽的！大小两个男人，相似的外形，只是泰德显得有一些稚气。在房地产方面，巴比特轻车熟路，有成人的思维，而泰德只是稍稍知道一些而已。在火车上，只剩下他们俩时，巴比特变得严肃起来，完全没有了平常对子女们的亲和态度，他开始对泰德唠唠叨叨地说教。这时泰德则顽皮地模仿他的腔调：

"哦，爸爸，刚刚那个新兵发表了不满国际联盟的言论，他才需要你拿出点儿颜色给他看看。"

"是啊，这些人根本不知道自己在说些什么，做些什么，他们自己都很迷茫……泰德啊，你对肯尼斯·史谷特这个人有什么看法？"

"史谷特是个好小伙子啊，我觉得他还行，就是烟抽得有点多，最不好的一点就是干什么事都慢吞吞的，除了这个真的想不出他还有什么不好的地方。天啊，维洛娜同样是做什么都慢一拍的，他俩在这一方面倒是比较一致，我们如果不在他们背后推波助澜一下的话，等着他向维洛娜求婚都猴年马月了。"

"我觉得你说得简直太对了，如果他们像咱们俩这么精力充沛，干劲十足的就好了！"

"对啊，他俩就是干什么都慢吞吞的，跟不上节奏。维洛娜跟我们家的性格简直是格格不入啊，我敢说，你小时候肯定也是很活泼的。"

"嗯，我做事很快的，不像他们，干什么都比别人慢半拍。"

"我知道啊，你不管干什么都会耍点儿小手段的。"

"对啊，对啊，和女孩子约会的时候，我肯定不会老是谈论一些什么编织业罢工的事情，简直是太无聊了，浪费时间啊！"

父子俩说完以后哈哈大笑，然后步调一致地给对方点烟。

"他们俩简直让我一点儿办法也没有啊。"巴比特看着泰德，一副向泰德征求意见的表情。

"是啊，天啊！我也很烦这件事。有时候，我真想把史谷特拉到一边，跟他说：'小伙子，你难道准备陪我们维洛娜一直聊天到老啊？你打算什么时候把我们维洛娜娶回家啊？你什么时候才能不再像20多岁的小年轻一样呢？你马上就要30岁了，不能再这样浑浑噩噩度日了，作为男人，得有责任感。你得马上行动，不能拖，需要乔治或是我帮忙的，你说一声，我们随叫随到。'"

"嗯，说得挺对的，你或者是我去找他谈谈也行，就怕他不理解，他与我们不同，我们会诚实面对自己的内心，如果喜欢一个人，会付诸行动，哪怕写在纸上告诉她呢，可是史谷特这人有点呆板。他比较被动，对什么事情都采取逃避的态度。不敢正视自己的问题。"

"是啊，他简直就是一个书呆子，胆小死板是所有知识分子的通病。"

"对，他们这种人都一个毛病。"

"可是这就是事实，很难办的。"

父子俩不约而同地叹气，陷入到了各自的思绪中，又不约而同地高兴起来。

火车管理员为了房子的事，曾经多次来过巴比特的事务所。这时他在火车上巡查，正巧看到了巴比特父子，很热情地说："巴比特先生，能够见到你，真是太好了！我们的列车将陪伴你一路到芝加哥。哦，这是你的儿子吧？"

"对，我的儿子，他叫泰德。"

"你好啊，泰德！能够见到你真是一件让人愉快的事情！巴比特先生，真是想不到啊，你的儿子都这么大了！可是你看上去只有40不到啊，样子依旧年轻潇洒。"

"40？老伙计，40肯定过了呀！"

"你要相信我说的，肯定没有人相信你已经过了40岁。"

"先生，跟泰德这样的大小伙子在路上一起走，任谁看了，我都不再年轻了。"

"是，你说得真对，还真是这样。"他转过来接着问泰德："小伙子，你是不是正在上大学啊？"

泰德特别自豪地说："还没呢，明年秋天才可以，不过，我得趁这段时间好好挑一下到底上哪个大学比较好！"

火车管理员穿着蓝色的工作制服，胸前挂着的粗大表链不停地晃来晃去，发出叮叮当当的声音。在热情的管理员走开以后，巴比特父子继续研究泰德上大学的事情。芝加哥终于在火车的漫长行驶中到了！他们入住的是艾登旅馆，天顶市的生意人到了芝加哥首先就会选择入住这里。第二天早上泰德一睁开眼，就兴奋地叫道："哇！好耶！终于可以在床上享受一下早餐时光了！"

夜幕降临，他们父子选在摄政时代大饭店的凡尔赛餐厅吃晚饭，这里装饰着大大的、红色的水晶，很是梦幻。巴比特点了很多东西，一份鸡尾酒味道的蓝牡蛎、一大块牛排和一大盘法国风味的炸土豆，还有两杯咖啡和冰激凌苹果派，最后还给泰德多点了一份肉馅饼。

"哇！简直是太丰盛了，没想到你如此豪爽！好多都是我没有吃过的食物！"泰德赞叹道。

"呵呵，年轻人，你跟着我准没错，我可以带你好好地在芝加哥玩一玩。"

他们父子一块儿去看音乐喜剧，看到一些夫妻趣事和一些敏感话题的小笑话时，会用手肘相互碰一下。中场休息的时候，他们父子会手挽着手，在走廊里到处走走看看。巴比特第一次感觉到他们父子间的小小隔阂早已杳无踪迹，默契和欢悦笼罩在他们父子之间。泰德愉快地对他说："爸爸，你听过一个故事没？是关于法官和卖女士帽子的生意人之间的趣事。"

泰德玩了两天就回去了，留巴比特一个人待在芝加哥，他觉得有点儿孤单冷清。由于那块地皮的事情，他努力在奥非德和密尔瓦基的商家之间忙碌着，大部分时间他都用来等电话。他有点儿不安，就那么在床边坐着，握着电话的手紧了紧，问道："赛金先生有没有回来啊？他有没有给我留下口信？好的，我知道了，我等他打电话给我。"巴比特觉得特别心烦，墙上有一大块的污迹，他一直盯着看，觉得像一只靴子印，在看到第二十次以后，发现它就是一只靴子印。他点燃了一支烟，然后才发现手边没有烟灰缸，但他又不敢离开，怕会错过了正在等的电话。眼看着烟灰就要掉落了，他只好匆忙把烟扔进了带瓷砖的浴室里，看着它在空中画出一道完美的弧线。电话铃声响起来的时候，巴比特吓了一跳，他慌忙接起电话说："依旧没有回话吗？哦，行吧！我过会儿再打。"

一天下午，天特别冷，街道上覆盖了厚厚的雪，巴比特浑浑噩噩地徘徊在这些叫不出名字的街道上。周围多是一些住房，像小公寓、双层住宅和一些特别旧的小木屋。这些陌生的屋子丝毫引不起巴比特的兴趣。他一直陷在自己的思绪里，没什么要做的，也懒得做什么。傍晚的时候，寒意袭来，令他倍感孤寂，一个人走到摄政大饭店吃了点儿东西。饭后，手里拿着点燃的雪茄坐在有着皇家式丝绒的椅子中小憩一下，此时此刻，他希望有个人过来打断他的胡思乱想，哪怕随便聊聊都好。他旁边座位上摆的是一把立陶宛式把手的椅子，椅子上的男人看着有些眼熟，大大的脸，大而有神的眼睛，淡黄色的胡子。而他身上穿着的毛呢绒衣配上橘红色领带怎么看都有些不协调。他看起来是一个挺好相处的人，只不过此时此刻，他同样是一个孤单的人。

巴比特脑海中突然灵光一闪，杰拉得·道克爵士的形象跟眼前这个有点儿忧郁、有点儿孤单的人的形象重合了。

他站起身，装作很高兴的样子说："是杰拉得爵士吗？我们在天顶市见过的，在查莱·马克贝家里，您还记得吗？我是那个房产经纪人，叫巴比特，能够在这里见到您真是一件令人愉快的事情啊！"

"哦，你好。"心不在焉的杰拉得爵士随意地和巴比特握了下手。

巴比特后知后觉地发现自己有点唐突了，只能接着胡扯："哦，爵士您离开天顶市之后，是不是又去了很多地方？"

"嗯，挺多的，像英属哥伦比亚、加州等。"杰拉得爵士说得有点儿犹豫，平静地看着巴比特。

"您认为英属哥伦比亚那边的商贸如何？哦，也许你没注意这些！那里的自然环境如何？人们热不热爱体育运动？"

"环境肯定是特别棒的！至于生意方面，就有点儿不尽如人意了！巴比特先生，你知道吗？他们那里的失业情况也好不到哪里去，几乎跟我们这里一样的严重。"杰拉得爵士对这个话题有点兴趣，就热切地说了起来。

"哦，商贸情况不好呀。真是个不幸的消息。"

"那倒也不是，可能实际情况比看到的稍好点儿呢？"

"嗯，那就是还行了？"

"也不是，就是中等吧，没有最好，也没有最差。"

"那真不是一件幸事。哦，杰拉得爵士，我想您是不是等人一起去参加大宴会呢？"

"哦，没有，我在芝加哥没有熟人，正无聊呢，你知道这里的一些好剧院吗？可以给我介绍一下。"

"我想您肯定喜欢看歌剧吧?我正好知道一个地方正在演歌剧呢。"

"哎……歌剧我曾经在伦敦看过一回,而且还是在中心区的大剧院里,感觉太不好了,再也不要看了。你还是给我介绍一下哪里有好的电影院吧。"

巴比特拉了一把椅子挨着杰拉得爵士坐了下来,他叫嚷道:"看电影?我没有出现幻听吧?杰拉得爵士?我以为有许多名媛贵妇人等着陪你去参加晚宴呢。"

"真的没有!"

"既然如此,一会儿你我一块儿去看电影吧?葛兰罕戏院里正在放一部关于盗匪的片子,很好看的,是比尔·哈特主演的。"

"嗯,就这么办,你稍等一会儿,我去取了大衣咱们就走。"

受宠若惊的巴比特,心中又有着一丝担心,他很怕这位具有诺丁安高贵血统的贵族中途变卦,把他随便扔在街上哪个角落。怀着这种复杂的心情,巴比特和杰拉得·道克爵士一路来到了电影院。他小心翼翼地和爵士紧挨着看电影,这种体验令巴比特无比兴奋,可是又不敢表现出来,否则会被爵士看不起的。所以他只能努力地让自己保持着表面的平静。电影散场以后,巴比特听到爵士对他说:"这电影简直太好看了!你带我来这里简直是太对了,我太高兴了,很长时间没有看过电影了。那些名媛贵妇,她们只热衷于宴会,才不会陪我来电影院的。"

"是啊,还真是,那些女人太可怕了!"巴比特不再装腔作势地说话,言语中多了一些自然和随意,他俩之间的距离因此而拉近了不少。他继续说道:"杰拉得爵士,我太开心你喜欢这部电影了。"

由于他们的座位不靠边,出来的时候得经过那群胖胖的妇人。他们在大厅的走廊里稍作停留,然后优雅地穿上外套。巴比特含蓄地说:"我们去吃点儿东西怎么样?我知道有一个地方的饭菜特别好吃,尤其是干酪饼,也许再来点儿小酒?嗯,我是说如果你想的话。"

"嗯,太好啦!你去我的房间好了。我那里正好有点儿好酒——苏格兰威士忌。"

"杰拉得爵士,我简直有点受宠若惊啊!不过,也很晚了,你要不要早点回去睡觉啊?"

杰拉得爵士不再有之前的疏离,变得热情起来。他高兴地说道:"巴比特先生,很长一段时间以来,我一直奔波于那些宴会中,面对一堆女人,乏味极了!你能来陪我喝喝酒,聊点儿生意上的事情,我简直太开心了。今夜还很长,太无聊了,又没处去,所以,巴比特先生,别跟我客气了,来吧!"

"我也是,今天实在是太开心了!能够去和你聊聊生意上的事情,我简直是乐意至极!天顶市的一切真的是太烦人了!整天戴着一张面具,去参加没完没了的宴会、牌局,工作上还得对客户客客气气的。能够跟你聊聊真的是心情畅快啊!"

"那太好了。"他们俩开心地边走边聊着,"老兄,你告诉我,美国的社交模式是不是一直是这样?整天没完没了的宴会,简直是太吓人了。"

"行了,我们赶紧走吧。你们那儿不也是一样吗?类似的宫廷宴会和盛大庆典同样多的是。"

"我没开玩笑,朋友。我家道克女士和我通常都是玩一圈纸牌,10点钟准时上床休息。我想我是永远也没办法适应你们这种不知疲倦的节奏的。还有你们美国女人,懂得的东西很多,比如那个马克贝太太。"

"嗯,我知道,她叫露茜儿,是一个很好的女人。"

"嗯,你知道吗?她问过我,在众多的弗罗伦斯里和弗仑兹里的美术馆,我最喜欢其中哪一家。意大利我根本就没去过,我哪里知道啊。她还问我文艺复兴早期的画家,哪一位最让我欣赏,天哪,谁知道那个时期画家的样子啊?兄弟,你知道吗?"

"我也不知道啊,倒是知道现金折扣的计算方法。"

"哈哈!这个我也略懂皮毛,那些文艺复兴早期的画家跟我可不是一个世界。"

"管他呢,谁知道什么画家。"

杰拉得爵士的房间,与巴比特的房间几乎一模一样,都是旅馆的标准房间,唯一的不同之处也许就是那个沉重而结实的英国制旅行箱了。杰拉得爵士开了瓶威士忌,笑着对巴比特说:"老兄,喝酒!"那副开心而自信的模样简直跟巴比特没有丝毫差别。

3杯威士忌喝过之后,杰拉得爵士开始大话连连了:"在你们美国人眼里,我们英国怎么就被几个作家代表了呢?你知道吗,像萧伯纳、韦尔斯那样的人,在我们英国商界看来就是国家的叛徒!我想这种情况在任何一个国家都有,他们可能是老州郡的家族,也可能是狩猎一族等,另外,每个国家也都会有不讨人喜欢的劳工领袖!可是,只有那些稳健的实干企业家才是这个社会的支柱,这个世界之所以看起来这么光鲜亮丽,就是因为有他们的存在。"

"嗯,对啊,让我们为他们干杯!"

"好,敬我们大家!"

喝过第四杯,杰拉得爵士谦虚地问巴比特:"关于北达科他州被转让抵押的事情你有什么看法?"喝到第五杯时,巴比特对爵士的称呼换成了"杰拉得·道克",而杰拉得爵士只是在开始的时候有点儿不适应,没一会儿,也就不在乎什么形象了:"老兄,我脱掉靴子,你介意吗?"他在迷糊中蹬掉了靴子,将有点儿肿胀的脚伸到了床上。

喝过第六杯,巴比特整个人歪歪斜斜地站起来说:"我该走啦,杰拉得·道克啊,你真够朋友!感谢老天让我们相遇!你哪天回天顶市,到时候我们再一块儿喝酒!"

"太抱歉了,老兄!我明天必须得去纽约了。说实话,自从来到美国,最痛快的就是今天了。我们可以痛快地玩儿,痛快地喝酒,再也不用应付那种无聊的宴会。这才是朋友啊!早知道这个头衔会让我陷入无休无止的社交中,还得应付一堆女人,聊什么文艺复兴早期画家的话,我才不要它!你应该知道吧?在诺丁汉我获得了一个爵士的称号,为此事我经常感到苦恼。反倒是我的太太比较喜欢这个头衔。"杰拉得爵士带着哭音说,"自从有了头衔以后,还是第一次听到有人亲切地喊我'杰拉得·道克',第一次感觉到了有人发自真心地把我当朋友!我太开心了。老兄,太感谢了,你保重,再见……"

"杰拉得·道克,过去的事就让它过去好了。你记住,无论你在何时何地,我永远都是你的好朋友!天顶市和我随时欢迎你的到来!"

"嗯,我和我夫人也随时欢迎你到诺丁汉来,下一次的扶轮社宴会上,还能听到你的想法,对于'远景'和'真正的上流社会人士'的意见应该让诺丁汉的人也听听!"

4

巴比特慵懒地躺在旅馆的床上,自鸣得意地想象着回到天顶市以后，运动俱乐部的人围着他问："你在芝加哥过得怎样？"他傲娇而随意地说道："还行吧！芝加哥就那样，倒是跟杰拉得·道克爵士混了些日子。"他又想象碰见露茜儿·马克贝的时候，会跟她说："马克贝太太，你不要老是摆出一副清高的模样，老想着将别人踩下去，那样的你一点儿也不可爱。在芝加哥的时候，杰拉得·道克爵士亲口对我说的，是的，杰拉得·道克和我算是老相识了！也许明年的时候我和我的妻子会抽时间到英国去，会在杰拉得·道克的古堡里住段日子。嗯，他还对我说：'乔治，我就告诉你一个人啊，露茜儿我还是挺喜欢的，不过，咱们俩得让她改一改她那毛病，女人还是不那么清高自大才讨人喜欢。'"

然而，就在那天晚上，发生了一件事，令巴比特再也无法像之前那样得意扬扬了。

5

那天晚上，摄政大饭店的吸烟室里，巴比特和一位钢琴推销员聊得投机，还一起吃了饭。他觉得自己特别幸福，和杰拉得爵士的友谊令他迷醉。他喜欢餐厅的装饰——烛台形状的吊灯，锦缎材料的窗帘，还有镶金的橡木框上法国历代皇帝的肖像图。他也喜欢餐厅里的人们：美丽的女人、出手大方的男士。他喜欢这所有的一切，希望将这些都刻在脑海里。

内心充满了喜悦的巴比特四周打量。他的目光从一个地方移到另外一个地方，然后又迅速移了回去。隔着三张桌子的地方，哦，天啊！他怎么会看到保罗·李尔斯林？他此时不是应该在亚克隆销售屋顶建材吗？怎么会出现在芝加哥的高档餐厅？关键是和他坐在一起的是一个娇羞的、有点儿沧桑的女人。只见那个女人含情脉脉地看着他，轻拍他的手，低声说着什么，感觉女人挺开心的。巴比特特别震惊，他意识到在他不知道的情况下，他的朋友出轨了。巴比特继续盯着他们看，他看到保罗似乎在急切地表达着什么，跟女人诉说自己的烦恼，只见保罗认真地看着女人早已不复明亮的双眸，并且轻轻地握着女人的手，甚至有几次，想要不顾场合地去吻她！巴比特心底灼热，想要上前去问问他到底在干什么，怎么能不顾家庭。他很艰难地才抑制住自己内心的冲动。直到他看到保罗付了账以后，才突兀地对跟他聊得火热的钢琴推销员说："真是抱歉！我看见一个许久未见的熟人，我得去打个招呼，失陪了！"

他飞快地走了过去，然后在保罗的肩膀上拍了拍，叫嚷道："噢，保罗！我没看错吧？你怎么会来芝加哥呢？"

保罗有点儿尴尬，丝毫没有表现出异地遇到熟人的欣喜，只是看了他一眼说："哦，乔治啊！你怎么还没回天顶市啊？"他故意没有介绍他的女伴。巴比特迅速地扫了她一眼，大概四十二三岁，没有多漂亮，戴着花哨的劣质帽子，脸上脂粉浓厚，很明显她不懂什么化妆技巧。总之，她看上去并不端庄。

"保罗先生！你住哪里啊？"

那个女人对于不被人介绍仅仅表现出一点点儿不高兴，接着就转过身去玩起了指甲，并且还随意地打了哈欠，完全不顾及自己的形象。好像这种场面她已经习以为常了。

"住坎贝尔旅馆，在南区。"保罗小声说道。

"自己吗？"巴比特奇怪地问道。

"不是！"保罗转过身，表情切换得有点儿快，巴比特很不适应地看着他对那女人露出温和的笑容。保罗说："我给你介绍一下,这位是我的老朋友,乔治·巴比特!这位是阿诺德女士!"

"见到你很荣幸,女士!"巴比特咬牙切齿地说,可是被保罗介绍了,阿诺德显得很是愉快!笑着说道:"巴比特先生,见到你我也很开心,李尔斯林先生的任何朋友我都乐意见。"

"你今天晚上回旅馆吗,保罗?我晚上去看你。"巴比特问道。

保罗回绝道:"乔治,今晚就算了!我们约明天吃午饭吧!"

"行吧!不过今晚一定要见到你,保罗。我会去你住的旅馆等你,不见不散。"巴比特执着道。

第二十章

1

巴比特为了不再想保罗的事情,不让担忧和恐惧占据自己的心神,只好竭力摆出一副亲和开心的样子,同钢琴推销员继续有一搭没一搭地闲聊着。保罗的妻子吉拉吉拉肯定以为他在亚克隆了,要不是被他碰上了,谁会想到保罗会出现在芝加哥,和别的女人鬼混呢?巴比特很是担心保罗。过了一会儿,推销员要回去工作,巴比特也离开了旅馆,伪装得很好,表面什么情绪都看不出来。一出旅馆,一辆出租车刚好停在他眼前,他忍不住气愤地大叫道:"去坎贝尔旅馆!"狭小的出租车内,巴比特心神不安地坐在滑滑的皮坐垫上,周围的空气中混杂着灰尘、劣质香水和土耳其香烟的味道。出租车在阴冷黑暗中向前驶去。堆满积雪的湖岸边,露浦南区的黑暗地带或者是街角偶尔的灯光,丝毫都不能吸引巴比特的目光。

坎贝尔旅馆灯火通明,在黑夜中特别显眼。旅馆的柜台显得很结实,崭新而明亮。夜间的前台职员虽然见巴比特怒气冲冲,依然客气而有礼貌地问道:"您好,请问我可以帮您做点儿什么?"

"保罗·李尔斯林先生是不是住这里?"

"是的!"

"那他现在在不在房间?"

"他不在房间,先生。"

"嗯,那你给我他房间的钥匙,我等他回来!"

"哦,不行的,先生,我们有我们的规定,不能未经客人允许就把钥匙给其他人的。您可以在楼下的休息区等他回来。"

开始的时候,巴比特尚能控制自己不随便发火。可是此时此刻,他再也控制不住自己的愤怒了。他没有风度地大叫道:"我难道像溜门撬锁的小偷吗?我要等很久,我是他的姐夫!就要去房间里等他。"

前台职员感受到了巴比特的不快,忙取出钥匙,辩解道:"我又没说过您像小偷,这只是旅馆的规定,我只是一个小职员而已,既然您非得要进去,我也只能按照您的意思来办。"

巴比特拿到钥匙,乘坐电梯时,忽然间不知道自己到底来这里要干什么。凭什么保罗就不能和别的女士一起吃晚饭呢?为什么要假装自己是保罗的姐夫呢?现在想想自己有点儿幼稚了,一会儿见到他以后,一定要保持理智。他在房间中找个地方坐下,努力让自己保持平静随和的样子。接着他又想到,他不能说什么真相,否则,保罗有可能会自杀!保罗确实是会做这种事的人!这太可怕了,不然他怎么会看上那个老女人!

吉拉吉拉简直是一个女巫婆,唠叨个没完,而且刻薄自私,真是个该死的女人!如果这件事情被她知道了,保罗一定会被她逼疯的!

想到"自杀"两个字,巴比特觉得浑身发冷,阴风阵阵。想到保罗会在外边冰冷的湖里自杀,今天可是格外的冷啊!但愿保罗别那么傻!

或者——割喉?在浴室里?

想到这儿,他赶紧去查看保罗的浴室!还好里面什么人都没有,他笑了,特别无力。

他觉得自己的衣领太紧了,用手拉松了一点点儿。等待的时间总是过得特别慢。看第一次表,去窗户边看了下街道;看第二次表,随手拿起桌上的报纸看了起来;又看第三次表,才发现距离他看第一次表才过了3分钟而已。

他竟然在这里等了足足3个小时。

终于,保罗回来了,就在他转动门把手进屋的时候,巴比特安稳地坐到了椅子上。当保罗进屋看见他时,脸色瞬间变得特别难看。

"嗨!等了多长时间了?"保罗心不在焉地问道。

"没一会儿。"

"哦,找我有什么事情呀?"

"嗯,没什么事情,就是来看看你过得如何,在亚克隆的生意如何。"

"都还行!跟你有关系吗?"

"哦,天啊!保罗你生哪门子气呢?"

"巴比特先生,你为什么总是要来管我的事情?"

"嗯,保罗,你的事情我管不着。只是在芝加哥这个陌生的城市，能看到熟人，我特别开心而已，我跟你打个招呼怎么了？"

"呃，就算你的说法成立，我一点儿也不想别人管我，盯着我去了哪里。我自己的行踪自己负责，谁都别想来管我。"

"噢，保罗，我没有——"

"你刚才盯着梅·阿诺德的神情令人很讨厌，你说话的腔调也令人根本喜欢不起来。"

"既然你这么认为，那就这样吧！你的闲事我还真得插手管管了。那个梅·阿诺德跟你什么关系我不了解！可是我知道你们俩绝对不是聊什么建材销售，或者是聊怎么拉小提琴之类的！即使你不考虑道德方面怎样，也得考虑一下你的社会地位吧？难道你要一直和人家鬼混下去？一个男人偶尔逢场作戏，犯点无伤大雅的小错，我都可以理解，但是你是我最好的朋友啊！我做不到亲眼看着你一条道走到黑，也做不到亲眼看着你和别的女人打得火热，就算你不考虑你的妻子，就算作为你的妻子的吉拉吉拉确实很差劲，你也不能做这种不道德的事情啊！"

"嗯，你倒是一个好男人，忠于妻子的好丈夫！"

"那是肯定的，自从我和米拉结婚以后，对别的女人我看都没看过一眼，以后也不会看的，我要对我的妻子保持绝对的忠诚，对家庭也是。我跟你说真的，道德沦丧的事情会对我们造成恶劣的影响，你这样做只会让吉拉吉拉的脾气变得更坏。"

巴比特和保罗的态度都和缓下来。保罗的情绪有点儿消极，他将满是雪粒的大衣扔在地上，将疲累的身体嵌在藤椅里。他有点儿悲伤地说道："我承认你说的都挺对的！但是你也仅限于说说而已，道德问题上还没有妲卡懂得多。乔治！你知道吗？我实在是受不了了，吉拉吉拉简直太烦人了，她一心认为我是一个坏人，得接受她的审判。她以折磨人为乐，我越痛苦，她越开心。我只能去找一点儿小开心，无论好坏，即便是违背道德。不然我肯定会被她逼疯的。至于这位阿诺德女士，她虽然年纪有点儿大了，可是她善解人意，她是个好女人，她的生活同样也不那么顺心，我们在一起只不过是相互安慰而已。"

"呃，我想，她是不是得不到丈夫的理解而空虚寂寞的女人呢？"

"我也不知道，可能吧。不过她丈夫已经死在战争之中了。"

巴比特看似艰难地站起来，带着点点的歉意走过去，拍拍保罗的肩膀。

"乔治，说实话，她真的是一个好女人，她是一个纯粹的女人，她的过去并不总是阳光快乐。我们一见钟情，互诉衷肠，互相鼓励，我们是那么契合。我们相互拥有了对方，这虽然听起来有点梦幻。可是，自从跟她在一起以后，不再生活在别人的质疑中，我真的感到身心愉悦，感到生活是如此的幸福！"

"你就打算一直保持现状吗？"

"不，不会一直这样的，还可以更进一步的。"

"嗨！我不说我赞同你的做法，可是——"巴比特有点儿不知道怎么说，他觉得他不能看着保罗消极下去，不说为兄弟两肋插刀，也得为他做点儿什么，于是他开口道："我管不着那些事情，有我能帮忙的，你就开口。什么都可以。"

"也许你真得帮我个忙，我收到了吉拉吉拉的来信，是从亚克隆转来的，很有可能她已经知道了我的行踪，也许某一天我在芝加哥的某一家饭店吃饭的时候，她就会闯进来，不顾场合地冲我吵闹。"

"我回天顶市以后，会想一套说辞的，吉拉吉拉的事情就交给我好了。"

"我觉得你还是算了，你是个好人，但与人交际你并不擅长，尤其是女人。吉拉吉拉不会那么容易被骗的。"巴比特觉得太受伤了，他显得有点儿伤心。保罗又说："不是你想的那样，我是说，你精通生意上的事，在这方面没人比得过你。但是跟女人交际，你就不太拿手了。吉拉吉拉虽然看起来有点儿粗鲁，但其实挺聪明的，你的谎话一眼就会被她识破的。"

"好的，我承认，但是——"巴比特对于他不能参与到这件事情里，有点儿失望。见此，保罗安抚他说：

"也许，你可以跟她说，你去亚克隆的时候，见过我。"

"对啊！我怎么没想到呢？刚好要去亚克隆查看我的糖果店的经营情况，没想到却碰到了你，哎！都怪我事情太多了啊！要不应该在亚克隆多待几天。"

"好吧！这样就可以了，拜托别说得太过了，男人们说谎话时，总是希望没有任何漏洞，这样反而更容易被女人拆穿！不说这个了，乔治！咱们喝点儿酒怎么样？我这里有点琴酒，还有些苦艾酒。"

一般情况下，鸡尾酒保罗只喝一杯，现在却一杯又一杯地喝了起来。他眼圈红了，舌头也打结了，看上去实在是滑稽极了。

巴比特乘出租车回去时，泪水不可思议地悄然涌上了眼眶。

2

巴比特没有将自己的计划告诉保罗，他特意在亚克隆转车，抽空给吉拉吉拉寄了一张明信片："有要事来此，竟然遇到了保罗。"回到了天顶市,他上门去看望吉拉吉拉。她平日在家时穿着比较随意,身上的那件蓝色晨袍尽管已经很脏了,但是她依旧穿着。今天她还刻意打扮了一下自己。然而她太瘦了,脸颊也好像已经凹陷下去。她的头发稀疏,几乎脱落了一半,而另外一半也油腻腻地黏在头上。她坐在摇椅里,看着低级趣味的杂志,吃着只剩下碎末的糖果。她的情绪很不稳定,一会儿傻呵呵地笑起来,一会儿又满腹牢骚。可是巴比特却很包容地看着眼前的一切,似乎已经习以为常了,他一副愉快活泼的样子问道:

"哇!吉拉吉拉,见到你真高兴啊!丈夫不在家,这日子过得真是自在啊。我敢说,我不在家的时候,米拉肯定要一觉睡到10点的。嗯,我来找你还想借一下你的暖水瓶,我们在附近滑雪橇玩儿,想喝咖啡的时候却发现没有热水。对了,我上次在亚克隆见到保罗,给你寄了张明信片,你收到了吗?"

"收到了呀,那会儿他在干什么?"

"你是什么意思?"巴比特解开外套扣子,犹豫地坐了下来。

"你别装糊涂!肯定知道我说的是什么!"她愤怒地拍了一下杂志,说道,"我觉得他肯定没那么老实,是不是正在跟哪个旅馆的女服务员或者是修指甲女郎求爱呢?"

"你别胡说了!不要保罗一不在家,你就以为他在外边胡乱追求女人了。你要知道,保罗不是那种人,如果真的有什么,也是被你烦的。抱歉!我不是故意要说这些,但是你整天疑神疑鬼,不停地唠叨,任谁都是会被逼疯的。保罗他一直在亚克隆待着呢。"

"他一直在亚克隆,你确定?据我所知,他给一个芝加哥的女人写过信。"

"我不是告诉过你我在亚克隆见过他吗?你想证实什么呢?我

难道看着像是骗你的吗？我有必要吗？"

"不是的，我就是忍不住自己老是瞎担心而已。"

"这就是问题的症结所在，你心底明明很爱他，为什么要口不对心，说一些伤害他的话呢？仿佛你特别恨他似的，以折磨他为乐。难道你爱一个人的方式就是使劲折磨他吗？"

"对于泰德和维洛娜，你不是也很爱他们？你不是也一样教训他们吗？"

"嗯，那能一样吗？我哪有教训他们，那只是我关心他们的一种方式而已。可是你呢？保罗是世界上最好的男人，可是你对他近乎苛刻，老是折磨他，你自己都不觉得脸红吗？你像个泼妇一样对他说话，你简直太过差劲了！"

吉拉吉拉盯着自己十指交叉的手在发呆，轻声说："我承认我有时候确实很过分，可是每次又都会很难过。可是，乔治，你知道吗？保罗老是爱惹我生气。你也知道，我很爱他，也想过要对他好一点儿，只是我脾气比较直，说话不经过大脑，保罗就断定都是我的错，不可能每一件事情都是我的错吧？只要我一唠叨，他理都不理我，把我当空气一样，这是一个男人该做的事情吗？他还故意惹得我更加生气，令我行为失控，乱发脾气。好像都是我在无理取闹似的。你们这些自以为是、趾高气扬的男人，简直是太可恨了。"

他们俩争执不下，僵持了半个小时，最后，吉拉吉拉小声地哭了起来，说以后会尽量让自己保持平和的心态。

过了4天，保罗回来了。巴比特和李尔斯林两对夫妇开开心心地去看了一场电影，然后又犒劳了一下自己的胃。他们去的是一家中国餐馆。去的路上，两位太太在前面慢悠悠地走着，互相讨教着烹调技艺，而巴比特在后边低声和保罗说："看上去吉拉吉拉现在改变了很多。"

"是好多了,只是偶尔发会儿发脾气,比以前进步了很多。尽管如此,我们也回不到过去了,一切都太晚了!我依然害怕见到她,我们之间已经没有丝毫的感情了,你看着吧!总有一天我会离开她的!"

第二十一章

拥护者俱乐部,这个国际性组织成立了。它有着独特的魅力,代表着风趣、乐观和稳定,因此深受30多个国家的青睐,纷纷建立起了分会。仅仅在美国,分会数目就已经达920个。

在众多的分会中,天顶市俱乐部可谓是最活跃的,它热衷于各种活动。

每年3月份,天顶市俱乐部都要举行两次午餐宴会。该市一年一度的理事选举活动就安排在宴会之后。通常情况下,宴会的地点选在老黑伦议院舞厅,参加宴会的拥护者有400多个,他们有着不同的职业,每人手中拿一块大赛璐珞章,然后把自己的名字、绰号和从事的职业大声地读出来。在俱乐部中有一个规定,人与人之间打招呼必须要称呼对方的绰号,如果有谁没有遵守这个规定,那么他就得接受10美分的罚款。因此,当巴比特跟大家脱帽致意时,会场里响起了各种各样奇怪的呼声:"你好,矮仔!""嗨,麦克!""早啊,酋长。"不光会场里面喧闹不已,就连场外也是热闹非凡。

宴会上的座位并不是随意安排的，拥护者们以抽签的方式决定自己的座位在哪里。会场里8个人一桌，美其名曰友谊之桌。与巴比特同桌的是小甜心炼乳公司的黑克·西伯特，裁缝商阿伯特·布斯，莱特威商学院的卜弗雷教授，珠宝商艾咪·温格特，瓦特·葛布博士，照相制版师宾·贝凯和摄影家洛伊·第嘉顿。虽然拥护者的职业有很多种，但俱乐部对每个商业部门的参加人数是有规定的，只允许每个行业派出两个代表参加。因此，能够在宴会上出席的基本上都是行业楷模，通过与他们的对话，你可以了解到所有自己感兴趣的行业，这时你会有一个惊奇的发现，那就是各行各业虽然从事的工作不同，艺术至上的画家也好，装饰房屋的水电工也罢，但他们的行业理念是高度一致的。

巴比特这桌人的兴致非常高，因为这天正好是卜弗雷教授的生日，大家可以谈论的话题就更多了。

"卜弗雷教授，让我们猜一猜您多少岁了吧！"珠宝商艾咪·温格特很有兴致地说道。

"算了，这个没意思，还是让卜弗雷教授给我们跳支舞吧，就穿上那种无带式舞鞋！"照相制版师宾·贝凯建议道。

大家纷纷提出了自己的想法，但是巴比特表明自己的建议之后，大家却一致赞同。他说："那个家伙也不适合干那些事情，他最拿手的可是酿酒。听别人说，他还专门在一所老学院中开设了酿酒课呢！"

在俱乐部中，每一个会员手中都有一本会员手册，上面记录了所有会员的详细资料。可以说俱乐部真是用心良苦，册子不仅可以让会员们更加了解彼此，更好地团结起来，同时也给每一个会员提供了良好的赚钱渠道。因为手册上所有的会员名字之后都标有他们所从事的职业，无论你的行业规模大小，职位高低，都记录得清清楚楚。如果谁最初只是把手册当成团结工具而不懂得利用，那也不是什么要紧的事情，因为手册还有一段广告会提醒你朝着利益的方向考虑：亲爱的会员们，本会虽然没有规定大家必须要同其他会员建立起合作的关系，但是这样便利的条件难道大家不知道利用吗？变得灵活一些吧，朋友，要把眼光放在更远的地方，我们是一个快乐的大家庭，让我们自己的钱流向外面难道不可惜吗？

今天，会场的墙壁上到处都张贴着一种卡片，上面印着红、黑艺术字。卡片上的内容是：

服务与拥护理念

我们的一切服务都必须建立在广大人民的普遍需求上，只有人民的迫切需要得到满足，我们的服务才会更好地发展下去，发挥出最大的作用。我深信，最高形式和价值的服务都必须付出巨大的努力，这一点与所有开明的宗教信念是一样的。只有不断地去了解人民，体察人民，才会明白他们的需求，从而更好地付诸行动。拥护主义最基本的原则就是以真诚而善良的心去付出，解决人民的一切需求。因此，我可以保证，只要您是一个好公民，我们始终会全心全意，竭诚为您服务！

戴德·彼得森
戴德·彼得森广告公司敬致
戴德公司承接策划一切广告，收效十分显著

对于彼得森的这些警言，拥护者们纷纷表示理解。

宴会开始，首先进行的是每周必不可少的"噱头"。主持会议的是会长伯吉乐·扬齐，他顶着一头杂草似的头发坐在椅子上，讲话的声音十分洪亮，就好像是盛宴中的铜锣一般。

俱乐部的会员们经常会介绍一些新朋友入会，并且在公共场合将他们介绍给大家认识。最先介绍自己朋友的是卫里斯·杰姆，他非常风趣地说道："我的这位高个子、红头发的朋友是一名体育编辑，他在《鼓动时报》工作，专门负责报道错误的消息。"药剂师哈杰恩介绍朋友的方式比较特别，他看似非常享受地说道："朋友们，相信你们驾车出游终于到达一个非常浪漫的地方时，就会忍不住对妻子说'这个地方实在是太美了'！这时你浑身上下都会感受到一种别样的幸福，没错，我的朋友，哈伯的菲里·维吉尼亚就来自这样一个让人幸福的地方！在那里你会想到那些曾经的勇士，他们就像我们现场勇敢睿智的拥护者一样，例如老将军罗伯特·李、约翰·布朗……"

今天来参加宴会的还有两位非常特别的客人，一位是天顶市市长、荣誉会员路卡斯·柏拉特，另外一位是本州在道格斯沃斯剧院演出的《极乐鸟》的男主角。

很快，会长伯吉乐·扬齐开始了洪亮的发言："今天，市长先生百忙之中抽出时间来参加宴会，让我们深感荣幸。而另外一位客人，为了让他出席宴会我可是费尽了力气，好不容易把他从一大群女演员身边拉到这里来。我必须承认，是我硬闯入他的化妆间，告诉他，我们拥护者对他的才艺是多么钦佩，另外我还告诉他一件非常巧合的事情，道格斯沃斯剧院的会计也是我们拥护者中的一员，如此说来，我们的功劳可是不小呢，居然为剧院提供了一名会计的赞助。"

很快，宴会到了举手表决阶段。大家要评选出今天最帅和最丑的客人。评选出来的人物每人会获得一束康乃馨,这是珍尼佛街的花商黑格尔提供的。

每周,拥护者俱乐部都会通过抽签的方式选出4位会员,轮流提供服务,进行广告宣传或者是物资捐赠。这周有一件好玩的事情发生了,葬礼承办商巴那巴斯·裘依抽中了签,大家哄堂大笑,纷纷打趣说:"这个家伙提供的可是免费的葬礼,为了配合他的捐赠,非得有两个人要入土不行!"

会员们就这样一直消遣打趣,很快午餐就开始了。午餐格外丰盛,大家可以饱餐美味的炸马铃薯、鸡肉饼、豆子、苹果派、咖啡以及美国奶酪。这一次会长扬齐没有再发表什么言论,以免影响到大家吃饭。过了没多久,他请前来访问观摩天顶市的扶轮社的秘书发言,这位秘书是拥护者俱乐部的对手,同时也因为他的汽车牌照是本州5号而为人们所知。

这位秘书笑呵呵地跟大家谈起了他牌照的事情。他说这个汽车牌照的确给自己带来了不少出风头的好机会,无论走到哪里都会引起轰动,但也因为如此,警察总是能够轻而易举地找到他。他有些自豪地说现在很后悔办理了这样一个牌照,甚至觉得简单的号码才会顺眼一些。如果监理现在同意,他愿意把自己的这个倒霉车牌转让出去,可以是任何一个人,甚至是一个不幸的拥护者,如果这个想法变成真的,他一定会非常感激,然后把所有的扶轮社成员和拥护者以及吉瓦尼斯的会友聚集起来,好好地为这件事情庆祝庆祝。

巴比特听了这番言论之后,无奈地叹了口气,对卜弗雷教授说道:"有这样一个牌照真的非常好,无论走到哪里人们都会认为'他一定是一个非常重要的大人物',真是不知道他是怎样把这样好的牌照弄到手的,估计好吃好喝地招待了监理所所长很长时间吧!"

很快,奇姆·福林克开始发表自己的言论:

"今天在座的各位中,可能会有很多人认为,在这样一个热闹的场合大谈音乐等艺术有些不合时宜,但是我还想将心中的想法直接说出来,然后希望能够征得大家的同意。我的想法就是在天顶市成立一个交响乐团!现在,很多人不喜欢古典音乐,认为这类东西没有丝毫价值。坦率地讲,我也是这样的一个人,我虽然从事文学方面的工作,但是对古典音乐却没有半点儿兴趣。如果我有时间,宁愿去听一个爵士乐队的演奏,而不选择贝多芬的交响乐。因为对于不懂交响乐的我来说,听着那些哀伤的抒情曲调简直是一种痛苦,我更愿意接受爵士这类贴近现实的艺术。然而大家都明白,我们现在生活在现代化的城市中,文化是城市发展点缀中不可缺少的部分,就好像柏油马路对城市的重要性一样。时代在不断地向前发展,人们对文化的重视度越来越高,像纽约这样的城市,每年都会吸引着成千上万的人去那里的画廊、剧院参观,因此也带动了当地的经济发展。相比之下,我们这个城市虽然也取得了不错的成就,但是在文化方面却极其匮乏,完全达不到纽约、波士顿或者芝加哥的文化层次,至少在名气上就逊色很多。作为新时代具有进取精神的一代人,我们要不断地追求进步,让文化变成我们发展的资本,而具体的做法,就是了解文化,驾驭文化,甚至创造文化,紧紧地将其抓在手中。

"对于时间宽裕的人来说,认真研究绘画和书籍自然是一件好事情,但是这些人并不能以此到大街上宣扬说'这就是天顶市的文化贡献'。显然这是不太切合实际的。但是交响乐却能做到这一点,让文化得以彰显。想想看,辛辛那提和明尼阿波利斯具有多么高的名誉和威望啊！如果我们在天顶市成功建立起一个交响乐团，聘请一位音乐界的实力指挥家，将演出地点选定在装修豪华的剧院，然后号召那些有文化涵养的人以及有钱人前来欣赏，这样人们就会知道，天顶市也是一座文化氛围浓烈的城市，那里有一支实力派指挥家的乐团和许许多多一流的音乐家。在这一点上其他城市是远远不能超越的。如今，我有这样的提议，自然是为了天顶市能够取得更好的发展，如果谁为了自己的利益对乐团成立进行阻挠，这样他扼杀的不仅仅是一个想法，同时也放走了天顶市发展为顶级城市的大好时机！

"另外，我还想对家长朋友们说一句，如果我们的子女爱好这种有文化底蕴的音乐，那我们就要支持他们，给他们选好的老师去指导。这个问题乐团同样能够解决。当乐团成立以后，他们可以直接到乐团学习。我想，一个大的团体给人带来的好处大家都心知肚明，不用我多言吧。因此，我恳请大家多想想天顶市的发展和文化艺术吧！让我们一起努力建立起一个世界顶级的交响乐团吧！"

这番情真意切的演讲刚一结束，掌声便如雷鸣般地响了起来。对于奇姆·福林克的提议大家纷纷表示赞同，他的提案顺利通过了。于是，大家开始热烈地讨论这一话题。

很快，扬子又发言了："亲爱的朋友们，接下来将是非常重要的时刻，一年一度的理事选举马上就要开始了。"选举按照一定的流程进行着，先是由6个单位各自推选出一名优秀人物，然后委员会再进行筛选，最后确定好3名候选人。巴比特也在候选人之列，并且排名第二，有幸取得了竞选副会长的资格。

这消息一宣布，巴比特感到十分惊讶，同时也有些不好意思。他的心情太激动了，心疯狂地跳动着，尤其是大会在计算投票结果的时候,他看上去更加难以平静。就在他焦急等待的时刻,选票结果出来了,扬齐会长高声地宣布:"非常荣幸由我来宣布下一届的副会长人选,让我们把最热烈的掌声送给乔治·巴比特先生!在我看来,巴比特先生获得这样的荣耀当之无愧,他在通情达理和事业心上可是无人能及的!"

选举结束以后是巴比特最荣耀的时刻,他感觉足足有上百个会员前来向他道贺,亲切地拍背称兄道弟,热烈地交谈着。酒精的作用让他有些恍惚。之后他离开会场,开车回了自己的办公室。此刻他的心情是那样激动,以至于走进办公室的时候满脸笑容,兴奋地对麦克小姐说:"朋友,你恭贺一下我吗?你的老板乔治·巴比特,现在已经是拥护者俱乐部的副会长了!"

然而麦克小姐让他的热情一下子消下去了很多。她近乎冷漠地说道:"噢,这样啊,您的太太可是打电话找您好久了。"好在新来的推销员弗里兹·贝宁格给了他些许安慰。他走上前来,用激动的语气说道:"噢,天哪,我尊敬的老板,巴比特先生,您实在是太了不起了!真不敢想象我的老板居然是拥护者俱乐部的副会长!真的要恭喜您,我实在是太高兴了!"

巴比特很快给妻子回了一个电话,故意炫耀般地对他的妻子说道:"听说你找我很久了?亲爱的米拉,你的丈夫是不是很棒呢?对了,从现在开始,你跟我说话可得好好用点儿心,我现在的身份也不一般了,已是堂堂的拥护者俱乐部副会长了!"

"好吧,乔治。"

"怎么样,是不是很好?新会长是卫里斯·杰姆,除了他,我可是俱乐部中的老大了。我这个不值一提的小人物终于要挺直腰杆了,随便支使他们,让他们介绍演讲者,我可不管什么州长不州长的……"

"听我说好吗,乔治?"

"还有,我有了这样的身份,就可以和笛林博士那样的人保持更加紧密的交往,同时……"

"乔治!保罗·李尔斯林……"

"没错,我可记着他呢,待会儿我就给他打电话,告诉他这个振奋人心的消息!"

"乔治!你听我说呀!保罗出事了!他今天中午枪击了吉拉吉拉,现在吉拉吉拉可能已经死了,而保罗早就被抓进监狱了!"

第二十二章

1

巴比特得到消息以后,决定去监狱看看保罗。在开车去往市立监狱的路上,巴比特虽然并不紧张,但是却烦恼重重。此刻的他无所适从。这些变化无常的事情以及无法掌控的命运让他无能为力,他只好劝诫自己不要去多想了。

到了监狱以后,狱警说:"每天3点半才是探视犯人的时间,不到规定时间,任何犯人都不能被探视。"巴比特看看表,现在已经3点了,只差半个小时,于是他在椅子上坐了下来,百无聊赖地盯着墙上的时钟和日历。半个小时仿佛格外难熬,椅子不仅硬得让人难以忍受,还不断发出咯吱咯吱的响声,这让他的心情更加糟糕。他很想去办公室询问一下具体的情况,却发现里面的人一直在看着他,那种怪异的眼神就好像看见什么奇怪的东西一样。他开始有些恼怒，但仍旧坐在那里，任凭椅子发出心烦的咯吱声……

3点半终于到了，巴比特将自己的名片递给了狱警。然而让他没有想到的是，狱警返回来时告诉他："李尔斯林说他现在不想跟你见面。"

巴比特一下子生气了，冲着狱警说道："这怎么可能？见鬼！一定是你没有把我的名片给他看吧？你去告诉他，我是乔治·巴比特！"

"乔治·巴比特先生，我的确已经明确告诉他了，没错的，他就是说不想见你。"

"既然这样，那你带我去见他还不行吗？"

"那不行，你又不是他的律师！况且他已经明确表示不想见你，我也没有办法！"说完狱警转身就要离开。

"既然这样，那让我见见你们的监狱长行吗？"

"我看你还是别想了，他估计没时间见你。"

这样的回答让巴比特更加恼怒，他怒视着狱警，狱警见状有些慌乱，这才又说道："你要不明天再过来看看吧，保罗·李尔斯林可能被这件事刺激得疯了。"

眼看见面无望，巴比特只好无奈地离开了。他想去市政府了解一下情况。一路上他的内心非常烦躁，开车也有些肆无忌惮，无数次险些与卡车相撞，然后被卡车司机无情地痛骂着，但是这些他全当没有听见，只顾一路狂奔。很快他就到了市长路卡斯·柏拉特先生的办公室门前。进市长房间倒是没费什么力气，只是稍微贿赂了一下门卫就如愿以偿了。巴比特非常客气地说："柏拉特先生，您好，您还记得我吗？我叫巴比特，是拥护者俱乐部的副会长，在选举上还曾经为您投过票呢。我今天来是为了我那可怜的朋友保罗，他的事您知道吗？他现在在监狱，我想去探视他，可是时间上却不是那么方便，我想请您帮我跟市立监狱的监狱长通融一下，允许我进去看看他，行吗？太谢谢您了！"

经过努力，巴比特终于得到了探视权，15分钟以后，他来到了保罗的牢房前。他的心情非常紧张，只见保罗坐在一张硬邦邦的床上，身体蜷缩着，握着拳头，双唇紧闭，看上去十分颓废。

纵然守卫已经打开了门，但是保罗却仍然无动于衷。等巴比特走进来时，保罗也没有很激动，只是轻轻地向他点点头，慢悠悠地说："好吧，我已经做好让你好好教训一顿的准备了！"

巴比特在保罗身边的椅子上坐下来，异常平静地说："你想错了，保罗，我并没有要教训你的意思，已经发生的事情我不再追究了，现在我要为你做一些我力所能及的事情。说实话，吉拉吉拉得到这样的结果也是她自己造成的！"

保罗似乎有点儿为自己辩解的意味，说道："我现在实在不想提吉拉吉拉，我根本不是故意杀她的，我也没想到事情会变成这个样子。当时她一直在恶狠狠地骂我，我就要被她折磨疯了，一时冲动，就拿起了狩猎用的枪向她打去，结果打在了她的肩部上。打完之后，我马上就后悔了，我没想到她会死，当时只是希望她那白净的皮肤上不要留下难看的疤痕。然而血止不住地流，我惊慌中到浴室找棉花给她止血，忽然看见了圣诞树上的黄色毛绒鸭子，这才想起了我们往昔的各种甜蜜时光！我不知道事情会发展到这个地步，我也实在不敢相信这是真实的。我居然干出了这样的事情！"

听到事情的原委，巴比特既伤心又无奈，只能将保罗的头紧紧地拥入自己的怀中。保罗悲伤地说："你能来看我这个杀人犯我真的非常高兴。我以为你是来教训我的。出事的时候，我家门口围了好多人,他们都惊讶极了,纷纷在议论我:'到底怎么回事,保罗·李尔斯林这么好的一个人会杀人?'就这样,他们眼睁睁地看着我被警察带走了。天哪!为什么会发生这样的事情!"

保罗一直在向巴比特诉说着心中的不安与忏悔,语气中充满了惊恐。巴比特想要把他从恐慌的思维中带出来,于是问道:"你下巴上的伤是怎么回事?"

"噢,没什么大不了的,是一个高大的警察打的,他好像对我这样的杀人犯深恶痛绝,又好像只是在我这里寻找一点儿乐趣罢了。来这里之前,吉拉吉拉被抬上救护车的时候,我本想着要上前帮忙,但是却被警察阻止了,他们不再给我机会靠近吉拉吉拉了。"

"好了,保罗,别再想这些事情了。或许吉拉吉拉只是肩部受伤,生命并无大碍呢。你要往好的方向去想。等这件事过去以后,你可以带着梅·阿诺德跟我一起到缅因州去,到时候我可以提前去芝加哥帮你邀约她。说句心里话,她真的是一个非常可爱的女人。去了缅因州以后,我会在生意上给你最大的帮助,让你在西部某地站稳脚跟,或者如果你不喜欢,还可以去美丽的城市西雅图!"

巴比特不管保罗听没听就这样一直替他想象着,保罗没有说话,只是无奈地苦笑。直到保罗的律师马克斯威尔先生来了,巴比特才停下来。这位律师先生长得很瘦,看上去一副不太友好的样子,他轻轻地向巴比特点了点头,巴比特知道这是在暗示自己回避,于是跟保罗握手之后就走出了牢房。

马克斯威尔律师跟保罗谈完之后走出牢房,巴比特马上迎了上去,用近乎央求的口吻说道:"律师先生,您看在这件事情上我能帮什么忙吗?"

"噢,暂时还没有什么需要帮忙的。不过你也不用再去看他了。为了让他休息，我刚让医生给他注射了吗啡。不好意思，我还有事情要忙，失陪了。"

回到办公室的时候，巴比特已经疲惫不堪，就好像自己刚从葬礼上回来一样——身体疲惫，心里悲痛。但是他并没有安安心心地休息，而是被一种莫名的力量驱使着去了吉拉吉拉所在的那个医院。经过询问，他知道吉拉吉拉并没有死，只是子弹从肩膀上穿了过去，现在已经性命无忧了。他这才彻底放心。

一天的奔波让巴比特有些昏沉，刚一回到家，妻子就非常兴奋地向他打听保罗的事情。如此熟悉的朋友发生了这样的事情，她的脸上竟然看不出一点儿悲伤，甚至给人一种幸灾乐祸的感觉。她饶有兴趣地说："这件事情虽然是保罗的无心之举，但是最根本的原因还不是因为他在外面乱来？否则他的妻子怎么会去惹恼他。他已经对忠诚的基督做出了背叛行为，就连上帝现在也对他无能为力了。"

虽然妻子的话巴比特极不赞同，但是他实在太累了，不想再与她争论，于是他只是说保罗为此也感到非常痛苦，说完就去洗车了。

巴比特对待他的车非常有耐心，他将车上的油渍泥土全部清理干净，就连轮胎上的泥也全部清除掉了。把车洗得干干净净之后，他就去洗手。他用的是厨房用的砂皂，因为擦得太过用力，手感到生疼，但是他反而有一种莫名的快感，于是自我打趣说："真是，看看这双手，细皮嫩肉，简直像个女人！"

吃晚餐时，妻子又不可避免地提起了保罗，说个没完没了，这让巴比特很恼火，于是他大声吼道："从今往后，家里任何人都别再议论保罗的事情了，总是议论，有意思吗？对你们有好处吗？那些晚报整天就知道小题大做，把一件简单的事情添油加醋，整得面目全非，实在是太该死了，把它们都统统丢掉，别再看了！"

话虽这样说，但是看报纸已经成为巴比特的一个习惯，因此晚饭过后，他早就忘了自己刚才的话，又看了起来。

巴比特知道，马克斯威尔律师并不想让他打扰，但他还是在9点前敲响了马克斯威尔律师家的大门。律师态度倒是很客气，问道："您来找我有什么事情吗，巴比特先生？"

"我想到了一个帮助保罗的主意，前来征求一下您的看法。我是否能够出庭给保罗做证，说案发时我在现场，并且当时的情况是吉拉吉拉先拿了枪，然后他们在互相抢夺的时候意外走火，所以误伤了她！"

"您是想替保罗在法庭上做伪证吗？"

"没错，是这样的，只要能够把保罗救出来，我宁愿做任何事情。"

"可是，亲爱的朋友，您知道做伪证是违法的吗？这可不是闹着玩的。"

"马克斯威尔先生，我是认真的，虽然您是律师，我也不是故意要在您面前表示要做违法的事情来挑战您的权威，但是我们都知道，现在这样做伪证的案例是存在的，很多人为了自己的一丁点儿利润，甚至一块没有用处的房产就会这样做。而我并不图什么，只是不想让我的朋友遭受监狱的折磨。"

"您这个想法是绝对不可行的！无论从道德上我们怎样去衡量，现实中就难以实现，根本没有您想的那么简单！您的证言很快就会被法官驳斥得体无完肤，况且所有人都知道当时现场只有保罗和他的妻子。"

"或者我用我的人格担保，在法庭上宣誓呢？我只是想说，他之所以会这样做，就是因为他妻子无休止的抱怨惹怒了他，只有这些而已。"

"巴比特先生，实在抱歉，这个真的不行。况且李尔斯林表示，任何不利于他妻子的言语他都不会讲的。他愿意认罪。我们要绝对地尊重他，实在是无能为力。"

"既然这样，那您就让我出庭做证吧，我想为他付出一点点儿努力。"

"真的很抱歉，巴比特先生，您的好意我们心领了。我告诉您吧，您现在对我们最大的帮助就是不要参与进来。"

巴比特一时间不知道该怎么办，只是尴尬地站在那里。他满心失落地转了一下自己的帽子。看到他这个样子，马克斯威尔律师安慰道："您和李尔斯林的友情着实让我钦佩，我也知道您的心意，拒绝您的好意我也是不得已的，现在我们真的不能去那样做。另外，我还想说的是，您说话也太直接了，说谎这件事你好像并不擅长，如果我真的听从您的建议，让您出庭做证，我想整个事情会变得更加糟糕。您要明白一点，这件事情如何处理对李尔斯林来说极其重要。请您相信我，我一定会用尽全力去帮助他脱险的，至于现在，我还有很多文件要看，真的不能再陪您了。"

2

第二天一早，巴比特准时来到俱乐部。这时，他的心情很紧张。这些天保罗的事情还没有结束，正是大家议论纷纷的时候，他们一定也不例外。他可不想听他们把事情添油加醋地无限扩大，用恶毒的语言去攻击保罗。然而让他没有想到的是，他的那桌人虽然是出名的讨厌鬼，但是却没有一个人提起这件事情，反而对即将到来的棒球节津津乐道。巴比特的心情一下放松了很多，一种感激之情油然而生，巴比特觉得，自己从来没有像现在这样喜欢过这些人，他们此刻实在是太可爱了。

3

保罗的开庭审判巴比特并没有参加，所以他的心情非常紧张，不知道事情进展得到底如何，于是他自己开始想象整个事件的过程：审判会已经进行了很长时间，双方证人互相争辩，气氛一度十分紧张，而旁听席中坐着一个知情者，就在审判的关键时刻，他拿出了强有力的证据，让审判的结果发生180度大转弯。然而这只是巴比特的想象，事实上这场审判只用了不到一刻钟的时间，而证人也只有一个，那就是医生。他说吉拉吉拉已经没有性命之忧，在不久的将来就能恢复健康。而这起案件并不是蓄意谋杀，只是保罗一时情绪失控所导致的悲惨结果。庭审结果第二天就公布了，保罗被判处3年有期徒刑。和人们口中犯罪案件不同的是，保罗的手上并没有手铐，他只是慢吞吞地跟在副警长的身后，看上去疲惫不堪。为了跟保罗告别，巴比特专门去了车站，望着保罗渐渐远去的身影，巴比特感到极其落寞。他像往常一样来到办公室，这种无奈的生活和无法扭转的命运让他满心失落。他在想，这个世界暂时没有保罗了，他该怎样去面对呢？保罗的离开让他的世界变得阴暗，就连生命意义也感觉不到了……

第二十三章

1

巴比特从3月一直忙到6月。他努力地克制着自己，尽量不要想那些乱七八糟的事情。他的生活平淡无奇，妻子和邻居们都很好，而他每天晚上基本上都靠看电视或者是打牌来度过无聊的时光。

6月到了，米拉带着妲卡去了亲戚家，巴比特想着自己终于迎来了自由的世界。然而真正独处的时候，他却不知道自己该干些什么，去哪里消磨这一个人的时光。这一点他在妻子离开后的第二天就深有体会。

巴比特独自一人坐在空空的房间中，想着这下可以毫无顾忌地玩耍了，再也不用过多地考虑作为一个父亲应该保持怎样的形象。很快，他又想到，或许今天可以去参加一个宴会，随心所欲地玩，多晚回来都不担心有人唠叨，这简直是太棒了！想到这里，他开始给艾迪·史旺森和伯吉乐·扬齐打电话。遗憾的是，他们两个都已经各自有了约会。于是巴比特想，自己跟他们的关系也并不是很好,为什么要去打扰别人呢?

吃晚饭时,巴比特很平静,跟泰德和维洛娜说话也温和了很多。维洛娜谈起了自己对肯尼斯·史谷特和约翰·詹尼森博士进化论者的一些看法,这要在平时,巴比特一定又开始反驳她,但是今天他只是简单地说了几句,并没有表示出强烈的反对。而泰德谈论的都是汽车场的事情,一整个暑假,他都在那里工作,并且为此感到非常自豪,例如他发现了一个坏的轴承、对领班讲了一通对无线电话发展前景的看法,甚至给老格劳屈先生讲了些道理,这些都成了他炫耀的资本。

吃过晚饭以后,泰德和维洛娜都去找伙伴们跳舞去了,用人也不甘寂寞外出了。整个家里只剩下巴比特一个人。他之前很少有这样独处的待遇,但是现在当真正地剩下他一个人的时候,他却坐立不安,不知道干点什么来消磨掉这百无聊赖的夜晚。他想看些书,于是去了维洛娜的房间。

他在维洛娜的床上坐下,开始翻阅她的书,一边看还一边嘟囔:"这本是康拉德所著的《救济》;这本《地球的形象》可真是一本奇怪的书,中间居然还藏着贝雪儿·林德莎的题诗;哦,荷·洛·麦因肯的散文太不道德了,他的文字满是嘲讽的意味,他蔑视教会和那些老实人。"这些书都不是巴比特喜欢的类型,因为他在书中感受到了叛逆的精神鼓励,如果人们读了这些书,很可能就会反对世间美好的事物,忽略掉自己身上的责任。对于这些作家,巴比特也没有太大的兴趣,他猜想现在这些人都已经是名人了,他们只是按照自己的意愿去写作,丝毫不去在乎怎样写出让人欢喜的作品来。想到这里,他深深地叹息。忽然,他看到了一本《三个黑便士》。创作这本书的作者叫约瑟夫·赫格斯海默。他的失望总算得到一些安慰，于是他高兴地说道："总算有本好点儿的书了！"还没打开书看，巴比特就已经开始猜测里面的内容了，他想，书里描写的一定是一个非常惊险的故事，或许是一个侦探半夜三更溜进古村办案，又或许是一个骗子的故事。总之，他对这本书非常好奇，于是把书夹在胳膊下，迈着轻快的步伐下楼了。他坐在钢琴灯下满怀期待地打开了书：

"在森林深处的山坳里，阳光如丝如缕地照耀，它是那样的轻，就好像森林中的尘埃一样悄然无声。已经10月了，枫树在霜的催化下披上了金黄色的外衣，西班牙橡树也不甘落后，穿上了紫红色的外套，看起来，像极了葡萄酒的颜色。尽管太阳已经西落，但野漆树生长在黑暗的草丛中，一眼就被看见了。天空中大雁成群结队地展现着它们的身姿，一会儿低飞，一会儿又翱翔，从重峦叠嶂的山上越过，这个寂静的黄昏，有了雁群的点缀更加神秘。哈瓦德·宾尼站在路上一个还算明亮的地方，他敢肯定，那群大雁虽然不会再按照原本的飞行路线前行了，但是它们依然在很远的地方，不会落到他设定好的射程中……他爱惜大雁，不想去伤害它们。天色渐渐变暗了，他敏锐的感觉也消失殆尽，于是一种习惯性的冷漠袭遍了他的全身……"

这本书也不是巴比特喜欢的类型，内容也一点儿不别出心裁，只是对美好事物的叛逆。于是巴比特放下书，开始仔细倾听着夜晚的声音。家里的房间门都没有关，几乎每个房间的声音都能够听到，厨房中滴答滴答的水声吸引了他，让他感受到了某种力量的召唤。

巴比特拖着慵懒的身子走到窗边，迷雾下的夜晚是那样安静，远处街上微弱的灯光在闪烁着，这一切都让巴比特陶醉，于是他陷入了自己的思绪中。

泰德和维洛娜回来以后,什么也没干就直接回到自己的房间睡觉了。这让巴比特的房间显得更加冷清。他默默地点了一支烟,然后将那顶非常正式的礼帽戴在头上,开始在房间中徘徊,嘴里还念念有词"银在金中穿梭着……"。突然,他想到一件事情:"保罗,对,我可以给保罗打个电话问候一下。"于是他很快就清醒了。每当想起保罗,就好像他穿着囚衣站在自己面前,巴比特仍旧感到深深的难过。尽管事情已经发生好几个月了,但是巴比特仍然不想相信它是真的。雾色朦胧的夜晚本就十分悲伤,现在他又想起了这件让人伤心的事情,更加显得这个夜晚是如此难熬。

巴比特已经完全沉浸在了这样一片无声的寂寞之中。他慢慢地向屋外走去。这时,外面朦胧一片,房子被雾气结结实实地包裹着,仿佛与繁华的世界彻底隔开了。在这混沌的世界中,好像所有的欲望和纷争都消失得无影无踪。这时他想到,如果妻子在家,一定早已催促他进屋睡觉了。

他走在街灯的光亮下,看到一个身影急匆匆地向他的方向走来。这个身影每走一步就会发出拐杖敲击地面的声音,他的脖子上挂着一副眼镜,是用高贵的宽丝带系着的。眼镜的位置正好在腹部,每走一步,眼镜就会撞击腹部发出砰砰的响声。

等到走近一些,巴比特才惊讶地发现,这个人竟然是奇姆·福林克,从他一身的酒气就可以知道,他刚刚喝了很多酒。

当然,福林克也看到了巴比特,于是他停下了脚步,死死地盯着巴比特说道:"哦,原来是乔治·巴比特,一个以出租房子为生的呆子,你认识我吗?我可不管什么美好的夜晚,什么诗情画意,统统都要把它们破坏掉。我曾经扮演过什么角色你知道吗?吉姆·怀德孔·赖利或者是珍娜·费尔德，哦，不，不，也可能是史蒂文逊！或许你还不知道吧，我的脑子里装的可是各种各样的奇怪想法，幻想可是我的本事。你听着，这可是我刚刚才谱好的句子：'听吧！大家都把耳朵竖起来听着！这个声音它来自游荡者，来自甲壳虫，来自那些可敬的人，它是多么吵闹！'

"你听见了吗？怎么样？奇怪不？这可是我奇姆·福林克写的！是不是很押韵、很有内涵呢？开头那两句可是智利的田园诗韵，而现在呢？全都是废品！一切都太晚了……太晚了……"

就这样，福林克一边小声嘟囔一边向前走去。酒精的作用让他无法掌控自己的身体，摇摇晃晃的像是要随时摔倒的样子。当然这只不过是他的担心而已。突然，巴比特转身离开了，他自己也不知道为什么突然想要离开，反正觉得一切与他没有关系！即使现在那个人被浓雾中跳出来的魔鬼扭断了头，他也不会因此而害怕，因为不关他的事情他害怕什么呢？他看着福林克，心情是那样冷漠，说了一句"这个笨蛋！"之后就走了，再没有回过头来看他一眼，就好像刚才的遇见没有发生过一样。

等巴比特回到家的时候，他已经非常疲惫，脚上仿佛戴着镣铐一样沉重，他只得缓慢地走着。进屋之后，他感觉饿了，于是懒洋洋地走到冰箱前，想要从中找一些可以充饥的东西。这时他想到了他的妻子，四处翻找东西的行为是妻子最看不惯的，如果她在家并且看到了这一幕，一定又会喋喋不休。

他在冰箱中找到鸡脚、炸马铃薯和覆盆子果冻。于是站在洗衣盆前开始吃起来。炸马铃薯实在是太凉了，于是惹得他一顿抱怨。他吃着吃着，就陷入到了对人生的思考。他每天辛勤工作，但是却没有一点儿收获，难道一辈子就这样虚度了吗？他感觉不到快乐，于是他想到了约翰·詹尼森曾经说过的话,天堂的生活没有乐趣,你住进天堂,就远离了有趣的生活。如果赚钱是天堂的话,那他的确生活在天堂无疑,他也确实没有什么乐趣可言。他所做的一切都只是为了给孩子们更好的生活而已,但这样的生活并不是他所想要的,他不知道这种生活还值不值得继续保持下去。这些事情困扰着巴比特,让他的心情杂乱不堪,他也不知道自己到底想要什么。

他匆匆地走进自己的卧室,然后在既可以坐又可以睡的长椅上躺了下来,枕着自己的手继续思考。他想要的到底是什么呢?金钱、地位、玩乐、劳作?不,不是这些,它们只是人生的附属品罢了。

"算了,还是别再想了。"他低声劝诫自己。

然而有一点他心里是非常清楚的,那就是保罗·李尔斯林不能从他的生命中消失。他想或许身边有一个玲珑可爱的女人会更好一些,如果他爱她,他就会无所顾忌地陪伴在她的身边,然后幸福地睡在她的怀里,进入最美好的梦乡。

很快,他就想到了自己的助理麦克小姐以及松莱饭店理发店那些修指甲的漂亮面庞。想着想着,他就睡着了,并且做了一些美妙的梦。也许在他的梦中,他找到了自己想要的东西。

2

第二天早上,巴比特心理发生了很大的变化,每天面对的办公室生活今天却让他格外难以忍受,他觉得,这样的生活实在是太无趣了,安分守己地工作并不是他想要的生活。终于在11点时,他再也控制不住自己了,他不再接听没完没了的电话,不再约见一个个客户,将所有的工作都抛给了那些职员,完全不管他们已经像奴隶一样在不停地忙碌着。终于自己能干点儿自己想干的事情，甚至还可以去看个电影。他为自己有这点小小的权利而开心着，甚至还滋生出一种小兴奋。

他去了俱乐部，直接朝着那张坐满讨厌鬼的桌子走去，大家都在笑着看他，好像他走向他们是一件很难理解的事情。首先开口说话的是希德尼·范克史坦因，他以一种嘲讽的口吻说道："哎哟，百万富翁怎么会向我们走来呢？"

"是啊，我可是看见他被一个人力车夫拉过来的！"卜弗雷教授附和道。

就连伯吉乐·扬齐也打趣道："天哪！这个精明的乔治能干得不得了，说不定他早就把整个道查斯特区的房地产都勘察遍了。我可得注意了，万一不小心把自己的一小块土地留在那个区域，那可就太便宜这个家伙了。"

巴比特知道这些人说的都是玩笑话。每当在一起时，这些人总是喜欢拿他打趣，他的身上也总有说不完的有趣话题。对于这些寻开心的话，平日里他一直不太介意，甚至还感到非常荣幸。但是今天，他却不能保持往日的心态，变得严肃而暴躁，他生气地嘟囔着："你们这些家伙，真的跟办公室的那群呆子没什么两样！"大家并没有认真对待他的话，反而当成是一种笑话反复讨论，他们互相挖苦攻击着对方，巴比特感到烦恼透了。

"哈哈，他一定是约好了某个妩媚的女郎。""不，不，不，他一定是在等他的好同学，那个耶路撒冷·道寇先生！"大家七嘴八舌地挖苦着他。

这些笑话已经让巴比特厌倦了，他说道："你们这群浑蛋，通通滚一边去吧！还有没有点更高明的笑话？全抛过来吧！"

大家丝毫不在意巴比特的心情，希德尼·范克史坦因仍旧挖苦道："哎哟，大家快看，乔治居然真的生气了！"话音刚落大家就笑了起来。就在这时，扬齐又给大家说了一个小秘密，那就是下午巴比特自己去看电影了。

于是大家又以此为话题不停地大开玩笑，笑了一次又一次。事实上，巴比特占用上班时间看电影的确不怎么合适，他也不在乎扬齐把这件事情告诉大家。但是大家嘲讽的态度却让他格外生气，尤其是希德尼·范克史坦因这个粗野的人，说一件事情的时候总是爱添油加醋，更让他怒火中烧。不光大家在气他，就连杯子里的冰块也好像故意针对他，因为他每次喝水，冰块都会不停地打转，甚至还戏弄般地碰他的鼻子。巴比特努力克制自己的情绪，就当自己什么也不在乎。终于大家开玩笑累了，才开始谈论当天的一些大事件。

巴比特冷静下来了，心想："他们每天都跟我开玩笑，为什么我今天会当真呢？不过，他们今天确实说得有些过分了。算了，我无法堵住他们的嘴，就只好管好自己的脾气吧，大不了就一直这样保持沉默。"

过了一会儿，那群人开始张罗着抽雪茄，此时巴比特站了起来，小声地嘀咕了一句："我要走了。"就连这个大家也不放过，他们齐声地玩笑说："这么着急？是不是去见电影院的接待小姐呀？"这些话巴比特再也不想听下去了，于是他匆匆地离开了那里。此刻，他的心情无奈而烦躁，就像一个被人欺负了的小孩子，急切地想要得到小仙女的温柔抚慰！

3

巴比特觉得办公室的氛围总是冷冰冰的，让人感到很无趣。他打算想个办法缓和一下。于是在该做的工作都做完以后,他故意找了一点借口留下了麦克小姐,然后试着跟她聊聊天。于是他问道:"你假期有什么打算吗?"

"我计划要到北部州里的一个农场去,是不是下午就要印好西东克的租约呢?"

"哦,那个不必着急的……我只是在想,如果办公室里没有那些奇奇怪怪的人,就我们两个人安安静静地相处,的确是一段美好的时光。"

"可我感觉其他的人都很好呀。我还有信要写,然后还得印好呢。"说完,麦克小姐迅速离开了。

麦克小姐走得那样果断,好像一点儿情面也不留。这让巴比特有些不自在。尽管他内心始终不肯承认自己确实想要与麦克小姐更亲近一些。

4

周日,汽车代理商艾迪·史旺森举行了一个餐会,巴比特在受邀之列。他家住在巴比特的对面,他太太洛依年轻漂亮,婀娜多姿,喜欢爵士乐,因此很多男人都为之倾心,巴比特也是如此。今天参加宴会,巴比特感到非常庆幸,因为米拉出门还没有回来,否则她又该不高兴了,她从来不怎么看好洛依。

在准备食物的过程中,巴比特坚持要在厨房给洛依帮忙,一会儿从冰箱拿出三明治,一会儿又从烤箱拿出鸡肉饼,递东西的时候,他还握了一下洛依的手。只是她努力表现出一副不太在意的样子,甚至还打趣说:"乔治,你可真是一个妈妈的好帮手。现在你就把那些食物装盘端到外面的桌子上去吧。"

巴比特心想着要是艾迪·史旺森请他们喝一点儿鸡尾酒该多好，这样他就可以借机跟洛依喝一杯。他太欣赏洛依这样的女人了，漂亮大方又不失可爱，个性独立却不失顽皮。再想想自己的妻子，懒散而粗野，他都不知道这么多年自己是如何忍受过来的。

然而艾迪招待客人的并不是鸡尾酒。宴会上，大家都高兴地谈天说地。奥维罗·琼斯不停地开着玩笑："如果洛依坐在我的腿上，那她可就别想跑了，我非得好好地咬她一口不可。"可玩笑总归是玩笑，大家都是好朋友，谁也不会太计较的。也不会真的有那种心思，做出一些过分的事情来。整个餐会的氛围愉快极了！

巴比特渴望与洛依交谈，于是伺机坐到了她身边的钢琴椅上。他讲些汽车方面的事情，她说说上周看过的影片，这样的谈话让巴比特感到很沉醉。他一边倾听着她说话，一边认真地端详着她。她的眉毛很浓，眼睛大大的，润泽的头发垂到了肩膀上。她的身材是那样苗条，一条系在腰上的丝带更是将她的好身材展露无遗，她太让人着迷了！他不知不觉陷入幻想中，如果与这样一个美貌的女人结伴旅行，那一定是妙不可言的，就连身边的景致也会变得更加动人。他看着洛依瘦弱的身体，心头突然滋生出一种保护的欲望，这时他愤怒地想到，艾迪·史旺森拥有这样一个楚楚动人的女人居然不知道疼爱，甚至还经常同她吵架。猛然间，他发现，洛依就是他梦中小仙女的样子。他深深地感觉到，他们之间存在着一种超强的吸引力。

"乔治，你太太不在家，你一个人的日子不好过吧？我猜一定是单调乏味极了。"洛依打趣道。

"不幸被你猜中了，的确如此。可是你知道吗？我可是一个十足的坏男人。要不这样吧,哪天你在艾迪的咖啡里放上点迷药,然后我溜过来教你调鸡尾酒?"巴比特说着,大声笑了起来。

"你可不要给我乱出主意,说不定我哪天真的会那样做呢。"

"好呀,等你把一切都安排好之后,就在阁楼的窗户上挂上一条毛巾,到时候我接收到信号,马上就跑过来了。"

巴比特的话大家只当是无聊的调侃而已,哈哈地大笑着,谁也不知道他的心中蕴含着多少温情和爱慕。看着大家的气氛这样活跃,艾迪·史旺森也非常配合地开玩笑说:"这可不行,看来我很有必要聘请一位医生,每天专门负责检查我的咖啡呢!"

慢慢地,大家开始把话题转移到最近大家都在热议的一起谋杀案上,但是巴比特对这些并不感兴趣,于是他故意跟洛依聊一些私人的话题:"你今天的打扮可真漂亮,我还从来没有见过这么美的衣服呢!"

"谢谢,你说的是真话吗?"

"当然,这还有疑问吗?那这样好了,回头我让肯尼斯·史谷特在报纸上登一则消息,名字就叫全美国着装最美的女人——艾迪·洛依·史旺森太太,怎么样?这下你就该相信了吧。"

"好了,你可不要拿我寻开心了。"洛依虽然这样说,可哪个女人不喜欢被奉承呢,心里早就高兴死了。她提议说:"乔治,我们去跳支舞吧!无论怎样,你今天必须得跟我跳一曲。"

巴比特很谦虚地笑着说:"算了吧,在跳舞上,我可是一个笨蛋!"

遭到拒绝之后,洛依没有放弃,反而用一种近乎哀求的语气说道:"这个没关系,我会教你的,没什么是我教不会的。"

看上去她眼泪汪汪的,给人一种既委屈又有点儿小激动的感觉，巴比特确信自己已经赢得了她的好感。于是他接受了她的请求，然后轻轻地搂住了她的腰，开始了笨拙的舞步。他说得的确没错，他是个很笨的舞者，一小会儿工夫就撞到了两个人，他感到了一丝挫败感，说道："天哪！我可真是跳舞的天才，只撞到了两个人。真是太讽刺了！"洛依赶紧安慰道："没关系，别着急，我能教会你的！你要足够地信任我才行。现在你的舞步要跨得小一些。"

巴比特越跳越没有信心，努力地迎合着音乐的节奏。然而看到她迷人的样子时，他又用力在坚持着。他心中默默地告诉自己："她对我的好感是真实的，我一定要把她追到手才行！"于是他试探性地去吻她戴在耳边的发饰。她很难为情地避开了，温柔地说道："别这样！"

巴比特的心情很复杂。一会儿他觉得她是一个让人讨厌的人，一会儿他又觉得她是那样可爱，于是再次想要忘情地追求她。当巴比特的舞伴换成奥维罗·琼斯太太之后，他仍然在关注着洛依，他看到她跟她的丈夫在一起。他努力想把自己的目光收回来，告诫自己："不要一时冲动干出傻事来！"之后，他认真地看着眼前的琼斯太太。可不知为什么，他突然想到保罗。如今他穿着囚衣正一个人待在阴暗的监狱里，跳舞对他来说完全成了奢望。巴比特感到有些茫然，也有些难过地想："今天晚上我居然做了这么多傻事，我一定是疯了，赶紧回到家里去吧！"尽管他已经有了离开的想法，但是与琼斯太太分开之后，他又身不由己地跑到了洛依身边，满含温情地说道："我们再跳一曲吧！"

"我实在是太热了，所以，乔治，很抱歉，我不想跳了。"

"那要不我们去阳台上坐坐怎样？那里空气新鲜，或许会好很多。"他鼓足勇气请求道。

"好吧!"洛依非常痛快地就答应了。

阳台上的视野的确很好,夜色柔美,漆黑的天空中闪耀着点点星光,然而巴比特并没有心思去欣赏这些,他所有的注意力都集中在洛依的身上,他想牵一下洛依的手。然而当他真的鼓起勇气这样做的时候,洛依并没有什么特别的反应,只是用力地回握了一下,马上又松开了。

"你知道吗,洛依?你是我见过的女人中最值得人欣赏的。"

"真的吗?我觉得你也非常好。"

"是吗?那我这样一个寂寞的人你喜欢吗?"

"你不会一直寂寞的,你太太回来就好了。"

"不是的,事实上,我一直都是一个寂寞的人。"

她把下巴放在撑起的双手上,陷入了沉思,而巴比特也不敢再去触碰她了。他忧伤地叹了口气,说道:"你知道吗?每当我烦闷的时候——"他本想着要把保罗的事情说给她听,但转念一想,这完全是两回事,爱情是多么圣洁,他可不想因为这件事把这美好的氛围破坏掉。于是他继续说:"我就什么都不想干了,只是站在窗边远远地望着你美丽的身影!每当这时,我会感到极大的满足,心情也会好起来!有一次,我居然在梦中梦到了你。"

"哦?那会不会是个美好的梦境呢?"

"没错,太美了,你不知道,那晚我睡得有多好。"

"是吗?可是你没听人们说过吗,梦跟现实是完全相反的!好了,我该去招呼其他的客人了,就不在这里陪你了。"

听到洛依要离开的话,巴比特一下子难过了,对着转身正要走的洛依说道:"别走,再陪陪我好吗?"

"乔治，我可是女主人，如果总不去招呼客人，大家会批评我不称职的。"

"他们自己照顾自己不是很好吗？"

"乔治，我不能这样做的，如果真的那样，情理上都说不过去的，好了，我进去了。"洛依温柔地笑笑，然后在巴比特的肩膀上轻轻地拍了拍就走了。

一时间巴比特感到非常羞愧，他本想就这样不辞而别算了，可是他在冷静了两分钟之后，刚刚的那点羞愧感就荡然无存了，心想洛依也不过如此嘛！他在心中默默地安慰自己："哼，你以为我真的爱上你了吗？我只是太太不在家无聊而已！开开玩笑罢了，还以为我真的要跟你鬼混呀。"之后，他又去和奥维罗·琼斯太太跳舞，努力抑制着心中对洛依的向往。

第二十四章

1

巴比特在一个雾气蒙蒙的夜晚去探望保罗。监狱的走廊臭气熏天,他从那里穿过之后被安排到一个小房间中。房间的陈设非常简单,只是一些带有浅黄色靠背的长椅,与他记忆中童年时期的鞋店长椅相差无几。他就在这个房间里等着。很快,守卫就把保罗带了进来。他身上的囚衣是灰色的麻布做成的,映衬之下更显得他脸色苍白。他的脸上看不出有任何表情。守卫的所有命令,他都小心翼翼地遵守着,像一只温顺的羔羊。巴比特给他带来了烟和一些杂志,他怯生生地拿到守卫跟前接受检查。看到巴比特,保罗并没有太多想说的话,只是简单地告诉他:"这里的一切我都已经习惯了。监狱有一个裁缝部,我会在那里做一点事情,所以,手指免不了会受些伤。"

虽然保罗只是轻描淡写地说了几句，但是巴比特感觉到，在这个阴森恐怖的地方，保罗的心似乎早已死去了。坐在回去的火车上，巴比特感到深深的失落感，因为他觉得自己生命中很多重要的东西都在渐渐地死去，例如人生的信念、获得成功的自豪感、对情谊的忠诚、对舆论的恐惧。他庆幸太太此刻不在身边，这种日子简直是太好了。他不想再多想什么，对他来说一切都是那样微不足道。

2

一天下午，巴比特的办公室来了一位女士。从她递过来的名片上，他知道她的名字是丹妮斯·朱迪克。她的目的是咨询一下怎样可以租到一间廉价优质的公寓。丹妮斯·朱迪克太太知道柜台小姐对业务并不熟悉，于是聪明地绕开她，直接来找巴比特。

虽说这是巴比特第一次见她，可之前对她也有所耳闻，知道她是一个零售纸商，一直寡居，年龄40岁出头，但是现在她看上去远比实际年龄要小很多。她的身材很苗条，穿着一件黑底白点的瑞士女装，给人一种很清雅的感觉。只见她头戴一顶宽大的黑色帽子，她的脸几乎被遮挡了起来。巴比特走近与她交谈，这时才看清楚她的样貌，她有一双清澈的眼睛，丰满的下巴看起来是那么柔软，美丽的脸颊上还泛着一丝丝红晕，巴比特一下子被吸引住了。

她在椅子上坐下来之后，随意地转动着手上的紫色太阳伞把手，看上去懒懒的却不失可爱。她用温柔的语调问道："你能帮帮我吗？"

"当然，我一定会按你的要求做的。"

"我叫丹妮斯·朱迪克，来这里之前，我已经看过很多地方的公寓，可没有一个合适的。我需要一套小公寓，里面只要有两间卧室，一个小厨房再配有一间浴室就可以了。整体明亮整洁一些就行，不用太华丽，最重要的一点是房租要便宜一些，我的承担能力有限。"

"或许这里有一套房子正好符合你的要求，不知道你现在有没有时间去看呢？"

"是吗？太好了，我很愿意去看。"

这套房子位于新建的卡文笛公寓区里，原本是受希德尼·范克史坦因的嘱托为他物色好的。然而在这样美丽动人的女士面前，巴比特可顾不上什么朋友了，早就把范克史坦因忘得没有踪影了。

他殷勤地为她掸去了车座上的灰尘，一路上，不停地炫耀着自己的开车技术，完全不顾什么危险不危险，只是一心想让朱迪克太太知道他能够做的事情非常多。

美丽的丹妮斯·朱迪克太太也非常配合地称赞道："你开车的技术实在是太好了！"她说话的语调深深地击中了巴比特的心，他感觉这是多么动听的声音。相较之下，洛依·史旺森实在是太逊色了，她只知道毫无修养地放声大笑。

她的夸奖让巴比特更加飘飘然，于是他开始鼓吹自己："有些人开车胆小如鼠，尽量把车放到最低速度，完全不知道已经妨碍了别人行驶。在我看来，一个好的司机最懂他的车子，知道怎样合理地去驾驶它，该加速时完全不必有太多顾虑。你说呢？"

"没错，你说得有道理。"

"我猜你也一定很懂开车吧？"

"噢，不，很遗憾，我不怎么会开。我丈夫还活着的时候，我总是很逞强，假装自己开车技术很好，然而实际上，女人总不会像男人那样开车的,必要的矜持还是要有的,对吗?"

"当然,不过也确实有一些女司机开车很狂野。"

"是的,这些女人总是想拼命模仿男人的样子,还学着男人们的样子去打高尔夫球,可是在我看来,女人就是女人,上帝赐予我们娇嫩的双手就要好好地保护起来,如果整天像男人一样,岂不是浪费了这份赐予?"

"没错,那些男人一样的女人太不可爱了,我完全不喜欢。"

"实际上,这样的女人也有让我羡慕的时候,她们性格开朗活泼,机智勇敢,而我这样的女人在她们面前,简直就是一个没长大的小孩,除了在妈妈怀里哭闹,基本上什么也干不了。"

"你可不能妄自菲薄,我猜你一定有其他过人的才能吧,比如,你弹钢琴的水平一流?"

"只是会弹,但没有你夸奖的那么好。"

"我相信一定很棒的。"他说着用眼睛的余光看向了她的手。那双手细润白嫩,手指修长,看上去那么耀眼,甚至比镶上金银珠宝还闪亮。她很快意识到了他的目光,慌忙将自己的手叠放起来,看起来一副想藏手又没地方藏的样子,于是她不知所措地拨弄着自己的手指。这样娇羞的动作立刻勾起了巴比特的好感,甚至让他有些魂不守舍了。

她看着他,眼神中好像充满了委屈一样,说道:"我很喜欢弹钢琴,但是一直没有机会得到任何专业的训练,只是每天在钢琴上随意弹弹而已。朱迪克先生在世的时候曾经告诉过我,他说我如果能够得到专业人士的指导和训练,一定有望成为一名优秀的钢琴家。然而,我有自知之明,知道自己在钢琴上并没有太大的潜质。而他那样说,无非只是为了让我高兴罢了,他的心意我是知道的。"

"我敢肯定你想错了。朱迪克先生说这话的时候一定是真心的,因为我同样觉得,你很有弹钢琴的天赋,尤其是你的气质,是那样优雅动人!"

"哦,谢谢。对了,你喜欢听音乐吗,巴比特先生?"

"当然,我最喜欢的是古典音乐,总是被那美妙的声音吸引住。至于自己为什么会喜欢音乐,我又说不出个所以然来。"

"是吗?这一点跟我像极了!我只喜欢肖邦的音乐,甚至可以说非常痴迷,至于为什么会喜欢,我自己也说不清楚。"

"真的吗?你也喜欢?你知道吗?为了享受那美好的声音,我曾经参加过很多次高水平的音乐会。不过爵士乐队我只喜欢一个,他们的水平很棒,其中有一个家伙居然用弓来弹低音扬琴,给人的感觉真是太好了!"

"你说的那个乐队我也知道!对了,巴比特先生,你喜欢跳舞吗?我非常喜欢跳舞。"

"跳舞我很喜欢,遗憾的是跳得并不好。"

"我猜你只是差个好老师吧!如果让我来教你,你一定在很短的时间内就会跳得很棒。你知道吗?我可是能做任何人的舞蹈老师呢!"

"真的吗?你愿意当我的舞蹈老师?"

"当然,那可是我的荣幸。"

"那你可要做好心理准备了,如果我认定你当我的老师,我可能会随时去你公寓找你学习舞蹈的。"

"没问题,随时欢迎!"她很爽朗地回答道。她并没有因为巴比特的话而生气,也没有给他什么承诺。巴比特虽然内心非常激动,但是有了上次的教训以后,他在心中默默地警告自己,一定要

小心谨慎一些,以免出现上次那样尴尬的状况。于是他以一种非常高傲的语气说道:

"我真心地希望自己再年轻一些,像那些年轻人一样活力四射地去跳舞,但是我更觉得一个男人应该将更多的精力投入到事业中去,时刻考虑自己的身份地位。如果一个人总是沉迷于跳舞玩乐,那这个男人就算不上真正的男人。试想,如果一个男人不工作,那家中的女人还有时间和心情去跳舞吗?这样的生活还有什么意义?你说呢?"

"是的,我非常赞同你的想法。"

"因此,为了给我的女人更加优越的生活条件,更好的心情去玩乐,我只好牺牲我自己的一些爱好,就如我阔别已久的高尔夫球!"

"你说的是真的?那你高尔夫球打得一定很好,你现在已经有妻子了吗?"

"当然,就好像人生中的一份工作一样,人到一定的时候就要完成婚姻。我现在有很多头衔,不仅是拥护者俱乐部的副会长,同时还是州立房地产委员会委员之一。这些只是让我肩上的责任更重,工作量更大而已,至于其他的好处根本想都别想。"

"你说的这些我好像明白一点,通常来说,为他人服务的人自己都不是很快乐。"

他们互相看了一眼,就不再说什么了。很快,他们就到了巴比特说的那所公寓,巴比特下车之后,非常绅士地帮朱迪克太太开了车门,然后挥手引导她的目光看向公寓,就像这所公寓是他给她准备的惊喜一样。之后,他又郑重其事地对童仆说:"赶紧把这里的钥匙给我。"乘坐电梯的时候,她无意中靠紧了他,这时他的心中一阵慌乱，但是他努力地克制着自己的情绪，让自己尽快地平静下来。

这套公寓装修得非常漂亮，木材一律选取了白色，墙壁粉刷成了淡蓝色，每个小地方朱迪克太太都非常喜欢，于是合同当场就签好了。当他们要离开的时候，朱迪克太太在通往电梯的走廊上轻轻地碰了一下巴比特的衣袖，然后非常愉快地说："认识你真的是太高兴了，你是一个细致温柔又幽默感十足的男人！以前很多人都带我看过公寓，但只有这一套是我最满意的！"

巴比特以他本能般的洞察力感觉到她对他充满了好感，甚至有些故意在引诱他的意思。或许他现在就可以试着去搂她的腰。但是他很快让自己镇定了下来，始终在她面前表现出非常有礼貌的样子，一直把她送回了家。然而在回办公室的路上，他就后悔刚才太理智了。他一边庆幸自己这次没有莽撞行事，一边埋怨自己："她真的是太让人着迷了，那纤细的腰肢，美丽的容颜，性感的嘴唇，温情的眼神……总之一切都是那样美好，我怎么就能让这样好的机会白白溜走呢？她身上的品性和气质是其他女人身上很少看到的，好几个月了，我第一次看到这样光彩四射的女人。实在应该去尝试一下的。哦，老天，我刚才真的应该再放肆一些，勇敢地去试试，唉，丹妮斯！我亲爱的人！"

3

这件事一直萦绕在巴比特的心头，虽然他困扰不已，但是却发现自己变得更加年轻了。他认识了一位年轻的姑娘，她是庞贝理发厅右侧最末一位的修指甲女郎。她喜欢穿一件很薄的肉色上衣，娇嫩白净的肩膀一览无余，就连黑色花边的胸衣也露了出来。她大约

19岁，娇小、灵动，一头黑亮的头发如瀑布般垂下来，脸上总是绽放着让人愉悦的微笑。虽然他一直没有跟她有过交流，但是他却喜欢看她的样子，并且深深地为之痴迷。

每隔两个星期，他就会去一次庞贝理发厅。以前他总是觉得撇开邻居名人大厦理发店有些不太合情理，因此每次去庞贝理发厅心里都会有一种负罪感。但是随着次数增多，这种不安的感觉也就消失殆尽。并且，除了修指甲女郎的诱惑之外，巴比特还给自己找到了更加合理的辩解理由："我又没从那里的理发师手中得到什么好处，我有什么好内疚的，想不去就不去，管他娘那么多事呢！再说我是消费者，我想去哪里就去哪里，想消费多少就消费多少，谁管得着呢，我又管得着是谁赚我的钱呢！人们整天就爱说这说那，总有说不完的闲话，我可没有精力和心情去管那么多！妈的，我就这样，谁能管得着！"

事实上，庞贝理发厅是松莱饭店的地下室。松莱饭店是天顶市著名的旅馆。它空间大，装饰豪华，并且拥有最现代化的设施。旅馆大厅和理发厅是相通的。中间连通它们的是弧形的大理石台阶和闪着亮光的黄铜护栏。理发厅的门口总是站着6名服务生，他们衣着光鲜亮丽，只要有客人来，他们就会热情地帮客人拿硬领和帽子，然后引导他们走到理发和修指甲的区域，这个区域的规模也非常大，理发师有40位，修指甲女郎有9位，他们随时等待客人的钦点。

理发厅的装修豪华，瓷砖的样式非常漂亮，由黑、白、红三种颜色交错而成，让大厅看起来更加高档，天花板金光灿灿，散发着耀眼的光芒。另外大厅中还放着一尊可以出水的雕像，它把水不停地注入三角器中，更使得大厅很有格调。大厅的布置也非常用心，白色的地板上铺着地毯，走在上面就好像进入一个海岛一样让人心情愉悦。大厅的旁边是客人们的休息区,那里放着十几张皮椅和一张桌子。桌子上摆放着很多杂志,以便等待的客人们翻阅。

接待巴比特的是一个黑人,他头发灰白,脸上露出巴结的笑容。虽然他对待巴比特的服务热情完全是天顶市大人物的待遇,但巴比特却并不是很开心。因为他早已注意到,那个他迷恋的女孩正在为另一个男人修指甲。这个男人衣着得体,他们有说有笑,聊得很开心,这让巴比特心里酸溜溜的不是滋味。他想等着这个女孩忙完,他再想办法靠近她,但是理发厅也有理发厅的运作系统,巴比特无奈地被安排到了一张理发椅上。

这个理发厅中的人对比非常明显,服务者在不停地忙碌着,而客人则享受着这里的一切。豪华的厅堂、笑脸相迎的服务员、按部就班地给客人理发的理发师、熟练操作电动按摩机的童仆们……这些都成为理发厅中的景致。

巴比特座位面前有一块大理石台面,上面摆放着各种各样的瓶子,颜色多样,有红玉色、琥珀色以及翡翠色,好看极了。这时,让巴比特感到惊讶的是,居然有两个童仆来为他服务。一个给他理发,时不时地和他聊聊天,话题大多是围绕棒球和赛马之类展开的。另一个给他擦皮鞋,他的动作熟练,看上去也十分专业,嘴里还不停地哼唱着《露营爵士舞会》的曲调。巴比特为受到这样的待遇而惬意。他想,如果现在那个迷人的修指甲女郎也同时服侍在侧,那就堪称完美了。理发师不断恭敬地向巴比特询问着意见,例如想要理成什么样子等,这极大地满足了巴比特的虚荣心,瞬间觉得他是一个十足有钱又了不起的大人物。不得不说,理发师是一个优秀的销售员。他非常殷勤地问道:"先生,您有没有自己特别中意的洗发乳呢?要不要我给您做一下头部按摩放松一下紧致的头皮呢？您时间充裕吗？要不要尝试一下脸部按摩呢？"

整个理发的过程中，巴比特最喜欢的就是洗头。他总能从中感受到一种别样的刺激感。理发师用喷香的洗发乳在他头发上揉出泡沫，头皮上的每一个细胞都被理发师的手搓洗得放松下来，然后用热水冲洗干净，这时他感觉头皮上的毛孔全部舒展开来。最让人感到刺激的就是最后用凉水冲洗，这温度的骤降让他的心脏扑通扑通地跳个不停。他大口地喘息着，就好像一股强大的电流从脊椎骨流向全身的骨头上，全身皮肤都紧绷起来，这样一个轻松和紧张的过程让他感到舒坦极了。他一直觉得生活单调而麻木，只有这时才真正地感受到生活还有让人惬意舒心的时候。

他重新坐回到那张精致而可以转动的理发椅上，理发师用轻柔熟练的手法搓揉着他湿漉漉的头发，然后用一块毛巾将所有的头发都包裹起来，这让他看起来简直就是一个阿拉伯人。理发师非常殷勤地问道："先生，您的头皮紧致而干燥，要不要为您擦一些爱尔德兰油乳？这对您很有好处。上次您也是用的这个牌子，这次还要再试试吗？"

巴比特心里很清楚，上次他并没有用这种油乳，但是理发师的恭敬让他无法拒绝，于是顺着他的意思说道："好吧，就按你说的办吧！"

这时，巴比特无意间看见了那位性感的修指甲女郎，她现在已经闲下来了。他的心情一下子高兴起来，整颗心紧张得狂跳不止。于是，他故意装作一副高傲的姿态，懒散地说道："或许我也应该修修我的指甲了。"虽然他表面看上去神态自若，可是当这个性感妩媚、满头黑发的女孩向他走来的时候，他的内心早已兴奋得要命。他知道，修指甲到了最后的阶段必须要到她的工作台上去完成,到时,他可以趁那个工夫跟她好好说说话,完全不用顾忌旁边还会站着个碍事的理发师。

他对即将到来的时刻充满期待,内心的喜悦让他很难克制自己。他总是偷偷地看着眼前这个女人,此刻她正专心地给他磋磨着指甲。而理发师正在他微微发烫的脸上刮动着,并且不停地劝说他要注重关心自己的头发和脸,总之就是推销他那些昂贵且让人感到舒服的保养品。

头发终于理完了,巴比特如愿坐到了修指甲女郎的旁边。他喜欢这样光滑而宽大的工作台,喜欢上面那个小巧精致的水池,同时他还为自己能够经常来这种高级的地方享受而欣喜。当她把他泡在肥皂水中的手轻轻地拿出来时,他感觉到她的手是那样的柔软。她的指甲上涂着粉红色的指甲油,看上去闪闪发光,更显得她的手那么可爱。相比之下,朱迪克太太的手要逊色很多。

她用一把锋利的小刀刮着他指甲根上的皮层,尽管她动作非常轻柔,但他还是感到了明显的疼痛,可是他完全顾不得这些,因为这种疼痛带给他一种莫名的兴奋感。

他想把自己最好的状态呈现给她,好让他看起来与众不同一些。可是现实总是不那么理想,他刚一开口,就感觉自己像个俗气的乡下人一样:

"在这样的天气状况下工作,一定很热吧?"
"的确如此,先生,您的指甲上一次是自己修剪的吗?"
"噢,我忘记了,应该是吧。"
"您应该经常让专业的人修修的,这样指甲才长得好。"
"你说得对,我是该这么办。"
"我感觉做指甲保养是一件让人舒服的事情。我个人认为,一个人的指甲对他的形象有很大的影响，想要判断一个人是不是真正的绅士，只需看一眼他的指甲就好了。昨天我为一个汽车销售员服务，他向我炫耀他的本领，说通过男人的车就知道他从事什么样的工作。而我也不甘示弱，很傲慢地对他说：'哪用得着那么麻烦，是绅士还是混混，本姑娘看一眼他的指甲就知道了！'"

"你的话好像挺在理。男人们就喜欢你这样的小姑娘，漂亮可爱，他们一定会争先恐后地来找你修指甲，甚至砍掉手也在所不惜。"

"是这样吗？那也没什么关系，尽管我年龄小，但是我并不愚笨，好人坏人我还分得清。如果我感觉他是个坏人，那我绝对不会如此自在地和他谈话，您说是吧？"

她的眉眼带笑，看着她，巴比特就好像掉进了4月温暖的湖水中，身上的每一寸皮肤都感到清爽。也许在很多民主党党员的眼中，修指甲女郎们的品性并不是很好，都是一些没文化而放荡的人。巴比特觉得，那些纯粹是他们自以为是的想法。在他看来，至少眼前的这位修指甲女郎并不是他们说的那种人。她小巧可爱，容颜美丽，虽然不是堪称完美，但是她绝对没有人们想得那样不堪。想到这些，他似乎有些同情地说道："你这样娇弱瘦小，会有人欺负你吗？"

"您看我像是受欺负的人吗？虽然的确有些卖香烟的粗人来轻薄我，认为我在这个地方工作就一定不是什么正经人，但是我有的是办法对付他们。不用别的，只要在他们的手指上稍稍动动手脚，然后狠狠地对他们说上一句'别以为老娘好欺负'，他们就再也不敢了。甚至还会像看见一个狂妄的女鬼一样迅速跑掉。噢，差点儿忘了，您要试试指甲膏吗？它对指甲很好，可以让您的指甲光亮润泽好几天，最重要的是对身体完全不会产生任何伤害。"

"好吧,那就用上一些。对了,我怎么称呼你呢?我来这家店很多次了,居然不知道你的名字,真是一件好笑的事。"

"您是在问我的名字?那我不是也不知道您的名字吗?"

"认真点,能把你的名字告诉我吗?"

"当然,不过,我的名字并不好听,甚至有些像犹太人的名字,不过我可真的不是什么犹太人。一天,有一位绅士来我这里,居然说认识我的祖父。"

"我猜你是想说那个人其实并不是什么绅士是吗?"

"那可不是。他说我的祖父一家住在波兰一所豪华的别墅里,四面环湖十分气派!"接着她又满脸疑惑地说道,"您是不相信我说的话吧?也对,一个微不足道的修指甲女郎的话有谁会相信呢?况且还是说自己有这样荣耀的亲戚!"

"那你可说错了,我相信你的话,从第一眼看见你,我就有这种感觉,你是那么可爱,浑身洋溢着一种高贵的气质,拥有贵族血统根本不是什么不可思议的事情!"

"真的吗?您说的是真的?"

"那是当然,我也从来不会为了哄谁高兴而说谎。现在你可以告诉我你的名字,让我们做朋友了吧?"

"那好吧,我叫爱达·浦迪克。这个名字我一直很不满意,不知道为什么妈妈会给我取这个名字,为此我经常向她抱怨。我一个女孩子,叫多乐、蕾丝之类的名字不是挺好吗?"

"我倒是觉得,爱达·浦迪克是一个很不错的名字。"

"您的名字我可能已经知道了!"

"怎么可能?我又不是天顶市什么重要的人物。"

"您是桑德汉先生吧?就是克拉克杰克厨房用具公司那位。"

"噢，很抱歉，你说的那个人并不是我，我只是一个房地产经纪人，我叫巴比特。"

"那真是抱歉，我没猜对。您是本地人对吧？"

"没错。"巴比特瞬间感到了一种被轻视的感觉，有些低落地说道。

"不过，我之前看过你们公司的广告，很精彩的。"

"你说的是我的一些演讲稿吧？不过仍然谢谢你的夸奖。"

"噢，对，对。我真的看过。其实我很想多去读一些书的，只是工作太忙了，时间上不太允许。你现在一定在笑话我，认为我是个无知的小笨蛋吧？"

"不，你是个可爱的小姑娘。"

"事实上，我做这个工作也并不是完全没有好处，我可以借助工作的便利与很多绅士交谈，从中学习到很多有用的东西，让自己慢慢地进步，培养起看人识物的本领。"

就在这个时候，巴比特的心中突然萌生出一个非常大胆的想法，他想邀请她吃晚餐。但是他心中又充满了担心。一方面他怕这样做太莽撞，让她认为自己是一个轻浮的人，从而断然拒绝。另一方面，他又怕她爽快地答应给自己带来更多麻烦。与一个女士进餐，这要是让别人看见可是一件不得了的事情，大家添油加醋地乱传，说不定自己最后会变成第二个保罗。可是他确实太想邀请她吃饭了，这件事情在他的脑海来来回回地盘旋了好久之后，他还是说："爱达，我有个请求，但愿你不会觉得太无礼，我想邀请你空闲时一起吃个晚餐。"

"这个请求我以前的那些绅士朋友也曾经提过，但是都被我拒绝了。然而今天，您的请求我倒是愿意答应。"

4

她就这样轻而易举地答应了，这让巴比特有些恍惚，不敢相信是真的。他的心情很忐忑，既激动又有种隐隐的不安。后来，他还是找各种理由来安慰自己：不就是请一个年轻女孩吃晚饭嘛，又不是什么要紧的大事。再说了，这个女孩虽然是一个可怜的修指甲女郎，但这也不能成为阻挡她进步的理由，作为一个成熟而有教养的绅士，他可以给她提供更多的帮助，这是很合情理的。尽管这些理由已经足够说服他了，但是他还是心有顾忌，为了避免遇到熟人产生误会，他最终还是将用餐地点定在了彼得米尔饭店。这个饭店在郊区，这样他们还可以一起开车去，享受一小段快乐的时光。他又开始幻想了，沉闷而孤独的夜晚，他载着一个温柔漂亮的小姑娘一起去约会，路途中有机会的话还可以把她的小手握在手里。可是他转念一想，握手是绝对不能发生的事情。爱达虽说是一个修指甲女郎，但是她并不是那种放荡的女孩，她温柔和善，渴望有一段疯狂的爱情，这一点完全可以从她露出来的肩膀上看出来。但尽管如此，她似乎也根本不愿意与一个中年男人发生什么纠缠不清的感情。如果他只是因为看穿了她的心思，就正好想去迎合她的想法，那这种鲁莽的行为注定会坏了大事。

然而，现实并没有他想象的那样美好。就在约会的当天，巴比特的车子突然出了问题，怎么也打不着火。这下他可急坏了，今天晚上没有车可怎么办呢？他一遍遍地检查着，努力想要找出故障，但全都是徒劳，最后他只能懊恼而无奈地把它遗弃在车房中。这时，他忽然想到了出租车，顿时郁闷的心情缓解了不少，同时脑海中又浮现出各种各样美好而羞于说出口的画面。

他们约定好了时间和地点，然后巴比特坐着出租去接她，当她看到他以后，脱口而出："出租车？我还以为你有自己的车子呢。"

"我的确有自己的车，遗憾的是它今天晚上不能参加我们的这趟出行了。"

她满不在乎地噢了一声，就好像她知道这是一个并不高明的谎言并且不想戳穿一样。

在路上，巴比特努力装作一副非常熟络的样子跟她聊天，想让关系显得更加亲近一些，但是这个年轻的姑娘并没有给他机会。她一直在向他控诉理发店的领班，说他如何无礼，如何找她的碴儿。她义愤填膺，喋喋不休，巴比特根本没有开口的机会。

好不容易到了彼得米尔饭店。进去以后，侍者领班完全不认识巴比特。他们没有要到任何可以喝的东西，只能无奈地坐在一个巨大的烘烤架前边，胡乱地聊一些棒球赛之类的事情。巴比特想着趁机抓一下她的手，但是她非常聪明地说道："注意，那个傲慢的侍者正在盯着我们看呢。"

从饭店走出来时，正是夜色最美的时候。天空格外空阔，月光皎洁，寥寥星辰眨着眼睛，清新的空气迎面袭来，这样的夜晚实在是太浪漫了，巴比特的心情越来越激动，马上就要克制不住了。

"我们再找个地方喝点酒，或者跳跳舞吧？"巴比特意犹未尽，几乎带着哀求的语气问道。

"这个主意不错，不过今天恐怕是不行了，我出门之前已经跟妈妈承诺过，要早点回家的。"

"啊？现在回家吗？天色还没有太晚吧，就这样回家了，岂不是太辜负这美好的夜晚了？"

"我也不想早点回去，可是我妈妈那一关我是过不了的。"

巴比特情绪有些激动,紧紧地把她搂在怀里,而她竟然顺从地靠在他的肩膀上,丝毫反抗的意思也没有。这时,他的心中滋生出一种得胜的荣耀感,脸上一副得意的神情。很快,她挣开他的手,从饭店的台阶上跑下去,兴奋地大叫着:"乔治,快来呀,让我们一起好好兜兜风吧!"

良辰美景仿佛永远是情人们的专利。在柔和的月光照射下,到处都可以看见在汽车内紧紧相拥的身影。巴比特再也按捺不住饥渴的情绪,于是壮着胆子亲吻了眼前这位开心的姑娘。她并没有挣扎,只是呆板地回应着他,然后半推半就地向司机后座躺了下去。

突然,爱达的帽子掉了。她挣扎着要伸手去捡。巴比特却十分不舍,几乎带着恳求的语气说:"别管它行吗?"

"不行,那可是我的帽子。"

巴比特只好无奈地看着她。等她把帽子重新弄好以后,巴比特的手又开始顺着她的身体往下滑,这次她挣脱了,以一种妈妈训导小孩的顽皮腔调说:"乖乖地坐回到自己的位置上去,不然小妈妈会生气的。如果你表现好,那待会儿分别的时候,我还会给你个奖励,让你再亲亲我。现在就让我们抽支烟,享受一下这美好的夜色吧!"

听了这话,巴比特很无奈地坐回到了自己的位置上,并且给爱达点燃了一支烟。他体贴地询问她是不是哪里不舒服。现在,他满心的失落,不知道接下来该怎么办。他在想,也许现在他在约翰·詹尼森牧师眼里已经变成了一个邪恶肮脏的男人,而在爱达·浦迪克小姐眼中,是一个贪图便宜的老流氓,是一个只花费了一顿饭的代价,就想在女人身上不断索取的臭男人。

显然爱达发现了巴比特的异样,有点儿不知所措地问道:"乔治,你生气了吗?你别再那样做了行吗?"

她的话一下子让他怒火中烧。他想结结实实地给她一个耳光解气,但是他不能那样做,他可是一个有修养的人。他默默地在心里咒骂道:"妈的,真是一个贱货!修指甲女郎真的没有一个好东西。好吧,就这样回家去吧!我才不稀罕你这粗俗无知的移民呢!有你后悔的一天。见鬼!"

他故意装出一副满不在乎的样子,说道:"怎么可能呢,爱达,我为什么要生气呢?好了,现在该换作乔治叔叔说了,你不要太过于看重与理发厅领班的关系,凭我多年销售房产的经验,你现在最好以静制动,什么也别干,看他能把你怎么样。如果你硬要跟他对着干,对你是没什么好处的。"

爱达的家终于到了,她只是短短地说了一句再见就转身回家了,再没有多余的话。巴比特失落极了,重重地叹了口气,说道:"天哪,今天晚上就这样过去了!"

第二十五章

1

清晨,窗外的麻雀叽叽喳喳地叫着,巴比特被这喧闹的声音吵醒了。他伸伸懒腰,并没有马上起床,而是自我反省般地进行思考。他总觉得最近一段时间,自己好像有些异样,现实明明如此,为什么要想着去反抗呢?回想自己做过的事情,他好像并没有从中体验到快乐的感觉,更令他迷惑的是,自己也不知道为什么要那样做。他扪心自问,为什么自己不能按部就班地过好现在的生活?他的种种行为,又能给他带来什么呢?只有更多的苦恼和羞辱,让他看起来更加滑稽可笑罢了。无论他心里有多不愿意,内心总有一种力量将他驱使到相反的方向上去,让他不能坚持原来的想法。一旦他开始对自己的世界产生怀疑,就会觉得自己之前的想法是那样荒诞可笑,因而再也找不到最初的满足感了。

到目前为止，唯一让他清晰地认识到自己能力的，就是不断地向女人示爱！为此他感到非常兴奋，然而这种感觉并没有持续多长时间，刚到中午他就对自己的想法产生怀疑了。过去很长时间，他一直对找到一个重视他、了解他、尊重他的女人充满了信心和渴望。但是直到现在他还是没能如愿以偿。无论是洛依、麦克小姐，还是爱达、丹妮斯，她们都没有展现出他所想要的女人该有的温柔与可爱。尽管如此，他仍然相信这个世界上一定存在这样的女人，而他也会不断地去寻找。

2

8月，巴比特太太回来了。为了表示对妻子的欢迎，巴比特特意高高兴兴地去车站迎接她，还安排了在餐馆中吃饭。然而这种热情只是他努力装出来的。妻子不在的这段时间，虽说他偶尔也会怀念她喋喋不休的唠叨声，但从内心来说，他并不希望她回来，因为现在他还没有从反叛中找回过去的自己。他之所以表现出一副很期盼她回来的样子，只是为了不想让她看出他的真实想法伤心罢了。

在去往车站的路上，他表面上非常自在地开着车，实际上却心乱如麻。所以，他不想遇到什么认识的人，以免被别人看穿自己的心思。一路上，他借助一则广告安抚自己的情绪，所以极其认真地读着上面关于避暑胜地的内容。

巴比特的责任感很强，当火车刚刚进站时，他就已经在站台上等着了。在拥挤的人流中，他努力地搜寻着妻子的身影，很快就看见她正在费力地走着，于是他挥动着帽子向她致意。等到她站在面前时，他欢喜地拥抱着她，说道："终于见到你了，我真是太高兴了，看上去你的精神状态很好！"很快，他又将目光转到了小姐卡身上。这个小女孩长相乖巧，正用灵动的眼睛注视着父亲，眼神中饱含着对他的爱和信任。他把她抱过来，然后高高地举起，逗得她开心极了，大声地笑着、叫着。这一刻，巴比特好像找回了原本的自己，再一次成为钟爱家人、成熟稳重、富有幽默感的男人了。

在回家的路上，姐卡坐在巴比特的身边，调皮地将一只手放在方向盘上，说是要帮爸爸开车。对此，他感到很高兴，于是转头对坐在后面的妻子说："这个小姐卡可不得了，将来在我们家，谁的驾驶技术都不可能超越她！你看看她现在握着方向盘的姿势，完全就是一个老司机嘛！"

虽然表面上巴比特很开心，但是心中却十分不安。他害怕跟妻子单独相处，因为他现在对她已经没有了过去的热情，而这一点是绝对不能被她发现的。

3

巴比特想单独出去度一次假，最近一段时间，他一直在想着这件事情。他想去卡特巴住上十天半月，至少一个星期，但是工作上的事情又牵绊着他，让他不能无所顾忌。一年前他和保罗一块去缅因州度假的事情他到现在还记忆犹新。那时候，他们玩得真痛快，他们一起过着宁静的原始生活，让那个久被束缚的自己得以彻底放松，那个时候他才看到内心真正的自己。经过一番仔细地思考，巴比特决定将卡特巴换成缅因州。尽管一个人去那样原始落后的地方度假很不可思议，妻子知道后会因此而嘲笑他，但是他已经不在乎了。至于生意上的事情，他不想花费精力去做更多的考虑。等到所有旅行用的东西准备好以后,他就迫不及待地出发了。

缅因州那种原始而粗犷的生活为什么会吸引他,这件事可能他怎样解释妻子也是无法理解的。她不知道他内心已经发生了变化,并且想要找回当初的自己。因此,为了让自己更安心一些,他没有给她更多的解释,只是用一个谎言来充当自己合理的出行理由。这个理由他早在一年前就想好了,只是一直没有派上用场,现在他告诉妻子自己要到纽约去探望一个生意伙伴。

他已经为自己的出行做好了充足的准备。他从银行取了大量的现金带在身上,至于为什么要这样做,就连他自己也不是很清楚,只是心中有一种怪怪的感觉,就好像自己出门之后就再也不回来了似的。为此,他痛苦而不舍地跟妲卡告别,对她说:"我亲爱的孩子,你一定可以得到上天庇佑的。"他恋恋不舍地上了火车,他不停地向妲卡挥手告别,直到火车慢慢开动,妲卡的身影越来越小,最终变得无影无踪。

在火车上,他想到了之前在缅因州见过的那些旅行向导们,他们一个个身强体健,但是思想却单纯有趣。他们住在原始森林中,过着极为简单的生活,每天只是在简单搭建的木屋中喝酒、打牌,过得十分惬意。这片森林对他们来说,已经没有了秘密,他们了解这里的每一个地方,森林也带给了他们平静安宁的生活。

巴比特想到了一位叫裘依·派乐莱斯的向导。这位向导有着半印第安、半白人的血统,他在森林中的生活简直是如鱼得水。森林中没有打字机、没有电话,完全要依靠自己的双手去生活,尽管如此裘依·派乐莱斯的生活依旧很安乐。巴比特想,如果自己也拥有这样的本事,那他宁愿在森林中生活,再也不会留恋那种无趣的城市生活了!

如果他有这样的本领，他就可以一个人跑到森林中去，就像电影中的狩猎者一样，在岩壁上搭建一个帐篷，然后住在那里，伺机捕杀猎物满足生活的需求。他也可以寻找一个安全隐蔽的巢穴住下来，不畏艰难困苦，过着简单而充实的巢穴人的生活。巴比特在想，为什么这样简单自由的生活自己就不能拥有呢？他完全有条件这样去做啊！现在，家里的积蓄已经够多了，让维洛娜和泰德过上富足的生活完全没有问题，另外生活上也完全不用担心，老亨利也会很好地照应他们。好吧，就这样决定吧，这一次他要按照自己的想法去生活，真正地为自己活一次……

对于这种生活，他一直抱有很大的幻想，并且始终坚信，这就是自己一直渴望的生活。甚至他还信心满满地认为，这种幸福的日子唾手可得。然而，他的内心深处却有一个声音始终不愿意认同这个想法："事实上，任何人都可以抛开单调乏味的城市生活来到这里，那样一来，这里就会变得热闹起来。但是这里为什么还会这样冷清，就是因为没有人真的愿意那样做。城市的便利条件是任何人都不能忽视的一个重要因素。它可比森林生活要让你舒适得多。"巴比特不想听从这样的声音，于是又安慰自己说："不要紧，即使这样的生活是艰苦了一些，但总比保罗那样的监狱生活要好很多吧！天哪，这样的生活是我多么渴望的样子啊！我可以穿着马克森式平底靴，背上一把可以装6颗子弹的猎枪，然后到那些偏远的小镇上去。每天与那些游手好闲的赌徒们混在一起，困倦了就席地而睡，或许有一天，我就能活成裘依·派乐莱斯那个样子，成为一个勇敢而野性十足的男人，这一切想想都是那样激动人心！"

有了这样的想法以后，巴比特再一次来到了森林旅馆的码头上,这里的湖水依旧清澈,清风扑面而来,大树发出了欢愉的沙沙声,他充满温情地注视着大自然的一切。很快,他就朝向导们的木屋走去,甚至有些迫不及待的样子,就好像远游的人长途跋涉回到自己的家一样,他的心情无比激动。他原本以为自己的到来会让向导们大为震惊,并且表示出热烈的欢迎:"嗨,大家快瞧瞧,这个勇敢的男人巴比特先生回来了!"想象往往比现实要美好很多。当他真的走进木屋时,向导们正忙着打牌、喝酒,根本顾不上理会他。大家只是轻轻地向他点头示意。只有裘依·派乐莱斯稍显热情一点儿地问道:"巴比特先生,你怎么又回来了?"

巴比特一时不知道如何是好,这个房间里乱糟糟的,人们也都是一副非常冷漠的样子。整个房子,除了打牌的声音之外,是那样的安静。巴比特看上去是那样的孤独与落寞。看着他们情绪激动地打了一阵牌之后,为了缓解自己的尴尬,巴比特说:"裘依,让我玩两把好吗?"

"好呀,你来吧,坐在这里!你需要多少筹码呢?上一次见你好像也是去年的这个时间,当时你是和太太一起来的对吧?"裘依·派乐莱斯丝毫拘谨陌生的感觉也没有。他的这句话还是巴比特到来以后得到的第一次接待。

打了半个小时以后,巴比特才开口说话,这时他已经很生气了。至于为什么生气,原因有很多,一方面是因为这伙人抽着廉价的香烟,气味相当刺激,他被熏得头疼欲裂。另一方面是因为手气太臭了,对方轻轻松松就能得到一手好牌,而自己却没有那么幸运,手里的牌总是那样糟糕。还有最重要的一点就是他难以忍受对方的冷漠,这与他原本的想象有着十万八千里的差距,这样的心理落差自然让他非常难受。

于是巴比特非常烦躁地问道:"裘依,最近你的工作忙吗?"

"不忙。"裘依·派乐莱斯完全一副言不由衷的样子,只是一直盯着他手中的牌。

"嗯,那你还愿意再做几天我的向导吗?"

"哦,这几天还是可以的,再晚就不行了,因为我已经计划好要在下周工作了。"

裘依·派乐莱斯这会儿才明白巴比特来找他的原因。巴比特将输掉的钱付清以后就离开了,就在他离开的那一瞬间,裘依·派乐莱斯抬起头来向他喊道:"我明天就去找你!"他身处烟雾之中,看上去像极了刚刚钻出洞穴的老鼠。说完话之后,他又继续专心致志地打起牌来。

巴比特一直用心地在寻找他想象中的那种保罗式的精神,在安静的、散发着松木香味的小木屋中,在夕阳映照下的薰衣草花田中,在清澈见底的湖边,他都进行过努力的尝试,但是并没有如愿以偿,他感觉到现实和想象完全是两个样子。这时,无奈、孤独、落寞全都向他袭来,他再一次迷失了自己。

吃过晚饭以后,巴比特在旅馆办公室中和一位烤暖炉的老太太聊天,他很自然地就和老太太聊起了孩子们的事情。他讲泰德上大学的故事,讲自己小女儿妲卡的可爱,每次说起妲卡的时候,他都情不自禁地笑出声来。他们就这样一直聊着,他越来越想家,想那个他曾经拼命想要逃离的家!

之后,他走向了漆黑的夜晚。雾霭笼罩下的夜寂静而深沉,他从北端寂静的松林中穿过,摸索着来到湖边,让他感到庆幸的是,居然找到了一只独木舟。这个小舟非常简单,上面仅仅有一块木板而已。他用这块木板拨动着水,艰难地向前行进着,不久之后,他就停在了湖中央。从湖中央向旅馆望去，明亮的灯光已经变成微弱的光亮，它闪亮着、跳跃着，像极了飞舞的萤火虫。再向远处望去，一轮明亮的月亮悬挂在空中，皎洁的月光洒向一片片森林之上，更加彰显出夜晚的宁静与肃穆。星星倒映在湖面上，闪动着点点的光亮。在这样广阔的原野中，巴比特觉得自己实在是太过于微不足道了。于是他对大自然肃然起敬，这一刻他似乎忘记了自己的那些身份，什么房地产经纪人，什么拥护者俱乐部，全部变成了虚无缥缈的东西。

巴比特的心门好像也打开了，保罗式的精神走进了他的心里。他想象着保罗已经从监狱里走了出来，也从吉拉吉拉造成的困扰中脱离出来，现在就坐在他的对面，悠然地拉着小提琴，演奏出悠扬的曲调。突然，他心中响起一个十分肯定的声音："保罗已经不在那里了，我要留在这里，再也不想回去面对那一张张虚伪的面孔了！裘依·派乐莱斯本来就是一个粗野低俗的人，我为什么要对他的欢迎那样耿耿于怀呢？他就是这样一个真实的人，他长时间生活在森林中，不习惯与人交际，更不习惯为了迎合别人而说违心的话，这一点要比那些道貌岸然的人强多了。我要多为自己想想，在这样一个远离尘嚣的森林独自生活，学会体验另外一种与众不同的人生，试着去寻找人生真正的意义！我一定要努力成全自己！"

4

裘依第二天早上9点就到了巴比特的小木屋。为此，巴比特表示了热情的欢迎："朋友，欢迎你的到来！今天我们爬山怎么样？我们将世间的烦恼事都忘掉，把那些欲望、女人、生意统统抛到地狱里去吧!"

"好啊,巴比特先生,你的建议非常棒!"

"那我们首先看看巴克斯卡尔湖如何?我听说,已经没人去那里了,木屋和帐篷都空了下来。裘依,你知道这件事吗?"

"我们是能去那里,不过我认为我们还有更好的选择,那就是去史各图依特湖,那里总体来说比较好,距离这里近,还有鱼可以钓。"

"不,裘依,你没有明白我的想法,我想要的是去真正的荒野体验生活。"

"既然这样,那我只好同意了!"

"哦,太感谢了!真正的徒步旅行,我们来了!"

"不过在路线上,我觉得还是走水路更简单一些,安全一点儿,我们可以从秋葛湖去,然后可以向艾宾路德人求助,借助他们掌舵的平底船一路前行,最后到达巴斯卡尔湖。"

"我不赞成这样的做法,湖面是那样平静,难道我们就忍心让汽艇的马达声把它破坏掉吗?我们还是依靠自己一次,回到人类最初的生活状态中去吧!好了,就这样决定吧,你现在就可以回去准备准备,好了之后我们随时就可以出发了。"

"可是,巴比特先生,我还是想提醒你一点,别人到巴克斯卡尔湖都会选择乘船去,如果我们执意要徒步前行,那可能到达的日子就遥遥无期了。"

"哦,我明白了,你是不是不想徒步前往呢,裘依?"

"不,不是的。我想给自己鼓励,告诉我一定能够到达目的地,但是巴比特先生,你知道吗?这么长距离的徒步,我已经16年没有走过了,事实上,能不能坚持到最后还是一个未知数。事实就是如此，如果你还是坚持要走路，那咱们就只好徒步了。"说完，裘依转身走了，看上去非常沮丧。

事实上，裘依的态度早就让巴比特生气不已，临近爆发的边缘。他想，或许等他们出发以后，一路上两个人结伴而行会渐渐地熟悉起来。这样裘依就会给他多讲讲森林中有意思的事情。然而这一次，巴比特又想错了。他们出发以后，裘依仍旧那样冷漠，不论巴比特走到哪里，身上的背包压得肩膀有多疼，裘依都不会去帮忙，自己只顾大口地喘着气，完全没有要说话的意思！好在沿途的风景给了巴比特一些安慰。山的两侧长着茂密的松树，看上去就好像给山披上了褐色的外衣。道路上长着一些其他的植物，如枞木、银桦树、羊齿植物等，它们的根部不规律地搅在一起，更加让路面坎坷难行。在这样真实的大自然中，巴比特好像又找到了自己，感受到自己的诚实简单。因此，当他们休息的时候，巴比特非常高兴地笑着，打趣道："瞧瞧，我们这两个老家伙，居然走了这么远的路！我们的确很棒！"

"没错！"裘依也附和道。

"你看这里多美呀，视野开阔极了，美景尽收眼底。一眼望过去就看见了树林掩映下的那片湖水。说实话，裘依，我真的很羡慕你，在我看来，能每天生活在这样美好的地方实在是太幸福了。一切都是那么自然，没有电话的骚扰，没有电车的噪声，也不用担心人际关系的复杂纷扰。我多希望自己能够像你一样自由自在，尽情地徜徉在这片宁静的森林中，去了解它，熟悉它。裘依，你快来看看，这红色小花是什么植物啊？"

裘依转过身来，迅速地瞅了一眼，稍显愠怒地说道："每个人的说法不同，我哪知道它具体的名字是什么呢？反正在我眼中，它就只是一朵红色的小花。"

长时间的行走让巴比特疲惫不堪，他的脚步越来越慢，甚至到了已经再也抬不起腿来的地步！他就那样蹒跚地向前走着，脑袋里一片空白，他什么也不想去思考了，他也实在没有精力去想什么了。他的双腿已经肿胀不堪，即使现在还在走着，也已经是机械似的在走。他不知道自己会不会突然栽倒在地，也不知道什么时候就完全坚持不住了，只知道身上的汗水直向外冒，他时不时就得擦一擦。

在到达巴克斯卡尔湖之前有一片沼泽地，上面铺着坎坷难行的木头路。从那儿走过以后，巴克斯卡尔湖就终于出现在眼前了。此时的巴比特完全顾不上兴奋，只感觉自己要虚脱了。他把背上的背包扔在地上，一下子就瘫倒在了那里，完全体会不到高兴的感觉。

休息了一阵儿之后，巴比特才艰难地站起来，走到伐木工人的棚子附近，找到一棵枫树，然后在满是鲜花的树下躺了下来，他感到全身都放松了，自然的一切让他感到惬意，很快他就睡着了。

等他醒来时，夜幕已经降临，裘依也已经把烤饼和火腿煎蛋准备好了。顿时，他对裘依这样的森林居民产生了一种钦佩之情。现在他已经精力充沛了，于是跳着坐到了一个木桩上，瞬间觉得自己也高大起来，英雄气十足。

巴比特开始跟裘依聊天，问道："如果现在你已经拥有了很大一笔财富，那你打算怎样去支配自己的钱财呢？是从事现在的职业，还是想买下一片森林，过着隐居般的惬意生活呢？"

很难得的是，裘依的脸上居然露出一抹微笑，他非常认真地想了想，然后回答道："事实上，这个问题我也曾经想过，如果我现在拥有一大笔财富，我一定会离开这里，搬到城市去生活，然后经营一家高档的鞋店！"

吃完饭之后，两个人太过无聊了，裘依提议用打牌来消磨时光，但是巴比特毫不犹豫就直接拒绝了。于是，刚刚8点裘依就平心静气地去睡觉了，只剩下巴比特一个人面对这空旷的夜晚。他一边凝视着夜色下的沼泽地，一边拍打着那些想要吸他血的蚊子。在裘依的鼾声衬托下，夜晚更加寂静，周围10里之内根本没有其他人的踪迹。这时他感到内心更加孤独无助，这种心情他非常熟悉，在天顶市那个大城市中，他也曾有过这样孤独绝望的感觉。

他担心麦克小姐使用复写纸是不是太过于浪费，又想到了俱乐部中饭桌上的那群讨厌鬼，他们每次都开他玩笑，打趣他，让他感到无比的愤怒。之后他又想到了泰德，不知道他经过一个暑期的锻炼是否能够更成熟一些，或者经过努力在学校成了响当当的人物。紧接着，吉拉吉拉又出现在他的脑海中，不知道她现在生活得好不好。最后，他又想到了米拉。他在想，或许妻子再温柔大方一些，对待生活更加阳光积极一些，那他一定会对家充满留恋，不至于一个人跑到这荒郊野外来。再有3年，他就要步入50岁的行列了，他在心中默默地告诫自己，人一定要活在当下，尽情地享乐才行。

很快，洛依·史旺森、爱达·浦迪克、丹妮斯·朱迪克一个个涌进巴比特的脑海，他再一次开始幻想起来，于是他惊讶地发现："原来这些人已经深入到他的思想之中，与他的生活产生着千丝万缕的联系，想要彻底忘记这些人仿佛是一件极其困难的事情。"

从最初到现在，巴比特心中的烦恼和忧虑始终没有轻松半分，他选择到荒野之外体验生活，其实只是一种逃离现实的最低级的手段，只会让他看起来更蠢罢了。

虽然从表面上看，这次外出度假再正常不过，人们丝毫不会将他与逃避现实相联系，但是巴比特却心如明镜，知道这是自己胆小的逃离。4天之后，巴比特坐上了回天顶市的列车。尽管他内心百般不情愿，但是天顶市依旧是他最终的归宿，他无处可逃。这也是他不得不向自己重申的一个事实，除了天顶市，他再也找不到自己的容身之所，他永远都必须围绕在工作与家人身边！无奈的是，他明明知道自己所有的痛苦烦恼都来自天顶市，但是这个事实他却无法逃避，无力改变。

"好吧，既然如此，那就让我做点什么事情吧！"巴比特郑重其事地提醒自己，好让自己看起来更有气魄一些。

第二十六章

1

列车上的时光总是漫长而难熬的,巴比特想找个人聊聊,好打发这闲散的时光。于是他开始在车厢中搜索自己熟悉的面孔。可是,他唯一看到的熟人就是自己的大学同学尼克·东尼。巴比特知道这个人现在是个律师,是一个社会主义激进分子,他劝诫自己,这样的人物实在太危险了,还是少接触为好。但是想到一个人的寂寞,他又告诉自己,车厢里又没有其他的熟人,即使现在他确实和尼克·东尼聊天了,自己不说出去,又有谁会知道呢?于是他还是向尼克·东尼走了过去。

现在的尼克·东尼依旧很瘦小,头发也少了很多,猛地看上去像极了奇姆·福林克,只是他看起来更憨厚一些。东尼没有看到巴比特。他正在专心看着一本书——《万物之道》,巴比特想,难道现在东尼已经开始尊崇宗教了吗？这是不是标志着他已经不再像之前那样激进了？一想到这些，巴比特顿时觉得轻松了很多，于是想要上前攀谈的欲望就更加强烈了。

"嗨，东尼，没想到在这里能遇见你，真是太好了。"巴比特走到东尼跟前，热情地打起了招呼。

听到有人喊自己名字，东尼一下子抬起了头，回应道："巴比特——见到你真是太高兴了！"虽然东尼这样说，但是脸上却不由得流露出一种不自然的神情。

"你这是要去哪里呢？"

"华盛顿，我长期住在那里的。"

"噢，实在是太巧了，我正想了解一下政府方面的事情呢！"

"那你坐下来聊会？"

"当然，我们已经很久没见了，一定得好好聊聊。那天告别酒会上没能找见你，到现在我还耿耿于怀呢。"

"这样啊，实在不好意思，我真该向你道歉。"

"农工会现在怎么样了？是不是在筹备竞选下一任市长的事情呢？"

巴比特提到的这个话题显然是东尼不想听到的，因此东尼的脸上很快流露出不自在的神情，只是简单地回应了一句："可能是吧。"之后就只顾摆弄手中的书，不再说话了。气氛一下子变得有些凝重，东尼勉强微笑了一下，算作是为化解尴尬气氛所做出的努力吧！

巴比特可是交际场上的高手，东尼的这一微笑他马上就心领神会，于是快速地转移了话题。他又问道："纽约的余兴表演真的是太棒了，我记得明顿大饭店的表演极其特别，那里面的'早安女郎'可是味道十足。"

"的确，那里面的表演非常精彩，姑娘们也都很靓丽。我还曾经去那里跳过舞呢！"

"你对跳舞也很喜欢吗？"

"当然了，没有谁不喜欢跳舞吧？或许美女与美食是男人们共同的爱好。"

"真是的，好东西都让你抢去了。"

"看你说的，我只是去那里参加了一个工人聚会，顺便跳了跳舞而已。怎么？这你也要抱怨？"

"这的确是一个很好的主意，只可惜我们多年不见，没有这样的机会。我给柏拉特拉选票的事情，你到现在还在跟我生气呢吧？至于为什么当初没有支持你，你得听我解释一下，你也知道，我是一个共和党党员，做出这样的选择我也是身不由己的！"

"没关系，是你想多了，在我看来，你反对我是一件非常正常的事情，我不会放在心上的。我了解你，上学时，你的主见就一向非常坚定，为此我还十分钦佩你呢！你富有爱心，思维敏锐，这些我都记着呢！我记得你曾经说过，你的理想就是当一名律师，专门为穷人出头。而我相信你一定也记着我的理想，当时我最希望的就是自己做一个有钱人，然后定居在纽波特，买很多自己喜欢的画来享受生活。你可知道，当时我们多少人的勇气都是从你身上学习来的。"

"没错……没错，我向来崇尚自由的生活。"东尼谈起了青年时代的故事，巴比特一下子想起了当年的自己。当时他豪情满怀，朝气蓬勃，然而想想现在，他的心中顿时笼上了一层羞愧，甚至还有些凄凉。为了不让东尼看到自己的情绪变化，他赶紧转移了话题。他故意压低声音，然后低沉地说道："现在的年轻人身上，问题严重得厉害，表面上看，一个个活力十足，积极向上，事实上却都狂妄自大，遇事斤斤计较，并且特别执拗。在我看来，不同的政治观念正好可以处理这样的问题。"

"没错，的确很好。"

"老朋友，听我说吧，认真地听取一些反对的声音对我们很有好处，尤其是作为一个走向国际的生意人，更应该这样去做。"

"我同意你的观点。"

"一个人要有崇高的理想和敏锐的洞察力，这是我一直在向人们强调的一件事。可是我的话又有多少人同意呢？或许在他们眼中，我只是一个狂妄自大的幻想者罢了。其实，我们有太多的想法，只是想让大家多对自己的行为反思，问一问自己究竟想要什么……今天遇到你真是太开心了，谈谈当初的理想是一件多么让人开心的事情呀！"

"可是，你觉得现实不够残酷吗？"

"不，老朋友，我的初衷就是如此，谁也无法改变。"

"那实在太棒了，你一定能够给我提供帮助。在贝裘尔·英格姆的问题上，我希望能够与你们商界的朋友好好地协商一下，让他们的态度更加宽容一些，思想更加开明一点。"

"英格姆？那个宣扬恋爱自由的牧师？他最后不是被公理教会堂赶出教了吗？他的话的确具有很强的号召力。发生什么事情了吗？"

听巴比特一说，东尼忙着解释说，那些话只是关于贝裘尔·英格姆的传言，并不真实。事实上，贝裘尔·英格姆是一个很好的人，他看重人类纯洁的友情，因此而不断地宣扬。东尼的话正好与巴比特的信仰相契合，于是他的情绪一下子高涨起来，觉得自己应该给英格姆出头了，他自信满满地向东尼保证："这个绝对没问题，如果谁在我面前说英格姆的坏话，我一定会奋力反击，给他点颜色看看。"

巴比特的热情打动了东尼，于是他不由得变得健谈起来。他给巴比特讲述了在德国求学期间的一些事情，并且还开诚布公地说了一些在华盛顿的事情，例如说服议员们通过单一税法，参加国际劳工会议等。之后，他还兴奋地把自己的朋友介绍给巴比特听，例如科尼尔、洛德·威康比等。当巴比特听到洛德·威康比的名字时，情绪突然激动了起来，这个人他听说过，并且一直认为他是一个很了不起的人物。原本巴比特以为东尼这个激进分子只是在工人中混日子而已，但是现在他觉得必须对东尼刮目相看了。从东尼的身上，他好像看到了未来世界的希望，在理想的鼓舞下，人生又变得动力十足。

这个时候，吉拉吉拉·李尔斯林的身影突然跳进了他的脑海，现在他身上有着一种新的激情，更加理解吉拉吉拉了。他在想，这种深切的体会俱乐部那些呆板的家伙怎么能有呢？

2

回到家以后，巴比特先是跟妻子说了一些关于纽约的事情，例如天气热得让人如何不舒服等。之后，他就离开家去看望吉拉吉拉了。这个时候他的心中已经树立起了崇高的理想，不想再去计较一些过去的恩怨了。他希望保罗能够离开监狱，也希望自己能够为吉拉吉拉尽一点儿心意，甚至还可以投身到更加广泛的慈善活动中去。唯一遗憾的是，他现在还不知道该怎样具体地去做，总之，他希望自己最终成为像东尼一样宽仁慈爱的人。

自从发生了那件事情以后,巴比特还从来没有探望过吉拉吉拉。在他心中,她一定还是那样妩媚热情,娇柔动人,同时还有一点儿邋遢的感觉。很快,巴比特的车就到了批发商业区的后街,吉拉吉拉的公寓就在这里。他向公寓看去,楼上敞开的窗户跟前站着一个女人,从身影上看,很像吉拉吉拉,但是气质上却明显苍老了很多,让人感觉有些不舒服。

他走进公寓,吉拉吉拉并没有马上出来招呼他。于是他在客厅里一边翻看摆放着的1893年芝加哥世界博览会相册,一边等着她。可是就在他已经把相册翻看了无数遍之后,吉拉吉拉才走了出来。然而看到她的一瞬间,巴比特惊呆了。吉拉吉拉穿着一条黑色条纹睡衣,系着一条明显看出修补过的红色丝带。她的肩膀一边明显要高出很多,一条手臂也歪歪扭扭着,看上去就好像一个中风的病人一样。虽然她穿的衣服领子很高,可脖子上的伤疤还是那样触目惊心地裸露出来。她的肌肤曾经是多么洁白润泽,但是现在却让人看到之后悲伤不已,尤其在那衣服的花边的衬托下,更让人心里一阵儿酸楚。

"你来找我有什么事情吗?"吉拉吉拉语气非常冷漠地问道。

"我只是想来看看你,你不知道,我能再次见到你是多么开心。"

"是吗?我觉得他应该换一个别的律师过来的。"

"你在说什么呢,吉拉吉拉?怎么说我们也是老朋友,我只是想来看看你,这完全不是保罗的意思。"

"是吗,老朋友?那你这个朋友来得可实在是挺早的。"

"吉拉吉拉,我知道你是一个通情达理的女人,我也有我的苦衷,希望你能够理解。我这次来看你,完全是出于自己的内心,不是受到保罗的任何委托，我是真心想要为你做点儿什么。让我们坐下来好好谈谈行吗？让我们都更加理智一些好吗？过去，我们都曾违背自己的心愿去做了一些不该做的事情。可是现在我们都站在这里，不是有机会重新来过吗？吉拉吉拉，你是那样温柔善良，在这件事情上，保罗也非常后悔并且也受到了应有的惩罚。你能原谅他吗？看在昔日的情分上你去向州长陈情，州长一定会同意给保罗特赦的。这不仅可以解放保罗，同时人们也会为你的宽宏大量而感动，纷纷赞美你。相信那时，你的心情也会变得稍微轻松一些的。"

"宽宏大量？这我倒是愿意的，你说得对极了。"吉拉吉拉面无表情地坐在那里，语气中充满了冷漠，"不过我并不打算给他求个特赦，像他这样的人，我宁愿让他老死在监狱中，这样就可以给世间那些想要为所欲为的人发出警告，这就是胡作非为的后果。当然，他对我的伤害并不是对我的完全毁灭，从某种意义上来说，我还得要感谢他，如果不是这次受伤，我还不能真正地皈依宗教。乔治，想想看吧，之前的我待人刻薄，俗气乏味，整天沉迷于跳舞、看戏，追求的是世间最低俗的快乐，但是现在我已经变了。当我一个人无助地躺在医院时，慈爱的老牧师来探望我，给我鼓励，让我重新看到生活的希望，从而使我从无法自拔的痛苦深渊中解脱出来。是牧师拿来《圣经》给我看，告诉我，世界大审判的日子即将到来，那些旧教会的虚伪分子必定会受到惩罚，他们嘴上说信仰宗教，但是行为上却背其道而行之，为了一时世俗的欢愉而出卖自己的肉体，甚至灵魂……"

吉拉吉拉越说情绪越激动，一直说了一刻钟。她的话看上去软绵绵的，但是就好像里面藏着针一样，一下下刺痛着巴比特，就好像她说的那个人就是他，这让他心里忐忑不安起来。吉拉吉拉脸上露出一种一吐为快的感觉,好像长久压抑在心头的情绪在这一刻彻底释放了出来一样。一瞬间,巴比特觉得从前那个得理不饶人的吉拉吉拉又回来了。最后,她非常明确地说:"乔治,不要再说什么了,就让保罗在监狱里待着吧。想要拯救他的灵魂,这是最好的方式。同时也可以让那些每天干坏事的男人们看看,去伤害一个无辜的女人没有什么好果子吃。"

巴比特如坐针毡,他很想站起来去窗前呼吸一点儿新鲜空气,但是他又不想在吉拉吉拉面前表现出不安的情绪。于是他在心中默默地安慰自己,吉拉吉拉说的是其他人,自己是一个忠于家庭,成熟稳重的人,说的绝对不是他。尽管他苦苦说服自己,可仍旧有一种强烈的感觉告诉他,吉拉吉拉就是在含沙射影地针对他。此刻,吉拉吉拉就是一只盘旋在他头顶上的鹰,它正以犀利的眼神窥探着眼前的猎物。他不知道该怎样应对眼前的状况,只好做出一副仔细在听的样子。

然而最后,他还想再做最后的努力,于是重新鼓起勇气说道:"你说的这些我都感同身受。可是亲爱的吉拉吉拉,宗教要求我们宽宏大量,常怀恻隐之心是吧?你认真听我把话说完好吗?我们想要做成一些事情,就必须在这个过程中包容别人,原谅别人的错误,做到心胸豁达,通情达理……"

"通情达理?亲爱的巴比特先生,你居然在这里跟一个饱受伤害的人谈通情达理?你的确是一个通情达理的人!"吉拉吉拉情绪激动,语气也尖酸刻薄起来。

巴比特听出了吉拉吉拉嘲讽的味道,非常难堪地说道:"我的确是这样的人。"可是说完之后,他又感到着实有些不妥,于是慌忙纠正道,"我承认,在宗教信仰方面,我的确没有你那样虔诚。"

"是的，我对牧师的话深信不疑。"

"那这样好了，现在这样的信仰正经受着生活的考验，那就让保罗出钱来支持怎样？为了让你明白我的通情达理，我现在就去资助那个因为宣扬恋爱自由而被人驱赶的贝裘尔·英格姆牧师，他是一个可怜的人，如果我能寄出10美元给他，他一定会得到帮助。"巴比特言辞恳切地说。

"他被赶出去是我喜闻乐见的，事情本来就应该这样发展。他在剧中传的什么道，全世界的人都知道，如果非要将他称为'道'，那也是魔鬼之道！因为你的心中完全没有上帝，所以你没有办法认识到真正的和平。魔鬼设下陷阱的过程你已经完全忽略了。现在我倒是很庆幸，感谢保罗对我的伤害。如果没有他的残忍，我还不知道自己会在这条邪恶的道路上走多远。所以，感谢上帝让保罗给了我巨大的伤害，我得到了应有的惩罚，保罗也同样如此，这就是所谓的报应！上帝为我们做出了这样的安排，我就要按照这个指示去完成。所以让保罗在监狱里待着吧，这是他应有的惩罚！"

吉拉吉拉的这番话彻底激怒了巴比特，他怒火中烧地站了起来，奋力地抓起自己的帽子，恼怒地说道："算了，算了，如果这就是你所说的和平，那就等待着你向往的战争吧！只是开战前，别忘了通知一下我这个老朋友。"

3

让人不得不钦佩的是，城市具有十分强悍的号召力。无论是谁，只要他走进迷途，就一定会被城市悄无声息地纠正过来，最终回到它的怀抱。它对于每一个人都是那样冷酷无情,即使这样,狂风呼啸的森林和波涛汹涌的海洋也无法与之相提并论。城市自信、平静,它表面上看起来桀骜不驯,但是其坚持的宗旨却始终不变。

巴比特原以为自己已经能够彻底把家抛诸脑后,通过在荒野中的艰苦体验让自己变得更加心胸开阔,明白事理,甚至在踏入天顶市之前,他还自信满满,觉得在自己身上已经发生了翻天覆地的变化。而他对这个城市也会有一种重新的认识。然而,这一切都只是他的想象,一切都在他回到天顶市之后变得迷惑不已。这个城市看上去是那样熟悉,就好像他从来没有离开过一样。熟人们也从他身上看不到什么新奇的变化。唯一不同的就是他的脾气更加暴躁了。以前在俱乐部中,大家拿他开玩笑打趣的时候,他都是一笑置之,但是现在他对这种玩笑简直难以容忍。所以当伯吉乐·扬齐说尼克·东尼这个激进分子应该被绞死的时候,他还是愤愤地回应道:"完全是胡扯,这个人根本就不是你们想的那种坏人。"

在家中,巴比特也没有太多的热情。当妻子跟他表明自己观点的时候,他只顾着看报纸,随口简单地敷衍着她:"是吗?"但是对于家中其他的事情,他的热情倒是很高的。他喜欢妲卡新买的红帽子,对家里的汽车房也做了改良的想法,他说:"用铁皮做车房的屋顶实在是太简陋了,也许用砖木重新盖一个,看起来会气派很多。"

维洛娜和肯尼斯·史谷特好像已经开始谋划两个人的婚姻生活了。这个时候,史谷特在报纸上发表文章,对食品代理商进行声讨,引起了不小的轰动。史谷特现在已经在一家商行找到了工作,薪资颇丰,养家糊口已经没什么问题了。鉴于之前的言论,他只好收转笔锋,对那些不明真相的新闻记者进行谴责,抨击他们批评代理商行是一件极其不负责任的事情。

泰德终于在9月开始了州立大学文理学院的学习生活。然而他并不是真心地喜欢这个学校，为此，家人很为他担心。这所学校就坐落在摩哈里斯，与家也就15英里的距离，所以几乎一到周末，泰德就会回来度假。

事实上，泰德有着非常广泛的兴趣爱好，尤其是篮球更是他的最爱。他一直喜欢篮球联赛，并且想在大学篮球队中担任中锋的角色。由于他性格积极阳光，刚进大学校门，就担任了跳舞会组织委员，现在已经有两个联谊会在邀请他参加。至于学业，那可是泰德不愿提及的事情，他从来不会主动去说，即使大家追问，也只是简单地敷衍罢了。他说："那些呆板的人整天就知道研究一些经济学和文学，在我看来，这些东西完全没有用武之地，不谈也罢。"

一个周末，泰德回家度假。他向巴比特申请说："爸爸，我听说工程学院的机械工程专业非常不错。您知道那个学校吗？你让我去学习机械工程吧，我一定会努力学习的。爸爸，你觉得行吗？"

"泰德，不要给自己找那么多理由好吗？工程学院怎么能跟你们的学院相提并论呢？"巴比特果断地拒绝了。

"为什么要这样说呢？哪里比不上了？我们学校的学生可是超级棒的，什么样的球队都可以参加！"

泰德严肃认真的态度触动了巴比特，于是他只好认真地给泰德讲起来到底文理学院哪里比工程学院强。他说州立大学在这个城市中具有非常重要的社会地位，这个学校毕业的学生完成学业之后轻而易举地就可以进入到法律界。巴比特的口中充斥着财富、地位等字眼儿，他把未来的图景描绘得一片辉煌。另外他还强调，律师是一个具有光明前途的职业，作为国家政法的维护者，很可能将来就会在国家议会中占有重要的地位。

为了让泰德更加信服，巴比特还故意给泰德讲了一些尼克·东尼的事情。为此，泰德十分疑惑地问道："您不是一直觉得尼克·东尼是一个激进分子吗？现在您怎么突然向他看齐了呢？"

"这你就不懂了，东尼可是一个了不起的人物，他是我的老同学，也是我的好朋友，曾经我也帮助过他。从一定的意义上来说，他人生中有一扇重要的门是我为他开启的。现在他被人们无情地批判，这并不是他的过错，而是人们自己的修养不足以去理解他的胸怀。东尼同情劳工，有着博爱的精神，这样的心胸和魄力可不是谁都有的。你要知道，现在像东尼一样有着较高的社会地位，拿着高薪的人可是少之又少。你听说过洛德·威康比吗？他可是英国最有名的大贵族，现在东尼已经成了他的朋友，你想想，要想成为朋友，是不是得身份相当才行呢？好啦，你自己好好考虑考虑吧。你未来的道路该怎样去走，是想跟高贵儒雅的人成为至交好友，还是想和满身泥污、以出卖体力为生的工人厮混呢？你是想活动于高档的餐会酒桌，还是想整天待在工厂劳作？"

听了巴比特的这番话，泰德什么也没再说了，只是无奈地叹了口气，离开了。

又过了一个星期，泰德异常兴奋地回来了，冲着巴比特高兴地说道："爸爸，我觉得学院真的不适合我，我应该改学采矿工程。记得上次你跟我说过选学校要注意社会地位，没错，这个的确非常重要，在这方面机械学校是没有太大的优势。可是您知道吗？这次竞选会上选出来的11个人，竟然有7个来自采矿学校！"

第二十七章

1

轰轰烈烈的工人罢工运动在天顶市展开了。最先拉开罢工序幕的是线路工人和电话接线员。他们认为自己的工资无故被削减完全不合理，为此强烈抗议。很快，奶制品行业的工人也纷纷站出来响应，提出将每周的工作时间缩减到44个小时。后来，卡车司机也不甘示弱，加入到罢工的队伍中来。一时间，天顶市的工业局面变得一团糟糕，几乎处于崩溃的状态。工人运动使得人心惶惶，人们每天议论的只有这一个话题。有传言说，印刷工人和电车工人也即将加入到罢工的行列中去，这个消息在天顶市散布开来，人们觉得消息的可信度越来越高了。现在基本上所有的接线员都已经罢工，如果谁想跟接线员说上两句话，那简直是比登天还难的事情。送货的卡车上，每一辆上面都会随行一个警察，以免这些没有罢工的司机遭到迫害。但是这只是做做样子罢了，因为警察自己也非常害怕，生怕闹事的工人对自己造成什么伤害。

天顶市钢铁机械公司组建了一个卡车队，由50辆卡车组成，规模相当庞大。然而就在车队出发之后，还是遭到了罢工工人们的袭击。整个袭击过程可以说是相当疯狂的。他们突然从人行道上冲出来，然后把司机拉下车，将车上的转换器、汽化器全部砸得稀烂。人们的情绪一个个高涨起来，就好像发疯了一样，电话公司的女接线员以尖锐的声音呐喊着，称赞这个做法大快人心，那些看热闹的孩子们更是无所顾忌，调皮地扔着瓦片和砖头，大街上一片狼藉。

为了镇压这次运动，国民禁卫队也被派遣来了。整个城市中都弥散着一种紧张的战争味道。作为领头人物，卡里本·尼克松上校开始在大街上巡视，手里紧紧地握着那把四四口径的自动手枪，仿佛里面随时都能吐出一颗子弹来。事实上，这位上校平日里还有另外一重身份，那就是普尔摩牵引车公司的秘书。现在他器宇轩昂地走在大街上，一副无比神气的样子。

这场工人运动成就了很多人的社会地位，例如巴比特的朋友克莱伦斯·卓莱姆。这个家伙平日里无所事事，每天能干的事情就是巴结人，赔笑脸，所以才养了一身的肥肉。然而这次他却变成了上尉，昂首阔步地走在大街上，装作一副恶狠狠的样子，对围在墙角看热闹的人群大声地呵斥道："别在这里逗留，全部走开！"

这场罢工引起了全市报纸行业的强烈反对，只有一家没有持反对态度。大街上的报亭被罢工工人们砸了以后，相关部门马上就安排了青年民兵过来站岗。事实上，这都是表面功夫，那些青年一个个心惊胆战，生怕哪天会遭遇什么不测。他们中有些人还戴着眼镜，昨天还坐在办公室里写写算算，或者是在商店里接受顾客的讨价还价，今天就拿起了刀枪，摇身变成了民兵。他们看上去是那样弱不禁风，就连小孩子们也嘲笑说："看看吧，都是一些装腔作势的家伙，都是些银样镴枪头。"那些罢工的工人们看见，更是忍俊不禁，打趣地说道："嗨，乔，我奋战在法国战场的时候，你才多大？那会儿正在当着童子军还是在青年会里练习瑞典式操练呢？小子，还是多保重吧，可别让手中的刀伤到自己的手。"

天顶市的罢工如火如荼地进行着，人们到处都在议论这个话题。每一个都在表明自己的立场，他们有的是辛苦劳作的人，有的是积极罢工的人，有的是保卫当权者的人。他们的立场影响着自己的发展方向。不论他们支持什么，立场一致的人马上就可以成为知心朋友，完全不顾之前是否有什么过节，甚至深仇大恨；立场不一致的人，马上就变得势不两立，完全不管之前是朋友还是亲人。

本来已经混乱不堪的场面在一家炼乳场起火之后变得更加糟糕了。对立的双方纷纷指责起火的罪魁祸首是对方的人，大家都互相揣测，一时间人心动荡，惴惴不安。还有一些唯恐天下不乱的人甚至想把这件事情无限地扩大。

面对这个局面，巴比特再也无法保持沉默了，他选择表明自己的态度："那些煽动运动，挑起事端的浑蛋就应该立刻拉出去枪毙，以正视听！"他的观点表明他是明智、思想正确的一派。然而他的朋友尼克·东尼却公开为那些被捕的闹事者出庭辩护，为此他深感遗憾。他原本是想去找尼克·东尼谈谈的，说一说那些罢工工人的不是，然而就在这时，他看到一份传单，上面清清楚楚地写着："原本电话女接线员的工资就不够维持正常的生活，如果再继续削减，她们势必无法生存。"巴比特生气地说道："他们说的全是谎言，那些数字不过是造假而已。"但是他心中还是不由自主地产生了疑问，并且这些疑问长久地盘旋在他的脑海中。

下个星期天在詹丹路长老会教堂将有一场以"让救世主来解决罢工"为主题的布道，约翰·詹尼森博士担任主讲。巴比特已经很长时间没有做礼拜了，但是这次他却不由得想去看看，因为他想知道当局现在对罢工持有怎样的态度。

这天，他来到教堂，在宽大的、蒙着丝绒的靠背椅坐下来，然后开始向四周张望，想要看看都有哪些熟悉的身影。

正巧这时，奇姆·福林克在巴比特的身边坐了下来。他的性情比较急，刚一坐下，就开始发表自己的观点："你说博士会发表怎样的言论呢？他会不会狠狠地批评那些罢工者？牧师本是引领人灵魂的导师，根本不会过问政治上的事情。现在倒好，罢工运动也开始让牧师操心了。不过现在是特殊时期，牧师来警醒警醒这帮危险的家伙也是好的。"

"可是……你有没有感觉……"巴比特想说什么，但还是没有说出口。

很快，牧师开始了自己的演讲，他的话语是那样慈爱、深情："近段时间，罢工运动愈演愈烈，已经严重影响到了人们的正常生活，甚至对美好的城市建设也造成了很大的阻力。针对这种状况，有些人竟然表示制止罢工最好的办法就是使用科学的手段！这简直就是谬论。什么是科学，基督教义才是世界上最伟大的科学。但是这些基本定律在他们眼中完全被忽略掉了。这真是一群狂妄不羁的家伙，他们蔑视教会，将自己看作是最权威的准则，还想把道德和文明看成是一种偶然的情况，并且极力地证明这一切，真是有些自视太高了！我们伟大的教会就在这里，作为一个基督教牧师，我的信仰是朴素的，我不想太多地去苛责他们，对于他们，我只能用微笑来表示怜悯。

"如今,那些荒唐的科学家想要将自由竞争换成是一系列让人难以置信的制度,事实上,无论表面功夫进行得如何,其本质并没有变化,仍旧是专制的家长制罢了。当然,我所指的就是一些明显不合理的制度,绝对不包括劳资争议法庭制定的一些制止非法罢工的策略,同时也不包括一些合理的劳资合作工会。不合理的制度存在着很大的弊端,管理者把工资分成各个等级,规定出最低工资,甚至还设立很多乱七八糟的部门来进行管理,例如劳工联合会、政府专门委员会等,这些都有什么用处?这一切都只是遏制了劳动者的自然调节能力罢了。

"或许你们还不是太明白,导致劳资问题最根本的并不是钱,因此想要解决这些事情最根本的方法不是钱,而是爱,基督教才是解决问题的最好方法。大家不要过分地约束自己的灵魂,让我们敞开心扉好好地思考一番。如果一个工厂,没有设立让人反感的工人委员会,老板和工人齐心协力,相亲相爱,每天给予对方关爱和微笑,那工人们还会罢工吗?罢工这种事情怎么可能在亲如一家人的工厂中出现呢?"

巴比特听着这一番言论,感到十分生气,于是难以抑制地骂道:"简直是胡说八道!"

坐在一旁的奇姆·福林克并没有听清,于是问道:"你说什么?"

"你不觉得他这完全是在胡说八道吗?根本就是一些废话,能有什么用?"

"没错,道理是这样的,可是——"奇姆·福林克看着巴比特,满脸都是吃惊的表情。牧师还在布道台上不停地说着,但是奇姆·福林克却变得有些不安了。而巴比特没想到奇姆·福林克会对自己的言论感到如此惊讶，甚至表现出一副完全不认识他的样子。此刻，巴比特的心中反而平静了很多。

2

天顶市的报纸又刊登了工人罢工的新消息。工人将在星期二上午示威游行。得知这一消息后，尼克松上校立即发出指令要禁止罢工运动。

这天上午10点多钟，巴比特离开事务所开车向西去的时候，看见一群衣衫褴褛的人正朝着法院广场后街走去，使得那里原本破败的景象更加不堪入目。这些穷人引起了巴比特强烈的反感，他甚至有些恨这帮人。因为在他的眼中，他们之所以是穷人，是由于他们懒惰，因此他常常小声地嘀咕："这群懒惰之人，只要稍加努力，也不至于沦落到现在这个可怜的地步。"他原本是要去摩里街公园，于是他把车停在了那里的三角形草地里。

公园的草地也看不出半分生机，到处都充斥着罢工的人。大街上也一样，乱哄哄一片。他们有的是老人，有的是青年，都在人群中拥挤着。民兵们也挤在中间，不停地叫喊着："都动起来，不要停下！"巴比特漠视着这一切，发出一句很不屑的感叹："还真能稳得住！"人群中不断地传来人们的咒骂声："资本主义的走狗！""大头兵！"可不论人们怎样说，这些民兵始终没有气恼。反而大声地说道："没错，快走吧，快走吧！"

看到这个景象，巴比特不由得对民兵心生敬佩，他们秉持正义、积极进取，实在是好样的，因此在他眼中，那些罢工者只是一些阻碍社会昌盛发展的流氓而已。尼克松上校看起来派头十足，给人一种盛气凌人的感觉。这时，克莱伦斯·卓莱姆目空一切地走了过来，嘴里不停地咒骂着，巴比特对这个昔日的鞋匠肃然起敬，巴结般地赞美道："上尉，干得漂亮。一定得把他们阻止下来！"表达完自己的心情以后，巴比特觉得自己也瞬间变得更加高尚了。罢工的游行队伍走了过来，他们手中举着大大小小的标语牌，上面写着"为和平而游行，不可妄加阻挡"。可是民兵们才不管这些，他们把标语牌抢夺下来，全部撕得粉碎。在他们强有力的震慑下，罢工者全部害怕得向后退去，纷纷将领队推向了最前面。士兵们已经把游行队伍包围了起来，用冰冷无情的枪对着他们。这时这些罢工工人显得是那样微不足道，他们纷纷分散开来，就好像一条大河瞬间被分成细小的支流一样。一场看似来势凶猛的暴动就这样偃旗息鼓了，巴比特心中竟然升起一种失望的感觉。

就在他无聊地看向人群时，突然有了一个惊人的发现，在这群游行的队伍中有一张他熟悉的面孔，没错，那就是尼克·东尼。此刻他正面带微笑，看上去坦然而信心满满，年轻的工人站在他的身边，就好像在给他保驾护航一样。更让巴比特吃惊的是，东尼的前边竟然是布洛卡宾克教授。要知道这可是个了不起的人物，他出身名门贵族，还担任着州立大学历史系主任的职务，如此德高望重的人为什么会参与到这样的游行队伍中呢，况且已经到了胡子发白的年龄，这不是发疯了吗？他在平日里发表一些社会主义的言论也就罢了，没想到现在竟然参与到切切实实的行动中来了，这样做对他有什么好处吗？同时巴比特也认识到一点，参与罢工的人并不都是那些穷困潦倒的流氓，他们和普通人是一样的，同样有游行的权利。

游行队伍已经被驱散到了各个小巷中。巴比特想："他们是普通人,他们有游行的权利,街道是允许他们行走的!"可是他很快就对自己的想法不再认同:"不,他们不是普通人,他们是社会上的败类、残渣。不,为什么会是这个样子呢?"

像往常一样,巴比特去俱乐部吃午餐,但是今天他的心情却有点低落,不想跟任何人说话。旁边的人都在高谈阔论,纷纷表达着对社会的不满,有的人肆无忌惮地谩骂着,有的人则表现出一副通情达理的样子。就在这时,克莱伦斯·卓莱姆上尉满面春光地走了进来,身上的大衣走路带风。

"上尉,今天的状况怎么样呢?"伯吉乐·扬齐第一时间想要探听点消息。

"已经被我们赶到小巷中去了,这群狂妄自大的家伙能成就什么大事?还是让他们回到自己家闹腾去吧。"

"干得漂亮。没有引起什么不必要的冲突吧?"

"漂亮?要是让我去处理这些人,我才没有那么好的脾气,去好言相劝地哄他们。如果我说了算,早就使用武力解决了,这些爱扔炸弹的流氓,他们就是欠收拾,不给他们点儿颜色瞧瞧根本不行。只有狠狠地打他们才能彻底把他们制伏!"上尉恶狠狠地说道。

巴比特听不下去了,于是他脱口而出:"克莱伦斯,胡说些什么呀!他们跟我们有什么不一样?再说了,他们扔炸弹了吗?有谁能够证明呢?"

克莱伦斯·卓莱姆很生气地回应道:"你说什么?你竟然说你没有看到,难道你是想自己去面对那些罢工的家伙吗?既然这样,那你快些去向尼克松上校陈情,说罢工的人都是好人,千万不能暴力相向,你这样说一定正合他的心意。"克莱伦斯·卓莱姆说完,一脸不屑地离开了。剩下的几个人也都面面相觑,纷纷将目光投向巴比特,然后开始了毫不留情的批判。

首先开口的是奥维罗·琼斯,他用一种异常刻薄的语气说道:"你是怎么想的?难道想让我们跟魔鬼厮混在一起?然后还对他们可恶的行为进行赞扬吗?"

"你要知道,他们可是想要抢空我们钱袋子的,你竟然对他们还心生怜悯,真是让人不可思议。"卜弗雷教授也一本正经地附和着。

伯吉乐·扬齐虽然什么话也没说,但是从他阴森森的脸色上已经看出了他的愤怒。那一头又硬又短的头发像是尖锐的钢针,深深地刺入到了巴比特的心中,让他有些胆战心惊。看着氛围有些尴尬,有的人上前想要缓和一下,说大家可能理解错了巴比特的意思。但是扬齐好像并没有理会,而是一直在隐忍着,他之所以没有将心中的怒火发泄出来,是因为心中还存有最后一丝希望,等待着巴比特自己给出一个合理的解释。

巴比特意识到情况有些严重,于是心中不由得有些紧张,说话也变得有点颠三倒四:"大家误会了,我怎么会有那个意思呢?我知道这帮人不是什么善类。我想说的是,武力不是解决问题的最好途径,卡里本·尼克松并没有表示解决游行问题必须要依靠动武。相比之下,上校的手段要高明很多,这才是真正办事的能力,克莱伦斯·卓莱姆这样恶狠狠地说,无非是在嫉妒上校的能力罢了。"

"原来是这样啊。"听完巴比特的解释以后,卜弗雷教授好像恍然大悟一样,他接受了这个理由,于是接着说道,"即使这样,那你也实在不应该那样说。要知道克莱伦斯·卓莱姆为了驱散游行队伍,已经忙了一上午,顶着烈日还要对那些浑蛋们好言相劝,他的心情能好吗?一定恨死这帮不知天高地厚的浑蛋了。"

这一次，扬齐依旧沉默不语，表情凝重，巴比特觉得自己已经被完全看透了，那些言不由衷的解释根本没有让扬齐真正地相信他。而他此刻正像是一个自导自演的小丑。

3

巴比特从俱乐部离开的时候，奇姆·福林克还在扬齐面前喋喋不休地说着他的不是："巴比特的脑子好像出问题了。总是发表一些怪异的言论。上个星期天的布道会上，他就有些奇奇怪怪的，我敢肯定……"

他的话，巴比特已经听见了，但是他并没有理直气壮地去反驳，反而有种不安的情绪笼上了心头，让他不由得一阵儿害怕。

4

巴比特走在大街上，看见有人站在高高的椅子上发表演讲，这个人就是贝裘尔·英格姆牧师，他宣扬恋爱自由。记得上次在火车上，尼克·东尼曾经向他提起过。巴比特之所以一眼就认出了他，是因为他曾经在报纸上看到过他的照片，尤其是那火红色的头发，很容易被人一眼认出来。只是现在看来，牧师的气色更差一些，眼睛中也满是悲伤。他高声地发出了号召："罢工贵在坚持，那些女电话接线员现在已经陷入到了非常窘迫的地步，她们一天一顿饭，脏活粗活也都自己干，但是她们仍旧没有放弃，这是多么了不起的举动，多么鼓舞人心呀！再看看我们，作为男人，难道我们没有坚持的精神？"

刚刚听了几句,巴比特就感觉到背后有一双眼睛在死死地盯着他,他毛骨悚然,开车迅速地离开了,一刻也不敢多加逗留。但尽管这样,他仍旧感觉到扬齐那双怒视的眼睛一直跟踪着他。

5

巴比特痛苦的心情不敢向别人说,于是回到家中向妻子倾诉:"大家都觉得那些罢工的工人是十恶不赦的恶鬼,这显然有失公允。有钱人和穷苦人之间的确存在矛盾,可是当贫穷之人发起挑战的时候,我们应该光明正大地接受,并且给予有力的回击。但是大家为什么要在背地里辱骂这些人呢?什么天杀的、杂种,简直太不堪入耳了!"

"亲爱的,你到底怎么了?把那些罢工的人送到监狱不是你一贯的主张吗?"妻子满脸疑惑地说。

"噢,上帝,你居然也不能理解我的心情,我什么时候说过那样混账的话了?没错,那些总是爱挑事的人是应该被送到监狱去……算了,我们还是要原谅他们的行为,开明一些不好吗?"

"开明?你不是说过开明是最不应该出现的吗?"

"唉,女人的智商真是太吓人了,不知道整天在想些什么,就连几句话的意思也弄不明白。我想说的是,人们要有自己的思想,不能人云亦云。事实上,罢工的人并不是什么真正的坏人,他们只是不够聪明,选择的方法不对而已。如果他们像我们这样每天辛勤工作,脚踏实地地生活,也不至于沦落到现在的地步,就连维持生计也成了困难之事。他们本来就是想把工资要高点而已,这种追求利益的精神是可取的,但是现在,他们却用不合理的方式把事情搞砸了。"

"噢，乔治，你这话没有对别人说吧？你的意思我是明白的，因为我了解你，从过去到现在始终都知道，你只是无聊地抱怨罢了，并不是真心这样想。但是这话若是让别人听见，他们一定会认为你是一个社会主义激进分子。"

"别人认为？我为什么要在乎别人的看法？实话告诉你吧，我这些话并不是随口说说的牢骚话，那依你看，如果我说罢工工人中也有比较正派的人，他们会不会觉得我有些开明过头了呢？"

"当然会了。不过亲爱的，不要太担心，我明白你是有口无心的。好啦，睡觉去吧，我再给你加上一床毛毯怎么样？"

巴比特躺下了，可是他的思绪非常乱，他在想："为什么她也这样不理解我呢？甚至我自己都不知道自己在想些什么，以前我没有那么多想法，简简单单的多好啊！或许我应该去找尼克·东尼好好谈谈。不，我不能出去，如果伯吉乐·扬齐知道这件事情，那……

"我的心情实在是太苦闷了。或许此刻身边有一个聪明的女人安慰我，情况会好很多。米拉说得没错，也许在别人眼中我已经发疯了。事实上，只有我自己知道，我只是变得更加开明了一些而已，可是伯吉乐那样的眼神真是让我受不了——"

第二十八章

下午3点，巴比特的秘书麦克小姐过来和他汇报情况，她说："先生，刚刚有位叫朱迪克的女士打来电话，她想要和我们谈谈房屋维修的相关事宜，但公司的销售人员都已外出，所以需要征求下您的意见。"

"这样啊！好吧，那把她的电话接到我这边来。"

巴比特接起电话，顿时，黑色电话的那头传来了丹妮斯·朱迪克温柔的声音。巴比特一边倾听着对方的声音，一边在大脑中兴奋地回忆着朱迪克的容貌，她的眼睛清澈美丽，迷人的鼻子轻轻翕动，下巴充满了诱惑力，多么讨人喜欢的一个女人！

朱迪克先做了自我介绍，然后说道："您还记得您上次带我去卡文笛挑选的那所房子吗？不错，我很满意。"

"哦，我当然记得，那么，朱迪克女士，还有什么需要我帮忙的吗？"

"只是一点小事情，但管理员似乎解决不了，所以才来打搅您。我住在最高层,先生您是知道的,雨水不停地下,导致我的屋顶开始漏水,希望你们可以帮我解决一下这个问题。"

巴比特有些等不及了,他急忙回答:"我去看看,不知道您什么时候有时间呢?"

"每天上午我都有时间。"

"那今天下午可以吗?一个小时之后我会到达。"

"那……行吧,到时候我可以请您喝下午茶,感谢您的帮忙。"

"好的,我把手里的工作做完就立马过去。"

放下电话后,巴比特不由得感叹道:"这个女人,很是聪明,喝茶只是借口,我难道会不知道吗?不会有人有胆量这么说的。我比其他人更懂得这些人情世故。"

此次罢工运动以罢工者的失败结束。巴比特的生活恢复了以往的平淡,只有扬齐一个人对他表现得很冷淡,俱乐部其他人没人再说起过有关他背叛的事情。巴比特已经不用在意别人怎么看他了,但他还是开心不起来,还是感觉自己很寂寞。朱迪克太太的电话似乎又给巴比特的生活增添了一丝色彩,但这色彩还是不能被其他人发现。

他装出一副若无其事的样子,像往常一样整理着桌上的文件,表情严肃,他叫来了麦克小姐并向她交代了一些事情,事情的具体内容是:把朱迪克太太的房子标价由原来的7000美元调到8500美元,立马改过来。他可不想让他的手下认为他对别人产生了不正当的情感,他只是想要做好他分内的事情。没错,就是工作,这是个很不错的理由。突然间感觉时间也没有那么紧迫了,他不紧不慢地启动着汽车,踢了踢轮胎,没察觉有什么问题,仔细地把计速表擦了一遍,看上去干净了好多,然后把风挡玻璃的螺丝也拧了拧,看了看时间差不多到了，于是，他就出发了。

今天他的心情格外的好，他从未有过这种感觉，车子驶向了贝雷布区，一路非常顺利。道路两旁落满了树叶，在夕阳的照射下，落叶仿佛金子一样，闪闪发光。眼前的景象又让巴比特想起了朱迪克太太。贝雷区的木头房子排列得很整齐，还有汽车房，看起来很简陋，一望无际的原野，商店也显得很寂静，如此平常的一切在巴比特眼里也都非常美好，他已经沉浸其中，他想象着："这地方真的是人间仙境！"朱迪克太太美丽的容貌又浮现在了他眼前。巴比特开着车子继续行驶着，他的思绪也不停地转动，原来幸福来得这么容易啊！

车子停在了朱迪克太太的公寓旁，巴比特下车之后，轻轻地迈着步子进入了公寓。

巴比特的身影出现在朱迪克太太的视线里时，她不由得为之震惊了一下。朱迪克太太没有想到，巴比特会来得如此之快，她慌忙邀请这位先生来到会客厅。

朱迪克太太穿着黑色的修身丝绸衣服，这件衣服将她完美的身材展现了出来，衣服上的圆领凸显出了她那修长的脖子。这个女人不简单啊！巴比特四下环顾这间屋子，这里布置得很精致，窗帘上印着美丽的图案，他不自觉地夸奖起来这位女士："房子装饰得太漂亮了，我不得不佩服您有一双灵巧的手。"

朱迪克太太说："哦，原来您也喜欢这样的装饰，我们真是志同道合，但这么长时间您都没有光顾我这里，简直不应该啊！您不是说过要来这里跳舞吗？"

巴比特有些按捺不住自己激动的心情了，他回答道："您只是和我客气一下，我怎么可以将玩笑话当真呢？"

"我觉得您不应该把这句话当成是玩笑。"

"哦,既然您这样说了,那我就要来您这里学如何跳舞,对了,晚餐也要预备一下。"

巴比特说完之后,两个人就都笑了,谁都明白这些话究竟是不是在开玩笑。

巴比特继续说:"那么,现在我们先去看一下您房子漏水的地方?"

随后,朱迪克太太带着巴比特去了屋顶漏水的地方。为安全起见,屋顶四周围着木栅栏,是个独立的阳台,几条晾衣绳横着悬挂在阳台上。旁边有个小屋,是安水箱的地方,巴比特来到这里仔细地检查着这里的设备,他用脚踢踢这里,又用手摸摸那里,动作敏捷而专业,在检查的过程中还嘀咕着一些关于铜皮槽方面的知识。

他说:"水管外必须安上铅套管,最后一层要套上铜皮,水箱要使用杉木材料,为身体着想,最好不要用铁皮。"

朱迪克太太听到他说的这些话,对他更是崇拜了,她不由自主地赞美起了巴比特:"您竟然懂这么多,具备这么丰富的房地产专业知识,真是令人佩服。"

巴比特说:"请您放心,房子没什么大问题,两天就会修好,绝对让您满意。"稍稍停顿一下之后,巴比特又说:"朱迪克太太,我可以用一下您家里的电话吗?"

"没问题,您总是这么客气,请随意。"

两个人一起站在阳台上,周围所有的景物都尽收眼底,公寓周围是些破旧的小平房和崭新的公寓,二者形成鲜明的对比。崭新公寓的墙壁上贴着鲜红的装饰陶,规模小,但却很气派。屋子的后面是一片废弃了的黄土地,看上去就像皮肤上揭起皮的伤疤。这里有面积广阔的土地，人们在建筑公寓的时候，都加了一座规模很小的汽车房。除此之外，这里还有淳朴、活泼、善良的居民，他们彼此友好地相处着。

现在，正值秋季，周围的美景为这座稍显单调的建筑增光添彩，天气晴朗，空气清新。

巴比特情不自禁脱口而出："这里的景色真迷人，夕阳西下，还可以趁此机会观赏下天蓝山美景。"

"对啊，这里视野开阔，风景优美，但唯一遗憾的是懂得欣赏美景的人并不多。"

"哦，对了，您不会因为这个抬高这里的房价吧！对不起，巴比特先生，或许我不该在这个时候说这样的话，可以这么说，并不是每个人都能有诗人般的情怀。"

"您说得一点儿都没错。"巴比特被眼前的这位女士深深地迷住了，他看着她，那妙曼的身姿、迷人的微笑，她是那么洒脱，那么自信。

接着巴比特醒悟过来，想到了还有正事要办，于是他说："我给公司管道工打个电话，让他明天一早来修理房子。"

此时的巴比特就像是个战士，语气坚定，充满自信，给人一种信任的感觉。给管道工打完电话之后，他犹犹豫豫地想要和朱迪克太太告别："那么，我……"

还未等他把话说完，朱迪克太太就开口说道："您稍等一下，我去给您准备茶！"

"好的，非常感谢！"

此时的巴比特异常激动，他坐在椅子上，深绿色的椅子套让他舒适而又安宁。他竭力放松自己，伸直腿，他的旁边是一个带着中国风的黑色小木桌，桌上放着一部他刚刚使用过的电话。巴比特用亲切的目光看着四周，就像看到了自己的房间一样，一切都那么熟悉。墙上挂着一幅斐尔诺恩山的风景彩照，一下子提升了这个房间的档次。厨房里传出朱迪克太太哼唱的小曲《我的克利奥女王》，这首小曲让人的心情又爽朗了不少。巴比特彻底迷恋上了朱迪克太太，此时，他多么想找个理由去厨房接近朱迪克太太，但他又不忍心去打破这份静谧，他想继续享受这份流动着的美好时光，所以他才没有从椅子上离开。他想着：在皎洁的月光下，木兰花盛开着，美妙的琴声回荡，种植园里的黑人顺着琴声的旋律低声吟唱……

在他眼前来来回回的那个妖娆的身影是那么真实，朱迪克太太将茶水端了进来。巴比特终于不再做作了，他敞开心扉说道："不错。"以前，他都会以试探性的语言与朱迪克太太交流，而现在，他放松了心情，觉得那么平静，那么友善。朱迪克太太也用轻松的口气和巴比特说："我很高兴你来这里帮我，非常感谢。"

接着两个人谈到了天气，说未来几天温度还会降低；他们讲到了禁酒法太严了，根本实施不下去；他们还说到了家中应该有艺术氛围，这样才有利于人们的身心健康。两个人无论讲到哪一点，意见都那么一致，他们像是一下找到了知己，沉浸在对对方的了解中，他们喜欢这种感觉。接着，他们又谈到了现在的女孩子流行穿的短裙子，他们很自然地谈论着这些，交流起来是那么舒畅。

谈话的过程中，丹妮斯有些担心自己说到的哪句话会让巴比特不开心，所以总以试探性的语气和巴比特这样说："我知道您心中所想，了解您的意思，我这样说，您觉得如何呢？在我看来，我觉得那些女孩还是该注意一下自己的衣着，其实，无论我怎么说，我就是想要表达一点，女孩子，韵味最重要了。"

丹妮斯说到这里，巴比特的脑海中浮现出了爱达·浦迪克的样子，她的指甲修长，让人讨厌，这个姑娘怎么可以这样对自己，真是！还是丹妮斯和他合得来，称得上是他的知己。他觉得全世界所有的人、所有的事都和他过不去，都和他作对，此刻，巴比特要将自己所有的冤屈都倾诉出来。他说到了保罗·李尔斯林，说到了吉拉吉拉和尼克·东尼，最后又讲到了罢工事件。

巴比特说："您明白我此时的感受吗？其实，我和所有人都一样，想要给那些罢工者一些重重的惩罚，这些不知天高地厚的家伙！但我们也应该去了解他们的内心所想吧，每个人都会犯错，我们也应该给他们机会，宽恕他们，这样才显得我们心胸宽阔，您认为呢？"

"那是自然，我认同！"丹妮斯温柔地回答道，随后，她坐在巴比特的身边，安安静静地聆听着他的讲话，用充满崇拜与仰慕的眼神盯着巴比特。巴比特则扬扬得意，他觉得自己简直是个能人，于是自信满满地说："那个时候，我果断地告诉俱乐部里所有的人'大家听我说——'"

"哦，难道你是联合俱乐部成员吗？我——"

"不，不，您理解错了，是运动俱乐部，对，当时他们是想邀请我去联合俱乐部，但我拒绝了他们的请求，而且果断地拒绝了，会费在我眼里什么都不是，我一向都看不惯那帮老顽固。"

"嗯，您讲得有道理，那么，后来呢，您是怎么和这些人说的？"

"哦，还是不要说了吧，我觉得您还是不要听我讲这些烦心事了，而且您听了之后一定会觉得我很幼稚。"

"请相信我，我不会那样认为的，再说了，幼稚，从何谈起，您看上去还很年轻,最多也就45岁吧。"

"见笑了,我没有那么年轻,再加上岁月的蹉跎,像我这个年纪的人还肩负着家庭重任,人到中年就是如此,总有些责任和义务是放不下的。"

丹妮斯接着说:"我懂您。"她的声音更加柔情蜜意了,巴比特为之倾倒,她又接着说:"巴比特先生,我现在很孤独,也很寂寞,您能了解我此刻的心情吗?"

"可以,我也何曾不是这样啊!缘分让我们彼此相识相知。"

"您说得对,我们确实要比那些人看问题更深一些,了解得更透彻一些。"丹妮斯说完之后,两个人相互看着对方,笑了。过后,丹妮斯仍不甘心地问道:"我就是想要知道,之后您究竟和俱乐部里的人说了什么。"

"不用说,尼克·东尼是我最要好的朋友——所以就不必在意别人的看法。别人想怎么说就任由他们去吧,我才不在乎那些呢。有个人您认识吗?洛德·威康比,他可是英国具有高贵身份的人,他和尼克·东尼也是朋友,拥有显赫的身份,这个是世人皆知的。"

丹妮斯紧接着巴比特的话问道:"那您知道杰拉得爵士吗?就是那个来到我们这里时受到马克贝夫妇热烈欢迎的人。"

"知道啊,我们可是老熟人了,我们甚至都可以相互喊对方的名字,上次在芝加哥我们碰面还一起畅饮了一番。"

"真是太有趣了,可……"她娇滴滴地将自己的手指挥了一下,然后对巴比特说:"如果是我,我会看紧您,不会让您喝酒。"

"希望如此……但您知道吗?我想要和您说的是尼克·东尼在国际上也具有很大的影响力,但话又说回来,一般情况下,伟人几乎没有几个在自己国家被给予肯定的,即使是著名的先知者也会被人误会。尼克从不在众人面前炫耀自己,他是个低调的人,不会大肆宣扬自己在国外的那些贵族朋友。好吧,说了这么多,我们还是回到罢工的这个话题上来吧。

"我记得那天,克莱伦斯·卓莱姆带着一副大肆宣扬的神态坐在我们面前,当时,有人这样和他说:'克莱伦斯,罢工问题解决得怎么样了?'

"随后,克莱伦斯挺着胸膛说:'轻而易举地解决掉了,我已经警告他们不要将事情搞大,于是,他们就乖乖地回家了,就是这样。'

"听他这样说,我就又继续问道:'事情没有弄大吧,那些工人没有反抗吧?'

"他回答道:'没有,主要是我很小心,因为我知道这些人可是不要命的政府主义者,我知道他们的身上肯定装着炸弹。'

"真是一个喜欢说大话的家伙,我就讨厌他这一点,于是,我在大庭广众之下就揭穿了他的谎话。

"我是这样说的:'当时我也在场,他们身上根本就没有炸弹。但是,他们仅仅只是情绪高涨,本性如初,和我们一样。'

"随后伯吉乐·扬齐,哦,不是,我记错了,是我的一个诗人朋友奇姆·福林克——这个人您知道吧,他可是位杰出的诗人,也是我要好的一个朋友。简直不能让人容忍,他竟然说道:'这么说,你是赞成他们罢工了?'这个家伙为什么要这样说我,还是我的朋友吗?我真的不屑于和他解释什么,我沉默着,因为我觉得这样是最佳的蔑视方式。"

巴比特这样说,丹妮斯却显得异常冷静,她不紧不慢地说:"好,简直太好了,您可真是个机智的人啊!"

"只是到最后我还是强忍着怒气和他解释道：'如果现在你和我一样正担任着商会委员的重要职责，那你的话也就会引起人们的关注。但有一点需要记住，即使我们在敌人面前也要保持好自己的绅士风度，不可失去自我。'我说完这些话之后，在场的人都为之震撼了，的确，他们中间有些人会觉得我太开明了。"

"我就喜欢您这样的人，勇敢，有信仰，又是那么聪明。"

"您觉得我的这种处理事情的方式如何？如今，小肚鸡肠的人数不胜数，而在真理面前，又有几个人能说真话呢？"

"请不要为此伤心了，未来的人生旅途中，他们一定会明白您的良苦用心，事实会证明您是个有远见的人，仅凭您著名的演讲……"

"什么？著名的演讲……"

朱迪克太太用轻松的语言回答道："我不会让您看穿我的心思，不过，实话实说，您真的很有名，难道您一点儿都不知道吗？"

"是因为演讲吗？可是我已经很长时间没有演讲了啊！现在，我最担心的就是保罗·李尔斯林，他可是个让人头痛的人。不像您，您是那么的乖巧，又善解人意，丹妮斯，哦，请原谅我如此冒昧地称呼您，我可以这么亲密地喊您的名字吗？"

"完全可以，就这样，我也可以称呼您乔治啊！我们是如此志同道合，我们所思所想是那么一致。夜晚同行的船就此相遇，我们可以共同前行，这是好事，难道您不认为是这样的吗？"

"对，我认同，的确是好事，可以说，我们都是幸运儿！"

巴比特很激动，他的血液在沸腾，他极力抑制着自己的这种心情，但自己最终被那份狂热战胜了，他无法控制自己，于是，站了起来，带着忐忑不安的心情走到丹妮斯身旁坐了下来。这个时候，他多么想抓起她那灵巧的小手，放在自己的胸口。可丹妮斯却似乎在躲着他，她躲避他的同时还转移话题说："您带香烟了吗？我想抽支烟，让您见笑了，此时，我真的想要吸烟。"

"哦，不要这样说自己，在我眼中，您是十全十美的。"

巴比特反常地递给丹妮斯一支烟，并帮她点上。其实，他一向都很讨厌女士吸烟，即使是上了年纪的女士，他也觉得这是一种不好的行为。往常，他只要看到邻居萨姆·道卜布勒太太吸烟，就总觉得那么别扭，但这次不一样，他心甘情愿地为丹妮斯做着一切。到最后为她点燃香烟的那一刻，巴比特却不知所措地将火柴悄悄地放在了衣兜里。

"难道您不想抽支香烟吗？可怜的巴比特！"丹妮斯提醒着巴比特。

"您会受不了这种味道的。"

"不会，谢谢您处处为我考虑，我特别喜欢雪茄的那种带着男士风度的味道。哦，对了，我的卧室的床头柜上放着烟灰缸，麻烦您帮我拿一下，好吗？"

对于这样的请求，巴比特实在无法拒绝，他迫不及待地来到了丹妮斯的卧室，一进门，首先映入眼帘的是一张铺着紫色床罩的大床，床的旁边是金丝条纹的紫色窗帘，窗帘飘至地上，巴比特就如同身临仙境一般，还有那典型的中国式衣柜靠墙而立。紧挨着衣柜的是一个鞋架，上面整齐地摆着鞋子和长丝袜，巴比特不由自主地将眼睛盯在了鞋架上，鞋桎都用绸缎进行缠绕，那薄薄的丝袜让巴比特浮想联翩。巴比特极力控制着自己澎湃的心走到床头柜旁拿着烟灰缸往外走着，这时，他想："伯吉乐·扬齐看到设计如此精致的卧室会有什么反应？"最起码自己对此很满意，他多么想握着丹妮斯柔弱的小手啊！这是巴比特现在最想要做的一件事，但两个人却被那缥缈的烟雾隔离了。

终于，丹妮斯吸完了烟，就在她将手里的烟头掐灭的那一刻，巴比特刚想要开口说话，她却将话头抢在了他的前面，"能再给我一支烟吗，乔治？"

巴比特顿时感觉到头上如同被浇了一盆凉水，一种失落感涌上心头，屋子里只有他们两个人，而这两个人又被香烟散发出来的薄雾隔开，他们只能模模糊糊地看到对方。巴比特在朦胧中看着丹妮斯那温柔的小手，他迫不及待地想要将这只手放在自己的胸口。

但那只是想象罢了，两个人还像原来那样，心情愉悦地谈论着汽车、加利福尼亚的旅行，还有奇姆·福林克，他们谈论着这些，但看上去心思却不完全在这上面。终于，巴比特按捺不住了，他多么想要个最终的结果，于是，他对丹妮斯说："我特别不喜欢那些不知趣的人，他们占用别人的时间，毫无目的地与之共进晚餐，但美丽动人的丹妮斯，您觉得我们是否能一起吃个晚饭，当然了，或许在这之前，您已经有了其他安排，像看电影什么的。"

"嗯，您说得对，今晚我的确要去看电影，我喜欢外面新鲜的空气，此刻，不知外面的天气如何。"

丹妮斯没有挽留巴比特，当然了，也没有赶他走，她对巴比特总是含着模棱两可的态度。巴比特还是不愿意放弃，因为他实在不甘心，最后，他决定放手一搏，他相信丹妮斯会挽留自己，但巴比特转念又一想："我不可以这么随心所欲，我要冷静下来，我本应该离开这里的。"这时，似乎又有一个声音回荡在他耳畔："夜已降临，你已无法离开！"

这时，时钟接连敲了7下，巴比特终于走向迷雾中的丹妮斯，紧握她的手，迫不及待地说："丹妮斯，我知道您和我此时的心情一样，我想要对您说，此时的我是多么快乐，这是我长久以来从未有过的感觉，我们在一起好吗？我要出去买点吃的和您共进晚餐，如果您想让我离开，那么，现在先不要赶我走，吃完饭，我会自行离开，能答应我的请求吗？"

丹妮斯不假思索地回答道："好啊，我没有意见。"

他依然紧握她的手，心情激动，实在不愿意放开。

"那好吧，您等着我。"巴比特匆匆忙忙地拿着大衣去了熟食店，随便挑选了一些吃的东西，他买的熟食足够十几个人聚在一起吃了。返回丹妮斯住宅之前，他来到熟食店对面的药房给妻子打了个电话："亲爱的，我今晚应该赶不回去了，现在，我正在外地，有一份重要的合约必须要在今天签订，或许我会很晚赶回去，不要等我了，替我吻一下妲卡，和她说声'晚安'。"挂了电话之后，他就似梦非梦地返回至朱迪克太太的公寓。

朱迪克太太看到他买了那么多东西异常激动，但却假装生气地对他说："您疯了吗？为什么要买这么多东西？"

巴比特似乎有无穷的力量，他拿着东西来到了干净整洁的厨房。他可以尽情地在这里表现自我，他将新鲜的莴笋清洗干净，打开了美味的橄榄罐头。他在厨房里为丹妮斯忙碌着，他觉得这一时刻，他甘愿听她使唤，她就像个女皇一样指挥着他。最后，她让他摆好刀叉，他便第一时间在橱柜里找着刀叉，他完全将这里看成了自己的家，一点儿都不拘谨，轻松地做着这一切。

"好了，一切准备就绪！"他像在隆重场合那样宣布，接着，巴比特对丹妮斯说，"轮到您入席了，您是要穿着晚礼服呢，还是要像旧日时光那般换一件让人为之倾倒的短裙呢？"

"可怜的丹妮斯只有这一件好的衣服,可以吗?而且我也喜欢这样。"

"完全可以,我一点儿都不介意。在我眼中,你穿什么都那么漂亮,用你的胳膊挽着天顶市公爵的胳膊,入席吧!"

"幽默滑稽的您总是讨人喜欢,让人心情愉悦。"

像野餐般丰盛的晚宴结束了,天黑沉沉的,乌云布满这片天空,雨水正在酝酿。巴比特便借此机会说:"这样的天气实在不宜外出看电影,你觉得呢?"

"的确是……"

"如果这时能有个壁炉就更好了,那样的话,我们就可以在古老的村舍守着温暖而炙热的火苗,任凭雨水倾盆而下,大风肆意而刮,这种感觉真好,那么现在,就让我们将沙发移到电炉旁吧。"

"多么短暂的一个梦,真是值得怜悯的孩子!"

两个人将长长的沙发移到了电炉旁,之后,他们并排坐在那里,巴比特讲述着自己的迷茫,丹妮斯倾诉着自己的凄凉,他们如同知心朋友相互倾诉衷肠。他们感觉疲惫时,就都默不作声,聆听着钟表的嘀嗒嘀嗒声。他们就这样坐在这里,这一时刻,他们似乎并不属于这个喧扰的城市里的人。

清晨,巴比特必须要离开了,他感到无比满足,这是他之前从未有过的感觉,昨夜,两个人的相处让他们永远难忘。

第二十九章

1

巴比特又因为丹妮斯·朱迪克的温情而变得自信满满,以至于在俱乐部时,总是毫无顾忌地畅所欲言。还没等伯吉乐·扬齐说完,他早已迫不及待地开始高谈阔论了。以前每当人们同巴比特争论时,他总是报以回避的态度,但是现在他却勇于面对大家的批评,不会轻易退让了。不仅如此,他还公开称赞尼克·东尼,然而卜弗雷教授很快以警惕的语气劝告他说:"你可别再说这样的话了。"但是巴比特却觉得没什么要紧的,并且理所当然地说道:"他的确是一个非常了不起的人物,洛德·威康比不是也曾经这样说过吗?"

"洛德·威康比是什么著名人物吗?看看你吧,动不动就把这样的一个人物摆出来炫耀!"奥维罗·琼斯好像对巴比特的言论不是很满意,于是高声地反驳他。

"哈哈,他是从西尔斯·洛伊巴克买来的吧?我看价格也就值2美元。"希德尼·范克史坦因带有一种嘲讽的味道开玩笑。

"我可没有胡说,洛德·威康比是一个非常积极的政治家,在英国可是非常有名的。就连我这种思想保守的人也非常钦佩他,要知道——"

突然,扬齐打断了他的话,非常无礼地问道:"难道你认为自己是一个保守的人?任何追求社会主义的人都休想参与我的事情,尤其是东尼这样的人。"说这话的时候,扬齐似乎有些义愤填膺,就连脸色也因为生气而变得十分难看。

显然,扬齐这样激烈的反应让巴比特吓了一跳,但是他并没有因此而住嘴,心中不服输的精神不断怂恿着他,让他喋喋不休,以至于气氛越来越凝重了。巴比特引起了众怒,大家纷纷向他投来非常冷漠的目光。

2

丹妮斯的出现让所有人的敌意都显得无足轻重,她盘踞在巴比特的脑海中,让巴比特顾不上眼前的这一切。他心里满满的都是对丹妮斯的爱慕,迫切地想要将她拥入自己的怀中,一刻也不曾放开:"没错,多年来我一直等待并且寻找的人就是她。"每天,他几乎把所有的时间都给了丹妮斯。上午他们会一起看电影,下午或者晚上,他就会赶往她的公寓,以至于家人总也看不见他的影子,每当问及,他就会用保护麋鹿慈善协会来给自己做掩护。

在生活方面,巴比特和丹妮斯非常和谐。他经常在财务方面给她最大的帮助，而她也总是向他示弱，强调自己是一个柔弱的女子，需要他的聪明睿智和有力保护。然而丹妮斯的示弱也只是简单地说说而已，她自己在钱财方面经营得非常好。彼此的往事对于他们来说，只是生活的调剂品，无论是愉快还是伤心，他们都会一起分享。有时候他们也会拌嘴，互相抱怨对方做得不够好，或者是做得太过，超越了本分，即使这个时候，他们依旧像是一对亲密的夫妻。

或许对于他们来说，12月底是最快乐的时光。积雪的草地，冰封的察洛莎河，一切给人的感觉都是那样新奇。丹妮斯穿着海狸皮做成的短大衣，戴着一顶黑色的羊皮帽，在冰雪之中显得更加妩媚动人，活力十足。巴比特开心极了，兴奋地追逐着心爱的女人。

天顶市是一个思想保守的地方，人们在男女交往方面非常慎重。如果一个男人和妻子之外的女人吃饭，流言蜚语很快就会传遍全城的大街小巷。因此巴比特他们也非常谨慎，生怕被别人看到。在这方面，丹妮斯可算得上是一个聪明的女人，她的分寸感极强。每当有外人在场，他们就会以主顾的身份看待对方，而没其他人在场的时候，她就会柔情似水，肆无忌惮地向巴比特展现自己的爱意。有一次，他俩看完一场电影，刚从影院走出来就碰到了奥维罗·琼斯。巴比特显然有些心虚，慌忙解释道："这位是朱迪克太太，她想找一位具有远见卓识的经纪人。"原本他们以为这位思想保守的琼斯先生，看到这种场景一定会心存疑虑，然而他并没有什么异常反应，应该是没有发现什么不对劲的地方。

关于自己的外遇，巴比特并不想让自己的妻子知道。这倒不是因为他害怕妻子或者怎样，只是出于一个正常人的礼貌罢了。他想妻子现在大概知道了他和朱迪克太太的事情，即使不知道细节，也一定听到了一些闲言碎语。但他转念一想，知道了又能怎样？自己之所以会有外遇,还不是因为妻子做得不好,让人心烦吗?她都不懂得打扮自己,任凭那肥肉在自己身上疯长,她还一直穿着一条破衬裙,这些只会让人看了恶心,哪里还会有什么兴趣可言。虽然节俭是美德,但也实在没有必要把自己整成那副邋遢样子。可毕竟这么多年生活在一起,已经养成了习惯,所以他还是可以忍耐的。当然这种忍耐只是精神上的忍受,他的身体再不会让她触碰了。他想,他现在已经属于丹妮斯了。

巴比特知道,在一起生活了这么多年,他的妻子已经对他足够了解,他的任何心思都休想瞒过她的眼睛。虽然每次他心中充满对她的厌恶之情时,他都极力地克制自己不让它表现出来,但是他的苦心终究还是白费了。

维洛娜和肯尼斯·史谷特在圣诞节订婚了,并且将消息公布了出去。为此,巴比特太太深受感动,甚至热泪盈眶。在大家都为这桩婚事高兴的时候,泰德变得不怎么爱说话了。他的心思巴比特实在猜不透,也没有精力去猜。现在他心里装着的全部是丹妮斯。

圣诞节下午,巴比特趁着家人都不注意,偷偷地跑了出去,然后非常用心地挑选了一个银烟盒,他想让丹妮斯因为自己的这个礼物而开心。等他再回到家的时候,虽然妻子故意问他:"你出去了?"但语气上根本没有在意的感觉,只像是随便问问而已。于是他低声敷衍着:"是的,没事儿出去转了一圈。"

很快,冬天过去了,春天的步伐近了,巴比特太太说想要去照顾生病的姐姐,至少要离开一段时间。这让巴比特感到很意外。她是一个喜欢安定的人,平日里最讨厌外出,尤其是冬天外出更让她难以忍受。但是现在冬天的寒意才刚刚驱散,她就迫不及待地想要出门去。况且去年夏天时,她已经在外度过了一段时间。这些年来，虽然她让巴比特感到非常厌烦，但是他还是习惯了这个女人待在家里，照顾自己的饮食起居。有她在，衣服的问题不用自己操心，饭菜也会完全符合他的胃口。然而现在面对妻子想要外出的想法，他却无动于衷，甚至没有一点儿想要挽留的意思。甚至他还在想，与其让妻子待在家中不断地监视自己，倒不如让她外出，自己更自由自在一些。虽然他表面上没有什么异常，但内心却非常激动，整颗心早已飞到丹妮斯那里去了。

妻子好像还对巴比特抱有一丝期望，希望他至少说一句挽留的话，于是小心翼翼地问道："你看我该怎么办呢？去还是不去呢？"

"你自己决定就好了。"巴比特很明显地敷衍了一句，丝毫没有挽留的意思。

之后，妻子就不再说话了。但是巴比特脑门儿上的汗珠却流了下来，他实在抑制不住内心的激动了。

4天之后，妻子就平静地离开了巴比特，甚至表现得有些超乎寻常的体贴。巴比特把妻子送到火车上，眼看着火车缓缓地开动，巴比特的心像脱了缰的野马，一下子飞到了丹妮斯的身边。

巴比特知道一直与丹妮斯保持这样的关系有些不好，于是内心强忍着痛苦告诉自己："我不能再痴迷于她了。"甚至为了这件事情，他还暗暗地发誓："一定要做到一个星期不去找她。"然而他的誓言也就只有几个小时管用，之后他又与丹妮斯缠绵在了她的公寓里。

3

过去，巴比特一直坚信自己是一个老实本分的人，积极、勤奋、忠诚,但是这所有的一切都在半个月的时间内颠覆了。他喝着廉价的威士忌酒,走进了一个崭新的社交圈中,从此无法自拔地陷入一种荒谬的境地。每次宿醉之后,头疼欲裂,他就后悔不该这样放任自己,但是当夜晚再次来临的时候,他好像受到了魔力召唤一样,又会再一次走进丹妮斯的朋友圈中。

这群人实在是太疯狂了,每天热衷于夜生活。当巴比特忙了一天工作以后,只想跟丹妮斯静静地享受一下甜蜜的二人时光,谁知这一简单的愿望也很难实现。每天晚上,等待他的总是喧闹嘈杂的各种宴会、舞会。每天他打开丹妮斯家门,第一眼看到的就是弥漫了整个房间的香烟浓雾和疯狂跳舞的人们。这些人也非常热情,几乎第一时间就把巴比特拉入他们的圈子中去。

整个房间中满满的都是留声机的声音,大家疯狂地跳着舞。丹妮斯大声地告诉巴比特:"你看,这些都是我朋友凯莉·诺克的主意,多好啊,大家都是好朋友,只要一个简单的电话就全到齐了。乔治,这就是我的朋友凯莉。"

凯莉看上去是一个聪明能干的人,但是巴比特却有些讨厌她。她现在已经40岁了,年轻时再美的容貌此刻也显得暗淡无光,只有那一头金黄色的头发有些讨人喜欢。她的身材并不好,胸前空荡荡的。嘴巴却噘得很高,让人感到讨厌。跟巴比特打招呼的时候,她的语调也夸张得有些过分:"你好,乔治,欢迎你的到来,老听丹妮斯夸奖你呢,说你性格开朗,见多识广。"

巴比特知道,凯莉希望他能邀请她一块跳舞,于是他故意献殷勤似的真的那样去做了。他们两个在人群中疯狂地跳着。巴比特可不是一个畏首畏尾的人,他的表演彻底放开了自我,跳得十分卖力。他一边跳着,还一边留心着身边的其他人。先是一个高个子女青年吸引了他的目光。她瘦瘦的，脸上流露出一副非常得意的神情，好像在向别人宣告自己要比任何人都能干一样。之后，他又看见一个姿色平平的女人，她就是一个普通人，没有一点儿让人看上去眼前一亮的感觉。有三个年轻一点儿的男人，他们穿着非常另类的服装，看上去与冷饮店的服务员别无二致，即使他们不是，他们大概也是从事这类工作的。还有一个看上去年纪和巴比特相仿的男人，他没有参与到跳舞之中，只是在旁边静静地坐着，看上去目空一切。

巴比特努力扮演着自己陪舞的角色，并且很圆满地完成了。这时丹妮斯悄悄地把他拉到了一边，然后以一种恳求的语气轻声地问道："乔治，你能帮我一个忙吗？这些人简直都疯了，还想再喝点酒，可是家里没有了，你能到哈里·韩逊的店铺一趟吗？"

虽然巴比特心里一万个不愿意，但是他还是克制住了自己的不高兴，努力地说道："可以。"

"那好，我让明妮·森塔克陪你去吧。"

丹妮斯口中说到的森塔克就是那个高个子的瘦女人。这时她一脸严肃地跟巴比特打招呼："您好，巴比特先生，很早就听说过您的大名，能跟您一起出去，简直是一件非常幸运的事情，在今天这个隆重的场合中，我都不知道该如何向您这位大名人表达我的敬仰之情了。"

不得不承认，森塔克小姐真是一个能说会道的人，她一路上都在滔滔不绝地说着，根本就没有停下来过。这让巴比特感到厌烦。他心里默默地咒骂着，真想粗暴地打断她的话，可是几十次到了嘴边的话又咽了回去。关于这些朋友，丹妮斯的确是跟巴比特说过的，但是他根本没有放在心上，在他看来，丹妮斯是一个非常高傲的人，她绝对不可能与这些人为伍，就好像玫瑰花不允许杂草出现在它的空间一样,然而这只是他一厢情愿的想法,事实是丹妮斯的确跟这群人走得很近。巴比特发自内心地讨厌这群人,但是他又不能直接告诉可爱的丹妮斯。因此,当丹妮斯非常兴奋地向他介绍自己的这群朋友时,只有老天知道他内心的厌烦与失望。

酒买回来以后,巴比特的心情依然很糟糕。森塔克刚才的热情已经消失殆尽,表现出一种冷漠的态度。但是那几个看起来像冷饮店服务员的男人却异常热情起来,甚至让巴比特有些受不了。他们非常亲切地称呼他为"老乔治",并且极力邀请他参与到大家的狂欢中来。巴比特丝毫看不上这群人,他们粗俗、没志气,相貌也不怎么好,脸上布满了疙瘩,上衣还系着皮带,尽管他们是这样的几个人,但是却能够很好地照顾丹妮斯,把她捧得像女王一样。他们的热情,他实在难以阻挡,于是只能强迫自己融入他们的圈子中去,然后学着他们的腔调,粗俗地喊着:"好样的,彼得!"虽然他的声音很大,但是却明显有些底气不足,这种混乱的状况的确不是他所喜欢的。

然而丹妮斯跟这些人相处在一起非常愉快,对于他们的调情,她似乎很享受似的,并且每当一曲终了,她都会在他们的脸上亲上一口,丝毫没有因为他们满脸的疙瘩而感到恶心。巴比特实在是心烦极了,但是又不能把心里的不满爆发出来。他就那样仔细看着丹妮斯,第一次感觉到她也已经步入衰老的行列中了。她脸上的肌肤是那样松弛,下巴上的肉也松垮垮的,完全没有了青春的样子。

大家跳累了休息的时候,丹妮斯就坐在最大的椅子上,一脸高傲的表情,嘴里吞吐着烟雾,不断地向那些还年轻的男人发出调情的信号,以至于大家都围过来陪她聊天。这一幕让巴比特异常恼怒,于是低声地嘟囔着:"还真把自己当女王呀!"丹妮斯丝毫没有注意到巴比特的情绪,还得意扬扬地向森塔克炫耀说:"你看我的小别墅是不是很美呢?"这在巴比特听来,简直是一个笑话,他心想:小别墅?充其量也就算是一个老女人养杂毛狗的地方罢了!这里根本就不适合我,我想我还是回家去吧……

巴比特没有料到,哈里·韩逊家的威士忌酒居然有如此大的后劲。仅仅喝了几杯,他就醉了,连自己做什么都不知道了,更不用说想着要回家了。他发现跟这群人混在一起是一件非常快活的事情。他已经成为这个小群体中的一员了。凯莉·诺克已经和他是朋友了,年轻有活力的彼得也向他伸出了友谊之手。当然最让巴比特渴望做朋友的,还要数那位深沉而严肃的中年人,他叫富顿·贝米斯,是一位铁路工作人员,他一定会和巴比特成为朋友的。

这些人个个都很聪明,也自视甚高。虽然他们说的话,巴比特从来都没有听说过,但是他依旧觉得这些话非常有意思。说起来,他们才是这个城市真正的主人,因为他们是典型的波希米亚人,天顶市那些高级的场所都是为他们准备的,就连剧院和路边摊他们也经常光顾,丝毫没有嫌弃的意思。在他们看来,这个城市中最可怜的人要数那些不懂得领略生活情趣的人,他们最看不起这些人,经常拿他们当作茶余饭后的谈资。现在他们就欢快地讨论了起来。

"我昨天去过了,彼得,那个浑蛋出纳简直是太有意思了,我都不知道该怎样跟你形容他!"

"是吗?发生什么事情了?难道他又喝得醉成一摊泥了吗?他到底听格拉第斯说了什么?"

"你还记得那个叫鲍勃·毕克斯第夫的人吗?那个人简直是个狂妄的家伙,他居然想要带我到他的家里去,真是够胆大!"

"你看见多蒂跳舞了吗?你都不知道她那副德行!"

巴比特听着他们说话，对所有人的观点都非常认同，就连森塔克的提议，他也大声地表示赞同。森塔克说："所有人每天都应该跳爵士，一天也不能偷懒。不跳绝对是不正常的。"凯莉·诺克太太打趣道："真正的波希米亚风格就是像你这样坐在地板上。"

不知不觉中，巴比特已经加入到这个高谈阔论的行列中来。此刻他正高声地谈论着洛克·威康比、杰拉得·道克先生、威廉·华盛顿这些人，大家都安安静静地听着，没有人反驳他，这让他感到非常得意，在这里他感受到了别人的肯定，甚至没有丝毫的束缚感。好像这个时候他已经忘记了自己和丹妮斯的情意，就连她满含深情地靠在年轻人的怀中他都忘记了吃醋，而自己的手不知道什么时候就紧紧地抓上了凯莉·诺克的手，她的手胖乎乎的，如果不是他偶然间看见了丹妮斯冰冷的目光，还不知道要抓到什么时候才舍得松开呢。

等回到家已经是凌晨2点了，这一晚上的狂欢让他认定了这群人，他决定毫无怨言地加入到他们的行列。虽然他每天白天要不断地参加会议，应对各种工作上的琐碎事情，但是这丝毫不影响他加入到这群人的夜生活中，甚至他迫切地想要和他们放松一下身心。于是，他每天的生活总是围绕一些鸡毛蒜皮的事展开，尽管每个人都不能清晰地解释身边发生的事，但不解释是绝对不行的，谁都不能例外，甚至当问题没有解释清楚的时候，解释是根本不能间断的，即使是打电话也要把这些事情说清楚。

在这个圈子中，打电话就好像例行公事一样，谁都不能例外。如果哪天谁忘记打电话了，等待他的一定是一顿责备，而巴比特就经常遭到这样的质问："你怎么没给我打电话呀？"当然，这样的责备并不只是来自丹妮斯，有时还会是凯莉、卡彼特莉娜、珍妮，无论是新朋友，还是已经熟识的老朋友，大家都会遵守这样的习惯。

曾经，巴比特认为，丹妮斯之所以会加入到这样一个朋友圈中，完全是因为自己已经不再年轻，从而想排解心中的失落感。可是当他参加完凯莉·诺克家的聚会之后，他的想法就完全颠覆了。

诺克家的房子非常大，但是她的丈夫却身材矮小，与房子极不相称。那天参加聚会的人有35位，其中有很多人是刚刚才加入进来的，这个圈子的人更新很快，巴比特现在已经以一个老人自居了。也只有老人才会知道，上个月这个圈子中的谁做了什么事情，就好比给食品店做广告的阿伯色伦太太，前几个月还活跃在这个圈子中，现在却已经搬到印第安纳波利斯去了，被这个圈子的人遗忘了。当然，这也不是什么奇怪的事情，快速忘记是这个圈子最显著的特性。

巴比特喜欢在凯莉家聚会，这样丹妮斯就不用那样忙碌了。以前在丹妮斯家，她总是忙着照顾客人们，所以没有时间陪着巴比特。现在好了，他们能够安静地坐在一起了。丹妮斯穿着一件黑色的薄纱裙，这件衣服巴比特非常喜欢，因为它让丹妮斯看起来更加端庄典雅。他一边欣赏丹妮斯，一边心生不安。曾经他还反感过丹妮斯的行为，但是现在他万分后悔。丹妮斯是那样迷人，以至于他一刻也不想离开她。

现在开车送丹妮斯回家是一件让他开心的事情。有了丹妮斯的滋润，巴比特更加渴望自己年轻一些，于是他故意买了一条黄色的、鲜亮的领带。虽然他知道，岁月对任何人都是无情的，逝去的青春终究不能再回来了，但是他还是尽量让自己去追赶年轻，每天扭动着身体去跳舞，高声地跟别人说话，就好像他和丹妮斯是同龄人一样……无论怎样，他的外表看上去已经年轻了很多。

4

很多人性情突变之后,就会感到生活处处充满了新奇,无论是宗教信仰上发生了变化,还是陷入爱情的旋涡之中,甚至是掌握了某一项生活的技能,总之,每天都会有新的发现,心情也会像发现新大陆一样惊喜。巴比特就是这众多人中的一个。自从他彻底放飞了自我以后,他才知道,原来快乐存在于生活中的每一个地方,只要你愿意去寻找。

他的邻居山姆·道卜布勒,巴比特以前根本看不上他,但是现在他却十分向往邻居那样的生活。道卜布勒夫妇的工作和收入都不错,是非常体面的人,生活也过得十分精彩。他们经常喝酒跳舞,好像这些已经成为他们生活中不可或缺的部分。每当周末,他们就会到郊外去疯狂畅饮、兜风、拥吻,好像他们的生活宗旨就是如此,每天不断地呼朋唤友,聚会狂欢。

他们总是十分努力地完成着自己的工作,期待着星期六可以随心所欲地聚会,然后喝酒、跳舞、抽烟,一直狂欢到星期天的黎明。然而这场聚会仍没有结束,尽兴狂欢之后,他们往往还会驾车出游,随性地去到任何地方。

不知道从什么时候开始,巴比特就和道卜布勒夫妇玩到了一起,并且还十分投缘,总有聊不完的话题。不仅如此,他还和他们的朋友也成了好朋友,结识的人越来越多了。多年来他一直坚持着自己的交友准则,但是现在却轻而易举地被打破了。以前他总是很鄙视道卜布勒夫妇这一类人,总是对妻子说:"这些家伙实在是太不堪了,每天只会吹牛,我可不屑与这样的人做朋友,哪怕全世界只剩下这类人了。"然而他的所有想法就在陪丹妮斯去看戏的那一晚上改变了。

那天晚上，巴比特跟丹妮斯分别之后，回到家心情并不是很好。前几天下的雪一直没有融化，人行道上的脚印已经成了光滑的冰块。于是巴比特决定把自家门前的路清理一下。就在他干活的时候，哈伍德·小野走了过来。他哈着气，捂着红红的鼻子问道："乔治，今天还是你一个人在家吗？"

"是呀，今天晚上还会更冷的。"

"你太太来信了吗？情况怎么样？"

"她还好，但她的姐姐依旧病着，没有什么好转的迹象。"

"哦，既然如此，你今天晚上来我家吃饭吧，乔治。"

"哦，谢谢了，很遗憾，我晚上还有事情需要出去一趟呢。"

小野是一个很能带动大家情绪的人，他经常会根据一些索然无味的问题统计出一串数据，然后让大家兴奋地开始讨论，但是巴比特现在可不想接触这些问题，他只想无所顾忌地铲雪，这样一来他的心情就放松了很多，竟然不由自主地哼起了小曲。小野看他这个样子也不好打搅什么，只好小声地嘀咕着，摇晃着离开了。

与此同时，山姆·道卜布勒向巴比特走来。

"你好啊，老伙计。干活这么努力啊？"

"是啊，就当作是锻炼身体了。"

"今晚的天气实在是太冷了！"

"没错，的确很冷。"

"你太太外出还没有回来吗？"

"是的，没回来呢。"

"既然这样，那你来我家喝杯酒放松一下吧？我和我妻子可是非常好客的人，我知道你不是很喜欢喝酒，但喝一杯鸡尾酒应该还是可以的吧？"

"当然了,不是我吹牛啊,乔治大叔可是调制鸡尾酒的高手,你可以尝尝的。"

"嚯!那可真是太好了。你今晚就来我家吧,就这样决定了,晚上洛依·史旺森和其他的几个朋友也会一块过来,他们可都是你值得认识一下的朋友。我今天晚上也慷慨一番,给大家品尝一下我收藏的战前杜松子酒。来吧,老伙计,尝尝新鲜花样的酒,然后大家一起跳舞热闹一下。"

"哦——他们大约几点到你家?"

9点很快就到了,巴比特已经来到道卜布勒家。他几乎很少来邻居家做客,这一次应该是他第三次来。然而过了没一会儿,他就和这个房子的男主人熟络了,甚至他们之间还直呼其名,完全没有了距离感。

大家开始向老农庄酒店出发的时候已经是晚上11点了。道卜布勒的车中,巴比特和洛依·史旺森愉快地聊着。曾经巴比特非常小心地向洛依表明过自己的心思,但是现在他已经不会再那样小心谨慎了。他很直接地袒露自己的心意,而洛依也大方地回应着,把头靠在他的肩膀上,充满柔情地说着心里话。在她看来,巴比特早已不是之前那个刻板的人,而成为了一个圆滑的情场高手,她向他撒着娇,小声地诉说着艾迪可是个惹人烦的唠叨鬼。

现在巴比特觉得生活精彩极了,丹妮斯的朋友和道卜布勒夫妇的朋友给了他更多的新鲜体验。每天半夜他都把自己喝得酩酊大醉才肯回家,连着两个星期无一例外。让人感到纳闷的是,虽然他的思维已经混乱,走路也摇摇晃晃,但是他却能安全地把车开回家去,甚至懂得在路上避让迎面行驶的车辆,在道路拐弯的时候不横冲直撞。回到家的时候,如果正好维洛娜或者是肯尼斯·史谷特在家，他立马就会产生一种不安的情绪，于是打个招呼敷衍过去之后就迅速回到自己的房间。因为他知道两个年轻人是如何看待他的。

当他回到自己房间之后，脑袋里一片模糊，感觉天旋地转。他真想立马倒在床上沉沉地睡去，但是他的身体又不听话地难受，让他根本睡不着，于是他打算洗澡让自己清醒一点儿。可是他却怎么也协调不好自己的身体，于是毛巾被他扯到了地上，肥皂盒也掉在了地上，并且发出很响的声音。他知道他在房间中的动静孩子们一定听见了，于是他为此刻的自己感到羞愧。

之后，他开始披上睡衣看报纸，但是他的手却一直抖个不停，他看见上面的字是什么样子了，但是这些字却始终进入不了他的脑海，甚至变得模糊一片。看了很长时间都不知道到底是什么意思。现在他好像什么也做不了，唯一能做的恐怕就只有睡觉了。于是他迷迷糊糊地爬上了床。

躺在床上，他感觉整个房间都旋转了起来，这种眩晕很痛苦，于是他又坐了起来。他使劲让自己变得清醒一些，掌控住自己的思绪，做回自己。但是他的思想就像一根漂浮在水上的木头，始终浮浮沉沉，难以掌控。经过几番折腾以后，他感觉自己终于能够平静一些了，尽管还是有些昏昏沉沉，有些恶心想吐，但还是躺了下去。然而他心中的羞耻感和伤心却没有因为大脑的安定而消减下去。让他伤心的是，自己居然在孩子面前出了洋相。他曾经最鄙视的那些人现在却成了他的朋友，和他们整天厮混在一起喝酒玩闹，甚至还唱着那些乱七八糟的低俗歌曲。他甚至都怀疑，这还是以前的自己吗？自己怎么能对那些打扮妖艳轻佻的小姑娘轻薄呢？他之前不是最讨厌那些无所事事的小混混吗？如果这些人是大白天去他办公室谈生意的，他一定会充满厌弃地将他们轰出去，但是现在他们竟然能够成为朋友，整天在一起狂欢。他不知道自己为什么会变成这个样子。他感觉现在真的完了，每次喝得酩酊大醉之后，大家都会劝说他少喝一点，就连打扮最不起眼的老女人也不例外。他感到自己的心很痛，就好像撕裂了一个口子一样，甚至已经开始溃烂化脓。他嘴里不停地嘟囔着，咒骂自己，狠狠地发誓："我完了，彻底无法拯救了，不，我不能成为这样的人，我要改变，我可不想再继续这样下去了。"很快他就迷迷糊糊地睡着了。

第二天早上，巴比特还要忘掉昨天晚上的糗事，在自己的孩子们面前做同一个好父亲的样子。没错，他相信自己一定会成功，在这个问题上他总是很自信，他的内心又重新回到了最初的生活之中。但是他心中的这份宁静每次都坚持不到中午。每到中午，他又开始摇摆不定了，昨晚的誓言在心中反反复复地响起，但是其说服力却一次比一次弱。他一方面劝说自己再也不能做那些傻事了，另一方面却开导自己埋头苦干是不对的，人生应该追求享受。他就一直这样纠结着，挣扎着。到了下午4点的时候，他更加难以抑制自己对酒的渴望，于是他的办公室就非常合心意地出现了一瓶威士忌酒。他又开始挣扎，两种劝说的力量不断地抗衡着，终于享乐的说法占据了上风，他满足地喝到了威士忌酒。等喝到第三杯的时候，昨晚的誓言他就已经完全忘记了。他不再认为这样的生活是自甘堕落，甚至觉得这样的生活也没有什么不好的地方，这些朋友也不是他之前想的那样不堪。于是晚上6点，他又准时地出现在了朋友聚会上，开始结识新朋友。一天就这样合情合理地过完了，慢慢地竟然成了一种顺其自然的习惯。

现在酒已经对他构不成任何威胁了。喝醉后天旋地转的感觉他已经习惯，就连早上起床之后，头也没有之前那样疼了。从此以后再没有什么事情可以提醒他正在过着一种堕落的生活了。他每天晚上仍然去参加各种疯狂的聚会，然后黎明时分回到家中。即使这样，他仍可以忍受着良心上的不安和胃里翻江倒海的难受，准时去上班。对于这种生活，他已经完全习惯了，那些毫无意义的思想斗争他再也不想去做了，彻夜狂欢之后的辛劳他也不会去刻意地逃避。可是他越来越发现，自己的身体根本无法支撑这种疯狂的时候，他又开始羞愧、痛苦。曾经他是一个多么积极向上的人，他渴望拥有更多的财富、更好的名誉和更高的地位，每天专心地准备他那些演讲活动，空闲时打一打高尔夫，但是现在这些已经离他的生活越来越远，他再没有什么更高的追求了。如果说他还心存一点儿理想，那就是他渴望自己能成为这群混混中最活跃的一个。然而现实并不如他所愿，他老了，在这个不争的事实面前，他不得不服输。

巴比特觉得，现在他的圈子已经非常疯狂了。彼得和一些年轻人已经开始不满足于丹妮斯的朋友圈，想要去寻找更多的刺激。像凯莉那种接吻还需要躲到门背后的做法在他们看来已经落伍了。于是他们开始厌弃这种保守的作风，开始从丹妮斯的圈子中抽离出来，就好像巴比特从他过去的生活中脱离出来一样。现在彼得又新结识了很多年轻人，他们大多数来自饭店和百货公司。他们的行为深深地刺激了巴比特，作为朋友圈中的活跃分子，他怎么能甘心被别人落下呢？于是他与彼得一行人又搭伴而行。很快巴比特又开始了自己的新生活，他和帕切尔-斯坦百货公司的一个收款员走在一起，他们坐在车中，疯狂地喝着威士忌酒。这个姑娘是个大嗓门，声音尖尖的，坐在那里渴望从他身上获得更多的快活的人，但是当巴比特真的开始动手的时候，这个姑娘又装作一副圣洁的样子，高声地喊叫着："你把我的头发都弄乱了，快放开我。"巴比特一时有些不知所措,他不明白,怎样做才是最好的。

当巴比特和一群年轻人坐在酒吧喝酒的时候,这群年轻人肆无忌惮地打情骂俏,相互之间说着只有他们能听懂的暗语,完全不理会巴比特。这让他觉得很失落,觉得自己是一个融不进去的局外人,他感受最清晰的就是那一阵阵的头痛。没错,他毫无例外地喝多了,然后开始一根接一根地抽烟。

巴比特的这种状况很快引起了富顿·贝米斯的关注。他是一位年纪稍微大一点儿的人。经过了两晚上这样的聚会之后,他告诉巴比特:"嗨,伙计,你不觉得你喝酒有些太过于猛烈了吗?抽烟也毫无节制,你喝酒抽烟我不管,我还自顾不暇呢,可是你这个样子是不想要命了吗?不要因为一时兴起就什么也不顾了!"

虽然这只是一句非常普通的劝诫,但是巴比特却非常感动,眼泪差点儿夺眶而出。他没想到在这样一个厮混的圈子中竟然还有人对他存有一丝关心。他在心中默默地感激着这个好人。于是他答应对方,自己会听从他的劝诫,注意自己的身体的。然而刚刚说完,他就继续给自己倒满了酒,点上了烟。这位好人见状,深感无趣地走开了。后来巴比特和凯莉·诺克搂在了一起,这让丹妮斯非常生气,于是他们大吵了一架。

然而怎样的状况都挡不住生活的继续。第二天早上,他感觉非常失落,他没想到,就连富顿·贝米斯这样的小人物也敢来训诫他。现在,丹妮斯已经不是他眼中的唯一,只要是个女人,他就会动心,想要去靠近。他在想,就连贝米斯这样的人都认为他已经超越了底线,那是不是所有人都已经很鄙视他了,将他看成是一个下流的贱种呢?有了这个想法以后,巴比特有些自惭形秽,就连午饭也没好意思去俱乐部和大家一起吃。他感觉现在别人都在用异样的眼光看着他，全在指指点点地议论他呢，他想着这或许只是自己的感觉罢了，但是转念一想，不，大家一定是在议论他呢。为此，他开始变得生气，想想自己，想想别人都是那样让人不高兴。现在的他好像装满了一肚子火药，无论是谁招惹他，分分钟就能爆炸。现在，他高声地赞美着他的朋友尼克·东尼，对基督教男青年会提出了严厉的批判，就连伯吉乐·扬齐投来的目光也丝毫不顾忌了。

可是当他高谈阔论之后，内心深处又涌现出一丝害怕。下一次的拥护者俱乐部午餐会他是不敢再参加了，相比之下，他更愿意自己待在一个安静简单的小饭馆里，吃些最方便的火腿鸡蛋三明治。他一个人孤独地喝着咖啡，百感交集。

再一次融进新组合起来的朋友圈已经是3天之后了。这一次巴比特扮演的角色是他们的司机。这一次他要载着他们去溜冰，目的地就是察洛莎河的溜冰场。经过一夜的温度下降，道路上已经消融的雪水结成了薄薄的冰层，再加上街上的行人很少，道路突然间好像变宽了很多，也变长了很多，根本看不到尽头。一眼望去，只有路边的小木屋在大风中立着，听着风吹过的呜咽声。

此刻大街上格外冷清，整个贝路伯区就像一个蛮荒之地。巴比特开车非常小心，并没有因为车轮上绑着防滑链而掉以轻心。然而一个突发的情况还是让他吓了一跳。巴比特开着车在一个下坡路行驶的时候，突然有一辆汽车从拐角的地方急速冲了出来，因为司机的疏忽，车子使劲地向里打滑，后边的挡泥板差一点儿就剐上了巴比特的车。幸亏巴比特一直踩着刹车缓慢地行驶，他的反应也够机敏，这才避免了一场大祸的发生。车上的人都受到惊吓大声地叫了起来，丹妮斯、富顿·贝米斯、明妮·森塔克和彼得没有一个不害怕的，尽管对方司机也受到惊吓慌忙地道着歉，但是他们仍旧得理不饶人地抗议着。这时,正好卜弗雷教授从这里经过,他看到了这一幕,惊讶极了。巴比特的做法让丹妮斯大声称赞:"乔治,你是好样的!"不仅这样说着,同时还探过身子亲了巴比特一口。这让巴比特觉得非常难为情,甚至心中还有些恐慌。因为他觉得丹妮斯的这一下肯定让卜弗雷教授看见了,这就相当于整个俱乐部都知道了这件事情,他可不想成为人们茶余饭后的话题人物。

巴比特的心情一直很忐忑。第二天午饭时间,他找到卜弗雷教授,试探性地解释道:"昨天跟我在一块玩的是我的弟弟和他的朋友们。天哪,贝路伯路简直就像一块光滑的玻璃,难走极了。虽然我开车非常小心,但是在下坡路的时候还是差点儿出了事故。当时你正好从那儿经过,是吗?"

"我昨天是走那里了,可是我并没有看到你呀。"卜弗雷教授并没有承认看见巴比特的事情,就好像他不愿意出庭做证一样。

又过了两天,丹妮斯要求巴比特带着她外出。在她看来,巴比特一直让她在自己的公寓等着他,除了电影院之外,从来不带她去任何地方,也不介绍自己的朋友给她认识,一定是因为巴比特已经看不起她了,所以才不敢让她出现在公共场合。于是她几次暗示,想要巴比特带着她出去。迫于丹妮斯的压力,巴比特只好说要带着她出去吃饭。原本巴比特是想带着她去运动俱乐部的淑女馆的,但是考虑到那里有很多熟识的人,要进行很多解释,这样的做法实在太冒险了,他确实没有必要给自己惹这么大的麻烦。最后他考虑再三,决定把丹妮斯带到松莱饭店吃饭,这里出现闲言碎语的概率相对小一些。

因为要外出了,所以丹妮斯很精心地打扮了自己。女人们总是如此的,上个街就好像要参加晚宴一样隆重,非得打扮一番才肯出门。现在她已经穿好了一件羊羔皮短大衣，大衣有着宽大的荷叶边裙摆，大衣里面穿的是一件黑色丝绒上衣，头上戴着一顶非常可爱的三角帽。现在她走起路来身体扭动着，看上去妩媚动人。像这样少见的美女无论走到哪里都会博取众人的眼球，成为焦点人物的，就连周围的女人也会黯然失色，瞬间成为只穿着粗俗衣服的平庸之辈。尽管丹妮斯这样妖娆动人，任何人和她走在一起都会引以为傲，但是巴比特却并不是很开心，甚至有些惶恐不安。此刻，他不敢和丹妮斯肩并肩走路，总是保持一前一后的距离，他多么希望丹妮斯少吸引一些眼球，而大家也都没有注意到他们。

　　来到饭店以后，巴比特请求服务员给他们找一个相对安静一点儿的座位。可谁知道他们竟然被安排到了乐池最前面的座位上，为此丹妮斯非常高兴，她的虚荣心得到了极大的满足。她眉开眼笑，大声地表达着自己心中的喜悦："这里真的是太好了，乐队看起来也棒极了！"巴比特与她兴奋的状态形成鲜明的对比，他紧张得什么也不想说，因为他已经注意到，在距离他们不远处坐着的正是伯吉乐·扬齐。扬齐那锐利而寒冷的目光总是让巴比特感到一种强大的震慑力，他害怕那目光中的讽刺味道，他想要逃避，但是在丹妮斯面前又不能明显地表现出来，为了迎合她喜悦的心情，他还必须要强装欢笑，表现出一种非常洒脱的样子，天知道此刻他的心里是多么的无奈与痛苦。

　　然而丹妮斯完全没有注意到巴比特的不安。她兴奋极了，像一只欢快的小麻雀一样吵闹着，俨然一个年轻的小女孩。她对巴比特说："这个地方真的是太好了，高级雅致的同时还不失趣味性，我真的是太高兴了。"丹妮斯一点儿也没有在意周围人的关注，只是开心地享受着这份浪漫有趣的时光。

巴比特有意让两个人看上去生疏一些。于是他开始给丹妮斯介绍这个饭店的菜品和服务质量，就好像一个导游在给客人们介绍景区的风俗人情一样。另外，他还给丹妮斯介绍了一些自己的朋友，只是这些人都是一些无关紧要的角色，然而伯吉乐·扬齐他却始终没有提及。当巴比特把他想说的话一口气说完的时候，气氛一下子变得有些严肃而无聊。在这个环境中，巴比特实在不敢有什么过分的举动，每当丹妮斯想要与他亲近，或者是对他挑逗，他的回应总是心不在焉地笑笑，勉强地敷衍上几句。当然谈话的内容也并没有其他的东西，无非就是对朋友们的一些议论，例如彼得好吃懒做，明妮·森塔克太过强势等。因为扬齐在场，巴比特感到越来越心烦，他很想把自己的顾忌说给丹妮斯听，但是他最后还是一字未提。因为丹妮斯是那样开心，他不想扫了她的兴致，但是他心中又感到非常压抑，做什么事情都郁郁寡欢，难以振奋起精神。

巴比特紧张的情绪终于在送丹妮斯上电车之后得到了缓解，这场约会让他身心疲惫，就好像刚刚经历了一场战争一样。对于他来说，现在回到办公室打理工作上的事情反而成了一种休息，成了一种轻而易举就能得到快乐的事情。在过去他一直觉得自己的工作枯燥而乏味，但是现在看来，它竟然可以成为一种自由享受的生活。

下午4点，伯吉乐·扬齐出乎意料地来到了他的办公室。巴比特担心扬齐会态度很恶劣地跟他谈话，但事实恰恰相反，扬齐十分友好，说话的语气也和善极了，他问道："你最近怎么样？我来找你是想跟你商量一件事情。我们几个人拟订了一个计划，感觉很不错，希望你也参与到其中来。"

"什么事啊，伯吉乐，你说说看。"

"我想你是知道的，在罢工的这段时间内外面流传着很多蛊惑人心的胡话，很多社会渣滓、工会代表和一些激进分子一味煽动广大公民闹事，甚至一些接受过教育的知识分子也参与到这一行列中来，完全无视正义和公理。现在从表面上看，这个社会十分平静，实则暗潮汹涌，处处潜藏着危险。如果我们从一些蛛丝马迹中仔细研究，就可以知道，这些社会的败类还在积极地密谋策划着疯狂的活动，给社会造成很大的影响。而我们，作为有正义感的好公民，怎么能坐视不管呢？我们要尽快地采取行动，制止这种不良的社会行为。到目前为止，东部地区已经组建起好公民同盟组织，我们的脚步也不能滞后。

"当然，这些社会败类的活动并不是没有人关注，现在已经有军团、商会凭借自己的力量在做一些抵制，但是效率并不是很高，因为他们有太多的工作要忙，注定会分神。倒不如我们成立一个好公民同盟，专门来管理这些事情，这样或许我们会做得更出色一些。现在，我们已经有了初步的计划，一定要对外公开这个组织的主旨，比如在天顶市，怎样配合好市政规划任务，为了支持公园扩建计划应该做出哪些具体的行动等。另外，它还一定要配备有各种社交活动，例如举办一些上层人士的舞会，有了他们的参与和影响力，活动效果一定是非常棒的。我们要尽快活动起来，才好将这帮渣滓彻底清除掉。如果谁没有参加同盟会，他就没有和上层人士交流的机会。好公民同盟会的成立使那些无耻之徒再也没有了胡言乱语的机会。我们必须要给他们有力的打击，让他们明白一定要为自己的一言一行付出代价。到目前为止，我们已经同本市很多有身份地位的人达成了共识，我们觉得你也应该加入到其中来。你觉得怎么样？"

听了扬齐的这番宏论，巴比特有些不知所措。虽然表面上看，他仍然在坚持着自己的力量，努力为了社会地位而奋斗着，但实际上他已经从这个圈子中脱离出来，加入一个完全与之相反的圈子中。现在扬齐又邀请他重新回到过去那样的生活，事事都受到行为标准和思想道德的规范，这让他感到了一种莫名的压力，下意识地想要逃走，他不想再重新回到之前的生活。因此，心中的抵触情绪不自主地就在行为上表现了出来。

"我想，尼克·东尼这样的人是应该被好好地整治一番了。可是——"

"这可是一个明摆着的事实！过去你在俱乐部里站在尼克·东尼的立场说话，我从来没觉得你是认真的，只当你说的是气话，只是单纯地想让希德尼·范克史坦因生气罢了。当然，事情也的确如此。"

"是的，你说的——"巴比特想要辩解什么，但是话到嘴边却没有勇气说出口。扬齐总是给他一种非常强大的威慑力，他那双眼睛太毒了，几乎能够看到人内心深处的想法，简直就是一个不折不扣的怪物，在他面前，巴比特根本就不能有什么小心思，否则被他一眼就看穿了。于是他非常无力地表达着自己的想法："你说的话我很赞成，但是尼克·东尼是我的老同学，我们已经是多年的朋友，他的为人我很清楚，根本没有你们想象的那么不堪。我只是一个生意人，肩负不起保护劳工的责任，也不想把自己的朋友看成是敌人。"

"可是，乔治，你不能太感情用事，你要保持一个清醒的头脑，深刻认识到这个问题的严峻性，它是一场战争！你明白什么是战争吗？我们有义务去保护家庭的尊严和不可侵犯的财富。那些整天只知道喝酒闹事的人，他们觊觎我们的利益，想要轻而易举地从我们手中夺去，他们简直就是在痴人说梦。这样的朋友你还想要吗？你必须要舍弃。在这个问题上你要明白，只要与自己立场不一致，那就是敌人。天哪，我实在不知道你现在怎么如此糊涂！"

"啊——是，我——"

"怎样，决定好了吗，是不是要加入我们的行动呢？"

"伯吉乐，你给我点时间考虑一下好吗？"

"好吧，既然这样，我希望你认真考虑清楚再告诉我。"听扬齐这样一说，巴比特觉得自己逃过了这一关，于是一下子轻松了。然而扬齐的话并没有说完，他又换了一个话题说道："乔治，你最近一段时间是怎么了？说实在的，我们俱乐部里的人都在为你担心呢。大家经常会讨论你的事情，可始终没有个结果，不知道你到底怎么回事，难道是李尔斯林那件事情的打击让你很难承受吗？可是无论怎样，我们都是你的朋友，尽管你说了很多傻话、气话，我依旧会原谅你，但是你必须要明白一点，凡事都应该有个限度，你不能再这样继续下去了。我们之所以会难过、会议论，是因为我们确实不知道发生了什么状况。

"你一直在强调尼克·东尼是一个了不起的人物，还把牧师英格姆看成是好人，难道你不知道他是一个到处宣扬自由恋爱的无耻之徒吗？你的行为真是太可笑了。现在运动俱乐部和拥护者俱乐部的人都在议论你的事情呢。你好好地审视一下最近一段时间自己的行为吧！我们听约瑟夫·卜弗雷说，你和一群极其疯狂的人在外面闲逛，还变成了一个十足的酒鬼。今天我还亲眼看见你和一个女人在公共场合吃饭。我知道自己没有权利去评价别人的是非，但是你不觉得这样的局面有些不太雅观吗？当然，这位女士并不一定就是那种不正经的女人，可是她和一个已经结婚的男士吃饭总会惹人非议的。我也承认，她长得的确很漂亮，但是那又有什么用处呢？女人嘛，终究不过是件衣服而已，但愿你对自己的行为有一个清晰的认识。"

过去，巴比特一直在极力地伪装，害怕别人知道他的事情，但是现在，扬齐居然直截了当地就揭开了巴比特的面纱，这让他顿时羞愧难当，于是他恼怒地回应道："虽然我对自己的行为不明白，但是现在我却明白了很重要的一点，那就是居然有这么多人对我的私生活产生了浓厚的兴趣。"

"你实在不必跟我发火，我之所以会当面跟你说这些，是因为我还把你当作朋友，也不想做一个在背后议论别人的人。乔治，即使你会因此而跟我生气，我还是要说的，现在你已经是有身份地位的人了，你不该因为一时冲动就破坏掉人们对你的好印象。我刚才说的事情希望你好好考虑一下，加入我们好公民同盟会。我今天想说的就只有这些，你自己想想吧，我们改天再聊。"说完，扬齐就离开了。

这天晚上，巴比特没有约其他人吃饭，而是独自一人去餐馆里。他安静地坐在那里，完全不敢有什么大动作，因为他觉得到处都是盯着他的眼睛，他的内心恐慌极了。于是他暗暗下决心要远离这样的生活，回到原来的自己。然而他的誓言每次都坚持不了太长时间，深夜来临，他又按捺不住自己，再一次走进了丹妮斯的公寓。

第三十章

1

家在巴比特太太的心目中占有很重要的位置，即使外出，她也十分惦记家里的情况。去年夏天离家就是如此，在她寄回来的信件中，几乎每封信都表达着想家的情绪，想要尽快回来。然而这一次却有点儿反常，她的来信中语气总是很冷漠，要么就是谈论一下天气状况，要么就是说一说姐姐的病情，一点儿想要回家的意思也没有。当然，她对家并不是了无牵挂，每封信的末尾，她都会小心翼翼地问上一句："我不在家的日子，你们都还好吧？"

看了她的信，巴比特心想："幸亏她不在家，我的生活才能这样自由自在，如果让她知道我夜夜不醉不归，一定会跟我吵闹的。我可不想把她叫回来，每天听她那无穷无尽的唠叨，我只过好我的日子就可以了。如果伯吉乐·扬齐再不来打扰我那就更加完美了。

没错，只要米拉一直在外，我现在的潇洒生活就可以一直继续。只是，米拉的语气实在是太可怜了，她一个人在外面是那样孤独、寂寞，我怎么能说出一些伤她心的话呢。"

于是，巴比特一时冲动竟然在信中说全家人都非常想念她。虽然只是寥寥几句，但是米拉也信以为真了，非常感动。于是她在回信中说自己马上就要回来了。巴比特的心头顿时涌上一阵失落感。

虽然米拉的回归并不是巴比特想看到的，但是他却努力让自己表现出一副确实非常想念她的样子。为了迎接米拉回家，他特意买了玫瑰花，仔仔细细地把它们插在花瓶中，还买了乳鸽准备晚餐时吃。另外，他还把家里的汽车也好好地打理了一番，看起来好像新的一样。

从火车站接到米拉以后，巴比特就开始给她讲家里的事情，例如泰德在篮球队的出色表现等。尽管他很想表现出热情的样子，可是想说的话还没到家就说完了，剩下的只有无言以对。米拉看上去也并没有很兴奋，完全不是一副久别还家该有的样子。她的变化他能够感觉出来，但是他自己却不知道该怎样办才好，不知道继续扮演完美的丈夫还有没有意义。现在，他又想偷偷离开去享受那自由自在的生活，哪怕只是短暂的一小会儿他也会感到非常满足。

回到家以后，巴比特把车开进车房，然后跟着妻子上了楼。这个时候，整个房间中又充斥着妻子身上爽身粉的味道。巴比特高声地问道："这些行李需要我帮你收拾吗？"

"不用了，谢谢，我自己可以的。"米拉非常冷漠地回答道。她一边说一边从行李箱中拿出一个装礼物的小盒子，慢慢地说道："我不知道给你带什么礼物合适，只给你买了一个新的小烟盒，但愿你会喜欢。"

此刻的米拉是那样的孤单无助，她不知道自己未来的路该怎样走。她回到了这个家，但是却不知道这个家是不是她最可靠的归宿，这种心情就好像她当时在选择自己婚姻时一样矛盾。巴比特轻轻地吻了她一下，米拉的确深深地触动了他，他感觉到自己的心疼了一下，于是说道："这是哪里的傻话啊，你买的礼物我当然喜欢了，最了解我的人还是你呀，我也的确需要一个新烟盒了。"

事实上，就在上周，巴比特刚刚买了一个新烟盒，这个时候，他真的不知道该把那个烟盒放在什么地方才好，以免让妻子看见。

"说实话，你欢迎我回来是发自真心的吗？"

"当然，你怎么会这样想呢？噢，你一定是累坏了。"

"我感觉我回来了，你好像并不是很开心呢。"

可无论米拉怎样怀疑，巴比特总能把自己的谎话说成是真的，最后彻底打消了米拉的疑虑。于是他们又像刚结婚时一样恩爱了。

时间过得很快，一转眼就到了晚上10点，往日的这个时间巴比特应该是在丹妮斯家的，但是今天米拉回来了，他就不能再那样无所顾忌了。巴比特一边想着让生活回到妻子走之前的样子，从而让自己保持一个好丈夫的形象，但是他还一边想着要在丹妮斯的朋友圈里拥有一席之地。为了不让丹妮斯生气，他觉得有必要打个电话跟她解释一下。然而家里可不是给情人打电话的好地方。于是巴比特想到了史密斯街药房的电话，他可以借用那个电话打，但是他又不敢去冒险。经过再三犹豫，他问自己："这个电话我一定要打吗？为什么要打呢？我还没有出现之前，她不是生活得很好吗？我的确是从这个女人身上得到很多快乐，但是我回报给她的也很多啊！这样算来，我们就互不相欠了！女人真是一个大麻烦，我怎么会去惹这样的麻烦呢！"

2

从这以后,整整一个星期,巴比特都是一个完美的丈夫,他对待妻子体贴入微。他们一起去剧场看演出,一起去邻居家参加晚宴。然而这种如胶似漆的日子并没有维持多久,仅仅在一周之后,巴比特就难以忍受寂寞,开始以编造谎话度日了。每一个星期,至少有两天时间,他会告诉妻子去运动委员会和保护麋鹿协会参加会议,但这些都只是借口,谁知道他真正去哪里做了什么疯狂的事情。现在,对于巴比特的谎话,米拉已经不想再假装相信了,而巴比特也感觉圆谎很累,不想再过多地做什么解释了。就这样,两个人之间的距离渐行渐远。虽然这是巴比特一手造成的,但是当婚姻难以维系甜蜜的时候,他还是有些难过。

想想他的婚姻,虽然现在已经没有什么激情了,但是毕竟是一段25年漫长的时光。他在外厮混的时候还是会想到米拉这个活生生的人,然后他开始反思自己的行为:无论自己现在怎样对她熟视无睹,但这个女人确确实实真真切切地存在于他的生命中。刚结婚的时候,两个人的生活很美好。他们一起到弗吉尼亚度假,整个旅程都是那样浪漫而愉悦,秀美的山川见证了他们的幸福和快乐;他们一起到俄亥俄州、辛辛那提和哥伦布探险,驾着车经历一路上的艰难险阻,将他们的豪情壮志挥洒到旅行的道路中。那个时候的米拉竟是那样可爱。后来他们的第一个孩子出生了,初为人父的美妙心情到现在他都记忆犹新。这栋房子装修完工的时候,他们又共同感慨,这是他们人生中住过的最好的房子,想到他们会在这里安享晚年,两个人幸福极了。这一切现在回想起来,就好像是昨天的事情。尽管往事如此甜蜜,但是这一切与丹妮斯朋友圈的吸引力相比也已微不足道了。已经没有任何力量能将他从这个圈子中抽离出来。

所幸的是,他现在喝酒开始有节制了,不像之前那样每次回家都不省人事。这让他自己很得意,他觉得光凭这一点,他就有资格去训诫别人了。于是他经常说:"富顿·贝米斯,难道你不要命了吗?喝酒要知道把控自己。""彼得,找点正经事干吧,不要每天只知道喝酒。"现在,每次回到家,等待他的都是米拉犀利的语言,她已经不像之前那样温柔了,这就更加剧了他不想回家的情绪,他心想:"一个可悲的男人才会对女人的话唯命是从。"

现在,丹妮斯的衰老和情绪上的多变已经不是巴比特十分在意的事情了,因为相比米拉,丹妮斯实在是太好了。她漂亮风趣,活力十足,就好像一团炽热火焰一样,直接照进了巴比特的心里。所以,巴比特根本难以抵挡丹妮斯的诱惑力,即使心里觉得有愧于妻子,也就只是想想,仍旧把自己安放到丹妮斯的公寓中去。

巴比特的行为让米拉实在难以忍受了,她想要反击。可是她也是一个有自尊心的人,她绝不允许自己做出有损尊严的事情。

3

两个人的战争终于在一天晚上拉开了序幕。

"乔治,我不在家的这段时间,家里的花费情况怎么样?我希望你尽快整理一个账单让我看看。"

"哦,很抱歉,这段时间太忙了,实在没有时间。"巴比特敷衍地回答着,"我们今年要节约一点儿了。"

"节约?我已经节约到极致了,可是我们的钱呢?好像长了翅膀自己飞走了。"

"哦，可能是我这段时间抽烟花费得太多了，我一定会注意的。最近我也在考虑戒烟的事情，或许买点帮助戒烟的药烟会管用。"

"如果你说的是实话，那我当然很高兴了，与你的身体健康相比，钱倒不算什么。从现在开始少抽些烟，你不觉得更好吗？亲爱的，还有喝酒的问题，虽然你总是要在外应酬，但也实在不必弄得满身酒气吧，这可不是你原来的作风。我并不是想批评你，但是你确实应该好好照看一下你的胃了，不能每天继续这样喝酒了。"

"放心吧，我的身体好着呢，我自己知道。一直以来我的酒量都这样好，任何人都不是我的对手。"

"这个我自然是知道的，可是，亲爱的，喝酒要付出健康的代价，万一你病了怎么办呢？"

"我生病？怎么可能！不要整天胡乱担心了。我又不是3岁小孩儿，难道还不知道自己的身体吗？再说了，我也只是一周喝上一两次，又不是天天喝，你也太小题大做了。女人呀，就是喜欢瞎想。"

"我这可都是为了你好，乔治，你怎么不领情反而说出这么粗鲁的话呢？"

"什么？我说话粗鲁？你们女人那点儿小心思我实在是太了解了，什么事情都要挑毛病，永远都不知道满足。整天除了说三道四、搬弄是非还能干些什么？居然还大言不惭地说为了我好。"

"乔治，你居然对我这么凶，说吧，你到底怎么想的！"

"算了，算了，我可不是故意冲你发火的，我只是想让你知道，我又不是小孩子，只不过喝了一点儿酒而已，你就把事情说得那么严重，还说我要生病，你也太小瞧我了。"

"你怎么会那样理解呢，我只是担心你的身体而已。算了，这件事情多说无益，你还是把这段时间的花费情况好好地整理一下吧。"

"算了吧，那段时间的账单就别整理了。"

"为什么呢？这么多年来我们的每一笔账不都是记得很清楚吗？从结婚到现在，一分钱都没有遗漏过的。"

"我们是一直有这样的习惯，也许这就是导致我们出现问题的原因。"

"什么意思？请你把话说清楚点儿。"

"算了吧，没什么好说的。我每天忙碌着大大小小的生意，整理着各种各样的账目，回到家也难得清闲。这样的生活我实在是受够了！我每天不得不面对这些鸡毛蒜皮的事，以至于忘记了自己的梦想，忘记了追求自己想要的生活。你是不是以为我生下来就只有记账的本事？告诉你吧，我原本可以成为出色的演说家。然而，你看看我现在的生活，每天就是没有穷尽地工作，整天担心这个，烦恼那个——"

"难道你觉得我很清闲吗？一大家人吃喝拉撒哪一样不得我去打理？我每天的工作就是洗衣做饭，缝补衣服，眼睛也快累瞎了，一年365天，我哪一天清闲了？家里每一个人不都是我在照顾吗？为了省点儿钱，我从来不雇用帮工，自己包揽了全部买东西的任务，菜篮子再沉重都是我自己拎回来的，类似这样的事情太多了……算了，我什么都不想说了。"

面对妻子的一番控诉，巴比特一时无言以对，可是他仍旧不服气地反驳道："就你自己忙吗？我不是每天也得去上班吗？至少你还有下午的时间可以自由支配，看看朋友，逛逛街，挺自由的，不是吗？"

"看朋友？天哪，这样的生活简直是糟糕透了。我的朋友还不是那几个被家务所困扰的人？每天见面除了聊买菜，就是聊家务，话题永远都是这些。可是你呢？你工作的地方什么人都能见到，还会有各种各样的聚会，多有趣呀！"

"有趣？看来我的工作你真的是不了解。我每天都要被他们吵死了，即使这样也必须笑脸相迎。就连最烦人的老太太缠着我，我都必须得忍着，或许你看到这一切，就不会这样说了。你是不知道他们为了那点房租的无耻嘴脸，简直是太有意思了！"

"这我理解，可是你也不该这样大声地跟我吼叫吧？"

"你们这些太太们就是不知足，要知道丈夫每天在外面是辛苦地工作赚钱，不是潇洒地跟美女说情话。你以为他们真的那么无聊吗？"

"事实难道不是这样吗？我想你一定对她们十分温柔体贴吧？"

"你说这话什么意思？难道你觉得我在外面找女人，你真是疯了，居然能说出这样的话！"

"有没有你心里清楚，想想你自己的年龄吧！"

"没错，让我来告诉你吧，或许我在你眼里是个一无是处的男人，又矮又胖，一把年纪，在家里只是个粗俗的仆人，做一个毫无情趣的付款机器，可是在别人的眼中，我可不是这样的，她们还会把我当宝贝捧着呢。她们夸赞我有超强的口才，出色的舞技，反正是一个优秀的男人。"

"很好，你终于肯说实话了，我就知道你已经找到了那些懂得欣赏你的人！"

"我，我只是那样说说而已——"巴比特刚想否认，但是失去理智的大脑却驱使他说出了更让妻子生气的话，"没错，我是已经找到喜欢我的人了，还不止一个呢！无论怎样，我在她们那里可以得到尊重，她们可不会把我当成有病的孩子！"

"这正是我想说的,你多自由啊,每天在外寻欢作乐,想和谁交往就和谁交往,想干什么就干什么,可是我呢,我每天只能围绕着这个家,每天的任务就是准备好一切等你们回来——"

"可这要怪谁呢?有人限制你的自由吗?难道是我不让你出去听演讲,不让你多看看书吗?一切都是你自己造成的!"

"乔治,你以前不会对我大声嚷嚷的,我不喜欢你这样对我说话。"

"好吧,我为此道歉,可是你实在不应该把自己的不求上进全部归责在我身上,你那样说我能不生气吗?"

"我会跟上你的步伐的,你是不是愿意帮我呢?"

"好吧,只要你愿意,我会尽力帮助你的。"

"既然这样,那你周日下午陪我出去一趟行吗?莫芝太太筹办了一场新思想报告会。"

"谁?"

"奥贝·爱默森·莫芝太太。听说她是一名非常棒的讲师。她来自美国新思想同盟会。现在,我要学习新思想了。周日她的报告主题是'培养太阳精神',会场地点就是松莱饭店。"

"她那算是新思想?你是在跟我开玩笑吧?让我看那就是一个大杂烩,你居然还用'培养'这个词,简直是太好笑了。你更适合听牧师的布道,别忘了你可是长老会的教徒,那更适合你。至于'新思想',你可别信那些没用的东西了!"

"牧师很博学这是一个事实,但是他讲的东西太死板了,完全没有莫芝太太的报告生动。你不是要求我进步吗?我感觉跟莫芝太太能够学到更多的东西。总之你刚才已经答应我,不能再反悔了。"

4

周日下午，巴比特陪同妻子准时来到松莱饭店，这里的小舞厅已经聚集了很多人。这里可是一个高级、典雅的地方。墙壁是淡绿色的，上面装饰着精致的石膏玫瑰花。地面是木质地板，摆放的椅子全部是镀金的，高贵而雅致。会场中大部分是女人，有65人之多，而男客们只有十几人，大多也是陪太太来的。与男人们的闲散无聊相比，女人们一个个神情专注，就好像刚刚接受了洗礼一样。当然，男人中也有一两个还是比较特殊的，他们认真地听着，被人一眼就能够看出他们是一夜暴富的承包商。这些新贵们空有一身肥肉，知识却匮乏得可怜。因此他们买完房子、车子之后，开始意识到要学习一些东西来充实一下自己的头脑。他们想学习更多的人生哲学，这里是再合适不过的地方了。对于他们来说，学习什么并没有固定的限制，只要容易学习，什么基督教科学派、圣公会派，全部可以塞进自己的脑袋，作为他们的武装力量。

奥贝·爱默森·莫芝太太虽说在演讲方面有些能力，但是相貌却不敢恭维。她的身材又矮又胖，整个脸形又扁又平，说难听点简直像极了一只狮子狗，最有特点的还要算是她的鼻子，看上去简直就是一粒会动的纽扣。如果这些还不算什么奇怪的，那她的胳膊无论如何短得说不过去了，好像将双手合抱在胸前都是一件极其困难的事情。她身上穿着塔夫绸和绿丝绒上衣，看上去质地还较好。脖子上挂的除了三串玻璃珠以外，还有一根黑色的缎带，缎带的两头分别系在一副大眼镜的两条腿上，就这样眼镜在胸前晃荡着，成了她身上最明显的装饰品。

高级启迪同盟的组织规模还算是很大的，至少从天顶市的分会规模上能够有所体现。该同盟的主席是一位老太太。像她这样的年纪本该退出历史舞台颐养天年了，但是她对生命却有着更多的渴望，不甘就此隐退。她是一个很有个性的人，白色的鞋罩非常有特点，嘴唇上的汗毛很浓重，看上去就好像男人的胡子一样。这位老太太非常严肃地强调，大家一定要认真听莫芝太太的演讲，这是一个非常可贵的机会，因为莫芝太太的讲解十分通俗易懂，就连傻子听明白也完全不是问题。虽然天顶市算作是一座思想超前的城市，但是也很难找到一个像莫芝太太这样阳光开朗、拥有大智慧的人。她的演讲毫不夸张地说就是先知的声音，是哲学的形象化，当然，这种演讲并不是所有人都能够做成的，它需要有莫芝太太这样拥有人生较高境界的人去实现。一旦莫芝太太的理论被应用到实际生活中，那我们的国家将会发生天翻地覆的变化，国力强盛，社会安定。总体来说，这次演讲的机会千载难逢，大家只要摒弃心中所有不切合实际的幻想，最终就能够领会奥贝·爱默森·莫芝太太所阐述的真理。同时，大家也能够体味一段美好的学习旅程。

莫芝太太的演讲功底确实要比她的外貌要好多了，这一点不得不让人承认。她演讲的腔调是那样缓慢悠长，长时间听下去，一定会让人很快进入睡眠状态。另外她的声音总是能够持续很长时间不停顿，等到你真正地回过神来，才深深地体会到"永远"所蕴含的意味。莫芝太太以一种高贵的姿态站在演讲台上，非常努力地把两只手在胸前并拢，看样子像极了一位主教在祈福。现在她正在讲的是关于一个人如何让精神饱满起来的问题：

"在生活中，总是有那么一些人——"

莫芝太太的声音实在是太优美了，轻柔地钻进了人们的耳朵。虽说这些声音是对丈夫们的谴责，但是语气委婉，力量也恰到好处，面对这种温和的谴责，那些陪客们一个个都忘记了要如何去反驳。

"总是有那么一些人，在不断探索学习的过程中，只是对理念掌握了一个模糊的轮廓，听到一点儿只言片语的讲解，刚刚接触到一丁点儿宇宙学的知识，就认为自己已经触及了实质，开始在原地骄傲摇摆，认为自己是世界上最棒的人，已经完全掌握了所有的理念和玄学。事实上，知识理念是无穷无尽的，需要人们不断地去研究和探索，直到哪天大彻大悟，才有资格称自己小有成就。"

直到演讲的最后，巴比特才理解了太阳精神的含义：太阳精神就是真理，真理的无限光明衍生出来的就是人生的欢乐。

"在追求智慧的过程中，大家要永远保持饱满的热情，每天早晨起床，用最美的微笑面对生活的一切。世间的所有事物都是轮回中的变化，有着其独特的发展规律，如果有人想要违背这一规律，背弃准则，我们也不必太过愠怒，只要一笑置之便罢。"

就这样一个道理，莫芝太太竟然用了一个小时零七分来阐释，巴比特已经不想再听下去了，不时地看着手表，等待着演讲快点结束。好在莫芝太太的声音终于变得洪亮，演讲要临近尾声了。

"最后，我想给大家讲的是参加泛神哲学东方读书会对你们有什么好的影响。我就是这个读书会的负责人。我们秉持的理念就是将新时代的优秀文化集合起来，把人类各种文明全部糅合在一起，形成一个不可分割的整体，包括基督教科学、新思想、神哲学等，从而从全方位给大家补充知识营养。至于会费大家完全不必太过于担心，每年也只是区区的10美元。既然参加这个读书会能够对自己有所助益，那么你们还在等什么呢？只要你们将这一点点钱交到这里来，每个月你就会得到一份刊物《治病救人的珍宝》，从此以后，你就有权利向读书会主席，也就是我们的女主持人多布斯写信咨询问题。只要你有什么不懂的地方都可以写信,问题也可以是方方面面的,例如健康福利、婚姻问题、精神困顿等——"

人们都安安静静地听着,表现出一种崇高的尊重,不敢发出一点儿其他的声音,甚至咳嗽一下也会害怕破坏演讲的气氛,调换座位更是十分小心。这里的人们教养实在是太好了,他们鼻子不舒服也不敢打喷嚏,直接用价格不菲的手帕去擦鼻涕。大家都严格管束着自己的言行举止,这里可是一个高级的地方,来到这里的人也必须高雅有风度才行。

整个演讲过程,巴比特都坐立不安,他渴望马上回到大自然的怀抱中去。只有在那里,自己的感受才是最真实的,温暖的阳光,柔和的轻风,一切都触手可及。回去的路上,巴比特一心开着车,一句话也不想说,因为两个人无论何时都能吵起来,他可不想吵架。但是他的妻子可不是这样想的,即使可能会吵架,她还是要说话,于是她首先说道:"这场演讲你觉得怎么样呀?"

"那你觉得呢?"

"我感觉挺好的。她的话对人具有很大的启发作用,我感觉收获到了很多。"

"的确不错,奥贝是一个与众不同的人。不过我还是想要说些实话,你觉得她说的话有什么作用吗?"

"怎么没用?尽管我不知道什么是玄学,可这并不能说明我对一切都一无所知吧。她讲得那么好,条理分明,我觉得很受用,你也一定有所收获吧?"

"收获?我最大的收获就是太惊讶了,这样的演讲不知道为什么会吸引这么多人十分陶醉地听下去,难道她们没有什么其他的事情可干,只用这些无聊的话题来打发时间吗?"

"这些话题是有些无聊,但也总强过去一些小饭馆抽烟喝酒吧!"

"我是没觉得她的演讲有多好,与其听她演讲耽搁这长时间,倒不如找一个低贱的小饭店喝酒跳舞更好呢。至少在那里可以自由自在地行动,不用假装高雅,像灵魂出窍一样坐在那里一动不动,甚至连咳嗽打喷嚏都要忍着,一直坐在那里听她唠叨,简直是太不可思议了!"

"你说得是,你最近可不就迷恋上了那些低贱的小饭馆吗?你说吧,去了多少次?"

"好了,我最受不了你这种拐弯抹角了,难道我做什么见不得人的勾当了吗?你到底想干什么呢?"

"天哪,乔治,我真是不明白你了,为什么要嚷呢?我们在一起生活了这么多年,你以前可不是这个样子!"

"恐怕以后我会一直是这个样子了!"

"难道你不觉得自己现在实在太蛮横,都不是原来的你了吗?现在的你粗俗极了,动辄破口大骂,你不知道你的声音是那样的不堪入耳,我都不敢想象那样的画面!"

"你不要说得那么夸张,这是一回事吗?我根本就没有嚷,更没有破口大骂。"

"如果你真的不是那样,那倒是最好了。你真的应该好好地听听自己的声音,或许你说话的时候并不是有意的。即使真的是这样,那你也和从前差别太大了。我真的想不明白最近是怎么了,是不是发生了什么事情,否则,你跟我说话根本就不会是这个态度。"

巴比特不想再继续说什么了。他发现自己的心中连本该有的一点内疚也完全没有了,这让他自己也没有想到。经过一阵儿沉默之后,他渐渐地冷静了下来,于是才用舒缓一些的语气说道:"我的确没有故意要说一些难听的话。"

"乔治,你现在已经离我越来越远了。你对我的态度怎样,我自己感受得很明显。你自己也知道,我们这样的生活并不正常,我的心里非常恐慌,因为我不知道究竟发生了什么事情,你呢?你知道吗?"

米拉表现出来的迷茫与无助让巴比特于心不忍。他们的生活的确出了问题,这是显而易见的事实,如果任其发展下去,那么他们年轻时候所有的美好将会一点点儿被消磨殆尽。但是他不想去过多地思考,他只是想到:"我只是发生了一些变化,米拉也在发生着变化,这种变化就一定对我们的生活无益吗?当然,我们各自的这些改变还不至于要弄到离婚的地步,或许经过这些改变,我们之间会相互独立一些。"

她一直在注视着他,目光里充满了恳切与哀伤。而他并没有对她的目光有所回应,只是将全部的心思都用在开车上,车里的一切笼罩在一片压抑的氛围中。

第三十一章

1

回到家之后,米拉下车离开了,而巴比特则留在车房鼓捣他的车。他认真地查看着车的各个地方,除了把汽车脚踏板上留下来的雪全部打扫干净之外,还发现有一处软管接头已经开裂了。他一边检查着汽车一边想着刚才跟妻子吵架的事情,这会儿他有些后悔了。妻子对自己是那样多情,这一点比外面那些与他混在一起的朋友强多了,他们对他的热情总是阴晴不定,说翻脸就翻脸。而他呢?这段时间却总是拿妻子撒气。他想到这里,觉得应该去跟妻子道歉,于是他主动走进房间,把心里想要道歉的话磕磕巴巴地说完了,并且还提议两个人去看一场电影。然而到了电影院之后,巴比特的心情又开始变得失落,他躲在暗处感叹着,自己不该一时兴起提出这样的建议,现在他又把自己拴在了妻子的身边,毫无自由可言了。这种情绪积累得越多就越想发泄出来,他想到了丹妮斯:"如果不是这个该死的女人出现在我的生活中,我怎么会像现在这样心乱如麻,生活也不会反反复复纠缠不清,都是她让我如此懊恼,不行,我必须要改变这个现状。唉,是该尽快了结了——"

巴比特想让自己好好地安静一下,于是他忍着不去见丹妮斯,整整10天,不仅没有见面,甚至连一个电话也没有打。然而让巴比特没有想到的是,这次反而是丹妮斯压抑不住自己了,开始用他讨厌的方式来打扰他。在没跟丹妮斯见面的前5天,巴比特的心情总是非常摇摆,他一方面为自己的正确决定而感到深深的自豪,另一方面他还有些小虚荣,希望丹妮斯更加想念自己。正在他想着自己的小心思时,麦克小姐说:"您现在方便吗?朱迪克太太想跟您谈一下修房子的事情。"

接通丹妮斯的电话以后,她语气缓和而轻快地说道:"您好啊,巴比特先生,哦,我觉得还是称您乔治更好一些,我们已经好几个星期没见面了,您怎么了,是生病了吗?"

"那倒没有,只是我最近太忙了。今年房地产的生意不错,我想趁着好的行情好好地努力努力。"

"那您可真的是太能干了,我得给您鼓励。您知道吗?一直以来我都是很关心您的,总是给您支持,希望您生活得更好,甚至有时都会忘了关心自己。可是,即使这样理解您,我还是情不自禁地想让您从忙碌的生活中挤出一丁点儿时间来看看我。最近您有时间吗?"

"只要有时间我就会去看您的。您不用担心了!"

"好吧,那我就等着您,以后也不会再打电话过来了。"

挂掉电话以后,巴比特柔软的心灵又被触动了:"多么可怜的女人……虽然她不该把电话打到我工作的地方,但她的确很好,我一直没有去看她,她却仍希望我生活得更好,简直是太明事理了,从这一点也能看出这个女人的确不一般。尽管她已经这样说了,但我可不是那种有求必应、顺应女人心意办事的人,她也太小瞧我了,还是过些时候再说吧。不过,我还真是有些想念这个可爱的小宝贝呢……嘿,嘿,朋友,你忘记自己不久前苦恼的心情了吗?难道好不容易脱身,现在又要跳回那个枷锁里吗?"

从那以后,丹妮斯就再也没给巴比特打过电话,他也没有主动给她打过,他们就一直保持着这样冷静的状态。可是,5天之后,巴比特收到了一封丹妮斯的来信。信中说:

"亲爱的乔治,您是跟我生气了吗?我知道是什么原因,但是有一点您一定要相信我,即使我哪里做得不好惹您不高兴了,那也是无意的。您知道我很寂寞,所以总是需要走到更多的人群中去。昨天晚上,我们在凯莉家举办了舞会,大家玩得很高兴,舞会的事情她应该跟您说过的,可您仍旧没有到场,实在是太遗憾了。明天是星期四,您有时间吗?我把自己的时间留给您,安静地期待您的到来。"

读了这封信以后,巴比特的心情烦躁不安,内心一阵儿挣扎:

"我以前怎么不知道这些女人竟是如此让人厌烦?她们一个个那么黏人,想甩也甩不掉,她们就会装可怜,用孤独寂寞来博得人们的怜悯!"这时,另一个声音又在他的耳畔响起:"可是,她的确是一个好女人,率真、善良、美丽,也确实非常寂寞,我这样做是不是有点太伤害人了。她的信不仅信笺好看,言辞也十分恳切,我真想明天晚上去看看她。"这时他的想法又出现了转变:"还是算了,她是一个好女人不假,那又怎样呢?我又没打算为了她离婚，现在也实在没有必要听她的话，按照她的意思去做事情，哼——"

"她确实没有什么不好的地方，我看我还是去要好一些。"

2

让人心烦的事情统统在星期四这天聚集起来，并向巴比特砸了过来。没有一个人让他顺心一点。伯吉乐·扬齐他们又聚集在运动俱乐部中谈论好公民同盟的事情，他们没有邀请巴比特参与谈论，很明显，他们是在故意冷落他。回到事务所以后，负责杂务的马特·伯尼曼也将自己的烦心事说给他听，这个老头儿抱怨自己的大儿子不光没本事，还每天让他操不完心。另外，他的老婆生病了，这本不是因为他造成的，但是小舅子却来找他兴师问罪。更让巴比特感到雪上加霜的是，他平时最好的主顾卡拿多·李得也来找他，向他诉苦说自己遭到了汽车修理厂的敲诈，谁知道事情是真是假，也许还是他自己想多了的缘故。外面的事情让巴比特不顺心也就算了，回到家中，他也不能得到一丝轻松。

小女儿嘟囔着埋怨老师不明事理，每天只知道在他们耳边唠叨。妻子也不开心，因为家里的新女佣做事情毛毛躁躁，让她感到很烦恼，她抱怨说想把这个女佣辞退掉，但是又担心再雇用一个还是这样莽撞。

家人七嘴八舌的话让巴比特实在压抑不住心中的怒火，于是他大声地说道："都别说了，好吗？你们一个个太不知足了，一点儿鸡毛蒜皮的事也值得这样抱怨，你们听过我抱怨吗？让你们去试试我的工作，潘尼根小姐又把账目放在那里不管，已经整整两天了。

我忙得要死，因为着急工作手指也被抽屉夹了一下，疼痛难忍。还有那个李得，因为一点儿小事过来找我，纵然他蛮不讲理，我也无可奈何，只得小心地应付。我实在是太心烦了！"

巴比特的心情越来越糟糕，他心想自己一定要出去放松一下，一定得找一趟丹妮斯。此刻的他就好像一个失去理智的人，随意发泄着自己的脾气，最后命令式地告诉妻子："我要出去，至少11点回家。"

"你又要出去？"

"什么叫又要，你为什么会说这个'又'字，难道这个星期我晚上出去过吗？"

"那你是去保护麋鹿协会吗？"

"不，我要去看一个人。"

巴比特粗鲁的声音让自己听上去都冷酷无情，但是他想，谁让她要没事惹恼他呢。作为一个女人，她就不能学着心胸宽阔，通情达理一些吗？整天好像怨妇一样，谁愿意看她这副嘴脸！他气冲冲地穿上外套，戴上手套，迈着沉重而急促的步伐走到车房，开着汽车一溜烟儿不见了踪影。

见到巴比特，丹妮斯自然很高兴，她表现得是那样通情达理，一点儿都没有埋怨巴比特，反而十分关切地问道："这么冷的天您就出来了，真是太可怜了，要喝杯威士忌暖暖吗？"这时的她看上去是那样迷人，金色打底棕色网眼的上衣更给她增添了几分魅力。他愉快极了，夸赞道："你简直太聪明了，那就给我来一杯吧，不过记得杯子不要太高！"

之后他就完全放肆了自己，他躺在她的怀中，狂吻着她，甚至忘记了她强势的要求。此刻，他坐在大大的椅子上，感觉自己全身都轻松了很多。

一番亲昵之后,巴比特开始自信满满地发表着自己的言论,他感到自己是如此高尚,却总是惨遭别人误解而伤心。在他看来,自己要比富顿·贝米斯、彼得等人强太多了,他也从她的眼神中读到了对自己的肯定,这让他更加有自信说下去。顺着自己的好心情,他关切地问道:"最近你过得好吗?"

事实上,巴比特的这句话就是简单地问候一下,但没想到丹妮斯却认真起来,于是她开始诉说自己的苦恼:

"我过得还行。只是,凯莉总是让我非常生气。她告诉明妮,说我曾经指责明妮是一个小气鬼。后来,明妮把这件事情告诉了我,我非常生气,当时就告诉凯莉,我从来没有说过这样的混账话。只是这样一来,凯莉就知道了我是从明妮那里知道这一切的,于是她也非常生气,认定我当时说过这样的话。你说她是不是太过分了?最近富尔顿的太太不在家,但是我们却在她家跳舞,我感觉这是件麻烦的事情,我们都是有身份的人,可不想因此而惹上什么不必要的流言蜚语,你说对吗?对了,还有一件事情让我比较难办,我妈妈想来我这里住些时日,我心里是爱她的,但实在不想让她来。你知道吗?她可是一个爱唠叨的人,说起话来没完没了,简直让人受不了。不光如此,她对我的管束还非常严格,像晚上出去玩的事情想都不要想。她一来,我就变成犯人了,我得时时跟她报备自己的行踪,否则,她就会跟我生气,一直不说话,每当这时,气得我真想咆哮。唉,我不喜欢把自己的事情说给别人听,也不喜欢听别人说他的一些烦心事,今天我真是有些失态了,很抱歉,给你徒增烦恼了。你说,我该怎么办,让不让我妈来呢?"

巴比特自己并没有多做分析,只是将大多数男人都会说的话说给了丹妮斯听。他说最好先暂时不让她妈妈来。至于凯莉的事情，更不用多费心思，顺其自然就好了。对于他的建议，丹妮斯表示了感谢。之后两个人的心情都放松了很多，于是他们又开始谈论身边的这些朋友们：凯莉做事情总是缺少一些理智，彼得懒得有点出奇，富顿·贝米斯虽说不喜欢跟陌生人握手，看起来给人感觉怪怪的，但是与他相处一段时间就会发现，他是一个十足的好人。

然而他们把身边的几个熟悉的朋友聊完之后，一下子没有了可聊的话题。巴比特本想谈一点儿国家大事或者是文化修养之类的话题，但是丹妮斯却表现出明显的不感兴趣，好像这些问题与她的生活根本就挨不着边。于是两个人之间就只好沉默着。面对这样的局面，巴比特并不是很甘心，于是他试着去跟丹妮斯讨论："现在美国的失业率好像并没有之前那么高了。"

"这样说来，也许彼得也就有就业机会了。"

之后，二人再度陷入沉默之中。于是巴比特又问道："今天晚上你好像一副心事重重的样子。"

"是吗？没有的事。怎么，难道你想真的关心我的心事吗？"

"当然了，你的心事我怎么能不关心呢？"

"是吗？"听了巴比特的话以后，丹妮斯好像一下子激动了起来，然后坐到了他的椅子扶手上，这样二人之间的距离就更近了。

丹妮斯的这一举动让巴比特感到有些突然，于是他下意识地向后靠了一些，他可不想两个人的距离这么近。

"乔治，我感觉你对我的喜欢并不是真心的。"

"说什么傻话呢，怎么可能不真心呢！"

"那你是真心喜欢我的吗？"

"当然了，我如果不喜欢你，还总跑来找你干什么呢？"

"可是你刚才说话的语气,分明就是在生气。"

"天哪,今天到底是怎么了。所有人都来指责我的不是,难道你们要求我每天说话比唱歌还好听,这样才会满意?"

"所有人?还有谁呢?你告诉我,你到底喜欢多少个女人?"

"我真的不想解释什么,你有什么话就直接说吧。"

看到巴比特这样强硬的态度,丹妮斯没有再坚持什么,她妥协道:"不要生气了,亲爱的。我只是跟你开玩笑的,你要原谅我,好吗?你必须得原谅我,并且保证你是爱我的。"

"我爱你,这是个事实,还用得着怀疑吗?"

"哦,你的话我明白的,只是我实在是太寂寞了,身边没有一个在乎我的人,这让我总有一种深深的挫败感。事实上,我是一个非常热爱生活的人,对于未来,总是充满希望。你看我总是阳光积极地对待生活,对吗?如果我想去做一件事情,总是想着要把它做到最好。没错,我还年轻,也有很聪明的头脑,你相信我会把一切都做得完美吗?"

听了丹妮斯的话,巴比特的心情更加沉重。原本他来这里是寻求安慰的,没想到现在还得反过来安慰她,这种无力感让他迫切地想要逃走。这个时候,他感觉到,一个不该动感情的男人最该去的地方就是外面的世界,因为在冷酷严峻的环境中才不会有那么多伤心事。

丹妮斯是一个聪明而敏感的女人,她很快察觉到了巴比特的变化。于是她站起身来,从旁边拉过来一张矮矮的小凳子,然后坐在巴比特的腿边。此刻,她看上去可无助了,想要以这种可怜的姿态来博得巴比特的怜悯与喜爱。然而她想错了,这样低声下气的行为更让巴比特反感,要知道,在巴比特眼中,独立的女人才是最美的,他忽然感觉到,眼前的这个女人的确老了,无论是眼角还是下巴都布满了皱纹,看起来就像个老太太,他怎么可能去喜欢一个老太太呢?即使她年龄比他小又怎样,他可不会喜欢一个满脸褶皱的女人。

于是,巴比特开始在心中劝退自己:"赶紧离开吧,这里太危险了。她是一个好女人,我不能再伤她的心了。好吧,就痛痛快快地把这段关系斩断吧。虽然会伤心难过,但总好过未来长久的伤心吧。"他一边这样想,一边站了起来,然后试着找一个合适的理由从这里离开。当然他必须要让她意识到,自己之所以会这样,完全是她的问题造成的。

巴比特说:"我今天晚上的心情很郁闷,不过这可不是我的过错。我想安安心心地做些事情,不想因为其他的事情分心,你本来不应该来打扰我。你知道的,只要我有时间就会找你,你只需安静地等待我就好了。一个男人工作的时候被打扰,是很郁闷的一件事,我也一样。当你打电话的时候,我感到很不耐烦,我不喜欢被人强迫做什么,这样很不好受。好了,亲爱的,我必须要回家去了——"

"你再陪陪我好吗?"

"不行,我必须得走了,有什么事以后再说吧。"

"什么?以后?我到底做错了什么让你如此生气?如果真的是我做错了,我向你道歉。可是亲爱的,你知道你说的这句话让我多难过吗?"

巴比特没有打算拥抱告别,已经把双手背到了身后,说道:"你很好,没做错什么,只是我有工作,我必须要靠工作来支撑我的家庭,我喜欢自己的生活!"巴比特费了很大力气才下定决心说道:"我们是好朋友,没错,但是我恐怕不能经常到你这儿来了,我有很多自己的事情需要处理。"

"亲爱的,你真的想多了,我没有想要干预你的自由,你还是你,我只是希望你感到无聊或者是疲惫的时候来这里坐坐,有兴致的时候参加我们的聚会玩玩——"

这是一个多么明事理的女人!尽管这样,他还是足足折腾了一个小时,他们之间似乎有很多问题没有解释清楚,又似乎一切都回归到了原点。他孤独地站在那里,任凭北风呼啸而过,他感叹着自己获得自由之后的凄凉。

"仁慈的主啊,我终于摆脱了这一切烦恼。丹妮斯是那么好的女人,真是可惜。别想了,我终于得到了解脱,自由的感觉实在是太好了!"

第三十二章

1

巴比特回到家的时候,妻子并没有睡觉。她用力吸了一下鼻子,想知道他到底喝过酒没有,然后问道:"怎么样,玩得高兴吗?"

"很不好,你满意了吧?还想听其他的吗?"

"乔治,你是魔怔了吧?非要这样说话不可吗?"

虽然他在心中劝诫了自己千遍万遍:"要跟米拉好好说话,不能再让二人的关系更加糟糕了,无论哪个女人被丈夫扔在家中心情都不会好的,所以她有不满情绪要尽量地去理解。"但是当他听到妻子近乎挑衅的话时还是无法控制自己,于是说道:"天哪,我就不明白了,你为什么就不能多给我一点儿宽容和理解呢?非要这样没事找事吗?"

"我是真的不明白,那些人就那么值得你去看吗?我还以为你去参加什么重要的会议呢!"

"好吧,让我告诉你实话,我去看的是一个女人,我们一起聊得很快乐呢!这下你总算满意了吧!"

"你说这话的时候居然理直气壮的,难道你变成这个样子,是我逼你的吗?"

"没错,就是你——"

"什么?我?"

"是的,你整天不是抱怨这个,就是埋怨那个。跟你生活在一起,我简直要朽到发霉了,如果这样下去,我和那个古板的哈伍德·小野有什么区别?你好好看看自己招待的那些客人,大部分都是些老头儿,我感觉自己也快变成那样的老人了,这不是我想要的生活——"

巴比特痛痛快快地把压抑在心中的话一股脑儿倒了出来,米拉完全吓傻了。一时间,她难过起来:"让你变老根本就不是我想看到的事,我是不太喜欢年轻人的喧闹,可是我们也曾度过非常美好的时光啊,我们也邀请朋友举办晚会,也一起去看电影呀——"

男人对待女人总有自己的一套方式,三言两语,就要她觉得真的是自己做错了,有愧于他。就像现在,做错的明明就是巴比特,是他在外面有了情人,还频频约会,反倒最后将所有的过错都归咎到了妻子的身上,让她来跟他道歉。

在这场战争中,巴比特取得了胜利。现在他正以一种无辜者的姿态躺在床上。但是他的良心却驱使他的心产生了隐隐的不安:"也许她说得对,过去我一直没有这样对待过她,现在也不应该跟她吼叫。算了,事情既然这样了,就让她自我反省去吧,也许这才是最好的结果。无论是谁都不要想着来左右我的生活和自由,俱乐部的人也没有这种特权，我的生活，我要自己做主！"

2

巴比特心中的怒火始终没有消散。第二天，在拥护者俱乐部的午餐聚会上，他还是看什么事情都不顺心，处处跟别人对着来。

一位众议员刚刚从国外考察回来，历经3个月的时间，现在他在俱乐部给大家做报告。这份报告的内容涵盖范围非常广，包括英国、法国、德国、意大利等国家的政治、金融、语言等多个方面，并且每项内容都阐述得非常具体，在说到欧洲不了解美国的时候，他还引用了三段有趣的故事。另外他还提出了自己的主张，那就是美国的文明不能惨遭那些外国无知者的破坏。

听着这样的报告，希德尼·范克史坦因忍不住夸奖道："这份报告真是生动而具体，这位众议员实在是太博学了！"

"废话连篇，全是哄人的东西！移民就无知吗？我们的祖先难道都是无知者？"

"你这个家伙说话实在太让人讨厌了。"范克史坦因生气地回应了一句。

就在这个时候，巴比特注意到了对面桌子上的迪伦博士。他好像已经听见了他与范克史坦因的对话，并且表现出一副很不高兴的样子。这位博士在俱乐部中可有着举足轻重的名望。他是一位著名的外科医生，关于他的报道经常出现在报纸上。不仅如此，他还在州立大学外科学院担任教授的职务，可以说享有非常尊贵的地位。对于巴比特来说，更重要的一点儿还在于他的资产雄厚，大约有几十万的财富呢。巴比特见自己的谈话已经惹得博士不高兴，只好收敛起自己的任性，态度上转了180度的大弯，对众议员的报告连连称赞。说这话的时候，他故意抬高声调，就是想让这位了不起的博士忘掉自己刚才的言论，以免对他产生不好的想法。

3

这天下午，三位非常有气势的人走进了巴比特的办公室。他们三人有一个相同之处就是都有着非常高的个子及雄厚的财产。这三个人一个是外科医生迪伦博士，另一个是承包商查莱·马克贝，最后一个大有来头，他是《先锋时报》的老板康乃尔·罗斯福·史诺上校。三个人一走进办公室，巴比特就有些自惭形秽，因为他自己是那么矮又那么胖。

巴比特急忙迎上去，极其热情地问道："三位大驾光临，实在是太荣幸了，有什么事情吗？"

这三个人步调很一致，他们没有坐下，也没有半点儿多余的话，开门见山地表达了这次前来的目的。史诺上校说："巴比特，我们三个今天过来，代表的是好公民同盟，不为别的，只是想让你加入进来。我们从伯吉乐·扬齐那里知道，你对于这件事情并不是很热衷。但现在的形势已经发生了新的变化，我们觉得你应该重新考虑一下这个提议。同盟马上就要跟商会合作了，到时候，一场自由招工的新浪潮将会出现，这个时候，你确实该参加了。"

巴比特打心底里不想过被束缚的生活。虽然他有充足的理由不参加同盟，但是这三个人的巨大压力让他脑子一片混乱，不知道该怎样应对。只是直觉告诉他，这样的同盟会绝对是他不喜欢的，尤其是现在这个局面，他似乎正处于一种威胁的境况中，他心中反叛的情绪更加强烈。于是一阵愤怒在他心中慢慢升起。他低声地回应道:"对不起,这件事情我还想再认真考虑一下。"

听到这样的回答,马克贝非常不友好地说:"听这意思,你是不打算参加了是吗,乔治?"

巴比特终于压制不住心中的愤怒,非常凶狠地说:"查莱!你这是在威胁我吗?我不想参加这类组织是我自己的想法,谁也不能威胁我,就算是你们这群有钱人也不行!"

看见事情到了这种地步,迪伦博士赶紧解释说:"我们并没有要威胁你的意思。"就在这时,史诺上校把迪伦博士推到了后面,一脸严肃地说道:"我们就威胁你了,怎么样?你原本是一个通情达理的人,但是现在你看看自己,责任心都去哪儿了?加入好公民同盟对你有什么不好吗?你好好审视一下自己最近的行为,大家都在议论你,你不知道吗?想想和那些低贱粗俗的人混在一起会怎样?现在你居然不接受我们的建议,还高调地夸奖尼克·东尼那样的危险人物,你简直是太过分了!"

"上校,我请你明白一点,无论怎样,那都是我的私事。"

"没错,这是你的私事不假,但是有一点你要清楚,你,甚至你的岳父,能够与本市的实力企业联手会得到多少好处。就拿我来说,如果你能跟我们达成一致,我电车公司和报纸方面的朋友都将尽最大的限度给你提供便利和帮助。相反,如果你和我们的立场完全对立,那么,还会有人给你提供帮助吗?"

史诺上校的话让巴比特产生了深深的危机感,气氛一下变得非常压抑,尽管如此,他还是不想马上答应,因为他知道,如果现在立马妥协,那他在未来的道路上一定会非常卑微。于是他强装镇定地说:"上校,你看待问题有点太过严重了吧?我不想答应加入同盟是因为我最近加入的组织太多，有些应付不过来，想要让自己缓缓而已，虽然我追求自由思想，可也并不想成为反对同盟的人，我不会去胡乱说话，也不可能去反对工会的。"

史诺上校看似宽容地说道："你说错了，我并没有无端把问题说得那么严重，今天中午我还听见你诋毁众议员呢。现在你说你想考虑，这又是一句错话，我想你现在还没有弄清楚，我们不是在请求你，而是允许你加入同盟。或许等你想明白了，我们还不愿意让你加入了呢。好了，你现在就快点决定吧，我们就在这里等你一个肯定的答复！"

巴比特一下子慌了神，他不知道该怎样去思考，只能默默地看着时间一点一滴地浪费过去。这时，他的脑海中只有一个声音在不断地回荡着："我不喜欢被逼迫，我不能答应，绝不能答应。"

只听史诺上校铿锵有力地说道："你太让我们失望了。"之后，三人一起离开了办公室。瞬间，巴比特就好像被掏空一样变得软弱无力。

4

这天晚些时候，巴比特刚要开车回家，就看见伯吉乐·扬齐迎面走来。像往常一样，巴比特跟他打招呼，但是扬齐就好像没看见他一样，没有丝毫反应地离开了。这让巴比特感到一阵凄凉。

他刚一回家，妻子就一脸严肃地跑过来问道："亲爱的，下午朱莉·福林克来告诉我，说好公民同盟邀请你加入，你居然拒绝了，为什么呀？你到底怎么了？同盟不是有地位的人才可以加入吗？"

"什么同盟呀？同盟就让大家穿一条裤子，共同去抵制自由言论，限制自由思想罢了，总之，他们会利用手中的权力去压制一切，他们居然还想以此来威胁我，哪有那么简单呢！我只管做好我自己就行，才不管什么好公民，坏公民，想要牵着我的鼻子走，门儿也没有！"

"你只顾着自己心里的感受，可你想过没有，他们会因此而抵制你，甚至攻击你，给你带来很大的麻烦的！"

"那是他们的事情，随他们去吧！"

"但你别忘了，他们可是有权有势的人。"

"那又怎样？别再说这件事了。其实事情也没有你们想的那么严重，所谓的同盟只不过是玩玩罢了，这些年组建的组织还少吗？一开始不都是大张旗鼓，好像要干什么惊天动地的大事一样，但过不了多长时间就无声无息了。到现在为止，可以叫得出名字的还能有几个！"

"可是现在就盛行这个，你难道就不可以——"

"别说这些了行吗？我一点儿都不想再听了，这个该死的好公民同盟眼看就要把我烦死了。早知道当时扬齐提出来的时候，我痛痛快快地答应算了，也不至于今天到了这种尴尬的境地。又或许他们今天没有威胁我，也许我也加入了，总之，我就是想让自己自由点儿有什么错吗？"

"亲爱的，你说话怎么这样怒气冲冲啊，好像要跟谁打一架似的？"

"别再说了，我实在不想讨论这件事了。"这时巴比特的内心一阵凄凉，感觉没有一个人理解他。于是他又想到了丹妮斯，现在也只有她会给他一些理解和安慰，让他有勇气坚持做自己。

妻子上楼以后，巴比特迫不及待地拨打了丹妮斯公寓的电话。

然而不凑巧的是,电话一直处于占线状态。无奈,他只好向管理员留了一句话:"那我晚点再打吧。"挂掉电话以后,巴比特的心中更加难受。

5

如果那天伯吉乐·扬齐对他的置之不理可以解读为无意的话,那今天早上巴比特从威廉·华·俄桑那里就得到了明确的答案,人们现在已经远离他了。早上上班时,巴比特开车正好遇见了威廉的车,巴比特非常热情地跟他打招呼,但是这位银行家并没有平日里的热情,而是一脸不屑的样子,碍于面子他只是象征性地点点头。巴比特的满腔热情遇到一座冰山,心情一下子感到了深深的凄凉。

让巴比特心情郁闷的还有他的岳父,也就是他的合伙人。10点的时候,他也来警告他:"乔治,好公民同盟会你为什么不参加呢?难道你不知道里面都是有地位的人吗?你是非要闹到把自己的生意都砸进去才肯罢休吗?你的反抗,你的自由化言论,你以为那些有地位的人会来宽容和倾听吗?你实在是太天真了!"

"放心吧,亨利·汤普逊,我追求自由化思想又不是什么犯法的事情,他们是不会算计我的,我知道,美国是一个崇尚自由的国度。"

"你难道就不在意大家对你的看法吗?好公民同盟会已经被大家认可,而你却拒绝加入,别人会认为你的脑子有问题,这样还有人敢相信你的公司吗?这个问题你必须重视起来,根本不是闹着玩的,后果很严重。"

后果真的来了,这天下午,巴比特的老主顾卡拿多·李得来到他的办公室，要求将他们之间的合作取消。

面对这样的情况，汤普森担心极了，他怕事情会愈演愈烈，于是再次劝告巴比特："可能是因为最近你的负面议论太多了，才让杰克·奥法特对公司失去了信心。"之后，巴比特建议李得购买达奇士新住宅区的土地时，他果断地拒绝，考虑都没考虑一下。

又过了一个星期，亨利·汤普森告诉巴比特，电车公司准备做一个地产项目，但是他们并没有选择巴比特-汤普逊公司合作，而是将项目投向了桑德斯·施雷和温格公司。

在工作上，巴比特还算是比较谨慎，不敢掉以轻心。他想人们怎么能够对他有这样的成见呢？为此他十分着急，心想如果再有人向他发出邀请，他一定毫不犹豫地加入好公民同盟。然而机会不是一直有的，人们已经把他隔离起来，再不会来询问他了。虽然他内心焦急，但是他还是没有勇气自己去请求加入，于是他只好不断地安慰自己，谁也别想牵着他的鼻子走。是的，没有人能左右他的思想，他有自己独立的判断。

让他更生气的事情再一次向他袭来。他的助理麦克小姐辞职了。她说她需要休息，同时还有生病的姐姐需要照顾，所以不能继续工作了，至少也得离职半年的时间。她走了以后，哈斯达小姐接替了她全部的工作。虽然这位新助理工作上很勤奋，但是巴比特却很不适应。因为哈斯达小姐身材瘦小，面色苍白，不喜欢吃东西，也从来不化妆，好像除了工作之外，没有什么她喜好的东西。她是一个有规矩的人，每天早上都会把自己的精神状态调整好，准备迎接一天的工作，而晚上也好好休息，养精蓄锐，准备明天的工作。完全就像一个工作机器。

哈斯达小姐的工作能力不容否认，她思维敏捷、口授记录速度快,即使这样,巴比特也不喜欢跟她一起工作。因为她确实像一台机器一样不苟言笑。甚至当巴比特把自己觉得最好玩的笑话拿出来讲时,她也是一副面无表情的样子,默默地看着他,等待着他发送下一个工作指令。巴比特非常想念麦克小姐,还想着应该写一封信再把她邀请回来。

但让巴比特没有想到的是,麦克小姐辞职一个星期之后,他听说她已经去了桑德斯·施雷和温格公司这个竞争对手处工作。

跳槽虽说是一件很正常的事情,但是麦克小姐竟然选择在这个时候跳槽,并且去了对手的公司,这就不得不引起巴比特的思考。他怀着恐慌的心情猜测着:"为什么麦克小姐要跳槽呢?她是看不到公司的前途了吗?甚至她的新主顾还是自己的竞争对手,难道我的公司真的开始军心动荡了吗?"

让人生气的事情接二连三地发生,巴比特的心情很糟糕,他总是在胡乱猜疑,生怕哪天推销员弗里兹·贝宁格也会辞职离他而去。现在他已经明显感受到了别人的冷落。奥维罗·琼斯最近总是邀请人到他家打扑克,但是巴比特一次也没有被邀请过,商会年度聚餐也没有让他发言,几乎所有的人都开始远离他。这让他的内心一刻也不得宁静。俱乐部的午餐他已经不去了,因为他不想去听别人的议论。每当他从饭桌上离开,人们就会交头接耳地议论纷纷。可是他又能逃到哪里去呢?到处都是议论的声音,在事务所、在银行、在主顾的办公室,甚至在家中也都是议论他的声音。"巴比特是一个特立独行的人。""巴比特是一个心中无政府的人。""他可是个危险人物,早晚也会接受批判!"……这些议论快把他折磨疯了,甚至把他变得有些神经敏感。

每次看见两个熟识的人在聊天,他就会想,他们一定是在议论自己呢，于是他就不敢光明正大地从他们身边经过，而是像一个犯错的孩子一样，偷偷地溜到别人看不见的地方。就连自己的邻居他也会怀疑，当邻居哈伍德·小野和奥维罗·琼斯站在一起聊天，他就会想话题人物一定是他。

目前的状况让巴比特心痛不已。他想要向自己发出挑战，因为有时他感觉自己天不怕、地不怕，像尼克·东尼那样坚强勇敢。这个时候，他很想去找尼克·东尼谈谈，跟他聊聊自己对革命的向往之情，但他只是想想罢了，不敢真的去做。人们的议论让他感到恐慌，同时也感到非常委屈："为什么大家要这样对我？难道我做了什么害人的事了吗？不就是跟一些低俗的人玩玩，说了克莱伦斯·卓莱姆几句坏话吗？大家至于这样对我吗？"

这样的生活每天让巴比特的精神承受着巨大的挑战，他害怕自己有一天会难以承受，于是他低头了，承认自己对平淡生活的向往还是大于勇敢的挑战。他默默地给自己承诺，只要现在还有谁愿意以朋友的身份给他一个台阶，他一定会顺势走下去的。倘若人们依旧用强迫和威胁的方式逼他妥协，那他一定会保全自己的尊严，不会屈从。

巴比特不敢在任何人面前表露他内心的不安，只有在米拉面前时，他才能稍微放松一些，但是米拉却给不了他些许安慰。她不明白事情为什么会发展到今天这种地步，为什么他让自己的处境这样窘迫，就连邻居家也不能串门。如果说还有谁还能让他毫无顾忌地坦露心声，那一定就是保罗和丹妮斯，但遗憾的是，这两个人都已经不在他身边了。

内心孤独的巴比特把更多的时间都倾注到了孩子身上。每天晚上他都趴在地上跟姐卡做游戏，每当这时，他就会感叹："孩子，也许我真正的朋友也就只有你了。"

关于失去的两个朋友，巴比特也常常会想念。他很想去监狱看一看保罗，但是却难以实现，只能每周看见他寄来的只言片语。在他心中，保罗已经去世了。而对于丹妮斯，他只能默默地感叹："我自以为很聪明，能够轻而易举地甩掉丹妮斯，可实际上，我竟然是那样离不开她啊！"他默默地抱怨着："米拉根本就不懂我，她没有自己的想法，只是过着平常人的日子，可是丹妮斯却有很大的不同，她满眼都是对我的崇拜，我从来没有从她口中听过我的一丁点儿不是。"

巴比特觉得现在他必须去向丹妮斯寻求安慰了。这天，虽然天色已经很晚，但他还是敲响了丹妮斯家的大门。他原本对于丹妮斯在家并没有抱太大的希望，然而她确实在家，并且是安安静静地一个人待在家里。让巴比特没有想到的是，丹妮斯好像变了一个人，她是那样高傲、冷漠，见到他以后就好像见到陌生人一样，她冷冷地问道："找我有什么事吗，乔治？"她的语气是那样生疏，完全没有渴望交谈的意思，巴比特最后只好无趣地离开了。

好在最后巴比特确实得到了一些安慰。这天，泰德和优妮斯一边跑一边笑地进了家门。刚一见面，泰德就直截了当地问道："爸爸，我听优妮斯说您现在在支持老尼克·东尼，并且全城的人都在议论这件事情？您真是太勇敢了，我支持您。这个城市太古老了，确实需要好好改造一番。"而优妮斯则非常亲切地坐在巴比特的腿上，说道："您实在太棒了，我爸爸简直就是一个老古董。"优妮斯留着一头短发，此刻看上去更加青春有活力。她非常诚恳地说："我爸爸其实心肠很好，也有智慧，就是思想太古板了，为了让他进步一些，我已经试过了很多方法，但是他对这些完全没有兴趣。

您说,凭借我们的力量能够让他有所改进吗?"

"优妮斯,哪有这样说自己爸爸的!"巴比特用力压抑着这些天来第一次感受到的高兴,以一个长者的身份说道。虽然泰德和优妮斯并没有让他的处境有所改变,但是年轻人的赞美和肯定让他的自信心大增。之后,他们一起在冰箱中翻找食物。巴比特还开玩笑说:"我们这个样子让你妈妈看见,一定会责备我们的。"

优妮斯可什么也不担心,她摆出一副女主人的姿态给巴比特和泰德做点心吃。顺便还不时地亲一下巴比特的耳朵,还非常风趣地说:"我一直在强调女权主义,没想到现在却在伺候男人,真是搞不明白自己!"

有了年轻人的支持,巴比特感到更加自豪了。以至于他现在看到谢尔顿·史密斯和路德教堂合唱团的指挥时,完全没有了恐惧感,甚至心中还燃起一种高傲的情绪。史密斯在基督教男青年会担任教育主任的职务。现在他看到巴比特非常热情,抓着他的手问道:"亲爱的兄弟,好久没见你了,你最近很忙吗?你怎么把教会的朋友都忘记了呢?"

巴比特用力挣脱了史密斯的手,毫不客气地说:"即使少了我,你们也一样很热闹的,不好意思,今天我还有事,改天聊吧。"

虽然挣开手的那一刻,巴比特信心十足,但是当他离开之后,又开始一个人思量:"这个人居然希望我回到教会中去。哦,一定是教会的人也开始议论我了。"

之后,巴比特的神经越来越敏感,他感觉到很多人都在议论他,例如奇姆·福林克、约翰·詹尼森、威廉·华·俄桑,想到这些人以后,巴比特又感到非常恐慌,追求独立的精神早已消失殆尽。他一个人走在街上,害怕看见那一双双蔑视的眼睛,害怕凑在一起窃窃私语的人们。

第三十三章

1

晚上，巴比特把白天遇见谢尔顿·史密斯的事情说给米拉听，原本想着和她一起说说这个人有多讨厌，然而没想到，等来的却是妻子的一顿教训："难道你不觉得他的声音很动听吗？在我看来那简直就是天籁之音。他的音乐非常美妙，你应该学会欣赏，并且对他尊重一些！"巴比特把原本想说的那些话又咽了回去，他无奈地望着眼前这个女人，怎么也想不明白，这样一个只懂得教训人的胖女人怎么会出现在自己的生命里？

无法愉快地交谈，他只好睡回到自己的单人床上去，他的思绪很乱。这时，丹妮斯的影子又闯入他的心里。他责备自己真的是太傻了，早知道是今天这样的局面，他就不该跟丹妮斯断绝来往，自己也不至于悲惨到一个说知心话的人也没有。如果一直这样生活下去，心中的痛苦总是无人诉说，说不定自己会疯掉。他再想到妻子，更是一阵寒意袭上心头，这样无尽地逃避什么时候是个头呀！从结婚到现在，多少年过去了，他们二人之间的距离越来越远。他想，就算是整个城市都与他为敌，他也不会因为受威胁而退缩。只可惜的是，他和妻子之间再也找不回当初美好的感觉了。

后半夜，窗外的汽车声吵醒了巴比特。他感到有些口渴，于是就去找水，然而却听到妻子房间传来一阵呻吟。他下意识地问道："米拉，你怎么了？"

"我肚子疼。"妻子痛苦地回答道。

"是吃坏了什么东西吗？要不要我给你拿点药呢？"

"好像不是，肚子不舒服已经好几天了，我好不容易睡着，现在又疼醒了——"妻子说话时有气无力，好像一个坚强的人突然间就垮掉了。巴比特一下子慌了神。

"你等着，我马上就去请医生过来。"

"不用了，可能一会儿就好了吧，给我一个冰袋就好了。"

听到妻子的吩咐，他赶快去浴室拿了一个冰袋，然后又去楼下装了一些冰块进去，之后又回到卧室，将冰袋放到了妻子的腹股沟那里，这一系列动作非常沉稳，虽说是半夜三更，但是巴比特心情却因此而变得激动了。他温柔地问妻子："怎么样？好些了吗？"回到自己床上他还是不放心，侧耳听着妻子的动静，一听到声音就会立马过来，关切地询问："我可怜的米拉，又开始疼了？"

"是的，腹部疼得厉害，睡不着觉。"

听上去，米拉的声音是那样无力。巴比特知道米拉最害怕看医生，于是他并没有声张地下楼给厄尔·巴顿博士打了电话。之后，他睡眼蒙眬地坐在那里翻看着杂志，静静地等待着医生的到来，好不容易盼来了医生的汽车声。

厄尔·巴顿博士是一位年轻的医生，他青春有活力，一走进屋子就好像给人们带来了希望。他一边把大衣脱下来扔到椅子上，一边问道："她现在感觉怎样了，乔治？"

他边说边走到电炉前烤烤手。他说话语调非常轻松，就好像没有人生病一样，这让巴比特感觉有些生气。烤过之后，他直接上了楼，完全没有客人的陌生感和拘谨。相比之下，巴比特倒像是个外人，他默默地跟进了卧室，感觉空气都变了味道。这时，维洛娜也听到声音，打探道："爸爸，发生什么事情了吗？"还没等巴比特开口，医生就着急地回答道："只是胃部有些疼痛而已。"

经过一番检查之后，医生非常轻松地跟米拉说："还有一些疼是吗？没关系的，好好睡一觉，明天就会好些的，等明天早饭时间过去之后，我再来给你检查检查。"医生下楼之后，对早就下楼等待在那里的巴比特说："现在看，肚子是有一点炎症，但是摸上去，好像不是太好。她之前做过阑尾炎手术吗？算了，担心也没用，我明天早点过来看看再说吧，今天我已经给她注射了吗啡针，她应该能睡个安稳觉了。再见，乔治。"

听了医生的话以后，巴比特的心一下子悬了起来，感到了从来没有过的害怕与慌乱。

这时，他一直想着妻子的病，相较之下，这些天萦绕在他心中的愤怒和挫折困顿中闯出来的精神危机是那么荒唐乏味，什么古老抑制着新生，无尽而痛苦的长夜，婚姻生活难以割舍的关系，通通变得微不足道。

他安静地走到妻子身边，这时米拉已经在吗啡的作用下安然地睡着了。但是巴比特并没有马上离去，而是将妻子的手轻轻地放在了他的手中。这样的握手已经很长时间没有过了,现在他的这双手终于值得妻子信赖了。

这时,他在扶手椅上坐了下来,身上裹着毛巾、浴衣和一条粉白相间的条纹床单,看上去很好笑。屋子里的光线十分昏暗,他审视着周围的一切,好像所有的东西都变了样子。窗帘中好像隐藏着强盗,时刻准备偷袭过来,梳妆台也高低不平,好像一座层次分明的城堡。整个房间中充斥着一种怪怪的味道,那是浆洗的床单、化妆品以及人体废气混合起来的味道。他坐在那里迷迷糊糊开始打盹,惊醒之后又开始打盹,然而他就一直这样坐着。他听见她醒来了,在那里轻轻地叹气,于是他想该为她做些什么呢,可是还没等他想好,她好像又进入到了睡梦之中。他此刻已经浑身酸疼,感觉夜晚实在是太漫长了。

很快,黎明来了,巴比特刚刚进入睡梦之中,维洛娜就十分慌张地跑了进来,急切地问道:"爸爸,发生什么事情了?"他受到惊吓,一下子清醒了,不由得感到了些许苦恼。

米拉终于睡醒了,她的脸色蜡黄,没有一丝表情,但是这时巴比特却顾不得把她与丹妮斯比较了。虽然米拉依旧没有丹妮斯的美貌与活力,但是他已经完全不为她的批评和指责而生气了。他知道想让一个人从本质上改变是不可能的,现在他也不再奢望着她会有所改变了。

在孩子们面前,巴比特依旧保持着威严的父亲形象,并且现在他的重要性更加彰显出来。家里的氛围因为米拉的生病而紧张悲伤,妲卡一通大哭之后,这个气氛就更加沉重了。巴比特只好一边哄着孩子,一边催促早些开饭。他本来想看看报纸,可转念一想,看了只会徒增烦恼,倒不如保持现在这样一副英雄气概更好。可是等待时间太过漫长了，他开始觉得有些无聊，只盼着巴顿博士能够快些赶来。

博士来了之后，查看完病情说道："现在还不能确定到底是怎么了，等11点我再过来吧，到时候我会请一位更加权威的医生一块会诊，这样可以使准确率更高一些。乔治，你一直陪在这里也帮不上什么忙，你还是回事务所工作吧，你看看你的脸色简直比她还要憔悴。维洛娜，去把冰袋里的冰换一换，冰敷效果会好一些。我真是不太明白，为什么现在妻子生病，丈夫会变得更加虚弱不堪，甚至有时候比生病的人还紧张得要命，不知道的人还以为生病的是你呢！赶紧喝杯咖啡上班去吧。"

医生这番有趣的言论，让巴比特开始考虑实际的问题，于是他听从建议，开车上班去了。工作中，他总是进入不了状态，本来想打电话联系公司业务，可是电话刚一接通，他就忘了对方是谁。这样的工作状态一直持续到11点，于是他干脆放下工作又开车回家去。在人多的街道上，他非常小心地开着车。然而一到人少的地方，他就加大油门，一溜烟回到了家。

看到他回家，米拉显然有些吃惊："你怎么回来了？我已经快好了，自己可以的，就连维洛娜也被我赶去工作了。唉，我真是不应该生病。"

一直以来，米拉就渴望得到安慰，这次生病，也算是如愿以偿了。门外传来博士的汽车声时，巴比特和妻子很开心地从窗户向外望去，只见陪同巴顿博士来的不是别人，正是迪伦博士。这个情况是巴比特完全没有想到的。

迪伦博士头发乌黑，从胡子上看，像极了一位轻骑兵。他看上去一脸不高兴的样子。巴比特非常吃惊，甚至有些慌张，他本想着让自己稍作平静，可还是急急忙忙下楼去迎接两位博士。

见到巴比特以后，巴顿博士很直接地说道："我之所以没告诉你，是不想让你担心。我觉得你妻子的病情有必要让迪伦博士好好地诊治一番。"他的语气依旧很轻松，说完之后，非常认真地请迪伦博士先行。

迪伦博士连一个眼神都没有给巴比特就快速地上楼了。这让巴比特的心情一下子变得更加沉重。外科手术可是他不敢想的事情，家里人一向都很健康，只有妻子生孩子的时候动过手术。他讨厌手术，才不管它是不是延续生命的医学奇迹。他心情低落地等待着，直到巴顿和迪伦有说有笑地走下楼，看着他们神态自若，他的心情才稍微放松了一些。

看到巴比特以后，迪伦博士首先说道："乔治，很遗憾地告诉你，你妻子的病是急性阑尾炎，必须要进行手术。你赶紧决定吧，不过这个病确实没有其他的方法可以治疗。"

巴比特并没有太明白迪伦的意思，于是说："晚几天再做行吗？万一有什么不测……泰德还有两天就从学校回来了。"

他对病情的无知让迪伦博士很生气，他非常激动地说："这是什么话，你没考虑病情继续发展的后果吗？手术必须现在进行，你同意吗？快些做决定，我们现在要安排手术，我得给玛莉医院打电话叫救护车，病人的情况不能耽搁，三刻钟之内必须手术，你快些决定吧！"

"那，那，那我给她准备一下住院用的东西，她现在的身体还很虚弱呢——"

"只带上梳子和牙刷就可以了，其他的东西她暂时用不到。"迪伦博士一边说一边向电话走去。

现在巴比特完全顾不上想别的东西了，他飞快地上了楼，把因为害怕而大哭的妲卡安排到其他的房间去，然后来告诉米拉现在的病情。巴比特假装镇定地对妻子说："哦，亲爱的，你可能要接受一个小小的手术才能好起来，医生说了，这是一个非常小的手术，完全没有你生孩子时间长，甚至几分钟就搞定了，然后你就会好起来了。"

米拉听到要手术以后，害怕极了，她紧紧地抓着巴比特的手，甚至弄得他生疼。她说："我真的太害怕了，真怕从此永远跟你们分离了。"这一刻的米拉无助得像个孩子，从她的眼神中看到的全是惶恐，与平日里世故的米拉判若两人，她害怕地请求巴比特："亲爱的，你陪着我好吗？我不想一个人在医院度过漫漫的长夜。你告诉我，如果我平安无事，你今天晚上不会再离开到别处去吧？"

还没等她说完，巴比特早已把头埋在床边，开始哭泣了。他亲吻着妻子的睡衣袖口，非常坚定地说："不要说这么傻的话，要知道你是我最亲近的人，前些日子我实在太忙了，所以才忘记了要多关心你一点儿，以后一切都会好的，我会好好对你的。"

妻子一边用虚弱的手摸着他的头发，一边激动地说道："真的吗，乔治？你知道吗？我安静地躺在这里，心想着就这样死了未必不是件好事。我现在人老色衰，又很愚笨，有谁会需要我呢？有人喜欢我，更是不敢想的事，真不知道自己活着还有什么价值——"

"你这是在说什么胡话呢？你又老又笨，难道我就是帅小伙吗？尽给我捣乱，我原本要给你准备住院的东西去，你却缠着让我来夸奖你！"他还有很多话想说，但是却数度哽咽，实在说不下去了。就这样，他们又回到了当初美好的状态。

巴比特安静地收拾着妻子要带去医院的东西，这时他的大脑反而平静清晰了很多。他明白自己从此要与那些疯狂的夜生活诀别了。他不得不承认，与这些生活彻底割舍有些惋惜，可他也知道，在他中年人的心情变得冷漠之前，最后的一次逃避也将终结了。他无奈地笑着说道："好吧，我的终场演出还是比较精彩的。"很快他的思维就转到了现实，他想："我得给迪伦说好，这个手术到底需要花费多少。好吧，算了吧，爱多少多少，我才不在乎呢！"

很快救护车就停在门前了，这让巴比特十分感慨，现代生活就是便利。然后他充满好奇地看着救护人员把妻子放到担架上面，然后抬着下了楼。妻子被放进大大的救护车中，竟然耍起了小性子："我怎么感觉这个东西像灵车呀？乔治，你来陪着我好吗？我害怕！"

"别害怕，我就坐在司机旁边呢。"巴比特轻轻地安慰着。

"不，我让你陪着。"之后她又问车上的救护人员，"我能让他来我的身边吗？"

"当然，里面正好有一个可以折叠的小凳子。"跟车的一个老护士很快地给出了答案。

于是巴比特到了拥挤的车厢中，里面有一张小床，一个可折叠的凳子，还有一个正散发着热能的小电炉。车厢壁上不知是哪家食品店做的广告，一位吃着樱桃的姑娘被印在一张广告挂历上挂在那里。巴比特有些兴奋。他想让自己坐得更舒服一些，于是来回摆弄着姿势，结果不小心碰到了电炉，他高声地叫道："哦，天，真是见鬼！"

"乔治，你说脏话的坏习惯怎么又来了！"

"我知道说脏话不好，可我的手真的很疼，我都被烫伤了。这电炉真是该死，简直是地狱火焰，你看看这道红印。"

很快，玛莉医院就到了，护士们开始准备各种手术器械。这个时候，米拉竟然忘记了自己才是生病最严重的人，一心只想着巴比特的那道红印子。他很想在妻子面前表现出男人的勇敢，对烫伤表示无所谓，可是他并没有那样做，他只是甘心当一个孩子，享受着她的呵护。

司机把救护车直接开到了医院大厅的棚顶下面，然后就是没完没了的房间。巴比特就好像置身睡梦中一般。老妇人、电梯、麻醉室，统统从他的眼前晃过。就在一个高傲自大的住院医师允许他亲吻了妻子之后，米拉的嘴和鼻子上被一个瘦小的护士套上了麻醉罩。巴比特很快闻到了一股甜味，他感到胸口有些闷闷的，刚要琢磨是什么的时候，就被人轰了出来。他独自一人坐在化验室外面的高凳上，一时间感觉有很多话想跟妻子说，可是他已经没有机会了，甚至他都没说一句唯一爱的是她。

他孤独地坐在那里，来往的人谁也没有看他一眼。他从房门的玻璃前看见里面有一瓶已经发黄的酒精，里面的东西不知道已经泡了多久，早已腐烂了，他感到一阵恶心，于是不敢再看了。可是人就是这样奇怪，越是害怕的东西越想看个究竟。为了避开那个可恶的瓶子，他直接站了起来，轻轻地推开了右手边上的一扇门。他原本希望这是一间整洁的办公室，可是打开门的一瞬间，他意识到，这是一个直接通向手术室的房间。

他最先看到的是身穿白大褂的迪伦博士，他的头上缠着绷带，正弯腰忙碌着。身边围着捧着托盘和棉花球等工具的护士们。而那个安着无数螺丝和转轮的手术台上，一个人被白布紧紧地裹着，唯一露出来的是病人毫无生气的下巴。白布的中间位置已经被掏开了一个大窟窿，里面是蜡黄色的皮肤和淌着血的刀口。刀口周围排列着无数钩悬着的镊子，密密麻麻就好像蚂蚁一样。

巴比特被这一幕吓坏了，他赶紧关上了那扇房门。此刻他感觉到，就算是之前所有的惊讶和顿悟加起来都没有如此触目惊心，一个尚在呼吸的人就这样经受着冰冷器械的摧残。于是他赶紧跪到化验室门口的高凳上默默地祈祷，他暗暗地在心中发誓，从此以后，一定要忠于自己的婚姻，忠于这个城市，忠于商业规则，忠于一个好人的所有信念。

经过漫长的等待，一名护士终于出现在他的面前，温和地说："手术很顺利，你现在可以去看看她了。不过因为麻药的作用，她现在还不是很清醒，当然，你不必担心，过一会儿就好了。"

巴比特走进病房时，病床上的米拉是那样憔悴，她的头部被床支撑起来一些，脸色蜡黄，紫红色的嘴唇微微翕动着。巴比特不知道她在说什么，于是附耳倾听。他听到她说："抹薄饼的糖浆实在是太难买了。"于是他欢喜地告诉护士："我听到了，她说的是糖浆！好吧，我现在马上就向贝尔蒙订购，没错，要最好的！"

2

米拉在医院住了17天。每天下午，巴比特都会赶过来陪她，耐心地跟她聊着天，彼此说着心里话，两个人的距离一天比一天拉近了。偶尔聊天的时候，即使他会不小心说起丹妮斯，她也不再有之前的情绪，只是在心里默默感叹，这个居心叵测的女人差点儿拐走了我心爱的人。

妻子的这次生病让巴比特看清了很多事实。他对邻居和好人们的情谊变得深信不疑。他知道他们对他是真诚的。他想："我过去一直以为尼克·东尼是我的朋友，但是我错了，他对我的妻子丝毫不关心，不仅没来探望，甚至问都没问一句。相反，哈伍德·小野更像朋友一样亲自来医院探望，还带来非常昂贵的红酒冻。希德尼·范克史坦因夫妇也送来了在帕奇和斯坦因百货公司精心挑选的睡衣。奥维罗·琼斯则送来了妻子爱看的那本《百万富翁和牧童的爱情故事》。"

现在已经没有人再议论巴比特的种种不是了，每当见到他，人们第一句话就是："您妻子的状况怎么样了？"就连那些原本在俱乐部中并不熟悉的人现在也变得非常热心，总是送来关切的问候，为此，巴比特感到阵阵暖意涌遍全身。他的精神世界豁然开朗，就好像一个人历经千难万险从蛮荒之地而来，终于到达了一个充满热情的农庄。

一天中午，伯吉乐·扬齐来找巴比特，说："你今天还和往常一样下午6点去医院吗？我和我太太也想去看看你太太。"结果扬齐真的兑现了自己说的话。他看上去非常轻松，不断地讲一些有趣的话，逗得巴比特太太一直笑个不停，甚至最后还笑着说，不能再笑了，刀口都开始抗议了。

送扬齐夫妇回去时，扬齐一改前段时间的冷漠，非常友善地说："乔治，虽然我们不知道前段时间发生了什么让你那么别扭，但现在看上去，你已经又成了过去的巴比特，我们很高兴，你能接受我们的邀请参加好公民同盟吗？我们可都希望你这个老朋友参与呢。"

两个星期之后，在攻击尼克·东尼的人群中，巴比特已经成了最主要的一员。他慷慨激昂地抨击工会的阴险恶毒，批判移民们的危险性。而在生活中，他又成了最活跃的人物，只是这次他赞颂的主题又回到了银行存款、道德和高尔夫上。

第三十四章

1

好公民同盟以雨后春笋之势迅速发展起来,它的组织遍布全国各地。然而人们最关注的还是像天顶市这样的商业城市。通常来说,这样的城市人口密集,少则也有几十万人。它们大多位于内地,是附近所有中小城镇、农村和矿山的生存依靠,无论生活物资、餐桌礼仪、抵押借款还是精神需求都必须要依赖于这些枢纽城市。

好公民同盟的成员个个不容小觑,它们基本上都是天顶市的有钱人。他们有的是赔笑脸做生意的商人,有的是身份尊贵的贵族,包括工厂老板、银行家、医生、律师等,当然还有一些老青年,他们一无是处,只是因为祖辈的资产而成为有钱人,然后被人们像收藏古董花瓶一样供奉起来。虽然从身份上看,好公民同盟成员参差不齐,但是他们在观点上却惊人的一致,那就是美国工人无论在怎样的状况下都必须恪守本分。在美国，公平性不是针对财产的平均分配而言的，它指的是思想、道德、艺术上的高度一致。

单凭这一点，美国和其他的国家是相似的，尤其统治阶级掌控下的英国。如果非要说差别，那就是美国的生命活力更强，人们敢于追求那些其他阶级渴望实现却没有勇气挑战的标准而已。

在好公民同盟展开的众多斗争中，坚持时间最长、胜利得最漂亮的一次就是自由招工。他们积极地开展美国化运动，开设夜校给外国人提供培训课程，并且教会他们如何利用法律武器解决劳资纠纷，从而百分之百信赖他们的主顾。

当然那些附和同盟的组织一定会得到一些恰当的好处。例如基督教男青年会附和同盟，它就在同盟的帮助下，募集到20万美元的资金，盖好了新楼。除此之外，伯吉乐·扬齐、巴比特以及希德尼·范克史坦因，甚至包括查莱·马克贝，大家都专门到电影院中做了精彩的演讲，他们纷纷夸赞这个教会在他们的人生道路上起到了至关重要的影响。《先锋时报》上还刊登了康乃尔·罗斯福·史诺上校和史密斯亲切握手的照片。当然，之后史密斯小声地向史诺上校发出邀请："希望您能出席我们的祈祷会。"脾气暴躁的上校非常无礼地甩开了对方的手，非常粗鲁地说："我有那么闲吗？什么样的酒我家里没有！"然而，这种直截了当的言论是不会出现在任何报纸上的。

当时，有很多小报不负责任地对美国军团提出批评，同盟替这些参加过世界大战的退伍军人深感委屈，于是大力帮他们平息了所有负面的言论。一天晚上，天顶市的社会党总部冲进了一群野蛮的年轻人。他们肆无忌惮地将所有的档案都烧毁，殴打了工作人员。这件事情如此重大，但是舆论界却轻描淡写，将其称为是年轻人一时鲁莽的行为，他们怀疑这个事件出自美国军团之手。为此，好公民同盟马上成立了专案小组来调查这件事情的始末。他们挨个访问了报道失实的报纸，并且认真解释退伍军人绝做不出这种令人不齿的行为。这些报纸的主编都非常聪明，很快就心领神会，保证这样失实的报道以后不会再出现了。当然，这种低级的错误《先锋时报》和《鼓动晚报》是绝对不去犯的。

在天顶市，有些年轻人不愿意服兵役，于是他们被捕入狱。刑满释放时，他们莫名其妙地被赶出了这个城市，随后，报纸上宣称这是一群"来历不明的狂徒"。

2

巴比特对这类活动十分热衷，并且取得了非常不错的成绩，于是在朋友中威望越来越高，赢得了更多人的尊重，这让他感到踏实而满足。

日子还在继续，渐渐地巴比特心中有了新的想法："对于这个城市，我已经尽了最大的努力，现在也是时候放一放好公民同盟里的工作，多考虑一下自己的生意了。"

他重新回到了教会，就像回俱乐部一样自然。为此，谢尔顿·史密斯给了他最热烈的欢迎，用他那汗津津的大手紧紧地握着他的手，这一次他忍受了。虽然他已经回归，但是心中却隐隐有些不安，害怕上帝真的记住了自己曾经的背叛，他在担忧自己的灵魂到底还能不能得到救赎。对于天国这样的说法，他始终抱着怀疑的态度，他不敢全信，也不敢不信，就连约翰·詹尼森牧师都承认说有，那他自然也不敢疏忽大意。

一天晚上，巴比特从这位牧师的住所处经过，心情突然变得虔诚起来，他想向牧师忏悔，于是就进门拜访。不巧的是，牧师正在忙着。他以一种办公事的口吻说道："抱歉，请等一等，我先打个电话。"电话接通以后，牧师以非常严厉的语气冲着电话大声喊道："是贝克·汉尼斯印刷所吗？没错，我就是牧师。你们是怎么做事情的，我到现在为止还没有看到下周日的节目单！你们早干什么去了？我不管，就是死了今天晚上也必须给我送到，马上送到！"

打完电话之后，他才想起巴比特，于是忙着转过身来问道："老朋友，有什么事情吗？"

"我想说的是这么一件事，前些日子我很喜欢喝酒，也的确多喝了点，如果现在我真心悔过，还能得到救赎吗？换句话说，上帝会记得我这笔糊涂账吗？"

牧师好像一下子来了兴致，问道："还有什么其他的事情吗？例如女人？"

"这个没有，几乎没有。"

"你就不要再隐瞒什么了，不看看我是谁，我可是专门解决这类问题的人，和女人在汽车中搂过？一起开车兜过风？"牧师的眼中散发着期待的光芒。

"不——没有——"

"好啦，要严肃地对待禁酒问题，一会儿协会还有事，等到十点一刻，反对节制生育联合会也有事找我。"他一边说一边看了一眼表，然后继续说道，"好吧，尽管我很忙，但还是让我们祷告5分钟吧，就5分钟，你在上帝面前不要遮遮掩掩羞于表达。"

巴比特一眼被看穿，就好像赤身裸体站在那里一样羞涩，他想要赶紧离开这里，但是已经来不及了。牧师十分熟练地在写字椅边上跪下来，巴比特也只好跟着跪了下来。牧师已经习惯充当一个与上帝交流的使者角色，这时，他熟练地向上帝表达了自己的恳求："主啊，我可怜的兄弟因为没能抵挡诱惑而迷路了，让自己的心灵沾染了污秽，现在请您为他洗涤身心吧，让他变回单纯的人，请赐予他勇士般果敢、善良、愉悦——"

就在这时，谢尔顿·史密斯来了，他看见了这种情景，拍了拍巴比特，然后也随着他一起跪了下来，顺着牧师的话说道："主啊，请你救赎我们这位迷途的兄弟吧！"

巴比特努力地控制着自己要全身心地相信主，真心忏悔，但他还是忍不住看了牧师一眼，结果牧师一边嘴里说着："让他与我们保持亲密的关系，以便得到大家更好的劝诫和指引，教会也会履行职责，把这个迷途的羔羊带回家。"一边还急切地看着表。突然他一下子站了起来，非常急躁地问道："代表团来了吗？"

谢尔顿就好像已经准备好了一样回答道："来了，就等在外面呢。"然后他转向巴比特说道："朋友，如果你觉得祷告对你有帮助，那我现在可以陪你到隔壁房间中继续忏悔。至于代表团，让牧师自己接待就行了。"

巴比特感到了谢尔顿话语中的玩笑意味，于是回答说："谢谢，不必了，我现在得离开了。"说完他匆忙地离开了。

从那以后，巴比特又开始相信教堂，然而他每次去时还是不愿意同站在门口的牧师握手。

3

巴比特的反叛意识让他的思想有了很大转变，现在对于好公民同盟的信仰，他已经不再完全相信了，对教会也不会盲目地全部顺从。尽管如此，他仍旧喜欢出现在这个地方，无聊的时候找点乐趣。另外，在俱乐部或者回到家以后，他也感到很心安。现在他积极参加慈善俱乐部组织的各种活动，再一次拥有了很多拥戴者，他感到非常自豪，感觉自己形象越来越高大了。

维洛娜要嫁给肯尼斯·史谷特了。婚礼当天，巴比特精心地打扮自己，其用心程度简直都超过了即将出嫁的女儿。巴比特有一套礼服是专门为茶话会准备的，每隔3年才穿一次。婚礼上，巴比特就穿了这套礼服。现在他有些发福了，衣服紧裹在身上，天知道他是怎样穿进去的。

婚礼结束之后，一对新人坐着豪华轿车离去，巴比特也如释重负，回到家中赶紧把礼服脱下来，然后也让自己的双脚放松一下，忙碌一天，它们也跟着遭罪了。这时，他想到了从今往后这间客厅完全归自己所有，再也不用听那一对新人在这儿讨论那些无聊的话题了。忽然，一种豁然开朗的轻松涌遍了他的全身。自己舒服是最重要的，他才不管他们讨论的那些戏剧同盟和最低保障呢！

现在巴比特最大的满足和心灵安慰都是从拥护者俱乐部中得到的。他重新树立好形象，人气暴涨，再度成为俱乐部中的活跃分子。一天，俱乐部的午餐刚要开始，主席威利斯·吉姆可就满面愁云地看着大家，人们纷纷猜测到底是发生了什么事情，难道是有谁死掉了吗？这时，主席先生一脸严肃地开口了："我所有的老朋友，我有一个非常不幸的消息要告诉大家。"

听到这话,巴比特和其他几位拥护者都非常紧张,不知道他会说出什么噩耗。

"近些天来,我的一位旅行推销员朋友去了北部,去了我们中间一位朋友的家乡,于是他发现了一个特大秘密。没错,这个人在我们中间很活跃,具有非常重要的地位,一直以来,我们都认为他是一个真正的男子汉,哦,我实在是太激动了,好吧,也许大家看到这个会更加明白的——"说着,他将身后大黑板上的布掀了下去,只见上面赫然写着一行字:

乔治·福伦斯比·巴比特——你是个傻阿福!

主席先生非常激动地说:"我们认识巴比特很多年了,大家都以为他的名字是乔治·福,没想到这个混账家伙居然隐瞒着我们所有人。要知道,给我提供消息的朋友是绝对可靠的。好了,现在就让我们讨论一下这个'福'字的含义吧!"

大家一下子起了兴致,起哄般地猜测着,癞蛤蟆、倒霉鬼、白面团……大家纷纷拿巴比特寻开心。巴比特丝毫没有生气,他知道大家已经完全把他当成了好朋友,于是他满脸喜悦地给大家解释说:

"好吧,我现在向大家承认,我的确没戴过手表,也从来没有将自己的名字分开过。不过这个'福伦斯比'却是真实的,我要给大家解释的是,我父亲是一个很正常的人,他赢了城里的下棋高手后心情非常激动,之后就给我起了这样一个怪异的名字。事实上,这个姓是我们家庭医生的姓,他叫阿姆伯劳斯·福伦斯比。为此,我可要向大家道歉,如果我下次再取名字,就一定取一个响亮、霸气的名字。就像威利斯·吉姆可一样,够响亮吧?"

他刚一说完,大家就报以热烈的喝彩声,这让巴比特感到格外轻松,他知道这些人已经完全接纳了他,而他也再不会把自己逼到四面楚歌的地步了。

4

这天，亨利·汤普逊急匆匆地冲进事务所，满脸喜悦地高声说道："好消息，乔治！我听杰克·奥非德说，电车公司对上次和桑德斯·施雷和温格公司的合作并不是很满意，现在又希望跟我们建立合作关系了。"巴比特顿时轻松了很多，过去遭受到的那些伤害终于在慢慢地愈合了。然而当他开车回家的时候，心中的高兴却一点点儿褪去，那些隐藏在内心深处的东西又开始困扰着他。事实上，他思想中一直存在不安分的东西，就算自己顺从了别人的意思，但是这种不安分还是没有被彻底清除。尽管他觉得电车公司的人不太靠谱，但是目前也没有什么好的方法。他只得劝诫自己，算了吧，目前还不是摆脱他们的好时候，或许将来条件允许或者亨利·汤普逊去世，他就可以彻底与他们决裂了。事实上，巴比特的这些想法并不是一时兴起，而是经过仔细考虑的。他今年48岁，等到60岁就该退休养老了。尽管他十分渴望给子孙后代留点干净资产，但是条件并不成熟，现在他还必须要依靠电车公司，要不然拿什么留给子孙呢？

这件事让巴比特很纠结，他反复地在心中权衡利弊，有时会想我干脆跟电车公司绝交算了，有时又会想他们是我的摇钱树，绝不能与他们弄僵。他很想将自己心中所有的疑虑都说出来，但是理智又及时劝阻了他："算了吧，别再把他们都惹生气了，那样我又会陷入尴尬的境地，可是——"

就这样，他每天都在担心自己的未来，不知道接下来的路该怎样走下去。他想自己还年轻，应该再好好地闯荡一番，但转念一想，又觉得自己刚刚从龙潭虎穴逃离出来，怎么能再次将自己放回到危险之中呢？他冥思苦想，最后感到一阵深深的悲哀，他叹息道："他们的势力太强盛，以至于我饱受摧残。"

这天晚上，他回到家以后，先是跟妻子玩了一会儿纸牌，轻松之余暗自下定决心，一切都按照往常的规矩进行。第二天，他拜访了电车公司的采购代理人，二人完成了一项极其隐秘的生意，于是他的计划中从此多了埃文斯顿路边的地皮的规划。

巴比特在回事务所的路上，充满了豪情壮志，直到进了办公室仍心潮澎湃，他默默地告诉自己："等我退休的时候，就会把所有事情都处理妥当的。"

5

很快周末到了，泰德回来了，不过他又有了些许变化。过去他总是讲机械工程和大学讲师们的事情，但是这次他却绝口不提。因为无线电话机又成了他最大的爱好。从这一点上巴比特看出，这个孩子能够很好地驾驭自己的生活。

星期六晚上，泰德说晚上在第纹伍兹有个舞会，他会和优妮斯·小野一块儿参加。今天的优妮斯打扮得分外迷人，奶油色的薄绸衣服完全展示出了她的好身材，外面的深红色斗篷看上去更加活力十足。两个人有说有笑地坐上汽车离开了。看到他们年轻潇洒的样子，巴比特心中又升起了几分羡慕。

11点半，巴比特要睡觉了，两个孩子都还没有回来。他迷迷糊糊地睡着了，然而后半夜电话铃响了，他睡意蒙眬地接起了电话，只听见哈伍德·小野担心地问道：

"乔治，这么晚了我家优妮斯还没回来，你家泰德回来了吗？"

"哦，好像没有，我看见他的房门到现在还没有关呢——"

"可优妮斯说舞会半夜就会结束的啊，可现在都几点了——你知道他们去哪个同学家了吗？"

"我只知道他们去了第纹伍兹，但具体是谁家还真不知道。你稍等一下，我去问下米拉，看看泰德是否告诉她了。"

巴比特想先确认一下泰德到底回来没有，然后再去问米拉，于是他来到泰德的房间。开灯后，泰德确实不在。房间里一片狼藉，衣柜敞开着，破书本满地，墙上还贴着他中学时期的一面小三角旗和几张垒球队以及篮球队的合影。

米拉被巴比特叫醒以后显然有些不耐烦，她说泰德也没有跟她交代去了哪里。再说了，哈伍德·小野居然这么晚打电话，真是有些发傻了。算了，还是继续睡觉吧，可是无论她怎样努力，都没有办法再入睡了。面对妻子不停的抱怨，巴比特只好又逃回到自己的小床上。

天刚刚亮，他就被妻子叫醒了，她推着他，急切地喊道："乔治——乔治！"

"发生什么事了？"

"先别说话，赶紧起来。"

巴比特被妻子直接拽到了泰德的房间外，打开房门的一刻，他们看到了令人惊讶的一幕，薄绸的女孩内衣乱七八糟地扔在棕色的地毯上；安乐椅上挂着一只银色的女鞋，椅子上还窝着两个头发凌乱的脑袋，没错，不是别人，正是泰德和优妮斯。

正好这个时候泰德醒了，他开心地笑着，对着门口的这两个人介绍道:"亲爱的爸爸妈妈,这位是希尔多律·罗斯福·优妮斯·小野·巴比特太太。她已经是我的妻子了。"

巴比特一时难以接受这个事实,惊讶地叫道:"天哪!"米拉也吃惊地叫道:"你们——"

"没错,是我们,就在昨天晚上,我和优妮斯已经结婚了。好了,太太,现在你应该起来请安了。"

然而优妮斯并没有起来,而是害羞地把枕头蒙在了头和肩膀上。

紧接着一场紧急的家庭会议在上午9点召开了。参加会议的有巴比特夫妇、哈伍德·小野夫妇、泰德、优妮斯、亨利·汤普逊夫妇、维洛娜和肯尼斯·史谷特,当然家中最小的孩子姐卡·巴比特也参加了会议,也许这场会议只有在姐卡心中是最有意思的。

这些人中维洛娜看上去情绪最激动,她非常严肃地责问满面笑容的泰德:"你知道自己在做什么吗?笑,你居然还有心情在这里笑!"

维洛娜的心情泰德可是理解不了的,至于她的关切,他也没有丝毫领情的意思,反而说道:"维洛娜,你自己都结婚了居然还来管我啊?"

"这是一回事吗?"

"对,不是一回事,我和优妮斯结婚可简单多了,哪像有些人,结个婚比什么都费力气,差点儿要用铁链拴在一起了!"

亨利·汤普逊一脸严肃地说道:"我的孩子,跟我好好谈谈吧。"

"好吧,亲爱的外公。"

亨利·汤普逊这一提议得到了大家的赞同。维洛娜第一个表示同意。巴比特太太也说:"对,听你外公的话。"就连哈伍德·小野也说:"对,就让我们听听汤普逊先生怎样说吧。"

泰德被他们一个个说得有些不耐烦了,说道:"好了,看看你们吧,一个个都怎么了,我这不是在听着吗?感觉怎么跟审判一样,我最讨厌这种感觉了。如果我们的婚姻你们不满意,大可以去找牧师算账,我们可是经过他证婚的。他还收了我5美元呢,要知道我只有6美元2角5分。你们要说就好好说,如果大吵,我可什么也不听了!"

这时,巴比特忍不住开口了,他一脸认真地说:"好了,谁都别说了,维洛娜,你也别再说什么了。这里还有我和哈伍德·小野,即使要骂人也轮不到你们吧?泰德,我先跟你谈谈吧,走,我们到餐厅去。"

泰德顺从地跟着巴比特去了餐厅,然后关上了门。巴比特并没有对泰德发火,而是将双手搭在泰德的肩膀上说道:"你说得对,人多吵闹,根本说不清楚,现在就我们两个了,你说说看吧,你是怎样打算的,我亲爱的儿子?"

"爸爸,您真的不生气,愿意听我说话吗?"

"当然了,我们可都是'巴比特家的男人',身在同一个联盟我能不支持你吗?再说,这件事情其实也简单,不必像他们那样小题大做。但是这件事毕竟不满意的人很多,看来你的处境很艰难呀!我这样说并不表示我对你早婚的决定持赞成的态度,然而我明白,对你来说,优妮斯是一个非常好的女孩儿,对小野来说,能找一个巴比特家的男人做女婿也是他的幸事。我现在只想知道,接下来你准备怎么办。如果你对读书还有兴趣,那就等你毕业——"

"爸爸,我决定不回学校读书了。校园生活对于有些人来说是适合的,但是我觉得自己不适合。您知道的,我喜欢摆弄机械类的东西，我感觉自己有这方面的潜力，现在已经有工厂想以一周20美元的价格聘请我了。"

"既然事情已经这样，那就随你吧！"说完，巴比特陷入了自己的沉思之中。父子俩安静地坐着，巴比特能够清晰地听到自己的呼吸声，就是这一瞬间，他感到自己苍老了很多。他接着说："本来，我是希望你能够拿到一个大学学位的。"巴比特此刻的思绪很乱，他用力地梳理着，然后又说道："我的态度你最好不要说给你妈妈听，否则她会一直数落我的，直到我的头发全都掉干净。我承认我的人生充满了遗憾，任何自己想要做的事情都没有做成，是的，所有想做的事都没有如愿以偿。只是每天都在虚度光阴。事实上，我也是有理想的人，本来应该成为一个成功的人，但是现在却一点儿成绩也没有，没错，丝毫成就也没有。至于你，爸爸相信你一定可以做得更好，我就是这样认为的。至少你想干的事情就勇敢地去干，这一点我会以你为傲。至于那些想让你屈服于他们淫威之下的人，大可不必理会，爸爸会支持你的。你既然想去工厂，那就好好干吧，不要屈服于家人，也不要屈服于这座城市，更不要像我一样，整天不断地警醒着自己，居然被自己恐吓倒了。好好努力吧，未来的世界会由你们主宰！"

就这样，巴比特家的男人站到了统一的战线上，他们一起回到家庭会议的场地中，共同面对这一群即将数落他们的亲人们。

辛克莱·刘易斯作品年表

1885年　2月7日出生在美国明尼苏达州苏克萨特镇。
1902年　进入俄亥俄州奥伯林学院读大学预科。
1903年　考入耶鲁大学文学院。
1906年　离开耶鲁大学,去了厄普顿·辛克莱创办的社会主义居民试验区,后来又去了纽约和罗马。
1907年　回到耶鲁大学。
1908年　从耶鲁大学毕业,获得文学学士学位,进入出版公司做编辑。
1910年　来到纽约,继续做编辑。
1914年　发表首部长篇小说《我们的雷恩先生》。
1916年　辞去编辑职务,成为职业作家。
1920年　发表《大街》,一举成名。
1922年　出版《巴比特》。

1925年　出版《阿罗史密斯》。

1926年　凭借《阿罗史密斯》获得了普利策文学奖，但是他拒绝接受。

1927年　出版《艾尔麦·甘特利》。

1929年　出版《多兹沃思》。

1930年　获得诺贝尔文学奖。

1935年　发表《短篇小说选》。

1951年　1月10日在罗马病逝。

1952年　书信集《从大街到斯德哥尔摩》出版。